Nostromo

1904

〔英〕约瑟夫·康拉德 ◎ 著
马东峰 ◎ 译

诺斯特罗莫

北京理工大学出版社
BEIJING INSTITUTE OF TECHNOLOGY PRESS

阅读·时光
READING TIME

"如此肮脏的天空,没有一场暴风雨怎能放晴?"

——莎士比亚[①]

[①] 莎士比亚的《约翰王》第四幕第二场中约翰王的台词。

谨以此书献给约翰·高尔斯华绥①。

---

① 康拉德于1893年在担任"托伦斯"号二副期间,遇见高尔斯华绥,俩人结为朋友。

作者自记

短篇故事集《台风》出版之后的那段时期,《诺斯特罗莫》是最令我大伤脑筋的一部长篇小说。

我并非想说,当时自己对于个人写作生涯的任务在心理与态度上察觉到了什么改变。又或是,除了在那种玄妙而外在的、与艺术理论毫无干系的事物里面,也许根本没有任何改变;那是一种发生于灵感的实质中的一种微妙改变;一个我无论如何也无力为之负责的现象。不过,在完成《台风》那本集子的最后一个故事之后,这感觉的确令我担心,好像世界上突然就没有东西可写了。

这一出奇消极而令人不安的情绪,颇持续了一小段时间;此后,就像我的许多长篇故事一样,《诺斯特罗莫》的最初线索以一个完全不具备任何价值细节的漫游故事的形式,浮现在我的脑海中。

事实上,在1875年或1876年期间,我还十分年轻的时候,在西印度群岛或者说是墨西哥湾中——那时候,我同陆地的联系很少,且都短暂而仓促——便听说在铁拉·费米的海滨一带有这么一个人,被人家怀疑趁着某场革命的乱子,凭一己之力偷了一整条驳船的银子。

这故事表面看上去像是一个壮举。但我没有听到任何细节，且对于制造罪恶的罪行也没有任何特别的兴趣，因而便不可能把它放在心上。它被抛诸脑后，直到二十六七年后，我在一本从某个二手书店外面随手拣来的琐谈集里撞见了这个故事。那是一位美国水手的生涯见闻故事，是在某个新闻工作者的协助下由其本人写下的。在他漫游的经历中，那位美国水手曾在一条双桅纵帆船上工作过几个月，而那船的船长兼船主，恰恰就是我年轻时听说的那个贼。我对之毫不怀疑，因为几乎不可能有如此罕得听闻的两件壮举，会发生在世界的同一个地方，且都指向一场南美革命。

事实上，那家伙是设法偷走了一条载满银子的驳船，这似乎只能是因为他深得雇主的信任，而后者对于个人品格的判断也一定差得离谱。在那位水手的故事中，那人的形象是一个十足的无赖，是一个骗子小人，凶狠得发蠢，性情阴郁而面目猥琐，完全配不上机遇所托付在他身上的重要性。有趣的是，他竟公然拿这事来吹嘘。

他常说："人家都以为，我是靠这条双桅纵帆船挣了大钱。但根本不是这回事。我对这个毫不在乎。我不时地悄悄离开一阵子，去挖出一块银锭。我得慢慢地富裕起来——你懂的。"

那人身上还有令人好奇的另外一点。有一回，在某次争吵中，那位船员威胁他："你有什么法子，可以阻止我上岸去告发你跟我讲的关于那批银子的事情？"

那玩世不恭的无赖一点儿都没有受到惊吓。他竟然笑起来。"你个傻瓜，要是你敢在岸上那样谈论我，你会在背后被人捅上一刀。那座港口的每个男人、女人，连同孩子，都是我的朋友。而且，谁来证明那条驳船没有沉没？我又没有把藏着银子的地方指给你看。

没有吧？那么，你就是一无所知。你觉得我是在说谎？嗯？"

后来，因为对这贼人的卑劣肮脏厌恶透顶，那位水手便从双桅纵帆船上跑掉了。这段插曲在那本自传里所占的篇幅，不过大约三页纸。这本没有什么可说的；不过，当我仔细端详着它们的时候，这一对于少年时代道听途说的离奇印证，激起了我一些遥远的记忆，那时候的一切，都是那样新鲜、那样惊奇，带着冒险的味道，那样有趣；星空下一块一块陌生的海滨，日光里山峦的阴影，薄暮中人们的谈兴，半已遗忘的闲谈，昏暗下来的面孔……也许，也许，这世上还是有些东西可写的。不过起初，我并未从这个区区的故事里看见什么。一个无赖偷了一大包所值不菲的货物——人家会这样说。它或真或假；但不管怎样，其本身都是没有价值的。为这桩劫案虚构一番详情对我来说没有什么吸引力，因为我的才干并不在此，我不觉得该为这种文字游戏点灯费蜡。直等我恍然领悟到，那批财宝的小偷并不一定要是一个人所共知的无赖，他甚至可以是一个品格高尚的人，某一变换的革命布景下的演出者，也许还是一位牺牲者——直到这时，我的视野中才出现了这样一个朦胧的国度，也就是后来的苏拉科省，有着高大阴郁的西厄拉山和模糊如烟的草原，可以作为从那些或好或坏、一律短视的人们所津津乐道的一桩桩事件的沉默无言的见证人。

这便是本书——《诺斯特罗莫》——的一个隐约的源起。从那时候，我便觉得，它必须写出来。但即便在那之后，我也还在犹豫，像是出于自卫的本能，而对动身进入那样一片充满诡谲与叛乱的大陆、进行那样一场遥远而磨人的旅程心怀忌惮。但是，必须把它写出来。

它花费了我在1903年至1904年间的大部分时光；其间，我不时有过多次的犹豫，因为随着对那个国家的了解的深入，我总担心自己会在那样一片不断在面前绵延展开的广阔远景中失去方向。且时常，当我觉得自己在共和国千头万绪的事务中寸步难行的时候，我便会——这是一种比喻的说法——收拾起家伙什儿，从苏拉科逃出来换一下空气，写上几页《大海如镜》。但大致上，正如我前面说过的那样，我在这片以好客而闻名的拉美大陆上大约逗留了两年。当我归来的时候，我发现——用格列佛船长的话来讲——我的家人们都很好，我的太太也很高兴，她知道那桩苦差事已经结束，而且，我们的小儿在我离开期间也长大了许多。

我在科斯塔瓦那历史方面的主要权威，当然来自于我那位尊敬的友人，已故的唐·何塞·阿维拉诺斯，那位英国与西班牙等国的朝堂公使，来自于他那部立场公正、才思了得的《五十年谬治史》。这部作品始终没有出版——读者自会明白个中原因——而事实上，我是全世界唯一了解其内容的人。我费了许多钟头的冥思苦想才理解它们，我希望我所领会的准确性是可被信任的。为了对自己公平起见，且为了缓和未来读者的顾虑，我请求说明，那些历史掌故被拉进故事里面既非为了有意炫耀我特别的学识——那是因为它们每一个都同现实密切相关；也非为了彪炳阐述时事的本质，抑或直接影响我所讲的那些人的命运。

至于他们自身的行状，我已经努力试图记录下来，贵族与平民，男人与女人，拉丁裔与盎格鲁-撒克逊裔，土匪与政客，在我个人矛盾感情的热烈与冲突中，尽量保持着冷静的笔调。而且，毕竟，这也是关于他们之间互相冲突的故事。至于说他们的行动，以及他们内心在时代痛苦的必要性中所暴露出来的隐秘目的，究竟值得多大程度的关注，这要由读者们来评说。我承认，对我来说，那是一个友情刻骨、热情铭心的时代。而出于感激，我在此不得不提及古尔德夫人，那位"苏拉科的第一夫人"，我们可以把她放心地交托给莫尼格汉姆医生隐秘的献身精神，还有查尔斯·古尔德，那位物质利益的理想主义的创造者，我们也不得不把他交托给他的银矿——那儿是无路可逃的。

关于诺斯特罗莫，同样被桑·托梅银矿的银子所掳、在种族与社会出身上截然相反的两个人中的第二位，我觉得有必要多说几句。

我在把这个中心人物塑造为意大利人的想法上，从未犹豫过。首先，这件事是完全可信的；当时意大利人正成群涌入西部省，任何人只要读下去都会了解这一点；其次，在加里波第的党徒乔吉奥·维奥拉——那位理想的、年迈的、人道主义革命家——身边，没有一个人能够站立得如此般配。对我来说，我需要从芸芸众生中找一个人，要尽可能游离于他的阶级惯例，摆脱于一切既定的思维模式。这并不是为了标新立异。我的理由不是道德上的，而是艺术上的。如果他是一个盎格鲁-撒克逊裔，就会极力掺和进当地的政治。但诺斯特罗莫在个人追求中是无心成为领袖的。他根本不想把自己抬高到众人之上。他的心思仅仅满足于感觉到自己的力量——在人民中间。

不过，诺斯特罗莫之所以成了这样一个人，主要由于我从早年间遇见的一位地中海水手身上所得到的灵感。那些读过我的某些作品的人，当我说"特里莫利诺"号的船主多米尼克①——倘若假以

---

① 《大海如镜》中的人物。

某些环境，就会是一个诺斯特罗莫，他们一定明白我在说什么。无论如何，多米尼克会很好地理解这个后生——若说是鄙夷的话。他和我在一场十分荒唐的冒险中被联系在了一起，但荒唐也没有什么大碍。想来，在十分年轻的时候，我的身上毕竟曾存在着某种东西，值得那个人以他半是愤恨的忠诚、半是挖苦的献身听命于我，实在令人心满意足。诺斯特罗莫的许多话语，最初我都是从多米尼克口中听来的。他把手搭在舵柄上，头上罩着僧侣一般的帽兜，两眼无畏地扫视着天际线，发起一通带着冷酷智慧的牢骚："你们这些个绅士！"那音调至今犹在耳边。简直跟诺斯特罗莫一模一样！"你们这些个上等人！"真像诺斯特罗莫。不过，科西嘉人多米尼克怀着一股子血统上的傲气，那是诺斯特罗莫所没有的；因为诺斯特罗莫的血统更加古老。他不过是无数世代所孑遗下来的一员，并且没有父母可以吹嘘——正如人民一样。

在他对自己所继承的这片土地的牢牢把握中，在他的挥霍与慷慨中，在他对于自身天分的浪费中，在他男子汉的虚荣中，在他伟大盛名之下的暧昧中，在他忠诚的、拼命而冲动的献身精神中，他始终都是人民之子，始终属于他们那股毫不吝啬的力量，不屑于领导却又甘愿从中带头。在稍后的年头中，他长了一些年纪，成为著名的菲旦扎船长，在这个国家中有了一些利害关系，在受人尊敬的目光中穿行于苏拉科的现代街道，为许多事情奔走忙碌，去探望码头工的遗孀，去参加聚会，带着不为所动的冷静在会议上听着那些无政府主义的演讲，这位新革命暴动的不可捉摸的赞助人，这位深得信任、富裕阔绰的菲旦扎同志，尽管对于自己的道德堕落心知肚明，实质上却仍然是人民之子。在他那对于生命的热爱与嘲讽中，在他那怀疑自己被出卖、糊里糊涂地死于出卖的茫然信念中，他仍然是人民之子，成为他们毫不怀疑的伟人——带着那样一段他自己的个人行状。

在那些动荡的时刻中，我还要提及另外一个人物：这便是安东尼娅·阿维拉诺斯，那位"美丽的安东尼娅"。她是不是拉美裔少女中的一个可能的特例，这我不敢公然断言。但对我来说，她是。在我的叙事背景中，她总是作为她的父亲——我那尊敬的友人——身边的一个小人儿出现的，不过我希望她的形象已经足够清晰，好使我接下来的话可被理解。在所有那些与我一同目睹了西部共和国的诞生的人儿中间，她是唯一一位以其连贯生命的面貌在我记忆中留下印象的。作为贵族的安东尼与作为人民之子的诺斯特罗莫，都是创造新纪元的工匠，都是那个新生国家的缔造者——他是靠着自己传奇而应用的壮举；而她，作为一个女人，只能靠她自身的魅力：那唯一能做的事情，便是在一颗无所事事的心灵中激发起忠诚的热情。

倘若说有什么能够吸引我重游苏拉科——我会厌恶看见所有那些改变——那便是安东尼娅。而对此真正的原因——有何不可坦言？——真正的原因在于，我是以自己的第一位恋人为原型来塑造她的。我们那样一班个头高大的男同学，作为她的两个兄弟的好友，是如何仰视着那个姑娘一个人走出教室的，就好像她是一位信念的旗手，虽然我们都怀着那样的信念，但却只有她一个人知道应该如何把它以一种毫不退缩地希望高举起来！比起安东尼娅，她的灵魂里也许要多一些光彩，少一些恬静，不过，她是一位不折不扣的爱国主义的清教徒，思想里没有一点世俗的瑕疵。我不是唯一一个爱上她的；不过，我却不得不时常听见她严厉指责我的轻浮——跟可怜的德考迪很像——或是忍受她措辞朴素、无言以对的奚落。她不太明白——不过没有关系。那个下午,当我像个畏葸而强横的罪人一样走进去,向她最后道别的时候,我得到了一个令我心潮澎湃的紧紧的握手,还看到了一颗令我惊叹的眼泪。她的态度终于软化下来,好像她突然觉得——我们还是那样的孩子!——我是真的要永远离开了,去往遥远的远方——甚至像苏拉科一样遥远,坐落在不为人知、目力不及的地方,隐藏在普拉西多湾的黑暗之中。

  这便是我时时想起来,企盼着再见那位"美丽的安东尼娅"——又或者是另外一位?——一面的原因,看着她在那座大教堂里走动,来到苏拉科第一位也是最后一位红衣主教的坟墓前献上简短的祷告,怀着敬虔的孝心默默伫立在唐·何塞·阿维拉诺斯的纪念碑前,并向着马丁·德考迪的塑像投去缱绻、温柔而忠诚的一瞥,然后,以她挺拔的身姿顶着雪白的花发,安详地走入市政广场的阳光中;那是无人纪念的过去的一个孑遗,人们正迫不及待地等待着另一个新纪元的黎明,盼望着更多革命的来临。

  不过,这只是梦里的幻想;因为我此前便十分清楚,一旦那位俊美的码头工长,那个人民之子,终于从他爱情与财富的苦役中挣脱出来,咽下最后一口气去,苏拉科便再也没有我的差事了。

约瑟夫·康拉德
1917

目 录

作者自记 / 1

第一部分　银矿 / 1

　　第一章 / 3

　　第二章 / 8

　　第三章 / 14

　　第四章 / 20

　　第五章 / 33

　　第六章 / 42

　　第七章 / 79

　　第八章 / 87

第二部分　伊莎贝尔诸岛 / 121

　　第一章 / 123

　　第二章 / 132

第三章 / 138

第四章 / 147

第五章 / 159

第六章 / 191

第七章 / 206

第八章 / 250

第三部分　灯塔 / 281

第一章 / 283

第二章 / 297

第三章 / 315

第四章 / 333

第五章 / 352

第六章 / 361

第七章 / 369

第八章 / 379

第九章 / 407

第十章 / 437

第十一章 / 466

第十二章 / 484

第十三章 / 506

《诺斯特罗莫》大事年表 / 527

第一部分　银矿

第一章

在西班牙统治时代，以及此后的若干年里，苏拉科——对于这座城镇的古老，那些枝繁叶茂的橘园可作为见证——在商业上所凸显出来的重要性，无非是作为一个略具规模的沿海埠口，做一些牛皮与蓝靛的交易。那个时候，征服者们用于远海航行的盖伦帆船十分笨拙，完全依赖于飘风驱动，非常容易被这里平阔的海湾胶住，因而被阻隔在苏拉科外面，要是换成我们那种新的剪式帆船，只需要摆动帆片便可前进。这世间有好些个海港，因为暗礁或沿海风暴的缘故，是难以停靠的。而苏拉科则凭借着宁静幽深的普拉西多湾，在利来利往的商贸世界中建立起一片不容侵犯的领地，面朝着大海坐落着，好像端坐在一方半圆形的、没有穹顶的巨大神庙里，而那些结着云雾、如蒙上纱的高山，便是这座神庙的大墙。

科斯塔瓦那共和国笔直的海岸线，在这里形成宽阔的一弯，又在它的一侧抬升成为最后一片坡地，那是一处微不足道的海岬，名叫蓬塔马拉。从海湾的中央向那边望去，看不见它的平野，而只能够眺望见它背后的一道陡峭的山肩，依稀如天际暗影一般。

还有一团异常遥远的蓝色烟雾，缥缈浮现在海湾另一侧地平线的眩光之上。这就是阿苏厄拉半岛，它狂野而混乱地聚集起一片锋利的岩石与嶙峋的台地，又被深沟大壑所割裂开来。这座半岛由苍翠的海岸上凸入海中，如同一颗探出来的、粗野的顽石头颅，而覆盖着荆棘的海滨沙带，刚好像是它细长的脖子。它里面没有一点积水，大概雨水一落到地上，便会从四面窜流入海；它也没有足够的土壤——据说如此——可供寸草生长。它是如此荒凉，好像被诅咒过。出于安慰自己的暧昧本能，穷人们总喜欢把钱财与罪恶并入一谈，而据他们说，这座半岛之所以变成不毛之地，完全是因为它里面被禁绝的宝藏的缘故。附近的百姓对这个说法深信不疑，无论是农场的雇工、平原的牧人，还是步行几千米路前去赶市——或是背着一捆甘蔗，或是挎着一筐苞谷，所值不过三个便士——的温顺的印第安人，大家都认为，在那些纵横于阿苏厄拉的嶙峋台地之间的峡谷中，藏着成堆的、亮闪闪的金子。而根据传说，从前曾有许多冒险者为之丧命。在这类故事的延续中，如今还有人记得这样一个：曾经有两个流浪水手——也许是美国人，不太确定，但一定是外国佬——说动了一个游手好闲的脚夫，三个人偷来一头毛驴，毛驴上驮着一捆干柴、一只水袋和几天的干粮，三个人的腰间别着左轮手枪，他们用大砍刀从荆棘中砍出一条小路，结伴朝着那座半岛的脖子走去。

次日傍晚，一条淡淡的烟柱——定是他们的营火发出来的——从一道尖削的山脊上，映着天空笔直地腾起，在人们的记忆里，这一幕出现在那颗顽石头颅的上方，还是头一回。一条近海帆船停泊在离岸三千米远处，船上的伙伴们愕然地盯着它，一直看到天色大黑。近处一道小海湾中，一个住在某座孤零零的小屋子里的黑人渔夫，也发现了这股腾起的烟雾,想要看个究竟。太阳正落下去,他喊来自己的妻子。两个人望着那一幕怪异的景象,满腹妒忌、狐疑与惶恐。

这一帮胆大妄为的冒险者,此后再也没有发出别的讯号。无论是那两个水手,还是那个印第安人,或者是偷来的毛驴,再也没有人见过他们。那个苏拉科脚夫——他的妻子花钱做了几台弥撒——以及那头可怜的四蹄畜生,因为孽债勾销,或许已经得以安息;至于那两个外国佬,人们却相信,他们因为自己的成功而受到诅咒,如今已经变成了孤魂野鬼,游荡在那片嶙峋的台地中间。他们的躯体既然被自己所发现的财宝束缚着,灵魂就没有办法脱壳升天。如今,他们尽管已经十分富有,却不得不忍饥挨饿——这种观点十分奇怪,那些冥顽不灵的外国佬的鬼魂,只因为生就一副异教徒的皮囊,就要饱受饥渴的折磨,而基督徒们却可以轻易蜕化而去,得到释放。

他们两个,就是传说中阿苏厄拉被禁绝的宝藏的守护者。那边的一道暗影升于天际,而这边,一团混沌的蓝色烟雾缥缈浮现在地平线明亮的裙角之上,它们一起构成了海岸线上这一弯的两端,两者中间所环抱的水域就是普拉西多①湾,而之所以这样命名,大概是因为这儿从来没有强风吹进来过。

那些从欧洲前来苏拉科的船只,一旦驶过蓬塔马拉与阿苏厄拉一线,便立即失去了强风的推送,沦落为海上乱流的玩物,一连三十几个钟头被它戏弄着。大多数日子里,这些船只前方静谧的海湾上,都堆积着纹丝不动的云翳。而在极为少有的晴朗的上午,这片海隅才会升起另外一道屏障。晨光从耸如高塔、犬牙交错的科迪

---

① 普拉西多,原文单词有"平静"之意。

勒拉山脉后方的高处，穿过云层，把那些乌黑的峰峦映得异常分明，它们的陡崖接入高大的森林山基，向下直逼海岸。在这些峰峦中，有一座头顶白雪的伊格罗塔峰，它巍峨地矗立在蔚蓝的天穹下，片片裸露的巨石为其光洁圆润的雪帽点缀着斑斑的墨色。

此后，等到山峦的阴影被正午的阳光从海湾上扫除一空，云团便从低谷里漫卷而出。它升上林坡，好像阴郁凄凉的破衣烂衫裹住裸露的陡崖，把那么多的山峰掩藏起来，弥散成山雨欲来的迹象，漫过伊格罗塔峰的雪顶。此时，眼前的科迪勒拉山脉就好像崩散成为一团巨大的苍黑色云雾，一面缓缓地向洋面逼近，一面在白天滚烫的热气中烟消云散。这不断消散着的云堤的边缘，看起来似乎要长驱直入到海湾的中央，但却很少有成功的时候。正如那些水手们所讲的，它总是被太阳吃掉了。偶有一片阴森森的云砧，从大块中挣脱出去，越过海湾，飘荡到远离阿苏厄拉的海面，便会顿时雷电大作，如同一条不祥的海贼船停泊在天际线上，跟大海交开了火。

入夜之后，云团升入高空，把下方整片宁静的海湾笼罩为漆黑一团，淅沥的雨声在里面此起彼落，不知何时开始，也不知何时停下。对于此类阴沉的夜晚，大陆西海岸的船家都已经习以为常。正如人们所说，当普拉西多裹着它黑色的斗篷睡去时，天、地与海洋便一齐从世界上消失了。临海的一面，仅存的几点寥落的星光虚弱地闪烁着，也好像是要被吞进这漆黑的洞穴。在这样黑暗的海面上，你既看不见脚下漂浮的船儿，也看不见头顶摆动的帆片。就算是上帝他老人家——他们豁上渎神的大罪，也要这样讲——也不能看见人手在里面所做的事情，而要是魔鬼的勾当在这种叫人眼瞎的黑暗里还能管用的话，也尽可以呼求他来帮忙。

海湾的周围都是陡峭的崖岸。迎着苏拉科海港的入口方向,有一些无人居住的岛屿,它们沐浴在云雾面纱之外的阳光里,被统称为"伊莎贝尔诸岛"。它们各有名字:大的叫伊莎贝尔岛,浑圆的那个叫小伊莎贝尔岛,最小的叫赫莫萨岛。

最后一座高不过一呎[①],长宽也只有几步,充其量只能算是一块灰黑色的礁岩暴露在外面的平顶,每当细雨过后,它就像一块热气腾腾的煤核儿一样,没有人敢在日落前赤脚登上这座岛屿。小伊莎贝尔岛上,有一棵奇丑无比的老棕榈树,简直可以算是棕榈一类中的妖孽,臃肿的树干上长着乱糟糟的棘刺,这棵老树伫立在粗粝的沙地上,娑娑地摇晃着凄苦的败叶。大伊莎贝尔岛上有一股清泉,从一道山谷的草木格外茂盛的坡面上流下。它横卧在海面上,如同一条将近两千米长的碧绿色的楔子,生有紧挨在一起的两片树林,还有宽阔的荫凉投在光滑的树干脚下。一道长满灌木丛的溪涧纵贯全岛,随之呈现出一道蜿蜒陡峭的裂隙,从岛屿的高处延伸到低矮的地方,跟一小片沙滩连在一起。

从大伊莎贝尔岛末端的低处放眼望去,苏拉科港赫然出现在两英里之外,简直好像鬼斧神工从海岸上砍凿出来的一般。它们之间,隔着一片静如湖泊的椭圆形水域。在它的一侧,科迪勒拉山脉以其丛林覆盖的短坡与山谷,陡然降下而直逼海滨;另外一侧,苏拉科大草原上开阔的视野足以让人望见它深远的地方,望见那种由干霾所腾起的乳白色迷雾。苏拉科城——从宽广的橘园中只露出一些大墙的尖顶,以及一架巨大的穹窿与几座白色的塔楼——便坐落在这大山与原野之间,同港口略微隔开一段距离,恰恰位于从海面笔直望去的视线之外。

[①] 英美制长度单位,1呎=30.48厘米。

第二章

由大伊莎贝尔岛的海滩望去,港口中唯一可见的商业气象,是一条木栈桥的方方钝钝的尽头,那是由海洋汽轮航运公司——也被人们熟称为"海汽航"——搭建的,它在把苏拉科确定为造访科斯塔瓦那共和国的港口之一后,便在海湾浅滩上匆匆建造起这一项工事。这个国家漫长的海岸线上不乏几处港湾,但是,除了凯塔——那里可以算作一处重地——之外,其余几个都是狭隘不便、巉岩包绕的峡湾——例如向南六十英里①外的艾斯莫拉达——或是开阔的锚地,根本无法避开风浪的侵扰。

也许恰好正是那种早年间把商船队拒之门外的天气,才吸引着海汽航公司闯进这座祥和的庇护所,打破了苏拉科的一派安宁。在阿苏厄拉半岛的头颅与脖子中间,多变的风儿仍然轻轻撩动着这半湾辽阔的海域,却再也无法阻挡住那些改良船只的蒸汽动力。几年中,可以看见一些黑色的船身沿着海岸上下进出,驶过阿苏厄拉半岛,驶过伊

---

① 英制长度单位,1 英里 =1.61 千米。

莎贝尔诸岛,驶过蓬塔马拉,除了最糟糕的天气之外,简直肆无忌惮。这些船只的名字——都取自希腊神话,虽然此地从来不能算作奥林匹斯众神的统治范围——渐渐为整条海岸上的人家所耳熟能详。"朱诺"①号的中舱最舒适;"萨图恩"②号的船长为人最和气,大堂的漆画与镀金也最为阔气;至于"加尼米德"③号,则只适合拿来运牲口,近海的乘客实在坐不得;还有"刻耳柏洛斯"④号,连岸上最粗陋的村落中最寡闻的印第安人也对它了若指掌,那是一条喷着浓烟的黑色小船,毫无可供讲论的魅力或居乘条件,它的使命是游弋在近海之中,沿着崎岖山脚下丛林覆盖的海岸攀行,每遇到一片小屋便殷勤地停下来,收购一些农产,连用干草包着的三磅生橡胶也不会嫌弃。

由于他们罕来弄错最小的行李,也极少搞丢一头牲畜,更从来没有害任何乘客淹死,海汽航公司因而获得了极高的信誉。人们甚至宣称,把身家性命交给这家公司,简直比在陆地上居家度日还要保险。

这样的信誉,令海汽航公司科斯塔瓦那业务部驻苏拉科的主管引以为傲。对此,他有一句口头禅:"我们从不出岔子。"他经常用训诫的口气,把这话讲给公司的各位船长听:"我们绝不要出岔子。不管史密斯那头如何,我这里绝不容许出岔子。"

那位他素未谋面的史密斯,是业务部的另一位主管,驻扎在距离苏拉科一千五百英里外。"别提你们那个史密斯。"

继之,他便突然平静下来,故作淡然地将话题打住。

---

① 朱诺,天神朱庇特的王后,对应希腊神话中的赫拉。
② 萨图恩,天空之神与农业之神,对应希腊神话中的克洛诺斯。
③ 加尼米德,希腊神话中宙斯的酒童。
④ 刻耳柏洛斯,希腊神话中冥府的看门狗,又称三头地狱犬。

"史密斯对这块大陆的了解,不比一个小孩子更多。"

约瑟夫·米切尔船长自诩对这个国家——科斯塔瓦那共和国——的人情风物所知甚深,对于苏拉科的商政两界而言,他是"我们出色的米切尔先生";对于公司所属船只的调度者而言,他是"苛刻的老乔"。在他所认为的不利于公司有序运作的情形中,武装革命带来的政局翻覆是为害最甚的。

的确,该国的政治气象是风雨飘摇的。战败一方的爱国者们逃窜到海岸线上,仅靠着半船枪弹便可以重新得势,这样的事情,简直已经成为机宜。米切尔船长见识过他们在奔逃中一穷二白的模样,便觉得这法子实在高明。据他观察,"这些人几乎连买船票的小钱都掏不出。"这话不无根据,因为他曾在一个意义重大的时刻,拯救了一位独裁总统的性命,一同救下的还有几位苏拉科的官员——行政长官、海关主事与警察局长,他们都属于同一个被推翻的政府。可怜的里比厄拉——那位独裁总统的名字——阁下在输掉索科罗一役之后,取道山野小径狂奔了八十英里,只为在要命的坏消息抵达前赶到目的地,当然,这事仅靠着一匹跛脚的骡子是无法做成的。更何况,那畜生在行至林荫道——革命间歇期的傍晚,常有军乐队在此演奏——的尽头时,便一命呜呼,累毙在他的胯下。"先生,"讲到这里,米切尔船长便神情庄重地继续道,"这骡子不巧的暴毙,令我们注意到那位不幸的骑者。他的相貌被几个独裁政府军队的叛徒辨认出来,当时,他们正混在一群暴民无赖中间,砸着督政府的窗子。"

当日上午早间,苏拉科的头头脑脑便已经把城镇抛给动乱的暴民,逃到海汽航公司——一栋位于码头末端海滩上的结实建筑——避起难来。那位独裁总统出于讨逆伐异的需要,曾经施行过严厉的征兵制度而大为民众所诟詈，因而，眼下极有可能被撕成碎片。所幸的是，诺斯特罗莫——真是一个难能可贵的好伙计——正带着一帮意大利劳工在近处，后者因为国家中央铁路的工程从海外来此，这才把他从虎口中夺出来，至少暂时是这样。末了，是米切尔船长亲自驾着小艇，把所有人送上了公司的一条汽船——"密涅瓦"①号，当时正赶上那条船驶进港口，真是运气。

他不得不把这帮绅士坠在绳子一头，从那栋建筑后墙的一个豁口放下去。当时，暴民正涌出城镇，散落在海滩上，围着前门的房脚暴跳如雷。紧接着，他又不得不带领他们跑过整条栈桥，那实在是性命攸关的一番疾冲，而且，又是诺斯特罗莫这千里挑一的好汉，守在栈桥这一端抵住暴民的冲击，才为逃难者赢下时间，好让他们抢上早已等候在栈桥另一端、船尾插着公司旗号的那条小艇。当时的场面，矢石交加，刀片横飞。讲至此，米切尔船长非常乐意向旁人展示他的那条长疤，位于左耳与太阳穴间，那是由一支绑在棍子上的剃刀所留下的，他还要补充道，这种家伙什儿正是"本地黑种坏胚"所惯用的。

米切尔船长上了一些年纪，他身形粗壮，戴着高高的尖领，蓄着短短的腮须，尤其爱穿白背心，神色中保持着自命不凡的沉默，却又十足健谈。

"这些个绅士们，"他每每一脸严肃地定睛讲道，"被攥得像兔子，先生。我也像一只兔子。对于——呃——体面人来讲，某些死法是——呃——是说不过去的。我也会被他们捶死的。一个发疯的暴民，先生，简直不问好歹。感谢老天，我们能活命多亏了我的码头工长，

---

① 密涅瓦，智慧女神，对应希腊神话中的雅典娜。

在城中，大家都这样称呼他，正是我慧眼发现了这个人，当时他在一条意大利船上当水手长，那是一条大热那亚船，在国家中央铁路修建之前，难得有欧洲船只载着杂货前来苏拉科，它算是其中一条。他在上面结交了一些体面朋友——他的国人——便下了船，不过我猜，他也是为了让自己过得好一点儿。我任命他做了我们的码头工长，兼作我们的码头看守。这就是他所有的差事。要不是他，里比厄拉阁下怕是早就死了。这个诺斯特罗莫，先生，真是一个没得说的好汉，一下成了城里所有毛贼的克星。从前我们可被祸害苦了，祸害苦了，那些个强盗、土匪、毛贼、凶犯，打全省各地流窜至此，泛滥成灾。就像这一回，他们在一个礼拜前就开始涌入苏拉科。他们早就嗅到结果会是这样，先生。这些杀人害命的暴民，有一半是从草原来的职业匪类，先生，但没有一个不曾听说过诺斯特罗莫的。至于本城的那些泼皮，先生，只要见到他的黑唇髭和白牙齿，便已吓得够呛。他们在他面前，只有敛起手脚，先生。您瞧，这就是人格的威力。"

大可以说，是诺斯特罗莫凭着一己之力，救下了这些绅士们的性命。话说，米切尔船长一直把他们送入"密涅瓦"号头等舱的酒吧，亲眼看着这些人惊魂未定、气急败坏但又安然无恙地坐在舒适的天鹅绒沙发上，喘着大气瘫作一团，这才告辞离去。临了，他仍然赔着小心，把那位前任独裁总统称作"先生阁下"。

"先生，别无他法。那人大势已去——灰头土脸，体无完肤。"

这回入港，"密涅瓦"号连锚都没有下，经主管授意后，直接驶出了港口。没有卸货，当然，前来苏拉科的乘客也都拒绝下船。他们听见了对岸的交火声，也看清了那明火执仗的情形。受阻的暴民以其全部怒气对海关公所发起冲击，那是一栋略显沉闷、看起来像是尚未完工的房子，距离海汽航公司的营业所有两百码，也是此外港口内唯一的建筑。米切尔向"密涅瓦"号的指挥者交代过，把"这些个绅士们"送往科斯塔瓦那之外的第一个港口，便返回了他的小艇，盘算着该如何保全公司的财产。它们连同铁路上的财产，都由欧洲人掌握着，就是米切尔船长本人，以及修筑铁路的一班工程师，而辅助他们的是一些意大利与巴斯克的劳工，他们在英国管事者的带领下抱成一团，极为忠诚。公司的码头工虽然是本国的当地人，却也在他们工长的带领下表现得十分出色。这是一帮不大受待见的混血人种，多半是黑人，在城中卖羼水烈酒的廉价小酒馆里，他们跟其他主顾一向势同水火，因而也十分乐得趁此机会，仗着势头，把他们的私人恩怨清算一番。他们中没有一个，不曾被诺斯特罗莫顶在面门上的左轮手枪吓得半死，或者说，被他言出必行的手段震慑住。好一个"硬邦邦的汉子"，据他们称，这位自家的工长从不屑于乱使脾气，也从不知道疲倦是什么，他们对他的敬畏，更多的是出于对他那种冷傲漠然的风度的钦佩。且看！就在那一天中，他冲锋在他们阵前，还不忘端着架子跟这人或那人说笑几句。

这样的领导足以鼓舞人心，最后，暴民们所造成的破坏，也不过是放火烧掉了铁路上的一垛——不过一垛而已——枕木，因为被油过，那火势烧得很旺。至于他们针对铁路货场、海汽航营业所以及海关公所——人尽皆知，其铜墙铁壁的房间中藏着巨额银锭——所发起的主要攻击，则完全落败了。甚至连城镇与港口中途、由老乔吉奥经营的旅舍，也幸免于抢劫与破坏，这倒不是什么奇迹——只是为了保险起见，他们一开始忽略了它，后来却又没有时间再停下来。因为，诺斯特罗莫正带着一帮码头工在后面穷追猛打。

第三章

也可以说,他只是在那儿保护自己的家园。打一开始,那家旅舍的老板——也是他的国人——便把他亲切地收容下来。老乔吉奥·维奥拉是热那亚人,蓬着花白的须发,仪容如雄狮一般,用米切尔船长的话来讲,这位人称"加里波第的党徒"——算是一个"有家室的体面朋友",诺斯特罗莫正是听了他的建议才弃船上岸、决心在科斯塔瓦那撞一撞运气的。

如其他刻板的共和党人一样,这位老人对于平头百姓满心鄙夷,对暴乱之初的风声也置若罔闻。当日,他仍然像往常一样,趿着拖鞋在他的旅舍内四处溜达,口中念念有词,怒气冲冲地对本次暴乱的非政治本质发起牢骚,不时地耸动着肩膀。而后来,蜂拥而至的暴民令他措手不及。这时候,再想转移他的家人已经来不及了,再说那样一大片平地中,他带着肥墩墩的特丽萨太太与两位小女,又能逃到哪里去。于是,老人索性堵起门户,膝头抱着一杆老猎枪,在黑洞洞的咖啡室中央正襟危坐下来。他的太太也坐在旁边的椅子上,絮絮叨叨地挨个向着日历上的每一位圣徒祷告。

那老共和党人不信圣徒，也不信任何祷告，或是他所谓"神父们的说教"。加里波第与自由才是他的神明。虽说如此，他倒也可以容许妇人们搞一点儿迷信，对之保持着不闻不问的态度。

他的两个女儿，大的十四岁，另一个小两岁，一边一个蜷缩在特丽萨太太身旁的泥土地面上，脑袋靠着母亲的大腿，她们都被吓坏了，但各有各的模样，黑发的琳达愠中带怒，金发的吉赛尔——那小妹——则是茫然无助。那位女信徒将搂着女儿们的手臂拿开，在胸前画了一阵十字，又焦急地绞在一起。她念叨的声音，比先前更大了一些。

"哦！吉安·巴蒂斯塔①，你为何不在这里？哦！你为何不在这里？"

当时，她所呼唤的并不是那位圣徒本尊，乃是那个受他守护的凡人诺斯特罗莫。乔吉奥仍然一动不动地坐在旁边的椅子上，但却被她这一通心神不宁、带着数落的央告惹恼了。

"安静些，娘儿们！讲这话有什么用，他有自己的差事。"他在黑暗中嘟囔着；她便喘着大气还嘴道："哼！我可等不了。什么破差事！那么，那待他像亲娘一样的女人该怎么办？今天早上，我那样跪下来求他，吉安·巴蒂斯塔呀，你莫要出去，巴蒂斯塔，看在这两个无辜孩子的分上，留在家里吧！"

维奥拉夫人也是意大利人，她的娘家在斯培西亚②，虽然她比

---

① 在这里，特丽萨太太嘴上念叨的是圣徒施洗约翰，心里埋怨的却是诺斯特罗莫，因为后者的本名就叫"乔瓦尼·巴蒂斯塔"。
② 斯培西亚，意大利西北部的港口城市。

她的丈夫年轻许多,但也已经是人到中年。她生着一副俊俏的面孔,只是因为与苏拉科的气候不能相容的缘故,她的脸色已经转作蜡黄。当她在丰满的胸脯下叉起手臂,教训起那些终日在舍后泥圬的偏房中忙碌于浆洗晾晒、杀鸡拔毛、舂谷捣麦的粗腰短腿的女佣时,其腔调简直壮怀激烈、振聋发聩且阴沉悚然,直唬得那条拴着铁链的看门狗呛啷一声,奔回犬舍。路易斯,那个生着肉桂色皮肤、黑色厚嘴唇上刚刚冒出胡须的混血少年,本来正拿着一支棕榈叶笤帚清扫着咖啡室,也被吓得停下来,打脊梁骨上滚下一股微微的寒战。他闭起怯生生的杏眼,良久都不敢睁开。

  这就是维奥拉旅舍所有的店伙计,不过,在当日上午暴乱的第一波声势到来时,他们便已经逃之夭夭,比之把自己托付给这样一所房子,那些人更情愿藏匿在平地中:这样选择倒也不足为奇,因为全城的人都在讲——莫知真假——那位加里波第的党徒有一笔钱,藏在厨房的夯土地面下。那条狗——一只敏感的杂毛畜生——被怒气和恐惧交替支配着,也在房后的犬舍间奔入奔出,时而狂吠,时而呜咽。

  鼎沸的人声起伏跌宕,在平原上如同烈风一般裹挟着这座当街的房子。一阵阵乒乓的枪声将呼声盖住,愈来愈大。偶有一刻,外面莫名其妙地平静下来,阳光透过遮窗板的裂隙,照入一缕缕极细的明亮线条,笔直地穿过整个咖啡室,越过纷乱的桌椅,投射在对面的墙壁上,那种欢快的安宁简直无与相比。这一间空旷的粉墙屋子,被乔吉奥选来作为堡垒。它只有一个窗口,唯一的门扇也是向外推开的,临着一条由城镇通往港口的扬尘蔽日的土路,夹道生长着龙舌兰树篱,平时总有一些笨重的牛车吱吱咛咛地路过,赶车的多是骑马的少年。

一阵平静的间隙里,乔吉奥拉动枪栓。这不祥的响动,害得僵坐在他身旁的妇人痛苦地低吟了一声。一阵放声的呼喊在房屋近处骤然响起,旋即转作嘈杂的咆哮。有人一路跑来;经过门外时,可听见他粗喘的气息;墙根下传来沙哑的碎语声与脚步声;有人的肩头擦过遮窗板,抹掉了那些穿越整间屋子的明亮光线。特丽萨太太揽着两个跪在地上的女儿,手臂猛然一颤,把她们搂得更紧了。

那些暴民被从海关公所驱开,散作数伙经平原向城中退去。远处杂乱的枪声已经减弱,与之遥相呼应的叫喊声也渐渐远去。间歇里,仍有零星的枪声隐约响起,这一栋低矮狭长、封住了所有窗子的白色建筑好像一处波心,环绕着它四下的寂静,骚乱如巨大的涟沦扩散开去。屋内的一团漆黑,被条条缕缕宁静的阳光一道道照破,但仍然有残余的一小撮人暂时掩蔽在外面墙根下,蹑手蹑脚,交头接耳,给这些光亮增添了一种鬼祟不祥的声音。这声音传入维奥拉一家耳中,就好像一群萦绕在他们头顶的鬼魅,正偷偷商量着要放火烧掉这一间外国佬的旅舍。

这对他们的神经简直是一种折磨。老维奥拉端着枪,慢吞吞地站起来,他有些犹豫,因为还没有想到该如何阻止他们。听得出来,那些声音已经转移到屋后了。特丽萨太太更是吓得要死。

"啊!叛徒呀!叛徒!"她口中嘟囔着,却几乎听不见声音,"如今我们要被烧死了;我那样跪下来求他。不!他一准儿是跟在那帮英国主子屁股后面跑了。"

她似乎以为,只要诺斯特罗莫留在这所房子里,便足以保证它安然无恙。在海滨及铁路沿线一带,那位码头工长在英国人与苏拉科人中间所赢得的威望,也颇令她信服。尽管在当面,甚至守着自己的丈夫,她总是对他冷嘲热讽,尽管有时不失善意,但更多时候却是尖酸刻薄的。不过,正如乔吉奥在某些恰如其分的场合所冷静评论的那样,妇人之见实在难以理喻。眼下,他把猎枪端在胸前,紧盯着上拴的门扇,俯身到妻子耳畔,用喘气的声音低语道,就算诺斯特罗莫在这儿恐怕也无能为力。两个男人被困在屋子里头,二十多个人在外面放起火来,能有什么法子?吉安·巴蒂斯塔一定无时不在惦记着这个家,他对之深信不疑。

"他会惦记着这个家?就他?"维奥拉太太粗喘着,疯言疯语道。她叉开手指,拍打着胸脯,说:"我算是看透了。他只顾自己。"

一排火枪的连发,惊得她赶紧仰起脸来,闭上了眼睛。乔吉奥的牙齿在花白的唇髭下面紧咬着,眼珠也滴溜溜地转动起来。数发子弹一齐击中了墙根,泥灰的碎屑簌窣掉下来。"他们来了!"经过一刻难捱的沉默之后,房前响起了飞奔的脚步声。

乔吉奥紧张的神色松懈下来,这位面如雄狮的老斗士从唇角挤出一丝微笑,大有不以为然又如释重负之意。这些人并不是为了争取正义,他们不过是毛贼而已。对于这个曾经作为"不朽的千人团[①]"的一员、与加里波第并肩驱驰于西西里千秋伟业之中的男人来说,为了保命而不得不跟这样一伙败类以死相拼,也实在沦落得很。这一回,这一班泼皮无赖的滋事令他痛心疾首,他们全然不懂"自由"一词的含义。

[①] 千人团,加里波第为支援西西里人民起义而自募的武装,又称"红衫军",加里波第本人著有一部同名小说。

他把老猎枪搁在地上，抬起头来，看了一眼粉墙上镶在黑框子中的平印版加里波第彩像；一缕强烈的阳光正笔直打在上面。他的眼睛在这炫目的晨光中，逐一辨认出那幅肖像里头面部的重彩、衣衫的鲜红、方肩的轮廓，以及一团墨色——那是步兵帽及其顶部蜷曲的鸡翎。名垂千古的英雄！这才是你所高蹈的自由；让人不仅从它得到生命，还有那不朽的美名！

他对于那个人所怀的狂热之情，从未消减。就在刚刚从大难——对于这漂泊无定的一家来说，方才的经历也许算是最大的劫难——临头的恐惧中解脱出来的那一刻，他还是理所当然地首先向着肖像中旧日的领袖致意过后，才把手搭在妻子肩头。

跪伏在地上的孩子们，仍未挪动。特丽萨太太微微睁开双眼，仿佛从僵死中苏醒过来。还没等他恢复沉着从容的腔调，讲上半句宽心的话儿，她便从地上爬起来，把两个孩子一边一个搂住，喘着大气，发出一声沙哑的尖叫。

与此同时，遮窗板外响起一阵猛力地捶击。他们忽然听见一匹马儿打着响鼻，四蹄焦躁地蹬踏着舍前狭窄坚硬的小路；一只靴尖再次踢响遮窗板，每一下都伴着叮当的马刺声，一个声音兴奋地喊道，"里面的，你们好呀！你们好！"

第四章

当日上午,诺斯特罗莫一直在打远处留意着维奥拉旅舍的情况,即便在海关公所附近的混战最为激烈的时刻,也是这样。"倘若那儿冒起烟来,"他暗自忖度,"他们便完了。"一待暴民四散而逃,他便带着一小队意大利劳工,往那个方向赶去,当然,那里也是去往城镇的最短路径。被他所撵的那一帮暴徒,似乎本来打算在那房子脚下顽抗一阵的,但招架不住这一边的伙计们从龙舌兰树篱后面一齐开火,那些无赖便屁滚尿流地跑掉了。诺斯特罗莫骑着他那匹银灰色的牝马,出现在为铁路港口支线所开掘的一道壕沟上。他大喝一声,拿左轮手枪对着他们的背影射了一枪,便向着咖啡室的窗口疾驰而去。他早已料到,老乔吉奥会选择房子的这一部分作为堡垒。

他的声音传入他们耳中,气喘吁吁地:"嗨,老爹!嗨,老爹!里面所有人都好吗?"

"看吧——"老维奥拉对他的妻子嘟囔着。

特丽萨太太如今闭嘴了。诺斯特罗莫在外面笑了。

"我听见了,老板娘还活着。"

"你干的好事，可要吓死我了。"特丽萨太太叫道。她还想说点什么，却失了声。

琳达抬起眼来，盯着她的脸看了一会儿，倒是老乔吉奥抱歉地喊道——

"她有点生气。"

外面的诺斯特罗莫又是一声大笑，叫道——

"她可气不到我。"

这会儿，特丽萨太太又出声了。

"我说了。你这没心没肺的——吉安·巴蒂斯塔，你这没良心的……"

他们听见，他调转马头，从遮窗板那儿离开了。他所带领的那帮人用意大利语和西班牙语兴奋地吵闹着，彼此鼓劲儿，继续向前追击。他赶在他们前头，大呼着："冲呀！"

"他都不停下来，跟我们待一会儿。去那儿，那些不相干的人能给他什么奖赏。"特丽萨太太悻悻地讲，"是的！冲啊！那就是他想要的。无论何地，不管怎样，就知道跟那一班英国佬冲在前面。他们也会拿他向每个人炫耀：'看，这就是我们的诺斯特罗莫！'"她恶狠狠地笑道："多了不起的名字！那算什么？诺斯特罗莫？对他们来讲，这名字连个词儿都算不上。"

就在这时候，乔吉奥已经悄无声息地动作起来，打开了门闩。迅即涌入的阳光洒在特丽萨太太身上，她把两个女儿拢在身边，实在是一幅欣欣然的母爱的画面。在她背后，那一面粉墙白得有些亮眼，加里波第平印肖像中粗糙的色彩，也在光芒中显得越发绚烂富丽。

老维奥拉从门口抬起手臂，像是在把他脑中匆匆来去的念头，向着墙上那位昔日的领袖做一个交代。即便在他为"英国绅士们"——那些工程师——下厨煮饭(他是个出色的厨子,虽说那厨房漆黑一团)的时候,这位伟人的目光也未曾离开过他,就像从前一样,带领他在加埃塔①的高墙下发起光荣的抗争,要不是该死的皮埃蒙特种的国王和大臣们②捣鬼,暴政也许打那儿便已告终了。有些时候,当烹饪着美味的碎洋葱的煎锅腾起火苗,他一面向后边的挡门处避闪着,一面在呛人的油烟里大声咳嗽着,痛骂着,加富尔③——那个为国王和暴君们卖命的大叛徒——的名字,便夹杂在他对那些姑娘和煮饭烧菜之事的咒骂中脱口而出,一同受到诅咒的,还有他出于对自由的热爱而不得不定居在这里的这个国家的活畜生们,正是那个叛徒掐死了他的自由。

接着,一身黑衣的特丽萨太太打另一个门口挤出来,走上前,满脸严肃又焦躁不安,把面孔俊俏、眉毛乌黑的脑袋歪向一边,打开双臂,用浑厚的嗓音叫道——

"乔吉奥!你这热情如火的汉子!仁慈的圣徒呀!这样的太阳!

---

① 加埃塔,意大利中部拉齐奥大区拉蒂纳省的一座城市,位于伸向加埃塔湾的一个海岬上,距离罗马一百二十千米,距那不勒斯八十千米。沃尔图诺河战役中,加里波第曾率众同西西里王国军队在附近激战,战争以撒丁国王进入那不勒斯、加冕为意大利国王告终。
② 撒丁国王统一意大利之后,罔顾加里波第与民主党人进攻罗马的意愿,屈从对外压力,出卖共和,俘虏了加里波第,后又因无法审判他而将其释放。因为撒丁国王出自皮埃蒙特,故有文中一语,"大臣"则首指加富尔。
③ 卡米洛·本索·迪·加富尔(1810—1861年),意大利政治家,统一运动的领导人物,意大利王国的第一任首相。

他会把自己弄病的。"

那些母鸡趟着大步,从她脚前四散逃去;碰上铁路的工程师驻留在苏拉科,便会有一两张年轻的英国面孔,打屋子这一头的弹子房里探出头来;另一头的咖啡室里,那个黑白混血的少年路易斯却异常小心,绝不会露面。至于那些头发如飘拂的黑色马鬃、只穿着小衫与短裙的印第安女孩儿,则被吓得只有在剪得齐刷刷的额发下瞪起茫然的眼睛;肉脂滋滋的爆响也停住了,只剩油烟在阳光下笔直升起,一股浓烈的焦洋葱的味道在催人昏睡的热气中弥散开来,充满整个屋子;向西面望去,视线便迷失在一片平旷的草原之中,那块平坦的土地高踞于苏拉科之上的西厄拉山与海岸线之间,朝着艾斯莫拉达方向延伸开去,仿佛有半个世界之广之大。

片刻意味深长的停顿之后,特丽萨太太继续谆谆劝勉道——

"哦,乔吉奥!别管那个加富尔了,照顾好你自己吧,就因为你不愿意活在国王脚下,我们才流落到这样一个国家,无依无靠地带着两个孩子。"

盯着他的时候,她时常突然拿手捂住肋部,漂亮的嘴唇猛然哆嗦起来,又直又黑的眉毛也随之一阵抖动,好像有一种愤懑或疼痛的情绪,从她俊俏端庄的面容中倏然闪过。

是疼痛;她正在忍着。这毛病在早些年便有了,他们离开意大利,来到美洲,并最终在苏拉科安顿下来,在那之前,他们曾流浪过一个又一个城镇,本打算在这儿或那儿做一点小本的店铺生意;有一度,他们还在马尔多纳多经营过一个渔行,因为乔吉奥——像伟大的加里波第一样——在年轻时曾做过水手。

有时候,她被这痛苦折磨得失去了耐心。它的啃啮,在常年中已经成为此间风景的一部分，融入林坡之下海港的粼粼波光中；因为这种疼痛的缘故，这儿的阳光也令人觉得沉重又乏闷，全然不像她幼年时的那种光景，那时候，在斯培西亚湾的海滩上，恰当盛年的乔吉奥正庄重又热切地追求着她。

"乔吉奥，你快进屋里。"她吩咐道，"别让人家觉得你毫不顾惜我——屋里头有四位英国绅士。"

"好的，好的。"乔吉奥便咕哝道。

他顺从地进去了。那些英国绅士随即点了他们的午餐。想当年，作为其中的一员，他们那天纵神兵、所向披靡的解放者队伍曾将暴君的雇佣兵们撵得屁滚尿流，如大风扬糠一般，真是"可怖的飓风"。不过，那已经是他娶妻生子之前的事情了，并且在那之后，暴政在一班叛徒鼠辈的簇拥下重又抬头，而加里波第——他的英雄——也已经被捕了。

这房子的前面有三个门口，每到午后，便可以见到这位加里波第的党徒顶着一头蓬蓬的白发，站在其中一扇门内，他叠着双臂，叉着两腿，把雄狮一般的头颅斜靠在门楣上，向着山麓的林坡举目观看，一直眺望至伊格罗塔峰的雪帽。他的房子在前方投下乌黑的长方形的影子，在松软的牛车小径上慢慢地变宽。距这所房子末端六十码处，临时铺设在平地里的港口铁路支线经斩断夹竹桃树篱的沟堑，调转两条亮闪闪的平行轨道，从一带焦枯的野草中绵延开去。傍晚，空荡荡的货车便拖着平板车厢绕过苏拉科墨绿的橘园，喷着白色的蒸汽，微微颠簸着，打平原中朝维奥拉旅舍驶来，赶去港口附近的铁路货场。意大利司机们站在驾驶室的脚踏板上向他举手致意，那些黑人轫手则心不在焉地坐在制动器上，两眼直呆呆地盯着前方,任偌大的帽檐在风中拍打着。作为还礼,乔吉奥将脑袋轻轻一偏,两臂却没有打开。

然而,在这难忘的暴乱日中,他却不能将两臂抱在胸前。他的手紧抓着杵在门槛上的枪杆,他也没有顾得上抬头看一眼伊格罗塔峰的雪帽,而后者清凉的洁白,似乎正一心要拔离于这炎热的大地。他的双眼始终焦灼地盯着那一片平地。飞扬的尘土在各处沉降下去。万里晴空中挂着明晃晃的太阳。数丛人影在疾冲猛跑;另一些则站住了。凌乱的枪声经炽热、凝滞的空气嗒嗒传来,如水波一般送入他的耳中。落单的徒步者分头跑开。骑马者相向驰来,一齐调转马头,又加速分开。乔吉奥看见一人跌倒了,连人带马好像滑入深渊,不见了踪影,这活灵活现的画面中的一举一动,简直好像平地里上演的一场野蛮的侏儒戏,有人骑马,有人步行,扯着尖细的嗓子呼喊着,而在这所有一切之上的高山,则是那庞大的沉默的化身。像这样活跃生动的生命场景,浮现在这一小片平野上,这是乔吉奥之前所不能看见的;所有的情形,令他一时目不暇接;他拿手遮眼望去,直至近处响起纷乱如雷的蹄声,才被惊动。

一队马儿打铁路公司的畜栏中挣脱,如同疾风一般狂奔着,喷着鼻息,踢蹬着,穿过路轨,有枣色的、棕色的、灰背的,混作紧凑的杂色的一群,上下踊跃着,一匹匹怒目圆睁,引颈向前,鼻孔通红,长长的尾鬃飘拂着。等它们跃上路面,蹄下便扬起滚滚向前的尘土,六码外的乔吉奥只看见一团棕色的烟尘,卷裹着一些马臀与马颈,扬长而去,所过之处,土地一阵颤动。

维奥拉咳嗽着,转脸避开尘土,微微摇了摇头。

"这些马儿,可够今晚逮上一阵了。"他嘟囔道。

阳光经门口投在一块方形地面上，照见跪在椅子跟前的特丽萨太太，她的脑袋仿佛因为不堪那一头黑亮如檀木、夹杂着条条银丝的秀发的重量，而深深埋在两只手掌中间。她平日用来裹脸的黑色纱巾，正掉落在旁边地上。两个女孩儿已经站起来，牵着手，穿着短裙，松散的头发乱糟糟地垂落着。较小的一个拿胳膊挡着眼睛，像是害怕见到阳光。琳达把手搭在小妹的肩头，倒是浑然不惧地向外望去。维奥拉看着这两个孩子。

深刻的皱纹在阳光下愈加分明，显得沧桑有力，令他的脸孔更像一件凝固的雕塑。不可能猜透他在想什么。他那乌黑的眼珠的一转一瞥，都被掩藏于苍灰的浓眉之下。

"好哇！你们怎么不像母亲那样祷告？"

琳达有些不快，噘起朱红的嘴唇，那颜色简直太过红艳了，不过，她有一双人见人爱的棕色眸子，瞳仁中闪着金光，既有智慧与情意充盈在里面，又是那样清澈，为她消瘦、苍白的脸蛋增添了一种光彩。她黑色的发束闪耀着青铜的光泽，睫毛乌黑又修长，衬得她的肤色更加白皙。

"妈妈要去教堂多捐上一些蜡烛。诺斯特罗莫在外面打仗的时候，她总是这样做。我要拿一些，献到大教堂的圣母殿上去。"

她讲得飞快，怀着莫大的信心，那声音听起来悦耳动人。随后，她轻拍了一下小妹的肩头，补充道——

"也会叫她拿上一支！"

"叫她？"乔吉奥一本正经地问道，"她自己不愿意吗？"

"她太怕羞了。"琳达说罢，小声笑了起来，"她跟我们走在一起，人家就留意到她的金发。他们跟在她身后喊，'看那个金发姑娘！看那个金发姑娘',他们在街上这样喊。她就害羞了。"

"你呢?你就不怕羞了——嗯?"父亲慢吞吞地讲。

她把一头黑发向后甩了甩。

"没有人跟在我后面叫。"

老乔吉奥若有所思地瞧着这一对女儿。她们中间差着两岁。这是他晚年所得的孩子,在那个男孩夭折多年之后。要是他活下来,跟吉安·巴蒂斯塔——英国人叫他诺斯特罗莫——的岁数差不多。然而,对于这两个女儿,他严肃的脾气、老迈的年纪及对于记忆之事的沉湎,都使得他无法对她们关心太多。他疼爱这两个孩子,但女儿毕竟向着母亲多一些,而对自由的崇拜与奉献已倾注了他太多感情。

还是一个毛头小伙子的时候,他从一条开往拉普拉塔的船上下来,应征进入蒙得维的亚海军,随后来到加里波第麾下。再后来,他效力于共和国的意大利军团①,参与了对入侵的暴君罗萨斯②的抗争,在大平原中,在那些大河的岸上,他经历过世间最为残酷的战斗。曾几何时,为了自由的缘故,那些他曾与之一起生活过的人们慷慨陈词,不避艰险,甚至是死不足惜,他们怀着不顾一切地欣喜,将目光转向

---

① 加里波第在第一次流亡美洲期间,曾任巴西共和国海军司令。1841年,他又来到乌拉圭参加该国保卫独立的战争,并招募八百意大利侨民,组建了战功赫赫、威震四方的意大利军团。故文中"共和国"指的是乌拉圭共和国。
② 胡安·曼努埃尔·德·罗萨斯,阿根廷省长时代的霸主,也是南美第一个考迪略。1839年他曾派兵入侵乌拉圭,并于1843年至1851年期间围攻蒙得维的亚,1852年失势后逃往英国。

了那样一个受压迫的意大利。他本人的热情,也随着所看见的大屠杀的场面与高尚的献身榜样,以及所听到的关于武装起义的争辩与火热的宣言而日渐高涨。他从没有跟自己选择——他选择做独立的热心的使徒——的领袖分开过,从美洲到意大利一直追随在他身边,直至阿斯普罗蒙特山①命数注定的那一天,他的英雄负伤被捕,令一班国王、皇帝与大臣们的背信弃义昭然于世——这一场灾难将他从此带入沮丧的困惑,再也无法理解那神圣的正义之道。

然而,他没有否定它。他只是说,那需要耐心。尽管不喜欢神父,也从不肯为了什么踏入教堂半步,他却是相信上帝的。那些教人反抗暴政的宣言,不就是凭着上帝与自由的名义来讲论的吗?"女人信教,男人信上帝。"他时常嘟囔道。在西西里的时候,国王的军队从巴勒莫撤离后,一位英国人曾送给他一部意大利文《圣经》——包着黑色的皮子封面,是英国及海外圣经公会的出版物。在政治变故时期,革命家们缄默下来、不再发表言论的间歇中,乔吉奥为糊口,便拣了一份最现成的工作——做水手,在热那亚的码头上做苦力,还有一次是在斯培西亚上面山中的一座农场中做佣工——来做,闲暇时,他便读着这厚厚的经卷。他曾将它带入战场。如今,这已经成了他唯一的读物,为了不至失去它——那字体很小——他接受了艾米莉亚·古尔德夫人所赠送的一副银框眼镜,古尔德夫人是开

---

① 1862年,加里波第在西西里岛发动武装,北上进军罗马,而意大利王国政府却背着他同教皇和拿破仑三世及奥地利方面达成妥协,于8月间在阿斯普罗蒙特山对义军发动袭击。加里波第为了民族大义,站在两军中间阻止双方交火,却被政府军打了两记黑枪,随后倒地被捕。

银矿的英国人的太太,那银矿就在距离城镇三里格^①之外。在苏拉科城中,她是唯一的英国女人。

乔吉奥对英国人怀有极大的好感。这感情是在乌拉圭的战场上结下的,至少也有四十年了。他们中有几个为了自由的缘故,把热血洒在了美洲大地上,他所认识的第一位,他还记得那人的名字,叫塞缪尔。塞缪尔在加里波第帐下指挥着一支黑人连队,在围攻蒙得维的亚的著名战役中,强渡博亚纳河时,跟他的黑人部下一起英勇牺牲了。当时,他——乔吉奥——已升为少尉,为将军做饭。后来回到意大利,他衔至中尉,得以同参谋官们并辔骑行,却仍兼差为将军做饭。在伦巴第的整个战役期间,他一直都在为他做饭;向罗马行进时,他曾按着美洲人的方式,在坎帕尼亚为他套牛烹肉;在罗马共和国保卫战中,他一度负伤;他们四名逃亡者与将军一起,将他奄奄一息的爱妻^②从密林抬到了农舍,她死在那里,那场可怕的撤退途中的重重艰苦,把她折磨至香消玉殒。他从那灾难的时刻生存下来,得以在巴勒莫——当那不勒斯人的炮弹从堡垒中射出,炸裂在城镇上空时——继续照料着他的将军。经过整日的鏖战,他曾在沃尔图诺的战地上为他做饭,而在每一个地方,他都能见到一些为自由之师冲锋陷阵的英国人。他敬重他们的国民,因为他们热爱

---

① 里格,古老的长度单位,在海洋与陆地中通常分别指三海里、三英里,分别相当于 5.556 千米与 4.827 千米。

② 1849 年,罗马共和国遭到敌对势力的疯狂反扑,在 40 000 法军、20 000 那不勒斯军队、9 000 西班牙军队、15 000 奥军和 2 000 托斯卡纳部队的包围下,加里波第率众且战且退,最终只好出走美洲。其第一任妻子阿妮达,在撤退途中染病去世。

加里波第。据说，他们的女伯爵和公主们曾经在伦敦亲吻过将军的手。他对之深信不疑，因为那是一个高贵的国度，而他又是一个圣人。他身上那种对于信念的神圣力量，以及对于一切贫穷、受苦和被压迫之人的伟大同情，只要从他的面孔上一望便知。

曾一度激荡着革命时期的思想与时局的那种忘我精神，那种投身于浩大人道主义的单纯的牺牲精神，在乔吉奥身上留下了印记，那是一种对于一切个人私利的极端轻视。这个被苏拉科的下等民众认为在厨房中埋藏着钱财的男人，终其一生都将钱财置之度外。他年轻时的领袖不也是这样，生于贫穷而死于贫穷。他已经习惯不管明天如何。部分程度上，这是由过去那种刺激、冒险的经历和激烈的战争所养成的。但大致说来，这算是一个原则问题。这不像是雇佣兵的那种满不在乎，而是一种清教徒的做派，由一种清教信仰般的极端热忱所生发出来的。

这种刻苦的献身精神，令乔吉奥的暮年蒙上一层昏暗的光景。之所以昏暗，是因为他可为之献身的事业看来已经消失了。在上帝为人民营造的世界上，仍然有多少作威作福的帝王。他为自己的单纯而难过。尽管向来乐于帮助自己的同胞，尽管在自己所生活——他称之为流放——的意大利移民中间饱受尊敬，他却从不对自己隐瞒，他觉得他们都是麻木不仁的，对一切受蹂躏民族的不公都漠不关心。他们乐意听他讲故事，但只会在心里猜疑，这家伙究竟从里面捞到了什么本钱。就他们所见，一无所获。"我们一无所取，我们乃是因为对全人类的爱而受苦！"他时而这样狂呼着，那振聋发聩的声音，那目光灼灼的眼神，那花白须发的颤抖，还有那上举的有力的手臂，像是在指天为证，无不令他的听众为之动容。而随着这位老人头颅一震,手臂一挥,话锋便陡然一转,意味深长起来:"对你们讲这些又有何用?"听者便会意地互相戳戳手肘。老乔吉奥身上有一种感情的能量,一种随坚定信仰而来的个人品格,一种意大利人称为"可敬可畏"的东西。"一头老雄狮,"他们这样谈论他。一些琐碎的小事、偶尔的话题,都会令他高谈阔论起来,起先是在马尔多纳多①海滩上,对着那些意大利渔民讲;再后来,是在小杂货铺——在瓦尔帕莱索②时——中对着他的同胞主顾们讲;又或者,是偶尔的一个傍晚,在维奥拉旅舍一头——另一头是留给那些英国工程师的——的咖啡间里,对着那些火车头司机和铁路工场的工长们讲。这些人都是他的好主顾。

那些铁路工场的上等雇员玩腻了纸牌或是多米诺,便听他谈论起来,他们生着俊俏、精瘦的古铜色面庞,顶着黑亮的卷发,目光闪烁,胸膛宽阔,有时候耳垂上还带着一只小小的金环。间或有一个金发的巴斯克人在端详着自己的手掌,不声不响地等待着。在场的没有一个科斯塔瓦那本地人。这里是意大利人的据点。就连巡夜的苏拉科警察路过这里,也会让坐骑放轻脚步,从鞍子上俯身,透过窗口看一看烟雾缭绕中的那些面孔;老乔吉奥嗡嗡发响、滔滔不绝的讲述,似乎沉入了他们身后的平原之中。只是偶尔,副警察局长——一个大脸盘、棕皮肤的小个子男人,有大部分印第安人血统——会露一下面。他把自己的人马留在外面,面带着自信、狡黠的微笑踱步进

---

① 马尔多纳多,乌拉圭马尔多纳多省府,位于大西洋马尔多纳多湾畔。
② 瓦尔帕莱索,智利阿空加瓜区和瓦尔帕莱索省府,位于大平洋瓦尔帕莱索湾南岸。

来，一言不发地走到那条高脚桌前。他指着架子上的一瓶酒；乔吉奥便蓦地将烟斗塞进嘴巴，亲自来招呼他。除了马刺的叮当，再无声响。他将杯子饮尽，朝整个房间悠然地审视一圈，走出去，上马慢慢离开，迂绕着向城中走去。

第五章

在那样一班以"进步与爱国的事业"之名挖开土地、炸开矿山、驾驭机车的身强力壮的外来人群体中，地方当局只能用这种方式宣示着它的力量。十八个月前，尊敬的文森特·里比厄拉阁下——科斯塔瓦那共和国的独裁总统——在破土动工仪式的演讲中，就是用这几个字眼来形容国家中央铁路的。

他为此特地赶来苏拉科，并在岸上的活动结束后，应海汽航公司之邀，参加了一场在"朱诺"号甲板上举行的、午后一点钟的晚宴餐会。米切尔船长亲自驾驭着挂满旗帜的驳船，拖曳着"朱诺"号的小火轮，将那位尊敬的总统阁下从码头迎到船上。苏拉科所有头面人物都应邀出场——包括一两位外国客商，然后是城中那些古老的西班牙家族的所有代表，他们是平原产业的大宗主，是一群严肃、谦恭而简朴的人儿，也是一些血统纯正的绅士，他们生着小巧的手脚，保守、热情又和气。西部省是他们的根据地。眼下，他们的布兰科党正在当政。那位独裁者是他们的总统，一个布兰科中的布兰科，正一团和气、笑眯眯地坐在两股友邦势力的代表中间。他们是跟他一道从圣马塔来的,前来对这项事业表示支持,他们本国都有资本投入其中。

这一行人中的唯一一位女士是古尔德夫人,她是桑·托梅银矿总经理唐·卡洛斯的夫人。苏拉科普通的小姐太太们还没有开化到这种程度,敢于在公众生活中抛头露面。前一晚,她们已经在总督府的盛大舞会上出过风头了,眼下就只有古尔德夫人出现在这里,出现在破土动工的仪式上,在矗立于港口海滩的一树浓荫下、覆盖着猩红织物的舞台上,成为独裁总统身后穿得黑压压的人群中间的一个亮点。她乘着载满显要的驳船上来,坐在飘拂的彩旗下面,那是位于驾船的米切尔船长身旁的一个上座,在"朱诺"号华丽的长酒吧中,她明艳鲜亮的衣衫成为阴暗乏味的集会上唯一真正的喜庆记号。

铁路董事局主席——他来自伦敦——的一张脸围着她的肩头打转,那张面孔健美而苍白,顶着花白的银发,胡须被精心修剪过,整张脸带着小心、微笑与疲倦。由伦敦至圣马塔的邮轮航程,以及圣马塔海岸沿线——目前仅有的一条铁路——的专列之旅,还是可以忍受的,甚至说舒适极了。但从那里翻山来到苏拉科,便是另一番体验了,要乘坐古老的驿车,沿着可怕的悬崖走过崎岖的山路。

"同一天里,我们在陡峭的悬崖边上翻了两次车。"他低声告诉古尔德夫人,"我们总算到了这里,要是没有您的殷勤款待,我们真不知如何是好。苏拉科是个多么偏僻的地方!——居然还是一个港口!真想不到!"

"哈,但我们以它为傲。它在历史上曾十分重要。最高教会法庭,还有两任总督府,都曾立在这儿。"她用活泼的口气纠正他。

"受教啦。我可不是要贬低它。您看来十分爱国。"

"仅就地理位置而言,它是一个可爱的地方。也许您还不知道,我算是一个老住户啦。"

"我想知道,有多老。"他咕哝道,一面微笑地看着她。古尔德夫人的容貌,因为表情的生动活泼而显得年轻。"我们可没法再把教会法庭还给你们,不过,你们可以得到更多蒸汽机、一条铁路、一条电报线——一个伟大世界中的未来,多少教会法庭都比不了。它们会把你们跟许多事物连接起来,比两任总督加起来还要伟大。不过,我还是想不出,像这样一片海隅,怎么可能保持与世隔绝。简直像一千米深处的内地——真了不起!最近一百年里,这儿难道就没发生什么事情吗?"

他慢条斯理、幽默诙谐地讲,她则保持着浅浅的微笑。他话里充满调侃的意味,她肯定了他的疑问,是的——苏拉科从未发生过什么事情。即便是革命——她经历过两次——也无改于这个地方的宁静。它们进行于共和国人口稠密的南方,还有圣马塔的大山谷里,那儿就像一片党派的大战场,而首府的产业和通往另一大洋的出口,便是对于胜利者的奖赏。那儿的人们更加开化一些。在苏拉科,他们只能听见那些重大争端的回声,当然,他们的官场每每也会随之变换,翻越崇山峻岭传递到这里,他本人也是冒着生命危险、乘坐古老的驿车从那里过来的。

铁路董事局主席已经享受了她连日的款待,因而非常感激。自从离开圣马塔,来到这一片异国他乡的环境中,他便同那种欧洲生活的感觉完全断绝了联系。在首府的时候,他是公使馆的宾客,一直忙于跟唐·文森特政府的成员谈判——他们都受过教育,对于文明商业的条件并非一无所知。

他目前最关心的,是铁路的土地收购。在已经有了一条铁路的圣玛塔山谷,人们是容易说通的,只是价钱的问题。政府已经提名了一个委员会来修订价格,那些难题已在他们智谋的影响下迎刃而解。而在苏拉科——尽管西部省的发展才是修建铁路的本意——却遇到了麻烦。无数年代以来,它一直隐藏在自己的天然屏障背后,用它山峦起伏的悬崖绝壁,用它朝向永远平静、阴云密布的海湾开着的浅浅港口,用它富饶领地的所有者——实际上,所有那些古老的西班牙贵族人家,那些叫作唐·安布罗西奥斯什么和唐·费尔纳多斯什么的,对于这条将要从他们土地上穿过的铁路的到来,似乎都不大喜欢,也不大信任——的顽固不化的头脑,抵制着现代企业的进入。分散在全省各地的勘测组,有些已经被武力警告离开。还有一些,提出离谱的价格当作幌子。不过,铁路董事局主席自认为可以应付一切紧急情况。既然在苏拉科遭遇的是盲目保守主义的抵触情绪,那么在根据自己的权利独自采取立场之前,他也会以情绪来应对。政府注定要履行他们同新铁路公司董事局所签订的合同,即便是为此动用武力。不过,他也正期待着一场武装动乱,好让自己的计划顺利进行。这些计划是如此庞大、深远而充满希望,因此决不能留下一块绊脚石,于是,他想到把那位独裁总统动员来这里,参观他的动工仪式,发表演讲,并在港口沿岸铲开第一块草皮,把他的伟大作用发挥到极致。毕竟,他是他们自己选择的产物——那个唐·文森特。他是这个国家的精英群体的胜利的化身。这些都是事实,而且,除非事实连什么都不算,否则——约翰爵士这样说服自己——这样一个人的影响力肯定是真实的,他的个人行为一定会起到自己所需要的安抚效果。靠着一位十分聪明的居间者的帮助，他成功地安排了这趟行程，那人在圣马塔是作为古尔德特许矿区的代理人而知名的，那座银矿是苏拉科最大的东西，即便在整个共和国也是如此。它真的是一座不可思议的富矿。它的那位所谓代理，显然是一个有才干的人，看上去没有任何官职，却在政府高层中具有非凡的影响力。他可以向约翰爵士保证，那位独裁总统一定能够成行。然而在同一番谈话中，他还懊恼地表示，蒙特罗将军也坚持要去。

争斗之初，蒙特罗将军还只是一个不起眼的上尉军官，驻扎在这个国家荒凉的东部边境上，在一个由特殊环境赋予这类小角色以幸运的重要性的时刻中，他把自己的命运同里比厄拉党派连在一起。战乱给了他千载难逢的好运，里奥西科的胜利——经过一天孤注一掷的战斗——奠定了他的成功。最后，尽管他没有一点贵族血统，却升任将军、战争部长，成为布兰科党派的军事首脑。事实上，据说他和他的兄弟是孤儿，靠一位著名的欧洲旅行家的施舍长大，而他们的父亲曾服侍过那位旅行家，并为此丧命。另一种说法是，他们的父亲没什么来头，只是林子里的一个烧炭工，他们的母亲也只是一个来自远方的内陆的受过洗礼的印第安女人。

不管怎样，科斯塔瓦那的新闻界已经形成惯例，把动荡之初蒙特罗率部从他的军事驻地投靠布兰科一派的丛林行军，称作"当代最英勇的军事功勋"。而大约在同时，他的兄弟也从欧洲回来了，此前他似乎是在那里给一位领事做秘书的。不过，他纠集起一小撮法外之徒，表现出了作为一名游击队头领的天分，战后论功行赏，他坐上了首府军备司令的位子。

因此，这位战争部长与独裁总统结伴而来。在这样重大的场合，向来与铁路方面人员联手为共和国造福的海汽航公司董事会指示米切尔船长，把"朱诺"号邮轮交给这一次盛大的宴会调遣。唐·文森特从圣马塔出发，在凯塔——科斯塔瓦那的主要海港——上船，由南方海路前来。而铁路公司的主席，则勇敢地乘坐着一辆颠簸的驿车翻过了大山，这样主要是为了去一见他的总工程师，后者正忙于线路的最终勘测。

尽管这样一个事务缠身的人对待自然界总是冷漠的，对待它的抵抗也向来以经济资源加以解决，但是，他在逗留于那个建立在他的铁路即将到达的最高地点的勘测营地期间，还是忍不住对周围的环境产生了深刻的印象。他当夜住在那儿，因为到得太晚，没能见到伊格罗塔白白皑皑的侧峰上夕阳的残照。大量黑色的玄武岩石柱支立着，框成一道敞开的大门，通往那片背靠西方倾斜而下的雪白大地。在高处透明的空气中，一切都显得非常接近，沉浸在一片澄澈的、好像没有重量的液体一般的宁静之中。那位总工程师在一座粗糙的石头房子的门口处，竖起耳朵倾听着盼望中的驿车所发出的第一声，他凝视着巨大山坡上色彩的变换，一面思考着。这幅景象有如一支美妙的乐曲，既有最为精美的隐藏而无声的表达，又有一种壮丽辉煌的音效。

约翰爵士来迟了，没有赶上听见日落在西厄拉高耸的群峰中间所吟唱的那一支辉煌而无声的紧张乐曲。在他手脚僵硬地爬下驿车的前轮、同那位工程师握手之前，它便已经唱完了，坠入悄无声息的沉沉暮色的休止之中。

他们在一座石头房子里为他摆上晚餐，那房子就像一块正方体的砾石，两个开口既没有门，也没有窗。外面烧着一堆明亮的篝火，那树枝是用骡子从下面第一道山谷驮上来的，发出摇曳的光焰；锡烛台上点着两根蜡烛——据解释，是为了欢迎他，烛台被摆在一张粗糙的露营桌子上。爵士在总工程师的右边坐下来。他知道如何表现得平易近人；工程队中的年轻人也都坐在那里，他们带着刚刚涉入人生的憧憬来到这里勘测铁路轨迹，细嫩的面孔被天气晒成褐色，正谦逊地倾听着，为亲眼见到一个如此和蔼的大人物而欣喜。

此后，夜里很晚的时候，他和他的总工程师在外面来回踱着，谈了很久。他从前便很了解总工程师。这不是他们两人一起并肩工作、将各自水火一般截然不同的天赋投入其中的第一份事业。他们对于世界的看法并不相同，而彼此两种性格的关联，却产生出一种为世界服役的力量——这种力量可以发动强大的机械，驱动人体的肌肉，还可以在人类的胸怀里唤起一种对于这项工作的无私奉献。座中的那些毛头小子们，勘测着这条铁路，就像摸索着自己的人生轨迹，他们中间肯定有不止一个人，会在完工之前被死神召去。然而，这项工作却一定会完成；那种力量几乎像信念一样强壮。不过，也不太如此。那片形成于山隘顶上的台地被玄武岩峭壁的高墙环绕着，照着月光，就像一座广阔的竞技场的地板，而营地正沉睡在上面，在它的寂静之中，两个身穿厚厚的披肩长外套、来回逡巡的人影站住了，只听见那位工程师字句清晰地说——

"我们搬不动大山！"

约翰爵士顺着他的指向望去，充分感受到这句话里的分量。雪白的伊格罗塔峰从岩石和大地的阴影中陡然升起，好像月亮下面一个被冻住的气泡。一切都是寂静的，直到畜栏——那是为营地的牲口而修建的，用松散的石头草草堆成一圈——的围墙后面，一头负重的骡子跺了一下它的前蹄，沉重地喷了两下响鼻。

总工程师用那句话来回答主席试探性的建议，后者觉得，考虑到苏拉科土地所有者们的偏见，线路的勘测也许可以作出改变。而总工程师却相信，一切人为的固执都只是其次的障碍。况且，他们还有查尔斯·古尔德的巨大影响力可以用来打败对手，而要在伊格罗塔峰下挖掘隧道，却是一项庞大的工程。

"啊，是的！古尔德。他是一个怎样的人？"

在圣马塔，约翰爵士已经对查尔斯·古尔德听说了很多，他还想了解更多。总工程师向他保证，那位桑·托梅银矿的总经理对于所有那些西班牙的名门望族具有一种巨大的影响力。苏拉科那些最好的宅子中有他的一座，而古尔德夫妇的客气也是好得没话说。

"他们像是跟我相识多年一样接待过我。"他说，"那位娇小的夫人简直就是善良的化身。我同他们待了一个月。他帮助我组织了那些勘测组。桑·托梅银矿的实际所有权，带给他一种特殊的地位。看上去，他显然可以得到所有地方权威的重视，而且，要我说，他可以把所有那些西班牙绅士们玩弄在他的小手指上。如果您听从他的建议，这些困难就会消失，因为他需要这条铁路。当然，您要对自己所说的当心。他是英国人，此外，他一定非常有钱。在那座银矿里，霍尔罗伊德是跟他一起入股的，所以您可以想象——"

他自己打住了，一个人影裹着齐颈高的斗篷，从燃烧在畜栏矮墙外面的一小堆篝火前站起来。在余烬的红光中，他原本用作枕头的马鞍变成地面黑色的一块。

"回程途经美国的时候，我要去拜访霍尔罗伊德本人。"约翰爵士说,"我能肯定,他也需要这条铁路。"

也许是被这近在咫尺的声音打扰到了,那人从地上站起来,擦着火柴点上了一支烟卷。火焰映出一张青铜色的、蓄着黑髭的脸,一双眼睛直视着前方。之后,他重新裹了一下斗篷,整个身子又躺下去了,脑袋重新枕回马鞍上。

"那是我们的营地总管,眼下我们将要去圣马塔山谷勘测,我必须把他派回苏拉科。"工程师说道,"一个非常有用的伙计,是海汽航公司的米切尔船长借给我的。米切尔的心肠很好。查尔斯·古尔德告诉我,没有比接受这个帮忙更好的了。他看上去很知道如何管理那些骡夫和劳工。我们这些人没有遇到一丁点儿麻烦。他可以带一些我们的劳工护送您的驿车进入苏拉科。道路很糟。有他在身边,你或许可以免去一两次翻车。他答应我,一路上会像对待自己的父亲一样照顾您本人。"

这位营地总管,就是那个所有苏拉科的欧洲人——跟着米切尔船长的错误发音——习惯上称呼他诺斯特罗莫的意大利人。事实上,在那一段糟糕的路途中,他也沉默而干练地把自己的差事做得十分出色,正如后来约翰爵士向古尔德夫人坦言的那样。

第六章

　　那时候,诺斯特罗莫已经在这个国家待了很久,作为米切尔船长慧眼识珠的发现,后者对他非凡价值的评价已经升至最高限度。显然,他正是一个无价之宝一般的属下,值得雇主为他合情合理地吹嘘。米切尔船长颇以识人的眼光自许——但他并不自私,他那天真的骄傲已经滋生出一种"把我的码头工长借给您"的狂热,而诺斯特罗莫也迟早会被带入他同每一个身在苏拉科的欧洲人的私人交往中,某种程度上成为他们所有人的总管——在他自己的生涯所见中,这人简直是一个效率的奇迹。

　　"这伙计的身体和灵魂,都效忠于我!"米切尔船长断言。而且,也许没有谁可以解释为何理当如此,因为根本无法就他们的关系调查一番,对他的声明提出质疑,除了一个像莫尼格汉姆医生那样尖刻而古怪的人,用他那短促而丧气的笑声表达着某种对于人类的不信任。这并不是说,莫尼格汉姆是一个喜爱说笑的人。他待人最好的态度,也不过是一种严厉的沉默。而在情绪最坏时,人们都会害怕他那公然挖苦的腔调。只有古尔德夫人能够使他对于人类动机的怀疑保持在一定限度之内。但即便是对着她——在一个与诺斯特罗莫无干的场合下，并且用的是已经足够客气的语气——他也曾说过："的确如此，要求一个人为别人比为他自己考虑得更多，这是最不现实的事情。"

古尔德夫人赶紧换了一个话题。对于这位英国医生，有一些奇怪的传言。据那些窃窃私语讲，多年之前，在古兹曼·本托的时代，他曾参与了一桩败露的阴谋，并且根据人们的说法，从一场血泊之中活了下来。他的头发已经灰白，没有胡须、满是皱纹的脸上带着一种砖灰色；他那法兰绒衬衣上硕大的格子花纹图案，还有那污迹斑斑的巴拿马旧草帽，是他对苏拉科一切俗套的一成不变的蔑视。如果不是他的衣服始终一尘不染，人们也许会把他当成一个欧洲人中的二流子，一个在世界上几乎每一块异土他乡都有辱外国殖民群体体面的道德败类。苏拉科年轻的小姐太太们，用她们漂亮的脸蛋装饰着宪章街沿道的露台，当她们看见他一瘸一拐、垂头丧气地走过，在法兰绒衬衫上马马虎虎地套着一件短小的麻布夹克，便会交头接耳地议论："医生先生穿了他的小外套。他要去拜访唐娜·艾米莉亚了。"这推论没错。其中深层的含义，是她们简单的智力所不能理解的。而且，她们也没有在医生身上花费多少心思。他年老、丑陋、博学，如果真不是一个巫师的话——就像普通人怀疑的那样——那就有一点儿"癫狂"，也就是发疯。实际上，他的那件小小的白色夹克，可以算是对于古尔德夫人教人向善的感染力的一种妥协。以医生那种怀疑的习惯，还有尖刻的语言，简直没有办法可以表达出他对这位女性的深深仰慕，她在整个国家都被人们称作"那位英国太太"。事实上，他是非常正式地向她献上这份礼节的；对于一个习惯像他那样的人来说,这绝对不是一件易事。古尔德夫人也完全感受到了这一点。她从未想过,要把这样一种显而易见的恭顺强加于他。

她让自己那座古老的西班牙式住宅——苏拉科最精美的建筑样板之一——始终为布施一些生活中的小恩小惠而敞开着。因为受到一种警觉的对于价值的看法的引导,她是以自己的朴素与魅力来布施这一切的。她在与人交际的艺术上有着极高的天分,这存乎于那样一点微妙的忘我的色彩,还有那样一种对普遍感情的暗示。查尔斯·古尔德——古尔德家族已经三代定居在科斯塔瓦那,不过向来都是回英国念书、娶亲的——以为自己不过像其他男人一样,爱上的是一个女孩儿通情达理的伦常,然而这却不能构成一些情况的准确理由,比如说,整个的勘测营地,从最年轻的小伙子到他们沉稳的总工程师,只要找到机会,都会在西厄拉的群峰中间频频地提起古尔德夫人的家。如果有谁告诉她,在苏拉科之上的雪线边缘,她是如何被人家发自肺腑地想念着的,她便会浅笑一声,带着惊奇并睁大灰色的眼睛,拒称自己为他们做过什么。但紧接着,她又会带着那种灵机一动的伶俐劲儿,找出一个理由。"当然,对于那些小伙子们来说,在这里得到任何欢迎都会是一种惊喜。而且,我猜他们是想家了。我觉得,肯定每个人向来都是有一点儿思乡症的。"

她也一向对想家的人满怀同情。

像他的父亲一样,查尔斯·古尔德也是出生在这个国家的,他又高又瘦,蓄着火红的唇髭,下巴光洁,一双干净的蓝色眼睛,头发呈赤褐色,红润的面庞瘦削而鲜活,看上去像是刚从海外初来乍到的。他的祖父曾在玻利瓦尔麾下为独立而战,而且所在的正是著名的英国军团,也就是卡拉博博战场上被那位伟大的解放者称赞为他的国家的救星的那支队伍。联邦时期，查尔斯·古尔德的一位伯父曾当选为苏拉科州——那时候称作州——的州长，后来在那位野蛮的联盟军将领古兹曼·本托的命令下，被推到一座教堂的墙根下枪毙了。正是这位古兹曼·本托，后来摇身一变，当上了终身总统，以冷酷残忍的暴政闻名，在民众的传说中，他被神化为一个阴魂不散的嗜血恶魔，他葬在圣马塔升天大教堂中殿砖头墓穴中的尸体，被魔鬼本人亲自接走了。至少，神父们是这样向那些涌入教堂的赤脚民众解释的，他们盯着大祭坛前方那丑陋的砖头坟圹侧面的窟窿，不由得心生敬畏。

古兹曼·本托给人们留下残酷的记忆，除了查尔斯·古尔德的伯父，被处死的还大有人在。然而，靠着有这样一位为贵族事业而牺牲的亲戚，查尔斯却被苏拉科的寡头集团——这是古兹曼·本托时代的称呼，如今他们已经改称作布兰科党，并且放弃了联邦的政权——也就是那些血统纯正的西班牙家族接受为他们中的一员。既然拥有这样的家史，唐·查尔斯·古尔德自然比任何人都可以算作是一个科斯塔瓦那人，但是，他的样貌是如此典型，以至于在普通人的谈论中他仍然只是一个因格雷希——那是对苏拉科英国人的叫法。他看上去比随便一个游客更像是英国人，那些人倒像是一些异教徒的朝圣者，不过他们在苏拉科并不多见；他看上去比最近一批抵达的年轻工程师们、比晚两个来月才寄到他太太的客厅的《笨拙》画报[1]里面大量狩猎场图片中的任何人都更像是英国人。因此，当

---

[1] 《笨拙》画报，一份英国幽默讽刺周刊，又称《伦敦喧声》，创刊于1841年。

他自然地讲起西班牙语——本地人称之为卡斯蒂兰话——或是乡巴佬们的印第安方言时,会令人大吃一惊。他的口音里从没有英国味道,但是却有某种不可磨灭的科斯塔瓦那老古尔德们——那些解放者、探险家、咖啡种植园主、商人和革命家——的东西,在这片骑术别具一格的大陆上,他——第三代古尔德的唯一独苗——就算骑在马背上,也仍然可以看出是彻头彻尾的英国人。当然,这并非说他是在嘲笑那帮草原游民——大平原上的那些人,虽然他们自认为除了自己,这世上就没有人知道该如何坐在马上。倘若讲得冠冕堂皇一些,唐·查尔斯·古尔德骑在马上,简直就像个半马人。骑马对他来说不是一项有意为之的运动,而是一种天生的本能,如所有头脑管用、腿脚健全的人都会直立走路一般。不管怎样,当他身穿英国骑装、胯坐进口马鞍、沿着遍布大车车辙的小路一侧打马向银矿小跑而去的时候,他看上去就像刚刚从世界另一端某个绿茵茵的草场中径直闯出来,轻轻一跃来到了科斯塔瓦那。

　　他要骑过老西班牙路——众人称为卡米诺皇家大道,那正是为老乔吉奥·维奥拉所痛恨的王权所留下的唯一一个关乎事实与姓名的遗迹,他们的影子已经从这片土地上烟消云散;因此,林荫道入口处那一尊衬着树木、苍白高大的查理四世[①]骑马雕像,又被乡下来的山民和城中那帮围着基座、睡在它的台阶上的叫花子们叫作石马像。另一个查尔斯,带着一阵磕在纷乱路面上的嗒嗒马蹄声,转

[①] 此处的查理四世,当指西班牙国王查理四世(1748—1819年),西班牙语称为"卡洛斯四世"。因为英语写作"Charles IV",故下文提到"另一个查尔斯"。

头向左疾驰而去——唐·查尔斯·古尔德穿着他的英国骑装,虽说有点儿不大合宜,但比起那位持缰勒马矗立在基座之上、脚下睡着一帮苦人儿、向一顶羽毛帽的沉重帽檐举起大理石手臂的国王骑士,他看上去更加自在。

这位马背上的国王,以它日晒雨淋的苍灰色,还有那模棱两可的致敬的姿势,似乎正在对那些剥夺了它姓名的政治变故表达着一种难言的心情;而另一个骑者却不是这样,他被这里的人们所熟知,满腔热情、生气勃勃地跨着他形体健美、毛色青灰、额生白点的坐骑,随时把勇气佩戴在他英式外套的衣袖上。那种像是被欧洲故土私人与公众礼仪中不动声色的沉稳掩盖住的镇定,始终保持在他的头脑间。对于苏拉科的小姐太太们那种用珍珠粉扑脸、扮成明眸善睐的石膏模子的可恶做派,对于城中奇怪的闲言碎语,对于这个国家接连的政治变故与不断的拯救,他一概以同样的冷静接受下来,尤其是后者,在她的太太看来,简直就像一帮胡闹的孩子在玩弄着天真而残忍的谋财害命的把戏。在她的科斯塔瓦那生活刚开始的那段日子,这位娇小的夫人经常紧握着双拳,为不能把这个国家的公众事务像对待暴行一样严肃看待而懊恼不已。她从中看到的只有天真的借口,除了自己提心吊胆的愤怒,几乎没有什么是认真的。查尔斯对此却分外冷静,捻着自己长唇髭,不置一词。但有一回,他对她轻声讲道——

"亲爱的,你好像忘了,我是这里出生的。"

这句话好像一个突如其来的启示,让她打住了。也许,仅仅是出生于此地这样一个事实,足以让事情有所不同。她对自己的丈夫有巨大的信心。并且向来信心十足。从一开始,他便以自己的不动声色，以自己的冷静头脑打动了她的想象，她觉得，这些都是生计所需完美才干的标记。他们住在街对面的邻居，唐·何塞·阿维拉诺斯，一位政治家、诗人、知识分子，曾代表他的国家出现在欧洲数国的朝堂上，并在古兹曼·本托时期蒙受过难以言说的羞辱，他常常在唐娜·艾米莉亚的客厅里宣称，卡洛斯拥有所有英国人的品格，并有一颗真正的爱国心。

古尔德夫人抬起眼睛望着丈夫那张瘦削、红润的褐色面庞，他一定听到过别人对他的爱国主义的称赞，但她却不能从那上面找到一丝与这一特征相关的最为轻微的颤抖。也许，他刚从矿上骑马归来；他是一个够格的英国人，可以完全不顾一天里最热的时辰。庭院里，穿着白色亚麻布制服、系着红腰带的巴西里奥，蹲在他脚跟后面，费了好一阵工夫为他解下笨重、沉钝的马刺。然后，这位总经理先生便沿着楼梯径直走上廊台。一排排栽种在罐子里的植物，摆放在拱柱之间的栏杆上，用它们的花叶将廊台与下方的庭院遮蔽开来，那庭院是用真正的炉石铺砌的，在一户南美人家里面，这种石板所投映的光影便是家居生活恬静时光的一个标记。

阿维拉诺斯先生已经形成了习惯，几乎每天五点钟都要穿庭而过。唐·何塞之所以在下午茶时间过访，是因为唐娜·艾米莉亚家里那套英国式礼节会令他回想起从前住在伦敦的日子，当时他在圣詹姆士的朝堂上做全权公使。他并不喜欢喝茶，通常他只是把两只小巧锃亮的靴子叠在脚凳上，坐在美洲椅里摇晃着，用他那种年纪的人所特有的巧妙而自得的谈话技术说个不停，将茶杯久久端在手中。他剪短的头发已经花白，眼睛却黑如煤核。

看见查尔斯·古尔德走进大厅，他匆匆点一下头，便将谈锋继续下去，直至罢了，才会问道——

"卡洛斯，我的朋友，您冒着日间的暑气从桑·托梅骑马回来。真是英国人的做派。不是吗？是吧？"

他把杯子里的茶一饮而尽。这举动总伴随着一阵轻微的颤抖和一串不由自主地"呃——呃——"声，就连那句匆忙出口的赞叹"好极了"，也不能将它们含混过去。

随后，他便将空杯子交回那位年轻朋友的手上，面带着微笑，继续阐述起桑·托梅银矿的爱国主义实质，似乎只是为了享受滔滔不绝的快活，身子斜倚在一架那种从美国进口来的摇椅中，前仰后合着。古尔德公馆最大的客厅的天花板，在他头顶上方高处展开一个白花花的平面。这间屋子的高大，将笨重的棕色木质、皮革坐垫的直背西班牙椅子和低低的、包着护垫的欧式家具等什物衬得十分矮小，像一些蹲伏的胀鼓鼓的小怪物，几乎要被弹簧和马鬃撑破了。小桌子上放着一些摆件，镜子嵌在大理石靠壁台上方的墙体中，两组扶手椅下各铺着方毯，每一边都有一张为首的深陷的沙发；另有一些较小的地毯分散在红色瓷砖的地板上；三扇朝向露台的窗子从天花板直落到地面，被深色帘幕垂直的褶皱夹掩着。四面光滑的高墙上依然残留着昔日的庄重，映出淡淡的樱草色；古尔德夫人拥着一团薄棉纱与蕾丝花边，坐在一张狭长的桃心木桌前，她生着小巧的头颅和明亮的发卷，宛若举止翩翩的仙子，从面前那些银的、瓷的容器里为客人斟出琼浆玉液。

古尔德夫人了解桑·托梅银矿的历史。它最早是靠抽打在奴隶背上的鞭子开采的，用尸骨的分量换来相应的产量。成部族的印第安人在开挖中死去。但后来，不管拿多少尸骨填进它的血盆大口，这座银矿都不再为那种原始的方法提供有利可图的回报，于是，它便被抛弃了。再后来，它就被遗忘了。直到独立战争后，它才重新被发现。一家英国公司得到了它的运营权，他们找到一条如此富足的矿脉，以致不论是轮番上台的政府的横征暴敛，还是那些要把他们所培养的雇佣矿工拉去入伍的军官们一茬一茬的敲诈勒索，都不能令他们撒手。然而，随着臭名昭著的古兹曼·本托死去，在各种宣言所引发的长期混乱中，那些本地矿工受一个首府派来的特务的挑唆，起来反抗他们的英国主使，并把他们一个不落地杀死了。圣马塔发行的《官方日志》旋即刊出没收充公的法令，开头是这样写的：

"怒于外国人忍无可忍的剥削，且愤于其利欲熏心的动机，而不知对这一在其走投无路时容留他们并给之以活路的国家心怀爱戴，桑·托梅的矿工大众……"

而结尾则宣称：

"国家首领已决定行使其全部仁慈的权力。不论遵照国际、人间还是上帝的任一律法，此一矿藏目前皆已作为国民财富收归政府，待为自由信念而抗争的刀剑完成其保卫我们挚爱国家的福祉的使命而收入鞘中前，理当保持关闭。"

此后多年间，桑·托梅银矿的命运便停顿在这里。那个政府想从这场劫夺中得到什么好处，如今已经无从得知。科斯塔瓦那像打发乞丐一样，被迫为受害者家庭支付了一点儿赔金，随后这事便在外交国文中不了了之。但是，另一任政府却把它当成一项奇货可居的资产。那只是一个普通的政府，六年中的第四个，但它却瞅准了机会。他们私底里觉得，桑·托梅在自己手中是一钱不值的，但这样一座银矿倘若施以巧妙地运用，就算不必考虑从地下挖出银子的肮脏过程，也是大有用处的。查尔斯·古尔德的父亲，长期作为科斯塔瓦那最富有的商人中的一个，曾被迫向轮番登台的政府借贷，因而损失了相当一部分财富。他是一个头脑冷静的人，从未想过要讨债，然而，当作为全部抵偿的桑·托梅银矿的永久开采权忽然落到他头上时，他变得诚惶诚恐起来。他十分清楚政府做事的方式。事实上，这件事的意图——尽管无疑是在密室中细谋深算出来的——在那份匆匆送来等他签字的文件纸面上明摆着。那上面第三条，也是最重要的一条，写着特许权所有人需立即根据银矿的估算产量向本届政府支付五年税金。

老古尔德先生用了很多申诉与请求的法子，想免去这一要命的恩惠，但都没有成功。他对于开矿一无所知，也没有办法把特许权放到欧洲市场上去，银矿已经不复作为一个运营公司而存在。建筑被付之一炬，矿场也已被破坏，附近的矿工多年前便消失了；那条路被热带草木掩盖起来，就像被吞没在大海里；主巷道已经从矿口坍落了将近一百码。它不再是一个废矿，而变成了西厄拉山一道荒凉的、不可接近的、岩石嶙峋的山谷，遍地爬满乱纷纷的、多刺的爬藤，下面仍可以看见那些遗迹——烧焦的木料，成堆的碎砖，以及一些不成形状的锈烂的钢铁碎片。老古尔德先生一点儿也不想要这个破烂地方的永久所有权。事实上，它那副破败景象在夜深人静的晚上只要一浮现在脑中，便有种让他燥热激动、彻夜无眠的力量。

然而，刚好不巧的是，当时的财政部长是一个早年间曾被老古尔德先生拒绝过——实乃不幸——为之提供一小笔馈赠金的家伙，因为那人是一个声名狼藉的赌徒加骗子，还跟某个偏远乡下地区一座富裕牧场的一宗暴力抢劫案有大半嫌疑，古尔德先生曾在当地行使法官职事。如今发迹之后，那个政客便宣称，他要以德报怨地回敬古尔德先生——那个可怜人。在圣马塔家的客厅里，他一再强调着这样的决心，那腔调尽管柔软却绝不善罢甘休，眼神是如此怨毒，以至于古尔德先生的至交们都真诚地建议他，不要试图以贿赂来平息事端。那是没用的。事实上，那样做也不十分安全。有一位法国出身的胖墩墩、高嗓门的女士，自称为某位高级军官——将军——的女儿，住在一座跟财政部长相邻的经营俗务、提供膳食的修道院中，也表示了同样的看法。当那个代表古尔德先生的人，衣着光鲜地带着恰当的礼数和合适的礼物前去拜访时，她沮丧得直摇头。她明白，办不成事情，是不能收钱的。那位为古尔德先生身负这一微妙使命的朋友后来常说，她是他所见到的离政府或近或远、有所干连的人中唯一一个还算坦诚的。"没门，"她说了，用一种漫不经心、天生沙哑的声音，所用的表述更像一个没爹没妈的野孩子，而不是一位将军的孤女。"不，没门。没法子，孩子。很遗憾，就这样。啊！该死！我管不了。我又不是部长——唉！把你的袋子拿走。"

有一会儿，她咬着紫红的嘴唇，内心对那些支配她向高层兜售自己影响力的专横而严格的规矩感到气愤难平。然后，她意味深长又不大耐烦地补充道："走吧，吞下一片苦药——听说过吗？——没准儿也有好处。"

得到这样一个警告之后，别无他法，只有签字掏钱了。古尔德先生吞下了这颗苦药片,而那里面就像混合着某种微妙的毒药,直接对他的脑子起了作用。他立刻变得对银矿充满恐惧,由于读过不少通俗文学读物,它便在他心目中化成了那个海老人[①]的样子,紧紧骑在他肩上。他还开始梦见吸血鬼。古尔德先生夸大了自己新处境的不利,因为他在看待它时过于感情用事。他在科斯塔瓦那的处境,并没有比过去更坏。但是,人都是一种极度保守的动物,这种敲竹杠的新花样大大伤害了他的感情。他身边的每个人,在古兹曼·本托死后,一直饱受各路形形色色、草菅人命、玩弄着政府与革命的把戏的匪类的盘剥。经验告诉他,不管劫掠所得如何低于他们自认正当的预期,没有一个盘踞在总统府的匪帮会无能到容许自己因为找不到借口而受挫。哪怕一个刚刚得势的衣衫褴褛的、赤着脚的军队临时上校,居然可以理直气壮且无比准确地向随便哪一个老百姓兜售他的军衔,一万块一个,同时,他还总是指望着捞到一点儿好处费,无论如何,不能少于一千块。古尔德先生对此清楚得很,只能听天由命,等待时机好转。然而,用法律和生意的形式来抢劫他,这在他的想象中却是无法容忍的。古尔德先生,这位老人家,在他富有智慧而饱受尊敬的性格中有一个缺点:就是太看重形式了。这也是人类一个普遍的缺陷,他们的观点总带有偏见。对于他来说,这桩事情中有一颗扭曲正义的毒瘤,令他的道德大受震动,并侵害了他强健的体魄。"它最后会害死我。"他整天念叨着。事实上,从那之后,他开始饱受发烧与肝疼的折磨,并且最令人担心的是,他已

[①] 海老人,《一千零一夜》中扮可怜、骑在人背上、谋害人命的邪恶老人,最后被辛巴达用酒灌醉杀死。

经无法思考别的事情。那位财政部长绝没料到，他的报复居然如此深刻而机巧。就连古尔德先生写给他当时正在英国念书的十四岁的儿子的信件，最后实际上也不言其他而只谈银矿了。他抱怨着不公，抱怨着迫害，发泄着对于那座银矿的愤怒。通篇里，他都在从各路观点出发、以所有凄惨的论调、用种种可怕的永远只能意味着诅咒的字眼儿，讲述着得到那座银矿的毁灭性后果。因为，那项特许权已经永远授予了他和他的后代。他乞求他的儿子，再也不要回到科斯塔瓦那，也永远不要主张继承他在这里的任何一部分遗产，因为它已经被那项肮脏不堪的特许权玷污了；永远不要碰它，永远不要接近它，忘掉美洲的存在，在欧洲开创一番生意。每一封信都以他残酷的自责结尾，怪自己在那个盗贼、告密者和强盗的洞窟中流连了太久。

一个十四岁的年轻人被反复告之他的前程因为拥有一座银矿而被摧毁了，这件事情并不像信中重点阐述的那样具有首要的重要性，相反，这种情形会特别激发出某种程度的好奇与关注。少年时代里，他起初只是对那些愤怒的悲叹感到困惑，并为父亲觉得难过，后来才渐渐在嬉戏、学习的余暇，开始反复思考这件事情。在大约一年后，他已经从那些谆谆告诫的信件中得出了一个清晰的梗概，在科斯塔瓦那共和国的苏拉科省——他可怜的哈里伯父很多年前就是在那里被士兵枪杀的——有一座银矿。同那座银矿密切相关的，还有一个叫作"不公正的古尔德特许权"的东西，清清楚楚地写在一纸文件上，而他的父亲恨不得把它"撕得粉碎并扬在那些家伙——那些总统、司法员和国务大臣们——的脸上"。这心愿始终没改，但他留意到，那些名字却极少在一整年中保持不变。在这位少年看来，事情既然如此不公,父亲的心愿倒也不失情理,虽然他并不了解为何不公。再后来,随着学识的长进,他已经可以将生意的基本真相同幻想出来的海老人、吸血鬼、食尸魔的侵袭区分开来,那些东西让他父亲的来信有一种骇人听闻的《一千零一夜》的味道。而到最后,这个风华正茂的年轻人竟然对桑·托梅银矿产生了一种亲密的感情,就像对待从大洋彼岸给他写来这些悲哀又愤怒的家信的父亲一样。来信报称,除了其余数笔按照银矿未来产量计算的赋税,他还多次因为疏于运营那座银矿而付出过重额的罚金,理由是一个口袋里揣着如此宝贵的特许权的人,绝不可以对抗其对共和国政府所应尽的财政贡献。他愤然写道,他最后的一点儿身家也正在散去,只得到一些没用的收据,而与之同时,他却被指认为利用国需大肆敛财的一分子。虽说如此,那个在语言和感情上扯出这么大乱子的东西,却越来越令身在欧洲的年轻人感到有趣。

他整天考虑着它,不过在想到它时,他并不觉得怨恨。对于他可怜的爸爸来说,它也许是一桩不幸,整个故事中透射着科斯塔瓦那光怪陆离的社会及政治生活的色彩。他对它所持的观点是,同情自己的父亲,却冷静而深沉。他的个人情感并未因此发怒,对于他人身体或精神所受的迫害,一个人是很难恰当而持久地同此仇恨的,即便那个他人是自己的父亲。等到二十岁,终于轮到查尔斯·古尔德来承受桑·托梅银矿的诅咒了。不过那是另外一种形式的魔法,更适合于他的年轻,他向那个神奇的公式中注入了希望、活力与自信,用以取代令人厌恶的不公和绝望。他在二十岁之后听从指导——除了不要回到科斯塔瓦那这一最为极端的禁令——离开英国,带着取得一个采矿工程师资格的目的去比利时和法国求学。但这一科学方面的努力,在他头脑中仍然是模糊而不完整的。他对矿山产生了一种戏剧般的兴趣。他从个人观点的角度研究着它们各自的特点,就像有人喜欢研究人的性格一样。他前去参观它们,就像有人怀着好奇去拜访一些大人物。他参观过德国、西班牙和康沃尔的矿山。那些荒废的巷道,对他有着强烈的魅力。它们的荒凉宛如人间疾苦一样吸引着他,造成它们的原因各不相同而意义深刻。它们或许已经一钱不值,又或许是被看错了。他的未婚妻是第一个,也许是唯一一个察觉到这种隐秘情怀的人,她深刻支配着这个男人对于物质世界敏感而沉默的态度。而她对于他的爱意,就好像那些原本半展翅膀低徊着、不肯轻易从平空中飞升上去的鸟儿,一下子发现了一个高点,可以借之飞上苍穹。

他们相识于意大利,后来的古尔德夫人当时正陪同一位老迈而苍白的姑妈住在那里,她的姑妈在多年之前,嫁给了一位穷困潦倒的中年意大利侯爵。她正为他守寡,他是一个懂得该为祖国的独立与统一牺牲掉自己性命的人,懂得像那些因此而倒下的最年轻的人儿一样热情慷慨,老乔吉奥·维奥拉也正是因为这样,才变成了一个漂泊的遗老,就像一根断裂的帆桁在海战胜利之后孑然漂去。侯爵夫人过着平静而隐秘的生活,穿着修女一样的黑袍,额头缠着白纱,住在一座古老而破败的宫殿二楼的一个角落里,楼下空空的大厅以其彩绘的天花板,庇护着一些粮食、家禽乃至牲畜,还有一家佃户。

两个年轻人在卢卡相遇。那次会面之后,查尔斯便没有再去参观矿山,不过有一次,他们一起乘车去看了一些大理石采石场,那儿的工作跟开矿有些相像,都是从大地中掏出宝贵的原料。查尔斯·古尔德并未用任何话语向她吐露衷曲。在她眼里,他只是一直在行动,在思索。这才是真正的诚心实意。他常说的一句话是:"我常常觉得,可怜的父亲对那个桑·托梅的生意看待得不对"。他们久久地认真讨论着那种观点,好像可以跨过半个地球,去影响那个人的头脑;而事实上,他们之所以相谈甚欢,是因为爱的情愫可以进入任何话题,并在遥远的词句中热烈生活着。正因为这种自然的关系,这类谈论在订婚后才对古尔德夫人显得弥足珍贵。查尔斯担心老古尔德先生正在枉费力气去摆脱那项特许权,反而会把自己累病。"我猜,这不是它该有的解决之道。"他大声沉吟着,像是对自己说话。当她坦白地问起,一个有骨气的人是不是该用自己的力量去对付阴谋诡计时,查尔斯便会意地用一种温柔的语气说:"你可别忘了,他是在那里出生的。"

接着,她便灵机一动地考虑起那种情况,作出并不相干的反问,而在他看来却是完美的一击,因为,事实就是那样。

"好吧,那么你呢?你也是在那里出生的。"

他知道自己的答案。

"这不一样。我已经离开十年了。爸爸却离开得没有这么久,并且,那也是在三十多年之前了。"

接到父亲的死讯之后,她是第一个听到他开口说话的人。

"它害死了他!"他说。

在此之前,他曾带着这个噩耗径直出城,顶着正午的太阳走在惨白的大道上,任凭双脚把自己带到她面前,带到那座破败宫殿的大厅,带进那间华丽而光裸的屋子。条条因潮湿年久而发黑的锦缎墙面,从暴露的壁板上笔直垂下,只有一张靠背坏掉的镀金扶手椅,一个八边圆柱形的花架,上面座着一只沉重的大理石花盆,装饰有雕刻的人脸和花环,从顶到底裂了纹。查尔斯·古尔德的靴子、肩头和双峰帽上,落满那条路上的白色尘土。脸上水淋淋的,右手抓着一根粗重的橡木棍子。

她的脸在大草帽的玫瑰花下变得煞白,她戴着手套,撑着一把浅橘色的阳伞,正打算到山脚下跟他会面,去那一座葡萄园墙边的三棵白杨树下。

"它害死了他!"他叨念着,"他本可以再活多年。我们是一个长寿的家族。"

她被吓得说不出话来;他用一种犀利而凝固的眼神注视着那只裂纹的花盆,像是要把它的形状永远记在心上。直到过了好久,他忽然转向她,两次开口道:"我来找你——径直来找你——"但他还是没能把话说完,对于科斯塔瓦那的那位孤独、受苦的死者的巨大同情,顿时以感同身受的悲伤涌上她的心头。他抓住她的手,把它举到自己唇边,她则丢开阳伞,抚拍着他的脸颊,轻声道"可怜的孩子",然后从下弯的帽檐下擦着眼泪,一身朴素的白色衣裙衬得她是那样娇小,在那间富贵之家的华丽而破败的大厅中,像一个迷路的孩子那样哭泣着,而他就站在旁边,重新呆呆地盯视着那只大理石花盆。

后来,他们一起出去走了很远,彼此沉默着,直到他突然叫道——

"是的。要是他肯用正确的方式放手一搏的话!"

他们随后停下来。在山坡、道路和四面环绕的橄榄树田野里,处处投下拖长的阴影——那是白杨、栗树、农舍和石墙的影子。空中响起钟声,那样微弱而警醒,像落日余晖的悸动。她的双唇微微张开,似乎讶异于他没有以往常的表情看着自己。以往,他的表情都是满心欢喜而专注的。在他们的谈话中,他对她向来都是热切恭听的,那种态度令她大为欢愉。它既宣示着自己的魅力,又无损于他的尊仪。这位芊芊少女生着小巧的手脚、乌黑浓密的秀发,这衬得她娇小的面容楚楚动人;一张嘴显得有些太大,似乎只要张开便会向人吐露出真诚与慷慨的香气,而她的心思,却像一个练达的女子那样不易取悦。在一切物质与恭维面前,她小心掩饰着自己对于所选对象的骄傲。而眼下,他居然对自己不看一眼,并且,他的表情是如此紧张而失礼,像一个男人忽略过一位少女的面孔而有意装作视若无物。

"好吧,是的。那是不公。他们彻底打垮了他,可怜的老伙计。啊!他为什么不愿意让我回去找他?不过现在,我知道该怎样对付它了。"

在踌躇满志地讲完这些话后,他低头看了她一眼,立刻又变得悲伤、疑惑且忧愁起来。

他说,眼下他唯一想知道的一件事情便是,她是否足够爱他,是否有勇气跟他一起远走他乡。他用一种焦虑而颤抖的声音,把这些问题抛给她——因为他是个果断的汉子。

她爱他。她愿意。紧接着,那位后来所有客居苏拉科的欧洲人的女主人便真实感觉到,她脚下的土地正在坠落下去。它彻底消失,连钟声都听不见了。而当她的双脚重新踏上地面时,钟声依然回响在山谷里;她用手撩着头发,急促地喘息着,上下打量着那条石道。所幸路上是空荡荡的。与此同时,查尔斯一只脚踏进一条干涸而落满尘埃的沟渠,将那把撑开的阳伞捡起来,它曾带着某种类似战鼓的砰訇声,蹦出去一段距离。他静静地递给她,略带着沮丧。

他们往回走着,当她的手溜过去挽住他的胳膊之后,他才开始说道——

"幸好,我们还能够住在一座海滨城镇中。你已经听过它的名字,叫苏拉科。我很高兴,可怜的父亲得到了那所房子。他在多年前买下了一所大房子,好让古尔德家在那座当时被称为西部省府的城镇里永远有一处公馆。我在很小的时候,曾跟母亲在那里住过一整年,当时父亲正在美国公干。你将是古尔德公馆新的女主人。"

后来,在那座高耸于卢卡的葡萄园、大理石山丘、松树及橄榄树之上的宫殿的住着人的角落里,他又说——

"古尔德的姓氏在苏拉科向来是备受尊敬的。我的哈里伯父曾经做过那里的一州之长,在上流家族中留下一个伟大的姓氏。我想说的是那些纯正的克里奥尔人家族,他们从不掺和那些政府的悲惨闹剧。哈里伯父不是一个投机者。在科斯塔瓦那,我们古尔德家的人从不投机。他是属于那个国家的,而且他爱它,但就他的想法而言,他仍然是个地道的英国人。他顺应了那个时代的政治呼求,也就是联邦制,但他不是一个政客。他只是出于对理性自由的真正热爱和对压迫的仇恨,才选择了为社会秩序挺身而出。没有人可以对他胡说八道。他用自己看起来正确的方式投身工作,就像我觉得自己要掌管起那座银矿一样。"

他如此这般向她讲着,因为他的记忆中填满了幼年所生活过的那个国家,因为他的心里装满了自己跟那个女孩儿的生活,因为他的头脑中全是桑·托梅的采矿特许权。他补充道,他不得不离开一些日子去找一位美国人,这位美国人是从旧金山来的,目前还逗留在欧洲某个地方。数月之前,他在坐落于某个矿区的一个德国古镇上结识了这位美国人。那个美国人是带着女眷来的,但他们却显得很孤独,终日都在描摹着那些中世纪房屋的古老门廊和塔楼一角。

查尔斯·古尔德与他分享了自己对矿山难以割舍的情怀。后者对矿业颇感兴趣,对科斯塔瓦那有所了解,并对古尔德的姓氏早有耳闻。他们如忘年之交一般亲昵地攀谈起来。眼下,查尔斯正要去找那位头脑精明、性格近人的投资人。他原以为父亲在科斯塔瓦那的财产仍是相当可观的,现在看来,几乎已经消熔在卑劣的革命熔炉中了。除了存在英国的大约一万镑,好像只剩下苏拉科的那所房子,以及某个遥远而蛮荒的地区的一项不清不楚的森林采伐权,还有那项害他可怜的父亲送了命的桑·托梅的特许权。

他解释着这些事情。他们分开时,天色已经晚了。她从来没有将自己的形象向他展示得这般迷人。憧憬着一种陌生的生活、遥远的距离及一个即将在那个处处要冒险与拼搏——出于某种振作与征服的微妙念头——的地方展开的未来,所有这一切年轻人的活力,令她满怀紧张的兴奋,向那位施赠者报以一种更加坦诚而细腻的温柔表现。

他离开她走下山去,一个人走着,变得冷静下来。那种由某个人的死讯所造成的无可挽回的改变,在我们日常的思虑中,常被感受为一种隐隐的、悲悯的精神不适。它使查尔斯·古尔德痛苦地觉得,自己再也不能——不管如何努力——像过去他的父亲在世时那样去想起那个可怜的人儿。他再也感受不到他活着的模样。这种念头紧紧地影响着他对自己的认识,令他的胸膛中充满了一种对于行动的悲愤渴望。这倒无失于他的本性。行动才是安慰。它是思想的敌人,是魅惑的朋友。只有在行动的实践中,我们才能找到掌握命运的感觉。而对于他的行动,那座银矿显然是唯一的实验场。有时候,我们不得不知道该怎样去忤逆逝者的庄重遗愿。他已下定决心,要——用一种补救的方式——大大地抗命一回。既然,那座银矿是这样一场荒唐的道德灾难的祸根,那么它便必须被改造为一项严肃的道德成就。他把它归于对死去的父亲的纪念。准确地说,这些就是查尔斯·古尔德的感想。他思考着,要用什么办法从旧金山或是别的地方搞到一大笔资金;还恍然觉得,逝者的告诫不见得总是一种好的引导。他们中从来没有一个可以事先知道,任何特定个体的消亡,会为生者的世界带来多么巨大的改观。

银矿的历史近况,是古尔德夫人从个人亲历中了解到的。实质上,那也是她的婚后生活史。古尔德家在苏拉科世袭地位的衣钵,绰绰地传承到她娇小的身躯上。然而,她不愿让这件古古怪怪的衣衫压抑住自己活泼的性情,因为那不仅是一种机械般的活力,还是一种旺盛智力的标记。一定不要因此觉得,古尔德夫人的心智是男性的。一个有着男性思维的女人,并不见得是优越高效的,而只能算是一种并不完美的异化现象——出奇空洞而乏善可陈。唐娜·艾米莉亚的智慧是女性的,仅仅靠着显明她的无私与同情,便足以将她带向对苏拉科的征服。她妙语连珠,却并非健谈。因为各种论调无外乎是为个人成见的辩护,而一颗智慧的心对之从来是不争不辩的,它控制着自己绝不妄言。一个女人真正的温柔,就像一个男儿真正的气概,是靠带有某种征服力的行动来表达的。苏拉科的女士们都为古尔德夫人所折服。"她们还是看我像怪物一样。"结婚将近一年后,古尔德夫人在她的新居中接待三位从旧金山来的绅士时,对其中一个如是谈道。

他们是她的第一批海外来客,前来考察桑·托梅银矿。他们认为,她谈吐风趣;而查尔斯·古尔德,除了完全清楚自己要做什么,还表现出一种真正的干练之才。这些事实使得他们对他的太太深有好感。那样一种明显不过的热忱，用略带戏谑的意味陈明出来，令她的客人完全陶醉于她对银矿的讲述，引得他们浮起严肃而宽慰的微笑，大有尊重的敬意。或许，要是了解那种有关成功的理想主义观点给予她多么巨大的鼓舞，他们就会像那些西裔美洲小姐太太们惊讶于她不知疲倦的身体力行一样，惊讶于她的思想境地。用她自己的话说，他们也会"看她像怪物一样"。但本质上，古尔德夫妇是一对谨言慎行的伴侣，客人在离去时，毫不怀疑他们在采矿赚钱之外另有什么目的。古尔德夫人派出自己那辆由两匹白骡子拉动的马车，把他们送下了港口，"刻瑞斯①"号将从那里把他们送回各路财神所居住的奥林匹斯山。米切尔船长趁着送别的时机，信心满怀地向古尔德夫人低语道："一个新纪元。"

  古尔德夫人喜欢她的西班牙宅邸的庭院。一尊身穿蓝色衣袍、怀抱加冕圣婴的圣母像，从墙上神龛中静静俯视着一道宽阔的石阶。清晨时分，铺砌整齐的院落中升起低语的人声，伴着一对被牵去水池饮水的骡马的蹄声。一丛纤细的竹竿，在那座方形的水池上方垂下狭长的刀状叶片。胖墩墩的车夫睡眼蒙眬地坐在池沿上，手里懒散地抓着缰绳的一头。光脚的仆役来回走动着，进出于下方黑绰绰的低矮门廊，两个浆洗女孩儿带着成筐洗过的麻布，面包匠托着一盘日间所用的面包，莱奥娜达——她的侍女——将她的手抬过鸦黑色的头顶，高举着一叠上过浆的、像阳光一样洁白簇新的内衣。然后，年老的看门人便蹒跚走进来，擦拭着那些石板，整座房子为新

---

① 刻瑞斯，希腊-罗马神话中的谷物女神。

的一天做好了准备。高层三面所有的房间，都是彼此面对或朝向走廊开着的，带有熟铁锻造的栏杆和一道鲜花的边框，因而，她就像一位中世纪古堡的女主人一样，能够从高处看见宅邸中所有往来动向，而拱门洪亮的开闭声则为之增添了一种肃穆的气氛。

她目送自己的马车载着三位北方来的客人滚滚而去，脸上带着微笑，那三人的手臂同时举起自己的帽子。米切尔船长——她的第四位客人——已经开始了夸夸其谈的演说。随后，她便在那儿徘徊着，时不时地把脸俯近一丛丛的花儿，像是要为自己的思绪留出时间，好让它跟得上她在那条笔直的长廊风景中慢慢挪动的脚步。

一架产自阿洛厄的印第安吊床，装饰着鲜艳的彩色羽毛制品，无比恰巧地悬在被晨光照亮的一角；因为苏拉科的早晨是清冷的。一簇簇圣诞红迎着会客厅敞开的玻璃门，大片地怒放着。一只硕大的绿鹦哥，像一块绚丽的翡翠关在金灿灿的笼子里，蛮声尖叫着："科斯塔瓦那万岁！"随后又甜美地叫了两声："莱奥娜达！莱奥娜达！"它学着古尔德夫人的腔调，又突然一动不动、安安静静地躲了起来。古尔德夫人来到走廊尽头，把头探进丈夫的房门。

查尔斯·古尔德一只脚蹬在一张矮木凳上，已经在绑他的马刺了。他想快点回银矿去。古尔德夫人打量着那间屋子，并没有走进去。一架带着玻璃门子的高大、宽阔的书橱，里面装满了书籍；而在没有橱架的另一端，衬着红色的呢布，排列着一些火器：有温彻斯特卡宾枪和左轮手枪、几支猎枪，以及两副装在套子中的双管手枪。在它们中间，一块猩红色的天鹅绒布条上，单独挂着一柄古老的骑兵马刀，那曾归唐·恩里克·古尔德——西部省的英雄——所有，系唐·何塞·阿维拉诺斯——古尔德家的世交——所赠送。

然而，用泥灰抹成的白墙壁却是差不多光裸的，除了挂着一张桑·托梅山的水彩画，那是唐娜·艾米莉亚本人的作品。在铺成红色的地板中央立着两张长桌，上面散落着图稿和文件，还有几把椅子和一架玻璃展柜，里面装着从银矿采来的矿石样本。古尔德夫人一面来回瞧着这些东西，一面费解地出声道，为什么一同这些富有的企业家谈论起银矿的前景、运作和安全，便让她觉得如此烦躁不安，而跟她的丈夫说起来却又兴致勃勃、心满意足。

她意味深长地垂下眼睑，补充道——

"你觉得怎样，查理？"

随后，惊讶于丈夫的沉默，她又抬起眼睛，像苍白美丽的花儿一样大睁着双眼。他已经绑完马刺，正两手平捻着唇髭，跨着两条长腿，以一种显然陶醉于她的容貌的神情凝望着她。而这种被凝望的感觉，也让古尔德夫人心生愉快。

"他们都是了不起的人物。"他说。

"我知道。但是，你有没有听到他们的谈话？他们对在这里所见到的任何事情，似乎全然不解。"

"他们已经看过银矿。他们已经对那个有了必要的了解。"查尔斯·古尔德插话道，为来客辩解。随后，他的太太提到了三人中最有来头的一个人的名字。他在资本界和产业界都是举足轻重的，他的名字为千万人所熟悉。他是如此声望了得，以至于要不是医生危言相劝坚持要他休个长假，他绝不会这样千里迢迢地离开他的活动中心。

"霍尔罗伊德先生的宗教观，"古尔德夫人继续道，"对大教堂里那些艳丽的盛装圣象深感震惊而深恶痛绝——他把它叫作，对木头和金箔的崇拜。不过要我看来，他反而把自己的上帝当作一位大有权势的合伙人，把捐给教会的获利当作给他的分成。他告诉我，他每年都给教会捐钱，查理。"

"非常之多。"查尔斯·古尔德说，欣赏着她机灵的表情，"遍及全国。他在那上面的热心慷慨是非常出名的。"

"哦，他是没有吹嘘。"古尔德夫人小心地声明，"我相信他真是一个好人，但却如此愚蠢！一个贫穷的拉美混血人儿，为了感谢神的救治献上一只小小的银胳膊或银腿，也是合情合理而尤为感人的。"

"他在广阔的银铁生意上是最大的。"查尔斯·古尔德评价道。

"啊，是的！那种银子和铁的宗教。他是一个十足的文明人，但头一次看到楼梯上的圣母像时，脸色却阴沉得吓人，那不过是木头和画像而已。不过，他也没对我说什么。亲爱的查理，我听见了那些人彼此的谈论。他们想要成为——出于一种再好不过的善心——服务于世界上所有国家和民族的汲水者和伐薪人，这可能吗？"

"一个人必须为了某种目的而工作。"查尔斯·古尔德含糊地答道。

古尔德夫人皱着眉头，上下检视着他。他身穿马裤，打着皮绑腿——这在科斯塔瓦那是一件前所未有的行头，上身穿着一件灰色的诺福克法兰绒上衣，唇髭火红，好像一位骑兵军官转行做起了田舍乡绅。这样的结合，取悦着古尔德夫人的品位。"这可怜的孩子太瘦啦！"她自忖道，"他太刻苦了。"但无可否认，他精致、机敏、红润的面庞，还有整副四肢修长、瘦削挺拔的身材，透露着一种涵养与优秀的神气。古尔德夫人变得温柔起来。

"我只想知道你的感觉。"她轻声道。

正是这样，最近几天里，查尔斯·古尔德在开口说话前总要思考再三，以至于完全顾不上考虑自己的感觉。然而，他们是般配的一对，因此他不难找到自己的答案。

"亲爱的，我最好的感觉收藏在你那里。"他轻声道。这样一句含糊其辞的话里包含着多少真理，以至于在那一刻，他对她涌起了一股强烈的感激与柔情。

而古尔德夫人，却一点儿也不觉得这回答含糊。她从容地开朗起来；而他也换了一副腔调。

"不过事实在此。那座银矿——作为一种矿藏——的价值是毋庸置疑的。它将使我们十分富足。对于它的经营，只是一个技术知识的问题，那是我所掌握的——掌握它的人世界上有不下一万个。但是它的安全，它作为一个企业而存续，向人——向那些陌生、近乎陌生的人——向那些为它投钱的人提供回报，却整个地掌握在我手中。我的信心已经被鼓舞起来，像一个有钱有势的人一样。你似乎觉得这很自然——是吗？好吧，我不知道。我不知道自己为何有此信心，但事实就是如此。这种事实让一切变得可能，因为倘若没有它，我便绝不会想到要背弃父亲的遗愿。我绝不会像一个投机者那样，把他的某项宝贵的权利卖给某个公司换些钞票与股票，最后能够发财则好，不能的话，无论如何也要先弄一些钱财入袋为安，我绝不会卖掉特许权，绝不。即便那样行得通——我觉得有可能——我也不会去做。可怜的父亲并不理解。他担心我会消耗在这件烂事上，一直在等待着某个那样的时机，因而悲惨地荒废掉自己的生命。这才是他的诫命的真正用意，却被我们故意忽略了。"

他们在长廊中来回走动着。她的头部只够到他的肩膀。他的手臂伸下去，环绕着她的腰肢。他的马刺叮当轻响。

"他有十年没见到我了。他不了解我。他同我分开,是为了我好,不愿让我再回来。他总是在信里说要离开科斯塔瓦那,抛下一切,落荒而逃。然而,他是个十分珍贵的猎物。他们稍有疑心,便会把他丢进他们的某座监狱中。"

他绑着马刺的脚,缓慢地叮当挪动着。他们走动时,他靠向自己的太太。那只大鹦哥转过歪斜的脑袋,用一只圆睁的眼睛,一眨不眨地追随着他们缓然移动的身影。

"他是个孤独的人。从我十岁开始,他就像对成人那样跟我谈话了。我在欧洲时,他每个月都会给我写信。每个月写十张或十二张信纸,这样在我的生命里写了十年。但,还是,他不了解我!只是在想着它——整整十年;而就在这些年头中,我长成了一个男人。他不会了解我。你觉得他会吗?"

古尔德夫人不以为然地摇摇头;那正是她的丈夫从他的力争中所要得到的。不过她这样无奈地摇头,却是因为她觉得,没有人可以了解她的查尔斯——除了她自己,没有人了解他是一个怎样的人。这是显然的,能够感受得到,不需要争论。可怜的老古尔德先生去世得太早,都没有听到他们订婚的消息,因而对她来说,他也只是一个隐隐然的影子,她对于他的哪个方面都谈不上了解。

"不,他不了解。在我看来,这座银矿永远不是一个待价而沽的东西。永远!在他的一切不幸之后,我更不能把它仅仅看作钱财。"查尔斯·古尔德继续道。接着,她赞许地把头靠在他肩上。

这两个年轻人回想起,当那个生命凄凄惨惨地结束时,他们自己的生命正刚好在希望蓬勃的爱情的光彩中合而为一,这在最为敏感的人儿看来,就好像是良善在遍地恶行之上的某种胜利。一个模糊的关于重建的念头，进入了他们的生活计划。这念头是如此模糊，以至于不必以论证作为支持，便足以使它更加强大。从他们对于自己最有力的冲动的最为强烈的幻觉中，这个女人领悟到她献身的本能，这个男人领悟到他行动的本能，而就在此时，这念头便出现在了他们身上。父亲的诫命迫使他们必须成功。这就好像他们注定要在道德上以自己对于生命的活力充沛的观点，去抗争那种疲敝绝望的不合常理的错误。倘若说他们有心致富，当前来看，也是同另外一些成功伴在一起的。古尔德夫人从孩提时代早期便是一个孤儿，没有财产，在一个只关乎智力收益的环境中被抚养长大，从没有想过什么大富大贵。它们十分遥远，她不知道它们有什么值得羡求。另一方面，她也不知道任何全然必需的东西。就算是她的姑妈——那位侯爵夫人——所过活的那种贫苦，在有涵养的头脑看来，也没什么是不可忍受的；它看上去跟那种巨大的悲痛是相称的；好像献给某种高贵理想的祭品。因此，古尔德夫人的性格中缺乏一些最基本的物质主义。她怀着温柔——因为他是查理的父亲——与一点烦躁——因为他曾经的软弱——所想到的那位逝者，他一定是全然错误的。而除此之外，没有什么可以让他们的成功在唯一的真相上、在非物质的层面上保持纯洁无瑕！

在查尔斯·古尔德这一边，却不得不坚持利字当头的观点。不过他提到它，只是当作一种手段，而不是目的。除非银矿是一桩好的生意，否则他绝不会触碰它。他必须遵守企业的那种特征。它是他用来撬动那些手握资本之人的杠杆。而且，查尔斯·古尔德对银矿颇有信心。他了解它一切可被了解的事项。他对于这座银矿的信念极具感染力，而不必借助于伟大的口才；不过，生意人也都是这样，跟满怀希望、充满想象的恋人差不多。他们经常会被普通人认为无足轻重的事情所打动；查尔斯·古尔德怀着他不可撼动的信心，自然是足有说服力的。此外，那些听他亲自讲过的人也都有一个基本认识，在科斯塔瓦那开矿，尽管像一场游戏，但也并非不划算。生意人对此了然于心。真正难以触碰的地方在别处。而针对于此，查尔斯·古尔德话语间所蕴含的那种冷静与不屈不挠的决心，正好可以与之抗争。生意人经常付诸行动的冒险，在世人的通常判断来看都是荒唐的。而他们凭着显然的意气和人情便作出了决定。"很好。"查尔斯·古尔德在来程中路过旧金山时，对那位大人物清楚地陈明观点时，那位大人物如此说道，"让我们假设苏拉科的采矿业务已经握在手中。在它里面会有：第一个，霍尔罗伊德家族，这是没有问题的；再是查尔斯·古尔德，一位科斯塔瓦那公民，也没有问题；而最后一个，是共和国政府。目前，这跟阿塔卡玛硝酸盐矿最初的情况有些类似，它也有一个家族投资人，一位名叫爱德华兹的绅士，还有——一个政府；或者说，是两个政府——两个南美政府。紧接着，你知道它会带来什么？它会带来战争——带来摧毁一切、旷日持久的战争，古尔德先生。不过，我们这里的好处是，旁边只有一个要从生意里夺利的南美政府。这是一个好处；但某种程度上也是坏处，因为那个政府是科斯塔瓦那政府。"

这位大人物如此讲道，他对教会百万巨数的捐助规模惠及本国庞大的领土——而他也正是那个被医生们危言相劝的人。他是一个手脚宽大、心思严谨的人，安详而强壮的样貌配上一件阔大的丝面双排扣长礼服，令他有一种高高在上的威仪。他的头发是铁灰色的，眉毛仍然乌黑，魁伟的侧脸简直就是罗马古币上恺撒像的侧脸。然而，他的亲缘却是德国、苏格兰与英格兰混杂的，而且还有一些久远的丹麦与法国血统，这带给他一种清教徒的气质和一种对于征服的永不满足的想象力。他对待他的来访者是完全随意的，一来是因为这位来访者从欧洲所带来的那封热情的介绍信，二来是因为他对于真诚与决心之人有着不拘礼数的好感，而不管在何处相见，也不管目的何在。

"科斯塔瓦那政府会极力插手的——你可不要忘了，古尔德先生。眼下的科斯塔瓦那是什么？是一分利息贷款和其他傻瓜投资的无底洞。多年来，欧洲拼命朝它里面扔钱。当然，那不是我们的钱。我们这个国家的人知道得不多，只够明白'雨天家中坐'的道理。我们可以静坐壁观。当然，有朝一日我们也会涉足。我们肯定会的。但不急于一时。在上帝创造的整个宇宙中，时间本身也得听命于这个最伟大的国家。我们将对所有东西发号施令：产业、贸易、法律、报业、艺术、政治和宗教，从好望角上至史密斯桑德，甚至更远，要是说北极也出现了什么值得抓在手里的东西的话。那时候，我们就可以把地球上偏远的岛屿和大陆轻松攥在手中。不管这世界是不是喜欢，我们都将操办它的一切事务。世界别无他法——我们也别无他法，我想。"

他的这些有关自己对于天命的信心的话语，符合于他的才智，而他的才智在一般理念的表述上是缺乏技巧的。它由事实滋养生成；至于查尔斯·古尔德，他的想象力也被那样一座银矿的重大事实永远地改变了，因而对于这一番有关世界未来的理论并无异议。如果说有那么片刻它听起来似乎让人不大愉快，那也是因为这样一个突如其来且无限可能的宏论，简直令那个近在眼前的实际问题相形见绌。他和他的计划及西部省所有的矿物资源，一下子失去了所有重要性。这种感觉是令人不快的。不过，查尔斯·古尔德也并不愚钝。他感觉到，自己正在制造有利的印象；感受到这一可喜的情况使得他浮起一个含糊的微笑，在那位身形庞大的谈话者看来，那是一个谨慎而钦服的微笑。他也默默地笑了。紧接着，查尔斯·古尔德以人们在捍卫自己所珍视的希望时表现出来的那种敏捷才思联想到，正是他的目标的那种表面上看去的无足轻重才会助他成功。他的品格和他的银矿都会被接纳，因为反正对于一个将自己的行动同如此庞大的天命联系在一起的人来说，它也只是一个无关宏旨的问题。而且，查尔斯·古尔德并没有为这种想法感到受辱，因为那件事情对他来说仍然兹事体大。任何旁人的关于天命的高谈大论，都不能消减他对于桑·托梅银矿的救赎的决心。同他的目标的那种准确性——有着明确的空间，并且假以有限的时间完全可以实现——相比，有一瞬间，另外那个人才像是一个无足轻重的做梦的理想主义者。

那位身躯庞大、性情和气的大人物，曾一直亲切地注视着他；他打破一阵短暂的沉默，提到特许权在科斯塔瓦那漫天纷飞的情况。任何蠢货只要情愿上当，一枪就可以打下来一个。

"我们那些领事的嘴巴里装满了这些。"他继续道，眼睛友好而戏谑地眨了一下。但不一会儿，他严肃起来。"一个认真、正直的人，要是对贿赂一窍不通，要是跟阴谋诡计、拉帮结派保持清白，他很快就会收到遣返的护照。明白吗，古尔德先生？不受欢迎的人[①]。正因为这样，我们的国家才从来收不到准确的情报。另一边，欧洲

[①] 原文作"Persona non grata"，是一个外交术语，用于驱逐或遣返等情形。

必须撤出这片大陆,而我们这边,恰当的干预时机还没成熟,我敢说。但我们这些人——我们不是那个国家的政府,也不是蠢货。你的事情是不错的。对我们来说,主要的问题是第二个合伙人——也就是你——是不是可以坚定自己的立场,去对付那第三个、不受欢迎的合伙人,就是掌管着科斯塔瓦那政府的身居高位、手握强权的匪帮中的这个人或那个人。你觉得怎样,古尔德先生,嗯?"

他俯身向前,坚定地看着查尔斯·古尔德坚决的眼神,而后者想起父亲所写给他的、装满了一只大箱子的信件,便将多年间积累下来的轻蔑与痛苦发泄在他的回答中——

"就我对这些人和他们的行事方式,以及对他们的政治的相关所知来说,我可以为自己作出回答。从还是个孩子的时候,我就在吞咽着这类知识了。我不可能犯上过于乐观的错误。"

"不可能,嗯?这很好。智谋和沉稳是你需要的;你还可以拿你后台的力量吓唬一下他们。但是,别太过。只要不走弯路,我们就会跟你同行。不过,我们可不要被扯进什么大麻烦。我愿意试验一回。有一些冒险,我们认了;但要是你不能维持好那一头,我们会承担损失,当然,之后——我们就撒手了。这座银矿还可以等;你知道,它曾被关闭过。你必须明白,扔下去好钱救坏钱,我们绝不答应。"

那位大人物在那座大城市中他自己的私人办公室里说了这番话,而其他许多人在他大手一挥——在好些自以为是的人眼中,那是非常重要的——之后,便开始美滋滋地等待着。而一年多之后,在出人意料地出现在苏拉科期间,他强调了自己的强硬态度,用的是一种真诚而随便的口气,那在他的财富和势力来说是可被允许的。他的话里少了一些保守,也许是受到既已完成的工作的鼓舞,而更多是因为那种方式,事情正按照它有条不紊地进行,他相信查尔斯·古尔德是完全有能力做好他那一头的,这令他印象深刻。

"这个小伙子,"他心想着,"也许会成为一方豪强。"

这念头令他自鸣得意,因为在此前,他对于这个年轻人向至交好友们的描述只是——

"我的堂弟在一个古老的德国小镇上碰见他,那儿靠近某些矿山,便用一封信把他打发到我这儿来了。他是科斯塔瓦那古尔德家的一个,他们是纯种的英国人,但都出生在那个国家。他的伯父曾从政,是苏拉科最后一任州长,在一场战役后被枪毙了。他的父亲是圣马塔一位出色的生意人,努力想避开政治,但在多次革命之后破产死去。简而言之,这就是你们的科斯塔瓦那。"

当然,他是一个如此伟大的人,没有人可以问他动机何在,连他的那些至交好友都不能。外界对他行动的隐秘意图,只有崇敬地加以随意猜测。他是一个如此伟大的人,他那出于"纯之又纯的宗教情怀"——尽管其关于教堂建筑的朴素观点不免使古尔德夫人发笑——而慷慨解囊的捐助在国人看来,是一种虔诚而谦逊的精神表现。但在资本界他本人的那个圈子里面,像桑·托梅银矿这种事情,却被当作一个谨慎而滑稽的话题,虽然在谈论时依然不无敬意。那是一个大人物的率性之举。在宏伟的霍尔罗伊德大厦——某座高高地矗立于两条道路街角处的庞大建筑群,由钢铁、玻璃与石块建成,结着蛛网一般的电报线缆——里,各个主要部门的头脑们互相交换着诙谐的眼色,以此表明他们对桑·托梅业务的秘密没有参与听闻。那件来自科斯塔瓦那的邮包——一只尽管不大却分量不轻的信封——未经拆封,便被径直送进大人物的房间,打那以后也没有与之相关的指令发出来。办公室中议论道，他本人亲自给了回信——不是口述，而是用笔和墨水亲笔回复，而且据猜测，他还把回信的副本抄进了自己的备忘簿，那簿子可是凡人们难得一见的。一些喜爱讥诮的年轻人，充其量只算十一层那个决断大事的办公室的辅助机器上的一些无关紧要的小零件，公然表达着自己的私人观点，认为他们的大头领终于做了一件蠢事，为他觉得害臊；另外一些尽管年长但也无足轻重、素来对耗去自己大好年华的业务充满浪漫敬意的家伙，则含糊又闪烁其词地抱怨着，这是一个不祥的兆头。他们觉得这种关联，意味着霍尔罗伊德将会一股脑儿地落入科斯塔瓦那共和国的掌握。然而，那种一时兴头的说法才是正确的。它吸引那位大人物亲自跑去考察那座桑·托梅银矿。他对它的兴头是如此巨大，以至于竟然特地为此休了一个彻底的假期，这在那么多令人吃惊的年头中是破天荒的一回。他在那里经营的不是一桩大买卖；不是铁路，也不是产业公司。他经营的是一个人！一个出现在新奇的背景下、会令他觉得如愿以偿的可能的成功者。不过，他在另一方面也觉得，一旦出现败兆，自己有责任立刻把他甩掉。那是一个可以被甩掉的家伙。不幸的是，报纸已经满世界宣传了他的科斯塔瓦那之行。但要说他对查尔斯·古尔德的进展方式还算满意的话，他在对其支持的保证中却灌注着一种附加的冷峻。即便在距他手上拿着帽子、坐在古尔德夫人的白骡子后面离开那座庭院大约半钟头之前的最后一次交谈中，他还在查尔斯的房间里讲道——

"你尽管前头开路，只要你这头控制得住，我就知道该怎样支持你。但我还要保证，在某种情形下，我们也知道该怎样丢下你。"

对此，查尔斯·古尔德只是答道："要是您愿意，可以尽快动手把机器发来。"

那位大人物喜欢这份气定神闲的承诺。而与之相关的隐衷便是,查尔斯·古尔德觉得这些强硬的条件是可以接受的。这样一来,那座银矿便保持了它的身份,那是他从少年时代便继承下来的。而且,它的命运便也仅仅落在自己身上。这是一件重大的决策,而他也严肃地加以对待。

"当然。"在他们被那只鹦哥怒目盯视着、来回走动于长廊之上时,提及同那位离去的客人的最后一次谈话,他对自己的太太说,"当然,像那样的一个人,对待一件事情是可以随意拾弃的。他受不了一丁点儿失败。他也许明天就会放弃,就会死掉,但银子与钢铁的巨大利益却不会消亡,终有一天,它会把科斯塔瓦那同世界其他部分联系在一起。"

他们曾在鸟笼附近停下来。那只鹦哥听到了一个它会说的字眼,便插进嘴来。鹦哥是通人性的。

"科斯塔瓦那万岁!"它尖叫着,带着为之一振的自信抖擞起羽毛,在亮闪闪的金属线条后面,作出一种洋洋自得的倦怠神气。

"你相信那个吗,查理?"古尔德夫人问道,"这在我看来是非常可怕的物质主义,而且——"

"亲爱的,它对我来说什么也不是。"她的丈夫打断话茬,用一种平和公正的声音讲道,"我只是利用自己的所见。他的话代表天命还是卖弄口才,对我来讲有何意义?在两块美洲大陆上,有太多这样或那样的说辞。新大陆的氛围,似乎尤其投好于夸夸其谈的艺术。你难道忘了,亲爱的阿维拉诺斯,不也一样可以在这儿滔滔不绝地讲上半天的吗?——"

"哦，但那并不一样。"古尔德夫人几乎被震惊了，否定道。那番话并没有讲到点子上。唐·何塞是一个可爱的好人，谈吐了得，并且对桑·托梅银矿的伟大不失热忱。"你怎么可以拿他们相比，查尔斯？"她斥责道，"他受过苦——但依然心存希望。"

在古尔德夫人看来，男人们的能力——尽管她从不持之怀疑——是非常奇怪的，因为他们在许多再明显不过的问题上，表现得头脑不清。

查尔斯·古尔德面带难色的沉默立即博得太太焦虑的同情，让她相信自己并没有在作比较。毕竟，他自己也是一个美洲人，而且或许他也了解那两种风格的谈吐之道——"如果值得一试的话。"他冷峻地补充道。然而，在祖上三代里面，他是喘息着英国的空气最久的一个，他请求得到原谅。接着，他问自己的太太是否还记得父亲最后写给他的那些信件中的一段，在那里面老古尔德先生这样表达着它的愤怒："上帝一定在怒视着这些国家，要不的话，他就会让一些希望的光线，透过笼罩在这块神圣土地上空的阴谋、流血与罪行的黑暗，从一道缝隙中照耀下来。"

古尔德夫人并没有忘记。"你给我念过的，查理。"她幽幽地说，"那说法令人震惊。你的父亲对这种可怕的悲哀一定感触至深。"

"他就是不喜欢被人打劫。这令他恼火。"查尔斯古尔德说道，"不过，那番景象确实描述得不错。这里所缺的，是法律、诚实、秩序和安全。人人都可以就这些东西大放厥词，然而，我却把自己对它们的信念钉在了物质利益上面。只有物质利益一旦站稳了脚跟，它们才会带来那些让自己持续下去的、不可或缺的条件。而这也便是你所谓的生财之道在这里，在无法无天的乱象下，要为自己讨一个公道的原因。而之所以公道，是因为它要求的那种安全跟那些受压迫的人们同出一辙。会有更好的正义随之到来。那才是你的希望之光。"有一会儿，他的手臂把她苗条的身形向自己搂得更近。"从那种意义上来讲，谁又敢说，桑·托梅银矿不会成为那片让可怜的父亲无比绝望的黑暗中的一道小小缝隙？"

她钦慕地抬眼打量着他。他是合格的；他让她看到了她自己那隐隐约约的无私理想的伟岸形象。

"查理，"她说道，"你真是个好样的逆子。"

他突然离开她去拿他的帽子，那是一顶柔软的灰色宽檐帽，一件同他的英国人行头搭配起来简直出人意表的本国服饰。他臂下夹着一条马鞭走回来，正在戴一副狗皮手套；表情中带着他思想里那种坚毅的品质。他的太太已经在楼梯头上等着他了，临别的一吻之前，他结束了这番对话——

"我们应该完全认清，"他说，"这事情无路可退。哪里可供我们从头再来？如今，我们在这里算是孤注一掷了。"

他十分体贴地向着她仰起的面孔俯身下去，带着一点遗憾。查尔斯·古尔德是能干的，因为他从不心存幻想。他必须立刻拾起在这片腐败得如此透彻、几乎完全丧失意义的泥淖中所能找到的任何武器，去跟那项古尔德特许权进行殊死搏斗。为了得到他的武器，他宁愿屈尊俯身。有一刻，他觉得那座害死了自己父亲的银矿，已经引诱他走得比原本设想得更远；他感慨万千地想到，自己的生命价值已经同成功捆绑在一起。无路可退。

第七章

　　古尔德夫人如此敏感聪慧，又怎么不会感同身受。它令生活变得刺激起来，而她并不是那种娇气的、不喜欢刺激的女人。不过，她还是有一点儿被吓到了；当唐·何塞·阿维拉诺斯在美洲椅上摇晃着，滔滔不绝地讲道，"即便，亲爱的卡洛斯，就算你失败了；即便有什么不幸的事件毁掉了你的工作——上帝绝不容许这样！——你也配得上你的国家的尊重"，古尔德夫人便从茶桌上抬起眼来，意味深长地看着她的丈夫，而他却面不改色地拿调羹搅动着杯子，置若罔闻。

　　并不是说唐·阿维拉诺斯有那方面的预料。对于亲爱的卡洛斯的干练与勇气，他向来是称赞有加的。他那英国人的磐石一般的品格便是他最好的护卫，唐·阿维拉诺斯如是断言道；随后，他转向古尔德夫人，"至于您，艾米莉亚，我的灵魂"——他以那种出于自己年纪与故旧交谊的亲昵对她讲道——"您就像一个出生在我们中间的真正的爱国者一样。"

　　这话也许多少道出了一些实情。她陪伴着丈夫在全省各地招募劳工，已经比一个天生的科斯塔瓦那人更深刻地见识到了这片土地。她身穿旅行的骑装，脸上扑着石膏像一般的粉子，戴着一小块丝质面纱抵御白天的暑气，身跨一匹身形矫健、蹄脚轻快的小马，行进在一支小小的骑队中央。两个肩上斜挎着卡宾枪的草原牧民骑行在队伍前头，他们戴着别致的大草帽，赤脚板上绑着马刺，身穿绣花长裤、皮夹克和条纹斗篷，随着坐骑的步调左摇右晃。一队驮骡跟在队尾，由一个瘦瘦的、棕皮肤的骡夫照料着，他十分挨近尾部骑在一匹牲口上，两条腿向前斜戳着，宽阔的帽檐倾向后方，使得他头上好像顶着一个光圈。队中还有一位科斯塔瓦那老军官，一名出身寒微的退伍少校，因为持布兰科政见而受到上流家族的庇护，被唐·何塞举荐来担任这支旅行队的粮草官与组织者。他灰白的胡尖长长地垂在颌下，骑行在古尔德夫人的左翼，用亲切的目光四周环视着，指点着乡野间的一切特征，讲述着那些印第安小村落、那些产业和那些建造在苏拉科山谷平地之上的丘峦顶部、像长长的城堡一样砌着围墙的大庄园的名字。它把自己铺陈开来，禾苗、田野、林地和粼粼的水光，如同一座园子，从西厄拉那遥远的蓝色烟雾开始，一直蔓延到一条无边无际、微微颤抖、上接碧空、下连芳草的地平线上，在那儿，大团白云好像要慢慢降落在它们自己的影子所投下的黑暗中。

耕种的人驾着木犁和耕牛，在无垠的天地间显得如此渺小，像是在对着广阔本身发起攻击。马背上牧人的身影在远处驰骋着，大群牲畜头角整齐地啃食着青草，在开阔的草原上，形成一道不见头尾、摇摆不定的线条。一棵枝繁叶茂的白杨，掩映着路边某座牧场的茅舍；一队举步艰难、劳苦负重的印第安人脱下他们的帽子，抬起哀伤沉默的眼睛，望着这支在破烂的卡米诺皇家大道上掀起滚滚尘埃的骑队，那条道路正是他们饱受奴役的祖先们修建的。随着行程的推进，古尔德夫人似乎同这片土地的灵魂日益接近，多么惊人的发现，这些内地丝毫没有受到海滨城镇那种欧洲化表象的影响，依然是那样一片广大的土地，依然是那样的平原、那样的山峦，和那样一群苦难沉默、逆来顺受、静候着未来的人民。

她还领略到它的风景和它的好客，在那些以长长的、无窗的院墙和沉重的大门呈现在风吹草低的营地对面的大宅子中，完全没有那种令人昏昏欲睡的矜持。她被请上餐桌的首席，而主人与家眷们则按着长幼尊卑的次序落座。月光中，那些人家的小姐太太们在庭院的橘树下轻声谈天，她们甜美的声音及其静谧生活中的种种神秘事物令她印象深刻。而到了早上，绅士们便在马背上准备停当，戴起编有穗子的宽檐帽，身穿绣花骑装，坐骑上挂着许多银饰，他们会一路骑行，把别离的客人礼送至自家领地的界桩，道上一声郑重的再会，再将他们交托给上帝看顾。在所有人家中，她都能听说暴政的劣迹；他们的亲人或朋友，在毫无意义的内战中被摧残、监禁或是杀害，以骇人听闻的判决野蛮地进行着，好像是一伙一伙荒唐的恶魔被释放到这片土地上，凭着马刀、军队和大言不惭的鬼话，把这个国家的政府当成一场贪欲的竞赛。从众口一词中，她了解到人们对于和平的迫不及待的渴望，以及对于那以噩梦一般毫无律法、毫无信誉、毫无公义可言的施政手段进行着拙劣表演的官场的恐惧。

她很好地禁受住了整整两个月的漫游考验；她拥有那种偶然出人意料地出现在某些看似柔弱的女人身上的吃苦耐劳的力量——就像是由某一股引人瞩目的顽强精神所支配的一种品行。唐·佩佩——

那位科斯塔瓦那老军官——在打消掉对这位娇太太的重重担心之后，最后封了她一个"不知疲倦的女士"的雅号。古尔德夫人的确变成了一个科斯塔瓦那人。她在欧洲南部时，便已经得到了某种关于真正的农民阶层的认识，这使得她能够领会到人民的伟大价值。她从那些沉默无言、眼神哀伤、负轭前行的畜力模样下，看见了人的形象。她看见他们肩挑背扛地走在路上，看见平原上他们孤独的身影，看见他们在大草帽下辛苦的劳作，看见他们的素衣迎风扑打在肢体上；在那口令人印象深刻的水井边，她记住了那些村庄的那群印第安女人，记住了某个身影哀怨而窈窕的印第安少女，站在一座木门廊中摆满棕色大缸的黑漆漆的小棚子的门口处，举着一陶罐凉水。一辆大车的坚固木轮停下来，车轴掩盖在尘土中，露出斧劈的痕迹，一群送炭的脚夫将各自的担子放在头顶低矮的泥墙上，在那道阴影中伸开手脚、排成一行打着瞌睡。

那些征服者们留下来的桥梁、教堂等沉重的石制工事，在控诉着对于人类劳力的漠视，那些由既已消失的国度所贡献的苦役。国王和教堂的权力已经不复存在，然而，每当越过一座村落的低矮泥墙，瞭望某座小山上一些满目疮痍的建筑时，唐·佩佩便会停下他的战斗故事，转而感叹道——

"可怜的科斯塔瓦那！从前，它的一切都是神父的，人民一无所有；而现如今，它的一切都是圣马塔那些大政客的，都是那些黑人和盗贼们的。"

查尔斯不断同镇子中那些镇长、税务官、要人们交谈，同产业领地上的那些绅士们交谈。本区的指挥官们纷纷为他提供护卫——因为他可以出示当时苏拉科政府首脑所颁发的授权。那份文件究竟花了他多少个二十块的金币,这是一个只有他本人和某位远在美利坚合众国的大人物——就是屈尊给苏拉科来的来信亲笔回信的那人——以及另一个别有来头的大人物才知道的秘密,后者生着橄榄色的皮肤和一双狡黠的眼睛,目前正盘踞在苏拉科总督府的宫殿,惯以一种十足的法国人派头炫耀着他的修养和欧洲风气,因为他曾在欧洲生活多年——按着他的说法,叫作流亡。然而,人尽皆知,正是在那次流亡之前,他刚刚赌输了一座小港口海关税所的所有现金,他是通过一个在那儿掌权的朋友谋到那个副税收员位置的。这种年少荒唐的过失,还有其他种种的窘迫,害他不得不在马德里的咖啡馆当了一阵子侍者。不过,既然他们重又给他一片灿烂的仕途,那么这个人也一定是胸怀大略的。查尔斯·古尔德沉着从容地向他陈明自己的生意,将他称作阁下。

这位贵为封疆大吏的阁下故意摆出倦怠的架子,以地道的科斯塔瓦那人的派头将他的椅子向后倾着,靠近一扇打开的窗户。当时,军乐队正在广场上如驴叫一般演奏着一些歌剧选段,他有两次抬起手来示意安静,以便听见某个喜爱的段落。

"妙极了,美极了!"他咕哝道;查尔斯便以深不可测的耐心,站在一旁等候着。"露西亚,露西亚·拉美摩尔!音乐使我狂热。音乐令我狂喜。哈!了不起的——哈!——莫扎特。是的!了不起……你刚才在说什么?"

当然,传闻已经将来者的意图送入他的耳中。此外,他还收到了来自圣马塔的官方警告。他的举止,不过是为了掩盖他的好奇并威慑他的来访者。不过,当把某件贵重的东西锁进房间远端一张大写字台的某个抽屉中之后,他立刻变得干练起来,利索地走回自己的椅子。

"倘若要在矿场附近建立村落并聚集人口,你应该向内政部长申请一张许可令。"他以一种生意人的口吻建言道。

"我已经递出了申请函。"查尔斯沉着地说,"现在,我极有信心得到阁下您的有利结论。"

这位阁下是一个情绪多变的人。收到那样一笔钱财,令他简单的心思瞬间轻快起来。他出人意料地深叹了一口气。

"啊,唐·卡洛斯!我们省就缺你这样的开明人士。死气沉沉呀——那些个死气沉沉的贵族!就是要公众的精神!没有一家企业!以我在欧洲精深的研究,你知道——"

他把一只手塞进胀鼓鼓的前胸,踮着脚站起身,近乎大气不喘地讲了十分钟,将查尔斯·古尔德彬彬有礼的沉默当作冒犯,开动脑筋滔滔不绝地还击着。随后他戛然停住,重新撤进自己的椅子,就好像面对一座堡垒吃了败仗那样退了回去。为了挽救自己的尊严,他用煞有介事的一歪头和一些话,匆匆打发掉了那个沉默的男人,他用阴晴不定、谦逊无力的腔调讲道——

"只要你的行为不违背一个良好公民当有的举止,便可以倚仗我开明的善意。"

他以一种倨傲的神气,抓起一把纸扇来给自己扇凉,而查尔斯便鞠躬退出了。他随后立即丢下那把扇子,带着奇怪而困惑的表情盯着那扇关上的门看了好久。最后,他耸了耸自己的肩膀,像是在对自己肯定着他的鄙夷。冰冷,迟钝。毫无智力。红头发。地道的英国人。他对查尔斯嗤之以鼻。

他的脸色沉下来。这无动于衷的冷冰冰的举止是什么意思?在那样一大串被从首府派来统治西部省的政客中，他将是第一个被查尔斯·古尔德在官方交涉中用这种冒犯性的独立姿态震慑住的家伙。

查尔斯·古尔德认定，为了省去日后的麻烦，他不得不装出一副正在倾听着那些可悲的胡言论语的样子作为代价的一部分，而如果说要他亲自发出胡言乱语的回应，这是绝对不包含在整个交易中的。这是他的底线。这些一省之长的独裁者，已经习惯于所有阶层的顺民们战战惶惶地面对着他们，而那个英国人长相的工程师的自矜却会引起他们的不安，叫他们在阿谀和刻薄之间拿捏不定。他们都渐渐地发现，不管是哪一派在掌权，那个人总是同圣马塔的最高当局保持着最有效的接触。

这是一个事实，对于古尔德夫妇是大为有利的，虽然他们并不像新铁路的总工程师所想当然地认为的那样阔绰。听从唐·何塞·阿维拉诺斯——他是个出色的顾问，尽管鉴于古兹曼·本托时期的恐怖经历，他已经懦弱了许多——的建议，查尔斯·古尔德从不涉入同首府的瓜葛。然而，在那儿的外国侨民所时传的流言中，他却被冠以"苏拉科之王"的绰号。人们带着一点儿神秘而尊敬的眼色，向不知情者指出，科斯塔瓦那法庭的某位律师——一个负有才名、品行良好的人，也是在苏拉科山谷有着广阔地产的、声望卓著的莫拉加家族的一员——是桑·托梅银矿的代理人，"政治上的，你明白。"他身材很高，蓄着黑髭，言谈谨慎。人所共知，他同那些部长往来密切，并且总有无数将军翘首期待着到他家中进餐。总统们轻易便可以接见他。他同自己的舅舅保持着频繁的书信往来，就是唐·何塞·阿维拉诺斯。不过，他的信件——除了正式表达他拳拳心意的那些——极少托付给科斯塔瓦那邮局投寄，因为在那儿，信封会被肆无忌惮、恬不知耻地拆开，这作风是许多西裔美洲政府的一大特色。不过，肯定有人留意到，大约从桑·托梅银矿重新开张之后，那个曾受雇于查尔斯·古尔德此前的大草原之旅的骡夫，便赶着他的一小队牲畜，汇入了那股交通于圣马塔山地和苏拉科山谷之间隘口的稀薄人流。除了极其例外的情况，没有旅行者会选择这条艰难危险的路径，并且按照内陆贸易的情况来看，也没有另辟蹊径的显然必要。不过，那个人似乎有这样做的道理。人们总是看见他带着一些包裹上路。他肤色深棕，性格木然，身穿翻毛的山羊皮裤，挨近他自己那匹机警的骡子的尾部坐着，头顶的大帽子迎着太阳，一张长脸上带着嬉笑悠然的神情，每天都用哀婉的调子哼着同一支情歌，又或者是不动声色地对着前面他那一小队骡子大喝一声。一把圆滚滚的小吉他高高地挂在他背上。在他驮鞍的木料上，有一块地方被巧妙地剜出来，刚好塞得下一个卷得很紧的纸筒，再把剜出来的木头填上，把粗糙的帆布钉回去。停留在苏拉科期间，他整天的活动——好像世上没有他关心的事情——便是面朝阿维拉诺斯家的宅邸，坐在古尔德公馆门外的石凳上抽烟或打瞌睡。早年间，他的母亲曾是这户人家洗衣女工的总管，对于浆洗之类的事情十分在行，他本人也是在他们家的一座大庄园中出生的。他的名字叫作波尼法西奥，每当大约五点钟，唐·何塞穿过街道去拜访唐娜·艾米莉亚时，总要对他恭敬地行礼，报以招手或颔首的致意。两家的脚夫们也都带着庄重而亲密的态度，跟他慵懒地交谈。至于夜晚，他便打发在赌博中，又或者乘着大方快活的兴头，去城中一些偏远小巷拜访那些头戴金梳子的粉头姑娘。不过，他也是一个谨慎的人。

第八章

　　我们中那些早在铁路到来之前的年间出于事务或猎奇的缘故去过苏拉科的人还能记起，桑·托梅银矿对于那个偏远省份的生活所产生的稳定影响。那时，它的面貌还没有发生这样的变化，就像别人告诉我的那样，宪章街上跑着线缆电车，四轮马车的道路远远地通到了乡下，直达林康河别的村落，外国客商和一些富户都在那儿有自己的现代别墅，一片宽阔的铁路工场靠着港口修建起来，带着码头区和一排长长的货栈，而且，还有了自己的相当正式、颇有组织的工潮。

　　那时候，是没有人听说过工潮的。不过，当时的港口搬运工也的确在他们自己的一位守护神的带领下，形成了一个由各色沉渣浮滓构成的不成规矩的兄弟会。他们定期——每个斗牛日——搞罢工，这种乱子即便以诺斯特罗莫高高在上的声望，也从来对付不了。然而，每当节日过后的早上，那些印第安女贩在广场上撑开她们的阳伞之前，伊格罗塔的积雪在尚且昏暗的天色中泛着灰白的时候，只要那个跨着一匹银灰色牝马、好像幽灵一般的骑手一出现，准会把劳工的问题解决掉。他的骏马缓辔踱步在那些贫民窟的小巷中，那些旧城堡杂草丛生的围墙下，那些黑漆漆的像牛棚又像狗窝的茅舍间。那位骑手用左轮手枪沉重的枪托叩打着那些低矮的小酒馆的门，叩打着那些倚着过去富贵人家一堵摇摇欲坠的大墙建造的流里流气的单坡棚屋的门，叩打着那些住户的木制山墙，它们是如此单薄，以至于在他暴跳如雷的捶击间隙中，可以听见里面的鼾声和昏语，他从马鞍上凶巴巴地叫唤着各人的名字，一声，两声。睡意蒙眬的应声——骂骂咧咧地，恭恭敬敬地，凶神恶煞地，嬉皮笑脸地，或是不情不愿地——传入外面寂静的黑暗中，那位骑手岿然不动地坐在马上，不一会儿，便会有一个身影冲出来，在安静的空气中咳嗽着。有时候，会有一个女人低柔的声音透过窗洞喊道，"他这就来，先生"，那位骑手便在一动不动的马背上静静地等着。但要是他不得不下马，那么不出片刻工夫，随着一阵激烈的扭打声和不绝的咒骂声，便会有一个码头工被脑袋冲外、手脚乱蹬地从那些棚屋或酒馆的门口扔出来，四仰八叉丢在那匹银灰色牝马的前腿下，而它只是把小巧的尖耳朵向前支立着。它对这样的事情已经见怪不怪了。而那人便爬起来，匆忙躲避诺斯特罗莫的手枪，伴着粗野的叫骂，沿街道踉踉跄跄地跑开一小段距离。等到日出时分，米切尔船长穿着睡袍心急火燎地走出来，登上海边那幢孤零零的海汽航营业所的露台——那条露台横跨整个建筑的长度——便可以望见驳船已经开动起来，攒动的人影已经在码头起重机周围忙碌起来，或许还能听到他那无价之宝的诺斯特罗莫——这会儿已经下了马，身穿方格衬衫，腰扎地中海水手的红色腰带——正在码头末端声音洪亮地发号施令。真是个千里挑一的家伙！

尽管完善文明的物质设施还没有侵来,那些老城镇的个性还没有被涂抹在现代生活整齐划一的便利之下,但在苏拉科那些破旧的老古董——以它抹着泥灰的房子、装着铁条的窗子和掩映在一排排阴郁苍翠的柏树后面的废弃修道院的黄白色大墙为典型——上面,实际上,桑·托梅银矿已经施加了它微妙的影响。那些在节日里涌上大教堂敞门正对着的那座广场的人群的衣着特征也被改变了,受矿工们节日装束的影响,增加了大量带有一道绿色条纹的白斗篷。他们还戴起了那种带有绿线绳和穗子的白帽子——都是质量上乘的好货,只要花一点儿小钱便可以从行政机构的货栈里买到。一个温驯的拉美混血人儿只要穿上这些颜色——在科斯塔瓦那是并不多见的——便极少会因为被指控对本城的警察不敬而被打个半死;走在路上也不会再冒着那么大的危险,突然被一队枪骑兵用套索拉去入伍——这种自愿充军的手段在共和国几乎被当作合法的。据人们所知,有些整个村落都被以这种自愿的方式拉进了军队。不过,就像唐·佩佩无助地耸着肩膀对古尔德夫人说的那样:"你能怎样!可怜的人民!倒霉蛋。倒霉蛋!可是这个国家要有它的兵员。"

唐·佩佩这样内行地讲道,这位战士蓄着下垂的唇髭,生着一张深棕色的瘦脸和一圈刮得干净利落的坚强的下巴,样子好像南部大草原上一位放牧的绅士。"如果你们想听听一位老帕兹军官怎样说,先生们",这话是他在苏拉科贵族俱乐部中所有发言的开场白,而他是因为曾为现已消逝的联邦事业服役才被接纳入会的。这家俱乐部可以追溯至科斯塔瓦那独立宣言的年代,在它最初的创始人中,有许多值得夸口的解放者的名字。它曾无数次遭受各种政府的肆意压迫,记忆中有许多会员被处决,还有至少一次大规模的被屠杀,当时,他们接到一个盛情难却的军事指挥官的命令,悲惨兮兮地集体赶去赴宴——后来,他们的尸体被平民中那些最恶劣的渣滓剥得赤条条的,从窗户扔到广场上,而眼下它又繁荣起来,也平和了许多。它过去曾用作指挥部的位于一座房子——曾经是宗教法庭某位高官的府邸——前端部分的那些凉爽而高大的房间,如今正以其伟大的慷慨向每一个陌生人敞开着。房子两边的侧厅已经关闭,那被钉死的门扇背后,墙垣已经崩塌,一片可以称之为果园的橘树苗在未铺砖石的院落中生长起来,把房子正对着大门的完全沦为废墟的后半部分遮掩住了。你从街道走进来,就像来到一片隐蔽的树林,在那里可以见到一截松脱的楼梯,由一座某个神圣大主教地爬满青苔的雕像守卫着,它头戴教冠,手执权杖,尽管残破的鼻子有损体面却仍不失温驯,两条精致的石头手臂交叉在胸前。那些巧克力面色、顶着一头黑发的侍应会从上面窥视着你。咔嗒咔嗒的撞球声传入你耳中,拾阶而上,在第一间大厅里,你也许会看见唐·佩佩笔挺地坐在一把直背椅子上,正在用他那种方式——翕动着唇髭,伸直了手臂——拼读着一份旧的《圣马塔报》。你或许也已经见到,他的坐骑——一匹生着锤头状脑袋的冷冰冰、硬邦邦的黑马——正驮着那样一架偌大的马鞍,在街上一动不动地打着瞌睡,口鼻几乎耷拉到了路面的路沿石。

"从山上下来"——这说法在苏拉科经常听到——时,唐·佩佩也会出现在古尔德公馆的客厅里。他带着谦逊的自信,坐在茶桌离稍远处。两膝并拢,深陷的眼睛中闪烁着诙谐亲切的光芒,偶尔为当下的谈话抛进一些小小的讽刺的笑料。在这个人身上,有一股聪明幽默的机灵劲儿,一种真真正正的人道精神,这常见之于一些单纯的老军人，他们在许多绝望的战役中已经证明过自己的勇气了。当然，他对于采矿一无所知，他有另外一种差事。他管理着整个银矿领地上的人口，这片区域从峡谷尽头延伸至牛车小径由山脚进入平原的地方，那儿有一座横跨在溪流上的小木桥，被漆成绿色——绿色，希望的颜色，也是银矿的标志颜色。

在苏拉科城里人们听说，唐·佩佩"在山上"时，常沿着崎岖的小路四处巡行，配着一把大军刀，穿着一身佩有生锈的纯银少校肩章的破旧军服。大多数矿工都是印第安人，睁着狂野的大眼睛，称他为"泰塔（老爹）"，这些打赤脚的科斯塔瓦那人，对任何穿鞋子的人都这样称呼。不过也有一次，巴西里奥——古尔德先生本人的听差兼公馆的管家——出于信任的好感与一种礼貌的仪式，曾郑重其事地通报道："银矿总管先生驾到。"

唐·何塞·阿维拉诺斯当时正在客厅里，被这冠冕堂皇的称号逗得乐不可支，当老少校英武的身姿出现在门廊时，他便戏谑地拿它来跟他打招呼。唐·佩佩撇着长长的唇髭笑了一笑，像是要说："对于一个老兵的名号来说，这倒不坏。"

他领受了这个银矿总管的名号，拿自己的差事和领地开起小小的玩笑，以诙谐夸大的语气向古尔德夫人保证，在那里——

"没有任何两块石头碰在一起的声音是本总管听不到的，太太。"

说着，他便用食指机警地点着自己的耳朵。甚至在仅仅是矿工的数量便超过六百人时，他也认识其中的每一个，区分出那些数不清的何塞、曼纽尔、伊格纳西奥，他们或是来自普里梅罗，或是来自塞贡多，或是来自特塞罗，那是在他管理下的三个矿村。他不仅认得他们每一张面无表情、闷闷不乐的脸孔——对于古尔德夫人来说，他们看起来都是一样的，似乎都是从同一个受苦、忍耐的祖先模子中刻出来的——而且显然，当两班脱得只剩下麻布兜裆和皮盔帽的人手换工时，在主巷道坑口开阔的台地上，在那样混作一团的赤着的胳膊、扛着的镐头和摇晃的提灯中，在穿着凉鞋的脚板所发出的拖沓嘈杂的巨大足音中，他还可以细致入微地区分出他们的身体，辨认出那些红棕色、黑棕色、铜棕色的脊梁。这是工间休息的时刻。那些印第安小伙子慵懒地靠在一长串空着的小轱辘马上；筛矿工和碎矿工蹲在地上抽着长雪茄；斜架在主巷道坑口边缘上方的巨大木泄槽安静下来；只有明水槽中不停奔涌、湍急猛烈的水流还在响着，哗啦哗啦地泼溅着，隆隆地推动着轮机，捣矿机在下方的平台上砰砰夯砸着，将那些宝贵的石头捶成粉末。各班的工头在赤裸的胸膛前挂着铜牌，以示区分，由他们整编各自的小队；最后，那座山头会吞下一半沉默的人群，而剩下的一半便排起长队，沿着通往谷底的曲折小路走下山去。那儿很深；下方远处，有一线绵延于亮闪闪的岩面之间、好像一条纤细的绿绳子的植物，在那里面，由三丛香蕉树、棕榈叶屋顶和树荫标记出第一、第二与第三座村落，住着古尔德特许矿区的矿工们。

起初，就有一些人举家搬来伊格罗塔峰的这个地点，而从那开始，关于这里有工作与安全的消息，便在那片田园牧歌的大草原上扩散开来，人们便争先恐后地甚至像潮水一样涌来，搬进了遥远的西厄拉那些陡峭的蓝色山崖的角落与缝隙中。走在前头的是父亲，戴着尖顶的草帽；后面是母亲，带着稍大一些的孩子，通常还会有一匹小驴子；除了带头者本人，其他所有人畜都负着担子；又或者，还会有一些大姑娘，她们是这些人家的骄傲，打着赤脚，身子挺得像箭杆，绑着乌黑的发辫，身材丰满而神气活现，没有负重，却只是背着一把乡下人的小吉他和一双柔软的、捆在一起的皮凉鞋。看见这些人群络绎不绝地走在牧场之间交错的山路上，又或是扎营在皇家大道的路边，骑马的路人便会彼此谈论道——

"去桑·托梅银矿的人更多了。明天我们还会见到一些。"

他们一边在暮色中策马驱驰，一边谈论着那个省的大消息，也就是桑·托梅银矿的消息。一个富有的英国人将要开动它——也许并不是英国人，谁知道呢！总之是一个很有钱的外国佬。哦，是的，它开动了。据一队赶着一群黑色公牛来苏拉科参加下个斗牛节的人报告，从林康——距离城镇只有短短的路程——的小旅馆的门口，便可以望见山上的灯火，在树林上方忽闪着。还有人亲眼看到，有一个女人侧身骑在马上，坐的可不是一把椅子，而是一种马鞍，头上戴着一顶男人的帽子。她还会在山路上四处走动，看起来像是一个女工程师。

"真荒唐！不可能，先生！"

"真的！真的！一个北方来的美国女人。"

"啊，好吧！如果阁下没看错的话。美国女人；就应该是这样的。"

他们会吃惊地讪笑一会儿，同时提防着路上的影子，因为在草原的夜路上很容易遇上歹人。

唐·佩佩不仅对那些男人了若指掌，而且似乎只靠着留心、细致的一瞥，便能够分清他治下各家的妇女、姑娘和毛头小子。只有那些小孩子，有时会令他挠头。人们经常见他与神父并肩走着，若有所思地盯着村子街道对面那一大群安安静静的棕色孩童，一面低声议论着，像是要把他们的身世分个清楚；又或者，他们遇见某个正在逛荡的默不作声的小淘气包，光着身子，满脸严肃，稚嫩的小嘴巴里叼着一根雪茄，圆滚滚的小肚皮上挂着一串松垮垮的珠子，也许是母亲的念珠，为了好看而偷来的，这时候，他们便会一起走上前去，问一些有关他父母的问题。这两位分别是矿区大众精神上和世俗上的牧者，他们是很要好的朋友。而对于莫尼格汉姆医生，那位由古尔德夫人任命的、住在矿区医务所里的身体上的牧者，他们的关系可没有这样密切。不过，也没有人可以跟医生先生保持亲近，就拿他那佝偻的肩头、耷拉的脑袋、尖刻的嘴巴和乜斜挖苦的眼神来说，实在让人捉摸不透。另外两位权威倒是合作融洽。罗曼神父长相干瘪，个头很小，性格机警，满脸皱纹，生着一双大圆眼和一个尖下颌，酷好鼻烟，也是一个老兵；他曾在共和国的战场上赦免过许多单纯的灵魂的罪过，跪在山坡上、深草中、幽林里那些垂死之人的身旁，听取他们最后的告解，硝烟味儿充斥着他的鼻孔，嗒嗒的枪声与啾啾的弹声，充塞着他的双耳。这样的两个人，在傍晚唐·佩佩出去对矿上看守——由他本人组织的一个群体——的在岗情况进行最后一轮巡视之前，一起在神父的圣所用一把油腻腻的扑克消遣一番，又有何妨呢？为了方便履行这每天的最后一项职责，唐·佩佩会把他老旧的军刀系在房子的游廊上，那毫无疑问是一栋美国式的白色木屋，被罗曼神父称作圣所。附近有一座狭长的、低矮的深色建筑，屋顶尖峭，像是一个山墙上竖着木十字架的大谷仓，这便是矿工们的教堂。神父每天都要在那儿一副人子复活的阴郁祭坛画前做弥撒，画中灰色的盖板平稳地搭在石墓的一角，在一团椭圆形的白惨惨的光亮中，一个四肢修长的青灰身影正飞上天去，一名头戴冠缨的棕色军团士兵被击倒，横卧在画面清漆的前景中。"这幅画，孩子们，非常漂亮与美妙，"罗曼神父对他的一些教众讲述道，"是我们总经理先生的太太慷慨赠送给你们的，它是在欧洲画成的，那是一片充满圣徒和奇迹的土地，比我们的科斯塔瓦那要大得多。"说着，他会饶有兴致地吸上一撮鼻烟。然而，一旦当某个好奇的人儿想打探这个欧洲位于何方，究竟是沿着海岸向上还是向下时，罗曼神父便会变得沉默而严肃，以此掩饰着自己的困惑。"毫无疑问，它非常之远。不过，像你们这些桑·托梅银矿的罪人，只应当虔诚地担心着永恒的惩罚，而不是去打听地球的大小，还有它的国家和人口，那些都是你们理解不了的。"

他们彼此道上一句"晚安，神父""晚安，唐·佩佩"，银矿总管便走掉了，他把军刀紧贴在身侧，身子前弓着，迈着沉重的大步走入夜色中。随即，那种以区几根雪茄或一包巴拉圭茶为输赢的天真牌兴便消失了，取而代之的，是一位外出巡视营哨的军人的严肃的使命感。随着挂在他脖上的哨子的一声尖啸，立即传来若干回应的哨音，中间夹杂着狗叫，直至最后，那声音才在高处山谷的尽头平息下来。随后，两名守卫在桥边的警卫在寂静中现身，无声无息地向他走来。道路的一侧，一栋狭长的木结构建筑——仓库——被关闭起来，从一端到另一端拉起了障碍；正对着它还有另外一栋更长的白色木屋，带着游廊，那是医院，莫尼格汉姆医生的房间的那两扇窗子会亮着灯。即便连胡椒树细小的叶片也一动不动，晒得发烫的岩石所辐射出来的热量，令黑夜热得让人窒息。唐·佩佩会跟面前那两个一动不动的警卫一起站上一会儿，突然间，从上面陡峭的山崖——亮着点点火把，好像从上方那两团耀眼的巨大亮光中跌落下来的火花——表面，矿石滑槽开始轰鸣起来。这哗然的、游移的巨响,不断地加快速度,加大音量,被山谷的夹壁聚拢起来,如滚滚的雷声一般送入平原。林康的那家小旅店的店主信誓旦旦地说,在寂静的夜晚,他从门口处仔细地听着那声音,就像山中下起了雷雨。

在查尔斯·古尔德的想象中,这声音一定可以传到全省最远的边界。夜间骑马赶往银矿的途中,他会在林康外面一座小树林的边缘听见它。毫无疑问,那是大山呻吟的咆哮,正源源不断地将自己的宝藏吐出来,倾泻在捣矿机之下;它以那特别的力量,像是响彻于这片土地上的一个声如奔雷的宣言,像是壮志得酬的一个美妙无比的既成事实,传递到他的心坎上。早在许久之前的那个傍晚,他便已经在自己的想象中听见了这个声音,当时,他和自己的太太曲曲折折地骑过一条林间小道,在那道溪流边上勒住了马缰,第一次凝视着那片草莽丛生的荒凉之地。处处擎起一棵棵棕榈树的树头。在环绕着桑·托梅银矿所在的那个角落的高耸峡谷中,有一道明亮而澄澈的纤细水瀑,从树蕨的茂密的墨绿色复叶中奔涌而出。陪他们一起的唐·佩佩骑上前去,伸开手臂向上指着那山谷,用调侃而严肃的口吻介绍道:"请看,这里正是蛇类的天堂,太太。"

随后,他们便调转马头,骑回林康过夜。那里的镇长——一位名叫莫雷诺的骨瘦如柴的老人,古兹曼·本托时期的中士——毕恭毕敬地带着三个漂亮的女儿腾出自己的房子,供那位外国夫人和他们尊贵的绅士们居住。他对查尔斯·古尔德——他把他当成了一个神秘的官方人士——唯一的请求,便是托古尔德向最高政府——最高政府的领导人——提醒他所认为自己应得的一笔退休金,大概每月有一块钱。那是曾经承诺给他的,他勇敢地挺直佝偻的脊背,保证道:"许多年前,为了褒奖我还是一个年轻人时,在同野蛮印第安人的战斗中的英勇表现，先生。"

那道水瀑已经不复存在。干涸的水潭边上，那些曾经被飞沫滋养繁茂的树蕨已经枯萎，那座高耸的峡谷也只是变成了一条大沟，一半填满了废土和矿渣。水流被从上面闸住，沿横跨在高架上、用掏空的树干造成的明水槽倾泻到轮机中，在下方平台——桑·托梅山的大台地——上驱动着捣矿机。只有关于那道水瀑的记忆——生长着妙不可言的蕨类植物，好像一座悬挂在山谷巉岩上的空中花园——依然保留在古尔德夫人的一幅水彩画中；在一片被清理出来的丛林空地上，她坐在一架由唐·佩佩吩咐搭建、用三条粗糙的杆子支撑起来的稻草棚子的荫凉中，花了一天的工夫才将它匆匆描摹下来。

从一开始，古尔德夫人便在见证着它：清理荒野，修造道路，在桑·托梅山的岩面上开凿新的路径。她曾在这里跟自己的丈夫一起住了多个礼拜。那一年，她在苏拉科露面的时候如此之少，以至于每当古尔德家的马车出现在林荫道上，便会引起公众的哗然。在那条荫凉的小路上，大户人家笨重的车厢庄严地滚滚驶过，里面坐满端庄的夫人和黑眼睛的小姐们，纷纷挥着粉白的手掌向她打招呼。唐娜·艾米莉亚"从山上下来"了。

但用不了多久，一两天后，唐娜·艾米莉亚便又回"山上去"了，而她那些光溜溜的拉车的骡子，便又会过上很长一段轻松惬意的时光。她曾亲眼看着，那座建在下方台地上、用作一处办公室与唐·佩佩的指挥部的木房子，被竖立起来；她曾激动欣喜地听着，第一只满载着矿石的轱辘马沿着当时唯一的一条滑槽，哗啦哗啦地溜下来；当第一组数量只有十五台的捣矿机头一次开动起来的那一刻，她曾一声不吭地站在丈夫身边，兴奋得浑身发冷。火焰在他们棚户中的第一套干馏炉下燃烧起来，映入遥远的夜色，她并没有回到那座依然光秃秃的木房子，回到那张为她搭建的粗糙的架子床上休息，直到她见到第一块带着气孔的银子，看着它从古尔德特权矿区幽深黑暗的地下，排除万难来到人间；她伸出因某种渴望却并非出于贪婪而颤抖的双手，触摸着那块尚带着熔炉温度的银锭，用自己的想象估摸着它的分量，为那块金属赋予一种正当的念头，就好像它不只是一件有形的事物，还是某个无形的、意义深远的东西，如同一种感情的真实寄托，或是一种道义的救命之物。

唐·佩佩也饶有兴致地越过她的肩头看着这一切，他的微笑在脸上泛起条条皱纹，使得它看上去好像一张皮面具，显出慈祥又狰狞的表情。

"难道埃尔南德斯的小伙子们不想要这不起眼的——哦，上帝——多么像一块锡铁的东西？"他开着玩笑讲道。

埃尔南德斯是一名强盗，曾经是个不坏的小牧场主，在一次内战中，他被以异常残暴的方式从家乡掳走，被迫当了兵。他在军中的行为堪称典范，直到瞅准机会，杀死了他的上校，设法逃出生天。他啸聚起一支叛军，被推为头领，藏匿在荒凉干旱的波尔松·德·多诺罗那一边。他向那些庄园主勒索牛和马匹；处处流传着关于他的武力和他巧妙地逃脱追捕的离奇故事。他曾单手执辔，骑马闯进大草原上的村落和小镇，腰间别着两把左轮手枪，前面赶着一头驮骡，径直来到商店或货栈，选好他要的东西，扬长而去，而人们慑于他的胡作非为和胆大包天，只好听之任之。通常，他对那些贫穷的乡下人不加刁难；上流人士却经常被他拦住，洗劫一空；至于有任何不幸的官员落在他手中，则一定会被施以严酷的鞭刑。那些军官听人提起他的名号，更是闻风丧胆。他的追随者们也都骑着偷来的马匹，将那些被派来追捕他们的正规骑兵嘲弄一番，并且，还以利用巢穴的崎岖地形对他们发起娴熟的伏击为乐。派出军队前去征讨；开出价钱，悬赏他的脑袋；甚至还试过——当然是不靠谱的——跟他公开谈判，却一点儿也没有办法影响到他的我行我素。最后，一心要除去大名鼎鼎的埃尔南德斯的多诺罗财政官，按照地道的科斯塔瓦那方式，以给他一笔钱财和一份在那片土地上安全通行的许可作为代价，想让他出卖自己的同伙。但显然，埃尔南德斯并不是那些出色的科斯塔瓦那政客军人和阴谋家的结盟者。这个聪明但陈旧的圈套——镇压革命时简直屡试不爽——在面对这个土生土长的萨尔提多匪首时，却失效了。起初，他向那位财政官保证得很好，但最终，当那一队骑兵——按照财政官的指引——开进到一片此前埃尔南德斯曾答应将他毫无戒备的同伙带去那里的地形中时，却惨遭重创。他们的确如约而至，不过却是由丛林中匍匐前来的，并且只是用了一排冷枪发起招呼，瞬间便将许多骑兵射落马下。逃脱的队伍狼狈地骑回了多诺罗。据说,他们的指挥官——因为坐骑出色的原因，遥遥领先于别人——事后心灰意冷地喝得酩酊大醉，用他军刀的刀背，把那位财政官当着他太太和女儿的面痛揍了一顿，因为他害自己在军界中颜面扫地。多诺罗的最高民事长官当场昏厥倒地，还被他暴跳如雷的军事同僚浑身踢了个遍，被尖利的马刺戳破了脖子和脸。这个来自内地草原的传言，对于这个国家统治者的描绘是如此惟妙惟肖，故事之间充满了压迫、无能、愚不可及的手段、背信弃义的行为和残暴无情的行径，因而被古尔德夫人熟记于心。至于理智文雅之人，对于它是绝不会愤然置评的，因为它的特征就像是某些深藏在事物本质之内的东西，就像一种恶化至令她感到无可救药的症候。她望着那块银锭，对唐·佩佩的话平静地摇摇头——

"要不是你们那无法无天的政府的暴政，很多追随埃尔南德斯的法外之徒，眼下会正靠着双手勤劳的工作，过着平静幸福的生活。"

"夫人，"唐·佩佩激动地叫道，"真是这样！简直像上帝给了您这样的力量，可以看透这些畜生一般的人民。您已经见过他们在您身边工作，唐娜·艾米莉亚——温驯得好像小羊羔，忍耐得好像他们自家的驴子，勇敢得好像狮子。在帕兹时期，我——就是站在您面前的这个我，夫人——曾带领他们辗转于炮管枪口之前，帕兹为人是慷慨仁慈的，要我说，他的勇气在这里，仅有唐·卡洛斯的伯父可以与之相比。当圣马塔只剩下盗贼、骗子和残暴成性的猢狲统治着我们的时候，草原上匪类横行也就不足为奇了。不过，他们终究是土匪，我们不得不准备好一打齐刷刷、顶呱呱的温彻斯特，骑马把这些银子送下苏拉科。"

古尔德夫人随着第一支护银队回到苏拉科，而她所称的"我的营地生活"也随之告一段落，她随后在城中的宅邸长住下来，对于一位像桑·托梅银矿那样的重要机构的总经理的太太而言，这样做是合理得体而不无必要的。因为桑·托梅银矿已经成为一家机构，而它在全省的所有事务所需的秩序与稳定，需要有一个凝聚点来操持。安定似乎从那座山谷涌下来，浸没在这片土地上。苏拉科当局已经认识到，桑·托梅银矿已经值得他们对老百姓和其他事情歇歇手了。在查尔斯·古尔德起初所设想的可以获得安定的法子里面，这种情形是最接近于那种常识而公道的规矩的。事实上，那座银矿，连同它的组织，还有纷纷在它特许的安定中委身其事的剧增人口，以及它的军械库、它的唐·佩佩和它的武装警卫群体——在那里面，据说，不少法外之徒和逃兵，甚至还有一些埃尔南德斯匪帮的成员，都找到了差事——建立起来，已经成为当地的一股势力。就像有一次，讨论到苏拉科当局在一次政治危机中所采取的行动方针时，圣马塔某个要人伴着一声干笑所宣称的那样——

"你把这些人叫作政府的官员？就他们？绝不是！他们是那座银矿的官员——是那座特许矿区的官员——我告诉你。"

那位要人——当时是一个掌权的人物，生着一张柠檬色的黄脸和一头短而蜷曲但说不上打卷儿的头发——大大发挥着他的一时不满，在他的谈话对象的鼻子下面挥动着黄色的拳头，尖叫道——

"是的！统统如此！一声不吭！我告诉你！统统如此！政界的一把手，警察的一把手，海关的一把手，还有那个将军，统统、统统都是那个古尔德的官员。"

随后，在那间部长的密室中，会响起一个勇敢、低沉而好辩的声音，咕哝着说上半天，此后那位要人的激愤，便以一个嘲讽的耸肩结束。最后，他似乎是说，只要那位部长本人在他当权期间不被忘了，那又有什么关系。然而与此同时，桑·托梅银矿的那位非官方代理人，为着这样一个正当的事业，却过得处心积虑，这在他写给自己的舅舅唐·何塞·阿维拉诺斯的信件中有所反映。

"没有任何一个圣马塔的残暴成性的猢狲，胆敢踏上桑·托梅桥外那片科斯塔瓦那的土地。"唐·佩佩常常向古尔德夫人保证，"除非，当然，是一位贵客——因为我们的总经理先生，是一个胸有城府的政治家嘛。"然而对着查尔斯·古尔德，在他自己的房间里，这位老少校却以严厉而带有军人的快活的口气说道:"我们可是把脑袋赌进了这场游戏。"

"国中之国,艾米莉亚,我的灵魂。"唐·何塞·阿维拉诺斯这样咕哝道,他带着自鸣得意的深沉意味,然而那里面却以某种奇怪的方式,掺杂着一些好像是肉体上的痛苦的成分。不过,这种情形只有新来的人才能察觉得到。

对于新来的人,这是一个奇妙的地方,古尔德公馆的客厅,男主人——总经理先生——难得露面,他显得更加老练、坚毅、沉默而神秘,那张风吹日晒的英国人的红面庞上皱纹更加深刻;两条骑兵一般的瘦腿在门廊中迈进迈出,不是"刚从山上回来",就是绑着叮当作响的马刺、腋下夹着马鞭,正要"到山上去"。唐·佩佩显得彬彬有礼,雄赳赳地坐在他的椅子上,这位草原人士的军人式的幽默、有关世界的知识,以及同他的身份完美相称的举止,似乎是以某种方式从他跟同族的野蛮武装斗争得到的;阿维拉诺斯则圆滑世故、亲切有加,俨然一副滔滔不绝的外交家模样,在巧妙的建言中掩藏着太多的小心与智慧,他正在撰写一部有关科斯塔瓦那的史作的手稿,名字叫作《五十年谬治史》,他认为,目前,那本书还不太适合——尽管有此可能——"公之于世";这三个人,还有处在他们中间,像一个高贵、娇小的仙子一般坐在亮晶晶的茶桌前的唐娜·艾米莉亚,在头脑里分享着同一个主题思想,分忧着同一种危急感情,分担着同一种不惜任何代价以保住银矿不可侵犯的形象的不变目标。在这里也会见到米切尔船长,他坐得稍微分开一些,靠近一扇长长的窗子,浑身带着那种过时的、整洁的老单身汉气息,他穿着一件略显浮夸的白背心,有些受人冷落却毫不自知;完全蒙在鼓中,反以为自己身处机要。这位好人儿，在公海上漂泊了整整三十年，终于得到了一件他所称的"近海美差"，并对那些发生在陆地上的事务——除了跟航海有关的——的重要性大吃一惊。几乎每一桩不同于日常事务的事件，对他来说都是"一个新纪元"，或者是"历史性的"；除了用他的自命不凡，掩饰着那张衬着一头雪白浓发和短胡须的、红润润的俏脸耷拉下来时的那种难堪，他便会咕哝道——

"啊，那个！那个，先生，是一个错误。"

接受第一次委托，将桑·托梅的银子运往旧金山的是一艘海汽航公司的邮轮，当然，这事对于米切尔船长也是"一个新纪元"。那些银块装在一个个坚硬的皮箱子中，带着藤编的把手，每一只都小到两个人可以轻巧地抬起来，由矿上的那些警卫一对一对小心翼翼地沿着那条长约半英里、陡峭曲折的小路，抬到山脚。在那儿，它们会被装上一队双轮大车，那些大车就像是一些后方开门的宽敞的保险柜，每一辆都套着两头并驾齐驱的骡子。唐·佩佩依次锁上车门，随着他一声哨响的指令，整队大车便开始移动，马刺和卡宾枪的声音紧紧围在四周，鞭声噼啪作响，打界桥上经过——"进入了盗贼跟那些残暴成性的猁狲地界"，对于跨过那道小桥的意义，唐·佩佩是这样看待的——时发出一阵突然的、深沉的隆隆声；那些身穿斗篷的人影头上所戴的帽子，在清晨的第一缕阳光中上下颠簸着；温彻斯特步枪也在他们的屁股上颠簸着；抓着缰绳的棕色手臂，从斗篷垂落的褶皱下斜探出来。这支护银队绕过一座小树林，沿着矿区小径走在林康的泥房子与矮墙中间，并在皇家大道上加快脚步，策动骡子，护骑飞驰，唐·卡洛斯一马当先地骑行在那团尘土前头，那里面可以模模糊糊地看见骡子的长耳朵，以及插在每辆大车上的招展的绿色与白色的小旗子；还有那样一伙宽檐帽的举起的手臂和他们在转动眼珠时发亮的眼白；唐·佩佩跟在队尾殿后，在那条吱吱咯咯、扬尘蔽日的小路上几乎看不见他，他坐姿僵直、面无表情地骑在一匹头如铁锤、脖颈细长、身披银花的黑马上，有节奏地上下颠簸着。在道路附近那些小片的棚户和小块的牧场中，睡意蒙眬的人们听见那一阵疾冲猛跑的声音，便知道是桑·托梅的护银队正在朝着草原这边塌落的城墙飞奔而去。他们拥到门口，看它从遍布车辙和石头的路面上疾驰而过，伴着车轮的哗啦声、金属的叮当声和鞭子的噼啪声，伴着一支野炮部队迅速投入移动时那种没命地狂奔与准确地推进，而那位总经理先生的孤零零的英国人身影，却遥遥领先地骑行在前头。

在那些围着篱笆的路边小牧场里，一些散养的马儿会跟着它狂野地跑上一阵子；那些笨重的牛群也站在齐胸的野草中，对着飞驰的噪声低沉地哞叫着；一个温驯的印第安人回头望上一眼，赶紧把他驮着东西的小毛驴推到一堵墙上，为正在赶往海边的桑·托梅护银队腾出一条路来；一小群在林荫道的石马像下冻得瑟瑟发抖的叫花子，看见它兜着一个大圈，冲进空荡荡的宪章街道，会嘟囔着："该死的！"；而在桑·托梅护银队的骡夫们看来，只有以这种活像被魔鬼追赶着的速度从头到尾、一刻不停地冲过睡梦方醒的城镇，才算一件正确的事情和一种恰当的方式。

清早的阳光照在精美的报春花上，照在那些大宅子的淡粉、淡蓝色的前墙上，它们的大门还都关着，没有人脸从那些窗子的铁栏杆后面窥视。在沿街的那些整个被照亮的露台中，只有一个白色的人影出现在空空的街道上方，那是总经理先生的太太，俯下身子看着护银队途经此地去往港口，一大团浓密的金发潦草地盘曲在她娇小的头颅上，一大堆花边环绕在她棉布晨衣的颈部。她的丈夫向上投来迅速的一瞥，她随即报以一个微笑，随后，她便看着整支队伍带着一种整齐的喧哗从脚下鱼贯而过，直到策马疾驰的唐·佩佩对她回以友好的敬礼，僵硬而恭顺地倾下身子，拿帽子在膝下猛然一挥。

随着多年过去，那一串上着锁的大车越来越长，护银队的规模也越来越大。每隔三个月，便有一股不断增加的滚滚财源经过苏拉科的街道，汇入港口旁边海汽航公司大楼那间无比结实的屋子，在那儿等着装船北上。它的数量不断增加，价值也非常之大；就像有一次，查尔斯·古尔德欣喜地告诉他的太太，这世上没有任何发现可以跟古尔德特许矿区的银矿相比。对于他们两人来说，护银队每一次打古尔德公馆的露台下方经过，都像是为苏拉科争取和平的又一次胜利。

毫无疑问，查尔斯·古尔德起初的行动得益于一段相对和平的时期，而它恰恰是从那个时候开始的；此外，还得益于同内战年代相比大体上趋于软化的时局，恐怖记忆里古兹曼·本托的暴政就是脱胎于那一年代。在爆发于他的统治——其在这个国家中保持了整整十五年的和平——末年的争斗中，尽管有着更加愚蠢的昏招，暴虐与苦难依然层出不穷，但那种激烈、盲目、凶残的政治迷信却少了很多。所有事情变得更加龌龊，更加卑劣，更加令人不齿，也毫无下限地变得更加容易被欺世弄人的动机所把控。形势越发明显，这就是一场围绕数量日益减少的赃物的厚颜无耻的瓜分；既然这片土地上的所有企业都已经被扼杀了。因此，苏拉科的这个省——曾作为凶残的党派报复的战场——在某种方式上，便成了那些人仕途中值得考虑的政治犒赏之一。这个国家的大人物在从前的西部州为他们那些最亲最近的人留出空缺：甥侄、兄弟、最爱的姐妹的丈夫、密友、心腹——或是他们所忌惮之人的得力爪牙。它是一个有福的省份，有着伟大的机遇和最好的薪水；因为桑·托梅银矿自己有一份非正式的清单，上面列着一些人的名目和金额，他们的名字是由查尔斯·古尔德与阿维拉诺斯先生咨议后修订的，并且报与某个远在美国的生意人知情，他每月都会花上大约二十分钟的时间，心无旁骛地专注于苏拉科的事务。与此同时，各种以桑·托梅银矿的影响力为依据的物质利益，也在共和国的这个地方默默积聚着它们的实力。比如，倘若说在首府的政治世界中，苏拉科税区一般被理解为通往财政部的门户，那么，那里的每个官职都可以依此类推，而另一方面，共和国心灰意冷的商界也开始觉得，西部省是一个安全的希望之地，尤其是一个人可以设法同那个银矿机构搭上良好关系的话。"查尔斯·古尔德；很好的例子！在采取任何行动之前，必须要彻底搞清楚这个人。办得到的话，你可以从莫拉加——苏拉科之王的代理人，你不会不知道——那里搞一封介绍信给他。"

这样，也就难怪从欧洲前来为他的铁路打通关节的约翰爵士，会在科斯塔瓦那的每个地方听见查尔斯·古尔德的大名——甚至还有他的绰号了。桑·托梅机构在圣马塔的代理人——约翰爵士认为，他是一位圆滑世故、消息灵通的人士——在促使总统成行的事情上帮了大忙，这令他开始觉得，那些关于古尔德特许矿区巨大而神秘的影响力的传言并非空穴来风。如今正在流传的情形是——桑·托梅银矿曾资助——至少是某种程度上——了最近一次革命，从而为唐·文森特·里比厄拉带来了五年的任期，他是个有文化的人，品格清白，被国内的精英阶层委以改革的重任。那些严肃、通达的人们似乎相信这是实情，并且指望着局面改观，指望着法律、诚信和只需在公众生活中建立起来。如果会是那样，就更好了，约翰爵士这样想。他的工作向来都是大手笔；随着国家中央铁路的建设，安插在同一个庞大计划中的有一笔向这个国家的贷款，还有一个向西部省系统移民的计划。物质利益的大发展，是极其需要信用、秩序、诚实与和平的。任何站在这些东西一边的人，尤其是能够效力的那些，在约翰爵士的眼里都是重要人物。"苏拉科之王"并没有令他失望。正如总工程师之前预言得那样，在查尔斯·古尔德的调解下，当地的难题都得以解决。约翰爵士在苏拉科受到极高的礼遇，仅次于那位独裁者，这一情况也许是蒙特罗将军在"朱诺"号甲板的午宴上表现得显然不快的原因，此后，"朱诺"号起航，从苏拉科带走了独裁总统与同行的那些贵宾。

尊敬的总统阁下——就像唐·何塞在以苏拉科省议会名义发表的一篇公开演说中，曾称他为"诚实之人的希望"——坐在那条长桌子的首位；米切尔船长，因这一"历史性事件"的严肃而显得目光凝滞、脸色酱紫，作为海汽航公司——本次非正式集会的东道主——在苏拉科的代表叨陪末座，身边坐着"朱诺"号的船长及从岸上来的一些次要官员。那些皮肤黝黑别的、表情愉快的小绅士们斜着眼睛，对着宾客们的后背，快活地瞄着船上侍者手中嘭嘭开启的香槟瓶子。琥珀色的酒液泛起泡沫，浮至杯沿。

查尔斯·古尔德坐在一位国外全权公使旁边，那人一直在用有气无力的低沉腔调，断断续续地跟他谈论着狩猎与射击。同那张戴着单片眼镜、生着奔拉的黄唇髭和白白胖胖的脸相比，总经理先生的皮肤加倍显出日晒的颜色,胡须也更加火红,那种热烈而沉默的活力更是胜他百倍。唐·何塞·阿维拉诺斯同另一位外国使节接肘而坐,那是一个深肤色的男人,带着一种安静、警觉而自信的举止,显得有些拘谨。这种场合是不必拘于一切礼节的,蒙特罗将军是在场唯一一个穿着全套军装的,前襟的刺绣如此刻板,以至于它宽阔的胸膛像是护着一层金色的胸甲。从一开始,约翰爵士就从上座中溜出来,为了坐得离古尔德夫人近一点儿。

这位伟大的投资者正在努力向她表达着自己对于她的款待的感谢,以及她的丈夫"在这一国家这一地区的巨大影响力"为自己所带来的恩惠,她轻轻地"嘘"了一声,打断了他。总统正要发表一通非正式的演说。

尊敬的总统阁下站了起来。他只讲了几句,显然感慨良深,并且也许主要是讲给阿维拉诺斯——他的老朋友——听的,提到必须以坚持不懈的努力推动这个新生国家的福祉持续下去,并且像他希望的那样,进入一个物质繁荣的和平时期。

古尔德夫人聆听着那个软绵绵的、略带着一些悲哀的声音,看着这张圆胖、黝黑、戴着眼镜的脸,它长在一副粗矮的身躯上,胖得虚弱至极,令人觉得他的心思也是脆弱而忧郁的,从体质上看简直就是一个残废;他应同伴的请求从隐退中复出,投身于一场危险的斗争,是有权利拿他自我牺牲的权威来说话的。然而,这却令她感到不安。与其说他给人指望,不如说让人可怜,这位科斯塔瓦那的第一个文职出身的领袖,正端着酒杯,宣讲着他有关诚实、和平、尊重律法和在内政外交中恪守政治诚信——这些都是国家荣誉的保障——的简单口号。

他坐下来。在随着他的演说而响起的一阵崇敬与激赏的嗡嗡议论中,蒙特罗将军抬起那双沉重的、耷拉的眼皮,转动着眼珠,以一种心神不定的浑浊目光打量着那一张张面孔。宴会上,这位行伍出身的草莽英雄,尽管对自己陡然尊贵的地位——此前他从未上过一条船的甲板,并且除了从远处,也几乎没有见过海——暗地里印象深刻,却凭着某种本能感觉到,自己那种粗鲁无礼的蛮族士兵的态度,使得他在这些精致的布兰科贵族中间显得不大合群。他能够拼读报纸上的文章,并且知道自己建立了"现代最英勇的军事功勋"。

"我的丈夫需要这条铁路。"古尔德夫人在一片咕哝声中,接着此前的谈话对约翰爵士讲道,"它会使这个国家更接近我们所需要的那种未来,它已经悲哀地等待了太久,天知道。但是我要承认,那天下午我乘车外出时,看见一个印第安小伙子手里拿着一面勘测组的红旗从一座树林里出来,心里有一些震撼。未来意味着改变——一种彻底的改变。而且即便是在这里,也有一些单纯而特别的东西是你想要保留的。"

约翰爵士倾听着,泛起微笑。不过,这一回轮到他来打断古尔德夫人的话茬了。

"蒙特罗将军要讲话了。"他悄声说道,随后立即惊慌而滑稽地补充道,"天呐!他要提议为我的健康干杯了,我敢说。"

伴着铁刀鞘的铿鸣与绣金护胸的闪光,蒙特罗将军站起来;一截笨重的刀柄暴露在他身侧的桌沿之上。他穿着那样一身华丽的戎装,脖子壮如公牛,染过的、蓝黑色的唇髭上,衬着一只尖端扁平的鹰钩鼻子,看上去像是一个阴险的冒牌牧民。他低沉的嗓音,有一种奇怪的如锉刀一般刺耳的、空洞无物的声响。他压着嗓门,胡乱地说了几乎含含糊糊的话；接着猛然抬起硕大的头颅，提高了音量，厉声迸出一句——

"这个国家的荣耀掌握在军队手里。我向你们保证，我会效忠于它。"他犹豫了片刻，直到游移的目光找到约翰爵士的脸孔，盯在上面，投去让人不寒而栗、惺忪困倦的一瞥；最近谈定的那笔贷款的数字浮现在他脑中。"我要为那个给我们带来一百五十万英镑的人喝一杯。"

他仰头把香槟一饮而尽，沉重地坐下来，在这句精妙的祝酒词之后那一阵意味深长、犹如惊骇的沉默中，带着一种半是意外、半是无赖的神气，将所有面孔环顾一圈。约翰爵士没有动弹。

"我想，我并没有被招呼起身。"他向古尔德夫人低语道，"这是显然的事情。"不过，唐·何塞·阿维拉诺斯以一段短小的演说前来圆场了，话中坦然提及英国对于科斯塔瓦那的友善——一种友善，他语重心长地继续道："我当年曾经出使过圣詹姆士的朝堂，是有一些把握，才可以说这话的。"

这下，约翰爵士才觉得时机合适，便用蹩脚的法语作了一通优雅的回应，其间不停为米切尔船长的鼓掌和叫好声所打断，他是不时能够听懂其中一两个字眼。做完这些，这位铁路的投资者立即把脸转向古尔德夫人——

"您刚才好心地提到，对我有一些请求。"他殷勤地提醒着她，"什么事情？要相信，您的任何请求都是值得考量的，对我本人来说都是一种荣幸。"

她对他报以亲切的一笑。所有人都从桌子前站起身来。

"我们上船吧。"她建议道，"在那儿，我会向您说明我请求的内容。"

一面巨大的科斯塔瓦那国旗,带着红色、黄色的斜纹,中间有两棵碧绿的棕榈树,慵懒地飘拂在"朱诺"号的主桅顶端。为了欢迎总统,海滨准备了数千只烟花,眼下正在燃放,绕着半圈海港发出一阵神秘的噼啪声。不时有一些火箭嗖嗖地蹿上天空,来不及看清,便在头顶爆炸开来,在明亮的苍穹中喷出一股烟雾。看得见,城门到港口之间的高杆上结着一串串五颜六色、迎风拍打的旗帜,下面挤满了人。突然传来一阵阵隐约的军乐声,伴着遥远的呼喊。栈桥末端,一小群衣衫褴褛的黑人在不断填装又发射着一口小铁炮。一团稀薄的灰色尘埃衬着太阳,一动不动地飘在空中。

唐·文森特·里比厄拉在甲板篷下走了几步,靠在阿维拉诺斯的手臂上;人群围着他站成偌大的一圈,他黑色唇角上愉快的微笑和眼镜的眩光不时地转向这边或那边。这场非正式集会特意安排在"朱诺"号的甲板上,是为了给那位独裁总统提供一个机会,同他在苏拉科的那些最著名的追随者亲切会见,眼下集会已经临近尾声。在一边,蒙特罗将军的秃脑袋这会儿已经扣上了一顶插着羽毛的三角帽,他一动不动地坐在一个正对天窗的位子上,一双戴着长手套的大手交叠搭在刀柄上,那军刀正笔直杵在两腿之间。在这位里奥西科的胜利者身上,那支白色的羽毛,以及他那张方脸上的紫铜色,那弯弯的鹰钩鼻下唇髭的蓝黑色,那衣袖与护胸上大块的金色,那带着硕大马刺的锃亮的靴子,那翕动喷气的鼻孔,那愚蠢而跋扈的盯视,所有这一切中都包含着某种不祥的、令人难以相信的东西;就好像某种由阿兹特克人的想象加上欧洲人的衣装所拼凑出来的军事偶像,正以其残酷的漫画手法一般的夸张、伪装得煞有介事的蠢样及凶相毕露的丑态,等候着崇拜者前来对他顶礼膜拜。唐·何塞走近他,同这个神秘莫测、不可思议的怪胎假意周旋着,古尔德夫人的目光终于从他身上挪开了。

查尔斯上前同约翰爵士道别,后者正俯身亲吻着他太太的手,他听见约翰爵士说:"的确。这是当然的,亲爱的古尔德夫人,对于您的一个保护人来说。没有任何困难。这事就当成了。"

与古尔德夫妇同船返回岸上时,唐·何塞·阿维拉诺斯异常沉默。即便坐在古尔德家的马车中,他也有好长一段时间没有开口。拉车的骡子慢吞吞地从栈桥上小跑着离开,两边是那些叫花子伸出的手掌,那一天,他们似乎全部从教堂门口跑到了这里。查尔斯·古尔德坐在后座上,扭头看着外面的平地。那儿支着各种小摊,由绿色的树枝、灯芯草和七零八碎的木片,加上小块的帆布拼凑而成,兜售着甘蔗、甜酒、水果和雪茄。一些印第安女人正蹲在垫子上,就着一小堆红亮的炭火烹煮黑陶罐里的食物,或是烧水来泡葫芦里的巴拉圭茶,她们用柔和、亲热的声音向那些乡下人叫卖着这些。一片用木桩圈起来的跑马场,是为牧民们准备的;向左开去有一座巨大的临时建筑,是用木头和一个圆锥形的草盖搭建起来的,好像一顶圆形马戏帐篷,周围聚集着密密匝匝的人群,从中传来轰响的竖琴声和尖利的吉他声,伴着一面印第安冈波鼓不紧不慢地敲出庄严的鼓点,一些舞蹈者正尖声合唱着。

不一会儿,查尔斯·古尔德说道——

"所有这片土地现在都属于铁路公司了。这里将不会再有公众集会了。"

古尔德夫人对此觉得非常遗憾。她趁此机会提起,自己如何得到约翰爵士的承诺,保证乔吉奥·维奥拉所住的那所房子不会被打扰。

她表示,自己完全无法理解,那些勘测工程师为什么要商量着拆掉这座老房子。它完全不会妨碍计划中的港口支线。

她在那所房子门前停下马车,将这一宽慰的消息立即告诉了那位热那亚老人,后者敲着头迎出来,站在马车的踏脚旁边。当然,她是用意大利语跟他讲的,而他也冷静体面地向她表达了自己的谢意。一位加里波第的老党徒打心底里感激她,为他保留下这一片可以庇护自己妻小的屋顶。他已经老到再也漂泊不动了。

"是永久的吗,夫人?"他问道。

"您想多久就多久。"

"好。这样,这地方就得有个名字了。从前不值得起名。"

他憨厚地笑了,眼角的皱纹挤在一起。"明天我就要动手把名字画上去。"

"那要叫什么呢,乔吉奥?"

"意大利团结旅舍。"那位加里波第的老党徒答道,扭头沉吟了片刻。"更多的是为了纪念那些死去的人。"他补充道,"其次,也为了纪念那个被卑鄙的皮埃蒙特种的国王和大臣们用阴谋诡计从我们这一班为自由而战的士兵手中偷走的国家。"

古尔德夫人微微一笑,向前倾了一下身子,问候起他的太太和孩子。当天,他将她们打发进城去了。老板娘身体渐好,感谢夫人问讯。

人们三五成群地路过,男人女人各自结伴,带着一溜小跑的孩子们。一位骑手跨着一匹银灰色的牝马,在那所房子的阴影中勒住缰绳,向马车中的几位脱帽致敬,后者亦报以微笑与亲切的额首。老维奥拉显然十分欣喜于适才听到的消息,连忙从自己的话茬跳开片刻,转头告诉他房子保住了,多亏这位英国夫人的好心,他可以爱留多久留多久。另一位用心地听着,却并未应声。

马车走开之后,他才又把帽子摘了下来,那是一顶带着银色帽绳和流苏的灰色宽檐帽。一条鲜艳的墨西哥毛披肩系在鞍桥上,绣花皮夹克上钉着硕大的银纽扣,雪白的亚麻布长裤,沿裤线也镶着一排细小的银扣子,一根丝腰带两端绣着花,马辔头和鞍子上镶着圆形的银片,彰显着那位大名鼎鼎的码头工长——一个地中海水手——的气派,同大草原上任何一个富足的年轻牧场主在盛大节日中所展示出来的行头相比,都要精致花哨得多。

"那对我来说是一件大事。"老乔吉奥咕哝道,他仍在想着那座房子,因为他如今已经害怕变故了,"那位夫人只是对那个英国人提了一句。"

"是那个有大把的钱可以修铁路的英国老头吗?还有一个钟头,他就要启程。"诺斯特罗莫漫不经心地讲道,"那么,祝他旅途顺利。从恩特拉达隘口下到平原并进入苏拉科,我曾一路保护着他,就像对待自己的父亲一样。"

老乔吉奥只是心不在焉地扭过头去。诺斯特罗莫指着古尔德夫妇的马车,它已经驶近老城墙上长着野草的城门,那城墙看上去好像一堵纠缠的丛林所形成的绿墙。

"夜晚,我曾一次次地带着左轮手枪坐在公司仓库中,守在另一个英国人的银堆旁边,看护着它,就好像它是我的一样。"

维奥拉似乎在沉思着。"它对我是一件大事。"他又重复道,像是在自言自语。

"是的",码头工长冷静地附和道,"听着,老爹——进去帮我拿一根雪茄出来,但不要在我的卧房里面找。那儿什么也没有。"

维奥拉走进咖啡室，又径直走出来，递给他一根雪茄，仍沉浸在自己的念头中，鼓动着唇髭，若有所思地嘟囔着："孩子们正在长大——姑娘，都是！姑娘！"他叹了口气，沉默下来。

"什么，只有一支？"诺斯特罗莫问道，带着一种滑稽的好奇心向下盯着那位毫不察觉的老人。"没关系，"他不以为意地补充道，"一支不够，就再来一支。"

"我的儿子也会是一个像你这样的好小伙儿，吉安·巴蒂斯塔，要他活着的话。"

"什么？你的儿子？不过你说得对，老板。如果像我一样，他会是一条汉子。"

他慢慢调转马头，从那些小摊中间踱步走开，不时地几乎将那匹母马勒住，为了避开孩子们，还有那些打远方草原来的、羡慕地盯着他看的人群。碰上公司的码头工，从远处便向他说着好话；炙手可热的码头工长在人们奉承和迎合的招呼声中，朝那座马戏场般的巨大建筑骑去。人群更加密集；吉他的叮当声也越来越大；另外还有一些骑者一动不动地坐在马上，在攒聚的人头上方悠闲地抽着雪茄；人群在那座高顶建筑的门前搅动、推搡着，冈波鼓巨大、连续而空洞的咆哮，将那支舞曲折磨人的节奏吊得极高，伴着它的抑扬顿挫从门内传出拖步或跺脚的声音。那面大鼓所发出的野蛮而砰訇的噪声，有着令人群癫狂的力量，即便欧洲人听了也不会漠然处之，似乎正吸引着诺斯特罗莫闻声赶来，而恰在此时，有一个裹着褪色的破斗篷的男人走近他的马镫，左冲右撞地，一再乞求"他的阁下"雇佣他在码头上工作。他痛哭流涕地提出，要把每天工钱的一半教给工长先生，好让他有权利加入扬眉吐气的码头工兄弟会；他自己有剩下的另一半就够了，他甘心乐意。但是，米切尔船长的那位左右手——"我等事业的无价之宝，一个刚直不阿的伙计"——低头挑剔地打量过那位衣衫褴褛的牧民，在喧闹的人群中一言不发地摇了摇头。

那人退去了；诺斯特罗莫向前挪动了一点，又不得不停下来。许多男人和女人从舞厅的门口出来，踉踉跄跄，大汗淋漓，四肢颤抖，气喘吁吁，眯着眼睛，张着嘴巴，斜靠在那座建筑的墙壁上，而在那里面，竖琴和吉塔的声音在如同滚滚雷声的鼓点中，以疯狂的速度继续演奏了。数百只巴掌在里面一齐拍手；齐声尖唱，又突然一下子沉下去，以一个渐弱的低音合咏某支情歌的副歌部分。一朵红色的花儿，被从人群的某个地方以极好的准头抛过来，正砸在那俊俏的码头工长的脸颊上。

他在那花儿掉下去时利落地抓住了它，不过有好长时间，他都没有扭头去看是谁抛过来的。最后，他终于肯屈尊朝四下望去，只见近旁的人群已经为某个漂亮的混血美人分出一条路来，她的头发用一只小巧的金梳子向上挽着，正从腾出来的空地中向他走来。

她丰满而赤裸的手臂和颈子，暴露在一件雪白的紧身胸衣外；蓝色毛呢裙的所有富余都纳在前摆中，臀部收窄而背部紧绷，令她的移步投足尽显魅惑挑逗之态。她径直走过来,把手搭在牝马的脖子上，眼角带着娇羞卖弄的风情仰望着。

"亲爱的，"她柔声道，"我经过时，你为什么装作视而不见？"

"因为我不再爱你啦。"诺斯特罗莫沉吟了片刻，假意答道。

搭在牝马脖子上的那只纤纤玉手一下子颤抖起来。在那样一圈环绕着这位慷慨大方、令人敬畏、薄幸多情的码头工长和他的混血美人的围观者的众目睽睽之下,她低下了头。

诺斯特罗莫向下望去,只见她开始落泪。

"那么,你变心了,我的心肝至爱?"她幽幽地说,"这是真的吗?"

"不是,"诺斯特罗莫答道,漫不经心地扭过头去,"骗你的。我像从前一样爱你。"

"真的吗?"她快活地细语道,脸颊泪痕未干。

"真的。"

"拿性命保证?"

"真的,拿性命保证。不过,你可别让我拿这事儿向你房里的圣母像发誓。"码头工长对众人的哄笑,也报以一个浅笑。

她噘着嘴——那模样真俊俏——显得有一点儿不安。

"不,我不会叫你那样做。我能从你眼里看见爱。"她把手搭在他的膝头。"你为什么这样抖成这样子?因为爱吗?"她继续道,而那嗡嗡的雷鸣般的冈波鼓仍在不停地敲着,"不过,要是你真的这样爱她的话,你就应该给你的帕基塔一串镶金的念珠,好让她挂在她的圣母像的颈子上。"

"不。"诺斯特罗莫说,盯着她那仰起的、乞求的眼睛,那双眼忽然因惊诧而变得冷漠起来。

"不?那阁下您在节日这天要送我什么别的?"她气冲冲地发问,"好让我不至于在这些人面前丢脸。"

"仅仅是一次没有从你的爱人那里得到礼物,并不会叫你丢脸。"

"是的!那是阁下您在丢脸,我可怜的爱人在丢脸。"她提着裙子向他挖苦道。

她的愠怒和反驳,引起一阵哄笑。一位多么大胆泼辣的姑娘!

那些看懂了这场面的人，对着人群中的其他人大喊起来。包围着那匹银灰色牝马的人堆聚敛过来。

那位姑娘向后退开了一两步，同众人嘲笑而好奇的眼神对峙着，随后又冲到马镫前，踮起脚尖，用一张杏眼圆睁、怒不可遏的脸迎对着。他从马鞍上朝她俯身下去。

"胡安，"她气咻咻地说，"我要拿刀扎在你的心上！"

那令人敬畏、风流倜傥的码头工长，完全不在乎将他的私情公之于众，他抡手搂住她的颈子，亲吻着她唾沫横飞的嘴唇。人堆中纷纷议论开来。

"拿刀来！"他大声吩咐着，紧紧地抓住她的肩头。

人堆中瞬间亮出了二十把小刀。一个节日打扮的年轻人跳进来，将一把小刀塞进诺斯特罗莫手中，接着又洋洋自得地跳回围观者阵中。诺斯特罗莫甚至都没有瞧他一眼。

"踩在我脚上。"他向那位姑娘命令道，而她立刻顺服地轻巧一跃，他趁着拉她上来的机会搂住她的腰，她的脸同他紧挨着，他把那把匕首塞进她的小手里。

"不，美人儿！你不该让我丢脸。"他说道，"你理当得到礼物，这样的话，所有人就会知道你的爱人是谁了，你可以割掉我外套上所有的银扣子。"

这诙谐、乖张的提议顿时引起一阵叫好，伴着大笑与掌声，那位姑娘用锋利的刀刃挥动着，而叮当作响的银扣子也在那位无动于衷的骑手的手掌中越攒越多。他塞满她的两手，把她放回地上。她表情十分难堪地嘟囔了一阵，傲慢地瞋目走开，消失在人群之中。

人堆散开了，那位威风凛凛的码头工长，那位无可替代的人选，那位尽职可靠的诺斯特罗莫,那位偶然上岸前来科斯塔瓦那撞一撞运气的地中海水手,慢吞吞地朝着港口骑去。这时候,"朱诺"号正在掉头离去,甚至当诺斯特罗莫再次驻马观看时,还有一面旗帜正在升起,那旗杆是临时竖立在某座古老的、被拆毁的小堡垒上的。为了以礼炮向独裁总统和战争部长致敬,甚至还从苏拉科的驻军中抽调了半支野炮部队。当邮轮驶过湾口时,那些时间掐得非常不准的炮声,宣告着唐·文森特·里比厄拉此番对于苏拉科的首次官方视察正式结束,而对于米切尔船长来,也是另一种"历史性场合"的终结。一年半之后,那位"诚实之人的希望"再次到访,就不再这样正式了,他将骑在一匹瘸腿的骡子上,被溃败追赶着,翻山越岭逃窜至此;他将只有靠着诺斯特罗莫的搭救才能活下来,才能避免窝窝囊囊地死在一帮乌合之众手上。那会是一件非常特别的大事,提到它,米切尔船长经常会说——

"它就是历史——历史,先生!我的那个伙计,诺斯特罗莫,你们知道,就在这历史里面。他完全创造了历史,先生!"

不过,这件为诺斯特罗莫带来声誉的大事,随即导致了另一个事件的发生,它在米切尔船长的用语中既不可以称作"历史",又不可以归为"错误"。他用另一个词语来表述它。

"先生,"他后来常说,"那不是错误。那是不幸——一个不幸,纯粹的不幸,先生。而我的那个可怜的家伙,恰恰身在其中——就在它的中心!一个不幸,打那之后,他就不再是同一个人——如果真有我心目中认为的那样一个人的话——了。"

第二部分　伊莎贝尔诸岛

第一章

对于由那场被唐·何塞概括为"国家信用的命脉摇而不坠"的动荡所造成的多舛命运，各方的评价褒贬不一，而在此期间，古尔德特许矿区——那"国中之国"——却在持续运营着；方形的山脉将它的宝藏源源不断地沿着滑槽倾泻下来，送到一刻不停地捣矿机组中；在大草原广阔无垠的阴影上，桑·托梅银矿的灯火彻夜闪烁着；只要革命及它的结果，没有影响到这个隐蔽在科迪勒拉山脉高大屏障背后的从前的西部州，那么，护银队就会每隔三个月下山到海边去一趟。所有争斗都发生在由犬牙交错的群峰——被伊格罗塔洁白的皑皑白雪峰顶主宰着——所形成的那道大墙的另一边，它还没有被铁路贯穿，铁路刚刚铺下第一部分，就是从苏拉科城中到山隘脚下的常春藤山谷，这片相对容易的草原地带。电报线路也还没有越过那些大山；它在平原上架起的那些电线杆子，好像一支支纤细的标杆，一直延伸到被深绿色的林荫道所切开的山麓林带边缘；而它的线缆，通到建设营地上某个支撑着一座莫尔斯装置的白色台子上，便戛然而止了，那台子建在一栋用木板搭成的狭长房子中，瓦楞铁的房顶在一棵高大雪松的荫蔽下显得黯然失色——这座房子便是负责前方区段的工程总部。

港口也十分忙碌，忙着运输铁路的材料，忙着搬运沿海的部队。海汽航公司的船队运量大增。科斯塔瓦那没有海军，只有一些海岸警卫艇队，除了几条用于运输的老商船，没有国家的船只。

米切尔船长越来越觉得，自己正处于历史的关键时期，他好不容易在某个下午抽出空闲，在古尔德公馆的客厅中待了一个钟头左右，在那里，他以一种出奇的无知——对于那些正在他身边发挥着作用的真正力量——宣称，自己很高兴能够从一些操心费力的事情中脱身出来。他声称，要是没有那位宝贵的诺斯特罗莫，他简直不知道该怎么办才好。科斯塔瓦那混乱的政局带来了比他所预想得——他向古尔德夫人透露——更多的工作。

在为濒临倒台的里比厄拉政府效力中，唐·何塞·阿维拉诺斯进行了一番有组织的活动，并表现出一种雄辩的口才，这个声音甚至传到了欧洲。因而，在重新贷款给里比厄拉政府之后，欧洲对科斯塔瓦那已经变得感兴趣起来。在苏拉科市政大楼的省议会大厅——它的墙上挂着解放者们的雕像，一面科特斯的旧旗帜被保存在玻璃盒中，放置在那位总统的座椅上——中，人们已经听过了几场演说——早先的一场演说包含着那句"军国主义乃是大敌"的慷慨激昂的论断，比较著名的"摇而不坠"的那场演说发表时的形势，正赶上为组建苏拉科第二团保卫改革政府而进行的投票；当各省纷纷重新亮出它们从前的旗号——在古兹曼·本托时期是严令禁止的——时，这里又发表了一场伟大的演说，在那里面，唐·何塞向这些独立战争的旧象征表达了自己的敬意，它们被以新理想之名重新高举起来。联邦制的旧理想已经逝去了。他本人并不希望这些从前的政治教条死灰复燃。它们是易于朽坏的。它们已经死了。但是，清明廉政的学说是不朽的。他亲手把那面旗帜授给苏拉科第二团，鼓励他们振作勇气来赢得抗争，争取秩序、和平与进步；争取民族自尊的树立，而不让——他铿锵有力地宣布——"我们在世界的政权中沦为耻辱与笑柄"。

唐·何塞·阿维拉诺斯热爱着他的国家。在他的外交生涯中，他曾慷慨地自掏腰包为它效力，而此后在古兹曼·本托的统治下，他被囚禁并受尽残暴虐待的事迹也早已为听者们所熟悉。在那个以草菅人命为标志的暴政下，他没有牺牲已经是一个奇迹；因为古兹曼是以昏聩无能的政治迷信来治理这个国家的。在他鲁钝的头脑中，最高政府的权力已经成为一种离奇崇拜的对象，好像它是某种残忍的神祇。他本人就是它的化身，而他的对手——那些联邦主义者——就是审讯者言之凿凿的罪魁，就是仇恨、憎恶与恐惧的对象，就是异教徒。多年来，他被羁押在"靖乱军"的队尾辗转全国，那里有一帮由这种十恶不赦的罪犯所组成的俘虏队伍，个个都以自己没有被草草处决为万幸。这支队伍的人员不断减少，他们几近于赤身裸体的骷髅，戴着铁镣，满身污垢、虮虱和创伤，他们都是一些有地位、有知识、有财富的人，却学会了为争夺士兵扔给他们的烂牛肉片而互相大打出手，又或者是用凄惨的腔调，向一个黑人厨子讨一点儿浑水喝。唐·何塞·阿维拉诺斯拖着叮当作响的铁镣行走在这些人中间，好像只是为了证明一件事而活着，那便是一个人的躯壳究竟可以忍受多少饥饿、痛苦、凌辱与酷刑，才会同他最后一息生命之火分离。有时候，他们还要接受某个由军官组成的委员会的讯问——

在某种原始的审讯手段的配合下,那些人匆忙集合在一座由木棍和树枝搭建的棚子里,对自身性命的担忧使得他们冷酷无情。那些形同骷髅的囚犯中也许便会有一两个幸运者,被跌跌撞撞地带到某片树丛后面,被一排士兵杀掉。总有一位随军牧师——某个不修边幅、邋里邋遢的男人,腰里系着军刀,身穿一件左胸上用白棉线绣着一个小十字的中尉军服——随即跟上,嘴角叼着烟卷,手里拿着木法器,前来聆听他们的告解并赦免他们的罪过;因为那位"举国公民的大救星"——这是古兹曼·本托的官方称呼,是经过请愿劝进定下来的——从不厌恶施展他理性的仁慈。行刑队的枪声零星可闻,有时候还要跟上终结的一枪。翠绿的丛林顶上升起一小股青烟,而"靖乱军"便继续在稀树草原上开进,穿过树林,趟过河流,侵略乡下的农民,毁坏那些恐怖贵族的大庄园,用它的爱国使命的成就去占据那些内地的城镇,在身后留下一片统一的土地,在它焚烧民舍的烟雾中,在它血腥弥漫的气息中,再也找不到一点儿邪恶的联邦制的污垢。

唐·何塞·阿维拉诺斯从那个时期活了下来。

也许,他的获释有一些轻蔑不屑的象征意义,那位"举国公民的大救星"或许觉得,这个愚昧贵族的身体、精神和产业都已经毁掉了,不再有任何危险。又或许,那只是他一时的念头。古兹曼·本托这人一向是胆小恐惧并生性多疑的,然而,当他觉得自己已经被抬升到一个权力与安全的顶峰、任何凡人的阴谋者都无法触及他的时候,便突然生出不切实际的自信来。在这类时候,他便会下令举行一台隆重的感恩弥撒作为庆典,由那位经他任命的战战兢兢、卑躬屈膝的大主教主持,在圣马塔的大教堂里唱起气势恢宏的圣诗。

他坐在一张摆在大祭坛前的镀金扶手椅上倾听着，周围簇拥着他的政府的民事和军事头脑。圣马塔的非官方人士也会拥入大教堂，因为对于任何有身份的人来说，缺席这类表现总统虔心的活动都是不安全的。在用这种方式向他心甘情愿地自认为在他之上的唯一权威表示过臣服之后，他便会以一种近乎嘲弄、戏谑的仁慈，散布着自己的政治恩惠。眼下，除了看着那些被他打垮的政敌从克莱西奥阴暗腐臭的牢房有气无力地爬到阳光之下，再也没有别的办法可以让他从自己的权力中取乐。他们无力为害的光景令他贪婪的虚伪得到满足，况且，他们也是随时可以被抓回来的。这形成了一条规矩，获释人家中所有的女人事后都要去对一个专门的听众团献上感谢。那位古怪神祇的化身；最高政府首脑先生头上戴着一顶羽毛帽，站起来接待他们，并以一种威胁的腔调劝告他们要端正态度，要教导他们的孩子相信民主政府，"那是我为吾国吾民的福祉而创建的。"他的门牙在从前牧民生活的某次事故中被磕掉了，因此，他说话总是唾沫横飞而口齿不清。他曾在叛徒与反对派中间孤身为科斯塔瓦那工作。罢手吧，否则他不再宽恕。

唐·何塞·阿维拉诺斯尝到了这种宽恕的滋味。

他身体垮了，家财散尽，已经足够凄惨至可以令他在民主机构的最高元首面前表现一副真正令人满意的样子。他隐退回了苏拉科。他的太太在这个省有一份产业，她照料着他，把他从死亡幽闭的地狱重新拉回生活。她去世时，他们的女儿——唯一的孩子——已经长大，可以全心照料她"可怜的爸爸"了。

阿维拉诺斯小姐出生在欧洲，有一段时间在英国受过教育，她是一个身材高挑、神情庄重的姑娘，举止稳重，生着洁白、宽阔的额头和深棕色的浓密秀发,眼睛是蓝色的。

苏拉科其他的年轻小姐们,对她的性格和知识心怀敬畏。她以可怕的博学和严肃而闻名。至于说骄傲,科尔贝朗家所有人的骄傲是人所共知的,她的母亲就是一个科尔贝朗。唐·何塞·阿维拉诺斯非常依赖于他心爱的安东尼娅的服侍。他是以一种愚蠢的、男人的方式接受这一切的,而尽管男人是按照上帝的形象创造的,但在某种燔祭的烟雾氤氲而起前,他们却像是无动于衷的石像一样。他虽然方方面面都已经被毁了,但一个拥有热情的男人绝不至于沦为生活的破产者。唐·何塞·阿维拉诺斯为他的国家抱有热切的期盼,渴望着和平、繁荣及——如同《五十年谬治史》的引言结尾所讲的——"在文明之邦的礼谊中占有光荣的一席"。最后一语表露了这位全权公使的爱国之心,他的政府对待外国债权人的恶劣信用令他极度蒙羞。

古兹曼·本托的暴政过后,继之以贪婪党派间的愚昧争斗,而他的期盼似乎也被带到了机遇门前。他已经太老,不能再去圣马塔竞技场的中央亲自上阵了。但是,有些在那里登场活动的人,每走一步都要前来征询他的建议。他本人认为,自己只有留在远处才是最有用的,留在苏拉科。他的名望、关系、从前的地位及经验,为他赢得了自己那个阶层的尊重。当人们发现,这个在科尔贝朗家的城中宅邸——位于古尔德公馆对面——里过清贫却不失尊严的生活的人,居然可以调动物质手段来支持某项事业时,他的影响力因此大增。正是他那封公开的请愿信,才确立了唐·文森特·里比厄拉作为总统候选人的资格。另外一些由唐·何塞亲自起草的非正式国书——这回是以在省内发表演说的形式公布的——循循善诱地劝说那些小心翼翼的立宪派接受了这一切,在圣马塔的国会中以压倒性的投票优势,把一系列为期五年的非凡权力授予了他。这一授权具有明确的宗旨,即在家园安定的基础上建立民生的繁荣,满足一切来自海外的公正诉求,以此挽回国家信用。

投票结果按照日常迂回的邮路——经凯塔中转,用汽轮沿海岸送上来——抵达苏拉科的那天下午,唐·何塞一直在古尔德家的客厅里等待着这封邮件,他从那架摇椅上站起来,任凭帽子从膝头滚落。他两手摩挲着自己剪短的银发,因喜出望外而一时语结。

"艾米莉亚,我的灵魂,"他喊道,"让我拥抱你!让我——"

要是米切尔船长也在那里的话,毫无疑问,他一定会作出恰当的评价,把它称为一个新纪元的黎明。但即便唐·何塞也如此觉得,他雄辩的口才这一次却失去了用场。这位布兰科党复兴运动的鼓舞者,从站立的地方踉跄举步。古尔德夫人立刻起身向前,面带微笑把脸颊递给她的老友,并十分机灵地用自己的胳膊扶住他——他的确需要人扶。

唐·何塞随即平复下来,但有一阵子,他只能够来回瞧着古尔德夫妇,嘟嘟囔囔地说:"哦,你们这两个爱国者!哦,你们这两个爱国者!"他头脑中勾勒出另一部史作的朦胧计划,在那里面,所有重建这个他所热爱的国家的一切奉献,将要被子孙后世以虔诚的敬拜供奉在神龛之中。这位有着崇高心灵的史著作者,对于古兹曼·本托如此写道:"然而,这个浑身沾满同胞鲜血的妖怪,也不一定非要遭受万世的唾恨。看起来,他也是真正爱着自己的国家的。他带给它十二年的和平,而且,尽管他是一切人身与财产的不折不扣的主宰,却死而贫穷。他最大的过错,也许,并不在于他的残暴,而在于他的无知。"对待一个凶残的迫害者他尚且如此评述——这一段亦见于他的《谬治史》一书,而对于他的两位帮手,那两个从海外来的年轻人,在这个预兆着胜利的时刻,他更是怀有一种近乎无穷的喜爱。

正如多年之前,出于比任何抽象的政治教条都要强大得多的实际需要的信念,亨利·古尔德冷静地拿起刀剑,如今时代在改变,查尔斯·古尔德也把桑·托梅的银子掷入了斗争的赌局。就像他的伯父远不是一个革命无赖一样,这位苏拉科的英国佬,这位第三代"英裔科斯塔瓦那人",也远不是一个政治阴谋家。他们天生正直的本性一脉相承,他们的行动也都是合乎理智的。他们看见了一个机遇,便抓起了手头的武器。

查尔斯·古尔德的地位——在重建共和国和平与诚信的努力中,充当着一位幕后指挥的角色——是十分清楚的。起初,他不得不苟同于这个如此粗陋无耻、贪腐无能的生存环境,以之来解除自己对它的痛恨,因为一个勇猛有余的人太缺乏应有的顾忌,而它胡作非为的权力足可以毁掉所染指的一切。在他看来,它是如此卑鄙,甚至不值得他为之震怒。他以一种冷静而无畏的轻蔑利用着它,并且以冷冰冰的、彬彬有礼的方式不加掩饰地表现出来,这令他的处境免去了许多耻辱。在心底里,这对他也许是一种煎熬,不过,他并不是那种抱着懦弱幻想的人,他不会跟自己太太讨论这类道德观念。他相信——尽管稍有怀疑——以她的智慧足以明白,他的性格与他的策略一样,是可以保卫他们毕生的事业的,也许还能够做得更多。银矿超乎预期的发展,令他手中多了一种巨大的力量。而一想到这种繁荣始终都要受制无知贪婪的怜悯,他又心生厌恶。在古尔德夫人看来,是可耻的。总之,它是危险的。在往来于查尔斯·古尔德——苏拉科之王——与远方加利福尼亚那位银矿与钢铁生意巨头之间的机要通信中，也在增进着一种信念，即任何有知识、有诚信之人的努力都应得到谨慎的支持。"你可以告诉你的朋友阿维拉诺斯，我是这样想的。"霍尔罗伊德先生从他不容侵犯的圣殿，那座有十一层高、操办着各种大事的大楼中，来信如此写道。不久之后，随着一个信贷账户在第三南方银行——就在霍尔罗伊德大楼隔壁——开立，科斯塔瓦那的里比厄拉党派便在桑·托梅银矿总经理的眼下成立了。而唐·何塞，这位古尔德家族的世交，欣然道："也许，亲爱的卡洛斯，我的指望不会落空。"

第二章

随着另一次武装斗争——由蒙特罗的里奥西科之战决出胜负,这已经被传为内战的神话——的结束,那些"诚实之人",如唐·何塞对他们所称呼的那样,在历经半个世纪之后,终于可以第一次自由地喘息了。那项为期五年的总统任命,成为接下来重建的基础,而唐·何塞·阿维拉诺斯对它的热切渴望与期待,对他来说,简直就像一剂长生不老的良药。

然而,当它突然——尽管并非太出乎意料——受到那个"野蛮的蒙特罗"的威胁时,看上去,一股疾恶如仇的热情又令他焕发出新的生命力。事实上,早在独裁总统造访苏拉科时,莫拉加就从圣马塔传来消息,要提防战争部长。关于蒙特罗和他的兄弟,这位党派长老与独裁总统进行过一番开诚布公的谈话。然而,唐·文森特这位科尔多瓦大学的哲学博士,似乎对于军事能力有一些过分的尊重,它的神秘——尽管那看上去一点儿也不关乎智力——限制着他的想象。那位里奥西科的胜利者是一个广受拥戴的英雄。他的功劳宛在昨日,以至于独裁总统唯恐被人指责为兔死狗烹,这是显然的。

大重建的种种事务已经开动，包括一笔新的贷款、一条新的铁路和一项声势浩大的移民计划。任何可能动摇首府公众民意的事情，都要被避免掉。唐·何塞屈从了这些论调，他试着从自己头脑中抹去那些不祥之兆，那人靴子上的金边和他的军刀，至少在目前——他希望——这些跟事物的新秩序是没有关系的。

距离独裁总统来访不到半年，苏拉科便如梦方醒地收到消息，爆发了以国家荣誉为名义的军事哗变。那位战争部长在视察炮兵团时，曾在一个操练上对军官们训话，宣称国家荣誉被卖给了外国人。而他们的独裁总统，只会对欧洲势力的指示——解决掉那些长久超期的债务——唯命是从，这样的人不配治理国家。莫拉加在稍后一封来信中解释到，这番煽风点火的训话的主意甚至是底稿，都出自另一个蒙特罗——那位前游击队头领，如今的首府军备司令。这消息让唐·何塞·阿维拉诺斯害了一场危险的急性黄疸，莫尼格汉姆医生被匆匆"上山"请来，骑了三里格的夜路，并精心照料，才把他抢救回来。

震惊过后，唐·何塞拒绝让自己投降。事实上，继之传来的也是一些好消息。经过一夜的巷战，首府的叛乱已经被镇压下去。但不幸，蒙特罗两兄弟都逃脱去了南方，回到了他们的本省恩特里-蒙特斯。那位丛林行军的英雄与里奥西科的胜利者，在省府尼科亚受到了热烈的欢呼。那里的驻军与他打成一片。两兄弟组织军队，纠集反抗者，派间谍用政治谎言去煽动百姓，并允许他们抢劫草原荒野中的牧民。甚至还出现了一份蒙特罗主义的报纸，故弄玄虚地鼓吹着，针对欧洲列强瓜分国土的用心险恶的计划，"我们伟大的北方共和国姊妹"已经承诺要提供支持，它的每一期都在咒骂着那个"卑鄙的里比厄拉"，称他曾密谋把它的国家捆住手脚，送给外国投机分子当作猎物。

田园牧歌而犹如梦境的苏拉科，有着大片的牧场和富饶的银矿，因为侥幸地处偏僻，只是断断续续地听到一些刀兵之声。尽管，它在人力与钱物方面处在抵抗的前线，但所有消息却都是迂回着传来的——有些甚至还是从国外来的，它被同共和国的其他部分割裂开来，不仅因为天然的屏障，还因为战事的阻隔。那些蒙特罗分子正在围攻凯塔，一个重要的邮路枢纽。陆上的邮差已经停止翻山越岭，所有赶骡人都不肯再冒这个险。甚至连波尼法西奥，某次去后也没能够从圣马塔回来，也许是不敢上路，也许是被横行于科迪勒拉与首府之间荒野中的敌方势力逮捕了。然而，那些蒙特罗主义的出版物却能够找到门径进入本省，真是够神奇的；还有一些蒙特罗分子间谍，在草原的村落和镇子上对那些贵族发出死亡威胁。这事儿是实在的，早在动乱之处，那个土匪头子埃尔南德斯就曾提议——通过荒野中某个村落的一位老神父——要把两个这样的间谍交给里多诺罗的比厄拉当局。他们带来了蒙特罗将军的条件，给他豁免权并授予他上校军衔，只要他能够率领自己的骑队加入叛军。当时，这一提议未被理睬。后来，它又连同一份请愿信——作为一种诚意的证明——被传递到苏拉科省议会，当时苏拉科正在组织武装保卫那项为期五年的重建任命，他在信中恳请带领所有伙计入伍。如同别的一切一样，这封请愿信也辗转落入唐·何塞手中。他曾经向古尔德夫人展示过那些浅灰色的草纸——也许是从某些村落小店中抢来的，上面爬满了某位老神父的潦草而粗浅的字迹，他被从自己位于一座泥墙教堂旁边的小屋带走，充当那位可怕的强盗的书记员。他们两人一同俯身在古尔德公馆客厅的灯光下读着那份文件,其中所包含的激烈而谦逊的控诉,讲述着一个反抗盲目而愚蠢的暴政的人是如何从一位诚实的牧场主变成一名土匪的。那位神父在附言中写到,除了被剥夺掉十天的人身自由,他神圣的说教使他得到了人道与不失尊重的对待。看起来,他已经为那位土匪头子和他的多半手下做过告解与赦罪,并且他愿意为这些人善良的本性做担保。他已经陆续为他们做过严肃的谢罪,毫无疑问,用的是那种长祷与禁食的方式。不过,他也机警地申辩到,这些人在同世人达成和平之前,是很难同上帝达成和平的。

也许,在他如此恭敬谦逊地请愿,要以武装服役来换取对自己和他的那一帮逃兵的赦免许可之前,埃尔南德斯的脑袋从没有受到过这样的威胁。他本可以逃窜进荒野地带,拥地自重而不受管辖,因为全省都已经没有军队了。苏拉科的常规驻军已被调往南方加入战事,它的军乐队曾在海汽航公司一条汽轮的舰桥上奏起《玻利瓦尔进行曲》,为他们壮行。当一条又一条满载着军队的驳船从栈桥头上离开,停在港口沿岸的私家马车上,那些小姐太太们起身热情地挥动着她们的花边手帕,使得马车的皮弹簧也在摇晃着。

诺斯特罗莫指挥着这次登船,而米切尔船长则指挥着他,后者的脸在阳光中显得通红,穿着一件醒目的白背心,那代表着对于一切文明社会物质利益的痛心而焦虑的好意。负责指挥那支部队的巴里奥斯将军在临别时向唐·何塞保证到,三个月之内他便会把蒙特罗装在一只木笼子里面,用三对公牛拉着游遍共和国的每一个市镇。

"到时候,太太,"他脱下帽子,露出一头铁灰色的卷发,对着马车中的古尔德夫人继续说道,"到时候,太太,我们就可以把刀剑换成犁杖，专心致富了。即便是我，我本人，只要一旦解决了这桩区区小事，也会回到大草原中我的某块土地上去，在那里开创一番基业，试着在和平与安定中挣一点儿小钱。夫人，你知道，所有科斯塔瓦那人都知道——我要说什么呢？——整片南美大陆都知道，巴勃罗·巴里奥斯已经赚够了军功。"

查尔斯·古尔德没有出现在这热切的、爱国的送行队伍中。目送那些士兵们登船，并不是他的工作。他的工作、他的心思连同他的策略，都集中那股他所一手开掘的滚滚财源上，他要争取让它不受抑制，沿着大山侧翼那道被重新打开的伤疤源源不断地流出。随着银矿的开发，他为自己训练了一些本地助手。其中有工长，有技工，还有文书，他们与唐·佩佩一起组成了矿区人口的管理层。至于其他的事情，则由他以一己之力挑着那个"国中之国"的重担，那个仅仅是它的阴影便足以让他父亲送命的古尔德特许矿区。

古尔德夫人并不需要照看银矿。她在古尔德特许矿区日常生活中的角色是由两个人来代表的，一位是医生，而另一位是神父，不过，她也以一个女人对于热闹的喜爱关注着一些事件，这些事件的意义是经她富于想象的目标所煅烧提纯过的。那天，她曾带着阿维拉诺斯父女一起去了港口。

在这个群情激荡的关头，唐·何塞还参与了其他一些活动，包括临危受命做爱国委员会的主席，这个委员会为苏拉科相当一部分警卫部队提供了一种改良的军用步枪。那是某个强大的西方势力淘汰下来的，他们刚刚换了另一种更具威力的装备。购买这些二手武器的款项，有多少是由那些资本家族募集的，有多少来自那些唐·何塞才知道如何调遣的海外基金，始终是一个只有他自己知道的秘密。

不过，那些富人们——老百姓这样称呼他们——的确迫于他们那位长老的苦口婆心，作出了一些奉献。还有一些更加热心的小姐太太，甚至带来她们的珠宝首饰，送给这位党派的核心人物。

在这些年对于重建始终不减的信念中，他的生命和精神也有过一些看似不堪重负的时刻。他看上去几乎已经筋疲力尽，板着身子坐在古尔德夫人身旁，整张优雅、苍老而刮得干干净净的脸孔就像是用黄蜡做的，掩在一顶质地柔软的帽子下面，两只乌黑的眼睛呆滞地向前望着。安东尼娅，那位被苏拉科称为阿维拉诺斯小姐的漂亮的安东尼娅，身子向后靠着，正对着他们两个；她丰满的身材、严肃的椭圆形面孔及饱满的红色嘴唇，使得她看上去比一脸活泼、撑着一支微微摇曳的阳伞、身形娇小的古尔德夫人还要成熟。

只要可能，安东尼娅随时都会陪伴着她的父亲；她公认的孝道，使得她对于那些支配着西裔美洲少女生活的死板教条的讽刺之举，少了一些令人震惊的效果。况且，她也不再是一位少女了。据说，她经常在父亲的口授下撰写公文，并且被允许可以阅读他所有的藏书。在他们的待客处——那里由一位十分苍老的上了年纪的太太操持着，她是科尔贝朗家的一位亲戚，耳朵聋得很，一动不动地坐在一张扶手椅上——安东尼娅可以应对自如的同时跟三位男客一起交谈。显然，她不是那种仅仅满足于从装着铁条的窗口顾盼着某个身穿斗篷、端坐在门廊对面的爱人的女孩儿，尽管那才是科斯塔瓦那正经的求爱方式。大家都觉得，她所接受的那些外国教育和她的外国观念，会使博学而骄傲的安东尼娅成为一个老姑娘——除非，她确实会嫁给一个从欧洲或是北美来的外国人，既然眼下的苏拉科正在遭受着来自全世界的入侵。

第三章

当巴里奥斯停下来同古尔德夫人道别时,安东尼娅漫不经心地抬手撑起一把打开的扇子,像是要遮住照在包裹着花边头巾的头上的阳光。她明亮清澈的蓝眼睛在乌黑的睫毛后转动着,在父亲身上停留了一会儿,随后向远处溜去,落在某个年轻男子的身影上。他年纪不过三十,中等个头的身材显得相当壮实,穿着一件浅色外套。他叉开手掌,撑在一根富有弹性的手杖的瘤节上,一直从远处张望着这里;一见到自己被发现了,他便安静地走过来,把胳膊肘支在马车的车门上。

他颈间裁得低低的衬衣领口,领带上硕大的蝴蝶结,以及整个着装风格,从圆帽子到漆皮鞋,无不透露着一股子法兰西的优雅神气;然而除此之外,却是一个地道的、金发白肤的西班牙克里奥尔人。那软蓬蓬的唇髭与短短的、蜷曲的、金色胡须,甚至都不能盖过他玫瑰色的、鲜活的嘴唇,讲起话来几乎总是撅着的。他饱满、圆润的面孔带着克里奥尔人的那种温暖、健康的白皙,永远也不会被本国的阳光晒黑。尽管出生在这里,马丁·德考迪却很少暴露在科斯塔瓦那的阳光下。他的家人长期居住在巴黎,他曾在那里学习法律、涉猎文学,不时自命不凡地指望着要做一个诗人,就像另一位西班牙血统的外国人何塞·玛利亚·埃雷迪亚那样。另外一些时候,他就靠着给圣马塔的主流报纸《周刊》写一些有关欧洲时事的文章度日,尽管标题下面印着"本报特别通讯员发稿",那位作者的身份却是公开的秘密。科斯塔那对于寓居在欧洲的同胞素来保持着一些嫉妒的流言,每个人都知道他就是"小德考迪",一个多才多艺的年轻人,并觉得他会进入上流社会。而事实上,他只是一个无所事事的公子哥儿,跟某些聪明的记者打打交道,进出于一些报馆,在新闻人士的消遣场所颇受欢迎。这种生活,它的肤浅被掩盖在那些不着边际的大言不惭的光鲜之下,就好像一个小丑用花里胡哨的戏服掩盖着插科打诨的愚蠢行径,在他身上滋生出一种法兰西派头——但却是最不像法兰西的——的世界主义,而放在现实中,那不过只是一种故作高明的空洞无趣的冷漠主义。关于他的祖国,他常对自己的法兰西伙伴们形容——"就好比一出演绎着各色滑稽事务的市井小戏,粉墨登场的有政客、强盗,如此等等,他们一本正经而傻里傻气地表演着偷盗、密谋,还有杀戮。它简直可笑得令人惊讶,始终都有流血,那些演员都相信自己在影响着宇宙的命运。当然,他们的政府在大体上就像任何地方的任何政府一样,在明眼人看来,只是一个精致而滑稽的玩意儿;不过话说,我们这些西裔美洲人也实在认真得有些出格了。任何有着普通智力的人,都不会加入这样一场闹剧。然而,真的,那些里比厄拉分子——对于他们我们如今已经听说得够多了——却正在用他们自己可笑的方法试着让这个国家变得合适居住,甚至还在帮它偿还着某些债务。朋友们,你们最好也给里比厄拉阁下写一封信,替你们国家的那些债权人说上所有的好话。真的,如果我在自己的来信中所得知的情况并非虚假的话,他们一定是有机会的。"

接着,他会眉飞色舞地说明,唐·文森特·里比厄拉扮演着什么样角色——一个被自己的良心所折磨的痛苦的小人物;那些打赢了的战争;蒙特罗是何角色——一个荒唐自大的怪胎;以及那笔新的贷款和铁路开发,还有那个面向大片土地的移民计划,是如何与一个庞大的金融体系联系在一起的。

接下来,那些法兰西朋友们便会称赞他,显然这位德考迪小伙计对于这一问题了若指掌。有一份重要的巴黎时评,曾请他就当前形势写过一篇文章,那里面掺杂着严肃的腔调和轻佻的态度。此后,他向一位好友提问道——

"你可曾读过我那篇关于科斯塔瓦那的重建的东西——那篇不错的笑话,嗯?"

他彻底把自己当成了一个巴黎人。但远非如此,他正处在一种沦为一辈子不伦不类、浅尝辄止的那号人的危险当中。这种不着边际、嬉笑怒骂的习气已经令他病入膏肓,已经使他对于自己本性的真实冲动视而不见。对他来说,突然被选为苏拉科那个爱国主义轻型武器委员会的执行成员,似乎是一个大出意料的新高潮,是一件只有他那些"亲爱的国人"才做得出来的咄咄怪事。

"它就像一块瓦片砸在我脑门上。我——我——执行成员!真是头一回听说。我对军用步枪知道什么?真是荒唐!"他用法语向自己亲爱的妹妹抱怨道;因为德考迪家——除了年迈的父亲和母亲——彼此都是用法语交谈的。"你真应该看看那封机要的说明函!

有八页纸——一页都不少！"

这封信是由安东尼娅代笔、唐·何塞落款的，后者以公众的立场向这位"年轻而有天赋的科斯塔瓦那公民"发出吁请，同时又以私人的身份，称呼他为"才华卓著的教子"——一个富裕安闲、交游甚广、无论出身还是教养皆值得信赖的人。

"这意味着，"马丁向他的妹妹戏谑地评论道，"我不可能会去贪污那些款项，也不能去向我们这里的管事机构告密。"

这一切，都是在那位战争部长——蒙特罗——的背后暗地里进行的，他在里比厄拉政府中算是一个不被信任的成员，只不过一时难以摆脱。他对此完全一无所知，直到巴里奥斯麾下的那些部队拿到了他们的新步枪。那位处境艰难的独裁总统，是唯一知道这个秘密的。

"有什么可笑！"马丁的妹妹兼密友评价道；而她的兄长则带着那种最好的巴黎式调侃的神气，向她反驳道——

"可笑至极！一个国家的元首打定主意，依靠一些普通公民的帮助，在他自己摆脱不掉的战争部长脚下埋上一颗地雷。不，我们真是无人能比的！"接着他便放肆地大笑起来。

然而后来，他在执行这一任务中所表现出来的认真与才干，却让他的妹妹感到惊奇，因为环境使得这件事情十分微妙，而他所缺乏的专门知识又增加了它的难度。在他的一生中，她从没有见过马丁肯为一件事情这样不嫌麻烦。

"它让我觉得有趣。"他简单地解释道，"我被一大堆骗子包围着，想要卖给我各种各样的瓦斯枪。他们真是可爱；请我参加昂贵的午宴；我让他们心存指望；这真是好玩极了。与此同时，真正的交易却已经正在另一边进行着。"

当这桩生意告成之后,他突然宣布,自己想要亲自看着这批宝贵的货物运到苏拉科。这整件做戏一般的事情,他觉得,是值得跟去看个究竟的。他嘟囔着自己的借口,拉扯着金色的胡须,那位心思敏锐的年轻小姐眯起眼睛,盯着他,慢吞吞地断言道——

"我觉得你是想见安东尼娅。"

"什么安东尼娅?"那位科斯塔瓦那的公子哥儿,用一种羞臊用轻蔑的语气问道。他耸着肩膀,转动脚跟背过身去。他的妹妹在身后快活地喊道——

"那个过去你认识的、背后甩着两条辫子的安东尼娅。"

他在大约八年前见过她,就在阿维拉诺斯一去不返地离开欧洲之前不久,当时她已经是一位十六岁的少女,身材高挑,年纪青涩,并且已经形成了一种性格,对于他表现出来的那种大彻大悟的姿态,居然胆敢不屑一顾。有一回,她好像完全失去了耐心,把他劈头盖面地指责了一通,指责他漫无目的的生活,还有他轻浮多变的观点。当时他正二十岁,一个独子,被家人宠溺坏了。这番攻击令他大大不安,以至于在那位语中要害的毛头女学生面前,他只能支支吾吾地摆出一副假装可笑、高高在上的造作模样。然而,她留给他的印象是如此强烈,以至于他的妹妹们的所有女伴,都会以某些相似或是截然相反的态度,让他回想起安东尼娅·阿维拉诺斯。他对自己说,那就好像是一场可笑的灾难。当然,在德考迪家所定期收到的来自科斯塔瓦那的消息中,他们的朋友——阿维拉诺斯家——的名字是频频出现的——那位前公使的被捕及所受到的糟糕的对待,那个家庭所忍受的危险与艰难,它穷困潦倒地退到苏拉科,还有那位母亲的噩耗。

在德考迪抵达科斯塔瓦那之前,蒙特罗分子已经发出了告示。他是乘坐海汽航公司的主航线客船及西海岸班轮,穿过麦哲伦海峡,沿着一种迂回的路线赶来这里的。他那批宝贵的货物到来得恰逢其时,令起初那些惊慌失措的情绪,变成了一种希望与决心。外场上,他在那些高门大户的人家大受欢迎。私底下,唐·何塞——仍然是哆哆嗦嗦且十分虚弱——老泪纵横地拥抱着他。

"你亲自来了!德考迪家的人总让人喜出望外。唉!我们最可怕的担心已经成为现实。"他动情地悲叹道。他又抱了抱自己的教子。这的确是一个有知识和良心的人们需要为那项受到威胁的事业紧紧抱成一团的时刻。

也正是在这一刻,马丁·德考迪这位西方欧洲的养子,才感受到那种氛围上的彻底改变。他任凭自己被拥抱,任凭他向自己说话,始终一言未发。他被这种热情而悲痛的会面感动得不能自已,这在讲求优雅的欧洲政治舞台上是闻所未闻的。然而,当高挑的安东尼娅踏着轻快的脚步,从阿维拉诺斯家偌大的、空荡荡的客厅的暗影中走上前来,把手递给他,并轻声说着"很高兴在这里见到你,唐·马丁"的时候,他感觉到,要告诉这两个人自己已经打定主意乘坐下个月的班轮离开,简直是不可能的。与此同时,唐·何塞还在对他赞不绝口。每一位生力军的加入,都会增添公众的信心,而且,此外,还为国内的年轻人们树立了一个多么好的榜样,一位才华横溢的重建祖国的保卫者,一位摆在世界面前的受人尊敬的党派政治信念的践行者!人人都读过他在那份著名的巴黎时评上所发表的那篇文章。现在整个世界都知道了;它的作者在这一刻出现在这里,就像是在用行动宣示着他的信仰。年轻的德考迪自己被一种心烦意乱的感觉支配着。他的计划本来是经加利福尼亚从美国打道回府,顺便领略一下黄石公园,瞧一瞧芝加哥和尼亚加拉瀑布,看一眼加拿大,或许在纽约逗留片刻,用他的介绍信在纽波特小住一阵。然而,安东尼娅的握手是那样坦诚,她的声音是那样出人意料地始终未变,依然那样温暖动人,以至于他在深深的一躬之后,只想到说——

"您的欢迎让我感激得无以言表;不过,一个回到自己本国的人为什么要被人感谢呢?我相信,唐娜·阿维拉诺斯一定觉得不该如此。"

"当然不该这样,先生,"她说道,那种全然冷静而坦率的态度,已经成为她所有谈话的特征,"不过,当一个人归来,就像你归来一样,别人也会感到高兴——因为两者的关系。"

马丁·德考迪对他的计划只字未提。他不仅仅是对任何人都没说起,而且在短短两个礼拜之后,他便带着一种颇有教养的亲密举止从自己的椅子上向前探身,去问询古尔德公馆——当然,他马上就获得了在那里出入的许可——的女主人,是否可以从当天的他身上察觉到一种明显的变化——一种更加庄重出色的精气神,他解释道。听见这个,古尔德夫人转过脸来正对着他,用微睁的双眼安静地打探着他,泛起浅浅的微笑,那是她惯有的一种表情,在那活泼、敏捷的注意力中有一些微妙而深情、优雅而忘我的成分,往往令男人深深着迷。因为,德考迪继续坦然说道,他觉得自己不再是世间的一个废物。他向她保证,她此刻正在打量着的这个人已经是苏拉科的记者了。古尔德夫人随即向安东尼娅望去,她正笔挺地坐在一张西班牙直背高沙发的角落中,用一把黑色的大扇子衬着她曼妙身形的曲线缓缓扇动着,两只交叠的脚尖从黑裙子的褶边下探出来。

德考迪的目光也停落在那里，同时，他低声补充到，阿维拉诺斯小姐已经十分了解他的那份意料之外的新职业，在科斯塔瓦那，那是通常是一个由受过半截教育的黑人或是完全不名一文的律师来充任的职业。随后，他以一种彬彬有礼又肆无忌惮的态度面对着古尔德夫人的注视，这会儿她又转过脸来同情地望着自己了，他说了那样几个字："祖国万岁！"

事情是这样的，他突然答应了唐·何塞的迫切请求，要开办一份报纸来"为全省的意愿发声"。这是唐·何塞的一个由来已久的心愿。所必要的设备——有着适度的规模——及一大批纸张，早在一段时间前便已经从美国运来了；只是缺一个合适的人选。就连圣马塔的莫拉加先生也没有能够物色到一位，而这件事情如今已经迫在眉睫；十分需要有某种喉舌，来反击那份蒙特罗主义的出版物所散布的谎言造成的影响：反击那些恶毒的毁谤，反击那些针对人民的蛊惑，它竟然号召他们要拿着刀起来，彻底地杀光所有那些布兰科党人，杀光所有那些哥特人余孽，杀光所有那些阴险的木乃伊，那些跟外国人勾结在一起、把土地拱手让人、让百姓沦为亡国奴的虚弱的政客。

这种黑人自由主义式的叫嚣，让阿维拉诺斯先生感到惊恐。唯一的补救之法，便是有一份自己的报纸。眼下，既然德考迪已经成为恰当的人选，于是在市政广场某座房子的拱廊地面之上的窗户之间，便出现了一些漆刷的斗大黑色大写字母。它就在安扎尼的大百货商店隔壁，那里卖靴子、丝绸、铁器、平纹细布、木偶，细小的银胳膊、银腿、银头和银心——用作还愿祭，以及念珠、香槟、女士的帽子和成药，甚至还有一些纸质封面上落满灰尘的书籍，多半是法语的。那些斗大的黑色大写字母连在一起，拼成了"未来报馆"

几个字。从这间报馆里，一份单折对开的报纸作为马丁的新闻工作，每个礼拜会出刊三次；面容整饬、脸色蜡黄的安扎尼穿着一套宽绰绰的衣衫，趿着毡便鞋，在他公司的众多门口前来回巡视，而每逢这时，他便会对着那位苏拉科的记者侧着身子、深深地鞠上一躬，而后者正来回地忙碌着他那份神圣的差事。

第四章

也许,他是为了履行自己的差事,才前来观看部队开拔的。毫无疑问,后天的《未来报》会报道这一事件,不过,它的编写者眼下正靠在马车上,似乎并没有在留意什么。步兵连的前头部队排成三列跨过栈桥位于海滩上的一端,而当人们挤得太近的时候,他们便会伴着吓人的哗啦声,凶巴巴地亮出刺刀以示警告;随后,围观的人群便会整个向后退去,甚至退到那些大白骡子的鼻孔下。尽管围观者人数众多,却只发出一种低沉的、咕哝的声音;飘浮的尘埃形成一片棕色的云雾,在它里面,那些骑马者分散挤在人群中,露出大腿以上的半截身子,越过所有人头顶望着同一个方向。他们几乎每个人都在背后驮着了一位朋友,后者用两只手从背后抓住他们肩头,让自己坐得稳当一些;他们的帽檐挨在一起,就像是一个上面托着一双尖顶的锥形、下面露出一对面孔的圆盘。一个声音嘶哑的牧民冲着队列中的某个熟人叫喊着什么,又或者是一个女人突然扯着嗓子尖叫,再见!跟在后面的,是一个男人的教名。

巴里奥斯将军穿着破旧的蓝色束腰上衣和一条白色的萝卜裤,

裤脚收在一双古怪的红靴子里,敞着头,微微俯着身子,撑在一根粗大的手杖上。不!他已经赚够了足以令任何人都心满意足的军功,他向古尔德夫人申辩道,同时使劲儿在自己的表情中作出勇敢的神气。他的上唇稀疏地垂着一些黑色的髭须,一只眼睛上戴着一个黑色的丝绸眼罩。另一只眼睛小而深陷,滴溜溜地朝每个方向眨动着,显得漫无目的而和善可亲。一些围观的欧洲人——都是男士——自然而然地被挤入古尔德家的马车周围,他们一脸严肃的表情出卖了自己的感想:在这位将军动身带着随员骑马狂飙到港口之前,他一定是在金合欢俱乐部喝了太多潘趣酒——那种瑞典潘趣酒,安扎尼成瓶进口来的。不过,古尔德夫人仍然克制着自己,身子微微前倾,向他表明自己的信心,称在不远的将来还有更多光荣等着这位将军。

"夫人,"他强烈地抗议道,"以上帝的名义,想一想!一个我这样的汉子,打败那样一个秃脑袋、染胡子的骗子,又有什么光荣可言?"

巴勃罗·伊格纳西奥·巴里奥斯是一个乡村镇长的儿子,衔至上将,统领指挥着西部军区,同城中的上流社会往来不多。他更喜欢那种无拘无束的男人的聚会,在那儿他可以讲一讲狩猎美洲狮的故事,吹嘘自己使用套索的本事,他可以用它表演一些极难做到的把戏,按照草原的说法,那是"有家室的男人都不该尝试的";还会讲一些别的故事,诸如离奇的夜间骑行、遭遇野牛、跟鳄鱼搏斗、在大丛林冒险及趟过发水的河流之类。勾起这位将军的回忆的,不仅仅是自吹自擂,还有一种对于荒野生活的真正热爱,在背井离乡告别丛林中的茅舍祖屋前,他曾将自己的年轻时代安放在那里。他曾漫游至墨西哥,与华雷斯一同并肩——据他自己讲——跟法国人战斗过,是科斯塔瓦那唯一一位在战场上跟欧洲军队交过手的军人。

这件事情令他的名字大放光彩，直到蒙特罗如新星升起，他才暗淡下去。他一辈子都是个不可救药的赌徒。他曾相当公然地讲过一个自己的故事，在某次战役中——他当时指挥着一个旅，他曾在战斗的前一夜跟自己的上校们彻夜玩牌，赌输了自己的战马、手枪和军服，甚至肩章。最后，他派人带着他的军刀——一把馈赠的军刀，刀柄是金的——到营地后面的镇子上，立即向一位睡意蒙眬、吓得要死的店主抵押来五百比塞塔。天亮时分，这笔钱的最后一个大子儿也输掉了。这时候，他平静地站起身，只是说了一句："现在，让我们去战斗至死吧。"从那时候开始他才知道，一个将军仅仅靠一根手杖，就可以很好地带着他的部下冲锋陷阵。"打那开始，这就成了我的习惯。"他总是说。

他总是负债累累；即便在他作为一位科斯塔瓦那将军的起伏不定的命运的辉煌时期，手握高等军事指挥权的时候，他镶着金边的军服也几乎总是会被典当给某个商人。最后，为了避免由焦虑不安的借款人所导致的与制服有关的接连不断的麻烦，他干脆对军服采取了一种不屑的态度，换成一套古里古怪的破旧束腰上衣的行头，这已经变成他的一种自然习惯。不过，巴里奥斯所加入的党派，是不需要担心任何政治背叛的。他骨子里是一名真正的军人，因此绝不会参与那些买卖胜利的卑鄙勾当。圣马塔一名外国使节团的成员曾表达过对于他的判断："巴里奥斯是一个极其诚实的人，甚至具备某些军事天赋，可惜着装品位不高。"在里比厄拉分子获胜后，他之所以能够得到被人们认为有油水可捞的西部军区，主要得益于他的那些债主的运作——圣马塔的店主们及所有的大政客，他们在公开场合为他的利益奔走忙碌，私下里包围在莫拉加先生——那位影响力十足的桑·托梅银矿代理人——身边,对他言过其实地大诉苦水,称如果那位将军不能获任,"我们就要破产了"。而老古尔德先生在与他的儿子的长期通信中对他的名字所做的一次偶然而有利的提及,与他的获任也不无关系;不过毫无疑问,最主要的还是靠他所建立的政治诚信。没有人可以怀疑这位打虎英雄——人们这样称呼他——的个人勇气。然而,据说他在战场上并不走运,但眼下即将是和平年代的开始。士兵们因为他仁慈的脾气而都喜欢他,那就像是不期然地绽放在腐败革命温床上的一朵奇葩;当他在某些军事表演中缓慢地骑过街道时,那只高傲又快活的独眼在人群上方游荡扫视着,引得人们一致地喝彩。那个阶层的妇女们似乎尤其为他的长相欣然着迷,那笔挺的长鼻子,尖削的下巴,厚重的下唇,黑色的丝绸眼罩,以及那不拘俗套斜绑在额头上的带子。他的高等军衔常为他的狩猎故事吸引来一批绅士听众,他能够带着一点简单而严肃的乐趣把它们讲得绘声绘色。至于女士们的社交圈子,在他看来,因为有着种种毫无意义的拘束而显得令人生厌。也许,自从就任军区指挥以来,他跟古尔德夫人一共没有讲过三次话。不过,他倒是经常见她跟总经理先生连辔骑行,并因此宣称,她那抓着缰绳的小手比苏科拉所有女士的头脑更有意思。对于一位并非摇晃着骑在马鞍上的女士来说,他那临别时候的冲动不免是十分客气的,而那位女士恰巧又是一位对于一个始终缺钱的人来说尤其重要的人物的太太。他甚至想得如此周到,吩咐他身边的副官——一个矮胖的、生着鞑靼面相的上尉——去叫一名下士带着一队人手拦在马车前面,防备人群向后退去时"惊到夫人的骡子"。随后,他又转向那一小群正在安静围观的、可以听见他讲话的欧洲人,以保护者的语气提高了嗓门说道——

"先生们，不必担心。平静地回去，忙你们的钢铁开路的事情——你们的铁道，你们的电报线。你们的——科斯塔瓦那有足够的财富为一切付钱——否则的话，你们不会来这里。哈！哈！不用担心我的朋友蒙特罗的这点儿小诡计。片刻之后，你们就会从一个结实的木笼子里见到他那染色的小胡子。是的，先生们！不要害怕，去发展这个国家，工作，工作！"

那一小群工程师听了这番宽慰人心的话默然不语。他对着他们高傲地大手一挥，再次转向古尔德夫人，讲道：

"这是唐·何塞嘱咐我们要做的。要有事业心！工作！致富！把蒙特罗装进笼子是我的工作；当这件区区小事办妥了之后，就像唐·何塞希望我们做的那样，我们要致富，人人都要致富，就像许多英国人那样，因为拯救一个国家的只有钱财，而且——"

然而，一位穿着簇新军装的年轻军官从栈桥方向匆匆赶来，打断了他这番对于阿维拉诺斯先生的理想的阐释。将军做了一个不耐烦的手势；而另一个人还在坚持说下去，语气恭敬。部队的坐骑已经登船，汽轮的小艇也正在船阶那里等着他；巴里奥斯用他的那只独眼狠狠地瞪了一下，准备告辞。唐·何塞振作思绪，终于机械地道出一个恰当的短句。希望与担忧的压力在他身上产生了可怕的影响，看起来，他正在爱惜着自己生命的最后一息火光，为那些甚至连遥远的欧洲都可以听见的雄辩努力而预备着。安东尼娅紧闭着她红色的嘴唇，在举起的扇子后面偏过头去；年轻的德考迪，尽管感觉到那位姑娘的目光正落在自己身上，却执意望着别处，用手肘支撑着脑袋，带着一种讽刺与漠不相干的神情。古尔德夫人勇敢地掩藏着她的错愕，这些人与事的面貌跟她那一个民族的惯例相去是何等遥远，她深深掩藏着这些，甚至对自己的丈夫也只字不提。如今，她更加能够理解他那种保守的沉默了。他们之间机要的交谈，并非发生在私密的时刻，而恰恰是在公众场合，当他们迅速地交换一下眼神、评形势变化的时候。她也学会了他那种绝不妥协的沉默派头，既然在这个国家，在他们实现目标的过程中，有那么多看上去令人震惊、不可思议、荒唐可笑的事物需要当作平常来接受，那么，这就是唯一可行的办法。毫无疑问，端庄的安东尼娅要显得更加成熟而极尽冷静一些，但她永远不会知道该如何让自己猛然下坠的心情跟脸上亲切灵活的表情调和一致。

古尔德夫人笑着同巴里奥斯道别，向周围的欧洲人人士——他们同时摘下自己的帽子——颔首示意，并发出风情迷人的邀请："希望不久之后见到你们诸位，在敝舍；"随后，她匆匆对德考迪说，"进来，唐·马丁，"并听见他用法语自言自语道："孤注一掷。"她听得出来他的那种懊恼。应该没有人比他更清楚，在这样一场绝望透顶的游戏中，孤注一掷的局面早就开始了。遥远的喝彩声，高喊的传令声，还有从码头上传来的、为将军壮行的滚滚鼓声。一阵轻微的晕眩向她袭来，她茫然地看着安东尼娅平静的面容，心想要是那个荒唐的人吃了败仗，她的查理会怎样。"回家，伊格纳西奥。"她在车夫一动不动的宽阔脊背后面吩咐道。他不慌不忙地拉起缰绳，自己小声嘟囔着："是的，回家。是的，是的，夫人。"

马车在松软的小路上滚动着，拖长的影子落在那一小块尘土飞扬的平地中，处处散落着一些阴暗的灌木丛、掘起的土堆及铁路公司那些低矮的、铁皮房顶的木房子；一排稀稀落落的电报杆子斜地里从城中跨出去，牵拉着一条几乎看不见的线缆延伸入远方的大草原中——就好像是由进步所探出的一条纤细的、颤抖的触角,在外面等候着一个和平的时刻,等待着伸入其中并将自己缠裹在这片土地的疲惫的心脏周围。

意大利团结旅舍咖啡室的窗口中,挤满了晒得黝黑、蓄着腮须的铁路工人的面孔。而在房子的另一头,为英国绅士们所预留的那头,老乔吉奥正带着两个女儿一边一个站在门口,他敞着银发蓬蓬的脑袋,像伊格罗塔的积雪一样白。古尔德夫人停下了马车。她很少有不跟她的受保护人搭话的时候;况且,刚才的兴奋、炎热和尘土,让她觉得有些口渴。她要了一杯水。乔吉奥打发孩子们进屋去取,带着满脸皱纹的快活向前走来。他并不常有机会见到他的这位女施主,况且她还是一个英国女人——这也是一个值得他尊重的身份。他为他的太太开脱了一番:她今天很不好;她的胸闷——他拍了拍自己宽阔的胸膛。她当天甚至不能从椅子上挪开。

德考迪端坐在座位的角落中,一脸忧郁地盯着古尔德夫人所说的这位老革命家,接着,他伸出手来——

"好吧,您觉得怎样,加里波第的党徒?"

老乔吉奥带着一些疑惑看看他,谦恭地说道,那些部队行进得不错。独眼的巴里奥斯和他的军官们,能够在短短时间内征齐新兵,已经是一个奇迹了。那些前两天才被拉进队伍的印第安人,刚才以两倍的步速生龙活虎地从这里走过,简直像训练有素的步兵;他们看起来也吃得不错,有整齐的军服。"军服!"他用半带着微笑的遗憾语气重复道。一种不堪回首的神色,从他那炯炯有神的、坚毅的目光中闪过。不过,在他那个时候,人们跟暴政战斗,情况可不是这样,在巴西的丛林里,或是在乌拉圭的平原上,他们吃着没有盐味的、半生的牛肉，半裸着身子，通常只有一把绑在棍子上的刀子做武器。"但我们却常常打败那些压迫者。"他自豪地总结道。

他的活力消退了；用一个轻微的手势表达着他的沮丧；不过，他又补充到，他曾请求一位军士向他展示一下新枪；在他的战斗岁月中，是没有这样的武器的；要是巴里奥斯不能够——

"是的，是的，"唐·何塞打断他，激动得几乎颤抖起来，"我们是安全的。好人儿维奥拉先生是一个阅历丰富的人。极其非常——不是吗？你已经出色地完成了自己的使命，亲爱的马丁。"

德考迪懒洋洋地、心思不定地向后靠着，注视着老维奥拉。

"啊！是的。一个阅历丰富的人。不过你是为了谁，真的，在心底里？"

古尔德夫人向孩子们俯下身子。琳达小心翼翼地，用托盘端出一杯水；吉赛尔将匆忙采来的一束花献给她。

"为了人民。"老维奥拉坚定地答道。

"我们都是为了人民——说到底。"

"是的，"老维奥拉粗鲁地嘟囔道，"同时，他们也是在为你们打仗。像瞎子一样。地道的奴隶。"

这时候，铁路的年轻职员斯卡夫从为英国绅士们预留的那头的门口走出来。他刚刚从线路上头搭乘一辆轻型机车去过下面的总部，并且刚好有足够的时间洗一个澡，换下衣服。他是一个快活的小伙子，古尔德夫人跟他打了招呼。

"见到您真高兴，古尔德太太。我刚刚下来。运气一般。什么都错过了，当然。这热闹刚刚结束，而且我听说，昨晚在唐·胡斯特·洛佩兹家有一场盛大的舞会。真的吗？"

"那些年轻的贵族，"德考迪突然以准确的英语开口说道，"在跟随伟大的庞培去作战前，的确一向都是要跳舞的。"

年轻的斯卡夫吃了一惊，愣住了。"你们之前没有见过，"古尔德夫人插进话来，"德考迪先生——斯卡夫先生。"

"啊！不过，我们又不是去法萨卢。"唐·何塞紧张、急促地抗议道，也是用英语讲的，"你不该这样开玩笑，马丁！"

安东尼娅的胸脯随着一次更深的喘息，起伏了一下。那位年轻的工程师完全不懂。"伟大的什么？"他含糊地咕哝着。

"幸运的是，蒙特罗也不是一个恺撒。"德考迪继续道，"就算俩蒙特罗放在一块儿，也凑不成一个像样的假恺撒。"他把两条手臂抱在胸前，看着阿维拉诺斯先生，后者已经恢复了镇定。"只有您，唐·何塞，才是一个真正的罗马人——高贵的罗马人——能言善辩而宁折不弯。"

一听到提起蒙特罗的名字，年轻的斯卡夫便急于表达他单纯的感情。他用稚嫩的声调大声说到，他希望这个蒙特罗可以被一举歼灭，永无后患。要是让这些革命党占了上风，说不上铁路会怎样。也许，它就要被抛弃了。这又不是科斯塔瓦那第一条完蛋的铁路。"你们知道，这是他们所谓的一项国家大计。"他继续道，一面抽动着鼻子，就好像在他与南美事务有关的深刻经验中，这个词语有一种可疑的气味。当然，他快活地谈到，能够在他这样的年纪被任命为"这样一项大工程——你们可知道——"的主任工程师，实在是一件大大的运气。这会让他一辈子出人头地的，他宣称。"所以——打倒蒙特罗！古尔德太太！"他本来正憨厚地咧嘴笑着，看到车厢里面几副严肃的面孔一起转向他，那笑容就慢慢收了起来；只有那位"老伙计"

唐·何塞，仍然只露出半张一动不动、面色蜡黄的侧脸，置若罔闻地径直盯着前面。斯卡夫对阿维拉诺斯不太熟悉。他们不举办舞会，安东尼娅也从不在房子底层的窗口露脸，就像其他年轻的小姐们经常在年长妇女的陪同下所做的那样，跟街道中那些坐在马背上的绅士搭讪聊天。这些克里奥尔人的盯视倒没什么关系；只是，古尔德夫人究竟怎么啦？她吩咐道，"走吧，伊格纳西奥"，并对着他慢慢偏了一下脑袋。他听见那个圆脸的、法国人派头的家伙短笑了一声。他羞得连眼睛都红了，注视着乔吉奥·维奥拉，他已经退后跟孩子们站在一起，把帽子拿在手上。

"眼下我需要一匹马。"他有些恼怒地对老人说。

"是的，先生。这儿有足够的马匹。"那位加里波第的党徒咕哝道，用他两只棕色的大手，心不在焉地摩挲着身边两个女孩的脑袋，一个是闪着青铜光亮的深色，一个是闪着黄铜光晕的金色。观众回程的人流在路上掀起滚滚的尘土。其中有成群的骑者。"回你们母亲那儿。"他说，"她们在长大，我也在变老，没有人——"

他看着那个年轻人，住了口，像是一幅如梦方醒的样子；随后，他把手臂交叠抱在胸前，作出一贯的姿势，后倚在门框上，抬眼向上朝着远处伊格罗塔雪白的山肩望去。

马丁·德考迪坐在马车中不断变换着姿势，好像怎样都不会让他觉得舒服，他歪向安东尼娅一边，低声说："我想你是在恨我。"接着，他开始出声地祝贺唐·何塞，所有工程师都信任里比厄拉这一派。所有这些外国人的意见偏向，都是令人满意的。"您已经听见这个人说的。他是一个开明的支持者。想到科斯塔瓦那的繁荣对于世界还有些好处，这是令人欣慰的。"

"他还很年轻。"古尔德夫人平静地说。

"对他的年纪来说,已经算是十分明智了。"德考迪反驳道,"现在,我们已经从那个孩子口中听见了赤裸裸的真理。您是对的,唐·何塞。科斯塔瓦那的天然宝藏,对于以这个小伙子为代表的进步欧洲来说,是举足轻重的,就像三百年前,我们那些西班牙前辈们的财富对于欧洲其他部分也是一个重要目标,比如以那些胆大包天的海贼为代表的。在我们的性情中,有一种徒劳无功的诅咒:唐·吉诃德与桑丘·潘沙,骑士精神与物质主义,高涨的感情与散漫的道德,为了一个目标竭尽全力,却对各种形式的腐败忍气吞声。我们以自己的独立在一片大陆上掀起天翻地覆的变化,却使它变成了一种民主赝品的掌中猎物,变成流氓恶棍与割喉者的无助的受害者,我们的体制沦为一种笑柄,我们的法律沦为一场闹剧——一个古兹曼·本托竟然成了我们的主子!当一个像您这样的人将我们的良心唤醒时,我们已经沉陷得如此之深,又出现了一个愚蠢的野蛮人,一个蒙特罗——老天啊!一个蒙特罗!——竟然成了致命的威胁,而另一个愚昧无知、大吹大擂的印第安人,就像巴里奥斯,居然成了我们的保卫者。"

然而,唐·何塞并没有理会这一番泛泛的控诉,好像一个字也没有听进去,他在思考着巴里奥斯的抵抗战。在战事的计划中,那个人是足以胜任他的特定任务的。那是一招进攻的举措,以凯塔为据点,对从南方朝着圣马塔行进的叛军武装的侧翼发起进攻,而圣马塔一边则有另外一支军队守护着,由独裁总统坐镇其中。唐·何塞开始变得十分活跃,滔滔不绝地讲论起来,在他女儿坚定的目光下焦虑地前倾着身子。德考迪像是被他激烈的热情镇住了,不再开口说话。当马车滚滚来到那座正对着港口的城门——就像一座掩在石头和叶片中间、看不清形状的纪念碑——下时，城中已经响起晚祷的钟声。隆隆的车轮声在经过那道回音洪亮的拱门时，震荡出一种奇怪的、刺耳的尖啸，德考迪从他的后座上，看着马车后面那些跋涉在城外路上的人们，他们都转过戴着宽檐帽和长围巾的脑袋，一齐盯着一辆从乔吉奥·维奥拉的房子后面飞驰而过的机车，它上面拉出一条白色的蒸汽，似乎正消失在那一声气喘吁吁、歇斯底里如同好战的号角声一般的长啸中。这整个就像一个转瞬即逝的幻象，那铁路火车头的怪物尖啸着从拱门的边框中一闪而过，留下一群慌里慌张的人们，从一个军事场景中赶回来，踩着沉默的脚步走在一条尘土飞扬的道路上。那个火车头司机在经过维奥拉旅舍时，一边抬手示意，一边在驶进货场前巧妙地放慢了速度；当因为刹车而拉响的震耳欲聋的尖啸声停下来时，又传来一串猛烈的撞击，夹杂着链轴挂钩的叮咣声，在城门的拱廊下制造出一阵乐器轰鸣、铁镣郎当的喧声。

第五章

古尔德家的马车率先回到空荡荡的城镇。行驶在那条铺满各种图案、深陷出沟槽与凹坑的古老路面上,胖墩墩的伊格纳西奥留意着这辆按照巴黎风格打造的马车的弹簧,放慢至步行的速度,角落中的德考迪仍在心绪不定地注视着城门朝内的一面。那些蹲伏其上的塔楼的侧面中间安插着大量的砖石,蓬蓬的野草生长在它们的尖顶上,一个灰色的、带有猛然旋动的涡纹、刻有徽章的石盾正悬在拱门顶端,那上面的西班牙兵器几乎已经被抹掉,像是已经为即将到来的进步的某些新式武器做好了准备。

铁路车厢猛烈的噪声似乎增加了德考迪的懊恼。他自言自语地说着什么,之后便在两位女士的沉默中,开口说了一些粗暴、愤怒的短句。她们没有看他。同时,唐·何塞带着被柔软的灰帽子掩盖着的、半透明的蜡黄脸色,坐在古尔德夫人身旁,随马车一同颠簸着。

"这声音为一条十分古老的真理增添了新的意味。"

德考迪用法语说道,也许是因为伊格纳西奥正坐在他头顶的驾箱上;那位老车夫,宽阔的脊背上穿着一件镶着银穗子的短夹克,头发剪得很短,生着一双硕大的耳朵,厚重的耳郭远远支立在脑袋外围。

"是的,城外的声音是新的,而真理却是旧的。"

他将自己的牢骚思索了片刻,对着安东尼娅斜瞟了一眼,又重新开口道——

"不,只要想一想,我们的前辈们戴着头盔、穿着胸甲,列阵在这座城门之外,而一帮冒险者刚刚从港口那边下船登陆。当然,他们是一伙盗贼,也是一群投机者。他们的每次远征,都是那些身在英国的严肃而可敬的人们所做的一次投机。那就是历史,就像那个可笑的水手米切尔总是讲的那样。"

"米切尔对于军队登船的安排是非常出色的!"唐·何塞叫道。

"那!——那!哦,那的确是那个热那亚海员的工作!不过,回到我所讲的声音上来:在从前那些日子,经常会有号角声在城外响起。战争的号角!我敢说,那的确是号角声。我曾在哪里读到,那个德雷克,那些人中顶了不起的一个,总是伴着号角声一个人在他甲板上的船舱中吃饭。那时候,这座城中堆满了财富。那些人正为此而来。而现在,这整片土地就像一座宝库,所有人都在破门而入,而与此同时,我们却在割着彼此的喉咙。唯一可把他们挡在外面的,就是同样的彼此猜忌。然而,他们总有一天会达成一致——而等到我们解决掉自己的争端,重新变得体面、尊贵起来的时候,什么都不会留给我们了。向来如此。我们是一群优秀的人民,但我们的命运却总是被"——他没有说"被抢劫",而是停顿了一下,补充道——"被剥夺!"

古尔德夫人说道:"哦,这么说是不公正的!"而安东尼娅插话道:"别搭他的话,艾米莉亚。他是在攻击我。"

"你当然知道我不是在攻击唐·卡洛斯!"德考迪答道。

随后,马车在古尔德公馆的门前停下来。那位年轻人把女士们搀下车。她们在前面进了门;唐·何塞和德考迪并肩走着,那个害痛风的老看门人一瘸一拐地跟在他们身后,肩上披着一件浅色的外衣。

唐·何塞伸手挽着那位苏拉科的记者的胳膊。

"《未来报》必须发表一篇信心满怀的长文章,关于巴里奥斯和他的军队在凯塔势不可当的劲头!这个国家的道德感召不可低落。我们必须打电报给欧洲和美国,向他们报告令人鼓舞的消息,来维持一个有利的海外印象。"

德考迪嘟囔着:"哦,是的,我们必须安抚我们的朋友,那些投机者。"

那长长的、敞开的走廊落在阴影中,只能看见那些沿着栏杆摆开的花瓶中的植物,探出一动不动的花朵,会客室所有的玻璃窗都敞开着。一阵马刺的叮当声消失在走廊远端。

巴西里奥靠墙站在一边,对经过的女士们柔声说道,"总经理先生刚从山上回来。"

在那间偌大的客厅中,摆放着成组的古老西班牙家具和现代欧式家具,像是在同一片粉白的天花板下营造出两个截然不同的中心,那些由银器与瓷器组成的茶具,在一群低矮的椅子中间泛着光亮,有些像是一位女士的闺房,焕发出一种女性化的、私密而精致的色调。

唐·何塞坐在他的摇椅上,把帽子放在膝头,德考迪在房间的这头与那头之间来回走动着,经过那些摆满各种小玩意儿、几乎隐藏在皮沙发的高背后面的桌子。他正在思考着安东尼娅那张生气的脸;他相信,自己是会跟她讲和的。他留在苏拉科,可不是为了跟安东尼娅吵架。

马丁·德考迪也在生自己的气。他所看见、听见的发生在身边的一切，都在挑衅着他那种欧洲文明的观点。要从巴黎的林荫大道那样遥远的地方来打量这些革命，会是另外一种情形。而在此时此地，完全不可能靠着一句"荒唐至极"，来打发掉这些悲惨的闹剧。

政治行为的现实就像它本来应当的那样，正在逼近，又因为安东尼娅对于其事业的信心而令他心痛。它硬生生地伤害着他的感情。自己的这种敏感，也让他觉得惊讶。

"我觉得，我比自己曾经以为可能的那样更像是一个科斯塔瓦那人了。"他自忖道。

他的鄙夷与日俱增，就好像是他的怀疑主义对于他出于爱慕安东尼娅而被迫卷入其中的行动的一种反击。他对自己安慰到，他不是一个爱国分子，只是一个爱人。

女士们摘掉巾帽走进来，古尔德夫人在那张小巧的茶桌前深陷下去，安东尼娅仍然坐在会客时间的老位子上——一条皮沙发的一角，手上拿着扇子，用她那种姿势板出一副严肃的面孔。德考迪从他来回踱步的路线上岔开，斜靠在她座后沙发的高背上。

很长一段时间，他从后面向她耳语着，半带着微笑，显出一种谄媚的歉意。她的扇子半握着搁在膝上。她始终没有看他一眼。他急速的低语变得越来越迫切而亲昵。最后，她报以微微一笑。

"不，真的。你必须要原谅我。人有时候要严肃一些。"他说。她轻轻偏了一下头；那双蓝眼睛慢慢地滑向他，微微仰视着，柔和下来，又带着审视。

"你会不会觉得，我在每隔两天的《未来报》上把蒙特罗叫作'大牲口',有失严肃?这并不是一个严肃的职业。没有什么职业是严肃的,即便用一颗穿透心脏的子弹作为对失败的惩罚,也不是严肃的!"

她紧紧抓住了她的扇子。

"有些道理,你明白,我指的是某些感觉,会蔓延进你的思想;某些对真理的瞥见。我指的是某种实际的真理,对它来说,在政治或是报界是无法存在的。我只是讲了自己的想法。而你却生气了!如果你肯为我开恩想一想的话,你会发现,我是像一个爱国者那样说话的。"

她第一次轻启朱唇,毫不留情地说起来。

"是的,但你从来没有看到目标。人要各尽其责。我相信没有人会觉得事不关己,也许,除了你,唐·马丁。"

"不要胡说!我最情愿让你相信的就是这个。"他轻声说道,停下来。

她开始慢慢为自己扇凉,手却没有抬起来。片刻之后,他热烈地轻声呼唤着——

"安东尼娅!"

她笑起来,按照那种英国式的礼节向查尔斯·古尔德伸出手去,后者正对她躬身示意;而德考迪则把两只手肘撑在沙发靠背上,垂着眼睛咕哝道:"您好。"

桑·托梅银矿的总经理先生在古尔德夫人身边俯身待了一会儿。他们说了些什么,只有一个短句,"最大的热情",从古尔德夫人口中说出来,被大家听见了。

"是的,"德考迪再次嘟囔起来,"即便是他!"

"这是完全的毁谤。"安东尼娅说,语气并不重。

"你们只是吩咐他，为了那个大业把他的银子丢进熔炉里。"德考迪低声道。

唐·何塞提高了音调。他快活地搓着自己的手掌。那些部队所展现出来的优秀面貌，以及大量扛在那些勇敢的人儿们肩上的杀伤力十足的新枪，为他填入了一种欣喜的信心。

查尔斯·古尔德站在他的椅子前，显得高大而瘦削，他倾听着，但从他脸上却看不出任何东西，除了一脸和气而恭顺的认真。

这时候，安东尼娅站起身来，穿过房间，透过那三扇朝街道开着的窗户的其中一扇向外望去。德考迪跟在后面。那窗子是敞开的，他斜靠在厚厚的墙上。缎布窗帘从那宽大的黄铜飞檐上垂下笔直的长褶子，从房间里看过去，将他半掩住了。他把两臂交叠在胸前，镇定地看着安东尼娅的侧脸。

下面的街道上，挤满了从港口归来的人们；便鞋的拖沓声和低沉的语声，向上传至窗口。不时有一辆马车，沿着宪章街松脱的路面慢吞吞地滚滚驶来。苏拉科的私家马车并不多，即便在林荫道上最拥挤的时刻，放眼望去也是寥寥可数的。这些大户人家的约柜在高高的皮弹簧上摇晃着，里面载满了那些俊俏的、扑着粉子的面孔，她们的眼睛显得热情、活泼而乌黑。最先经过的是唐·胡塞特·洛佩兹，省议会的议长，带着他的三个可爱的女儿，他穿着一件庄重的黑色男大衣，打着一条僵硬的白领带，就像在高台之上主持一场辩论时穿的那样。尽管他们都抬眼望过来，安东尼娅却没有作出那惯常的招手示意的姿势，他们也假装没有看到这两位年轻人，欧洲举止的科斯塔瓦那人，他们的种种古怪是苏拉科的上流人家在装着铁条的窗子背后谈论的话题。接下来滚滚经过的，是寡居的加维拉索·德·瓦尔德斯太太,俊俏又贵气,她经常坐在一辆大车中往来于她乡下的房子,身边簇拥着一群全副武装的扈从,身穿皮衣,戴着大宽檐帽,鞍弓上挂着卡宾枪。她是一个出身十分高贵的女人,骄傲、富有且心肠极好。她的次子,刚刚跟着巴里奥斯的部队出发了。她的长子是一个性情喜怒无常的废物,苏拉科城中传遍了他的挥霍浪费的名声,在俱乐部里赌得极凶。那两个最小的儿子,正戴着锈有里比厄拉党派徽章的帽子,坐在大车的前座上。她也假装没有看见无视各种礼教正在公然对安东尼娅讲话的德考迪先生。况且,就像外面了解的那样,他甚至还不算是她的男友!而就算是,像这样也真是够丢脸的。不过,要是让这位被所有上流人家敬重和羡慕的尊贵老妇人听见他们正在交谈的话,她会更加震惊。

"你是说我看不到目标吗?我在这世上只有一个目标。"

她几乎难以察觉地向下缩了一下自己的头,眼睛仍然越过街道,盯着对面阿维拉诺斯的家,它灰扑扑的,显示出衰败的迹象,钉着铁条活像一个监狱。

"它很容易就会实现。"他继续道,"这个目标,不管是有意还是无心,我总是把它揣在心里——自从在巴黎你狠狠地把我奚落了一通的那天开始,你是记得的。"

一丝微笑似乎在牵动着他身边那位人儿的嘴唇。

"你知道,你是个非常可怕的人,有一些穿着女学生服装的夏洛特·科尔黛[①]的意味;一个凶巴巴的爱国者。我猜,你一定也想过朝

[①] 夏洛特·科尔黛,法国大革命中杀死左拉的年轻贵妇人,因为她不能原谅他所造成的吉伦特派的失败。

古兹曼·本托身上戳一刀。"

她打断他。"你过奖了。"

"不管怎样,"他说,忽然换了一种痛苦而颤抖的腔调,"你都可以派我去刺杀他,不必觉得内疚。"

"啊,你倒说说看!"她低声道。

"好吧,"他自嘲地争辩道,"你把我留在这里,写着这些要命的废话。要了我的命!它已经杀死了我的自尊。而且,你可以想想。"他继续道,语气变成轻声的玩笑:"那个蒙特罗,要是他赢了,报复我的唯一方式,就是像一个野人对待一个肯屈尊每个礼拜叫他三次'大牲口'的文明人那样。这是一种智力上的死亡;而还有一个藏在后面的,也等着来收拾我这个能干的记者。"

"如果他赢了!"安东尼娅沉吟道。

"看到我命悬一线,你好像满意了。"德考迪答道,脸上浮起一片大笑。"而另一个蒙特罗,那告示里的'我信赖的兄弟',那个游击战士——我不是写过,在罗杰斯时期,他曾在我们巴黎的公使馆里替客人拿外套、换碟子,同时还兼差盯梢我们在那里的难民吗?他将会用鲜血把那个神圣的事实抹掉。用我的鲜血!你为什么看起来恼怒?这只是我们的一个大人物的一点儿轶事而已。你觉得他会怎样对我?市政广场的角落,正对着斗牛场的门口,有一堵修道院的大墙。你知道吗?正对着那门口,刻着一句铭文——'冥界之门'。太合适了,或许!就是在那里,我们这家主人的伯父,献出了他作为一个盎格鲁人及作为一个南美人的生命。而且,要注意,他本是可以逃掉的。一个手拿武器战斗的人是可以逃掉的。如果你在乎我,你本可以让我跟巴里奥斯一起走的。我本来也可以扛着一只步枪——

它令唐·何塞有信心又放心——走在那样一队队可怜的、对于道理与政治统统一无所知的雇工与印第安人中间。世上最没有指望的军队的最没有指望的希望,也比你让我留在这里的那一个要安全。当你开战的时候,你还可以撤退,但当你花上工夫教唆那些可怜的无知的傻瓜去杀人、去送命的时候,你却再无退路了。"

他的语气依然轻松,而她也像是忘记了他的存在一样,一动不动地站着,两只手轻轻地绞在一起,那把扇子从她交错的指间垂落着。他等了一会儿,接着道——

"我会被押到那堵大墙那儿去。"他的语气中带着近乎玩笑的绝望。

即便是这样的断言,也没能让她看他一眼。她的脑袋始终未动,她的目光始终停落在阿维拉诺斯家的房子上,眼下,它开裂的壁柱、残破的檐板及那整个没落的尊贵,已经被街道上渐渐拢来的暮色掩住了。她的浑身只有嘴唇在动,说出几个字——

"马丁,我会为你哭泣。"

他沉默了片刻,怔住了,像是被一种可敬可畏的幸福控制着,那种嘲弄的笑意的线条依然僵在他的嘴角,眼中流露出惊疑的神色。一句话的价值存在于那将它倾吐出来的人格,因为没有男人或女人所说的任何话是新的;但在他看来,那几个字便是安东尼娅所能够讲的最后的话。在他们所有小小的针尖对麦芒的交流中,他从没有跟她如此彻底地和好过;但在她来得及转身对朝向他——她正以一种僵硬的优雅慢慢向他转身——之前,他又开口恳求道——

"我的妹妹只等待着拥抱你。我的父亲见到你将激动不已。更不用说我的母亲了!我们的母亲就像姐妹一样亲密。下个礼拜有一条南去的邮轮——我们走吧。那个莫拉加是个傻瓜。一个蒙特罗那样的人是可以收买的。这是这个国家的惯例。这就是传统——这就是政治。读读《五十年谬治史》。"

"别提可怜的爸爸，唐·马丁。他相信——"

"我对你的父亲怀有最大的好意。"他脱口说道，"但是，我爱你，安东尼娅！莫拉加已经悲惨地办错了这件事情。也许你的父亲，也一样；我不知道。蒙特罗是可以收买的。为什么不呢？我觉得他只是想从这笔著名的国际开发贷款中捞到他的那一份。为什么愚蠢的圣马塔人民不肯派给他一个出使欧洲的差事，或是别的什么？那样他就会提前拿到五年的薪俸，去巴黎游荡着，这个愚蠢的、残忍的印第安人！"

"那个人，"她沉吟道，在开口之前显得十分冷静，"陶醉于虚荣。我们有所有的情报，不仅是从莫拉加来的；还有一些别的。他还有一个出谋划策的兄弟。"

"哦，是的！"他说，"你们当然知道。你们什么都知道。你读过所有的通信，所有文件都是你写的——所有那些公文都是从这里得到启发的，从这间屋子里，从对那种政治纯洁的理论的盲目顺从中。你们不是把查尔斯·古尔德立为偶像吗？苏拉科之王！他和他的银矿就是所能做到的事情的实例。你们以为他是靠着忠实于某种道德说教才成功的吗？还有，所有铁路上的那些人，以及他们诚实的工作！当然，他们的工作是诚实的！但在那些盗贼们满意之前，你们无法诚实地工作，又该怎么办？难道他——作为一个绅士——就不能告诉这个叫什么约翰爵士，蒙特罗是可以收买的，他和他所有依傍在他镶着金线花边的衣袖旁的黑人自由主义者，都是可以被收买的？他早就应该被用跟他那愚蠢的体重一样多的金子给收买过来了——跟他的体重一样多的金子,我告诉你们,包括他的靴子、军刀、马刺和羽毛帽,所有的一切。"

她轻轻地摇摇头。"这是不可能的。"她低声道。

"他想把那笔钱整个吞掉?难道?"

她现在正对着他站在窗口的凹处,紧挨着他,一动不动。她的嘴唇快速地翕动着。德考迪把头向后靠在墙上,抱着胳膊、垂着眼帘,倾听着。他陶醉于她那平静嗓音的声调,等候着她喉咙间那躁动的活力,仿佛那汹涌的感情已经从她的心里宣泄而出,化成字字入理的话语传递在空气中。他还是有他的愿望的,他渴望带着她离开这些要命的、毫无意义的宣言与改革。这一切都错了——彻底错了;然而,她令他着迷,而有时候,仅需要一句绝对理智的话就能打破这种魅力,用一种突如其来的、毅然决然的兴致取代这种着迷。有些女人就徘徊在——看起来如此——天才的门槛上,他沉思着。她们不想去知道、思考或是理解。热情代表着一切,而他也乐于相信,某些异常深刻的话语,某些对于性格的品评或某一对于事件的判断,对她们来说是近乎不可思议的。在这位成熟的安东尼娅身上,他能够异常生动地看到当年那个质朴的女学生的影子。她吸引着他的关注;有时候,他会忍不住低声附和着她;不时地,他又会格外严肃地提出一个抗议。他们渐渐地争论起来;窗帘将他们半掩着,同客厅中的人隔开。

外面已经暗下来。从房屋中间那深深的阴影的堑沟中,苏拉科黄昏时分的寂静被路灯的微光暧昧地照亮,向上升起来;那是一座城镇的寂静,交汇着稀落的车马声,未钉掌的马蹄声,以及行人们软绵绵的便鞋脚步声。古尔德公馆的窗口在阿维拉诺斯家的房子上投下平行四边形的光亮。不时有一个拖沓的脚步声从下面经过，伴着一个红亮的烟头在墙角下明灭着；夜晚的空气似乎被伊格罗塔的积雪变得凉爽下来，令他们的面庞感到清新。

"我们西部人，"马丁·德考迪说道，用苏拉科省人惯用的自称，"一向是特立独行而与世隔绝的。只要我们控制住凯塔，就没有什么可以够得着我们。在我们所有的麻烦中，从来没有一支军队可以翻过那些大山。中部省份的叛乱，会立即令我们孤立起来。看吧，那是多么彻底的孤立！有关巴里奥斯进展的消息，要被电报发送到美国去，而只有通过这种办法，它才能够通过电缆从另一边的海滨传到圣马塔去。我们有最大的富裕，最大的富饶，我们有血统最为纯正的名门望族，有最为勤快的劳苦大众。西部省应当是遗世而独立的。早先的联邦制对我们来说不是坏事。后来，才临到了唐·恩里克·古尔德所反对的这种统一。它打开了暴政的通路，而且，打那时候开始，科斯塔瓦那就像一块磨盘一样拴在了我们的脖子上。这片西部省的领土足够广大，可以做任何人的国家。看看那些大山！大自然本身似乎都在朝我们喊着：'独立吧！'"

她做了一个有力的不以为然的手势。一阵沉默降下。

"哦，是的，我知道这是在跟《五十年谬治史》所立下的那条规矩唱反调。我只是想尽力理智一点儿。不过，我的理智总是会带给你反对的理由。我的这个尽善尽美、合情合理的愿望，没吓你一跳吗？"

她摇着头。不，她没有被吓到，不过这主意撼动了她从前的信念。她的爱国心更大一些。她从没有考虑过那种可能性。

"它或许还是拯救你的某些信念的方法。"他以预言的口吻讲道。

她没有作答。她似乎是累了。他们并肩靠在那座小阳台的栏杆上，显得十分亲昵，这样一刻意味深长的停顿，安插在热情的节奏中间，让他们争论够了政治，向着自己身边那种静谧的感觉妥协下来。向着街道通往市政广场的一端，火盆里燃烧的炭火沿着路边发出微亮的红光，市场上的妇女正在煮着她们的晚餐。一个男人悄无声息地出现在一团路灯的光亮中，露出他那呈倒三角形的彩色镶边斗篷，肩头是方的，在膝盖下方垂成一个点。从街道通往港口的那头，一位骑者的坐骑踩着没有打掌的蹄声踱步走来，每到跟路灯齐并行处，便在那骑者的黑色身形下映出一片银灰色的微光。

"看那位出色的码头工长，"德考迪温柔地说，"在完成了他的工作之后，这样光鲜漂亮地进城来了。苏拉科仅次于查尔斯·古尔德的第二号大人物。不过，他是脾气更好一些，让我跟他交个朋友。"

"啊，的确！"安东尼娅说，"你是怎样交朋友的？"

"一个记者应该把手指搭在大众的脉搏上，而这个人就是那些大众的一个领袖。一个记者应结识了不起的人物——而这个人就是一个以他那种方式令人觉得了不起的人物。"

"啊，是的！"安东尼娅沉吟道，"人们都知道，这个意大利人有一种巨大的影响力。"

那位骑者从他们下方经过，昏暗灯光的微亮，照见那匹牝马油亮的宽阔臀部，照见一只明亮而沉重的马镫，照见一只长长的银马刺；然而，夜色中短暂的、忽而闪过的黄色光焰，却始终无力驱开包裹在那个黑色人影周围的一团神秘，令人始终无法看清那张掩在偌大的宽檐帽下的面孔。

德考迪与安东尼娅仍然俯身在阳台上，肩并肩，肘挨肘，两颗脑袋探出在街道的黑暗之中，而客厅明亮的灯光照在他们背上。这就是所谓私通款曲，是极不正当的；而其中的某些事情，在整片共和国的疆域里也只有极不寻常的安东尼娅才能做到——这个可怜的、没娘的女孩儿，从没有人陪伴，而那个粗心的父亲却只关心她的学问。甚至德考迪自己似乎也觉得，他所能够期待的只有这么多了，他想得到她要等待——等待叛乱结束之后，他才能够把她带去欧洲，带离这一片无休无止的内乱，这一次不仅不体面，更令人难以忍受的荒唐的内乱。一个蒙特罗之后还会有另一个，一切肤色与人种的无法无天的大众、野蛮、无可救药的政府。正如那位伟大的解放者玻利瓦尔怀着满心怨恨所说的那样："美洲是不可治理的。那些为它争取独立的人，简直如同海上犁田。"他大胆地承认，他不在乎这一切；他抓住每个机会想要让她知道，尽管她已经把他变成一名布兰科党的记者，他却不是一个爱国者。首先，这个字眼对于有知识的头脑是毫无意义的，对于那样人来说，任何信念的狭隘都是可憎的；其次，同这样一个麻烦不断的不幸国家扯上瓜葛，简直是对这个字眼无可救药的玷污；它曾被用作那暗无天日的野蛮行径的口号，曾是无法无天、罪恶、贪婪及愚蠢偷窃借以遮掩的斗篷。

他为自己语气的激昂热烈感到惊奇。他没有要降低声调；因为它始终都是低声的，仅仅是萦绕在那些黑漆漆的房屋之间的寂静中的一种絮语，它们早已关闭起百叶窗抵御着夜间的空气，这是苏拉科的习惯。只有古尔德公馆客厅这四扇灯火通明的窗子，公然桀骜地向外大敞着，在整条喑哑昏暗的街道上发出明亮的、呼求的光芒。而那座小阳台上的絮语声，在短暂的停顿之后又响起来。

"但是，我们正在努力改变所有这些。"安东尼娅抗议道，"这就是我们想要的。这就是我们的目标。这就是那个伟大的事业。你所不屑的那个字眼，还代表着牺牲、勇气、坚忍和受难。爸爸，他——"

"海上犁田。"德考迪打断她，向下望着。下面响起一串匆忙而沉重的脚步声。

"你的舅舅，教堂的大主教，刚刚拐入门廊下。"德考迪观察道，"今天上午，他在市政广场为军队做了布道弥撒。他们用鼓给他做了一座祭坛，你知道的。他们把所有那些彩绘的木头都搬出来，让它们透透气。所有那些木头圣徒，俨若军人一般在大台阶顶上列成一排。它们像是一支壮观的护卫队，簇拥着那位主教将军。我从《未来报馆》的窗口看见了那场盛大的集会。他真令人惊奇，你的舅舅，最后一位科尔贝朗。他的法衣金光闪闪，身后披着一个猩红的天鹅绒大十字。在这期间，我们那位大救星巴里奥斯一直坐在金合欢俱乐部某扇开着的窗口间喝着潘趣酒。中流砥柱——我们的巴里奥斯。我无时无刻不在期待着，你的舅舅当场对坐在广场对面的那个戴着黑眼罩的家伙作出惩罚。然而完全没有。最后，军队开走了。再后来，巴里奥斯才带着一些军官走下来，身穿军服敞着怀站在那儿，连街道的路沿石都跨不过去。你的舅舅突然出现了，不再金光闪闪，而是穿着一袭黑衣，站在大教堂门口，带着他那副凶巴巴的模样——你知道的，像个复仇天使。他看了一眼，径直朝那帮穿军装的人走去，把那位将军搂着手肘带了过来。他带着他在一堵墙的阴影下走了一刻钟，始终都没有松开他的手肘，一直在慷慨激昂地谈论着，用一条黑色的长手臂打着手势。这是奇怪的一幕。那些军官们像是被惊呆了。一个了不起的人，你那位传教士舅舅。他痛恨一个不信教的人比异端更甚，喜欢一个野蛮人比不信教的人更多。他经常会屈尊，把我叫作野蛮人，你知道的。"

安东尼娅两手撑着栏杆，倾听着，轻轻开合着扇子；德考迪有些紧张，唯恐稍一停顿她便会离开自己。他们与众人相对偏离的位置，难得的亲昵感觉，以及他们轻轻挨在一起的胳膊，都在柔软地感化着他；他讽刺的低语中，不时潜藏着一种温柔的婉转声调。

"你的任何一位亲戚的任何一丝好感的迹象，对我都是一种欢迎，安东尼娅。也许，他是理解我的，毕竟！不过，我也了解他。我们的科尔贝朗神父。那些有关政治荣誉、正义与诚实的观点对他来说，是包含在要求归还那些被充公的教产中的。没有什么别的可以吸引这个凶猛的感化机器，把荒郊野地的野蛮印第安人感化成为里比厄拉分子的事业工作的信徒。没有什么别的，除了原始的希望！只要能让他找到追随者，为了那个目标，他会亲自发一个告示来抵抗任何一个政府。唐·卡洛斯·古尔德会怎样看待这个？不过，当然，由于他那不可捉摸的英国人的性格，没有人说得上来他会怎样想。也许，除了他的银矿，他什么都不会想；他只会想着他的'国中之国'。至于古尔德夫人，她会想到那三个村子，她的学校，她的医院，想到那些怀抱着婴孩的母亲，想到每个生病的老人。如果你现在回过头去，你会看到她正在听取那个穿格子衬衣的阴险的医生的报告——他的名字叫什么来着？莫尼格汉姆？——又或者她正在盘问唐·佩佩，或者正在听罗曼神父讲话。他们今天都下山到这里来了——这些人就是她的国家的所有阁僚。好吧，她是一个通情达理的女人，或许唐·卡洛斯也是一个通情达理的男人。这是那种顽固的英国观念的一部分，不去想太多；只会看到什么才是对当下最为实用的。这些人跟我们并不一样。我们没有政治道理；我们有的是政治热情——偶尔。信念是什么？一种基于我们个人优势的独特观点，或是实地上的，或是情感上的。没有人是不抱目的的爱国者。这个字眼帮了我们的大忙。但我是一个慧眼如炬的人，我绝不会把这个字眼用在你身上，安东尼娅！我没有什么爱国主义的异象。我只有一个爱人的最重要的幻觉。"

他停顿了一下，声音微弱得几乎听不见，"不过，那幻觉可以带着一个人走上很远。"

从他们身后可以听见，那每二十四钟头一次的政治潮汐，正在古尔德家的客厅中掀起一股猛烈的潮水，在一片嗡嗡声中越涨越高。人们单个或三三两两地走进来：有省里的高层官员，还有铁路的工程师们，被太阳晒得黝黑，身穿粗花呢，簇拥着他们满头白发的总工程师，后者在那样一群年轻热切的面孔中，保持着一种迟钝的幽默而纵容的微笑。那位方丹戈舞的爱好者斯卡夫，已经溜出去到城郊寻找舞会了，不管那是在什么地方。唐·胡塞特·洛佩兹把他的女儿们送回家，也庄严地走进来，穿着一件黑色的褶子外套，衣钮一直扣到他散开的棕胡子下面。省议会的几个议员立即在他们的议长身边围成一群，讨论着战事的消息及叛徒蒙特罗最近所发的一份公告，那个卑鄙的蒙特罗，居然要以"一个被公正地激怒的民主国家"的名义，号召共和国所有省议会停止议事，直到他的军刀赢来和平、人民的意愿可被体察的时候。这实际上是一个解散议会的提议：这个闻所未闻、厚颜无耻的邪恶疯子。

何塞·阿维拉诺斯背后的那群代表也是义愤填膺。唐·何塞提高声音，越过椅子的高背，向他们喊道："苏拉科已经回应他了，我们今天派了一支军队去攻打他的侧翼。如果所有其他省份只要能够展示出我们一半的爱国心,我们西部人——"

一阵巨大的欢呼声响起,盖住了这个党派生命与灵魂的颤巍巍的最强音。是的!是的!这是真的!一个伟大的真理!苏拉科就在最前线,永远都是!这是一阵自吹自擂的喧哗,这是由白天的事件所鼓舞起来的希望,爆发于那些草原绅士们中间,他们想到自己的畜群、自己的土地、自己家人的安全。所有一切都处在危急当中……不!蒙特罗绝不应该胜利!这个罪犯,这个无耻的印第安人!喧哗持续了一段时间,房间里的其他每个人都向唐·胡塞特那帮人望去,只见他摆出一副公正严肃的气派,像是正在省议会中主持着一场议事。德考迪已经闻声转过身来,他背靠着栏杆,对着整个房间用尽气力呼喊道:"大牲口!"

这出其不意的叫喊,起到了平息那些声音的效果。所有眼睛都被吸引到窗口这边,带着赞成的期待望着这边;然而,德考迪已经转身背对着房间,重新向宁静的街道俯身下去。

"这就是我的新闻工作的精华;这就是至高无上的论点。"他对安东尼娅说,"我发明了这个定义,这是一个大问题的最终定论。不过,我不是爱国者。我并不比苏拉科的那位码头工长更像一个爱国者,那位热那亚人为那座港口——我们的进步所需的物质工具的积极引入者——做了那么多大事。你刚看到他在放工之后走过去,骑着他那匹有名的马儿前往某间泥土地面的舞厅,去让那些姑娘们为他所倾倒。他真是一个幸运的家伙!他的工作是施展自己的权力;他的消遣是享受别人对他特别的献媚。而且,他也喜欢这样。还有什么人比他更幸运?受人敬畏,又被人羡慕——"

"那么,这些就是你的最高心愿吗?唐·马丁?"安东尼娅打断他。

"我谈论的是他那种人。"德考迪草草答道,"这世间的英雄都是受人敬畏并被人羡慕的。他还想要什么?"

德考迪时常觉得,他所熟悉的那种讽刺思维的习惯碰上安东尼娅的一本正经,总是会被搅得乱七八糟。她会把他激怒,就像她也在遭受着平庸男女之间所常有的那种不可理喻的顽固劲头。不过,他也会立即克服自己的恼怒。不管他的怀疑会告诉自己怎样的结论,他都绝不至于认为安东尼娅平庸。他用一种深刻而温柔的语气向她保证,他唯一的心愿,是得到那样一种高高在上、在这个世界上看起来近乎不可实现的幸福。

她的脸色隐隐然变了,那上面涣然冰释的温度,似乎令西厄拉吹来的微风都失去了清凉的效力。他的耳语未必有多么深刻,然而,他的腔调里却有足够的热情,足以融化一颗冰霜的心。安东尼娅突然转身走开,像是要把他所倾吐的保证带到身后那间充满光亮、嘈杂和语声的屋子中。

那场政治潮汐的意见正在大客厅的四壁中澎湃高涨着,好像被一阵希望的狂风推送着,越过了潮线。唐·胡塞特那扇形的胡须仍然停留在兴致勃勃的高谈阔论中央。每个声音中都有一种自信的音调。即便是环绕着查尔斯·古尔德的那几位欧洲人——一个丹麦人、几个法国人及一个胖胖的、谨慎的德国人,他们都是靠桑·托梅银矿强大势力的保护在苏拉科得到立足之地的那些物质利益的代表,一个个笑容可掬、低眉顺目,恭顺中倾注着大量快活的情绪。他们所一致奉承迎合的这位查尔斯·古尔德,是这片战乱跌宕的土地上有目共睹的稳定的标记。他们对于各自的事业满怀希望。那两个法国人中的一位,长得又小又黑,一双亮晶晶的眼睛掩藏在异常繁茂的络腮胡须中，挥动着小巧的棕色手掌和纤细的手腕。他正在为一个欧洲资本的辛迪加财团奔走于本省之中。他那极具统治力的"总经理先生"的尖呼，每隔一分钟便会重复一次，凌驾于稳定的嗡嗡谈话之上。他正在讲述着自己的发现。他讲得兴高采烈。查尔斯·古尔德彬彬有礼地从上方打量着他。

到了这些必要接待的某一时刻，古尔德夫人按照习惯便要悄悄退入一间小客厅内，那是属于她自己的，就在大客厅隔壁。她站起身，一边等待着安东尼娅，一边略显焦急地亲切倾听着总工程师的谈话，后者朝她弯下身子，正慢条斯理地讲述着——没有一点手势——某些显然十分好笑的事情，因为他眼中有一种诙谐的光彩。安东尼娅在走进房间同古尔德夫人会合前，从肩上扭头望着德考迪，仅仅停留了片刻。

"为什么我们两个中间非要有谁觉得他的心愿是不可实现的？"她迅速地说道。

"我会至死不渝地抓住我的那个,安东尼娅。"他咬牙切齿地答道，然后从稍远处深深鞠了一躬。

总工程师还没有讲完他那个有趣的故事。在南美修建铁路这种荒谬事情是极需要他这种对于荒诞的敏锐鉴赏力的，他把自己那些有关无知偏见与无知狡黠的实例讲得非常之好。眼下，他正在她身旁移步把女士们护送出房间，古尔德夫人听得全神贯注。最后，这三人毫不被觉察地穿过了走廊中的那些玻璃门。只有一位在客厅的噪声中默默走动的高大神父停住脚步，从后面看着他们。那是科尔贝朗神父，德考迪此前曾从阳台上见他拐进古尔德公馆的门廊，自打进门，他还没有跟任何人交谈过。又长又瘦的法衣更加显出他身材的高大；他把自己威严的身躯向前抛掷着；那平直、乌黑的双眉连在一起，瘦骨嶙峋的面庞显出好勇斗狠的模样，刮得乌青的脸颊上那道疤痕的白斑——那是他使徒热肠的一个证明，是拜一群不肯皈依的印第安人所赐——叫人联想起他的教职背后某种非法的事情，比如一位匪帮牧师。

他打开搭在背后的两只筋骨暴露的手掌，朝马丁摇摇手指。

德考迪也跟在安东尼娅身后走进了房间。不过，他并没有走得太远。也就是刚刚走进屋里，靠着窗帘，脸上带着一副不大真诚的严肃表情，就像一个大人参加着小孩子的游戏。他盯着那根吓人的手指。

"我曾看见阁下在广场上为巴里奥斯将军做了一场特别的皈依布道。"他一动不动地说道。

"说什么可怜的胡话！"科尔贝朗低沉的嗓音回荡在整个房间中，令所有人都扭过头来，"那人是个酒鬼。先生们，你们那位将军的上帝是一只酒瓶。"

他轻蔑而放肆的声音令所有谈话都不安地停顿下来，好像整个聚会的自信都被打了一个趔趄。但是，没有人回应科尔贝朗神父的宣言。

据相信，科尔贝朗神父曾深入荒野去倡导教堂的神圣权利，而在那之前，他曾以同样狂热无畏的激情去教导那些嗜血的野人，指责他们缺乏人性的怜悯，指责他们各样的崇拜。有关这段传奇的传闻，是说他作为一名传教士，在基督徒们所见不到的地方获得了成功。他曾整个地为那些印第安民族施洗，就像野人一样生活在他们中间。据人们讲，神父曾成天跟他们一同骑马，半裸着身子，举着一面牛皮盾牌，并且还——毫无疑问——提着一支矛枪，这是真是假，谁知道呢？还据说，他曾穿着兽皮，在科迪勒拉山的雪线附近寻找皈依者。这些功绩，人们从没有听科尔贝朗神父讲过。不过，他的观点倒不是什么秘密，他说圣马塔那些政客的心肠比被传入上帝之道的野蛮人还要刚硬，头脑比他们还要堕落。他对于教堂世俗利益的不明智的热心，正在损害着里比厄拉党派的事业。人们都知道，他曾拒绝做西部教区的名义主教，除非被剥夺的教产得到公正解决。苏拉科的政首——同样也是后来米切尔船长从暴民中救出来的一位大人物——曾以冷嘲热讽的天真口气暗示，他们那些部长阁下曾在一年中最恶劣的季节打发这位神父翻越大山到苏拉科这边来，是希望他会被荒野高地的寒风冻死。每年，人们都会听说有一些坚强的骡夫——他们习惯于暴露在外——因此死掉。但结果如何呢？那些先生们也许并没有意识到，他是一位多么顽强的神父。而与此同时，一些无知的人开始抱怨，里比厄拉派的改革不过是把土地从人民手中拿走。其中一些会给那些修建铁路的人，而更大一部分要归这位神父。

　　这就是那位大主教的一片热心所落得的结果。即便是他在市政广场上对着那些军队发表简短训诫——只有前面几排才能听见——的时候，他也不能把那个根深蒂固的念头拦在外面——一座愤怒的教堂正等候着一个忏悔的国家赔偿它的教产。那位政首曾被他激怒。不过，他又不太能够把唐·何塞的这位内兄扔进市政厅监狱。于是日落之后，这位容易交道、受人欢迎的最高地方长官也从总督府来到了古尔德公馆，他没有带随从，以高贵的礼数接受着上下的致意。当天傍晚，他径直走到查尔斯·古尔德面前，对他气咻咻地讲到他真想把那位主教逐出苏拉科，赶到任何地方，或某些荒凉的岛屿上，比如伊莎贝尔诸岛。"没有水的那座最合适——怎样，唐·卡洛斯？"他用一种半开玩笑、半是认真的口气补充道。这位不受控制的神父拒绝了他所提供的主教宫殿，把简陋的吊床挂在充公的多明我修道院的碎石和蛛网中，竟然主张无条件赦免埃尔南德斯那个强盗，真是想得妙！这还不够；他似乎还跟那个举国闻名、无法无天的罪犯联络了好多年。当然，苏拉科警察局是知道这些的。科尔贝朗神父已经控制了那个意大利莽汉——码头工长，他是唯一能够胜任这项差事的人，曾透过他传递过一个消息。科尔贝朗神父曾在罗马学习过，可以讲意大利语。据信，那位工长曾在夜里造访过古老的多明我修道院。一个服侍大主教的老妇人曾听见他们提起埃尔南德斯的名字；而就在上个礼拜六的下午，有人看到工长纵马飞奔出城而去，两天都没有回来。要不是害怕那些码头工，那个狂躁不安、易惹出乱子的团体，警察局本应该拿下那个意大利人的。现如今，苏拉科是不好治理的。受铁路工人口袋里的钱财引诱，坏蛋们群拥而入。而民众们被科尔贝朗神父怂恿，又不肯安分。这位第一长官向查尔斯·古尔德解释到，眼下省内的军队也已经被抽走，任何非法情况的爆发，都会让当局陷于无能为力的境地。

  随后，他心绪不定地走开了，坐在一张扶手椅上，抽着一根细长的雪茄，不远处是唐·何塞，他不时地向侧面俯着身子，同后者交流几句。他没有注意到神父进来，而每当科尔贝朗的声音在身后响起时，他便不耐烦地耸着肩膀。

  有一阵子，科尔贝朗神父保持着一动不动，在那足以代表他所有态度的岿然不动的身姿中，有某种复仇的意味。一股强烈信念的熊熊怒火，令他黑色的身影显出与众不同的模样。不过，当神父定睛在德考迪身上时，它的怒火变得柔和下来，他缓慢地抬起黑色的、修长的手臂，令人敬畏地招呼道——

"而你——你是一个彻底的野蛮人。"他用一种低沉、压抑的声音说。

他向前走了一步，用一根食指指着这个年轻人的胸膛。德考迪显得十分冷静，他感觉到窗帘背后的墙壁正抵着自己的后脑勺。随后，他高高地抬起下颌，笑起来。

"很好，"他以有些令人讨厌的漠然语气附和道，那是一个十分惯于此类争论的人才有的，"不过，或许难道，您并非没有发现我所崇拜的上帝是什么？这任务，针对我们的巴里奥斯更容易些。"

神父抑制住了一个打断他的手势。"你既不相信棍子，也不相信石头。"他说。

"还有酒瓶。"德考迪平静地补充道，"阁下的另一位好友也不相信这些。我指的是码头工长。他不喝酒。您对我的性格的洞察，确实说明了您的好眼力。不过，您为什么把我叫作野蛮人？"

"真的，"神父反击道，"你要更坏十倍。就连一个神迹都不能感化你。"

"我当然不相信神迹。"德考迪安静地说。科尔贝朗神父不以为然地耸动着他高大、宽阔的肩膀。

"那种法国人——无神论者——一个唯物主义者。"他慢吞吞地讲道，好像在用一种仔细的分析掂量着这些称呼的分量。"既非他自己本国的子民，也不是他国的子民。"他继续沉吟道。

"几乎不属于人类，事实上。"德考迪小声评价道，他的脑袋靠在墙壁上，两眼望着天花板。

"这个毫无信仰的世代的牺牲品。"科尔贝朗神父仍然用深沉、压抑的声音说。

"不过作为一名记者，还是有些用处的。"德考迪换了一个姿势，用一种更为活泼的语气说道，"阁下您有没有读过最近一期的《未来报》？我向您保证，它跟其他各期都一样。在政治大局上，它仍然把蒙特罗称作一头'大牲口'，而把他的兄弟，那个游击战士，蔑称为'走狗'兼'奸细'。还有什么比这更有效？在地方事务上，它呼吁本省政府把那个强盗埃尔南德斯——显然他是教会的受保护人，或者至少是大主教的——的人马整队收编进国民军队。没有比这更合理的。"

神父颔首示意，用他那带着硕大铁扣的方头鞋的脚跟转过身去。他又把手搭在身后，四处走动起来，脚步显得十分坚定。当他猛地转身时，那法衣的下摆便会因为他突然的动作而微微鼓胀起来。

大客厅慢慢空下来。当那位政界元首起身离开时，大多数剩下来的人都站起来向他致敬，而唐·何塞·阿维拉诺斯也停止摇晃他的椅子。但是，这位好脾气的第一长官却做了个不必的手势，朝查尔斯·古尔德挥挥手，小心翼翼地走出去了。

在相对平静的房间中，那个孱弱的、毛蓬蓬的法国的"总经理先生"的尖呼，似乎达到了不可思议刺耳效果。这位资本主义辛迪加的探路人仍然热情如故。"我已经看见了价值'一千万美元'的铜，总经理先生。看见了一千万。而一条铁路即将到来——一条铁路！他们绝不敢相信我的报告。太好了。"他在那些颇有道理的频频颔首中，在查尔斯·古尔德泰然自若的镇定前，陷入一阵尖叫的狂喜。

只有神父在继续踱着他的步子，在每一番往返的尽头鼓动着他的衣袍。德考迪辛辣地对他低语道："这些个绅士们在谈论着他们的上帝。"

科尔贝朗神父短暂地停下来，盯着这位苏拉科的记者看了一会儿，轻轻地耸了一下肩膀，继续他枯燥的踱步，像个倔强的赶路人一样。

眼下，那些欧洲人已经从环绕在查尔斯·古尔德周围的群体中散去，这位大银矿的总经理显露出他整个瘦长的身形，从头到脚，像是被他那些如落潮般退去的宾客搁浅在一块方毯上，好像那是一片绣着花儿与阿拉伯式图案的五光十色的海滩，踩在他棕色的靴子下面。科尔贝朗神父向唐·何塞·阿维拉诺斯的摇椅走过来。

"来吧，弟兄，"他带着直率的亲切和一些缓和下来的急躁说道，好像终于捱到了一场毫无意义的仪式的尾声，"回家！回家！这些都是空谈！让我们回去想想，祈求上天的指引吧。"

他黑色的眼珠上翻着。他站在那位虚弱的外交家——党派的生命与灵魂——身边，看起来就像个巨人，目光流露着狂热。然而，那位党派的发声者，更或说是它的喉舌，从巴黎归来、为安东尼娅的善睐明眸而做了记者的"小德考迪"非常清楚，事实上并非如此，他只是个一门心思、干劲十足的神父，在人民中受女人们敬怕，又被男人们憎恶。作为生活的粗浅鉴赏者，马丁·德考迪从对这个刚愎自用的生动极端——那是一个人可以被诚实且近乎神圣的信仰驱使成的模样——的观察中，感觉自己获得了一种艺术的乐趣。"这就像发疯。肯定的——因为它的自我毁灭。"德考迪时常对自己说。在他看来，任何信念一旦生效，就变成了那种形式的呆病，由神明们分发给那些自求毁灭的人。不过，他喜欢这个案例里痛苦的意味，就像一位鉴赏家对于他所挑选的艺术品的爱好。这两个人在一起相处融洽，似乎各自都感受到一种主宰的信仰，而那种全然的怀疑，则会带领一个人在政治行动的歧途上越走越远。

唐·何塞顺从着那双长满汗毛的大手的牵引。德考迪跟随这两个兄弟走出去。宽阔空荡的客厅中只剩下一位来客，在淡蓝色的烟气中现出朦胧的面容，目光呆滞，脸颊浑圆，蓄着耷拉的唇髭，他是一位从艾斯莫拉达来的皮革商，跟一些劳工一块骑马来到沿海地区。他的一路充满各种见闻，而此行的目的主要在于求见桑·托梅银矿的总经理先生，就他的皮革出口生意请求一些援助。既然这个国家即将安定下来，他希望能把它大大地扩大一番。国家即将安定下来，他这样重复了好几遍，那种奇怪而焦虑的牢骚语气，听起来实在有辱西班牙语的响亮发音，而他又喋喋不休地讲得飞快，好像那是某种奉承的客套话。眼下在这个国家，一个平原上的人也可以做一些小生意，甚至还可以想着把它做大。不是这样吗？他似乎在乞求查尔斯·古尔德给他一句肯定的话、一句赞同的咕哝，甚至哪怕点个头也好。

他什么都得不到。他的恐慌在增加，在停顿中，他的目光四处瞟着。随后，不甘心放弃，他又岔开话题，讲起旅途中种种危险的不祥之感。那个无法无天的埃尔南德斯离开了他以往出没的地盘，已经穿过苏拉科的大草原，据人们所知，眼下正潜伏在沿海地区的峡谷中。昨天，在距离苏拉科仅仅几个钟头的路程之外，这位皮革商和他的仆人曾在路上看见三个人，鬼鬼祟祟，惹人注目，三人的马头拢在一起。其中两人立刻骑马走掉了,消失在左方的一道浅谷中。

"我们停住了。"那个从艾斯莫拉达来的人讲,"我试着藏在一座小灌木丛后面。不过,我的那些伙计们没有一个愿意上去探个虚实,那第三个骑马的人似乎正等着我们近前。这没有用。我们已经被发现了。于是我们提心吊胆地慢慢骑马走近。他让我们过去了——那个男人骑着一匹灰马,帽子压在眼睛上——也没打一句招呼;不过接下来,我们听见他一直跟在身后狂追。我们回过头去,但那好像也吓不住他。他飞快地追上来,用靴尖踢着我的脚,发出叫人毛骨悚然的大笑,问我要一根雪茄。他似乎没带武器,不过当他把手伸到背后去拿火柴的时候,我看到他腰间别着一把偌大的左轮手枪。我吓得哆嗦起来。他长着十分凶狠的络腮胡子,唐·卡洛斯,既然他没让我们走,我们也就不敢动弹。最后,他抽着我的雪茄,从鼻孔喷出烟雾,说道:'先生,最好让我骑在你们这群人后面。你们现在离苏拉科不远了。上帝保佑,你们就放心地走吧。'你能怎么办?我们继续上路。没有抗拒他。他也许就是埃尔南德斯本人;尽管我的仆人,曾从海上见过苏拉科多次,向我保证他完全能够认出他就是汽轮公司码头工的工长。后来,当日傍晚,我见到那个人在市政广场的角落跟一位姑娘讲话,一个混血美人,她站在他的马镫旁,用手摸着那匹灰马的鬃毛。"

"我向你保证,赫希先生。"查尔斯·古尔德咕哝道,"这一回你没有危险。"

"也许吧,先生,不过我还是吓得哆哆嗦嗦。一个穷凶极恶的家伙——看上去。而且,为什么会是那样?一个受雇于汽轮公司的人正在跟强盗们交谈——就是这样,先生。而且,另外两个骑马的就是强盗——在一个偏僻的地方,并且行为也像一个强盗的做派!一根雪茄倒没什么,不过又有什么可以拦住他索要我的荷包?"

"不会，不会，赫希先生。"查尔斯·古尔德低声道，目光里带着茫然离开那张圆脸向一旁瞥去，那个圆脸正仰起鹰钩鼻子，以一种孩子般的祈求神情望着他。"如果你遇见的是码头工长——那是毫无疑问的，不是吗？——你是十分安全的。"

"谢谢您。您真是太好了。那可是一个面相十分凶恶的人，唐·卡洛斯。他用一种十分随便的态度，问我要一根雪茄。要是我没有雪茄，会怎样呢？我被吓得哆哆嗦嗦。在那样一个偏僻的地方，他有什么话儿跟强盗们好讲？"

不过，查尔斯·古尔德显然走神了，他没有回应，也没有作声。这个深不可测的古尔德特许矿区的化身，是有许多外在表象的。缄默不语仅仅是一种注定的苦恼。不过，那位苏拉科之王却有足够的话语，令他那种有力的沉默具备一切神秘的分量。由这些语言的力量支持着，他的沉默就像出口的话语一样，具有各种赞同、怀疑、否定甚至是简单评论的含义。有些看起来就好像是在坦率地说"好好想想"，另一些则明确是在说"去吧"；而在耐心地倾听了半钟头之后，伴着一个肯定地点头，那句简单、低沉的"知道了"，则相当于达成了一个口头约定，隐隐然是值得人们信赖的，因为那背后是巨大的桑·托梅银矿，是物质利益的头领与先锋，它是如此强大，以至于在西部省纵深宽广的幅员内它是不需仰仗任何人的善意的——确切说，不需仰仗任何那些花十倍价钱也难以收买到的善意。然而，对于那个从艾斯莫拉达来的、担忧着他的皮革出口生意的小鹰钩鼻子男人来说，查尔苏·古尔德的沉默却意味着失败。他立即在内心诅咒起这个国家，连同它所有的居民，以及里比厄拉与蒙特罗之类的党派；想到那数不清的牛皮要被荒废在恍若梦境的辽阔草原上,它那孤零零的棕榈树就像海上的船只一样升起在浑圆的地平线上,它那成堆的、一动不动的沉重木材就像一座座无法撼动的树叶岛屿,浮现在滚滚的野草海浪之上,他的眼泪开始在沉默的怒气中打转。那些牛皮正在那儿腐烂着,不能为任何人带来利益——人们被急于叫去投身于政治革命,却把它们丢在那儿任其腐烂。当他毕恭毕敬、失魂落魄地准备同代表着强大而威严的桑·托梅银矿的查尔斯·古尔德告别时,赫希先生那追求实际的生意人的心灵,在抗拒着所有那些愚蠢的行径。他不禁心碎地唠叨起来,似乎可以让人听出他的心痛。

"这真是非常、非常愚蠢,唐·卡洛斯,所有这一切。汉堡的皮革价钱已经涨了——涨了。当然,里比厄拉政府会解决掉所有问题——当它稳稳地建立起来的时候。可同时——"

他叹了口气。

"是的,可同时……"查尔斯·古尔德难以揣摩地重复道。

他又耸了一下肩膀。不过,他还是没有准备好要走。若蒙允许,他还有一件小事十分想说。他有一些在汉堡的朋友非常想做点儿生意,是炸药生意,他解释道。要是能跟桑·托梅银矿达成一份合同,接着,也许,不久之后,还有一些别的矿区,那是肯定的——这个从艾斯莫拉达来的小个子男人正准备扩大生意,却被查尔斯打住了。看起来,总经理先生的耐心终于用完了。

"赫希先生,"他说,"我已经在那座山上囤了足够的炸药,可以把它夷为平地"——他的声音提高了一些,"要是我愿意,还可以把半个苏拉科送上天。"

查尔斯·古尔德笑眯眯地看着皮革商那双圆睁的、震惊的眼睛,他正诚惶诚恐地咕哝道:"那是当然。那是当然。"这下,他真的要走了。要跟这样一位供应充足、令人害怕的总经理做炸药生意,是不可能的。他历经鞍马劳顿,并且冒犯着强盗埃尔南德斯的威名前来,却一无所获。无论皮革还是炸药——每一回耸肩都在表达着这位雄心勃勃的以色列人的挫败。在门口,他向那位铁路总工程师深深鞠了一躬。但在院子的楼梯底下,他停了片刻,把肥胖的手掌遮在嘴唇上,像是想到了什么意外的事情。

"他囤这么多炸药是做什么用?"他咕哝道,"他为什么要跟我讲这个?"

总工程师站在门口向内望着空荡荡的大厅,那场政治潮汐已经退去,只剩下这最后的不起眼的一滴,他亲密地向那位骑术大师点点头,后者正一动不动地站着,就像一根高高的灯塔矗立在一片被抛弃的堆满家具的海滩中。

"晚安,我要走了。把我的自行车搬到楼下。这下,铁路要是缺炸药,该知道去哪里找了。我们这一阵又是挖,又是刨。不久之后,我们就可以炸开一条路了。"

"不要来找我。"查尔斯·古尔德说,显得十分平静,"我连一盎司都不会分给别人。一盎司都不会。就算我的亲兄弟,要是我有这样一个兄弟,而且还是世界上最有前途的铁路的总工程师,我也不给。"

"那是什么意思?"总工程师沉着地问道,"不肯通融吗?"

"不是。"查尔斯·古尔德漠然答道,"是策略。"

"这样太极端了,我想。"总工程师在门廊中,揣测着说。

"是这样的吗?"查尔斯·古尔德从房间中央说道。

"我是说,同归于尽,你明白吧。"工程师颇有兴味地解释道。

"是的。"查尔斯慢声道,"古尔德特许矿区在这个国家,在这个省,根深蒂固,除了炸药没有什么能把它从这里清除掉。这是我的选择。是我最后一张牌。"

总工程师低声吹了一个口哨。"漂亮的一招。"他带着一种审慎的表情说道。"你可曾把手上这张了不起的王牌告诉霍尔罗伊德?"

"这张牌只有在最后迫不得已的时候,才会打出去。到那时,你可以把它叫作一种——一种——"

"撒手锏。"那位铁路人士建议道。

"不。你可以把它叫作一种抗争。"查尔斯·古尔德温和地纠正道,"我就是这样向霍尔罗伊德先生提起它的。"

"那他怎么说?"工程师问道,丝毫没有掩饰他的兴趣。

"他"——查尔斯·古尔德微微顿了一下——"他说了一些死不撒手然后听天由命的话。我能想象得到,他一定是相当震惊。不过"——桑·托梅银矿的总经理继续道——"不过,他离这里十分遥远,你知道,而且,就像在这个国家人们所说的那样,上帝又是高高在上的。"

工程师心领神会的笑声消失在楼梯下方。在那里,怀抱圣婴的圣母像正从她浅浅的壁龛中,望着他那颤抖的宽阔的脊背。

第六章

意味深长的沉静降临在古尔德公馆中。那房子的主人沿着长廊走去,打开他那间屋子的门,看见他的太太正盯着自己小巧的鞋子,心事重重地坐在一张偌大的扶手椅上——那是他坐着抽烟的扶手椅。他走近来的时候,她的眼睛都没有抬一下。

"累了吗?"查尔斯·古尔德问。

"有点儿。"古尔德夫人回答。她还是没有抬头,动情地补充道,"所有这一切,都有一种可怕的不真实的感觉。"

查尔斯·古尔德站在那张散落着文件的桌子前,那上面有一条马鞭和一对马刺,他望着自己的太太。"今天下午,海边的热气和尘土一定是太糟糕了。"他怜惜地低语道,"水面的眩光一定是很可怕的。"

"一个人可以对着那种眩光闭上眼睛。"古尔德夫人说道,"但是,亲爱的查理,我们没有办法对我们的处境视而不见;对这可怕的……"

她抬眼看着丈夫的面孔,一切怜惜或其他感情的迹象都从那上面消失了。"你为什么不告诉我一些事情?"她几乎要哭了。

"我觉得你从一开始就已经了解我了。"查尔斯·古尔德轻声慢说,

"我觉得在很早之前,我们就已经在这里把一切都说了。眼下已经没有要说的。只有事情要做。我们已经做了;我们还要继续做下去。眼下没有退路。我从没有觉得,甚至从一开始,会有任何可能的退路。而且,还有,我们也不能束以待毙。"

"啊,只要让人知道你打算走多远。"他的太太说道,尽管内心颤抖着,却是用一种近乎玩笑的语气。

"随它有多远,有多长,当然。"查尔斯·古尔德实实在在地答道,这让古尔德夫人不得不努力抑制着自己的颤抖。

她站起来,优雅地微笑着,那浓密的头发及睡袍的长摆使她小小的身躯看上去更加娇小。

"但总会成功。"她伶俐地说道。

查尔斯·古尔德将她包裹在自己专注的烤蓝色的目光中,毫不犹豫地回答——

"哦,这别无选择。"

他在语气中倾注了无限的保证。而至于所用的字眼,他的良心只允许他这样讲。

古尔德夫人的微笑仍然停留在唇角。她幽幽地道——

"我要走了;我有些头痛。那热气,那尘土,确实——我猜,你要在早上之前回矿上?"

"夜半走。"查尔斯·古尔德说,"我们明天要运银子下山。接下来整整三天,我会与你一起留在城里。"

"啊,你要去跟护银队会合。五点钟的时候,我会在阳台上看着你们经过。到时再见。"

查尔斯·古尔德匆匆绕过桌子,抓着她的两只手,弯下腰去,把它们贴在自己的嘴唇上。在他重新站直身子、完全恢复他的高度之前,她抽出一只手来,像是对一个小男孩儿那样,轻轻地抚摸了一下他的脸颊。

"努力休息上几个钟头。"她柔声道,朝房间远端那架伸开的吊床瞥了一眼。她长长的衣摆随着她在红色的地砖上离去。到门口,她又回头看了看。

两盏玻璃圆罩未经擦拭的提灯,令这间屋子沉浸在一片柔和而充裕的光亮中,照着它粉白的四壁,照着装武器的玻璃橱柜,照着亨利·古尔德那把挂在方形天鹅绒上的马刀的铜柄,照着那幅桑·托梅山谷的水彩速写画。古尔德夫人把视线停留在那张镶着黑色木框的画,叹息道——

"啊,要是我们放过它有多好,查尔斯!"

"不。"查尔斯懊恼地说道,"不可能放过它。"

"也许是不可能。"古尔德夫人缓然承认。她的嘴唇有些哆嗦,不过,她仍然以一种优雅的、故作镇定的勇气微笑着。"我们曾惊动了那座天堂里的很多蛇类,查理,不是吗?"

"是的,我记得。"查尔斯·古尔德说,"是唐·佩佩管那条峡谷叫作蛇类的天堂。毫无疑问,我们惊动了许多。不过记住,亲爱的,它如今已经不是你画那幅速写时的样子了。"他朝孤零零地挂在偌大光墙上的那幅小画挥了挥手。"它不再是一个蛇类的天堂。我们已经为它带去了人气,我们不能背过身去不管他们,去别的地方开始一种新的生活。"

他以坚定而专注的凝视面对着自己的太太,古尔德夫人勇敢而无畏地承受着他的凝视,之后她走出去了,从身后轻轻地关上了门。

与白亮的房间相比,那长廊里昏暗的灯光有一种静谧的神秘,植物的茎叶沿着栏杆从向外的一侧探进来,令人觉得仿佛置身于丛林的荫翳中。会客厅打开的窗口落下条条光线,白色、红色、浅紫色的花儿娇艳艳地开放在其中,如同那些迎着串串阳光开得富丽堂皇的花儿一样。古尔德夫人穿堂而过,身影忽明忽暗,如同穿行于被太阳照得光影斑驳的林间空地上。她手指上戒指的宝石紧贴这额头,折射着由门口透出来的大厅的灯光。

"谁在那里?"她问道,语气中带着惊吓,"是你吗,巴西里奥?"她向里面望去,只见马丁·德考迪在那些桌椅间走来走去,带着好像丢了什么东西的样子。

"安东尼娅把她的扇子落在这儿了。"德考迪带着慌乱的神色说,"所以我进来找一找。"

然而,尽管他这样说着,却明显地放弃了寻找,径直朝古尔德夫人走来,后者正一脸疑惑地看着他。

"夫人。"他低沉地叫道。

"什么事,唐·马丁?"古尔德夫人问道。随后,她轻笑着补充道,"我今天太紧张了,"像是以此来解释着她急切的疑问。

"没有什么危险。"德考迪说着,却仍不能掩饰他的心烦意乱,"请不要让自己苦恼。不,真的,您一定不要让自己苦恼。"

古尔德夫人圆睁着她坦率的双眼,嘴唇凑成一个微笑,用她那珠光宝气的小手扶住门框,站稳了身子。

"也许你并不知道自己有多么吓人,像这样突然出现——"

"我!吓人!"他反驳道,真诚地显出一副懊恼与惊奇的样子,"我向您保证,我自己也被吓得不轻。丢了一把扇子;好吧,它总会被找到的。不过,我想它不在这儿。我正在找一把扇子。我无法理解安东尼娅怎么会——好吧!你找到了没有,朋友?"

"没有,先生。"巴西里奥——公馆的总管——柔声从古尔德夫人身后答道。"我不相信小姐是把它落在这座房子里面了。"

"再去院子里找找。现在就去,我的朋友;在台阶上,在门廊下找一找;留心每一块石板上;好好找一下,等我下来……那个家伙"——他转过话头用英语对古尔德夫人说道——"总是赤着脚溜到别人身后。我一进来就跟他说了,我要找那把扇子,以此证明我的出现是正当的,我这样回来总有些突然。"

他停住了,而古尔德夫人亲切地说:"你总是受欢迎的。"她也停顿了一会儿。"不过,我在等着了解你回来的目的。"

德考迪突然变得极度冷漠起来。

"我受不了被刺探。哦,目的?是的,有一个目的。除了安东尼娅心爱的扇子,还有别的东西也落在了这里。在目送唐·何塞和安东尼娅进门之后,我在回家时,遇见那位码头工长正沿街骑来,他跟我说了一些话。"

"维奥拉一家发生了什么事情吗?"古尔德夫人问道。

"维奥拉一家?您是说那位开着旅馆、为工程师们提供膳宿的加里波第的老党徒吗?他那儿没有什么事儿。工长没有说起他;他只是告诉我,电报公司的那个电报员,正敲着头在市政广场上找我。这是从内地来的消息,古尔德太太。我应该说,是传闻的消息。"

"好消息吗?"古尔德夫人低声说。

"毫无价值,我应该这样想。但要让我定义它们,我会说是坏消息。它们好像是说,在圣马塔附近已经进行了两天的战斗,里比厄拉分子们吃了败仗。这一定是数天之前的事情了——也许是一个礼拜前。这传闻刚刚抵达凯塔,在那里掌管电报站的那个人就给他这边的同事发来了这些消息。我们或许倒不如把巴里奥斯留在苏拉科。"

"现在该做什么?"古尔德夫人咕哝道。

"什么也做不了。他正带着部队在海上。他要几天之后才能到达凯塔,才会从那里收到消息。然后他会怎样做,谁知道呢?守住凯塔?向蒙特罗投降?丢下他的军队——这最后一条是最有可能的,登上一条海汽航公司的汽轮,向南或向北——逃往瓦尔帕莱索或是旧金山,不管那里。我们的巴里奥斯有大量流放和遣返的经验,而这些也都是这种政治游戏的要诀。"

德考迪与古尔德夫人交换了一个镇定的眼神,像是试探性地补充道:"而要是,要是巴里奥斯和他那两千条改进的步枪还留在这儿,我们还能够做点什么。"

"蒙特罗赢了,彻底赢了!"古尔德夫人用难以置信的口气,有气无力地说道。

"也许是谣言。在这种时刻,像这样的谣言会满天飞。即便是真的又怎样?好吧,让我们作最坏的打算,让我们就当它是真的。"

"那么,一切就全完了。"古尔德夫人说道,语气中充满绝望的镇静。

忽然,她好像灵光一现,她好像看穿了德考迪故作马虎的掩饰下的那种无比的兴奋。的确,它在他大胆而警惕的目光中,在他弯弯的、半是无畏半是轻蔑的嘴唇中,正变得显眼起来。那双嘴唇中吐出一句法语,就像对于这位住在林荫道上的科斯塔瓦那人来说,它才是唯一具有说服力的语言——

"不,夫人。并非一切全完了。"

它使古尔德夫人从麻痹的状态中被惊了一跳,她欣然问道——"你觉得还能做什么?"

然而,已经有某些嘲弄的意味,映在德考迪难掩的兴奋中。

"您能指望一个真正的科斯塔瓦那人做什么?再来一场革命,当然。用我的名誉担保,古尔德太太,我相信自己是一个真正的国家之子,是这个国家的亲儿子,不管科尔贝朗神父怎样讲。我不是一个没有信仰的人,不是一个对自己的念头、对自己的救赎、对自己的愿望没有信仰的人。"

"是的。"古尔德夫人含糊地说。

"您好像不信。"德考迪继续用法语讲道,"就说,还有,对于自己的热情。"

古尔德夫人毫不犹豫地接受了这一补充。她不需要听见他所说保证,便可以彻底理解它的含义。

"为了安东尼娅,没有任何事情是我不敢去做的。没有任何事情,是我不曾准备好去做的。没有任何危险,是我不曾准备好去闯的。"

说出这番想法,德考迪似乎又得到了一种新的胆量。"您肯定不会相信,如果我要说,是对这个国家的爱——"

她用手臂做了一个让他灰心的抗议手势,像是在说,她已经放弃了从任何人身上期待那种动机。

"来一场苏拉科革命。"德考迪以极具说服力的低声继续道,"那项伟大的事业也许还会保留在这儿,留在它起源的地点,留在它诞生的地方,古尔德太太。"

她蹙着眉头,若有所思地咬着下唇,从门口迈开了一步。

"您不去告诉您的丈夫吗?"德考迪焦虑地望着她。

"但你不是需要他的帮助吗?"

"毫无疑问。"德考迪立即承认,"一切都要视桑·托梅银矿的情况而定,不过,我倒情愿他对于我的——我的希望一无所知。"

古尔德夫人脸上显出一副疑惑的神情,而德考迪走上前来,隐秘地向她解释道——

"难道您没发现,他是那样一个理想主义者。"

古尔德夫人的脸涨得粉红,而同时,她眼睛的颜色也变得更深了。

"查理是一个理想主义者!"她像在是对自己说着,显得一脸费解,"你到底在说什么?"

"是的。"德考迪退步了,"也许,见到我们眼前的桑·托梅银矿,人们会说那是一件了不起的东西,是整个南美洲最伟大的事实。但即便是看着那个,他把这个事实理想化到了某种程度——"他继续道。"古尔德太太,您可知道他把那个存在,那座桑·托梅银矿的财富,以及它的含义,理想化到了什么程度?您知道吗?"

他一定是知道自己在说什么的。他所期待的那种效果已经制造出来。古尔德夫人已经准备好接受它了,她突然用一种低沉的、好像呻吟的小声,妥协下来。

"你都知道什么?"她用一种虚弱的语气问道。

"没什么。"德考迪坚决答道,"不过,难道,您没有发现,他是一个英国人?"

"好吧,那又怎样?"古尔德夫人问道。

"简单地说,要是不能把他每一种简单的感受、渴望或成就理想化,他就无法行动与存活。如果他无法首先把自己的动机变成某个神话的一部分，他就不能相信它们。我担心，这片土地是不太有利于他的。您是否可以原谅我的坦白？此外，不管您原谅与否，它都构成了一部分那些正在伤害着——你们管它们叫什么——那种盎格鲁-撒克逊的脆弱感情的事实，而在目前此刻，我并不觉得自己可以严肃地对待他那种对于事物的看法，或是——如果您允许我这样讲——或是还有您的。"

古尔德夫人并没有显出被冒犯的迹象。"我猜，安东尼娅是完全理解你的？"

"理解？好吧，是的。但是，我不能肯定她会同意。不过，那并没有什么不同。我对您完全以实相告，古尔德太太。"

"你的点子，当然，是分裂。"她说。

"分裂，当然。"德考迪称道，"是的；把整个西部省从其他不平静的躯体上分裂出去。不过，我真正的想法，我真正在乎的，是不要让我与安东尼娅分开。"

"这就是全部吗？"古尔德夫人问道，语气中并无苛责。

"完全如此。我丝毫没有对自己掩饰我的动机。她不肯为我离开苏拉科，因而，苏拉科就必须离开共和国的其他部分，让它随自己的命运去吧。没有比这更清楚的了。我喜欢一种界定清晰的情形。我不能与安东尼娅分开，因此，这个统一而不可分割的科斯塔瓦那共和国就必须要跟它的西部省分道扬镳。所幸的是，这正好是一个明智的策略。这一块最为富裕、最为富饶的部分，会被从无政府的混乱中拯救下来。至于个人，我在乎得很少，非常少。不过，有一个事实是，蒙特罗的上台掌权便意味着我的死亡。在所有我看过的大赦告示中，我的名字及其他几个，是特别排除在外的。那两兄弟痛恨我，您十分清楚，古尔德太太。而且看吧，这里还有一个传闻，说他们已经打赢了一场战役。您说说看，假设它是真的，我是有足够的时间逃走的。"

古尔德夫人这边轻声的抗议令他停顿了片刻，他用阴郁而果断的目光看着她。

"啊，不过我愿意，古尔德太太。如果它对于我目前唯一的心愿有所助益的话，我愿意逃走。我是十分有勇气说这话的，也敢于这样做。然而女人，即便是我们的女人，也都是理想主义者。安东尼娅她不肯逃走。一种离奇的虚荣。"

"你把它叫作虚荣。"古尔德夫人用一种震惊的声音说。

"或者叫作骄傲，那么，它——科尔贝朗神父会告诉您——是一种不解原谅的罪过。不过，我并不骄傲。我只是爱得太多而不能一逃了之。与此同时，我还想活下去。死人是谈不上爱情的。因此，苏拉科绝不应该承认蒙特罗的胜利，必须如此。"

"那么，你认为我的丈夫会给你支持？"

"我认为他是能够被拉拢在其中的，就像一切理想主义者一样，只要一旦让他看到可以为之行动的感情的基础。不过，我不想跟他说话。仅仅是明确的事实，不会吸引到他的感情。让他用自己的那种方式说服自己，会更好得多。而且，坦白地讲，在眼下这刻，我不能——或许——对他的动机给以足够的尊重，甚至——或许——对您的也不能，古尔德太太。"

显然，古尔德夫人已经打定主意不想生气。她含糊地微笑着，同时，似乎也在考虑着这件事情。就她能够从那位姑娘所吐露的闺话中得到的判断来看，安东尼娅是理解这位年轻人的。此外，不管对错，这主意是没有坏处的。而且，也很有可能，那传闻是假的。

"你该有某些计划。"她说。

"简便行事而已。巴里奥斯已经出发，那就让他去吧；他会守住凯塔，那是通往苏拉科的海路之门。他们无法越过那些大山派一支足够的兵力过来。不会的；甚至都不够对付埃尔南德斯的人马。与此同时，我们将在这儿组织自己的抵抗。对于这一点，埃尔南德斯刚好可以派上用场。他作为土匪，曾打败过军队；如果被提拔为一位上校或是一位将军，毋庸置疑，他还是能做到同样的事情。您对这个国家了若指掌，自然不会被这话惊到，古尔德太太。我曾听您声称，这个可怜的强盗，是这个国家中受一切残忍、不公、愚昧及压迫所摧残的人民的灵魂与命运的活生生例子。那么好，就让他起来碾碎那些把一位诚实的牧场主驱入某种罪犯生活的恶人吧，这会是一出诗意的报复。这里面有一种完美的报复，不是吗？"

德考迪已经平静下来，改回英语，他自己咬着发音，十分准确，不过却夹杂着太多"嗞"音。

"也想想您的医院、您的学校、您的那些生病的母亲和虚弱的老人们，所有那些已经被您和您的丈夫带到桑·托梅山谷来的人口。您的良知不打算为所有这些人负责吗？难道它不值得再努力一把，况且这努力并非像看上去那么绝望，不至于——"

德考迪向上扬了一下他的胳膊，结束了他的思考，那手势意味着抹除；而古尔德夫人则一脸惊恐地，将脑袋转向别处。

"你为什么不把这一切告诉我的丈夫？"她问道，并没有看德考迪，后者正站在那里，观察着他的言语所发生的效果。

"啊！但唐·卡洛斯是那样的一个英国人。"他开口了。古尔德夫人打断了——

"不要那样想，唐·马丁。他还是一个跟你一样的科斯塔瓦那人——不！他比你本人都像一个科斯塔瓦那人。"

"感伤主义者，感伤主义者，"德考迪几乎是在以一种温柔而宽慰的驯从絮语着，"感伤主义者，正如你们那些同胞的迷人做派一样。自打我摊上一桩愚蠢的差事，也许是受窥伺在一个人辗转难测的生命背后的那种霉运的驱使，来到这里，我便一直在观察着这位苏拉科之王。不过，我并不介意，我不是一位感伤主义者，我不会给自己的个人心愿穿上一件亮闪闪的珠光宝气的绸缎袍子。生命对我来说，并不是一段发轫于那种漂亮神话一般的传统的道德罗曼史。不是的，古尔德太太；我是讲求实用的。我不怕坦承自己的动机。不过，原谅我，我刚才实在有些忘乎所以。我想说的是，我一直在观察。我不愿说，我发现了——"

"不。不必这样。"古尔德夫人悄声道，又一次扭过头去。

"是这样。除了一个小小的实情，就是您的丈夫不喜欢我。这本是一桩小事，在这种情形下，它却显出一种非常荒唐的重要性。荒唐而无边；因为，显然，我的计划是需要钱的。"他沉吟道，之后又意味深长地补充道，"而且，我们还需要对付两个理想主义者。"

"我不知道自己是否理解你，唐·马丁。"古尔德夫人冷冷地说道，仍然保持着他们谈话的那种低沉音调，"不过，恕我直言，谁是另外一个？"

"旧金山那个伟大的霍尔罗伊德，当然是他。"德考迪悄声道，"我倒觉得您十分理解我。女人们都是理想主义者；不过，她们又是如此敏锐。"

但不管这番同时掺杂着轻蔑与赞许的话的理由是什么,古尔德夫人看起来对它完全不屑一顾。霍尔罗伊德的名字,又为她增添了一重新的焦虑。

"护银队明天要下到港口去;整整六个月的工作,唐·马丁!"她沮丧地叫道。

"那就让它下来。"德考迪巴望着讲道,几乎是对着她的耳朵说的。

"但如果那传闻散布开来,而尤其假如它是真的,城里也许会爆发出乱子。"古尔德夫人反对道。

德考迪承认这是有可能的。他很了解城里那帮从苏拉科大草原来的泼皮无赖;他们满脸怒气、偷偷摸摸、愤愤不平而心狠手辣,不管他们那班平原兄弟身上的什么好品性,他们都有。然而,这之后,正是那另一位理想主义者,为结结实实的事实增加了一种莫名其妙的理想主义色彩。这一股本该源源不断地流向北方的银子,竟然又从伟大的霍伊罗尔德家族那儿以金融支持的名义返还回来。存放在山上那座坚固的房子里,这些银条对于他的目的而言,还不如相同重量的铅有用,至少那是可以用来造成子弹的。让它从港口下来吧,准备好装船运走。

下一班北上的汽轮会把它带走,那就等于救了桑·托梅银矿,它已经产出了这么多财富。而且,还有,传闻也可能是假的,他说道,仓促的语气中颇有几分信心。

"此外,夫人,"德考迪推断道,"我们可以把这传闻按住几天。我是在市政广场的中央跟那个电报员谈话的;因此,我十分肯定我们不可能被偷听去。甚至都没有一只鸟儿从空中靠近我们。而且,再让我告诉您一些事情。我已经同这个叫诺斯特罗莫的人交上了朋友,那位工长。我们今晚有过一番谈话，就在刚才，我走在他的马旁而他慢慢向城外骑去的时候。他向我承诺，要是发生了任何理由——即便是最有政治借口的——的暴乱，您能明白，他的码头工们，那样一个重要的大众群体，您该承认，也将是站在欧洲人一边的。"

"他已经答应你了？"古尔德颇感兴趣地询问道，"是什么让他做了那样的承诺？"

"要我说，我也不知道。"德考迪用一丝惊讶的语气称，"他就那样理所当然地承诺我了，但眼下您问我为什么，我也当然说不出他的理由。他说话时，仍然带着他的那种满不在乎，若不因为他曾是一位普通水手，我便会把它叫作假模假式或矫揉造作。"

德考迪自己停下来，好奇地望着古尔德夫人。

"大致来讲，"他继续道，"我猜测，他是指望从它里面得到某些好处。您一定不要忘了，他在那些低等阶层之上施展着自己了不起的权力，不是没有一定程度的个人风险的，不是可以极尽慷慨挥霍无度的。一个人必须要为个人声望这样一种坚固的东西，付上某种形式的代价。我们做了朋友之后，他曾在城墙外某个墨西哥人开的小客栈的一个舞会上告诉我，他来这里是为了走运发财。我猜，他是把自己的声望看作某种投资的。"

"也许他只是因为爱惜自己的羽翼。"古尔德夫人说道，那语气像是在抵抗着一种无辜的中伤，"维奥拉，那位加里波第的党徒，和他一起生活了多年，把他称为不可腐蚀的人。"

"啊！他只是这个港口里受您保护的人之一，古尔德太太。这好极了。而米切尔船长称他为神奇的人儿。我曾听说过没完没了的故事，关于他的力量、胆识和忠诚。说不完的好话。哼！不可腐蚀？

这的确是苏拉科码头工长的一种好名声。不可腐蚀!不错,但不好说。不过,我觉得他也是通情达理的。而且,我跟他讲过那个合理而可行的假想。"

"我倒宁愿相信他是无私的,因而也是可靠的。"古尔德夫人说道,对她的性情而言,如此假设已经是最大限度的草率了。

"好吧,如果是这样,那些银子会更加安全。就让它运下来吧,夫人。让它运下来,这样它可以运往北方,然后再以贷款的形式返给我们。"

古尔德夫人沿着长廊向她丈夫的房间瞥了一眼。德考迪看着她,就像自己的命运被攥在她的手中,以难以察觉的动作对她微微颔首,表示同意。他面带微笑鞠了一躬,接着,把手探进外套胸部的口袋,掏出一把檀香木描画骨片的鸿毛扇子。"我把它藏在口袋里。"他洋洋得意地低语道,"为了找一个借口。"他又鞠了一躬。"晚安,夫人。"

古尔德夫人继续沿着长廊离开丈夫的房间。桑·托梅银矿的命运沉重地压在她的心上。她对它的担心由来已久。那曾只是一种念头。她曾忧心忡忡地看着它变成一种偶像,而现在,这种偶像又变成了一种巨大而不可承受的重量。这情形就好像,他们早年间的那些设想已经从她心头离开,变成了一堵银砖的墙壁,由恶魔以其沉默的工作堆砌起来,横亘在她和丈夫之间。他像是一个人住在一座金碧辉煌的围城里,把她和她的学校、她的医院,以及那些生病的母亲和虚弱的老人留在外面,好像这些只是起初那个设想的可有可无的部分。"那些可怜的人儿!"她喃喃自语着。

她听见德考迪在下面院子里放开嗓子讲话。

"我找到了唐娜·安东尼娅的扇子。看,它在这儿!"

第七章

作为被他称为理性物质主义的一部分,德考迪并不相信男女之间可能存在着友谊。

他所允许并维持着的一个例外,证明了这个绝对的规则。兄妹之间是可能存在友谊的,而这里的友谊,指的是一个人在另一个人面前对于思想及感受的毫无保留的坦诚,是一个人由衷地对另一个人的深刻同情所回报的毫无遮掩而必然如此的真诚。

他最喜爱的妹妹,那个俊俏、有些任性又果断的天使,在巴黎一座十分精美的房子的第一层的套间中支配着父母,她就是德考迪一切秘密的收信人,关于他的思想、行动、目的、疑问,甚至挫败……

"让我们在巴黎的那个小圈子准备好迎接另一个南美共和国的诞生吧。再多一个,又有何妨?也许它们来到世上,就像一块腐烂机体的温床所滋长的恶之花。但是,这一朵的种子已经在你兄长的头脑中萌发出来,而且足以值得你加以诚挚的赞许。我在一家差强人意的旅舍里、就着一支孤零零的蜡烛的光亮给你写这封信,这地方靠近港口,是一个叫维奥拉的意大利人开的,他是古尔德夫人的一位受保护人。这整座建筑——据我所知——是珍珠采捞场的一位征服者农夫在三百年前所亲手修建的,它十分寂静。城镇与港口之间的平原也是如此;寂静,但并不像这屋子一样黑暗,因为守卫铁路的意大利劳工纠察队已经沿线点起了小火把。昨天,这四周却不是这样平静。我们发生了一场可怕的乱子——民众突然暴乱,直到今天晚些时候才平抑下去。它的目的——毫无疑问——在于抢劫,它被打败了,你也肯定已经从通过旧金山与纽约转发的海底电报中了解到了此事,当时线缆还是通的。你也已经从那上面读到,铁路方面的欧洲人士以他们有力的行动,使得城镇免于破坏,并且,也许你会相信这些。那封电报是我自己写出去的。我们这里没有路透社的人员。我也曾跟一些有身份的年轻人一块,从俱乐部的窗口朝暴民们开枪。我们的目标是把他们阻挡在宪章街外面,让那些女士和孩子们撤离,眼下她们正躲在海港里几条货船的甲板上避难。昨天的情况就是这样。你应该还从那封电报里了解到,那位在圣马塔的战役之后一度失踪的总统——里比厄拉——在某种令人难以置信的机缘巧合之下,已经出现在苏拉科,骑着一匹跛脚的骡子闯进了巷战的正中央。看样子,他经历了一番奔逃,在一个名叫波尼法西奥的骡夫的陪同下,翻过大山,从蒙特罗的威胁下逃进了一名愤怒的暴民的臂膀中。

"幸亏码头工长——就是我此前写信跟你提过的那个意大利水手——的搭救,他才免去了一种不体面的死法。那个人似乎有一种特别的才干,可以胜任在危急关头所要做的一些特别的事情。

"凌晨四点的时候,他跟我一起在未来报馆的办公室里,他出现在那里,是为了提醒我即将到来的麻烦,同时,也为了向我保证他会把他的劳工维持在秩序这一边。天色大亮时，我们一起看见了那些骑马或步行的人群，他们正在市政广场上示威，朝督政府的窗子扔着石头。诺斯特罗莫——他们在这里管他叫那个名字——把他那些安插在暴民中的码头工指给我看。

"太阳很晚才照在苏拉科城上，因为它首先要爬过那些大山。在那片清澈的、比破晓更亮的晨光中，诺斯特罗莫从宽阔的市政广场对面大教堂之外那条街道的尽头处，看见一个显然十分狼狈的骑者，被一群吵吵嚷嚷的叫花子围着。他立即对我说：'那是一个陌生人，他们在对他干什么？'接着，他掏出那个他在码头上用惯了的银哨子——这个人似乎不屑于使用任何比银子更便宜的金属——吹了两下，那显然是一种跟他的码头工们约好的暗号。他随即冲了出去，他们集合在他的身边。我也跑出去，但太慢了，没有跟上他们去营救那个坐骑已经倒下去的陌生人。我立即被当作一个可恨的贵族遭到了袭击，终于幸运地逃进了俱乐部，在那里，唐·杰米·贝尔赫斯——你也许还记得，他在大概三年前来过我们巴黎的家里——把一支猎枪塞进了我手里。他们已经在从窗口射击了。空荡荡的牌桌上成小堆地散放着一些子弹。我还记得那里有些踢翻的椅子，在遍地散落的纸牌中滚动的酒瓶，那是这些绅士们从牌局中仓促起身向暴民开火时留下的。这些年轻人大多是预料到会出这样的乱子，前一晚便留在俱乐部中的。小桌的两支烛台上，蜡烛已经烧到了插套里面。我进来时，一颗硕大的铁螺帽——也许是从铁路工段偷出来的——被从街上扔进来，砸破了镶在墙上的大镜子。我还留意到，有一个俱乐部的侍者被连手带脚地用窗帘的拉索捆了起来，丢在一个角落里。我隐约能够想起，唐·杰米匆匆地向我保证，那个家伙被发现正在向晚餐的菜碟里面投毒。不过我清楚地记得，当时他正在尖声告饶，一刻不停，连连哀号，却完全不被理睬，甚至都没有人愿意费劲去塞住他的嘴巴。他的叫声那样讨厌，以至于我都忍不住要亲自动手了。不过，没有时间去尝试那个。我在一扇窗口站定位置，开始射击。

"直到下午稍晚的时候，我才知道那个诺斯特罗莫——带着他的码头工们和一些意大利劳工——从那些醉醺醺的无赖泼皮手里救出来的那个人是谁。这个人对于任何当机立断的事情，真有一种特别的才干。当后来城里的秩序略微得到恢复、我们再见面时，我对他说了这番话，而他的回答却实在出乎我的意料。他相当气愤地说：'那我从里面得到多少赏钱，先生？'就在那时，我忽然明白，也许这个人的虚荣已经厌倦了常人对他的恭维，还有上司对他的信任！"

德考迪停下来点上了一支烟卷，脑袋趴在自己的笔迹上，喷出一团烟雾，又像是被信纸弹了回来。他再次拿起铅笔。

"昨天傍晚在市政广场，他坐在大教堂的台阶上，两手垂在膝盖中间，抓着他那匹有名的银灰色牝马的缰绳。整整一天里，他都在出色地带领着他的码头工群体。他看起来是累了。我不知道自己看起来如何。很脏，我觉得。不过，我也觉得自己看起来很高兴。从那位逃亡总统登上'圣·密涅瓦'号的那一刻，胜利的浪潮就背叛那些暴民。他们被从港口赶走，被从城里的上等街道上赶走，被赶进他们自己的废墟和窝棚的迷宫。你必须理解，这场暴乱——它的目标，除了对西裔美洲人的一般打劫之外，毫无疑问是抢占那些储存在海关公所地下房间里的桑·托梅的银子——是具有一点政治色彩的，因为有省议会的两位代表——加马乔先生和富恩特斯先生，都是从波尔松来的——走在它的阵前,而且在下午稍晚的时候,这是真的,当暴民们为他们的战利品感到失望时,他们曾站在小巷中高呼:'解放万岁!打倒封建主义!'——我好奇,他们所臆造的封建主义是什么?——'打倒哥特人和傀儡。'我觉得,加马乔先生和富恩特斯先生是知道他们在干什么的。他们是一些谨慎圆滑的绅士。在议会中,他们自称为温和派,对于任何积极的措施,都会带着一颗善良的忧心加以反对。而在蒙特罗获胜的传闻初起的时候,他们那忧郁的脾气便显出某种微妙的变化,开始公然无耻地挑衅主席台上可怜的唐·胡塞特·洛佩兹,而那个可怜的人儿却只有茫然地捋着自己的胡子,摇着议长的铃铛。随后,当里比厄拉派倒台的消息被确认无疑之后,他们随即摇身成了坚定不移的自由党人,像一对连体婴儿一样联手行动,并以蒙特罗主义原则的名义主导——似乎如此——了这场暴乱。

"昨天夜里八点,他们最后的动作,是自行组织了一个蒙特罗党派委员会,据我所知,它开设在一个改了行的墨西哥斗牛士所经营的小客栈里,那人也是一个伟大的政客,他的名字我忘记了。此后,他们给我们——给金合欢俱乐部的哥特人和傀儡们,我们也是有自己的俱乐部的——发来了一封公开函,邀请我们前去达成某种停战的临时谅解,接着还大言不惭地宣称道,那崇高的解放事业,'不应当被保守的、自私的、过分的罪行所玷污!'当我出来,跟诺斯特罗莫一起坐在大教堂的台阶上,俱乐部正在大厅里琢磨着一个合适的答复,那儿散落着击发过的弹壳,地板上还有一大些破酒瓶、血抹布、烛台和各种各样的碎片。不过,这些都是没有意义的。整个城中没有人掌握真正的力量,除了那些铁路工程师——他们的人占据着一座被拆除的建筑,那是铁路公司拿来建他们的本城车站的,就在市场广场的旁边——和诺斯特罗莫,他的码头工们正沿着安扎尼的商店前面,睡在拱廊之下。一堆用督政府客厅的破家具——多半是镀金的——生起的火光燃烧在市政广场上,高高的火焰刚好摇摆到那尊查理四世的雕像身上。雕像基座的台阶上横着一个人的死尸,两条胳膊张开着,脸上盖着他的宽檐帽——也许是某个朋友的关照。火光映着林荫道头上那些树木的枝叶,也照着附近一条小巷的尽头,那儿堵着一堆牛车和被杀死的阉牛。一个蒙着脸的叫花子正坐在一头死牛上,抽着一支烟卷。停战了,你明白的。整座市政广场上除了我们之外的唯一一个活人,是一名码头工,他手上正提着一把长长的、光裸的尖刀,来回走动着,像是一个守在拱廊前面的卫兵,他的朋友们正睡在那儿。而黑夜中唯一的另一点儿光明,就是街角上俱乐部被照亮的窗口。"

写到这里,唐·马丁·德考迪这位巴黎林荫道出身的洋气公子哥儿站起身来,穿过咖啡室的沙土地面,这房间位于乔吉奥·维奥拉——那位加里波第的老同志——所开的意大利团结旅舍的一头。在一支蜡烛的光亮中,那位忠诚的英雄似乎正从浓墨重彩的平版画中,暗淡地看着这个除了自我感觉的真实以外、对任何事情都毫无忠诚可言的男人。德考迪向窗外望去,面对着一片严严实实的黑暗,看不见那些大山,看不见城镇,看不见靠近港口的那些建筑;也没有一点儿声响,好像普拉西多湾那片巨大的昏沉,正从水面扩散到陆地上来,把它变得又聋又瞎。这时候,德考迪感觉到地面的一阵微微震颤,听到遥远的钢铁铿锵声。出现了一点儿白亮的灯光,深陷在黑暗中,随着雷鸣般的声响显得越来越大。那是平时停在林康侧线上的轨道机车，它正驶回铁路场院要被看护起来。在引擎的大灯后面，它好像黑暗中一团神秘的骚动，伴着一阵低吼的风声从房子末端驶过，而那座房子浑身颤抖着，像是在对它作出回应。没有什么是可以看得清楚的，不过，在末尾最后一节平板车厢上，一个身穿白裤、裸着腰身的黑人正不停地挥动着一个燃烧的火炬，用他的光胳膊的动作划出一个圆圈。德考迪一动未动。

身后，在他刚刚从上面起身的椅背上，挂着他考究的巴黎式外套，带着一面珠光灰色的丝绸衬里。然而，当他重新坐回桌子跟前时，那团烛光映出了一张脏兮兮、满是划痕的脸。他玫瑰色的嘴唇乌黑发烫，那是被火药的烟雾熏的。灰尘和铁锈掩住了他的短胡须的光泽。他衬衣的领子和袖口都皱巴巴的，那条蓝色丝绸领带像破布条一般垂在胸口；一道油污横抹过他白色的额头。大约四十个钟头，他都没有脱过衣服，也没有洗过澡，除了匆忙地灌下过一些水。他整个人被一种可怕的不安支配着，令他表现出所有拼死挣扎的迹象，瞪着枯燥无眠的眼睛。他用沙哑的声音对自己嘀咕道，"我想这里也许会有块面包"，他茫然地看了一圈，然后跌坐在椅子里，又重新抓起了铅笔。他这才想起来，自己已经很多钟头没有吃东西了。

他忽然觉得，没有人可以像妹妹那样理解他。在那些拼尽一切生存机会的时刻，有一种渴望滋长在他怀疑的心灵中，让他想要为自己的感觉留下一种准确的印象，待人格离去后，待人格进入那任何探查的光亮都无法抵达其真相、其真相只能被每一例死亡从世界上带走的境地后，它还可以像一道光那样照见自己的行状。因此，德考迪没有去寻找食物，也没有想法睡上个把钟头，而是在一个大笔记簿的纸页上给他的妹妹写着一封信。

他无法把自己的厌倦、巨大的疲惫及肉身的迫切感受，排斥在这种亲密的交流之外。他就像跟着她谈天那样继续写下去。好像她就在面前，他写道："我很饿。"

"我感觉，有一种巨大的孤独包围着我。"他继续道，"这是不是因为，周围所有决心、目标与希望都已经完全垮掉，而我还是那唯一一个头脑中有着确切信念的人呢？不过，这种孤独也是非常真实的。所有工程师不在，他们已经出去两天了，去照看国家中央铁路的财产，那是科斯塔瓦那的一项大工程，会为英国人、法国人、美国人、德国人，还有天知道一些别的什么人的荷包带来钱财。我四周的寂静是不祥的。这座房子中间部分的上方是一个类似二楼的建筑，开着一些狭窄的像是射击孔的窗洞，在过去也许是为了更好地抵御那些野蛮人，当时我们这片大陆故土的顽固蛮荒，还没有披上那件黑色的政治外衣，他们只是半身赤裸、手拿弓箭，四处叫喊。这房子的女主人正在那里等死，我相信，只有她年迈的丈夫在那里陪着她。有一道狭窄的楼梯向上通到那里，那种楼梯可以让一个人轻易地抵挡住一伙暴徒，而我刚刚听见——尽管墙壁很厚——那位老伙计下来进厨房做什么去了。那声音，就像是一只老鼠在一堵泥灰墙后面的窸窣声。就像之前一样，所有的仆役昨天就已经逃走了，现在也还没有露面。至于别的人，就还有两个孩子——两个女孩儿。那位父亲把她们打发下楼，她们蹑手蹑脚地进了这间咖啡室，也许因为我在这里。她们挤在一个角落里，互相抱在一起；我在几分钟前才发现她们，而我觉得更孤独了。"

德考迪从椅子上转过身去，问道："这里有面包吗？"

琳达摇着黑发的脑袋，否定地回应着他，而妹妹那金发的脑袋正偎依在她的胸口。

"没有。"琳达说,"我们不害怕你。你是跟吉安·巴蒂斯塔一起来的。"

"你是说诺斯特罗莫?"德考迪问。

"英国人那样叫他,不过,这对人还是牲畜来说都不算是个名字。"那女孩说着,轻轻地把手搭在妹妹头上。

"但是,他允许别人那样叫他。"德考迪说。

"在这家里不行。"那孩子反驳道。

"啊!好吧,那我就叫他工长好了。"

德考迪没有在意,继续定神写了一会儿,又转过身去。

"你觉得他会什么时候回来?"他问。

"他把你带到这里之后,就去城里帮妈妈请医生先生了。他很快就会回来。"

"他很有可能在路上哪里就被人开了枪。"德考迪出声对自己嘀咕道;而琳达却尖声嚷道——

"没有人敢对吉安·巴斯蒂塔开枪。"

"你相信这个。"德考迪问道,"是吗?"

"我知道。"那孩子很有信心地回答:"在这个地方,没人有胆量敢袭击吉安·巴蒂斯塔。"

"从一座树丛背后扣动扳机,这又不需要多大胆量。"德考迪自言自语道,"幸好,夜晚很黑,要不就很难保住矿上的银子了。"

他重新转向自己的笔记簿,向前面几页看了一眼,继续拿铅笔写下去。

"这就是昨天的情形,'密涅瓦'号带着那位逃亡的总统驶出港口之后，暴民们被赶进了城里的小巷中。发走了那封有关这里多少值得一些关注的消息的电报，我跟诺斯特罗莫一同坐在大教堂的台阶上。说来奇怪，尽管电报公司的办公室跟未来报馆同在一座楼上，那些暴民把我的印刷机从窗口扔下来，把铅字在市政广场上拆得七零八落，却放过了院子另一头的那些仪器。当我坐着跟诺斯特罗莫说话时，电报员伯恩哈特手上拿着一张纸，从拱廊下面走出来。这个小个子男人在给自己系了一把大刀，全身还别满了左轮手枪。这对于一个始终敲打着一台莫尔斯电报机的键盘的人来说，显得十分滑稽，不过，以他那种个头，也算是一位顶勇敢的德国人了。他收到从凯塔来的消息，说巴里奥斯军队的运输船刚刚进入港口，末尾写着：'群情高涨'。我走开去喷泉那儿喝了一点儿水，有人从林荫道的一棵树后面对我开枪。不过我没有在意，继续喝水；有了巴里奥斯守住凯塔，还有巨大的科迪勒拉山脉把我们同蒙特罗的胜利之师隔开，不管加马乔和富恩特斯之流的先生们怎样，我都似乎已经把我的那个新国家握在掌中了。我准备去睡觉，但当我来到古尔德公馆的院子里，却发现那儿满是躺在稻草上的伤员。那间封闭的院子里面点着灯，在这样一个闷热的夜晚，弥散着氯仿和血腥的气味。在院子的一头，莫尼格汉姆——那位银矿上的医生——正在包扎着伤口；靠近楼梯的另一头，科尔贝朗神父正跪在地上，聆听着一个快要咽气的码头工的告解。古尔德夫人一手拿着一只大瓶子，一手拿着一大把棉絮，在这些东倒西歪的身体间来回走动着。她只是看了我一下，连眼都没有眨。她的侍女紧跟着她，也拿着一只瓶子，自己低声抽泣着。

"我也让自己跟着忙了一阵子，从水池那边给伤员打水。接着，我留到了楼上,在那里见到了一些苏拉科上流社会的小姐太太们。她们并不是都逃到船上去了。有很多当天是躲在古尔德公馆避难的。一位姑娘半垂着头发,对着墙壁跪在地上,那上面的壁龛中坐落着一尊身穿蓝袍、头戴金冠的圣母像。我想,那是年龄最长的那位洛佩兹小姐;我看不清她的脸,不过,却记得见过她那小巧的鞋子上的法兰西式高跟。她没有出声,没有动弹,也没有抽泣;她只是停在那儿,一动不动,浑然乌黑地衬着那道白墙,一个热心虔诚的静默人儿。我确信,她并不比我见到的那些拿着绷带、面色苍白的女士们更加害怕。她们中一个正坐在顶端的台阶上,忙着把一片亚麻布扯成布条,那是一位年轻的太太,她的丈夫是个上了年纪的有钱人。她停下来挥挥手,答复我的鞠躬,就像她坐在林荫道上的马车中一样。在这样一场革命中,我们国家的女人们是颇值得观察的。她们脸上的胭脂和珍珠粉凋去了,连同那种对于外界的被动的态度,那是从最早的幼年时代便强加给她们的一些教养、传统和习俗。我想到了你的脸,想起从你孩提时代便印在那上面的聪慧,它并不是这样,不像她们涂脂抹粉、守着礼教的面纱被某种政治骚乱扯碎之后,所表现出来的那种忍耐与驯从的模样。

"楼上大客厅里坐着某一显要的团体,那是已经偃旗息鼓的省议会的剩余人员。唐·胡塞特·洛佩兹的胡须被一支装满铅粒的霰弹枪烧掉了一半,所幸的是,没有一颗铅粒打到他。随着脑袋从一边偏向另一边,他的大外套里就好像装着两个人一样,一个蓄着高贵庄重的大胡子,另一个却惊慌无状。

"我一走进去,他们便大喊着'德考迪!唐·马丁!'我问他们:'绅士们,你们在商议什么?'那里看上去并没有一个主脑,尽管唐·何塞坐在桌子的首位上。他们一起回答:'如何保全我们的生命和财产。''在新的官员到来之前。'唐·胡塞特向我解释道,用他面部那庄严的半边迎着我的视线。这就像一股冷水,泼在我那关于一个新国家的火热的念头上。它腾起咝咝的蒸汽传入我的耳朵,充满了房间,使它昏暗下来。

"我茫然地走到那张桌子前,就像喝醉了酒一样。'你们在商量着投降。'我说。他们都一动不动地坐着,鼻子垂在每个人面前的文件上,天知道那是为什么。只有唐·何塞用手掩着脸,咕哝道:'没有,没有!'然而,当我盯着他的时候,我觉得自己似乎用一口气就能把他吹跑,他看起来那样孱弱,那样无力,那样疲乏。不管怎样,他是活不下去了。对于他那个年纪,这场叛变实在来得太过重大;难道他没有见到,那些印着《五十年谬治史》——已经开始连载在《未来报》上——的纸页正丢弃在市政广场上,飘落在水沟中,被揉成一团引燃填着大把大把铅子的炮铳,被吹在风里,被踩在泥中?我甚至还看到有一些正漂浮在港口的水面上。指望他活下去,是不理智的。那会很残忍。

"'你们知道吗?'我喊着'投降对你们,对你们的女人,对你们的孩子,对你们的家产,意味着什么?'

"我一口气慷慨激昂地讲了五分钟,我似乎记得,一直在喋喋不休地讲着我们的最佳机遇,讲着蒙特罗的残暴,这个被我称为'大牲口'的人要是够聪明的话,毫无疑问,一定会想出一整套恐怖统治的办法。而接下来五分钟或更长的时间,我怀着对于安东尼娅的所有爱意,热烈地恳求着他们的胆量和气概。因为倘若有人话讲得好,那一定是发自他的个人感受的,或是谴责敌人,或是捍卫自己,或是为诚然比生命更宝贵的什么东西争辩。亲爱的姑娘，我对他们完全是声势如雷。听起来，我的声音似乎能把墙壁震塌，而当我停下来，他们都疑惧地看着我。这就是我所得的全部收效！只有唐·何塞的脑袋在胸前越垂越低。我弯腰把耳朵凑近他干枯的嘴唇，分辨着他的低语，好像在说：'以上帝的名义，那么，马丁，我的儿子！'我不知道这是不是真切。我敢肯定，那里面有上帝的名字。看上去，我像是赶上了他的最后一口气——就是他将去的灵魂在嘴唇上所呼出的最后一口气。

"不过，他还活着，这是真的。在那之后，我又看过他；不过，那已经只剩一具静默的躯壳了，仰面躺着，被单盖到下巴，大睁着眼睛，一动不动的，那样子会让你说他已经咽气了。我打那儿离开，留下安东尼娅跪在床边，来到这家意大利小旅馆，而无所不在的死亡也在这里等着我。不过，我知道唐·何塞准是已经死在那里了，死在了古尔德公馆，他的那番耳语劝说着我，去尝试某种毫无疑问是他的灵魂——他那专注于神圣的外交协约和义正词严的灵魂——所厌恶的东西。我大声地嚷道：'一个连人民都不肯自助的国家，休想有什么上帝。'

"那时候，唐·胡塞特开始了一番经过深思熟虑的演说，可惜其庄严的效果，被他那胡须的可笑灾难给破坏了。我没有等到他讲完。他似乎在争辩，说蒙特罗——他称他叫将军——的意图也许并不坏，尽管，他继续说，'那位尊贵的人士'——仅仅在一个礼拜之前，他还把他叫作一头大牲口——'也许是真的被误解了'。你会想到，我并没有留下来听完别的。我了解蒙特罗的兄弟的意图，就是那个游击队长佩德里托，多年前我曾在巴黎揭发过他，就在一个南美留学生经常光顾的咖啡馆,他在那里把自己假装成一位公使的秘书。他经常一进去就讲上好几个钟头,用毛茸茸的爪子拧着自己的呢帽,而他的野心似乎是成为莫赫尼公爵乃至拿破仑那一类的人物。那个时候,他就已经在用吹嘘的口气谈论着他的兄长了。他看起来十分安全,不会被识破,因为那些留学生都是来自布兰科家族的,并不太——你能想象得到——常出入公使馆。只有德考迪,就像他们常说的,一个既没有信仰又没有原则,才会不时为了有趣的缘故到那里去,就像去参加一场驯熟的猴子的集会一样。我了解他的意图。我曾见到他在桌上给人换碟子。不管谁会在恐怖中活下去,我都是必死无疑的。

"没有,我没有留下来,听唐·胡塞特·洛佩兹把他那番努力让自己信以为真的庄重发言讲完,关于蒙特罗兄弟的仁慈、公正、诚实还有纯朴。我突然走出去,去找安东尼娅。我在长廊上见到了她。我开门的时候,她向我伸出紧握的双手。

"'他们在干什么?'她问道。

"'讲演。'我说,眼睛盯着她的眼睛。

"'是的,是的,不过——'

"'空谈。'我打断她,'用愚蠢的希望掩饰着他们的害怕。他们都是一些伟大的议会党人①——那种英国式的,你理解的。'我是如此暴怒,几乎说不出话来。她做了一个绝望的手势。

"透过身后那扇半掩着的门,我们听见唐·胡塞特那小心翼翼、装腔作势的音调,正一字一句地讲着,就像某种可怕至极而煞有介

---

① 原文此处更接近词语的本意,指十七世纪内战时期反对查理一世的议会党人。

事的发疯。

"'归根结底,民主的愿望,也许,是有它们的合法性的。人类进步的方式是难以预料的,如果这个国家的命运落在蒙特罗手中,我,我们应当——'

"我把那扇门摔上;够了;太多了。再也没有一张像安东尼娅那样俊俏的面孔,能够浮现出比她更多的恐惧和绝望了。我不能承受;我抓住她的手腕。

"'他们在里面有没有把我的父亲活活气死?'她问道。

"她的眼睛里燃烧着愤怒,然而当我陶醉地看着它们的时候,那光亮却消失了。

"'这是投降。'我说。我还记得,我两手分别抓着她的手腕,摇晃着。'不过,它可不只是空谈。你父亲告诉我要继续,以上帝的名义。'

"亲爱的姑娘,安东尼娅身上的那种东西,让我觉得任何事情都是可能的。只要对着她的面孔看上一眼,我的头脑就会变得火热。然而,我只是像其他任何男人那样爱着她——用这颗心,并且只有这颗心。她对我来说,比科尔贝朗神父————大主教昨夜从城里消失了,也许是去投奔了埃尔南德斯的匪帮——的教堂对他意味得更多,比那个伤感的英国人的宝贝银矿对他意味得更多。我不想谈论他的太太。她也许曾经是伤感的。那座桑·托梅银矿现在正横亘在他们两个中间。'是你的父亲本人,安东尼娅。'我重复道,'你的父亲,你知道吗?他告诉我要继续下去'。

"她扭过头去,用一种痛苦的声音说——

"'他说了吗?'她啜泣道。'那么,真的,我担心他再也不会说话了。'

"她把手腕从我紧握的手中挣开，开始用手帕蒙着脸哭泣。我没有理会她的悲伤；我宁愿看着她的不幸，也不愿再见不到她；因为我无论是逃走，还是留下来等死，我们两个都不能待在一起，也没有未来。而既然如此，我也就没有必要在她悲伤的时刻中浪费自己的同情。我打发她泪眼婆娑地去请唐娜·艾米莉亚和唐·卡洛斯来。他们的伤感对于我的计划的活动是必要的；人的伤感从来不会为他们热切的愿望做任何事情，除非对他们来说，它可以披上某种信念的美丽衣袍。

"夜里晚些时候，我们在古尔德夫人红蓝相间的小客厅中，组成了一个四人的小团体——那两位女士，唐·卡洛斯，还有我本人。

"毫无疑问，那位苏拉科之王认为自己是一个正直的人。而他也的确如此，倘若有人能够看透他的沉默的话。也许他以为，只要是这样，就可以让自己的正直纤尘不染。那些英国人是靠着一些幻觉生活的，而它们也能够以某种方式帮助他们牢牢地抓住事物的实质。当开口仅仅说着'是'或'不是'的时候，那简直不像人话，而是某个神谕的字眼。不过，他装聋作哑的保留并不能骗过我。我知道他的头脑里有什么；他的头脑里有他的银矿；而他的太太的头脑里什么也没有，除了他这个宝贝人儿，他又把自己同古尔德特许矿区绑在一起，拴到了那位小妇人的脖子上。没关系。只需要他把情况用一种可以得到后者的财力支持的方式呈报给霍尔罗伊德——那位钢铁与银子之王——就好了。昨天夜里那个时候，仅仅二十四个钟头前，我们还认为那些矿上的银子存在海关公所地窖里是安全的，只要等着北上的汽船前来把它们运走。而只要这些财富能够源源不断地向北流去，那位彻底的伤感主义者霍尔罗伊德就不会抛下他的念头，在那种念头里，他要向这片蒙昧大陆引进的不仅仅是正义、工业与和平，还有他本人所心爱的那种合乎某一更为纯洁的基督教义形式的梦想。后来，那位欧洲在苏拉科的代理人——铁路的总工程师——从港口骑马沿街而来，并且获许加入了我们的秘密会议。与此同时，大客厅里的显要团体仍然在商议着；只有一个人出来，到走廊里问仆人，是不是可以送一些吃的进去。总工程师进入那间小客厅所说的第一句话便是：'您的房子变成什么了，亲爱的古尔德太太？下面是一间战地医院，上面却是一家饭馆。我看见他们端着整托盘的好东西进了大厅。'

"'这里，在这间屋子里'，我说，'你所看到的正是未来西部共和国的核心内阁。'

"他是如此心事重重，以至于没有对那句话发笑，甚至看起来都没有觉得意外。

"他告诉我们，他刚才正忙着料理有关保卫货场铁路财产的总体部署，忽然被人叫去铁路电报室。铁路另一端山脚下的工程师，想要从线缆那头跟他对话。那儿除了他和铁路电报室的操作员没有别人，随着纸条子在地上盘绕成卷，后者出声地把那些滴答声读给他听。这一通由丛林深处某座木棚紧张兮兮地敲送过来的对话的大体意旨，是要通知这位总工程师，里比厄拉总统已经——抑或正在——被追击。这对于我们在苏拉科的所有人来说，的确是个新闻。里比厄拉本人在获救——被我们救活并得到安抚——之后，满以为他没有被追击。

"里比厄拉听从朋友们的紧急恳请，在波尼法西奥——那个骡夫，他是自愿冒险接下这差事的——的引领下，独自离开了他那支吃了败仗的军队的指挥部。他是在第三天拂晓时动身的。他所剩的兵力在那天夜里就已经消失无踪了。波尼法西奥和他快马加鞭,奔向科迪勒拉山脉。随后,他们得到几匹骡子,进入山隘,并赶在一阵冰冷的寒风扫过那片崎岖的台地前,穿过了常春藤山谷的荒野地带,而他们用来过夜的那座小石头屋子则被吹来的积雪掩埋了。此后,可怜的里比厄拉经历了许多冒险,同他的向导走散了,丢掉了他的坐骑,挣扎着来到山脚的牧场,而要不是他向一位牧场主屈尊乞怜,恐怕到苏拉科还有一段要命的长路。事实上,那个人很快就认出了他,并给了他一匹新骡子,只怪那位逃亡者体躯沉重并且驾驭不熟,竟然把它骑死了。而且,他也真的是正被一队人追击着,指挥着它的正是佩德里托·蒙特罗,那位将军的兄弟。那片荒野地带的冷风,正好截住了山隘顶端的追击者。少数几人连同所有的牲畜,都被冻死在冰冷的风暴中。掉队者死了,但主力尚在继续。他们找到可怜的波尼法西奥,半死不活地躺在一道雪坡脚下,并立即以那种真正的内战的方式,用剩刀戳死了他。他们本来也可以抓到里比厄拉的,要不是鬼使神差地从老皇家大道上岔开,在低处山坡脚下的丛林中迷了路的话。他们在那里磕磕绊绊,最终却撞上了那座铁路工棚。铁路尽头的工程师通过电报告诉他的头领,佩德里托·蒙特罗正在那里,就在电报室里,听着那些滴答声。他将以民主的名义接管苏拉科。他十分蛮横。他的手下不经请示就杀了铁路公司的一些牲畜,并且在火上烤肉吃。佩德里托露骨地问了许多关于银矿的事情,以及过去六个月的产出情况。他跋扈地说:'打电报给你那边的头领,他应该知道;告诉他,唐·佩德里托·蒙特罗,大草原的首领,新政府的内政部长,要得到确切的情报。'"

"他脚上裹着血迹斑斑的破布,一张脸干瘦而憔悴,须发蓬蓬,走起来一瘸一拐,用一根歪曲的树枝当作拐杖。他的手下也许情况更糟,不过显然,他们没有丢掉自己的武器,也至少没有丢掉全部的弹药。他们的瘦脸占满了电报棚的门口和窗口。而就在此时,在那位主管工程师的宿舍里,蒙特罗把自己扔在前者干净的毛毯上,一边打着哆嗦,一边口授着要通过电报传给苏拉科的命令。他要求立即派一趟车厢过来,把他的人马运过去。

"'对于这一点,我从这头答应道。'总工程师对我们讲,'我不敢让机车到内地去冒险,因为整个沿线已经发生了好几起破坏车辆的企图。我是为你才那样做的,古尔德。'总工程师说道:'另一边对此的回答,用我那下属的话来说,那个躺在我床上的肮脏畜生说,假如我要枪毙你呢?'对这个问题,我的下属似乎自作主张,说那样也不会让车厢上来。对于这答案,另一个人打着哈欠说:"没关系,草原上又不缺马。"说罢,他就翻过身去,在哈里斯床上睡了。'

"这便是为什么,亲爱的姑娘,我今晚就成了一个逃亡者。从铁路尽头传来的最后一封电报,说佩德里托·蒙特罗和他的手下在吃了一整夜烤牛肉之后,已在破晓时分离开。他们拉走了所有的马匹;沿途还会找到更多;不出三十个钟头他们就会到这里,因此,无论对我,还是对归古尔德特许矿区所有的巨额库银来说,苏拉科都不再是一个安全之所。

"不过,那也不是最坏的。艾斯莫拉达的驻军已经向胜利的一方投降。这消息是我们通过电报公司的电报员听说的,他在清早带着这消息来到古尔德公馆的。事实上,当时还很早,苏拉科的天色还没有放得太亮。他在艾斯莫拉达的同事呼叫他,说那里的驻军在射杀了一些他们的军官之后，占领了一条停泊在港口里的政府的汽轮。这对我来说实在是沉重的一击。我原以为，我可以依靠这个省里的每一个人。这却是一个错误。艾斯莫拉达来的是一场蒙特罗主义的革命，苏拉科也正跃跃欲试，如出一辙。那边的电报员一直在给伯恩哈特发信，他最后发出的字句是：'他们冲进门口，正在占领电报所。线路被切断了。无能为力。'

"然而，事实上，他又不知怎样设法躲开了缉拿者的警惕，他们本来就是为了中断跟外界的联系。他确实办到了。虽然我不知道那是怎样做的，但几个钟头之后，他又重新呼叫苏拉科，并且说：'叛军已经占领了港口的那条政府运输船，并载满了军队，准备绕过海岸前往苏拉科。因此，你们要小心。他们将在几个钟头后登程，并在天亮前抵达你们那儿。'

"这便是他所能说的。这一回，他们把他彻底从他的机器前驱开了，因为在那之后，伯恩哈特一直在呼叫着艾斯莫拉达，却得不到一个回答。"

在那本留给妹妹的笔记簿上写下这些之后，德考迪抬起头来倾听着。但没有动静，无论是房间还是屋里，除了从过滤器坠落入木架子下面宽阔陶器中的水滴声。房子外面，更是一片巨大的沉静。德考迪又把头埋在那个笔记簿上。

"我并不是逃跑，你知道的。"他继续写道，"我只是带着一大批不惜一切代价要保住的宝贝银子离开。从草原来的佩德里托·蒙特罗和从海上来的艾斯莫拉达叛军，正在前后包抄它。如果任它放在那里等他们来拿，还只是小事一桩。你完全可以想象得到，他们真正的目标是桑·托梅银矿本身；要不是这样，西部省——毫无疑问——

会被搁置上几个礼拜,然后再被从容地揽入胜利一派的怀中。唐·卡洛斯·古尔德需要全力保住他的银矿,还有它的机构和人口;这个'国中之国',这个创造财富的东西,他以自己的伤感在上面拴着一种奇怪的关乎正义的念头。他怀着这种念头,就像有人怀着爱情或报复一样。除非我大大误解了这个人,否则,那座银矿的生死一定是由某种出于他自己意志的行动所决定的。一种狂热已经侵入到他冷漠的理想主义的生命中。那种狂热,并非是我们这种血统的人素来所知的狂热。不过,它跟我们的狂热一样,都是危险的。

"他的太太也知道这种狂热。因此,她才成了我的一个好盟友。她是用一种肯定的直觉来领会我的那些建议的,她觉得,它们最终会有利于古尔德特许矿区的安全。而且,他也信任她,因而听从她,这或许——但多半是我的猜测——是因为他希望以此来弥补自己某个微妙的过错,那是一种感情上的不忠,他牺牲掉她的幸福、她的生活而顺从了某一信念的诱惑。那位小妇人也已经发现,他是为银矿而活的,而不是为自己而活。随他们去吧。不管是为哪一个,他都是被狂热或伤感所塑造的。要紧的事情是,她已经支持了我的建议,要把那些银子运出城去,运出国去,立即运走,不惜任何代价,不计任何危险。唐·卡洛斯的使命,是保住他那银矿的不受玷污的好名声;古尔德夫人的使命,是把他从那冷漠而专制的狂热的影响下拯救出来,这就好比他迷恋上了另外一个女人,而她对它的担心比这还多。计划便是,把银子装上公司最大的一条驳船,然后把它送过海湾,送到阿苏厄拉科半岛另一边、科斯塔瓦那领土之外的某个小港口,从那里,第一条经过的、向北开去的汽轮会得到订单,把它捎走。这里的海面是平静的,我们要赶在艾斯莫拉达的叛军抵达前,溜进海湾的黑暗之中;而到海上破晓时分,我们便已经出了这儿的视线,再也看不见了,被阿苏厄拉遮挡起来。从苏拉科的海岸看去,那座半岛就像是地平线上一团模糊的蓝色云雾。

"那位不可腐蚀的码头工长正是这项工作的人选;而我,一个心怀热情而素无使命的人,也会跟他同去,只为回来——把我在这一出闹剧中的角色扮演到底,而且,要是成功的话——得到自己的奖赏,那是除了安东尼娅之外的任何人都不能给我的。

"眼下,在出发之前,我是不能见到她了。我是从——我已经说过——唐·何塞的病榻边离开她的。街面上很黑,所有房子都关着,我在夜色中走出了城。两天来,没有一盏路灯是亮的,拱形的城门只是一大团模糊的塔楼形状的黑影,我从那里面听见低沉的、凄凉的呻吟,似乎在回应着某个男人的低语。

"我在它的石头中分辨出某种冷漠而无心的东西,带有那位热那亚水手的性格,他跟我一样都是偶然来到这里,被一些我们持以同样的怀疑主义的事件牵涉其中,一样都抱着某种消极轻蔑的态度。就我所能够发现的情况而言,他看起来唯一在乎的事情,便是别人对他的好话。这种野心固然适合于那些高贵的灵魂,但也会令一个聪明绝顶的恶棍觉得有利可图。是这样。他就是这样说的:'为了被人讲些好话。是的,先生。'看上去,他的所想与所说并无丝毫出入。我在纳闷,这究竟是出于全然的天真,还是实用的观点?那些特立独行的个体总让我觉得有趣,因为对于表达人类道德情境的一般公式来说,他们才是真实的。

"我在黑暗的拱廊下经过他们,并未停留,随后他与我结伴走在通向港口路上。刚才跟他讲话的,是一位不幸的女人。出于谨慎,我在他走在身边时尽量保持着沉默。一会儿之后,他开始自言自语起来。这是我始料不及的。那是一个老妇人,一个织花边的老女工,正在找她的儿子,他是一个受雇于市政部门的清道夫。当天破晓前,一些朋友曾到他们的小屋门前喊他出去。他跟他们一起走了,打那之后,她就没再见过他。于是,她把煮得半熟的食物扔在熄灭的炉火上出了门,慢吞吞地挪到老远处的港口,在那里,她听人家说有些城里人在上午的暴乱中被杀死了。一名看守着海关公所的警卫拿出一盏提灯,照着她去看躺在那附近的几具尸体。方才,她正在慢吞吞地挪回去,没有找到她的儿子。于是,她在拱廊下的石凳上坐下来,呻吟着,因为她太累了。工长盘问过她,在听了她那心碎而悲泣的故事之后,建议她到古尔德公馆院子里的那些伤员中去看看。他还给了她四分之一块钱,他漫不经心地提道。

"'你为什么这样做?'我问,'你认识她吗?'

"'不,先生。我不觉得我见过她。我怎么会见到她?也许,她已经有多年不出门上街了。她就是你在这个国家所能够见到的那种老女人,躲在那些小屋后面,整天蜷伏在炉火上,身边地上放着一根棍子,几乎衰弱得连凑在她们煮饭罐子旁边的野狗都撵不开。该死的!听她说话,我就知道是死神把她忘了。但是,不管年老的还是年轻的,这些女人都爱钱,还会对肯给她们钱的男人说好话。'他笑了一下。'先生,你真该在我把那块硬币放在她手掌里的时候,来摸摸她的爪子攥得有多紧。'他停了一下,'那也是我最后的一块。'他补充道。

"我未予置评。他一向以他的慷慨和在牌桌上的坏运气而闻名,这也使得他仍然像刚来时一样穷困。

"'我觉得，唐·马丁。'他以一种有心的、试探的语气开口道，'要是我保住了他的银子，有一天，桑·托梅的总经理先生会报答我吧？'

"我说，那肯定不会有错。他一点走着，一边自己嘟囔：'是的，是的，毫无疑问，毫无疑问。而且，你看，马丁先生，这就是人家说你好话的报酬！他们都没有想到旁人，来做这样一件事情。我有一天会因为它得到巨大回报的。就让它快点来吧。'他含混地说道，'时间在这个国家过得像别处一样快。'

"这，亲爱的，就是我为了那项伟大事业而进行的伟大逃亡的伙伴。他的天真胜过他的精明，他的能干胜过他的狡猾，他对待自己品性的慷慨，胜过那些利用他的人对待他们的钱财。至少，他在这件事情对自己的看法，也是骄傲胜过情操的。我很高兴同他结为朋友。作为我的一位伙伴，他可以获得比在他那个行当里作为一个等而下之的天才所拥有的更多的价值——他以一名与众不同的意大利水手的身份，得到我的允许可以深夜推门进来，在报纸正从印刷机里穿过时，能够不必拘束地跟《未来报》的主编谈天。而遇上一个看上去像是把生命价值寄托于个人威望的人，不免会令人好奇。

"眼下，我正在等着他。来到维奥拉所开的这间旅舍时，我们发现只有孩子们在下面，那位老热那亚人向他的同胞呼喊着，叫他去请医生来。否则的话，我们应该已经登上码头了，在那里，米切尔船长似乎正在同一些自愿的欧洲人和几个挑选出来的码头工人一起，往驳船上装着那些必须从蒙特罗的魔爪下拯救出来、将来用于打败蒙特罗的银子。诺斯特罗莫快马加鞭地向城里骑回去。他已经去了好久。这一点耽搁给了我向你讲话的时间。当这本笔记簿到你手上时，很多事情都已经发生了。然而，眼下不过是一刻间隙，死神正挥翅盘旋在这座掩埋于黑夜的寂静的屋子之上，在它里面，住着那个快死的女人，两个一声不吭蜷缩着的孩子，还有那个我透过厚厚的墙壁可以听见他正带着不比一只耗子更大的窸窣声上下经过的老人。而我，这唯一一个跟他们在一起的外人，也完全不知道自己接下来是生是死。'谁知道呢？'就像这里的人们对待一切问题所往往回答的那样。但是，不！感情却一定不是死的，而这整件事情，这房子，这黑夜，这昏暗房间里沉默的孩子们，以及我在这儿的出现——所有这些都是生命，一定是生命，既然它是如此像一场梦。"

写下这最后一行的一刻，一阵全然的空白突然向德考迪涌来。他摇晃着趴倒在桌子上，像是被一颗子弹打中了那样。接下来的一刻，他茫然地坐起来，觉得自己好像听见铅笔滚落到了地上。咖啡室低矮的房门大敞着，被一只火把的光照亮，可以看见半匹马的影子，正甩动它的尾巴抽打在一个骑马人的腿上，他赤裸的脚跟上绑着一只长长的铁马刺。两个女孩儿已经不见了，而诺斯特罗莫正站在屋子中央，从低压在眉毛上的宽檐帽的圆边下望着他。

"我用古尔德夫人马车把那个一脸酸相的医生带来了。"诺斯特罗莫说道，"我真怀疑，这回就算使上他的看家本事，是不是还能把老板娘救回来。他们已经把孩子们叫上去了。坏兆头。"

他在一条长凳的一头坐下来。"她要为她们祝福，我想。"

德考迪恍惚地明白，自己一定是睡得太沉了，而诺斯特罗莫带着一丝模糊的微笑说，他曾透过窗子看见他脑袋靠着胳膊一动不动地趴在桌子上。那位英国太太也一同乘车来了，并立刻跟着医生上楼了。她还告诉他，不要叫醒唐·马丁。不过，当他们叫孩子们上去的时候，他便已经进了咖啡室。

那半匹马和那半个骑马人的身影,在外面打着转;有一片刻,那支以一根棍子挑着、挂在鞍头上的火把,将它铁篮子里的苎麻和松脂所发出的火光映入房间,照见古尔德夫人急匆匆地走进来,脸色苍白而疲倦。她那深黑色斗篷的头巾已经退在背后。两个男人都站起身来。

"特丽萨想要见你,诺斯特罗莫。"她说。

工长并没有动弹。德考迪后背靠着桌子,正在扣他的外套。

"银子,古尔德太太,银子。"他用英语咕哝道,"别忘了,艾斯莫拉达的叛军有一条汽轮,他们会随时出现在海湾的入口。"

"医生说没有希望了。"古尔德夫人也用英语飞快地讲道。"我会把你们用我的马车送去码头,然后回来女孩们接走。"她迅速地改成西班牙语,对诺斯特罗莫说。"你为什么还在浪费时间?老乔吉奥的太太想要见你。"

"我这就去她那儿,夫人。"工长低声道。

这时,莫尼格汉姆医生亲自露面了,把孩子们带回来。面对古尔德夫人询问的眼神,他只是摇摇头并立刻走到外面,诺斯特罗莫跟了出去。

那个挑着火把的人的马匹,一动不动地低垂着脑袋,而它的骑者也抛下缰绳,点起了一支烟卷。火把的光亮映着这座房子的前面,上面勾画着它那题名的斗大黑字,仅有"意大利"一词是完全被照亮的。那团摇曳的火光,还照见了远处等候在路上的古尔德夫人的马车,面色蜡黄、身材肥胖的伊格纳西奥正昏昏然地坐在驾箱上。身旁的巴西里奥,面色黝黑而瘦骨嶙峋,用两手在身前抱着一支温彻斯特卡宾枪,战战兢兢地朝黑暗中望着。诺斯特罗莫轻轻地碰了下医生的肩膀。

"她真的要死了吗，医生先生？"

"是的。"医生说，带着伤疤的脸颊奇怪地抽搐了一下，"而且，我也想不出来她为什么要见你。"

"她以前也有过这样的情形。"诺斯特罗莫询问道，眼睛看着别处。

"好吧，工长，我向你保证，她再也不会这样了。"莫尼格汉姆医生嘟囔道。"你可以去见她，也可以躲开。跟要死的人讲话是捞不到什么好处的。不过，我听她对唐娜·艾米莉亚讲，自从你踏上这里的海滩，她可是像一位母亲那样对你的。"

"是的！但她从没有对别人说过我一句好话。她好像不能原谅我这样活着，也不能原谅我成为这样一个人，就像她不愿意自己的儿子变成这样一样。"

"也许吧！"一个悲痛深沉的声音在他们旁边说。"女人们有她们折磨自己的那套方式。"乔吉奥·维奥拉从房子里走出来。火把映出他乌黑沉重的身影，火光照着他硕大的面庞，那颗伟岸的白发蓬蓬的脑袋。他伸出手臂，把工长招入屋内。

莫尼格汉姆医生对着马车座位上那只抛光木料的小药箱忙活了一阵子，从那里面拿出来一个带塞子的玻璃瓶，转向老乔吉奥，塞进他颤抖的大手里。

"不时给她一勺这个东西，调在水里。"他说。"它会让她好受一些。"

"没别的可以给她了吗？"老人耐心地问道。

"没了，这世上是没了。"医生说，背对着他，锁上了药箱。

诺斯特罗莫慢腾腾地穿过偌大的厨房，那儿一片黑暗，除了燃烧在灶台沉重炉架下面的一堆木炭所发出的火光，一只铁锅正踞在那儿煮着水，发出滚沸喧闹的声音。在狭窄的楼梯的两壁之间，从上面的病室中涌出一道明亮的光线；那位俊美的码头工长穿着松软的皮凉鞋，悄无声息地走上去，映出他浓密的腮须、健壮的脖颈和裸露在敞开的格子衬衫中的铜色胸膛，那模样，就像一位刚刚从某条载着葡萄酒或是水果的三桅帆船上下来的地中海水手。他在楼梯顶上停了一下，现出宽肩、窄臀的柔韧身影，望着那张大床，它的样式像一条白色的沙发，铺垫着许多雪白的苎麻，老板娘就毫无支撑地弯着身子坐在中间，她那生着乌黑眉毛的俊俏面孔垂在胸前。一大片仅仅掺杂着少许银丝的鸦色的头发，披拂在肩上；有很大一缕垂在前面，半掩着她的面颊。她保持那个姿势一动未动，只是带着身心的焦虑与不安，把眼睛转向诺斯特罗莫。

工长腰间系着一条缠了很多圈的红带子，抬起来捻着唇髭的那只手的食指上，戴着一只硕大的银戒指。

"他们的革命，他们的革命。"特丽萨太太急喘着说，"看吧，吉安·巴蒂斯塔，它可害死我了。"

诺斯特罗莫一声未吭，那病重的女人依然保持着向上的眼神。"看吧，这回可害死我了，而你却在外面，为了一些跟自己不相干的事情打仗，傻瓜。"

"为什么这样讲？"工长咬牙切齿地咕哝道。"你难道从来不肯相信我的理智？我就是这样一个人，这就是我看重的：每天都是这样。"

"你一点儿都没变，真的。"她怨毒地讲，"总是在考虑自己，从那些毫不关心你的人的好话里面，讨自己的奖赏。"

他们之间有一种亲密的对立关系，亲近得就像是母慈子孝的那种亲密关系一样。他没有走特丽萨所期望的那条道路。当初正是她把她鼓动下船的，为的是结交这样一个朋友，给女儿们找一位保护人。乔吉奥的太太十分了解自己危在旦夕，也日夜担心着她那上了年纪的丈夫的孤苦，以及孩子们无依无靠的情形。她一心想拉拢这个看上去安静而沉稳的年轻人，他温和又柔顺，从小便是一个孤儿，他告诉她的，在意大利没有什么亲人，除了一个叔叔，那人是一条三桅帆船的船主兼船长，总是虐待他，因此他不到十四岁就跑出来了。当时在她看来，他是一个有胆量、卖力气的雇工，决心在世上闯出一条路来。而出于感激和性格的关系，他会变得像是她和乔吉奥的儿子一样。然后，谁知道呢，当琳达长大之后……夫妻之间差个十岁，并不太打紧。她那伟岸的丈夫比她大着将近二十岁。而且，吉安·巴蒂斯塔还是一个引人注目的小伙子；男女老少都为他着迷，单是性格里那种安如晨曦的沉静，便足以为为他身手矫健、处事果断的前程增添不少魅力。

　　老乔吉奥对于妻子的见解和希望毫无所知，只是对这位年轻的同胞怀着一种伟大的敬意。"男人不该是驯服的。"他常对她讲，用这样一句西班牙谚语为那位优秀的工长辩解。而她却是追求实际的，在她看来，他就像是一个荒唐的败家子，无度挥霍着那些让自己变得如此宝贵的品格。他几乎没有为他们挣来什么。她觉得，他在许多人中伸着两手把它们施舍了出去。他没有存下钱。她咒骂着他的贫穷、他的成就、他的冒险、他的爱情和他的声望，然而，她却从心底里没有放弃他，就好像，真的，他是她的儿子。

　　就连眼下，她病成这样，病得已经感受到那临到尽头的冰冷、黑暗的气息，还是想要见他，像是要伸出她僵死的手把他抓住。不过，她太过高估了自己的力气。她已经控制不住自己的那些想法；它们已经变得暗淡起来,像是她的幻觉。话语在她嘴唇上嗫嚅着,只有她生命里那高过一切的焦虑与渴望,对于死亡才是显得过于坚强的。

工长说道:"这些东西我已经听过多遍了。你对我不公,但我也不会生气。只是眼下,你似乎没有太多力气讲话,而我也没什么时间去听。我还有一件十分了不起的事情要做。"

她吃力地问他,是不是真的是他抽空去为她请来了一位医生。诺斯特罗莫肯定地点点头。

"比起医生,我更需要一位神父。"她哀伤地讲道。她没有挪动脑袋,只是把瞳仁滑到眼角,盯着正站在她床边的工长。"你现在可愿意再去为我请一位神父?想一想!一个快死的女人求你的!"

诺斯特罗莫坚决地摇着头。他是不相信神父的那种神权的。一位医生还算是有些效力的人;而一位神父,作为教职,是什么都不算的,既不能行善,也无力作恶。诺斯特罗莫甚至跟老乔吉奥一样,都不愿见到他们。这件差事毫无意义,令他深受打击。

"老板娘,"他说,"你之前也曾这样,过几天后便好了。我已经为你抽出了仅有的最后一点工夫。让古尔德夫人给你派一个过来吧。"

他为这不敬的拒绝感到不安。老板娘是相信神父的,并且曾经向他们告过解。但所有女人都是那样做的。这并没有多重要。然而有一刻,他的内心还是感觉到一些折磨,想到那对她意味着什么,要是她对它哪怕有一丝相信的话。没关系。确实是这样,他已经给了她自己所能抽出的最后一点工夫。

"你不肯去?"她急喘道。"啊!你终归是你,真的。"

"听我说,老板娘。"他说。"它们需要我去保护矿上的银子。你听见没有?那批财宝比人家所讲的阿苏厄拉半岛上被幽灵和魔鬼看守着的那个还要巨大。这是真的。我已经下定决心,要去做这件我这一辈子所领到的最拼命的差事。"

她感到一种绝望的愤怒。那个至关重要的试探已经落空了。诺斯特罗莫站在她头顶,没有去看她扭曲的面容,它因为一阵纠缠在一起的痛苦与愤怒而扭曲着。她开始浑身战栗起来。低垂的脑袋摇晃着,宽大的肩背颤抖着。

"那么上帝,也许,会怜悯我!不过你要当心了,小子,除了总有一天会把你压倒的懊悔,看看你还能得到什么。"

她虚弱地笑了。"就发一回财吧,你这不可缺少、受人钦佩的吉安·巴蒂斯塔,一个要死的女人的宁静也比不上别人的称赞,他们给了你那样一个傻瓜名字——再也没有别的——就赚去了你的灵魂和身体。"

那位码头工长对自己低声咒骂着。

"别管我的灵魂,老板娘,而且我也知道怎样照料自己的身体。那些有求于我的人,又有什么害处?有什么可让你嫉恨的,是把我从你和孩子们这里夺走了吗?事实上,你拿来对我冷嘲热讽的那些人,他们为老乔吉奥做的事比想为我做的都多。"

他用摊开的手掌拍打着胸脯,尽管他用的是一种粗暴的口气,但声音始终是低沉的。他轮番捻着两边的唇髭,目光向房间四周游移了一小会儿。

"我是他们目标的唯一人选,这难道是我的过错?你在说着一些什么样的生气的胡话,妈妈?难道你愿意我又懦又傻,在市场上卖西瓜或是沿着港口划一条小船帮人摆渡,就像一个软塌塌的毫无勇气和名望的那不勒斯人一样吗?难道你愿意让一个年轻男人活得像出家人？我不相信。难道你愿意让你的大女儿嫁给一个出家人？任凭她长大。你在担心什么？这么多年，我做的每件事都让你生气；自从你头一次跟我提起——避着老乔吉奥——关于你的琳达的事情。做一个的丈夫，做另一个的兄长，是不是你说的？但从那之后，你就对每个人都贬低我。为什么？你是不是觉得，你能够给我戴上项圈和铁链，就好像我是他们养在铁路场院中看门狗那样？听着，老板娘，我还是跟当初一样的一个人，还是在一个傍晚下船上岸，坐在你们那时住的、在城镇另一边的茅草屋里，对你讲述着自己身世的那个人。当时，你可没有对我不公。后来究竟发生了什么？我不再是一个无足重轻的毛头小子。一种好名声——乔吉奥讲——是一笔财富，老板娘。"

"他们用赞扬腐蚀了你的头脑。"那病重的女人急喘道，"他们是拿好话来报答你的。你的愚蠢会把你卖给贫穷、悲惨和饥荒。就连叫花子都要笑话你——伟大的工长。"

诺斯特罗莫呆站了一会儿，像是被打击得哑口无言。她始终没有正眼看他。一个自信的、悲哀的微笑，迅速从他的嘴唇上传过，向后面消失掉了。他那被漠视的身影从门口外沉下去了。他倒退着从楼梯上下来，带着那种跟以往一样的感觉，这个女人对他所努力赢得并竭力保持的声望的一贯轻蔑，令他觉得莫名困惑。

楼下的大厨房里点起了一支蜡烛，四周环绕着墙壁与天花板的阴影，但外门的空地上已经不见了红亮的火光。马车载着古尔德夫人和唐·马丁，由那个骑马人在前头挑着火把，已经往码头去了。莫尼格汉姆医生留下来，正坐在烛台附近一张硬木桌的角上，他那伤痕累累、修得干净的脸孔向一旁歪着，手臂交叠在胸前，嘬着嘴唇，凸出的眼睛冷冰冰地盯着黑色的泥土地面。壁炉架附近，锅子里的水仍在猛烈地沸腾着，老乔吉奥用手托着下巴，向前探出一只脚，像是被一个突然的想法攫住了。

"再见，老爹。"诺斯特罗莫说道，用手摸了摸腰带里左轮手枪的把手，又活动了一下鞘中的匕首。他从桌上拿起一件镶着红色衬里的蓝色斗篷，兜头披在身上。"再见，照看好我卧房里的东西，要是再也收不到我的消息，就把那个箱子给帕基塔。那里面也没有什么值钱的东西，除了我那条新的墨西哥毛披肩和那件最好的夹克上的几粒银扣子。没关系，这些东西穿戴在她找到的下个爱人身上，也会十分好看，而且那个男人也不用担心我死后会阴魂不散，就像那些徘徊在阿苏厄拉的外国佬一样。"

莫尼格汉姆医生拧着他的嘴唇，作出一个苦笑。在老乔吉奥以几乎难以察觉的动作点了一下头，一言未发，走上那道狭窄的楼梯之后，他说道——

"为什么，工长！我还以为你做任何事情都从不失手呢。"

诺斯特罗莫轻蔑地瞟着医生，徘徊在门口转动着一支烟卷，随后擦亮了一支火柴，并且在点着之后，把那根尚在烧着的火柴棍举在头顶，直到火焰几乎触到了他的手指。

"没关系！"他喃喃自语道。"听着，先生——您可知道我做的这事的实质？"

莫尼格汉姆医生阴森森地点点头。

"这就像是我给自己招了一个诅咒，医生先生。一个人带着这样一批财宝在这片沿海行走，等于让整条海岸上每个地方的每一把刀都举起来，对准了他。您明白吗，医生先生？我要带着这一道催命符沿海漂去,直到在哪里遇上公司的一条北上的汽轮,然后真的,从美洲的这一头到那一头,他们就会谈论着苏拉科码头的工长了。"

莫尼格汉姆用他那短促的喉音笑了一声。诺斯特罗莫从门口中转过身去。

"但要是您阁下能够找到任何别人可以胜任这差事,我便情愿靠后站。准确地讲,我还没有活够,虽然穷成那个样子,一切家当都可以驮在我的马背上。"

"你赌得太多,而且从不会对一个漂亮的脸蛋说'不',工长。"莫尼格汉姆医生狡黠质朴地说道。"那可不是发财的门路。但我所认识的人里,没人曾怀疑过你贫穷。我希望你已经敲定了一笔好价钱,要是你能安然无恙地从这趟冒险中回来的话。"

"换成阁下,您会敲定什么价钱?"诺斯特罗莫反问道,透过门口从嘴唇间吹出一口烟雾。

莫尼格汉姆听着上面的楼梯,过了片刻,才伴着另一阵短促、唐突的笑声回答道——

"俊美的工长,要让我背上那一道催命符,就像你称呼它的那样,没有别的,只有把那些财宝全部给我才行。"

伴着对这个嘲讽答案的一声不满地咕哝,诺斯特罗莫从门口消失了。莫尼格汉姆听着他飞驰离开。他快马加鞭地骑行在黑夜中。码头附近海汽航公司的大楼中亮着灯,但没等到那里,他便迎面遇见了古尔德家的马车。那个骑马人挑着火把走在前头,火光映着那些慢跑着的白骡子,胖墩墩的伊格纳西奥正驾驭着它们,巴西里奥也端着卡宾枪坐在车厢上。从那黑色的车身中传来古尔德夫人的呼喊:"他们正在等你,工长!"她正在赶回去,寒冷又激动,手上还抓着德考迪的笔记簿。他托她把它交给他的妹妹。"也许是我给她的遗言了。"他是这样说的,紧握着古尔德夫人的手。

工长始终没有放慢速度。来到码头这一端时,一些模糊的、端着步枪的身影冲到他的马头跟前;另一些则把他团团围住——他们是米切尔船长所安排的正在值岗的公司码头工。他的一句话让他们认出自己的声音,都唯唯诺诺地退到后面去了。而在栈桥另一头,靠近一架码头起重机的地方,一团燃着雪茄烟头的黑绰绰的人群里,有人用松了一口气的腔调喊着他的名字。苏拉科大部分的欧洲人都在那里,簇拥着查尔斯·古尔德,好像银矿的银子是一种公共事业的象征,是物质利益至关重要的标记。他们已经亲手把它装上那条驳船。诺斯特罗莫辨认出了查尔斯·古尔德那瘦高的身形,他正沉默地站在一个稍微偏开的地方,而另一个高大的身影——铁路总工程师——正出声对他说道:"如果它不得不被丢掉,让它沉到海底也要好上一百万倍。"

马丁·德考迪从驳船上呼喊道:"再见,先生们,直到我们在新生的西部共和国的土地上再次握手。"回答他那清晰、洪亮的呼声的,只有一阵压抑的低语;随后,他便觉得码头像是在黑夜中漂走了;其实,那不过是已有准备的诺斯特罗莫拿一支大桨对着船上的一堆货物推了一下。德考迪并没有移动;那感觉像是被发射了出去。一两片水花溅起,没有声响,除了诺斯特罗莫的脚砰的一声跳上了驳船。他升起那张大帆;有一息风吹动着德考迪的脸颊。一切都消失了,除了米切尔船长挂在栈桥尽头岗哨上那盏提灯的光亮,那是用来指引诺斯特罗莫驶出港口的。

这两个彼此看不见,一直保持着沉默,直到驳船在支离的微风前面滑动着,从那些几乎看不见的海湾尽头中驶出,进入海湾更深的黑暗之中。有一段时间,码头上的提灯还在他们后面闪烁着。风停了一下,接着又吹拂起来,但是如此微弱,以至于那条偌大的半甲板船只能悄无声息地滑行着,好像悬浮在空气中一样。

"现在,我们已经来到海湾里了。"诺斯特罗莫镇静地说。片刻之后,他又补充道,"米切尔先生已经放下了灯光。"

"是的。"德考迪说,"现在没有人可以发现我们了。"

一团巨大的昏暗再次将这条船包围。海湾中的海面,像上方的阴云一样乌黑。诺斯特罗莫擦着了几根火柴,对着驳船上的罗盘看了一眼,靠风吹在脸颊上的感觉驾驭着船舵。

这对于德考迪来说是一番新的体验,那片广大水面的神秘光滑出奇地铺展开来,好像它们的躁动不安都已经被沉沉黑夜的重量碾碎了。普拉西多湾正在它黑色的斗篷下深沉地睡着。

眼下,成功的关键便是离开海岸,在天色放亮前到达海湾的中央。到了那里,伊沙贝尔诸岛便近在咫尺了。"在你前望的左面,先生。"诺斯特罗莫突然说。他的话音落下后,那无边无际、声光皆无的沉静,就像一剂猛烈的迷药涌上德考迪的感官。他甚至不时地分不清自己是睡着还是醒着。就像一个昏昧中的人,什么也听不见,什么也看不见。连举在面前的手掌,都全然不见。同烦乱、狂热、危险及岸上的所见所闻相比,这种变化是如此彻底,以至于要不是在他的思绪中残存着,它简直就像是死了。他们轻灵轻快地漂浮在这片永恒平静的征兆中,好像尘世的生灵所做的那种非尘世的、澄澈的梦境,让那些获得自由的灵魂可以萦绕在其中,从那种充满懊恨与希望的迷雾一般的气氛中解脱出来。尽管从身上拂过的空气是温暖的,德考迪却在摇晃着,微微打着寒战。他有一种顶离奇的感觉,好像他的灵魂刚刚由笼罩的黑暗中回到自己的躯体之内,而那黑暗里的一切陆地、海洋、天空、大山和岩石,都统统像是没有存在过。

诺斯特罗莫的声音再次响起,尽管他就在船舵那儿,却也好像并不存在。"你睡着了吗,唐·马丁?该死的,要是可能的话,我也会觉得自己像是打了一个盹儿。我有一种奇怪的感觉,像做梦一样莫名其妙地觉得,有一个抽抽搭搭的声音,一个伤心之人的声音,就在这条船附近。像是叹息,又像啜泣。"

"怪事!"德考迪一边咕哝着,一面伸开手脚躺在一堆盖着许多油布的宝物箱子上。"会不会这海湾中还有一条船在我们附近?我们看不见它,你知道的。"

诺斯特罗莫对这荒唐的想法微微一笑。随后,他们就从心头打消了这种疑虑。他们好像能够摸到那种孤独。当微风停下来的时候,黑暗像是一块石头沉重地压在德考迪身上。

"受不了。"他低语道,"我们到底有没有在动,工长?"

"并不比一只甲虫在草丛里爬得更快。"诺斯特罗莫答道,而他的话音,就像是被环绕着他们的那种温暖而绝望的、厚厚的黑幕消抹变弱了。有很长时间,他都没有再说一句话,既看不见也听不见他,好像他已经悄悄地溜出了驳船。

风完全息掉之后,在那片了无特征的黑夜中,诺斯特罗莫甚至连驳船行进的路线都拿不准了。他搜寻着那些岛屿。连它们的影子也没有见到,就像它们已经沉到了海湾底下。最后,他跳下来,来到德考迪身旁,对着他的耳朵低语道,要是天亮时他们还因为缺少风力而徘徊在苏拉科海岸附近的话,可以把船划到大伊莎贝尔岛较高的那一面的悬崖后边，在那里把它隐藏起来。德考迪为他焦虑中的淡漠觉得惊奇。对他来说，这些财宝的转移是一种政治行动。出于好多理由，它都不应当落入蒙特罗手中，而眼下却有另外一个人带着另外一种观点，来看待这项事业。那儿的那些骑射手们，似乎对于他们交托给他的是一种什么样的工作一无所知。诺斯特罗莫像是受周围昏暗的影响，似乎紧张兮兮地厌烦起来。德考迪觉得惊奇。在他的伙伴看来那些危险是再明显不过的，而工长对此却漠不关心，被那份交在他手中——只是自然的事情——的信托的要命的实质所激怒，居然变得言辞轻蔑。诺斯特罗莫笑了一声，咒骂了一句，然后说，这简直比派一个人去拿那些人们传说中被幽灵和魔鬼守护在阿苏厄拉深谷中的财宝还要危险。"先生，"他说，"我们必须在海里赶上一条汽轮。我们必须留在外面开阔的地方搜寻着它，直到我们吃光喝光这船上的东西。而要是我们不幸错过了它，我们也必须躲在陆地之外，直到我们变得虚弱，然后也许发疯，然后死掉，然后漂走，直到公司的这条或那条汽轮撞见这条船，上面载着两个拯救了这批宝物的死人。先生，那是保住它的唯一方式；因为——你知道吗？——对于我们来说，无论在这条几百里长的海岸上的哪一个地方，带着这样一批由我们控制的银子登陆，都等于光着胸膛往刀尖上撞。把这东西交给我，就像是一种要命的瘟病。这笔银子足够让一个省富裕，更不用说是一个住着盗贼和浪人的沿海村庄了。先生，他们会觉得，是老天亲自把这些财宝送到了他们手里，他们会毫不犹豫地割开我们的喉咙。在环绕着这个野蛮的海湾的海岸上，我是连一个最老实的好人的任何好话都不会相信的。想想吧，就算他们一开口，我们便拱手交出这些财宝，也救不了我们的命。你能明白吗，还是必须要我解释?"

"不,你不需要解释。"德考迪有些无精打采地说道,"我自己便能够看得足够明白,掌握这么多的财宝的确非常像是一种要命的瘟病,让人陷入跟我们一样的境地。不过,它必须从苏拉科转移出来,而我们正是适合这任务的人选。"

"我是;但我不能相信。"诺斯特罗莫说道,"损失掉它唐·卡洛斯·古尔德会有多穷。那座山里还有更多财富。在做完了港口的工作,骑着马去林康见某个姑娘的时候,我曾听见过它在安静的夜晚不断地从滑槽上滚下来。多年间,那些宝贵的石头一直在以雷鸣般的声音向下倾泻着,而矿工们都说,在那座大山的心脏里还有很多石头,足够采上很多年,很多年。然而,前天,我们在打着仗,把它从暴民手里救下来,而今晚我又被派到这黑漆漆的地方,连可以帮忙逃走的风都没有;就好像这是大地上最后一批、要拿来给快要饿死的人买面包的银子一样。哈!哈!好吧,我要把它当成这一辈子最出色、最拼命的一桩差事——管它有风没风。直到孩子长大,而大人变老,他们还会在谈论着这事。啊!那些蒙特罗分子一定不会得到它,我说了,不管工长诺斯特罗莫发生什么;而他们也绝对得不到它,我告诉你,因为他已经稳稳地拴在诺斯特罗莫的脖子上了。"

"我明白。"德考迪低语道。他的确明白,他的伙伴对于这项事业有自己独特的看法。

他正在思考着如何在对人们的本性缺乏任何基本了解的情况下,对他们的品格加以利用,而诺斯特罗莫打断了他,他提议他们应该把长桨探出去,将驳船划往伊莎贝尔诸岛的方向。否则,天亮后这批财宝暴露出来,漂浮在距离港口一里来远的地方是不行的。通常来说，黑暗越浓，有风的情况下就会情形越好。不过，今晚的海湾在它阴云的斗篷下，始终是闷不透气的，感觉像是死了，而不是睡了。

唐·马丁柔软的手掌忍着剧痛，划动着那支大桨粗壮的把手。他咬住牙，勇敢地支撑着。同时，他也置身于一种创造性存在的辛劳之中，而这种划动一条驳船的离奇工作，看上去则好像自然而然地成为一个新国家的开端，从他对安东尼娅的爱情中得到一种理想的含义。尽管他们竭尽全力，那负载沉重的驳船却几乎纹丝不动。在他们有规律的桨声中，可以听见诺斯特罗莫在对着自己赌咒。"我们正走着一条弯路。"他喃喃自语道，"我希望自己已经看到了那些岛屿。"

由于不够熟练，唐·马丁做得卖力过头了。不时会有一种肌肉麻木的感觉，从他酸痛的手指的指尖传遍身上每一条纤维，最终以一股火辣辣的热流结束。过去四十八个钟头里，他一直在战斗、讲话，精神上和身体上都饱受折磨，一刻不停地运用着自己的头脑和躯体。他没有得到休息，几乎没吃东西，感情与思想上的压力也从未消停过。就连他对安东尼娅的爱情——那是他一直从中汲取着自己的力量和鼓舞的东西——也于他们在唐·何塞病榻旁的匆匆一见中达到了悲剧张力的顶点。而眼下，他突然被从这一切中扔进一片黑暗的海湾，而它的黑暗、沉寂及密不透气的平静，又给他增添了一重迫不得已的体力劳动的折磨。他幻想着驳船正在沉入海底，竟然感到一阵离奇的欣喜的颤抖。"我怕是快要谵妄了。"他想。他控制着自己四肢的颤抖，胸膛的颤抖，以及整个躯体——它耗尽了自己全部紧张的力量——内部的颤抖。

"我们休息一下吧，工长？"他用漫不经心的口吻建议道，"夜晚还有好多钟头等着我们。"

"是的。大概只走了一英里,我想。歇歇你的手吧,先生,如果你指的是这个的话。我向你保证,既然已经把自己捆绑在这样一批损失掉它也不会让任何穷人更穷的财宝上,你就不要指望有别的休息。没有,先生;除非我们找到一条向北开去的汽轮,或是被一条别的什么船撞见我们四仰八叉地横死在那个英国人的银子上面,否则绝不会有休息。又或者——不;上帝!我要趁着干渴和饥饿还没有夺走我的力气,用斧头把这船舷劈得像水沿一样平齐。用一切圣徒和魔鬼的名字发誓,我宁愿把这些财宝给了大海,也不会把它让给任何陌生人。既然那些绅士们好意来让我做这样一件差事,我便应当让他们知道,我就是那个他们没看错的人。"

德考迪躺在那些银箱子上粗喘着。他所有活动的感官和情绪都已经被远远抛到后面,想不起来,在他觉得就好像一些最为疯狂的梦。就连他对安东尼娅的热爱——他好不容易把自己从怀疑主义中拨起,投身在这一热爱中——也已经失去了一切真实的面目。某一片刻,有一种异常懒散却不失愉悦的淡漠抓住了它。

"我敢肯定,他们没料到你会拿这样一种拼命的观点看待这件差事。"他说道。

"那么,那该是什么呢?一个玩笑吗?"那个人含混不清地嚷着,在海汽航公司驻苏拉科机构的薪水单上,他的酬金数字所对应的描述是"码头领班"。"在两天的巷战之后,他们把我叫醒,让我把性命押在这样一手烂牌上面,难道是一个玩笑?每个人也都知道,我是个不走运的赌徒。"

"是的,每个人都知道你在情场上的好运,工长。"德考迪用一种疲倦悠闲的腔调安慰着他的伙伴。

"听着,先生,"诺斯特罗莫继续道,"我甚至从没有反抗过这桩差事。当我听到要做的是什么,我就明白,这一定是一桩拼命的差事,而我就打定了主意,要把它做到底,每一分钟都很重要。起先,是我不得不等着你。然后,我们到了意大利团结旅舍,老乔吉奥喊我去请那位英国医生。再后来,那个可怜的、要死的女人又要见我,你知道的。先生,我不愿意去。我已经感觉到,这被诅咒的银子已经在我的脖子上越来越重,而且我担心,她知道自己快要死了,会要我骑马回去再请一位神父来。科尔贝朗神父胆大无畏,当然一请便来;不过科尔贝朗神父已经跑了,跟埃尔南德斯的匪帮躲在一起,要是被那些乌合之众抓住,会把他撕成碎片,他们可是被神父们惹恼了。今天夜里,没有一个胖神父会愿意从他的藏身之地露出头,前来拯救一位基督徒的灵魂,除非——也许——有我的保护。她头脑里就是那样想的。我假装不相信她快要死了。先生,我拒绝了为一个快要咽气的女人去请一位神父……"

德考迪听了大为震动。

"你拒绝了,工长!"他叫道,随即转换了腔调,"好吧,你知道——这很好。"

"你不相信神父,唐·马丁?我也不信。那浪费时间又有何用?可是,她——她相信。这件事令我如鲠在喉。她也许已经死了,而我们也毫无希望地漂浮在这个一丝风都没有的地方。该死的迷信。我想,她在临死的时候,会觉得是我夺走了她的天堂。这是我一辈子里面最无助的事情。"

德考迪仍然沉浸在自己的思绪中。他努力分析着那些听到的事情所唤起的感受。工长的声音再次响起。

"现在,唐·马丁,让我们抓起桨来,试着找一找伊莎贝尔诸岛吧。当被白天追上之前,我们要么找到它们,要么把这条驳船弄沉。我们一定不要忘了,那条从艾斯莫拉达来的、载着士兵的汽轮也会一起出现。我们现在要径直往前驶去。我在这里找到了一截蜡烛,我们要冒险点些小亮光,靠船上的罗盘来找一条路。这里的风都不够把它吹灭——让老天降灾给这瞎眼的海湾吧!"

一小团火焰笔直地燃烧起来,照见驳船空舱部分布满木屑的粗壮龙骨和壳板。德考迪可以看见诺斯特罗莫正在站着拉桨。他只能向上看到他腰间的红色带子,那支白色手柄的左轮手枪,还有那把突出在他身体左侧的长匕首的木头刀把,在腰带间闪着微光。德考迪振作着自己,努力划桨。显然没有足够的风力把蜡烛吹灭,但它的火焰还是随那条笨重的船儿的挪动而微微摇曳。驳船是如此之大,就算他们使出最大的力气,它的速度也不会比每钟头一英里更快。不过,这已经够了,够让他们在天亮之前划到伊莎贝尔诸岛中间。还有足足六个钟头的黑暗在前面等着他们,而从港口到大伊莎贝尔诸岛的距离不过才两英里。德考迪把这沉重的辛劳归咎于工长的急躁。他们停下来好多次,一起支起耳朵听着那条从艾斯莫拉达来的船。在这完全的寂静中,一条开动的汽轮的声音从老远就能听见。至于要看见什么,却一点也没有办法。他们看不见彼此。甚至连驳船始终张着的帆,都是看不见的。他们频频地休息着。

"该死的!"在他们软绵绵、懒洋洋地倚靠在沉重的桨柄上的一个间隙里,诺斯特罗莫突然叫道,"那是什么?是你在苦恼吗?唐·马丁?"

德考迪向他保证,自己丝毫没有觉得苦恼。诺斯特罗莫一动不动地止住了片刻,然后低声把马丁招呼到船尾来。

他把嘴唇贴近德考迪的耳朵，告诉他，他确信这条驳船上面除了他们还有旁人。到现在，他已经两次听到了那隐隐的啜泣声。

"先生，"他带着惊惧说道，"我敢肯定，这条驳船上有什么人在哭泣。"

德考迪什么都没有听见。他表示怀疑。然而，这件事情的真相是不难确认的。

"真是奇怪。"诺斯特罗莫咕哝道，"是不是有什么人趁着驳船横在码头边上的时候，藏在了船上？"

"而你说它像是哭泣声？"德考迪也压低了声音问道，"要是他在哭泣，不管那是谁，他都不会有多危险。"

他们爬上中舱里的那些宝贵货堆，在桅杆前方猫下身子，在半甲板下面摸索着。径直向前，就在最窄的那一部分，他们的手摸到了一个人的肢体。他安静得像个死人一样。他们被惊得说不出话来，拽着那人的一只手臂和外衣的领子，把他拖到船尾。他软塌塌的——毫无生气。

那截蜡烛的亮光落在一张浑圆的脸上，生着鹰钩鼻和黑色的唇髭，还有一点儿腮须。他实在是脏极了。脸颊剃过的部分正长出一片油腻腻的胡须。厚厚的嘴唇微张着，而眼睛却始终紧闭着。而最让德考迪意想不到的是，他居然认出了这人就是赫希先生，那个从艾斯莫拉达来的牛皮商。诺斯特罗莫也认出了他。然后，他们隔着这具躯体面面相觑，他光着的脚板高过头部，用一种可笑的模样装得好像睡了，昏了，或是死了。

第八章

有一阵子,面对这个离奇的发现,他们忘记了自己的担忧和感觉。而赫希先生躺在那里的感觉,也一定是极度恐惧的。很长一段时间,他都拒绝表现出某一生命的迹象,直到最后,德考迪的斥责及——而且,或许更多要归功于此——诺斯特罗莫那不耐烦的要把他扔到船外的建议,才让他先是抬起了一只眼皮,然后是另外一只。

听起来,他始终没有找到一个安全的机会可以离开苏拉科。他寄宿在安扎尼——市政广场的百货店主——那里。然而,动乱爆发的时候,他赶在天亮之前从他的房东家里逃出来,走得那样仓促,竟至于忘了穿鞋子。他慌慌张张地穿着袜子跑到外面,钻进安扎尼家的花园。恐惧给了他必要的机灵劲儿,让他一连爬过几道矮墙,接着闯进了一条小巷里废旧的方济各修道院荒芜丛生的回廊。他匆忙而绝望地强迫自己钻进阴暗的灌木丛中,这使得他被刮得遍体鳞伤,衣服也被扯破了。一整天,他都躺着躲藏在那儿,炎热和恐惧所造成的极度干渴使得他的舌头跟上颚黏在了一起。有不同的几帮人三次高声叫骂着闯进那个地方,搜寻科尔贝朗神父。然而,将近傍晚的时候,他仍然脸朝下趴灌木丛中,他觉得自己要被那儿的寂静吓死了。他已经说不清楚,是什么诱使他离开那个地方,不过显然,他跑了出去并沿着废弃的后巷成功地溜出城来。他在夜色中游荡在铁路附近,恐惧已经令他发疯,以至于他甚至不敢接近那些守卫铁路的意大利劳工纠察队的火光。显然,他有一个含糊的想法,要去铁路场院中寻找庇护所,但那些狗又向他扑来,一边吠着;人们也开始叫喊,还打了一发乱枪。他从那些大门前飞快地逃走了。仅仅是事出偶然,不凑巧,他又选择了海汽航公司办公室的方向。有两次,他都绊倒在白天被杀死的人的尸体上,凭着某种动物的直觉,他连躲带跑、连滚带爬地避开了每一道灯光和每一道人声。他的想法是跑进公司的办公室,俯伏在米切尔船长脚下乞求庇护。他手脚并用地靠近那里时,正一片漆黑,而突然有值岗的某个人大声质问道:"谁在动?"那周围躺着更多死人,他立即把自己摊平了躺下去,靠在一具冰凉的尸体旁边。他听见一个声音说:"这儿有一个受伤的混蛋在乱爬。我是不是该过去处决了他。"另一个声音反对道,在这样一件差事上,不带提灯就走出去怕是不安全。也许那只是某个黑人自由主义者正在寻觅机会,要把一把刀子捅进一位老实人的肚子里。赫希没有留下来再听,而是爬到了栈桥的一头,把自己藏在一个大些的空木桶中间。过了一阵子,出现了一些人,他们说着话,抽着红亮的烟头。他没有顾得上自问一下,这些人究竟会不会可能伤害到他,便突然轻率地沿着栈桥跑去,看见另一头正泊着一条驳船,便把自己扔了进去。出于寻找掩蔽的渴望,他径直向前爬到半甲板下面,并忍受着饥饿与干渴的痛苦,一直半死不活地待在那里。而且,当一群欧洲人护送着一车厢财宝——由一队码头工沿铁路推动着——走来时,他听见那数不清的脚步声和人语声,几乎被吓晕了。他通过那些对话完全明白了他们正在做的事情,但他却没有暴露自己的踪迹,因为担心会被灭口。他当时唯一的念头,不可遏制、占据主宰的念头,便是离开这个恐怖的苏拉科。眼下他已经后悔。他已经听见了诺斯特罗莫对德考迪所说的话,他真希望自己能回到岸上。他一点儿也不想被卷入任何拼命的差事——陷入那种无路可逃的境地。他那痛苦的精神所发出的不受控制的呻吟,被尖耳朵的工长听见,才暴露了他的藏身之处。

他们扶着他,靠着驳船的船舷坐起来。他继续哭诉着自己的冒险,直到那声音停下来,他的脑袋向前垂下来。"水。"他吃力地低语道。德考迪把一只罐子送到他嘴唇边上。过了短短一会儿,他便恢复了活力,莽撞地挣扎着站起来。诺斯特罗莫用一种暴怒与威胁的声音,命令他到前面去。赫希正是那种害怕斥责好像害怕鞭子一样的人,而且,他对于工长的粗暴也一定心有余悸。他表现出非同寻常的灵活性,迅即消失在前方的黑暗中。他们听见他爬过防水油布。随后是一个沉重的落地声,接着一声疲惫的叹息。此后,整条驳船的前半部分安静下来,就好像他在那个匆忙的跟头中把自己摔死了一样。诺斯特罗莫用威胁的语气喊道——

"老实躺在那儿!手脚别动。要是让我听见你出声喘气,我就会过去,一枪打穿你的脑袋。"

尽管那只是一个懦夫,唯唯诺诺,却为当前危险的处境增加了一重被出卖的可能。诺斯特罗莫紧张的焦躁,变成了阴郁的沉思。德考像是自言自语地小声说道,毕竟,这一点儿小枝节也不会坏了大事。他想不出来这个男人能够有什么害处。顶多,他会有些碍手碍脚，就像一件没生命、没用处的东西——例如，好像一块木头。"

"在扔掉一块木头之前，我也会考虑再三。"诺斯特罗莫冷静地说道，"也许会有意外的事情发生，你可以把它派上用场。但在像我们这一桩差事中，一个这样的人是应该被扔到船外的。就算他勇猛得好像一头狮子，我们这里也不需要他。我们不是在为了活命而逃跑。先生，一个勇敢的人尝试用机灵和勇气来拯救自己，这没有什么坏处；而你也听到了他的事，唐·马丁。他出现在这里，就是一个由胆怯制造的奇迹——"诺斯特罗莫停了一下。"这条驳船上容不下胆怯。"他咬牙切齿地补充道。

德考迪无言以对。这不是一个可以争辩的情况，也不可以假以犹豫或施以同情。一个慌不择路的人会有一千种办法，令他自己陷入危险。显然，那个赫希是不能说通的，没法用道理或劝告让他遵守某种行为准则。他自己的逃亡故事已经足够清楚地证明了这一点。德考迪觉得，这个倒霉蛋先前没有被吓死实在是万分遗憾。似乎，大自然造就了他这么一个人，并狠心地计算着他可以承受的残暴的痛苦，不至于把他压垮。他受了那么多惊吓，本该值得一些同情的。尽管德考迪对于同情不乏想象力，可他还是决定，不去干扰诺斯特罗莫所采取的任何行动。但诺斯特罗莫什么都没做。因而，赫希先生的命运便继续悬在这片海湾的黑暗中，听由那些难以预见的事件来发落。

工长突然伸出手去，掐灭了那截蜡烛。对于德考迪来说，就像是他的伙伴的轻轻一触，毁掉了整个纷纭、爱情及叛乱的世界，而此前他还在以自命不凡的优越性，在那个世界里公然无畏地分析着包括他自己在内的一切动机与一切热情。

他微微吸了一口气。德考迪被自己这种新奇的立场所震撼。他一向自信于自己的智力，而眼下这唯一可用而奏效的武器被剥夺了，这令他觉得痛苦。没有任何智力可以穿透普拉西多湾的黑暗。只有一件事情是他可以确定的，便是他那位伙伴的自负的虚荣。它是直截、简单、天真而有效的。德考迪过去一直在利用着他，也一直在努力去彻底理解这个人。在他那一成不变的性情的种种表现里，他已经找到了一种完全而单一的动机。而这也是这个人为什么可以在他引以自负的、令人嫉妒的盛名下，能够保持出人意料的单纯的原因。而现在，那里面却出现了一些混乱。显然，他对被委以这样一份大有可能失败的重任，是满腹怨言的。"我在想，"德考迪思索道，"假如没有我，他会怎么办。"

　　他听见诺斯特罗莫再次牢骚起来："不！这条驳船上容不下胆怯。连勇气本身看上去都还不够用。我眼光敏锐而手段果断；从没有人在我所做的事情上见到我厌倦过、犹豫过；但上帝呀，唐·马丁，我却被派到这漆黑宁静的水面做这样一件差事，敏锐的眼光、果断的手段还有我的判断，全都派不上用场……"他低声用西班牙语和意大利语赌了一长串的咒。"没有什么可以办到这事，除非彻底拼上了命。"

　　这些话同那主宰着一切的宁静，同这片海湾的固体一般的寂静形成奇怪的对比。随着突如其来的窸窣声，一阵细雨洒落在驳船四周，德考迪摘下帽子，任凭雨水把他的脑袋淋湿，并觉得清醒了许多。不久之后，有一丝稳定的微风拂过他的面庞。落在他头上和手上的雨点停住了，那阵窸窣声也远远地逝去了。诺斯特罗莫满意地咕哝了一声，像水手那样轻轻咂着嘴，迎风抓着舵柄。近三天以来，德考迪头一次觉得他们似乎不太需要工长所称之为拼命的东西。

"我想,我又听见了一阵细雨落在水上。"他用一种心满意足的腔调讲道,"我希望它能挪到我们这边。"

诺斯特罗莫立即停住了咂嘴。"你又听见一阵细雨?"他怀疑地问道。黑暗似乎变得稀薄了一些,眼下,德考迪已经能够看见他的伙伴的身影轮廓,甚至船帆也在夜色中显露出来,像一块积雪。

德考迪听见的那个声音沿着水面刺耳地传来。诺斯特罗莫听得出那种夹杂着嘶嘶声与沙沙声的噪音,是从一条某个安静的夜晚游弋于光滑水面之上的汽轮周围所发出来的。没有别的,一定是那条从艾斯莫拉达开来的、被缴获的、载着叛军的运输船。它没有带灯,那蒸汽声越来越大,有时候会完全停下来,然后又突然发动,它的声音径直在逼近,好像那条看不见踪影也猜不出确切位置的大船,在径直朝向这条驳船驶来。与此同时,后者仍然乘着一股淡淡的微风,慢吞吞地、悄无声息地行驶着,德考迪只有靠着船舷,用手指感受着滑过的水流,才能觉察到他们正在前进。他已经没有了昏昏沉沉的感觉。他很高兴知道驳船正在行进。经历过漫长的寂静之后,那条汽轮的声音听上去是如此吵闹,令人心神不定。而看不见它,又让人有一种诡异的感觉。它一度停下来,距离他们是如此接近,以至于它所喷出的蒸汽,在他们的头顶造成了隆隆的震荡。

"他们正在分辨自己的位置。"德考迪低语道。他再度俯下身去,把手指浸没在水中。"我们正在轻快地移动。"他告诉诺斯特罗莫。

"我们像是正要从它的船头穿过去。"工长小心地说,"不过,这是个跟死神玩的迷藏游戏。继续前进是没用的。我们必须不能被看到或是听见。"

他的低语声沙哑而兴奋。他脸上什么都看不清,除了一点儿白眼珠的光亮。他的手指抓着德考迪的肩头。"那是这批财宝避开那条满载着士兵的汽轮的唯一办法。其他别的船都会带着灯。不过你看,那上面就是没有一点儿光,可以让我们看到它在哪儿。"

德考迪站着,像是惊呆了;只有他的思维仍在异常活跃着。有一个瞬间,他回想起安东尼娅那凄凉的眼神,他从昏暗的阿维拉诺斯家离开,把她留在她父亲的病榻旁,那座房子紧闭着窗子,门却都大敞着,除了一个老黑人门房,所有仆人都弃它而去了。他回想起最后一次造访古尔德公馆时的情形,他回想起那些争辩,他说的那些话,查尔斯那令人费解的态度,以及古尔德夫人那因焦虑、疲劳而煞白的面色,对比之下,她的眼珠像是换了一种颜色,显得近乎黑色。甚至连巴里奥斯一旦抵达凯塔之后,他打算要他从指挥部里发出的公告的那些语句,也在他的脑子里闪过;那个新生国家的萌芽,那个分离主义的宣言,在他离开前,他曾匆忙费劲地读给唐·何塞来听,后者正在女儿呆呆地注视下伸着手脚躺在床上。上帝知道,那位老政治家有没有听明白;他已经说不出话来,不过他的胳膊却从被单中举了出来;他的手动了一下,像是要在空中画出十字,那是一个祝福的手势、满意的手势。这份草稿正装在德考迪的口袋中,是用铅笔写在几张活页纸上的,纸上印着醒目的题头:"科斯塔瓦那共和国,苏拉科,桑·托梅银行管理机构。"他在查尔斯·古尔德的桌子上,抓过一页又一页的信纸,奋笔疾书写下了它。在他写的时候,古尔德夫人从他背后看了好几回;而那位总经理先生,却只是叉着腿站着,甚至在它写成之后都没有瞥一眼。他坚决地摆了摆手,把它推开了。那一定是出于不屑,而不是谨慎,既然他连对用管理机构的信纸起草这样一份足以牵连到他们的文件都没有说什么。是的,他是在以此表明他的不屑，那种真正的英国式的对于一般谨慎的不屑，似乎一切出乎他们自身思想及感情之外的东西，都不值得加以严肃的确认。有一两秒钟的时间，德考迪对查尔斯·古尔德大为光火，甚至对古尔德夫人也心生愤恨，尽管没有说明，他却是真正把安东尼娅的安全托付给了她。而就算是死上一千回，也比欠这种人一条命要好，他在心里呼喊道。诺斯特罗莫扣着他肩头的手指始终没有松开，反而抓得更紧了，把他从思绪中拉了回来。

"黑暗是我们的朋友。"工长对着他的耳朵低声道，"我要去把帆放下来，我们能不能死里逃生，就交给这片黑漆漆的海湾了。剩一根光秃秃的桅杆，我们安静地停在这里，没有人能看见。我现在就去，趁着在那条汽轮走得更近之前。任何一块木头稍微咯吱一声，就会把我们和桑·托梅的财宝一起出卖到那些盗贼手里。"

他像猫儿一样蹑手蹑脚地溜了出去。德考迪什么都没有听见，只是在发现黑夜里那块方形的白影消失之后，他才知道帆桁已经被放下来了，放得如此小心，好像那是玻璃做的一样。不一会儿，他听见身旁响起了诺斯特罗莫安静的喘息声。

"你最好待在这里，一动别动，唐·马丁。"工长诚恳地建议道。"否则你会绊到或挪动什么东西，发出响声。四处都放着桨和篙。要活命就别动。上帝啊，唐·马丁。"他继续以一种真心而友好的声音低语道，"我真是拼命了，要不是知道阁下你是个有勇气的人，无论发生什么都会纹丝不动地挺住，我会一刀扎进你的心脏。"

死一般的寂静环绕着这条驳船。很难相信，在它的近处有整整一条船的人，正在用无数双眼睛从它的舰桥上张望着，在夜色中搜寻着陆地的痕迹。它的蒸汽已经停止喷息，它显然是停在了足够远的地方，让驳船听不见它任何其他的响动。

"也许你会的，工长。"德考迪低声开口道，"不过，你不必担心。除了害怕你的刀子，还有别的东西令我心如磐石。它绝不会出卖你。只是，你忘了——"

"我是把你当成一个跟我一样拼命的人，才坦诚这样讲的。"工长解释道，"这批银子必须从蒙特罗分子手里救出来。我跟米切尔船长说了三次，我情愿一个人去。我还对唐·卡洛斯·古尔德说了。在古尔德公馆。他们派人把我叫去。女士们也都在那里；当我努力向她们解释为什么不想带上你的时候，她们两个一起向我保证，只要能保证你的安全，就会给我一大笔酬金。对于一个你要派出去、几乎肯定要送命的人这样讲话，实在奇怪。那些小姐太太们似乎不太清楚，她们派给别人的是什么样的工作。我告诉她们，我对你无能为力。你跟埃尔南德斯的匪帮待在一起，会更加安全。要骑马逃出城外也是可能的，顶多不过要在黑夜里冒一点吃冷枪的危险。然而，她们却像是聋了一样。我不得不向她们保证，我会在通往高口的城门下等你。我确实等了。而眼下，由于你是一个勇敢的人，你可以像这些银子一样安全了。不多不少，跟它一样安全。"

恰在此时，就像回应着诺斯特罗莫的话语一样，那条看不见的汽轮用继续向前开动起来，从它的螺旋桨的不急不慢的传动来判断，用的是半速。那声音明显在改变着位置，但不是逼近而来。它甚至距离驳船的右侧更远了一些，然而又停下来。

"他们在试着寻找伊莎贝尔诸岛。"诺斯特罗莫咕哝道，"为的是找一条径直通往港口的航线，好去占领那座藏着财宝的海关公所。你见过艾斯莫拉达的指挥官吗，那个索迪略？一个漂亮的家伙，嗓音柔和。我刚来这里的时候,常看见他站在宪章街上跟窗口里那些小姐们说话,始终露着他的一口白牙。不过,我的一个当过兵的码头工告诉我,有一回他被派去到大牧场上的那些人中间去征兵,曾下令把一个人用鞭子活活地抽死。他绝不会想到,这个公司里竟然有人能够让他扑一个空。"

工长这一番低声的絮叨,听来好像暗示出他的弱点,让德考迪觉得不安。不过,健谈的决心也许像冷酷的沉默一样,都是真实的。

"至少目前,索迪略还没有扑空。"他说道,"你难道忘了前面那个发疯的家伙?"

诺斯特罗莫没有忘掉赫希先生。他恨恨地责怪自己,没有在离开码头前仔细检查一下驳船。他还责怪自己,没有在发现那家伙时连他的脸都不看就捅上几刀丢到船外。那样做,才符合于这趟差事的拼命风格。但不管怎样,索迪略都已经扑空了。即便是那个可怜的家伙,那个眼下像死人一样安静的家伙,做了什么出卖了这条近在咫尺的驳船,索迪略——如果在那条船上坐镇指挥的正是索迪略的话——抢夺战利品的如意算盘也仍会落空。

"我手上可有一把斧子。"诺斯特罗莫愤怒地低声道,"只要三下,它就能从船舷砍到吃水线。而且,每条驳船的船尾都有一只塞子,我知道它在哪儿。我觉得它就在我的鞋底下。"

由这一番紧张的低语中,德考迪听出了那种真正的决心的声音,听出了这位大名鼎鼎的工长的言出必行的兴奋。在那条汽轮靠着一两声叫喊的指引——因为不会有更多声,诺斯特罗莫咯咯地咬着牙齿说道——找到这条驳船之前,有足够的时间,可以把这批拴在他脖子上的财宝弄沉。

那最后一句话，他是贴在德考迪的耳边说的。德考迪什么也没说。他完全相信。这个人性格里那种惯有的安静已经消失，因为它已经不再适用于他所设想的情形。某些对任何人来说都更加深刻、更加不容置疑的东西，已经显现出来。德考迪小心翼翼地脱下外套，褪下靴子；他并不觉得自己有义务，要陪着这批财宝光荣地溺水而亡。他的目标是南下，到凯塔去找巴里奥斯，这是工长十分清楚的；而他也正按照自己的方式，准备将这尝试进行下去，拼尽所能而不顾一切。诺斯特罗莫咕哝道："是的，是的！你是个政客，先生。跟军队会合，再发动一场革命。"他居然还指出，每条驳船都有一条小艇，刚好可以载两个人，要不是更多的话。而他们的小艇就拴在后面。

德考迪一直不知道这一点。当然，也是因为太黑看不见，而只有当诺斯特罗莫抓着他的手、搭在那条系在船尾羊角上的缆索上面时，他才会感觉到一阵完全的宽慰。想到自己落在水里，拼命地游动，被糊涂和黑暗主宰着，也许会兜上一个圈子，直到筋疲力尽地沉下去，实在令人厌恶。这种徒劳而残忍的、毫无意义的死法，令他那一向自许的、漫不经心的悲观主义有些望而却步。相比于此，那种流落到一条小艇上的机会，暴露在干渴、饥饿、被发现、被监禁、被处死的危险之下，反而显得更加痛快而值得一试，即便要为此付出自轻自贱的代价。他没有接受诺斯特罗莫的建议，立刻到那条小艇上去。"也许会有突如其来的事情，让我们手忙脚乱，先生。"工长如此说道，并同时真心地保证，一旦必要，他会立刻松开那条缆索。

然而，德考迪却轻描淡写地告诉他，不到最后一刻，他是不会打算登上那条小艇的，而且，他希望那时候工长可以和他一起上船。对他而言，这片海湾的黑暗不再意味着一切事情的终结。它变成了生存世界的一部分，在它里面，失败与死亡都是迫在眉睫的。而与此同时，它也还是一个庇护所。他为它一丝不漏的黑暗觉得欣喜。"像一堵墙，像一堵墙。"他喃喃自语道。

唯一考验到他的信心的，是想到赫希先生的存在。眼下来看，没有把他捆起来，塞住他的嘴巴，简直是一件愚蠢之至的事情。只要那个倒霉的活物有力气喊上一声，便会惹起滔天大祸。他那可怜的恐惧眼下还是沉默的，但说不定因为什么，它就会突然用一声叫喊发泄出来。

正是那种由胆怯而导致的疯狂——这是德考迪与诺斯特罗莫从他那狂野而混乱的眼神和他那抽搐的嘴巴可以看得出来的——使得赫希先生从这桩拼命的差事所必需的残忍做派底下侥幸得脱。让他永远闭嘴的机会已经错过了。对于德考迪的懊悔，诺斯特罗莫这样评价道：太迟了！现在要做成这事，不可能不会发出声音，更何况还不清楚那人的确切位置。不管他正哆哆嗦嗦地蜷缩在哪里，现在去靠近他都是不安全的。他也许会大喊着求饶。既然他正保持得如此安静，就不如让他自己一个人待着。不过，眼下的每时每刻，把一切寄希望于他的沉默，对于德考迪的冷静来说都是一种越来越大的折磨。

"我真希望，工长，你没有放过那个机会。"他咕哝道。

"什么！让他永远闭嘴！我本来觉得，最好先听一听他是怎么到这里来的。因为那太奇怪了。谁承想是一场阴差阳错？然后，先生，看到你给他水喝，我就动不了手了。看见你拿着罐子凑在他的嘴唇边，好像他是你的兄弟一般，我动不了手。先生，像这类需要当机立断的事情是不能犹豫太久的。而且，要取走他可怜的性命，也不见得是件多么残忍的事情。它除了胆怯,什么都没有。你的同情拯救了他,唐·马丁,而眼下已经太迟了。要做成这事而不发出声音,是不可能的。"

那条船上的人也保持着全然寂静,整个的安静是如此深远,让德考迪觉得任何所能想到的最轻微的声响,都一定会毫无折扣地、清晰可闻地传到世界的尽头。要是赫希咳嗽或是打起喷嚏来,会怎样?想到自己要听任这样一种愚蠢的偶然性的摆布,他甚至恼火得连自嘲都觉得无味。诺斯特罗莫似乎也变得焦躁不安起来。他问自己,那条汽轮会不会因为觉得夜色太暗,而打算留在原地等待天亮?他开始盘算起来,毕竟,这才是真正的危险。他担心,那保护着他的黑暗,到头来,竟然让他束手待毙。

正如诺斯特罗莫所料想得一样,在那条汽轮上坐镇指挥的正是索迪略。过去四十八个钟头内苏拉科发生的事情,他是一无所知的;他也不知道,艾斯莫拉达的电报员已经警告了他在苏拉科的同事。就像曾驻守在这个省中的许多部队的军官一样,索迪略是受某种影响才接受里比厄拉派的事业的,他相信,古尔德特许矿区的无尽财富是站在那一边的。他曾是古尔德公馆的常客,曾一边在唐·何塞·阿维拉诺斯面前鼓吹着他的布兰科信仰和对于改革的热情,一边肆无忌惮地瞟着古尔德夫人和安东尼娅。他出身于一个在古兹曼·本托的暴政期间受尽迫害且穷困没落的良好家庭。他所表达的见解,听上去也十分贴合于一个有着那样的门第与祖辈的人的身份。而且,他不是一个骗子;谈论一些高尚的情操,对他来说是再自然不过的事情,既然他的全部本事都使在了一门当时看来可靠而实际的心思上——要是能够做了安东尼娅的夫婿,自然也就会为古尔德特许矿区的密友。在占据着柱廊下一整排屋子的百货商店的后面,那间昏暗、潮湿的公寓里,商量着他的第六笔或第七笔小额借款时,他甚至还向安扎尼说明过这一点。他向那位百货店主暗示道,自己正同那位没有教养的小姐打得火热,而她跟那个英国女人就像姐妹一般。他两手叉腰、探出一条腿站着,摆出一副任凭安扎尼打量的架势,并傲慢地盯着他。

"看吧,可怜的店主!一个像我这样的男人怎么会搞不定女人,更何况是一个活在被人闲话的自由中的、没有教养的姑娘?"他似乎是这么说的。

当然,他在古尔德公馆里的举止是截然不同的一套——完全撇开了一切粗鲁,甚至还有些忧郁。就像他的大多数国人们一样,他会被一些好听的字眼所打动,尤其当它们是从他自己口里说出来的时候。除了对自身优势那不可抗拒的魅力,他对于任何事情都没有任何形式的信仰。不过,他对之的信心不免也太坚固了一些,以至于连德考迪出现在苏拉科,并且同古尔德一家及阿维拉诺斯一家过往密切,都没有让他觉得烦恼。相反,他还拼命想跟这个从欧洲来的科斯塔瓦那富家公子哥儿交上朋友,好从他那儿一点一点地借到一大笔钱。他生命里唯一的行动动机,便是捞到钱去满足他昂贵的口腹之欲,对此一点,他是完全放任而毫无节制的。他把自己想象成一个阴谋诡计的老手,然而,他的腐朽却简单得像是一种动物的本能。并且时不时地,他也会在一些避人的场合凶相毕露,比如,当他跟安扎尼独处在一间屋子里面想要得到一笔放贷的时候。

他靠着游说,让自己当上了艾斯莫拉达的驻军指挥官。那座小海港作为连接西部省与外面世界的海底主线缆的电报站,以及连通苏拉科支线的汇接点,是有其重要性的。唐·何塞·阿维拉诺斯举荐了他,而巴里奥斯也带着粗鲁与嘲弄的大笑,说:"哦,就让索迪略去吧。他是个看守电缆的好材料,让艾斯莫拉达的小姐太太们也有机会见见他。"毫无疑问,巴里奥斯是个勇敢的人,他对于索迪略的评价不高。

只有通过艾斯莫拉达的电报站,桑·托梅银矿才能够跟那位大金融家保持即时的联系,而正是后者的默许,才造就了里比厄拉主义活动的力量。即便在那里,这一活动也并不是没有敌人的。索迪略用严厉的镇压手段控制着艾斯莫拉达,直到远处内战舞台的事态呈现出相反的方向,他才不得不犹豫起来,毕竟,那座大银矿注定要落入胜利者囊中。他开始对效忠于里比厄拉派的艾斯莫拉达当局采取一种暧昧而神秘的态度。后来,有关这位指挥官深夜召集军官议事的消息,便让那些绅士们干脆抛下了他们的民事职责,各自待在家里闭门不出。而突然有一天,所有经陆上邮路从苏拉科来的信件,都被一队士兵从邮所搬到了指挥部,毫不避讳,毫无遮掩,也没有任何托词。索迪略已经从凯塔得知了里比厄拉的溃败。

这只是他改弦更张的第一个公开的迹象。不久之后,便可以见到一些声名狼藉的运动分子——那些曾在逮捕、铁镣与鞭刑的恐惧下惶惶不可终日的人——出入于指挥部的大门之间,在那里,勤务兵的马匹正在它们沉重的鞍子下打着瞌睡,而那些人则穿着破烂的军服,戴着尖顶的草帽,懒洋洋地躺在一条长凳上,把光着的脚板从树荫中伸出来;还有一个穿着露出手肘的红色呢衣的哨兵,站在台阶顶上,目空一切地打量着那些过往的平头百姓,后者纷纷向他脱帽致敬。

索迪略的算盘，从没有超出对自己个人安危的考虑，以及对他所管辖的那个城镇的趁火打劫，不过他在担心，这样迟迟才投诚，只够让他从胜利者那里分到一点儿残羹冷炙。他只是对桑·托梅银矿的力量迷信得太久了一点儿。那些被截获的信件印证了他之前的消息，有一大批银锭正藏在苏拉科的海关公所里。而把它抢到手，显然是蒙特罗派的头等大事；是一种肯定会得到奖赏的效忠之举。把那些银子抓在手，他便可以为自己和他的士兵们邀上一功。他对于那些暴乱毫不知情，也不知道那位总统逃到了苏拉科，半路上险些被蒙特罗的兄弟——那位游击队长——带人追上。那件猎物似乎已经完全落入他手中。他一开始的行动，便是占据了电报站的办公室，并抢占了停泊在艾斯莫拉达港口中小峡湾中的那条政府所有的汽轮。后者正沿码头停泊着，他只靠一队蜂拥的士兵冲过舷梯，便轻而易举地把它拿了下来；而负责逮捕那个电报员的中尉却在艾斯莫拉达唯一的咖啡馆停了下来，在那里，他拿店主——一个有名的里比厄拉分子——的白兰地将他的手下慷慨地招待了一番，并且让自己也打起了精神。整队人马喝得醉醺醺的，走在大街上前去进行他们的使命，一边高喊着，一边朝窗口打着乱枪。这番小小的狂欢，原本也许会要了那个电报员的命，最后却让他对苏拉科发出了警报。那个中尉提着一把出了鞘的军刀气势汹汹地走上楼去，但片刻之后，他却以酒鬼所特有的那种喜怒无常的情绪，热烈亲吻着电报员的两颊。他搂着电报员的脖子保证道，所有驻守艾斯莫拉达的军官都会被提拔成上校，说着，他醉意朦胧的脸上还淌下了喜悦的泪水。等到许久之后，市长赶来时，才发现所有人都躺在地板和走廊中，而那个电报员——他不屑于趁机逃走——正在忙着敲打发报机的键盘。市长没让电报员戴上帽子，就反绑着带走了，不过却对索迪略隐瞒了事情的真相，因此，后者对于那那份匆匆发给苏拉科的警报一无所知。

索迪略上校绝不会让任何黑暗阻挠他计划已定的奇袭。那在他看来简直是板上钉钉的事情；他的心思已经以一种按捺不住的、孩子般的急性子，扑到了他的目标上。自从汽轮绕过蓬塔马拉，进入更加深暗的海湾之中，他便跟那帮同样急不可耐的军官一起停留在舰桥上。可怜的汽轮船长被索迪略及其同伙的连哄带吓搞得手足无措，只好在他们允许的操作范围内，小心地驾驭着。毫无疑问，他们有些人已经喝得烂醉。不过，那样一大笔唾手可得的财富的指望，使得他们变得荒唐胡来起来，而与此同时，又焦躁至极。军中的老少校是一个愚蠢而多疑的人，一辈子都没有乘船到过海上，他擅作主张，突然扑灭了罗盘箱灯，那是整条船上为了保持航行唯一得到许可的亮光。他不了解那东西对辨认航路有什么用处。对于汽轮船长强烈的抗议，他一边跺着脚，一边拍打着军刀的刀柄。"啊哈！我扯下了你的面具。"他自鸣得意地喊道，"被我说中要害，你只好绝望地撕着自己的头发了。我难道是一个孩子，竟会相信那个铜箱子里的一盏灯可以告诉你港口在哪儿？我可是一位老兵了，我可是。我能从一里格外闻出一种阴谋的味道。你想用那点亮光，向你的英国佬朋友出卖我们的靠近。那东西可以给你指路！多么可怜的谎话！卑鄙至极！你们苏拉科人都拿了那些外国人的钱。我真该拿我的军刀把你戳个透气。"另一些围在四周的军官，努力平息着他的愤怒，头头是道地重复着："不，不！这只是一个水手们的器具，少校。不是通风报信。"那条运输船的船长脸朝下趴在舰桥上，拒绝起身。"快点儿杀了我。"他用哽咽地语气说道。索迪略不得不插手进来。

舰桥上的喧闹和混乱愈演愈烈，吓得舵工从舵轮旁飞逃而去。他躲进了机舱，并把事情告诉了机工们，后者不顾那些看守他们的士兵的威胁，停住了船机，声称他们宁愿被枪毙，也不愿意冒着沉入海底的危险继续开船。

这便是诺斯特罗莫和德考迪第一次听见那条汽轮停下来时的情形。待恢复了秩序，罗盘箱灯重新亮起来，它又往前开动了，远远地偏开驳船，去寻找伊莎贝尔诸岛。但还是找不到那群岛屿，于是，在船长的苦苦哀求下，索迪略允许再次停船，等待弥漫在海湾水面之上的云团移动时所发出的阵阵闪电。

索迪略站在舰桥上，不时对船长愤怒地嘟囔着。后者则以抱歉与谄媚的语气乞求那位仁慈的上校，请他体谅夜间的黑暗对人间技艺的限制。索迪略憋着一肚子怒火与暴躁。这可是一个千载难逢的机会。

"要是你的双眼不能再管用一些，我就要把它们剜出来。"他破口大骂道。

汽轮船长并未应声，而就在此时，一阵飘过的细雨之后，大伊莎贝尔岛的轮廓隐隐浮现出来，然后又消失了，就像是被一波更大的黑暗给抹去了，接着又下起了一阵倾盆大雨。

那对他来说已经足够了。他用一种顿时活了过来的声音告诉索迪略，一个钟头之后他们便会停泊在苏拉科码头边上。随后，那条船便沿着航线全速开去。甲板上响起巨大的喧哗声，那些士兵们在准备登陆了。

德考迪与诺斯特罗莫清晰地听见了这一切。工长明白那意味着什么。他们已经看到了伊莎贝尔诸岛，眼下准备径直朝苏拉科开去。

他判断他们会打近处经过。不过他也相信,要是像这样安静地停住,帆也已经收下来,这条驳船是不会被发现的。"不会的,就算他们擦着船舷过去都不会发现。"他低声道。

又下起雨来;起初像是一阵潮湿的迷雾,随后带着更沉的雨点打下来,密密匝匝,变成一场笔直降下的瓢泼大雨。德考迪眼里迷离着雨水,他低下头,心想着那条汽轮还有多久才会过去,却感到船身猛然一颤。一股水沫刷刷地涌过船尾,伴着木头的开裂声和一阵剧烈的震荡。他觉得好像有一只愤怒的手抓住这条驳船,要把拖向毁灭。那阵震荡当然令他摔了下去,他发现自己滚落到驳船的舱底,那儿积着大量的水。身旁一阵猛烈的搅动;一个奇怪而惊悚的声音,在上面的夜色中呼喊着什么。那听见赫希先生发出一声刺耳的、求救的尖叫。他紧咬牙关。撞船啦!

那条汽轮从斜地里撞上了驳船,掀倒了它,撞散了它的一些木料,让它半身没入水中,并以撞击的力量扭转了它的船头,让它跟自己的航向变成了平行的。如寻常的撞船一样,所有撞击的力道只有在较小的船只上才能感受得到。就连诺斯特罗莫自己也觉得,这或许就是他这趟拼命的冒险的终结了。他也被从长长的舵柄边抛了出去,由此造成船身变向。接下来,要不是那条汽轮携带很多物资给养,又载着那么多人,让它的船锚落得太低,因而勾住了驳船主桅的一条帆索的话,它本来会扬长而去的,留下被它撞出航道的驳船或是沉没,或是浮在水里,连它的样子都顾不上看一眼。有喘上一两口大气的工夫,那条新帆索禁住了猛然的拉力。这便给了德考迪那种感觉,像是被什么抓住了,把驳船拖向毁灭。至于个中起因,当然是他无从理解的。整个情况发生得如此突然,令他不遑多想。不过,他的所有感觉却是十分清晰的；他完全克制住了自己；甚至当他一头栽在船尾龙骨上，在大片积水中挣扎着翻过身来之后，还欣然感到一阵平静。他站起身来，听见并认出了赫希先生的尖叫，那种在黑暗里被拖拽着向前的神秘感觉始终没有消退。他没有说一句话，也没有叫一声；他没有时间去看任何东西；随着那绝望的呼救声，拉拽的动作忽然停止了，他张开双臂趔趄着向前摔去，扑在那一堆财宝箱子上。他本能地抓住它们，再次在隐隐的恐慌中四处翻滚着；随即，他又听见一大串呼救声，扯着嗓子拼命地叫喊，而奇怪的是，那声音听起来不在附近，反而在距离整条驳船稍远的地方，倒像是夜色中的某个鬼魂，正在嘲弄着赫希先生的恐惧和绝望。

随后，一切平静下来——平静得好像你在一个黑漆漆的房间的一张床上，刚刚从一场离奇而焦灼的梦境中醒来。驳船微微摇晃着；雨还在下着。两只手紧紧地抓住他疼痛的两肋，工长对着他的耳朵低语道："安静，为了活命！安静！那条汽轮停下来了。"

德考迪倾听着。海湾上悄无声息。他觉得积水几乎没过了他的膝盖。"我们在下沉吗？"他低喘着问道。

"不知道。"诺斯特罗莫低声回答，"先生，别出一点儿声。"

诺斯特罗莫命令他到前面去的时候，赫希并没有回到他原先的藏身之所。他摔倒在了主桅旁边，没了爬起来的力气。而且，他也害怕再动一下。他已经准备好一死了之，不过却没有任何理性的道理。只是一种残酷、恐怖的感觉而已。他一想自己会怎样，牙齿便剧烈地打寒战。他已经完全陷于自身恐惧的不幸，而不能对任何事情打起精神。

尽管诺斯特罗莫神不知、鬼不觉地放下船帆，盖到他的身上，把他闷得喘不过气来，他还是不敢抬起头，直至汽轮撞上来的那一刻。此后，他被那新的险象刺激出一股新的身体活力，居然跳了出来。驳船侧翻后，涌进的水流撬开了他的嘴巴。他那"救救我"的大喊，第一次对汽轮上的人发出了清晰的撞船警报。紧接着，帆索挣断了，被松开的船锚贴着驳船的前甲板横扫过去。它迎着赫希先生的前胸甩来，后者完全不知道那是什么东西，便紧紧抓住它，又蜷缩起手脚，用一股子无所不能、难以置信的韧劲儿附着在锚爪的上端。驳船远远地偏开航向，而那条汽轮却带着他开走了。他拼命抓附着，大喊着求救。然而，过了一段时间，汽轮才停下来，发现了他在那里。他一刻不停的求救声，像是某个落水者发出来的。最后，有几个人到船头去，才把他拉上甲板。他被径直带到舰桥上去见索迪略。他的盘问证实了此前的某种感觉，有某条小船被掀翻沉没了。然而，在这样一个漆黑的夜晚，要想寻找一些漂浮的残骸来印证此事，是行不通的。索迪略越发焦急起来，眼下他只想一刻不停地冲进港口；想到他已经亲手葬送了自己此番征讨的主要目标，这简直是不能接受的。他一点儿都不相信赫希先生讲的事。赫希先生被认为是撒谎，被轻轻揍了一顿之后，便被塞进了海图室。他只是被揍了一下。他的故事简直让索迪略的心都凉了，尽管他们都围在这位头目身边叫嚷着："不可能！不可能！"除了那个老少校，在暗自得意着。

"我跟你们说过；我跟你们说过。"他嘟嚷着，"我从一里格外就能闻到一股子阴谋的味道，一股子鬼把戏的味道。"

与之同时，汽轮仍在朝着苏拉科开去，只有到了那里才能确定事情的真相。德考迪和诺斯特罗莫听着那螺旋桨的搅动声越来越弱，最后消失了；紧接着没有废话，便忙着朝伊莎贝尔诸岛驶去。最后一场阵雨带来了一阵柔和而稳定的威风。危险还没有结束，还顾不上说话。驳船漏得像一面筛子。他们每走一步都要趟着水。工长把装在船尾上的水泵把手交到德考迪手中，两人没有交一句话，德考迪旋即开始抽水，他完全把一切念头抛在脑后，只顾着让这批财宝浮在水上。诺斯特罗莫升起了帆，又飞奔回舵柄旁，发疯一般地拉着帆索。在一支火柴——尽管他们浑身湿透，那些火柴却还是干干地保存在一只紧闭的锡铁盒子里——短暂光亮里，手忙脚乱的德考迪看见了他那张急切的、低俯在罗盘箱上的面庞，还有他专注的目光。眼下，他知道他们在哪里，他希望把这条正在下沉的驳船靠上岸，开到大伊莎贝尔岛的一道浅湾里去，在那儿，那座岛屿末端高耸的岛崖被一道陡深的、葱茏的溪涧剖成了两半。

德考迪在不停不歇地抽着水。诺斯特罗莫也在一刻不停地专心向前驾驭着船舵。他们都在全神贯注地做着各自的事情。始终没有说话。除了知道这条被损坏的驳船一定是在慢慢下沉着，这两个人没有其他任何共同的认识。那唯一共同的知觉，就像对他们各自愿望的残酷试探，令他们看上去变成了素不相识的人，好像他们从那一下子撞船的震击中才发现，那条驳船的沉没，对他们并非意味着同一件事情。而这共同的危险，却在私底下对于彼此的印象中，把他们目标、观点、性格与身份上的差别带入了一个绝对突兀的程度。他们没有出于同一个信念的束缚；他们只是两个追逐着各自机遇的冒险者，被卷入了同一个迫在眉睫、九死一生的险境而已。因此，他们也没有什么话好说。不过，这一险境，这唯一他们无可争议、患难与共的真相，像是一种激励，鼓舞起了他们的精神与体力。

这听起来当然像是某种奇迹，工长仅仅靠着那座岛屿的轮廓的朦胧阴影和一小片沙洲的模糊光亮作为向导,便找到了那片浅湾。那道溪涧从岛崖的中间张开,有一股细小的、浅浅的溪水由树丛流出来,注入海中,驳船便在这里靠了岸;那两个人以沉默、无畏的劲头,着手从船上卸下那些宝贵的货物,把每一只皮箱子沿着树丛后面小溪的河床抬上去,搬到一棵大树根须下面因泥土塌落而形成的一处洞穴中。粗大光滑的树干就像一根正要倾倒的柱子,远远斜跨在那道由松散乱石间淌过的涓涓细流之上。

几年前,诺斯特罗莫曾花了整整一个礼拜日,一个人来探索这座岛屿。他向德考迪这样解释,他们完成了自己的任务,四肢瘫软地坐下来,背靠着那棵树,腿垂在下方的河岸上,活像两个瞎子,靠某种神秘的第六感官探察着彼此与周围的存在。

"是的。"诺斯特罗莫重复道,"我从来不会忘记一个自己仔细瞧过的地方。"他用慢条斯理而近乎懒洋洋的语气讲道,好像他面对的是整整一辈子从容的余暇,而不是距离天亮所仅剩的两个钟头。那批草草掩藏在此地的宝藏的存在,让每一步思索、每一种打算及接下来行动的计划,都背上了一重秘密的责任。对于这一趟委托给他的声望——他曾知道如何为自己赢得这种声望——的要命差事,他觉得有一部分是失败了。然而,也有一部分是成功了。他的虚荣得到了一半的安慰。他紧张的怒气平消了。

"你永远不知道有什么会派上用场。"他用自己一贯安静的腔调和派头继续道,"我曾花了整整一个倒霉的礼拜天,来探索这片丁点儿大小的土地。"

"一点儿愤世嫉俗的消遣。"德考迪没有好声气地低语道,"你是没钱了,我猜,没钱去赌,也没钱去你平常鬼混的地方散给那些姑娘们，工长。"

"真是这样！"工长叫道，他被这敏锐的洞察震惊了，用的是自己的母语。"我没钱啦！所以才不想到那些习惯了我慷慨散财的叫花子一般的人堆里去。他们在码头工长身上寻找的就是这个，他们把他当作一个有钱人，好像他是平头百姓中的一位绅士。我不喜欢玩牌，只是当作消遣；至于那些夸口说应我的敲门声为我开门的姑娘们，你知道，要不是别人会说些什么，我都不会再看她们第二眼。她们真是奇怪，那些苏拉科的小妖精们，我只是靠耐心地倾听那些人家以为我喜爱的女人们的谈话，便得到了太多有用的消息。可怜的特丽萨永远不会明白这些。在那个特别的礼拜天，先生，她又把我冷嘲热讽了一顿，我只好跑出来，发誓再也不会迈进他们家门，除非是去拿回我的吊床和衣箱。先生，没有比这更令人恼火的，当你口袋里连一个铜子儿也没有的时候，还要听着一个你尊敬的女人数落你的好名声。我解开一条小艇，划出了港口，口袋里除了三根雪茄之外什么都没有，就这样在这座岛上待了一天。但是，你现在可以听见的脚下这条小河的溪水却清凉、甘甜又解渴，先生，不管你是在抽一根雪茄之前还是之后去喝。"他沉默了片刻，若有所思地补充道，"就在那个礼拜天之前，我刚刚把那个白胡子英国富翁一路护送下山，从山隘最顶上的荒野地带——而且，还是坐在马车里！谁都不记得有马车从那山顶上下去过，先生，直到我领着五十个劳工，让他们配合得就像一个人那样，用绳子、镐头和杆子把那辆车带下来。就是那个有钱的英国人，人们都说，是他出钱修铁路的。不过，我的工钱却一直到了月底才拿到。"

他突然向下溜到河岸上。德考迪听见他在溪流中趟着水，听见他的脚步沿溪涧走下去。他的身影消失在树丛中，直到岛崖下那块沙洲上才重新显露出来。就像这片海湾中常有的情形那样，要是前半夜阵雨频频而且下得很大的话，将近清晨时黑暗就会变得稀薄许多，尽管天色仍然没有放亮的迹象。

那条卸下了它宝贵的货物的驳船微微摇晃着，它的船头停在沙滩上，半身漂浮着。长长的锚索穿过白色的沙滩延伸开去，就像一根黑色的棉线连着锚爪，被诺斯特罗莫勾在一棵有干灌木的树干上。

德考迪什么都做不了，只能待在岛上。他从诺斯特罗莫手上接过来一些不知是什么的食物，那是卓有远见的米切尔船长事先放在驳船上的，他把它临时搁在那条小艇上，他们一抵达这里，便把它拖到岸上的树丛中藏了起来。那是要留给他的。这座岛屿会是他的藏身之所，而不是监狱；他可以划船出去，到一条路过的大船上。海汽航公司的邮轮在从北方驶入苏拉科之前，会紧挨着这些岛屿经过。不过，那条载着前任总统的"密涅瓦"号，已经带着苏拉科暴乱的消息北上而去了。既然"密涅瓦"号那些管船的知道城镇目前已经落在暴民手里，因而，下一条南下的汽轮极有可能会得到指令，完全避开这座港口。这便意味着，就邮递业务来说，一个月内不会有汽轮经过，但是，德考迪必须听天由命。这座岛屿是唯一一处可以让他逃过在所难免的缉拿的庇护所。当然，工长是要回去的。卸空的驳船漏得轻多了，他觉得它可以漂回港口去。

他们并肩站在齐膝的水中，他递给德考迪一把铁锹，每条驳船上都有两把这种压舱时要用到的装备。等天亮到可以看得见的时候，德考迪便可以利用它，松悬在那处他们在里面存放着那批财宝的洞穴上方的一团土石，使它看上去好像自然塌落下来的。它不仅可以埋住那个洞穴，还可以掩盖他们一切工作的痕迹，包括脚印、被挪动的石头及被压坏的树丛。

"再说，谁会想到要来这个地方找你，或是找那些财宝？"诺斯特罗莫继续道，像是不舍得让自己离开这个地点。"没有人会来这儿找你。任何人只要在大陆上有一块容身之地，又怎么会稀罕这一丁点儿地方！这个国家的人从没有好奇心。甚至这儿的渔民都不会来打扰阁下。打鱼的都在靠近萨皮加那边的海湾里，就在那儿。先生，要是你在没有任何着落之前，被迫离开这座岛屿，一定不要往萨皮加去。那可是一个盗贼和土匪的老巢，在那儿，他们为了拿走你的金表和金链，会毫不犹豫地割开你的喉咙。还有，先生，在对任何人吐露任何事情之前，都要想上两回，甚至是对公司汽轮上那些管船的，要是你登上了一条船的话。只有诚实，是不够安全的。你必须对一个人慎之又慎。并且永远记住，先生，在你开口泄密之前，这批财宝会在这个地方安安稳稳地待上几百年。时间跟它是一伙的，先生。而银子又是一种烂不掉的金属，可以相信它会永远保值……一种烂不掉的金属。"他重复着，仿佛这想法带给他一种深刻的趣味。

"就像人家说的有些人一样。"德考迪用神秘兮兮的口吻断言道，而工长正忙着拿一只木桶把驳船上的水戽出来，不断扬到船舷外面，哗哗地泼溅着。德考迪以他无可救药的怀疑主义的精神，用一种大致满意而并非嘲讽的心态想到，这个人正是靠着他巨大的虚荣才变得不可腐蚀的，而那正是每一种美德表现所能披上的最精致漂亮的利己主义的外衣。

诺斯特罗莫停止了戽水，像是突然想到了什么，把那只木桶叮咣一声扔进了驳船。

"你可有什么口信要带?"他低声问道,"要知道,他们会问我一些问题的。"

"你一定要拣一些有希望的话,就是应该说给城里那些人听的。我相信你的智慧与经验,工长。你明白吗?"

"是的,先生……说给那些女士们听。"

"是的,是的。"德考迪匆匆说道。"你神奇的声望会让她们对你的话寄予很大的价值,因此,你要当心说什么。我在期待着,"他继续道,不禁泛起一点要命的自嘲的感觉,他复杂的天性向来是受此支配的,"我正期待着,光荣而成功地完成自己的使命。你听清楚了吗,工长?当你对那位小姐讲的时候,就用'光荣'和'成功'这两个字眼。你已经光荣而成功地完成了自己的使命。你已经万无一失地保住了矿上的银子。不仅仅是这批银子,或许还有日后从那里出产的所有的银子。"

诺斯特罗莫觉察到了这一点讽刺的意味。"我敢说,唐·马丁先生,"他有些生气地说,"很少有事情是我办不到的。问问那位外国太太。我不过是一个粗人,有时不太能明白你的意思。不过,就这些我必须搁在这里的东西来而言,实话说,我觉得要是没有你跟我一起,它会安全许多。"

德考迪发出一声惊叹,随后停了片刻。"那我该跟你一起回苏拉科吗?"他气冲冲地责问。

"那我该用刀子把你就地捅死吗?"诺斯特罗莫轻蔑地反击道。"这就跟把你带回苏拉科没什么两样了。好吧,先生。你的声望在你的政治里面,而我的声望就跟这批银子绑在一起。我宁愿没有其他人知道这事儿,这是令你惊奇的。我就是不想有人跟我一起,先生。"

"要是没有我,你都不能保证这条驳船还漂在水上。"德考迪几乎喊道,"你会跟它一起命丧海底。"

"是的。"诺斯特罗莫慢吞吞地咕哝道,"那样也是一个人。"

这个人,德考迪想到,看起还真是宁可送命,也不愿损坏他那利己主义的完美模样。这样一个人是安全的。他默默不语地帮工长把锚爪收到船上。诺斯特罗莫用大桨推了一下,船便离开了倾斜的海岸,德考迪这才发觉自己就像个梦中人一样,孤零零地留在了那片沙滩上。他心头忽然涌起一种渴望,想要再听听某个人类的声音。驳船已经从那片黑色的海水上漂远,几乎看不清了。

"你觉得赫希怎样啦?"他喊道。

"被撞下船,淹死了。"诺斯特罗莫肯定的叫喊声,从包围着岛屿的那片荒凉的海天之中传来。"别离开那道溪涧,先生。我尽力在一两晚后来找你。"

一阵轻微的窸窣声传来,诺斯特罗莫正在张帆。它立刻灌满了风,发出砰的一声巨响。德考迪向溪涧走去。诺斯特罗莫站在舵柄旁,频频向大伊莎贝尔岛正在消失的轮廓回望,它一点点地没入了苍茫均匀的夜色。最后,他重新回过头来,眼前什么都没有了,除了一片寂静的黑暗,俨然一堵坚固的大墙。

然后,他也感受到了那种孤独,就像在驳船从海岸上溜去时,沉沉地压在德考迪心头的那种孤独一样。不过,就在岛上那个人还在承受着一种诡异的不真实的感觉的折磨,甚至觉得连脚下的地面也并非真实的时候,码头工长的心思已经机警地转到了接下来行动的问题上。诺斯特罗莫驾着船,径直朝前驶去,一面小心提防着出现在路途附近的赫尔莫萨岛,保持着平行的路线行,一面极力想象着明天苏拉科会发生的事情。明天，或者说是，今天——因为离天亮已经不远——索迪略便会发现那批财宝是怎样运走的。为了把它从海关公所的地下室装进一节车厢，并把车厢挪到码头去，曾雇用了一帮码头工。他们会被抓起来，而肯定不用多久，索迪略就会知道那些银子是怎样运出苏拉科的，还有是谁把它运出去的。

诺斯特罗莫本想张着帆一直驶进港口的，但一想到这样，他便猛地一转舵把驳船转向逆风，放缓了疾行的速度。他要是驾着那条船再度露面，会遭人怀疑，会惹人猜测，会彻底引得索迪略追究起他的行踪。他自己会被抓起来，而且紧接着，为了让他开口，说不上他们会在牢狱对自己怎样。他当然对自己有信心，不过，他站起来，四下望了一圈。在那附近，赫尔莫萨已经低低地露出它白色的顶层，像桌面一样平坦，微风轻轻推送着海水涌起来，哗然地冲刷过它的边缘。驳船必须立刻沉掉。

他把帆调转过来，让船倒退着漂去。那里面已经进了许多水。他任凭它漂向海港的入口，任凭船舵自行打转，自己却蹲下来，忙着拔掉驳船的塞子。拔出那个东西，它很快便会灌满水，而每条驳船都载着一小块压舱铁——满水之后足以令它沉下去。当他重新站起来的时候，赫尔莫萨岛四周喧哗的水声听起来已经远去，几乎没了动静，而他已经能够辨认出海港入口周围的地形。这是一桩要命的差事，而他是一个出色的泅水者。要他游上一英里远不算什么，而且，他还知道一个容易上岸的地方，就在一座废弃的老城堡的工事下面。这座城堡对他来说还有一种特别的魅力，在经历过这几个无眠的夜晚之后，那里倒是一个睡觉的好地方。

他使劲一击，把舵柄卸了下来，又把塞子敲出来，只是没有费力去落帆。他感觉海水猛地没过他的双腿，然后跳上了船尾的栏杆。他在那里直挺挺地、一动不动地站着，仅仅穿着他的衬衣和裤子，站在那儿等待着。他在等待自己的决定，随后随着扑通一声巨响，远远地跳了出去。

他立刻回过头去。阴沉灰暗的黎明从大山背后透过来，在水面上为他映出船帆的上角，那片深色的、湿淋淋的三角形帆布，正轻轻地左右摇摆着。他看着它消失掉，像是猛然被拽下去了一样，然后拍打着游向海岸。

第三部分　灯塔

第一章

　　驳船一从栈桥上溜开，消失在黑漆漆的港口中，那些苏拉科的欧洲人士便分头而去，回去为蒙特罗政权的到来准备着，后者正由山上与海上向苏拉科逼近。

　　那项把银子装上驳船的体力工作，成为他们最后的统一行动。它结束了三天以来的危险，在此期间，根据一些欧洲媒体报道，他们以自己的力量将这座城镇从平民暴动的灾难中保护了下来。在栈桥靠着海岸的一端，米切尔船长道过晚安，便掉头走回去。他想在栈桥的木板上踱步，直到那条从艾斯莫拉达来的汽轮出现。铁路方面的工程师们，召集起他们的巴斯克和意大利劳工，列队向铁路场院走去，留下暴乱第一天中出色保卫下来的海关公所，四面大敞地矗立在那里。在苏拉科这次举世闻名的"三日动乱"中，他们的人表现得十分勇敢而忠诚。在很大程度上，他们这样的忠诚和那样的勇气是为了自卫而发挥出来的，并非出于查尔斯·古尔德对之抱以信心的那一类物质利益。在暴民的呼喊中，"处死外国佬"并不是声势最弱的。那些外来劳工与这个国家人民的关系始终不好，这对于苏拉科倒是一个值得庆幸的境况。

莫尼格汉姆医生走到维奥拉家的厨房门口,来观看这退却的一幕,它标志着国外势力干预的结束。这支物质文明之师从科斯塔瓦那的革命战场上撤退下来。

这一行进群体的外围所举着的角豆树火炬,散发出浓烈的气味直扑他的鼻孔。它们的光亮从房子前面扫过,从头到尾映着那道长长的墙壁,题名的字母一个个从黑影中跃然而出,"意大利团结旅舍"。他在明亮的火光中眨着眼睛。有几个年轻人——多半是金发白肤、身材高挑的——率领着这一群生着黑古铜发色、斜扛着明晃晃的枪杆的人马,他们在经过时,亲切地对他点点头。医生是一个无人不知的人物。他们有些人不禁好奇,他在那儿做什么。然后,他们便贴着劳工队伍的侧翼大步流星地赶上前,沿着铁路走去。

"你们的人马从港口撤出来了?"医生向铁路总工程师招呼道,后者正陪查尔斯·古尔德走在回城的路上,他走在坐骑旁边,一只手搭在鞍头上。他们恰恰在门外开阔处停了下来,好让劳工们从路上过去。

"越快越好。我们不是一个政治派别。"总工程师意味深长地回答,"我们可不准备给新统治者留下一个对铁路不利的把柄。你同意我吧,古尔德?"

"完全同意。"查尔斯·古尔德用漠然的声音答道,他挺拔的身影伫立在平行四边形灯影的外面,那是透过敞开的门口映在路上的。

索迪略从这头赶来,而佩德里托·蒙特罗从那头赶来,总工程师眼下唯一的担忧,是避免同任何一方遭遇。苏拉科对他来说,是一座车站、一处终点、一处工厂、一大堆物料。铁路方面抵抗暴民,是为了保护自己的财产,但它在政治上是中立的。他是一个勇敢的人。而出于中立的精神,他已将停战的建议传递给两位自封的民众党派首领,也就是富恩特和加马乔两位代表。当他为这项使命穿过市政广场的时候,子弹仍在四处乱飞,他把金合欢俱乐部的一块白色亚麻布餐巾在头顶挥舞着。

他为这一番功绩感到相当自豪;想到医生整天都在古尔德公馆的院落中忙着照顾伤员,还没有来得及听说这个消息,他便简要地叙述起来。他已经把从筑路营地得来的有关佩德里托·蒙特罗的情报告知了他们。那位获胜的将军的兄弟已经向他们保证,眼下会随时抵达苏拉科。当加马乔先生从窗口大喊着把这个消息——正合他意——公布出来的时候,曾引发暴民们沿着草原大道向林康涌去。而那两位代表,也在跟他热烈地握过手之后,骑上马飞奔着前去迎接那位大人物。

"我在时间上给了他们一个小小的误导。"总工程师坦言道,"就算他快马加鞭,也很难在清早之前抵达这里。不过,我的目标已经达成了。我已经为失利的一派争取到了几个钟头的和平。然而,我没有告诉他们任何关于索迪略的事情,因为担心他们因此动起脑筋,想着重新夺回港口,或是为了对抗他,或是为了迎接他——这都是说不定的。那儿放着古尔德的银子,上面维系着我们仅存的希望。德考迪的退却也是应当考虑的。我觉得铁路方面作为朋友,已经做得够好了,没有乖乖地束手就擒。眼下,党派的事情就交给他们自己吧。"

"把科斯塔瓦那交给科斯塔瓦那人。"医生冷嘲热讽地插话道,"这真是一个好国家,为仇恨、报复、谋杀与劫掠种出了一片好庄稼——那些这个国家的子孙同胞。"

"没错,我也是其中一个。"查尔斯·古尔德的声音听起来十分冷静,"我要向前走,去照料自己的那一摊麻烦。我的太太已经径直往朝前走了,是吗,医生?"

"这边一切都平静了。古尔德夫人已经带着两个女孩走了。"

查尔斯·古尔德继续朝前骑去,总工程师随医生进了屋子。

"那人简直是冷静的化身。"他由衷地感叹道,坐在一条长凳上,探出两条精致的、穿着自行车长筒袜的腿,几乎横过了整个门口。"他一定对自己极有信心。"

"他如果只是对这个有信心,那就等于没有信心。"医生说。他又坐回桌子头上。他用一只手掌抚着脸颊,另一只手托着这只的手肘。"那应该是一个人最后对之抱以信心的东西。"蜡烛已经燃去了一半,长长的烛芯发出昏暗的光亮,从下方映着他歪着的脸庞,那上面的表情受脸颊上蹙缩的疤痕的影响,显得有些不大自然,带着一种夸张的、悔恨的模样。他坐在那里,像是在思索着什么邪恶的事情。总工程师盯着他看了好一阵子,才开口反驳。

"我不这样认为。对我来说,没有别的可信的。然而——"

他是一个聪明人,但却不大会隐藏自己对这类怪论的轻蔑;事实上,莫尼格汉姆医生是不太受苏拉科的欧洲人士们待见的。他那副流浪汉的外表,甚至在古尔德夫人的客厅里也不会改换,引起一些不快的评议。他的智力是不容置疑的。而且,鉴于他已经在这个国家生活了二十多年,他的悲观也是不能被完全忽视的。只是那些听他讲话的人出于本能,为了维护自己活动与希望,便把他的悲观当成了某种隐藏的人格缺陷。据说多年前,他在还十分年轻的时候,便被古兹曼·本托任命为军队的总医务官。当时,在科斯塔瓦那的公务机构里,还没有一个欧洲人能够得到那位凶残的老独裁者这样的宠信。

他此后的事迹便不是很清楚了。它迷失在无数的有关他密谋策划推翻暴政的传言里面，就像一条河水迷失在干旱的荒野沙地，也许待到它再从另一头流出来时，水势已经衰微，也不再清澈了。他毫不隐瞒，自己曾在共和国最荒凉的部分生活过多年，在可以上溯到那些大河之源的遥远内地的巨大丛林中，同一些几乎不知名的印第安人部落混迹在一起。不过，那也只是漫无目的的游荡；他没有记下什么东西，没有采集什么东西，也没有从暗无天日的丛林中，为科学带出来什么东西，他遭受重创的人格好像仍然被那片丛林抓着，他一瘸一拐地在苏拉科四处走动，像是偶然漂落此地，没想到却在这片海岸上停驻下来。

据人们所知，在古尔德一家从欧洲搬来之前，他曾过着一种贫苦的日子。随后的情况表明，他那粗野的特立独行是可以被善良驯化的，因而，唐·卡洛斯与艾米莉亚夫人便收容了这位疯癫的英国医生。也许，驯化他的只是饥饿。当然，早年间他在圣马塔的时候，便已经与查尔斯·古尔德的父亲相识；而如今，不管他个人历史中那些黑暗的篇章究竟如何，他都已经成了桑·托梅银矿的医务官，这是人们所认可的身份。他得到了认可，却没有被完全接受。他身上那么多令人不快的怪癖，以及对旁人的冷嘲热讽的讲话口吻，似乎都在直指他判断上的鲁莽和对于自己罪行的抵赖。此外，随着他重新变得重要起来，前些年也有一些模糊的流言传出，被称为"大阴谋"的那段时期，在他失宠而被古兹曼·本托扔进监狱的时候，他曾出卖过一些参与密谋的好友。表面上，没有人会相信这些流言；大阴谋的整个历史是一笔糊涂账，无可救药地牵连了很多人；在科斯塔瓦那，人们承认除了暴政本身丧心病狂的想象，根本没有过这样一场阴谋；

因而，也没有什么人和事好出卖；尽管如此，却有一大部分杰出的科斯塔瓦那人士因为这一指控被监禁，被处决。这桩公案持续了多年，像瘟疫一样屠戮着上流阶层。只是对被处决人的亲属施以同情，都会是死罪一条。也许，唐·何塞·阿维拉诺斯是活下来的人里面唯一了解那些残酷难言的事情的整个来龙去脉的一个。他亲自经历过这一切，而每当暗示到此事，他都会耸一下肩膀，用一只手臂作出紧张、颤抖的姿态，像是要把它从自己身上挥去。但不管原因为何，尽管莫尼格汉姆医生作为古尔德特许矿区的重要一员，得到矿工们的虔诚敬畏，而古尔德夫人也容许他荒诞放任，他却始终被排斥在圈子外面。

总工程师逗留在这座平地上的小旅馆中，并非是出于对医生的任何好感。他更喜欢老维奥拉。他把意大利团结旅舍看作是铁路的一个依靠。他的许多下属都住在这里。这位掌管着一支劳工队伍的总工程师，非常欣赏加里波第的老党徒对他的同胞们所产生的道德感召。他那严肃的、老式的共和主义思想，对待忠诚与责任持有一种苛刻的、军人般的标准，好像整个世界就是一片战场，博爱与情谊才是人们应当为之战斗的理由，而不是战利品的多寡大小。

"可怜的老家伙！"听医生讲过特丽萨的情况，他感慨道，"他自己绝对没法把这个地方维持下去。我会很难过。"

"他正一个人待在上面。"莫尼格汉姆医生咕哝道，沉重的脑袋朝狭窄的楼梯拗了一下。"活人们都走了，古尔德太太刚刚把女孩们带走了。她们留在这儿，也许很快就不安全了。当然，作为一个医生，我在这儿也无能为力；但是，她让我留下来陪着老维奥拉，而我也没有马可以骑回我该去的矿上，所以，就毫不为难地留下来了。城里那些人没有我也可以应付。"

"我倒是情愿跟你一起守在这儿，看看港口今晚到底会发生什么。"总工程师讲道，"它肯定不会被索迪略的军队骚扰，他们会立即朝更远处开进。在古尔德家和俱乐部里面，索迪略向来对我十分客套。我实在想不出来，那个人还怎么敢去面对他在这里的任何一位朋友。"

"为了避免一开始的尴尬，他肯定会开枪打死他们中的某些人。"医生说，"在这个国家里，对于你那位变了节的军人朋友来说，没有什么是比简单的枪决更奏效的。"他的话里有一种沮丧的信心，让人无从反驳。总工程师也没有反驳。他懊悔地点了几下头，接着说：

"我觉得我们今晚能给你搞到一匹马，医生。我们的人已经追回了一些逃散的马匹。要是骑得快一些，沿着森林边上从洛斯·哈托斯兜一个大圈，完全绕开林康，你也许有希望赶到桑·托梅桥而不会遇上什么麻烦。对于任何有一点儿牵连的人来说，在我看来，银矿眼下是最安全的地方。我多么希望，铁路也是这样难碰。"

"我也被牵连了吗？"沉默了片刻，莫尼格汉姆医生缓缓问道。

"整个古尔德特许矿区都受到了牵连。它不可能永远保持在这个国家政治活动之外，要说这些闹剧也算政治活动的话。问题只是——它能不能碰？当保持中立变得不可能的时候，它就会被触动，而查尔斯·古尔德完全清楚这一点。我相信，他已经为每一种极端情况做好了准备。像他那样的人，是绝不会指望靠着愚昧和腐败的怜悯，朝不保夕地苟且生存的。那就好像一个囚徒落在土匪窝子里面，你只能拿荷包里的钱，一天天地买回自己的性命。买来的只是安全，不是自由，你要知道，医生。我知道自己在谈论什么。你可以对这幅景象耸耸肩膀,但它是真实的,尤其是当你想到,这个囚徒居然有一种能力,可以靠着某些在远非绑架他的团伙所能理解的、简直像是法术一般的方法,重新赚满自己的荷包。这样,你就会跟我一样明白这把戏了,医生。他就是那只下金蛋的鹅。之前约翰爵士到访的时候,我就向他提出过这个问题。那个落在愚蠢而贪婪的匪帮手上的囚徒,只能活在第一等的无能恶棍的怜悯之下,而后者要是一时兴起,或是指望着立刻能捞上一笔,也许便会砸开他的脑袋。那个下金蛋的鹅被杀的寓言,并不是没有所指的,不是人类的智慧无聊编造出来的。这是一个永远常新的故事。而这也是为什么,查尔斯·古尔德要用他深沉、缄默的方式来支持对里比厄拉的任命的原因,那可是第一份不依靠背地里贪赃枉法的勾当便能够给予他安全承诺的法令。就像一切理性在这个国家中的失败一样,里比厄拉派也失败了。但古尔德自然是有理由希望这么大一座银矿的。且不说德考迪的光复大计可行与否,它也许是一个机会,也可能不是。就对这片遍地革命的大陆的经验而言,我很难严谨地看待他们的方法。德考迪曾把他起草的一份公告读给我们听,并且用将近两个钟头详述了他的行动计划。他辩称,要是我们这些老派的、稳定的政治及国民组织成员,还不至于被一个像他这样——口气嘲讽、仓皇逃命、口袋里揣着一纸公告,前去见一个只有在世间的这片土地上才会被称作将军的粗鲁、诙谐、没教养的混账——的年轻人的头脑所提出来的有关一个新生国家的区区想法吓坏的话,那么,它看上去便是足够可靠的。那听上去像是一个胡闹的童话——但是,可能会实现;因为它很符合这个国家的精神。"

"那么,银子运走了?"医生忧心忡忡地问道。

总工程师掏出怀表。"按照米切尔船长——他应该清楚——估计，它已经离开港口三四英里远了。而且，据米切尔说：'诺斯特罗莫是那种懂得利用时机的水手。'"说到这里，医生重重地哼了一声，另一个人也随即变了语气。

"你不看好这个行动吗，医生？为什么？查尔斯·古尔德已经不得不把这游戏进行下去，虽然他不是那种透露自己行动计划的人，也许甚至对自己都不讲，更不用说别人了。也许，这游戏有一部分是霍尔罗伊德建议他进行的；但是，这也符合他的性情；正因为这样，它才会如此顺利。在圣马塔，他们不是开始称他为'苏拉科之王'吗？也许这样一个绰号，就是他成功的最好标志。要我说，这就好比把一副嬉笑的面孔，装在真相的躯体上。最早到达圣马塔的时候，我完全被震撼住了，所有那些记者、说客、国会成员，以及所有那些将军和法官们，无一例外地卑躬屈膝在一个睡眼惺忪的律师面前，而仅仅因为他是古尔德特许矿区的全权代表。约翰爵士来到这里时，也对此觉得印象深刻。"

"一个新生国家，让那个胖嘟嘟的公子哥儿德考迪当第一任总统。"莫尼格汉姆医生沉吟道，一边抚弄着脸颊，一边摆动着双腿。

"要我说，又有什么不可？"总工程师用一种出其不意的认真与信任的语气反问道。那种情形就好像科斯塔瓦那的气氛中有某种微妙的东西，已经把当地对于"公告"之类的信念灌输给了他。他随即开始谈论，像是一个革命的行家，讲到手头上可供调遣的凯塔那支没有折损一兵一卒的兵力，只要德考迪能够立刻设法沿着海岸南下，几天后就能够把它带回到苏拉科。因为那里的军事头领是巴里奥斯，而蒙特罗正是他此前的对手和死敌，他只能够指望从他那里领到一颗枪子。至于他的军队,也别指望从蒙特罗那里得到什么,甚至连一个月的军饷都得不到。从这一观点来说,那批财宝的着落是非常重要的。仅仅是得知它被从蒙特罗分子手中拯救出来,便足以为凯塔的部队提供一种强大鼓舞,吸引他们前来投靠这份开创一个新生国家的事业。

医生转过脸来,盯着他的同伴看了一阵子。

"照我看,这个德考迪,就是个信口开河的小混混。"他终于讲道,"祈祷成真吧,那么,查尔斯·古尔德就把整批银锭交个诺斯特罗莫掌管,放到海上去吗?"

"查尔斯·古尔德",总工程师讲道,"如平常一样,对于他的动机没有多讲。你知道,他就是不说。但我们这儿所有人都知道他的动机,他只有一个动机——按照跟霍尔罗伊德所签订的契约的精神,保住古尔德特许矿区并保护银矿的安全。霍尔罗伊德也是一个非同寻常的人。他们能够互相理解彼此想象中的那一面。他们一个三十岁,另一个将近六十岁,简直是意气相投的一对。作为一个富豪,一个像霍尔罗伊德那样的阔佬,就好像会永远年轻一样。年轻人的魄力在于他所能够想象的无穷无尽、可供支配的时间;而一个富豪可供他支配的,却有无穷无尽的手段——那会更好使。一个人的时间说到底,完全是个不确定的数量,但百万家财的势力所及,却是不容置疑的。他想把一种更为纯洁的教义引入这片大陆,这就是一个年轻宗教狂的梦想,而这也就是我所要向你解释的,为什么五十八岁的霍尔罗伊德就像是一个刚刚跨进人生门槛的毛头小子,或者更强。他不是一个宣教士,但桑·托梅为他扮演着那种角色。我向你保证,这绝对是真的,甚至在几年前跟约翰爵士就科斯塔瓦那金融问题进行的一场严肃的商业会谈中，他也无法把这一点排除在话题之外。约翰爵士返程期间，曾从旧金山给我这里写了一封信，诧异地提到了这一点。要我说，医生，事情仅从它们本来来看是一钱不值的。我开始相信，真正令它们牢不可破的是某种精神价值，人人都要在里面找到属于自己的活动——"

"呸！"医生打断了他，两腿的晃荡一刻也没有停过，"自吹自擂罢了。这就是虚荣的食物，在引着世界转圈。这会儿，伟大的工长和伟大的政治家正带着那批财宝漂荡在海湾里，你觉得他们会怎样？"

"你为什么担心这个，医生？"

"我担心！它跟我又有什么关系？我可从不往自己的念头、自己的看法或是自己的行动里掺和什么精神价值。我可没有什么闲心思自吹自擂。你看，比如说，我更愿意为一个可怜的女人缓解她临终的病痛。而我却做不到。这就是不可能。你可曾迎面撞上这类不可能的事情——或者说，修铁路的拿破仑，你的字典里可有一个这样的词儿？"

"她不得不痛苦上一阵子吗？"总工程师带着恻隐的关切问道。

厨房笨重的硬木横梁上面，一个缓慢、沉重的脚步声从地板上传来。然后，从楼梯——夹在厚实的墙壁中间，窄到只要有一个人守在那儿，便足以抵住二十个来敌——狭窄的开口传下来两个低语声，一个虚弱而断断续续，另一个低沉而柔和地应和着它，用凝重的音调盖住了前者的虚弱。

"是的，他会的。而我现在上去，也做不了什么。"

楼上楼下随即都沉默了许久。

"我猜"，工程师放低了声音，开口道，"你不信任米切尔船长的工长。"

"不信任他！"医生咬牙切齿地嘟囔道。"我相信他做得出来任何事情——甚至是最荒唐的忠诚。离开码头之前，我是最后一个听他讲话的人，你知道。楼上那个可怜的女人想要见他，我让他上去到她那儿。一个快要咽气的人是不容回绝的，你知道。她当时看起来相当冷静而且温驯，可接着十来分钟，那个无赖不知道是做了还是说了什么，看上去竟像是把她逼进了绝境。你知道，"医生支吾着继续道，"各种身份的女人穷其一生，都是非常不可理喻的，有些时候，我觉得她是以某种方式，你明白吗？爱上了他——那位工长。毫无疑问，那个混蛋有他自己的魅力，要不然的话，他也不会征服整座城里的百姓。不，不，我不是在胡说。我可能是为她从自己那一方面对他所怀的某种强烈感情，为一个女人对一个男人在情绪上倾向于采取的某种莫名其妙、愚蠢至极的态度，起了一个错误的名字。她常常对着我咒骂他，当然，这跟我的想法并不矛盾。在我来看，那就像是在一直惦记着他。他是她生命里重要的一块。你知道，我见过太多那样的人。每次从矿上下来，古尔德夫人便会要我对他们多加关照。她喜欢意大利人；她曾在意大利生活过很久，我觉得，她对于那位加里波第的老党徒有一种特别的喜爱。一个十足杰出的家伙。一个坎坷而梦幻般的角色，生活在年轻时代的共和主义中，就像生活在一朵云彩里。正是他鼓动着那位工长，说了许多毫无道理的胡话——这个神经兮兮、高尚无比的老叫花子！"

"什么胡话？"总工程师问道，"我倒觉得，那位工长一向是个精明而敏感的人，无所畏惧而大有用处。一个完美的帮手。约翰爵士在从圣马塔来这里的陆上旅途中，对他的足智多谋和专注用心也大为感动。后来，你或许也听说了，他还向当时的警察局长告发了某些在城中露面的职业匪徒，他们从远处来这儿，是为了破坏并抢劫我们押送月薪的火车，这事儿给我们帮了一个大忙。当然，他还凭借巨大的才干，为海汽航公司张罗着港口的驳运船务。尽管他是一个外国人，却知道怎样让他们听命于他。没错，这里的码头工们也是外来者，有一多半——都是移民，一些岛民。"

"他的声望就是他的财产。"医生酸溜溜地咕哝道。

"那个人在无数的情形下，用各种方式证明了他是完全可信的。"工程师辩护道。"当这批银子的问题提出来之后，米切尔船长自然热心肠地想到，他的工长是值得托付的唯一人选。当然，作为一个水手，我觉得的确如此。但作为一个人选，你知道吗，古尔德、德考迪还有我本人判断，无论谁去都没有一点儿关系。任何水手，都可以做得一样好。请想想，一个盗贼带着这么多银锭能怎么办？要是带着它逃走，他总归是要在什么地方登陆的，而他又怎么能把自己的货物瞒过岸上人的耳目？我们从头脑中打消了那种顾虑。况且，德考迪也会去。此前有几回，工长都曾被委以更加隐秘的信任。"

"他对此倒是有一些略微不同的看法。"医生说道。"就在这个房间里，我曾听他亲口说，这会是他一辈子最要命的差事。我还听他交代了一个口头遗嘱，立老维奥拉当他的执行人。而且，天上的圣徒啊！你知道吗？他还没有靠着自己对你们这些铁路和港口的好人儿们的效忠发财致富。我猜，他是从自己的效劳中得到了某种——你们管它叫什么？——精神价值，否则我真不知道，这个家伙为什么要对你，对古尔德，对米切尔，或是对其他任何人效忠。他对这个国家了如指掌。他知道，比如说，那个加马乔，那个从亚维拉来的议员代表，原来不过是一个顶普通的泼皮无赖，一个草原上不入流的小贩，直到设法从安扎尼那儿赊到了足够多的货物，在乡野里开了一间小店，并让那些欠他账的人——那些在大草原上闲荡的醉醺醺的酒鬼，还有那些最下等的牧场主们——把自己选成了议员。而这个加马乔，明天也许就会变成我们的一个达官贵人，他居然也是一个外来者——一个岛民。要不是——林康的那个旅馆店家愿意为此发誓——他在林子里面杀了一个小贩，抢去他的包裹，开始了那种生计，他或许就是海汽航码头上的一个码头工。那么你觉得，那个加马乔，接下来，会在这个地方的民主政治中变成一位英雄吗，就像我们的工长一样？当然不会。他半点儿都算不上。不，毫无疑问，诺斯特罗莫是一个傻瓜。"

医生的话让那个修铁路的觉得厌恶。"要争辩这一点是不可能的。"他富有哲理地讲道，"每个人都有他的天赋。你真应该听听加马乔对着街上他的那些朋友的长篇大论。他有一副嚎叫的大嗓门，像个疯子一样狂喊着，把紧握的拳头举在脑袋上，半个身子探在窗子外面。每次他停住，下面那帮乌合之众就跟着叫喊：'打倒寡头政治！自由万岁！'里面的富恩特看上去愁眉苦脸。你知道，他是乔治·富恩特的兄弟，几年前，那人曾做过大约六个月的内政部长。当然，他是没什么良心的。但他却是一个出身好、有教育的人——曾做过凯塔海关的主任。那个白痴畜生加马乔，把自己连同身后追随的最下贱的乌合之众，一起紧紧拴在他的身上。他对于那个恶棍的病快快的害怕，让人瞧着就很高兴。"

他起身朝门口走去，向着港口眺望。"一片寂静"，他说，"我在想，索迪略是不是真打算从这里冒出来？"

第二章

正在栈桥上踱着步子的米切尔船长,也正在问自己同样的问题。大家始终在怀疑,那位艾斯莫拉达电报员的警告——一条零零碎碎、断断续续的消息——是不是真的解读准确。不过,这位好人已经打定主意,不到天亮绝不回去睡觉。他觉得,自己已经帮了查尔斯·古尔德一个天大的忙。一想到那批被保住的银子,他便满意地直搓双手。他以他那种单纯的思维方式,为自己能够参与这件绝顶聪明的变通之计而感到骄傲。正是他建议,可以在海上拦住一条向北驶去的汽轮,才使得这一计划变得切实可行。而这对他的公司也是有利的,要是那批财宝留在岸上被充了公的话,他们便损失了一笔宝贵的运费。让那些蒙特罗分子们扑一个空,也是大快人心的。出于性格所偏好的威仪,以及长久以来发号施令的习惯,米切尔船长并不是一个民主主义者。他甚至过分到从不讳言对于议会制度本身的不屑。"那位唐·文森特·里比厄拉阁下",他常讲,"我和我的伙计诺斯特罗莫,有此殊荣,先生,也有此好运,把他从某种残酷的死法里救出来的那位先生,对他的国会太过于言听计从了。这是一个错误——一个明显不过的错误,先生。"

这位掌管着海汽航公司船务的忠实老水手原本认为,在最近三天里,他已经把科斯塔瓦那的政治生活所能够提供的每一种心惊肉跳的意外都领教完毕了。而后来他时常坦言,随后发生的一些事件完全超出了他的想象。最开始的一件便是,苏拉科——鉴于电报已被占领而汽轮船运又陷于混乱——整整有两个礼拜,被同世界的其他部分割裂开来,就像一座围城。

"没人会相信这是真的,但的确如此,先生。整整两个礼拜。"

这段有关在那一时期发生的非凡事件的描述,以及他所经历的强烈感情,令他的自述以夸大失实的方式获得了某种令人厌烦的深刻印象。开篇,他总是要向他的听者保证,他"从始至终都处于事情的机要深处"。然后,他便会从弄走那批银子开始讲起,讲起他再自然不过的担心,唯恐掌管着那条驳船的"他的伙计"会出什么岔子。除了担心损失掉那么多的贵金属,马丁·德考迪先生——一位和气、阔绰而博学多闻的年轻绅士——的性命要是落到他的政敌手上,也会受到威胁。米切尔船长还坦承,独自守望在栈桥上时,他曾感受到某种程度的对于整个国家的未来的忧心。

"那样一种感情,先生。"他解释道,"发生在一个满怀感激的人身上,是完全可以理解的,他从当地的上等家庭、商事机构及其他有着独立生计的本国绅士那儿,承蒙过许多善意的关照,他们被我们勉强从肆意妄为的暴民中拯救出来,依我来看,他们的人身与财产似乎正要沦为本国士兵的猎物,那些人的行径是人所共知的,向来以可悲而野蛮的手段对待内乱中的居民。而且,其中就有古尔德一家,对于这一对贤伉俪的殷勤与善意,我实在无以为报,只能怀抱着最为热烈的感情。让我担忧的，还有金合欢俱乐部那些绅士们的危险处境，他们以领事代表与一家重要的汽轮航运公司主管的双重身份，接纳我成为其中荣誉的一员，并且以始终如一的关照与礼仪接待我。安东尼娅·阿维拉诺斯小姐，这位最为美丽而且干练的年轻女士，与她谈话一直是我的荣幸，她在我的心头占据了不小的分量，我必须坦承。即将到来的官场变动，会对于我公司的利益造成怎样的影响，这也是我关心的很大一部分。简而言之，先生，您可以设想我在那些激动人心、值得纪念的事件中所扮演的小小角色，这让我焦虑至极又十分劳累。我在公司大楼里的住处仅有五分钟的步程，那儿有一些诱人的晚餐，还有我的吊床——我夜间向来睡在吊床上，这对于本地的气候是最舒适的。但不知为何，先生，尽管我留在附近也显然不能为任何人做任何事情，我却觉得自己无法从那条栈桥上走开，困乏让我好几次痛苦地摔倒在地上。那天夜里格外黑暗——是我一生所记得的最黑的夜晚。因而我开始想到，鉴于海湾的航行难度，那条从艾斯莫拉达来的运输船也许不会赶在天亮前抵达。蚊虫发疯一般地叮咬着我。在近来的一些改善之前，蚊虫曾在我们这里泛滥成灾；那是一个特别的港口品种，以凶狠著称。它们像云团一般萦绕在我的头脸周围，而我毫不怀疑，在它们的攻击下，我在来回走动中居然还打了一个盹，结果重重摔了一跤。我一支接一支地抽起雪茄，完全尝不到烟草真正的滋味，不过是为了避免自己被活活吃掉。后来，先生，在我也许是第二十次把怀表凑近栈桥有光的一头去看时间的时候，才惊奇地发现，居然还有十分钟才到午夜。而就在此时，我听见一条船的螺旋桨的划水声——如此沉静的夜晚，那声音听在一位水手的耳朵里是绝不会出错的。它确实非常微弱,他们一直在小心提防着前进,慢得要死,一方面因为黑暗,一方面因为他们不想太早暴露自己的行踪:我实在觉得,他们大可不必如此谨慎,因为在这座港口方圆偌大的地方,只有我一个活人。因为动乱,就连平时的守夜者和其他人等,也已经有几个夜晚不在岗位了。我丢下并踩灭了自己的雪茄,纹丝不动地站着——对于那些蚊虫来说,我该想,这倒是一个可乘之机,要是我可以根据明天早上我脸上的状况去判断的话。然而谁知道,对比索迪略这帮人所施加于我的野蛮行径来说,那些叮咬不过是无关痛痒的叨扰而已。真是不可想象,先生;那简直是一个刽子手的所作所为,完全不是正常人的举动,丧尽了一切荣誉和体面;不过,索迪略的偷盗计划落空了,他气得暴跳如雷。"

在这一点上,米切尔船长说得没错。索迪略确实被激怒了。不过,米切尔船长并没有被立即逮捕;一种不可抵御的好奇心驱使他留在栈桥——那条栈桥有将近两百五十码长——上,去观看,或者说去见证,当时整个的登陆过程。米切尔船长隐蔽在那节运送银子的铁路车厢旁边,它事后被推回栈桥连着海滩的一端,他从那儿看见,有一支小小的先遣队跳下了船,向前摸去,在平地上四散开来。与此同时,大股部队也正在登陆,并且整成一列纵队,攒动的人头依次从如此接近的地方经过,就在距离他几码外,几乎占据了整条栈桥的宽度。随后,那低沉的、窸窣的、窃窃的、叮当的声音停下来,整队人马一动不动、悄无声息地在原地停留了大约一个钟头,等待那些探子们回来。陆地上听不见任何动静,除了铁路场院中那些獒犬低沉的吠叫,出没在城镇郊外的杂种狗们也以隐隐的叫声附和着。一撮黑绰绰的人影分离出来,站立在队首前方。

这时候，栈桥头上的哨兵开始低声盘查一个个从平原上走近的身影。这些从侦察组里归来的探子，与他们的同僚短短地交谈数语便迅速通过，消失在一动不动的大部队中，赶去向他们的长官汇报。米切尔船长正感到他的位置有些不妙且危险，便忽然听见栈桥头上传来一声喝令、一声号角，伴着一阵咔嗒咔嗒的武器响动，还有一阵从队列中传过的低语声。近处有一个声音响亮地匆忙下令道："把那节车厢从路上推开！"听见那些光脚板闻令跑来，米切尔船长赶忙向后跳开了一两步；那节车厢被许多只手推着，突然从他身旁沿着铁路冲了出去，而当他明白过来是怎么一回事情的时候，才发现自己已经被包围，手臂和衣领都被揪住了。

"我们抓到了一个藏在这里的人，中尉！"一个抓获者喊道。

"把他押在一边，等后卫部队赶上来。"那个声音答道。整支纵队从米切尔船长身边跑步经过，到了海滩上，他们嘈杂如雷的脚步声便戛然消失了。他的抓获者紧紧押着他，任凭他如何声明自己是一个英国人，并高声要求立刻去见他们的指挥长官，完全不被理睬。最后，他只好体面地沉默下来。伴着木板上隆隆的轮子声，两门野战炮被拉着滚滚驶过。随后，又有一小队人马，护送着四五个走在前面、伴着铁刀鞘叮当声的人影行进过去，他觉得胳膊被拽了一下，接着被命令跟着走。在从码头到海关公所的一路上，米切尔船长恐怕在那些士兵手中遭受了某种程度的凌辱——包括推搡拉扯，在他脖子上多次重击，以及用一支步枪的枪栓猛砸他的后腰。他们对于赶路速度的看法，与他自己有关体面的概念是完全不符的。他变得紧张慌乱、面色通红而绝望无助。他觉得，好像世界末日到了。

那座狭长的建筑被军队包围了，他们已经成队地收起兵器，正准备穿着他们的斗篷躺在地上过夜,头下枕着麻布袋子。环绕着大楼的墙壁,在每一处有门户或是开口的地方,都有下士提着摇晃的灯笼在那里走动。索迪略正在讲着他的部署,他要把他的成果保护起来,就像那里面果真藏着财宝。他那想要靠着异想天开的误打误撞搞到一笔横财的念头,已经盖过了他的推理能力。他不肯相信失败的可能;一想到这个,他就怒不可遏。任何指向它的迹象都是不可信的。赫希的报告对他的希望是一个彻底致命的打击,他无论如何都不肯承认。也的确如此,赫希的故事讲得语无伦次,又伴着那样的慌乱无主的神色,看上去的确不太可能。那实在难以听信,就像俗语讲得那样,让人摸不着头脑。他刚刚被救起之后,在汽轮的舰桥上,索迪略和他的军官被他们的焦躁和兴奋支配着,根本不肯给这个可怜的家伙一点儿时间,好从他仅剩的一些头脑中得到几句明白话。他们本应该让他安静下来,安抚他,宽慰他,然而,他却被粗鲁地推搡,被打了耳光,被摇来晃去,被用恐吓的口气教训。他挣扎,扭动,想要跪下去,却只会招致最为猛烈的打击,打得他动弹不得,唯恐他会莽撞地跳下船去,他的尖叫和畏缩,还有躲闪慌乱的眼神,先是令他们觉得惊奇,随后又让他们怀疑他的诚意,就像人们总是对出于每种巨大热情的忠实心存怀疑一样。还有他的西班牙语,里面夹杂着那么多德语,以至于他一大半的陈述都让人听不明白。他拼命想平息他们的火气,却用德语叫着他们"长官先生们",这话本身听起来多么可疑。当他们严厉地告诫他不要废话时,他又再次讲起德语,不屈不挠地叨念着自己忠心清白的恳求与抗议,因为他已经完全不知道自己说的是哪国话了。因为他总想不起德考迪的名字,便把他跟他在古尔德公馆见到的几个人混为一谈,搞得好像他们都在那条驳船上,并且有一阵子,这让索迪略觉得,他已经淹死了苏拉科每一个杰出的里比厄拉分子。这样一桩不可能的事情,让他更加生疑。赫希要不是疯了,就是在演戏——装作恐惧慌乱的模样,在那个节骨眼上借以掩盖真相。索迪略的贪婪,被那样一份巨大的战利品的指望刺激着,已经达到最高的程度,绝不能够相信任何与之相反的事情。这个犹太人也许是被撞船的事故吓坏了,但因为他知道那批银子藏在哪里,便用他犹太人的诡计扯出这个大谎,好让他完全不清楚发生了什么。

索迪略选了楼上一个宽阔的、带有粗重的黑色横梁的房间,作为他的指挥部。不过,那房间没有天花板,只能看见高耸屋顶下的那一团漆黑。厚重的百叶窗敞开着。一条长桌子上,有一个偌大的墨水台,几支粗短的、染着墨水的羽毛笔,还有两个方形的木盒,每一个都装着半英石砂子。一些灰色的、粗糙的公文纸散落在地板上。这一定是某个海关高层官员的房间,因为桌子后面有一把大皮革扶手椅,还有一些高背椅子散落在别处。某根横梁下面悬着一张结网吊床——是那位官员用来午休的,毫无疑问。一架高大的铁烛台上插着几根蜡烛,散发出昏暗的红色光亮。上校的帽子、军刀和左轮手枪,摆放在这一切中间,他的几个下属心腹面色阴沉地靠在那张桌子上。上校跌坐在扶手椅上,一个破烂的衣袖上戴着中士臂章的大个子黑人,跪下去为他脱掉靴子。索迪略的黑唇髭与他那颜色鲜亮的脸颊,形成强烈的对比。他的眼睛显得如此阴郁,像是深深地陷入在他的脑袋里。他似乎被自己的困惑搞得精疲力竭,无精打采而失望透顶。不过,当楼梯平台上的哨兵探进来脑袋,通报有一名犯人即将押到的时候,他立刻缓过神来。

"把他带进来。"他恶狠狠地喊道。

门被猛然推开，米切尔船长被推搡进了房间。他光着头，背心也敞着怀，衣领上的蝴蝶结被转到耳朵下面。

索迪略立即认出了他。他不可能指望得到一个比他更宝贵的俘虏了；这个人能够告诉他，如果他肯，任何他想知道的事情——因而，他脑中随即浮现出来的问题便是，如何更好地让他开口谈到事情的要点。一个外国民族的怨恨吓不倒索迪略。就算把整个欧洲武装起来，它的力量也不能保护米切尔船长免受羞辱与虐待，但索迪略又转念想到，这是一个英国人，在恶劣的待遇下很有可能变得顽固倔强，十分难以控制。不管怎样，上校舒展开了紧皱的眉头。

"啊呀！杰出的米切尔先生！"他故作慌张地叫道。他装出愤怒的架势匆忙上前，并且喊道，"快给这位绅士松绑"，这番表演是如此有效，那些一脸错愕的士兵立即从他们的犯人身边跳开。然而，米切尔船长突然失去了押解者的支撑，趔趄了一下，险些跌坐下去。索迪略亲切地用胳膊扶住了他，把他引到一把椅子上，朝房间里挥挥手。"都出去，你们所有人。"他命令道。

房间里只剩下他们的时候，索迪略低头站着，显得犹豫而沉默，等待米切尔船长恢复他讲话的力气。

他完全明白，这个人是最关乎那批银子动向的人物之一。以索迪略的性情来说，他巴不得痛揍他一顿才好；就像从前，在跟谨慎小气的安扎尼艰难地谈判着一笔贷款的时候，他的手指总恨不得要掐住那位店主的喉咙。至于米切尔船长，他的思维已经完全被这番突如其来、出人意料而大体上难以置信的经历打乱了。而且，眼下他正喘得上气不接下气。

"从码头到这里的路上,我被打倒了三回。"他大喘着气说,"要有人为此付出代价。"他肯定不止一次跌倒在地,而且,在重新跟上脚步之前,还被拖着走了很长一段距离。恢复了力气之后,他的怒火使得他像是发了疯一样。他跳起来,面红耳赤,白发一根根地竖立着,目光冒火,在手足无措的索迪略面前,猛烈地拍打着他那被扯破的背心的前襟。"看!楼下你那些穿着军服的贼,抢了我的怀表!"

那位老水手的模样十分吓人。索迪略发现,他自己被同那张放着他的军刀和左轮手枪的桌子隔开了。

"我要求赔偿和道歉。"米切尔朝他咆哮道,跟他挨得十分近。"就是你!是的,就是你!"

有一两秒钟的时间,上校带着一副完全木然的神情呆站在那里;此后,当米切尔船长向着桌子甩出一条胳膊,像是要抓起那把左轮手枪的时候,索迪略警觉地叫了一声,跑向门口并一闪身逃了出去,然后砰地把门带上了。米切尔船长的惊诧压抑住了他的怒火。索迪略在那扇门后的楼梯平台上叫喊起来,木楼梯上随即响起巨大而嘈杂的脚步声。

"缴了他的枪!把他绑起来!"上校大叫道。

米切尔船长仅仅顾得上朝那些窗口看了一眼,每扇窗子有三根垂直的铁条,距离地面大约二十呎高,这是他此前便已清楚的,接着门就被撞开了,那些人朝他猛扑过来。在短得令人难以置信的一瞬间,他便发现自己被用一条牛皮绳子捆了许多匝,绑在一把高背椅子上,因此,只有他的脑袋可以活动了。索迪略方才一直倚靠在门口,显然在打着哆嗦,直到这时,才重新放胆走进屋内。士兵们从地板上捡起他们的步枪,那是刚才为了抓住犯人丢在地上的,他们列成一队走了出去。军官们挂着他们的军刀,在一边旁观着。

"怀表!怀表!"上校咆哮道,像笼子里的老虎来回走动着,"把那个人的怀表给我。"

的确如此,在被带进去见索迪略之前,他们在楼下的大厅里搜查米切尔船长身上有无武器,就缴了他的怀表与表链。不过,在上校的大嚷大闹之下,它很快便出现了,一个下士小心翼翼地把它捧在两只交叠的手掌中,送了上来。索迪略一把抢过来,伸出紧握的拳头,将那只悬着的怀表凑近米切尔船长脸前。

"看呀!你这傲慢的英国佬!竟敢把军队的战士称为贼!瞧好你的怀表。"

他挥动着拳头,像是要揍犯人的鼻子。米切尔船长像个襁褓里的婴孩一样无助,不安地盯着那只价值六十畿尼的半精密计时金表,那是多年前由一个保险公司委员会赠送给他的,为了表彰他使一条船在火灾中免遭全损。索迪略似乎也留意到它价值不菲的外观。他立刻闭了嘴,快步走到桌子旁边,借着烛光仔细地察看起来。他从没见过这么精致的东西。他的下属军官们围拢过来,在他背后伸长了脖子。

他变得饶有兴致,以至于有那么片刻,他竟忘了自己的宝贝犯人。在那些内心狂热、头脑冷静的南半球人种的贪婪中,总有某种孩子气的东西,是北半球的人们那朦胧的理想主义中所缺乏的,前者只要受到最小的一点儿鼓舞,便会做起不下于征服世界的黄粱美梦来。索迪略喜爱珠宝、金器这一类的个人饰物。许久之后,他转过身去,做了一个命令的手势挥开了他的军官们。然后,他把那只怀表搁在桌子上，草草地拿自己的帽子把它罩住。

"哈！"他开口道，走到那把椅子的跟前，"你竟敢把我艾斯莫拉达军团勇敢的战士叫作——贼。你竟敢！放肆！你们这些外国佬跑来我们的国家，掠夺它的财富。你们总是贪得无厌！你们真是胆大包天！"

他朝军官们望去，他们中间响起一阵附和的咕哝。那位老少校激动地宣称道——

"是的，我的上校。他们都是叛徒。"

"我什么都不想说。"索迪略继续道，用一种愤怒而不安的眼神盯着一动不动、无能为力的米切尔。"我什么都不想说，在我努力要以你所不配得到的关照来对待你的时候，你居然阴险地想拿我的左轮手枪射我。你已经葬送了自己的性命。你唯一的指望，就是我的仁慈。"

他在观察着自己这番话的效果，然而，米切尔船长的脸上并没有一丝明显恐惧的迹象。他花白的头发落满尘土，无助的躯体也沾满了尘土。他像是没有听见一样，耸动着眉毛，只为摆脱一根从头发间垂落下来的草屑。

索迪略探出一条腿来，两手叉着腰。"是你，米切尔"，他奋然道，"你才是贼，不是我的战士！"他用一根留着扁桃仁状的长指甲的食指，戳着他的犯人。"桑·托梅银矿的银子在哪儿？我问你，米切尔，那些藏在这座海关大楼的银子在哪儿？回答我。你们偷走了它。你们合起伙来偷走了它。把它从政府那儿偷走了。啊哈！你觉得我不知道自己在说什么。但我清楚你们外国佬的鬼把戏。它被运走了，那些银子！不是吗？用你的一条快艇运走了，你这混账东西！你怎么敢?"

这一回,他的话收到了效果。"索迪略究竟是怎么知道?"米切尔自忖道。他的头部是身躯上唯一可动的部分,以猛然的一怔泄露了他的讶异。

"哈!你颤抖了。"索迪略突然叫道,"这是一桩阴谋,一件叛国的罪行。难道你不知道,在政府的要求得到满足之前,那批银子都是共和国的?它在哪儿?你把它藏在了哪里,你这卑鄙的贼?"

这个问题让米切尔船长的精神为之一振。不管索迪略用什么让人捉摸不透的手段得到了那条驳船的消息,他都没能够抓住它。这是显然的。在他一腔怒火的心里,米切尔船长原本已经打定主意,只要自己仍旧被这样不光彩地绑着,任何事情都不会叫他吐露一个字,然而,他想要帮助那批银子逃脱的愿望,使得他战胜了自己的决心。他的脑筋开动起来。他从索迪略身上侦察到某种狐疑的、犹豫的神色。

"那个人",他对自己暗语道,"对自己所讲的吃不准。"尽管在他的社会交际中有着浮夸自大的毛病,米切尔船长在应对生活的现实时却不乏一种坚决而果断的精神。眼下,他已经克服了那糟糕的待遇所带来的第一波冲击,变得足够冷静与镇定。对于索迪略的极度蔑视令他稳住阵脚,他故弄玄虚地说:"毫无疑问,它现在已经藏得严严实实的了。"

索迪略也趁机冷静下来。"很好,米切尔。"他用一种冰冷与恐吓的口吻讲道,"但是,你能出具政府的税据和海关公所的装船许可证吗,喂?你能吗?不能。这样,那些银子就是被非法运走了,这是要量罪判刑的,除非它能够在五天内出现。"他下令把犯人解开,并把他关在楼下的一个小房间里。他在屋子里四处走动,心事重重且一语不发,直到米切尔船长被好几个人抓着他的胳膊,站起来,抖了抖身躯,又跺了跺脚。

"被绑着的滋味如何,米切尔?"他嘲讽道。

"这是对于权力的最荒唐、最可恶的滥用!"米切尔船长高声答道,"不管你的目标是什么,你都会一无所获,我向你保证。"

身材高大、面色铁青、生着煤黑色卷发和唇髭的上校,蜷伏下身子,像是要盯进那个身材粗矮、面色赤红的犯人的眼睛。

"那我们就走着瞧。当我把你绑在外面的一根柱子上,晒上一整天,你就会更清楚我的权力了。"他蛮横地挺直了身子,做了一个手势,让他们把米切尔船长带走。

"我的怀表呢?"米切尔船长叫道,他抵住那些人把他拽向门口的力气,背身悬空着。

索迪略转向他的军官们。"不!听听这个无赖在说什么,绅士们。"他假装嘲弄道,他们随即答以一阵哄笑。"他要他的怀表!……"他再次冲到米切尔船长面前,因为他有一股强烈的冲动,想把这个英国佬痛揍一顿,以解自己心头之气。"你的怀表!你就是一个战时的犯人,米切尔!战犯!你没有任何权利,没有任何财产!该死的!你身体里的每一口气都是我给的。记住!"

"胡扯!"米切尔船长说着,收起了他那气急败坏的模样。

楼下有个泥土地面的大厅,白蚁在它的一角筑起一座耸立的蚁窝,士兵们在拱形门洞处用破桌椅生起一小堆火,港口的海水拍在海滩上,透过门洞传来隐隐的絮语。米切尔船长在被带下了楼梯的时候,一个军官从他身旁经过,前去向索迪略报告抓到了更多犯人。

那个宽阔、阴暗的地方缭绕着大量烟雾，火焰噼啪燃烧着，米切尔船长像是透过云雾，从那些身材矮小、手握军刀的士兵的包围中，看清了三名高大犯人的脑袋——医生、总工程师，还有白头雄狮一般的老维奥拉，后者与另外两人侧身背向站着，下颌抵在胸口，两条胳膊被反绑着。米切尔船长莫名惊诧。他大呼出来；另外两人也喊起来。然而，他被催促着，从斜地里穿过了那座偌大的、洞穴一般的大厅。许多念头、猜测、值得当心的暗示，以及诸如此类的想法，涌入他的头脑，让他觉得心烦意乱。

"他真要关押你？"总工程师喊道，他的单片眼镜被火光映着，闪闪发亮。

一个军官从楼梯顶上匆忙喊道："把他们全部带上来——他们三个。"

在喧闹的人声和武器的铿响中，米切尔的声音听起来并不十分清楚。"天啊！那个家伙偷了我的怀表。"

总工程师在楼梯上抵住压力，趁机喊道："什么？你说什么？"

"我的精密计时表！"临了一刻，米切尔船长高声叫道，他被脑袋朝前塞进了一个单人房间的小门，那里面完全漆黑，狭窄得可以伸手摸到两边的墙壁。门立刻被砰地关上了。他知道自己被关在哪里。这就是海关公所的那个结实的房间，就在几个钟头前，那批银子刚刚从这里挪走。它几乎像一条走廊那样狭窄，远端有一个方形的窗洞，装着笨重的格栅。米切尔船长踉跄着走了几步，然后背靠着墙壁在泥土地面上坐下来。到处没有一丝光亮，没有任何东西来打扰米切尔船长的沉思。他努力思考着，但所想的事情却不宽泛。他的心绪并不灰暗。这位老水手尽管有他小小的弱点与荒谬之处，但在本质上，却是无法将自己的人身安全挂在心头的，无论多久。这并非出于内心的坚定，而是由于缺乏某种想象力——像赫希先生那种一旦发作便令他紧张痛苦的想象力；那种可以为肉体的痛楚及死亡，抑或严格说来，为假想中某一仅仅作用于肉体——就所有其他担忧而言，它是一个人的存在感的基础——的事故增添上盲目恐惧的想象力。不幸，米切尔船长没有任何深刻的洞察力；那些性格、明显而琐碎的表情、行为及动作，完全都被他忽视掉了。他对于自身存在的感知是过于自负且单纯的，以至于也不能去观察别人的存在。比如，他不相信索迪略真的被他吓了一跳，而那仅仅是因为他的头脑里从没有想过要对谁开枪，除了在被迫自卫的时候。任何人都看得出来，他不是那种可以行凶杀人的人，他十分严肃地沉思道。那么，他又为什么要背上这荒唐而耻辱的罪名，他不禁自问。然而，他的思路大致上总绕不开那个令人震惊却又无从回答的问题：那个混账家伙是怎样得知银子已经被驳船运走了的？他没有捉住它，这是很显然的。而且，更为显然的是，他也捉不到它！后一结论对米切尔船长造成了误导，根据他在栈桥上守望了那么久的同时对于天气的观察，他猜想那条驳船是沉了。他认为当天晚上，海湾里的风比平时要大得多；然而，事实恰恰相反。

"天呀，那个坏蛋是怎样得到事情的风声的？"在他听到门被当啷一声打开，又叮咣一声关上，伴着开门的亮光一闪而过——那间隙如此短暂，他甚是都没来得及抬头——告知他有了一位新狱友之后，他立即抛出了这个问题。莫尼格汉姆医生停住了他掺杂着英语和西班牙语的咒骂声。

"是你吗，米切尔？"他粗鲁地回应道。"我的额头碰在这堵混账墙上，那力道简直要撞到一头牛。你在哪儿？"

米切尔船长的眼睛已经适应了黑暗，他看到医生正伸手乱摸着。

"我正坐在地上。不要被我的腿绊倒。"米切尔船长用一种满有尊严的口气讲道。在被请求过不要在黑暗里乱走点儿之后，医生也在地上坐下来。索迪略的这两个犯人，几乎把脑袋凑在一起，开始交换起情报来。

"是的"，面对米切尔船长强烈的好奇心，医生用低沉的语气说道，"我们是在老维奥拉那儿被抓住的。好像是他们的一个侦察队受某个军官指令，偷偷摸到城门那儿。他们被命令不准进城，却要把平原上能够找到的每一个活人，全部抓回来。我们正敞着门在屋里说话，毫无疑问，他们是看到了我们的灯光。他们一定是费了些工夫，悄悄靠近过来的。那个工程师躺在壁炉凹处里的一条长凳上，我去了楼上看一眼。很长时间，我都没有听见一点儿动静。看见我走上来，老乔吉奥举起手来，叫我别出声。我踮着脚尖溜进去。老天保佑，他太太正躺着，已经睡了。实际上，那个女人是昏死过去了！'医生先生'，维奥拉对我低声说：'她的胸闷看上去好转了一些。''是的'，我说，那让我也觉得非常意外，'你太太是一个奇妙的女人，乔吉奥。'就在那时候，厨房里面传来一声枪响，像是炸雷一样，把我们吓了一跳。那些士兵似乎已经十分靠近，有一个还爬到了门口。他向里面望去，觉得没有人，就端起枪，悄悄溜进去了。总工程师告诉我，他刚刚合了一会儿眼。当他再睁开的时候，就看到那个人正站在屋子中央，往黑暗的角落里窥探。医生被吓了一跳，连想也没想，就从壁炉的凹处跳出来，站到了前面。那个士兵也被吓得不轻，抬起步枪并扣动扳机，那一枪尽管把工程师震得两耳发聋，还烧伤了他，却完全没有打中他。但是，看吧，出了什么事！随着一声枪响，那沉睡的女人竟然坐起来，像是装了弹簧一样，尖叫着:'孩子们，吉安·巴蒂斯塔！救救孩子们！'这叫声现在还在我的耳朵里回响。这是我听过的最悲惨的叫喊。我像是呆住了一样站着，那位年老的丈夫跑到床边，伸出他的手。她倒在了上面！我看见她的目光呆滞起来；那个老伙计把她放下去，放在枕头上，然后回头看着我。她死了！这一切不到五分钟，接着，我跑下去看发生了什么。想抵抗是没用的。我们两个对那个军官说什么也没用，于是，我请求带着几个士兵一起上去，把老维奥拉带下来。他正坐在床脚，看着他太太的脸，好像没有听见我在说什么。不过，在我把被单拉起来盖在她头上之后，他站起身，带着一种思索的神情，静静地跟着我们下楼了。他们带着我们沿大道走了，留下门还敞着，蜡烛还烧着。总工程师一言不发地大步走着，只有我还偶尔回过头去，看看那一点儿虚弱的亮光。我们走出相当一段距离之后，身边那位加里波第的党徒突然说，'我在这片大陆的战场上埋葬过许多人。神父们总说神圣之地！呸！上帝造的所有土地都是神圣的；只有大海，从来不知道什么君王、神父和暴政，它才是最神圣的。医生！我真想把她葬在大海里面。没有虚礼，没有蜡烛，没有香火，没有伴着神父们的鬼话的圣水。自由的灵魂运行在水面上'……这令人惊奇的老人。他低声絮叨着这些，像是在自言自语。"

"是的，是的。"米切尔船长不耐烦地打断他，"可怜的老家伙！不过，你可知道那个混账索迪略是怎样得到消息的吗？他没有抓住我们任何一个帮忙推车厢的码头工，他抓住了吗？不，那不可能。那些人都是我们挑选出来的，在我们的船上至少待了五年，我特别为这项工作亲自给他们发了报酬,并且嘱咐他们要离开这里,至少躲上二十四个钟头。我亲眼看见他们跟那些意大利人一起,朝铁路场院走去了。总工程师向我保证,只要他们想留在那儿,就会供他们给养。"

"好吧",医生慢条斯理地讲,"那么我跟你说,你可以跟你最好的驳船说再见了,还有那位码头工长。"

听见这个,米切尔船长激动得一骨碌爬了起来。医生没有给他开口的时机,便把赫希在当夜所扮演的角色跟他简要地讲了一遍。

米切尔船长愣住了。"沉了!"他茫然而失神地咕哝着,"沉了!"此后便一声不吭了,他看上去像是在听着,实际上却沉浸在那个悲恸的消息中,根本无心再听医生多讲。

医生起先作出一副毫不知情的样子,直到最后索迪略按捺不住,把赫希带进来重复整个故事,让他又费劲吃力地讲了一遍,因为他每过一会儿便要痛哭一场。最后,赫希被半死不活地带出去,关在楼上一个房间里,便于随时提审。接下来,医生以他那样一个不属于桑·托梅管理机构内部委员会的人的身份评价道,那个故事一点儿都不可信。当然,他说,他并不知道那些欧洲人的行动,因为他都在忙碌于自己的工作,照看那些伤员,还有照料唐·何塞·阿维拉诺斯。他那不偏不向的冷漠口气假装得很好,竟然成功了,似乎完全骗过了索迪略。直到这时,仍然假模假式地保持着一种正常审讯的样子;一个军官坐在桌子前,记下那些问题和回答,另一些军官在屋子里面晃荡着,认真地听着,抽着长雪茄,眼睛盯着医生。不过这时候,索迪略下令让所有人都出去。

第三章

房间里只剩下他们两个的时候，上校立刻收起了自己严厉的官架子。他站起身，凑近医生。眼睛里闪着贪婪和欲望的光亮；他变得亲昵起来。"那批银子也许已经装上了驳船，但是，要说它已经被运到海上却是不可能的。"医生仔细听着他的每一个字眼，微微地点着头，一面心满意足地抽着雪茄，那是索迪略为了示好而递给他的。他那种置身于其他欧洲人之外的冷漠派头，把索迪略耍得团团转，直到他杜撰出一个又一个猜测，并以自己的看法得到暗示——这不过是查尔斯·古尔德那边捏造出来的一项任务，为了独占那一批巨大的宝物。医生机警又冷静地咕哝道："他很有可能做那种事。"

听到这里，米切尔船长先是吃了一惊，然后几乎被逗乐了，后来又愤怒起来，他叫道："你居然这样说查尔斯·古尔德！"他的语气里透着一些厌恶甚至怀疑，就像其他欧洲人士一样，他也觉得，医生的人格里面有某种可疑的成分。

"到底是什么让你对那个偷表的恶棍那样说？"他问道。"你撒这样一个下地狱的谎，是为了什么？那个糊涂的小偷很有可能相信你的话。"

他哼了一声。医生在黑暗中沉默了一会儿。

"是的,我就是这样说的。"他终于开口道,那语气在第三者听来可以完全令人明白,他此前的停顿并非因为愧疚为难,而是出于一种性格的反射。米切尔船长觉得,他一辈子都没有听过这么厚颜无耻的话。

"好呀,好呀!"他自己嘟囔着,不过,他并没有心思说出自己的想法。它们被另外一些惊诧懊恼的事情冲淡了。一股沉重的挫败感碾压着他:银子丢了,诺斯特罗莫也死了,这对于他的感情的确是一记重击,因为他已经习惯了依恋自己的工长,就像那些人出于对安逸的喜好及不自觉的感激,依恋着他们的下属一样。再想到德考迪也淹死了,他的感情几乎要为这凄惨的结局悲痛欲绝。这对那个可怜的年轻女子会是一个多么沉重的打击!米切尔船长并不像是那种怪脾气的老单身汉;相反,他十分乐于见到年轻的男人向年轻的女子殷勤献媚。那在他看来是自然而正当的。再正当不过。但对于水手来说,情形就不大一样了;他们不适合结婚,他强调,不过拿到道德立场上来说,那应该是一种自我克制之举,因为,他解释到,船上的生活即使再好不过,也不适合于一个女人,而要是你把她留在岸上,一来是不公平,二来无论她害着相思,还是满不在乎,这两种情况,都是不妙的。他说不出,哪件事情让他更沮丧——是查尔斯·古尔德那无价的货物的损失,还是令他本人损失惨重的诺斯特罗莫的死讯,抑或是想到那位相貌美丽、学问渊博的年轻女子沉浸在悲痛中的模样。

"是的",医生显然正在沉思着一些别的事情,他再次开口道,"他非常相信我的话。我觉得,他几乎都要拥抱我了。'是的,是的。'他说,'他会写信给他的那个合伙人,旧金山那个阔气的美国佬,告诉他银子全丢了。为什么不呢?那可够许多人分的。'"

"不过,这非常愚蠢!"米切尔船长叫道。

医生随即评价道,那个索迪略才是愚蠢的,他的愚蠢会别出心裁地把他完全引到偏路上去。而他不过是小小地帮了他一把。

"我提到",医生说,"用一种随便的口气说,财宝通常都是被埋藏在地下,而不是让它们漂在海上。听了这话,我的索迪略竟然拍了拍脑门。'上帝呀,是的',他说,'在运走之前,他们一定是把它埋在这座港口海滩上的哪里了。'"

"老天呀!"米切尔船长叫道。"我真是不能相信有人会这样蠢——"他停顿了一下,随即又继续悲痛地说,"不过,说这些又有什么用?要是那条驳船还漂着,这也许还算得上一个顶聪明的幌子。那样的话,它或许还可以免得让那个不可思议的傻瓜派出条汽轮,去搜查整个海湾。那才是让我担心个没完的危险。"

"我有一个目的。"医生缓慢地称道。

"你有吗?"米切尔船长咕哝道。"那好,真是幸运,不然的话我简直会以为,你是为了找乐子才一直糊弄他的。也许,那就是你的目的。好吧,我必须说,我个人对这类事情毫无兴致。那不是我的作为。不,不,抹黑一位朋友的人格从来不是我取乐的点子,就算那是为了糊弄世界上最大的混蛋。"

要不是米切尔船长被那个坏消息搞得心情低落,他一定会把自己对莫尼格汉姆医生的厌恶,讲得更加坦率直白。然而他自忖道,眼下无论这个他从不喜欢的人说什么和做什么,都是没有意义的。

"我纳闷",他嘟囔道,"他们为什么把我们关在一起,或者说,索迪略为什么要把你关起来,在我看来,你们在楼上相谈甚欢?"

"是的,我也纳闷?"医生冷冷地答道。

米切尔船长的心情是如此沉重,以至于此时,他宁可不要最好的伙伴,也想全然一个人待着。但是,任何伙伴都要好过这位医生,他向来只是把他当成一个智力出众、悔改未全的流浪汉。这种感觉驱使着他问道——

"那恶棍把另外两人怎样了?"

"总工程师无论如何是要放走的。"医生说,"他不想亲手惹上铁路的麻烦。眼下不会,无论怎样。我觉得,米切尔船长,你没有准确理解索迪略的地位——"

"我不知道,我为什么要费劲儿去想那个。"米切尔船长咆哮道。

"是的。"医生附和道,语气依然冷漠而沉静,"我也不知道你为什么要去想那个。就算是你对任何事情想得再深,也不会对这世界上的哪怕一个人有什么帮助。"

"是的。"米切尔船长简答地答道,语气里显然带着丧气,"一个人被关在这样一个黑洞洞、乱糟糟的地方,对任何人都没有多大用处。"

"至于老维奥拉,"医生听若无闻地继续道,"索迪略已经放他走了,因为同样的理由,他不久也会放你走的。"

"嗯?什么?"米切尔船长叫道,在黑暗里像一只鸮鸟般瞪大了眼睛。"我跟老维奥拉有什么一样的地方?也许是因为,老家伙没有什么怀表和链子可以让那个恶棍去偷罢了。而且,我告诉你,莫尼格汉姆医生",他以陡然升起的火气继续道,"他会发现,要甩掉我可比他认为得更难。他一定要为这件事吃点儿苦头，我告诉你。第一件，不拿回我的怀表我绝不出去，至于别的——我们走着瞧。我敢说，他把你关起来不是什么大事。但是，乔·米切尔可不是个一般的人物，先生。我对被羞辱和抢劫，可绝不善罢甘休。我是一个公众人物，先生。"

接着，米切尔船长才发觉，窗洞的格栅已经可以看得见了，那是一个黑色的窗栅，装在灰色的方框上。白日的来临，令米切尔船长沉默下来，好像他在那一刻又想起，以后所有的日子，他都不会再有他那位工长的无价之宝的效劳了。他靠在墙壁上，把两条手臂叠在胸前，而医生正迈着他那别致的、一瘸一拐的步子，在整个房间的狭长方向上来回走动着，像是在用一双跛脚四处奔逃。走到距离窗栅最远的那头，他便完全没入了黑暗中。只能听见轻微的脚步拖曳的窸窣声。在这一刻不停的、令人痛苦的跛行中，有一种闷闷不乐的超然意味。当牢房的门突然被推开，叫到他的名字的时候，他显得毫不惊奇。他猛然从走动中折过身来，立即溜了出去，好像他的速度事关重大一样。而米切尔船长仍然肩膀靠着墙壁，坐了一阵子，心怀怨恨而犹豫不决，拿不准是不是该拒绝动身，以示抗议。他本来已经打定了一半的主意要那样做，然而，在门口的军官用训诫与惊奇的口气叫了三四遍之后，他还是屈尊走了出去。

索迪略的态度已经变了。上校临时装出来的客套显得有些犹豫不决，那样子就好像是拿不准那种客套究竟是不是这件案子中恰当的程序。他认真地盯着米切尔船长看了一会儿，然后从桌子后面那张大扶手椅上用一种开恩的口气讲道——

"我决定不拘留你，米切尔先生。我是一个宽宏大量的人。我原谅你了。不过,让这事给你一个教训。"

外面亮起苏拉科所特有的曙光,它先是远远地把西方照破,然后再蔓延回高山的阴影之中,此刻,它正同屋内蜡烛的红光辉映在一起。米切尔船长带着一种轻蔑与冷漠的神情,用眼睛打量着整个房间,并狠狠地瞪了医生一眼,后者已经坐到一扇窗子的窗台上,眼睑低垂着,显得漫不经心而若有所思——也许他是觉得羞愧了。

索迪略陷在那张偌大的扶手椅上,说:"我应该认为,一位绅士的感情会指引你道上一句谢谢。"

他等待着,然而米切尔船长仍然一声不吭,那更多是因为极度的怨恨,而非出于理性的本意。索迪略犹豫了,向医生瞟了一眼,见后者抬起脸、点点头之后,他又有些吃力地继续说道——

"给,米切尔先生,这是你的表。记住,你对我的爱国战士们所给的判断,是多么鲁莽与不公。"

他向后倚靠着座位,在桌面上伸展开手臂,把那块怀表轻轻地推开。米切尔船长急切难掩地走上前去,把它凑近耳边,然后塞进了自己的衣袋。

索迪略像是在克服一种极不情愿的感觉。他再次看着旁边的医生,而医生正机警地盯着他。

但是,当米切尔船长连一个点头、一个眼神都没有表示,便要转身离去的时候,他又匆忙说道——

"你可以到楼下等着医生先生,我也正要释放他。你们这些外国佬是不成气候的,依我来看。"

他挤出一声轻微的、刺耳的干笑,这让米切尔船长看着他,第一次觉得有趣。

"法律日后会记录下你的罪状。"索迪略慌忙说。"但对我来说，你可以自由生活，不会被监管，也不会被盯梢。你听见了吗，米切尔先生？你可以去干你的事情了。你不值得我留心。还有一些头等大事，等着我去关注。"

米切尔船长被惹得几乎就要还嘴了。被这样屈辱地释放，让他觉得不快。然而，睡眠的缺乏与长期的焦虑，还有那桩拯救银子的生意的悲惨收场，沉重地压在他的心头。他已经为隐藏自己的不安费尽心力，那也许不是关乎他自己的，而是关乎整个事态的。他清楚地感受到，某种背地里的勾当正在进行着。他走出去的时候，故意对医生未加理睬。

"畜生！"门被关上的时候，索迪略骂道。

莫尼格汉姆医生从窗台上溜下来，把手揣进身上那件长长的、灰色的、落满尘土的上衣口袋中，走进了房间。

索迪略也站起来，把自己拦在他面前，从头到脚打量着他。

"这么说，你的同胞们不太信任你，医生先生。他们并不爱你，嗯？为什么，我很纳闷？"

医生抬起头来，用一个久久的、了无生气的眼神回答他，并说道："难不成，是因为我在科斯塔瓦那待得太久了？"

索迪略露出黑唇髭下面白森森的牙齿。

"啊哈！不过你爱你自己。"他勉励道。

"要是你不理睬他们"，医生说，依然用那种了无生气的眼神盯着索迪略俊俏的面孔，"他们自己很快便会露出马脚。同时，我可以试着让唐·卡洛斯开口？"

"啊！医生先生"，索迪略摇晃着他的脑袋说，"你可真是一个思维敏捷的人。我们真是天生的知己。"他转身走开了。他再也受不了那种毫无表情、木然不动的盯视，那里面似乎有一种不可捉摸的空洞，就像是黑暗的深渊。

即便是一个毫无道德感的人，也会保留着对于某种无赖习气的鉴别能力，因为按照惯例来讲，那种习气是一目了然的。索迪略觉得，莫尼格汉姆医生与所有的欧洲人是如此不同，为了在桑·托梅银矿上分一杯羹，他会随时出卖自己的同胞，以及他的雇主查尔斯·古尔德。索迪略并不因为这个轻视他。上校缺乏道德感，这已成为他的一种深刻而天真的性格。这受制于愚蠢——道德上的愚蠢。任何可以为他的目的效力的东西，对他来说都是无可指责的。然而，他却看不上莫尼格汉姆医生。他对他怀有一种巨大的、满意的蔑视。他打心底里鄙视他，因为他完全没有打算给医生什么报偿。他之所以看不上他，不是因为他毫无忠诚与荣誉可言，而是因为他是个傻瓜。莫尼格汉姆医生对于他的性格的洞察，令他完全骗过了索迪略。因而，他觉得医生是个傻瓜。

从抵达苏拉科以来，索迪略的算盘经历了一些改变。

他不再指望在蒙特罗治下得到一个怎样的仕途。他一直都在怀疑那种路线的安全性。自打从总工程师那里得知，他在当日白天极有可能同佩德里托·蒙特罗正面遭遇，他在这个问题上的担忧就剧增起来。那位游击队长，将军的兄弟——公众舆论中所称的佩德里托——有他独特的一种名声。与他打交道可并不安全。索迪略大致地计划着，不但要抓住那份财宝，还要攥住整座城镇，然后从容地展开谈判。然而，面对自己从总工程师——他已经把整个情况一五一十地交代给了他——所了解到的事实，他那原本便远算不上勇猛的胆魄，早已被一种慎之又慎的犹豫所代替。

"一支军队——一支军队已经在佩德里托的率领下翻山而来。"他再三沉吟着，无法掩饰自己的惊惶，"要不是从一个像你这种身份的人那儿得知这个消息，我简直不敢相信。真是惊人！"

"一股武装力量。"工程师和气地纠正道。

他的目的达到了。他想把苏拉科被武装占领的时间推迟几个钟头，好让那些担心被迫害的人从城中离开。在整体的慌乱中，有一些家族满希望可以沿着大道向洛斯·哈托斯飞奔逃去，武装暴民已经在富恩特与加马乔两位先生的带领下，撤离了那个地方，带着他们的热烈欢迎，前往林康同佩德里托·蒙特罗会师去了。这是一次仓促而冒险的出逃，据说埃尔南德斯带着他的匪帮盘踞在洛斯·哈图斯周围的丛林中，他们正准备接收这些难民。有许多他认识的人正打算参与这次逃亡，总工程师对此十分清楚。

科尔贝朗神父在那位顶虔诚的强盗身上所付出的努力，并非一无所获。最后一刻，在神父的紧急请命下，苏拉科的政首让步签署了一份临时任命书，任命埃尔南德斯为将军，并以官方口吻鼓励他履行职责，维持本城的秩序。事实的情况是，那位政首眼看大势已去，便也不在乎自己签署的是什么了。那是他在离开总督府宅邸、去往海汽航公司大楼避难之前，签下的最后一份公文。但即便他打算让他的法令生效，也已经为时太迟了。他所担心并确信会发生的暴乱，在科尔贝朗神父离开他不到一个钟头之后爆发了。事实上，虽然科尔贝朗神父事先已经同诺斯特罗莫约定在多明我修道院——他住在那儿的一个小房间里——见面，却没有能够赶到那里。从总督府出来，他径直去了阿维拉诺斯家去告诉他的襟兄，尽管在那里只待了不到半个钟头,他却发现自己回修行之所的通路已经被切断了。诺斯特罗莫在那里等了一阵子,不安地观察着街面上愈演愈烈的骚乱,便一路闯进了未来报馆的办公室,并在那里一直待到晚上,就像德考迪写给他妹妹的信中所提及的那样。因而,工长并没有能够带着埃尔南德斯的任命骑马赶往洛斯·哈托斯,而是留在城中救了那位独裁总统一命,并协助镇压了暴民的动乱,最后带着矿上的银子出走海上。

然而,科尔贝朗神父却逃去了埃尔南德斯那儿,衣袋里揣着那份公文,那是标榜"诚信、和平、进步"的里比厄拉党派最后一项可值得纪念的政治法令,用一纸官方文书把一名土匪说成了一位将军。也许,无论神父还是那个匪首,都没有看到其中的讽刺意味。科尔贝朗神父一定是找到了某个信使,把消息送进了城中,因为动乱的第二天一早便有传言说埃尔南德斯正在赶往洛斯·哈托斯的路上,并准备为愿意投靠他的人提供保护。一位面貌古怪、年纪虽老而余勇可贾的骑马人出现在城中,他一边缓慢地骑行着,一边查看着那些房子的前面,像是从未见过如此高大阔气的建筑一样。他在大教堂前面下了马,把缰绳缠在胳膊上,帽子搁在身前的地面上,在市政广场中央跪了下去,低下头,在身上画了一个十字,又对着自己的胸膛拍了几下。他重新上马,以无所畏惧却并不友好的目光,环视着那一小撮围观他的公共祈祷的人群,他向他们打探阿维拉诺斯公馆的位置,有数十只手伸出来,指着宪章街为他引路。

那位骑马人向上朝着金合欢俱乐部的窗口投去好奇而随意的一瞥,接着便走开了。他那洪亮的声音不时回响在空荡荡的街道上,"阿维拉诺斯公馆是哪一家?"直到那个被吓坏了的看门人应了一声,他随即便消失在门廊下。他带来了科尔贝朗神父在埃尔南德斯的营火旁用铅笔写下的一封信，收信人是唐·何塞，神父对于他病危的状况尚不知情。安东尼娅把信读给他听，并在咨询了查尔斯·古尔德之后，把信转递到金合欢俱乐部，好让守卫在那里的绅士们知悉。至于她本人，也已经打定了主意；她要去同自己的舅舅会合；她要把父亲所剩的最后一天——也许是最后一个中途——的生命，托付给那个匪首，那个人的存在是对所有党派如出一辙的不负责任的暴政的抗争，是对这片大陆暗无天日的道义的抗争。洛斯·哈托斯绿林中的黑暗更光明一些；与强盗为伍、艰难度日的生活要更体面一点。安东尼娅全心赞同舅舅对于苦难的顽强抵抗。她这样做的依据，是因为她对于自己的爱人抱有信心。

来信的消息中，那位主教以他的脑袋，为埃尔南德斯的诚意做了担保。对于后者的力量，他则指出，他在多年间都没有被镇压下去。在那封信里，德考迪有关新生的西部国——它的繁荣与安定的条件，已成为眼下的一个共识问题——的想法第一次被公之于众，并且被用作论据。而埃尔南德斯，这位前匪首及里比厄拉政权所任命的最后一位将军，是有信心能够扼守住洛斯·哈托斯丛林到海滨一带之间的大片乡野的，直到那位忠诚的爱国者唐·马丁·德考迪，带着巴里奥斯将军赶回苏拉科，光复整座城镇。

"天意如此。上帝与我们同在。"科尔贝朗神父如是写道，已经没有时间来考虑或是反驳他的主张；如果说金合欢俱乐部在读到这封信时一度发生过激烈讨论的话，那么，它也是短暂的。在那种大厦将倾的普遍迷惘中，有些人为这个主意惊喜雀跃起来，像是意外地发现了一个新的希望。另一些人也为他们妻儿家小暂时的人身安全有了指望而感到欢欣。大多数人都像是捞到了救命稻草一般。在佩德里托·蒙特罗带着他的草原游击队,与富恩特和加马乔的武装暴民联合起来之后,他们居然能够从科尔贝朗神父这里得到这样一个庇护所,实在出人意料。

在当日下午所剩的时间里,金合欢俱乐部的大房间里进行了一场热烈的讨论。就连那些拿步枪和卡宾枪站值守在窗口、护卫着街道末端、提防着暴民卷土重来的会员,也不时回过头来叫嚷着他们的观点和论据。夜幕降临时分,唐·朱赛特·洛佩兹邀请那些与他思路相同、肯追随他的绅士们退进了走廊里,他在那儿的一张小桌子上就着两支蜡烛的灯光,匆忙起草了一封信,或者说是一份正式的公告,准备由一个人代表这些选择留在城里的议会成员,递交给佩德里托·蒙特罗。他的主意是安抚他,以求保留最起码的议会机构。他坐在一张白纸前,手上捏着一支鹅毛笔,环顾左右之后,用威严的语气反复喊着——

"绅士们,安静片刻!安静片刻!我们应当清楚,我们要以最大的诚意俯身听命于既成的事实。"

说出这句话,似乎给了他一种悲壮的满足感。他身边喧哗的声音变得紧张而沙哑。在突然的停顿中,那些人脸上的激动一下子僵住,变成了那种深沉沮丧的呆滞模样。

与之同时,出逃也开始了。挤满了妇女与儿童的马车,摇摇晃晃地驶过市政广场,男人们则步行或骑马跟在旁边;后面跟着一群群骑在马背或骡子上的;那些最穷苦的人徒步跟在末后,背着包裹的男女,怀里抱着婴孩,牵着老人,一群稍大的孩子拖在后面。当查尔斯·古尔德在维奥拉旅舍同医生和工程师分开、从港口那边的城门进入城内时，打算走的人全部走了，剩下的另一些人也都退守回自己家中。在完全黑下来的街道上，只有一处还亮着灯光，有人影移动，在那儿，总经理先生认出了自己太太的马车正等候在阿维拉诺斯家的门外。他打马上前，像是没有被注意到一样，他一言未发，看着自己的一些仆役抬着唐·何塞·阿维拉诺斯从门廊里出来，后者闭着眼睛一动不动，显出了无生气的样子。他的太太与安东尼娅也各自站在那副临时制作的担架一边，走了出来，担架被立刻抬进了马车。两个女人拥抱了一下；马车另一侧是科尔贝朗神父的信使，他留有参差不齐、条条灰白的胡须，颧骨高耸而色如亮铜，笔直地坐在马鞍上盯视着。然后，面无泪痕的安东尼娅从担架那一侧进了马车，快速地画了一个十字，便拉下厚厚的面纱遮住了脸。仆役和三四位前来帮忙的邻人，向后退开，脱下了帽子。就此离去并要整晚驾车——也许在天亮前便会被割断喉咙——的伊格纳西奥，坐在车厢上，粗鲁地回头看了一眼。

"小心驾车。"古尔德夫人用颤巍巍的声音喊道。

"是的，小心，是的，孩子。"他咕哝道，咬着自己的嘴唇，那圆鼓鼓的、结实的面颊在颤抖着。马车滚滚驶出了灯影。

"我把他们送过渡口。"查尔斯·古尔德对太太说。她两手轻轻扣在一起，站在人行道边上，在他跟随马车而去时，对他点点头。眼下，金合欢俱乐部的灯光已经熄了。最后一处抵抗的火光已经灭了。查尔斯·古尔德在街角转过头去，看着他的太太从洒落在路面的灯影中穿过街道，走进他们自家的大门。他们的一位邻人，本省一位著名的商人兼地主，跟在她身旁，大力打着手势在谈论什么。她穿过去。街道上的灯光随即全灭了，从这头到那头，只剩下一片漆黑与空旷。

广阔的市政广场的那些房子,也消失在夜色中。大教堂的某座楼上闪着一小点儿亮光,高高在上而渺如寒星;石马像衬着林荫道乌黑的树影,泛出苍白的微光,如同萦绕在这革命景象中的旧日王室的幽灵。他们遇见的寥寥几个流浪汉,靠着墙壁坐成一排。路过最后一片房屋后,马车在松软的尘土上悄无声息地行驶着,在一片更为深沉的夜幕中,似乎有一种清新的感觉,从那条乡野大道两旁树木的枝叶间降落下来。那位从埃尔南德斯的营帐来的信使,拢马向查尔斯·古尔德靠过来。

"先生",他用一种感兴趣的口气说,"您就是他们所称的苏拉科之王,那座银矿的主人?是这样吗?"

"是的,我就是那个银矿主。"查尔斯·古尔德答道。

那人沉默着驱马小跑了一阵,然后说:"我有一位兄弟,某位在桑·托梅山谷里为您效力的先生。您已经证明了自己是个公正的人。自从召集那些人进山做工之后,您没有错待过他们中的哪一个。我的兄弟说,从没有政府的官员和草原上的恶霸,越过溪流出现在您的那边。您的官员也从不欺负山谷的人。毫无疑问,他们是害怕您的严厉。您是一个公正的人,还是一个强者。"

他说这番话虽然用的是一种唐突随意、无拘无束的语气,但显然,他的交流不无意图。他告诉查尔斯·古尔德,他曾是南方远处某一道低谷中的一位牧场主,是埃尔南德斯旧日的邻居,是他长子的教父;他还是那些与他一起反抗抓丁——那是他们一切不幸的起源——人中的一个。正是他,在那位好友被掳走之后,亲手埋葬了后者的妻小,他们都被那些士兵杀死了。

"是的,先生。"他沙哑地低声说道,"我和另外侥幸得脱的两三个人,把所有人埋在了同一个墓穴里,就在他们被付之一炬的牧舍旁边,在那棵曾经荫蔽着它的屋顶的大树下。"

三年后,埃尔南德斯从军队中叛逃,回来找的第一个人也是他。他身上仍然穿着带有中士臂章的军服,手上和胸口还染着被他杀死的上校的血迹。他身后跟着三个骑兵,他们起先是为了抓捕他,后来却跟他一起骑马投向了自由。他告诉查尔斯·古尔德,他和几位朋友发现那些士兵,便趴在一些石头后面准备伏击他们,而就在将要扣动扳机的时候,他认出了自己的好友,并从掩体中跳出来喊着他的名字,因为他知道,埃尔南德斯绝不是因为奉命迫害与镇压他们回来的。这三名士兵,连同趴在石头后面的那帮人,一起构成了那个大名鼎鼎的匪帮的核心;而他,这段故事的讲述者,也一直为埃尔南德斯做了很多年的副官。他骄傲地提到,官方也曾为他的脑袋悬赏了一个价钱;不过,那倒没有妨碍它在自己的肩膀上变得斑斑灰白。而如今,他终于活得够久,可以看到自己的好友被任命为将军了。

他发出一阵低沉的笑声。"现在,我们从强盗变成了士兵。不过,看看吧,先生,看看这些让我们做了士兵、让他当了将军的人!看看这些人民!"

伊格纳西奥叫喊起来。马车提灯的光亮,沿着路堤两边的仙人掌树篱一路驱驰,映在站在道旁的那些人的惊慌的脸上。那条路深陷下去,就像一条英国的乡村车道,陷进南美草原的松软土质中。他们畏缩着;睁大的眼睛一闪而过;然后,那灯光继续驱驰着,落在一棵大树半裸在外面的树根上,落在另一丛仙人掌树篱上,照见另一群大睁着眼睛、带着恐惧躲在后面的人脸上。三个女人——其中一位抱着一个孩子——和两个穿着平头百姓装束的男人——其中一个带着马刀,另一个带着枪——正挤在一头驮着两个用毯子系成的包袱的驴子周围。再向前路过一辆牛车时,伊格纳西奥又叫起来,那车子就像是两个高大的轮子滚动着一个长方形的木柜,后面的车门摇摇晃晃地开着。里面的有些女士一定是认出了那些白骡子,她们叫道:"是您吗,唐娜·艾米莉亚?"

在大道的转弯处,一大堆篝火所发出的亮光,将两侧的枝叶交汇在一起所形成的那道短短的拱廊映得通明。挨着那道浅溪的渡口,路边有一座用灯芯草席做墙、用干草做顶的牧舍被意外点着了,火光熊熊,映着一片空地上被拥堵在那里的马匹和骡子,还有一群乱纷纷、叫嚷嚷的人。当伊格纳西奥拉住缰绳时,一些徒步的女士便凑近马车,央求安东尼娅搭上一程。她默默地指着自己的父亲,以此回应着她们的央告。

"我必须就此别过了。"查尔斯·古尔德在喧闹声中说道。火焰冲天,为了躲避大道对面灼人的热气,难民的人流紧紧贴着马车。一位中年女士身穿黑色的丝袍,却用一件粗劣的披肩罩在头上,手上拿着一根粗糙的树枝当作手杖,踉跄地靠在前轮上。两个一脸惊吓、默不作声的年轻女孩儿,紧紧抓着她的两只手臂。查尔斯·古尔德同她很熟识。

"发发慈悲!我们在这群人里被碰得浑身是伤!"她叫道,勇敢地对他笑着。"我们是徒步出发的。我们所有的仆人昨天就都跑了,加入了那些民主派。我们要去投靠科尔贝朗神父,你那圣洁的舅舅,安东尼娅。他在一个最无情的强盗的心肠中,创造了一个奇迹。一个奇迹!"

一些马车疾驶而来,高声叫喝着,噼啪甩着鞭子,一跃而冲过渡口，唬得人们从路上避开，而随着人流的压力把她推开，她升高的嗓音渐渐变成了一种尖叫。大团的火星随着黑烟飘散到路上；牧舍墙壁中的竹子在火中烧得啪啪爆响，像是凌乱的枪声。随后，那明亮的火焰猛然塌落下去，只剩下一堆洪亮的炭火和一些朝相反方向飘去的、漫无目标的浓烟的黑影；嘈杂的人声似乎也随着火焰熄灭了；那一阵人头攒动、摩肩接踵、吵闹咒骂的骚动继续遁入黑暗之中。

"我必须就此别过了。"查尔斯再次对安东尼娅说道。他慢慢地转过头来，掀开了面纱。那位埃尔南德斯的信使兼好友，也拢马靠近过来。

"银矿主可有什么口信要带给埃尔南德斯——大草原之主？"

这相提并论的真相令查尔斯·古尔德大为震动。他以坚定的决心捍卫着那座银矿，而那位不屈不挠的匪首，也以同样岌岌可危的生涯盘踞着那片草原。面对这片土地的无法无天，他们是平等的。要把一个人的活动从它低劣的关联中剥离出来是不可能的。一张紧密交织的罪恶与腐败的网罗，已经结在了整个国家上。一股强烈而疲倦的沮丧，令他的嘴唇久久都未能张开。

"你是一个公正的人。"埃尔南德斯的信使进言道，"看看这些人民吧，他们让我的好友做了将军，而把我们所有人变成了士兵。看看这些忙于逃命的上流人士，他们背的只有衣服。我的好友并没有考虑这个，但我们的追随者也许会大为困惑，我要代表他们对您说一些话。看吧，先生。从好几个月前，大草原就是我们的了。我们不需要向谁讨要任何东西；但战争结束后，士兵需要有他们可以用来诚实度日的报酬。据说，您的灵魂是如此正直，您的一句祈祷便可以治愈任何牲畜的疾病，就像那位正直的法官①一样！让我从您的嘴唇中听到一些话儿，像一道魔咒那样来打消我们那些人的疑虑，他们可都是人呐。"

"您听见他在说什么吗？"查尔斯·古尔德用英语对安东尼娅说道。

"原谅我们的悲苦！"她匆忙叫道。"也许，您的人格才是拯救我们所有人的、用不完的财富；您的人格，卡洛斯，不是您的钱财。我请求您，给这个人一句话，接受我的舅舅可能与他们的头领达成的任何协议。一句话。他再无多求。"

路边的牧舍那儿只剩下一堆巨大的灰烬，远远地发出暗红的光亮，映着安东尼娅因激动而绯红的面庞。查尔斯·古尔德稍稍犹豫了一下，便给出了一句必要的答复。他像是一个奔逃在险路上无处躲藏的人，唯一安全的机会便是继续向前。那一刻，他彻底明白了，他低头看着探出四肢、奄奄一息的唐·何塞，他躺在直挺挺地坐着的安东尼娅身边，在与那黑暗无道的势力——那些荒唐的罪行与乱象正是从它污浊的深渊中滋生出来的——所进行的毕生搏斗中，他被打败了。那位埃尔南德斯的信使说了几句，表达出他全心地满意。安东尼娅毅然放下她的面纱，抵抗着自己的冲动，不去询问德考迪逃走的情形。然而，背后的伊格纳西奥哭丧着脸转过头来。

"看看这些骡子吧，亲爱的主人。"他咕哝道，"您再也见不到它们了。"

---

① 这句话的出处是帕兹草原，当地的土匪和草原居民多佩戴着一种护身符，上面用西班牙语写着莎士比亚名剧《威尼斯商人》里的一句话："哦，正直的法官……哦，博学的法官！"

第四章

　　查尔斯·古尔德向城中骑去。西厄拉参差的山峰在明亮的晨曦中显露在他面前，黑漆漆的。不时有一个蒙着脸的叫花子在他嗒嗒的马蹄前，从长着野草的街角窜过。一些狗躲在花园的墙后吠叫着；积雪的寒气伴着毫无颜色的亮光，似乎从那些大山上降落下来，落在这条斑驳松脱的道路上，落在那些檐板破裂、门户紧闭的屋舍上，它们前面的方形壁柱间散着片片剥落的泥灰。在市政广场的廊柱下面，黎明正同黑暗进行着抗争，没有了往日那种乡下人摆出他们的货物、等候日间集市开张的迹象，没有了点缀着鲜花的成堆的果子和整把的蔬菜，摆在巨大的草席阳伞下面那低矮的长凳上；没有了喧闹着乡民、妇女、孩子和驮东西的驴子的生气勃勃的清晨。只有零散的小撮叛乱分子站在空旷处，从他们低压的帽檐下朝同一方向张望着，翘首等待着某些从林康传来的消息的迹象。查尔斯·古尔德经过时，那其中最大的一群转过来，用威胁的腔调，像一个人那样同声对他喊着："自由万岁！"

　　查尔斯·古尔德骑马走开，转进了自家的拱门。在胡乱铺着稻草的庭院中，一位实习医生——莫尼格汉姆的一名本地人助手——正背靠着水池边缘坐在地上，小心翼翼地抚弄着一把吉他，两个下等人家的女孩站在他前面，轻轻挪动着脚步，挥动着手臂，哼着一支流行的舞曲的调子。大多数前两日暴乱中的伤员，都已经被他们的亲友接走了，不过还有几个身影坐在那儿，随音乐轻摆着他们缠着绷带的脑袋。查尔斯·古尔德下了马。一个睡眼惺忪的仆人从面包房的门口出来，接过马缰；那位实习医生慌乱地想要藏起他的吉他；女孩们倒并不怕羞，笑着向后退开；查尔斯·古尔德向楼梯走去，在庭院暗处的一角瞥见另外一对人儿，一个受了致命伤的码头工，还有一个女人跪在他身旁；她一面在嘴里飞快地咕哝着祷辞，一面努力把一片橙子的汁水挤在那个将死之人干硬的嘴唇间。

一切世事残酷的徒劳，在那个回生乏术的人的不测与痛苦中显露无余；为那个问题争取一个恒久的解决之道所付出的一切生死的无用的努力，都是徒劳而残酷的。不像德考迪，查尔斯·古尔德不能在这样一场悲哀的闹剧中扮演一个轻松的角色。对于他的良心来说，这一切已经足够悲哀，但他却看不见任何闹剧的成分。在那样一个不可回头的愚蠢的信念下，他忍受了太多煎熬。他太过于实际主义，也太过于理想主义，以至于无法带着戏谑的精神去看待它那可怕的滑稽，像那位富有想象力的唯物主义者马丁·德考迪那样，可以用他那怀疑主义的冷眼壁观做到这一点。对他来说，就像对我们一样，他同自己的良知达成的妥协一旦暴露在失败的白地中，将会显得更加丑陋。他那为某种目的而假装出来的沉默，已经不容许别人对他的思想横加干涉。然而，古尔德特许矿区的存在却在暗暗地侵蚀着他的判断。他也许早已知道，他曾倚靠在走廊的栏杆上对自己说过，里比厄拉派绝不会带来任何成果。那座银矿对于他的判断的侵蚀，在于令他对贿赂与勾心斗角心生厌恶，而那也不过只是为了让自己的工作免于打扰，苟且度日而已。像他的父亲一样，他也不喜欢被打劫。那样令他恼火。他曾经说服自己，放下那些更高的考量，支持唐·何塞改良的希望也算是一桩不错的生意。他像自己可怜的伯父——他的军刀就挂在他书房的墙上——一样，投身于那种毫无意义的争斗，投身于——那种对于一个有组织的社会最共通的准则的捍卫。他唯一的武器便是银矿的财富，比起一片诚实的、镶在简单的黄铜把手中的钢刃，它更加无所不及且高明灵巧。

这件财富的武器对于它的使用者也更加危险，人性的贪婪与痛苦是它的双刃，浸没在一切自我放纵的恶习中，就像浸没在一种用有毒的树根调和成的汁液中，败坏沾染着一切它为之出鞘的事业，随时都会在手中变得难以操纵。眼下除了继续挥动它，别无他法。不过，他暗自发誓，他会在它从自己手中失手掉落前，看着它被砸得粉碎。

毕竟，就他的英国血统和在英国成长的经历来说，他仍然能够感觉到，他不过是一个身在科斯塔瓦那的冒险者，是那些被编入某个外籍军团的冒险者的后裔，他们曾靠着某一场革命战争发家致富，曾谋划过若干革命，也曾相信过许多革命。在他一切正直的品格中，有某种合乎于一个冒险者的简单道义的东西，他们是根据对于自身行动的道德评判来考量个人风险的。倘若必要，他已经准备好了，要把整座耸入云天的桑·托梅山炸出共和国的领土之外。这一举措寓示着他性格中的固执，寓示着他对于自己在婚姻中的微妙背叛的懊悔，在那里面，他的太太已不再是他思想中唯一的爱人，预示着某种像他父亲一样富于想象的弱点，也预示着某种海贼一般的精神，宁肯朝自己的弹药舱扔下一根点着的火柴，也绝不拱手交出他的船只。

下面的庭院里，那个负伤的码头工已经咽下了最后一口气。那个女人立即大哭起来，她的哭声突如其来而尖厉凄惨，令所有伤员都坐起来。实习医生一骨碌爬起来，手里拿着吉他，眉眼凝重地直盯着她的方向。那两个姑娘——眼下正一边一个坐在她们那位受伤的亲属旁，拢着膝盖，嘴唇间噙着长雪茄——彼此意味深长地点点头。

查尔斯·古尔德从栏杆上俯看着这一切，三个衣着肃穆的人从街上走进庭院，他们在白衬衣外穿着黑色的大衣，头戴欧式圆边帽。其中一个头肩都要高过另外两人，以显眼的庄重走在头里，在前面带路。这位便是唐·朱赛特·洛佩兹，同行者是他的两位朋友，也都是议会成员，他们一早前来是为了拜访桑·托梅银矿的总经理。他们也看见了他，仓促向他挥手，随即依次登上楼梯。

唐·朱赛特的样貌有了惊人的变化，他完全剃掉了受损的胡须，因而也失掉了他十分之九的外在的威仪。甚至在这严肃的紧要关头，查尔斯·古尔德仍然忍不住在留意着那个人的仪表，关注着其中一望便知的愚蠢无能。他的两个同伴看起来垂头丧气而睡眼惺忪。其中一个不住地拿舌尖舔着他干渴的嘴唇，另一个的眼神无精打采地在走廊的瓷砖地面上游荡着，与之同时，略微站在前面一些的唐·朱赛特，滔滔不绝地同桑·托梅银矿的总经理先生谈论起来。他坚定地认为，形式是必须予以遵照的。一个新上任的统治者，照例总要接见来自市政厅——也就是市议会——以及来自领事馆、商会的代表团体，因而，省议会也应该派出一位代表，即便只是为维护议会制度的存在。唐·朱赛特建议，唐·卡洛斯·古尔德作为本省最杰出的公民，理应加入议会代表团。他的身份是异常尊贵的，他的人品在共和国远近上下是人所共知的。官场的礼节是必不可少的，哪怕是揣着一颗滴血的心把它们演完。接受这些既成的现实，或许还可以挽救议会制度所剩的宝贵孑遗。唐·朱赛特两眼发昏；他相信议会制度——他语气间那种深信不疑的嗡嗡声，消失在这座房子的平静中，就像某种笨重的甲虫所发出的低沉的嗡响。

查尔斯·古尔德转过身来，把手肘支在栏杆上，耐心地倾听着。他几乎被省议会议长那焦灼的注视所打动了，却轻轻地摇摇头，拒绝了。将桑·托梅银矿扯入任何官方活动，这不是查尔斯·古尔德的策略。

"我建议你们，先生们，待在自己的家里等候你们的命运。你们没有必要跑去，把自己正式出卖到蒙特罗手里。顺从于必然，如唐·朱赛特所说，固然是不错的。不过，当这种必然被称为佩德里托·蒙特罗的时候，你们就不用把自己整个投降的姿态表现得那么显眼了。这个国家的错误，在于缺乏对于政治生活的度量。先是对非法的事情坦然纵许，后是以流血的行动加以反扑——这个，先生们，绝不是争取一个稳定繁荣的未来的法子。"

查尔斯·古尔德停下来，直面着那几张悲伤错愕的脸孔，还有他们困惑、焦虑的眼神。一股对于这些人的悲哀——在凶杀与劫掠横行于这片土地的时候，他们居然还把自己的信心寄托在某些言辞上——令他背叛了自己一贯的沉默，多嘴饶舌地说了那一番话。唐·朱赛特低声道——

"你抛弃了我们，唐·卡洛斯……然而，议会制度——"

他难过得说不下去了。有一片刻，他用手捂着眼睛。查尔斯·古尔德担心自己再多废话,没有应声。他对他们郑重其事的鞠躬默然答礼。他的缄默是他的庇护所。他明白,他们所要的,不过是把桑·托梅银矿的影响力拉到他们那边。他们想要躲在古尔德特许矿区的羽翼下,去跟那位胜利者调解讲和。不用多久,其他公众团体——领事馆、商会——也会接踵而来,前来寻求就他们所知本省最稳固、最有效的势力的支持。

医生迈着他那扎眼的、跛行的脚步走进来,却只见到那位矿主已经退回到自己的屋子里面,是无论如何也不该去打扰的,不过,莫尼格汉姆医生倒不急于立刻见到查尔斯·古尔德。他花了一点儿工夫,迅速地检查了一下他的伤员。他挨个把他们检查一遍,一边拿虎口摩挲着自己的下巴;他沉稳的目光,毫无表情地落在他们沉默而好奇的脸上。所有这些伤员的情况都不错,然而,来到那位死掉的码头工跟前时,他停留得稍微久了一点儿,没有去观察那个不再受罪的男人,反倒看着那个跪在一旁、陷入沉思的女人,她哭丧着脸,鼻孔紧缩着,没有完全闭紧的双目中露出一丝眼白。她慢慢地抬起头来,用一种沉闷的语气说道——

"他才当上码头工没有多久——只有几个礼拜。他恳求了很多回,他那位尊敬的工长才接受他。"

"我可不为伟大的工长负责",医生咕哝着,走开了。

医生上楼径直朝查尔斯·古尔德的门口走去,但在最后一刻,他犹豫了。他把手搭在门把上,耸动了一下原不平坦的两肩,然后一瘸一拐沿着走廊匆忙离开了,去找古尔德夫人的侍女。

莱奥娜达告诉她,夫人还没有起床。夫人把意大利旅舍老板家的两个女儿交给她来照料。莱奥娜达让她们睡在自己屋里。金发的那个是哭着睡着的,而黑发的——年长的——那个始终没有合眼。她像个小巫婆一样,坐在床上,把被单拉到自己的下颌下面。莱奥娜达并不同意把这两个维奥拉家的孩子收留在这个家里。她以冷漠的语气清楚地表明了自己的感想,她询问到,他们的母亲是不是死了。至于夫人,她一定还在睡着。自从目送安东尼娅陪着她奄奄一息的父亲启程离去,她回到自己的房间,那里面就再也没有什么动静了。

医生从他的沉思中回过神来,急匆匆地告诉她,去叫她的女主人起床。他跛着脚走进大客厅,在那里等着古尔德夫人。他十分疲劳,却兴奋得坐不下来。在这座偌大的、眼下空荡荡的客厅里,他那经历过多年蛮荒岁月的枯萎的心灵,他那默默忍受过多少旁人冷眼的消沉的精神,都曾在这里获得了焕然的新生,他在那些桌椅间胡乱走动着,直到古尔德夫人裹着一件晨袍匆匆进来。

"您知道,我从未赞同把那些银子运走。"医生立即开口,用这句话作为他的开端,讲述了前一夜在索迪略的指挥部,他与米切尔船长、总工程师和老维奥拉一同经历的冒险。按照医生对本次政治危机的独特观点来看,运走那批银子,似乎是一个荒唐而不祥的举措。那就好像是,一个将军在大战在即的关头,却莫名其妙地抽走了最为精锐的部队。那一整批银锭应该被掩藏在某个地方,可以随时取出来,用于化解那些危及古尔德特许矿区安全的险情。而总经理那样做,就好像银矿昌盛而强大的繁荣是建立在清廉的门路、高效的理念上似的。其实,哪里是这样。过去所用的方法,是唯一可行的法子。在过去那些年间,古尔德特许矿区一直都在做着花钱买路的事情。这是一个令人作呕的过程。他十分清楚,查尔斯·古尔德已经对此厌恶透顶,才转而离开老路去支持那毫无希望的改良的尝试。

医生绝不相信科斯塔瓦那可以被改良。眼下,银矿又要重新走回老路,面对的不利不仅包括要应付那种被它的财富惹红了眼的贪婪,还有那种被它试图把自己从道德腐化的束缚中挣脱出来的努力所激怒的怨气。那就是反抗失败的代价。而令他不安的是,在这个应该抓住唯一的办法、坦然回到老路上去的紧要关头,查尔斯·古尔德居然软弱了。听信德考迪那野心勃勃的计划,便是一大软肋。

医生扬起手臂,大喊着:"德考迪!德考迪!"他在房间里一瘸一拐地四处走动着,发出轻蔑而愤怒的笑声。多年前,在圣马塔城堡里某场一个由军人组成的委员会来主持的刑讯调查中,他的两只脚踝受到了严重的损伤。那些军人的提名,是由皱着眉头、两眼通红的古兹曼·本托用一阵疾风暴雨般的声音,在一个死寂的深夜任命下来的。那个老暴君被自己一个突如其来的狐疑气得发了疯,他唾沫横飞地用诅咒和恐怖的恫吓来呼吁着他们的忠诚。那座山上的城堡的牢房和炮塔里,此前便已经关满了囚犯。眼下,委员会奉命调查的是某种意在反对那位"举国公民的大救星"的邪恶阴谋。

他们将自己对于那位胡言乱语的暴君的恐惧,变成了一场草率而残忍的刑讯。"举国公民的大救星"可不习惯于等待。必须要找出一桩阴谋。那座城堡的院落里,响彻着脚镣的叮咣声、摇楚声及痛呼声;那些高级军官委员们狂热地工作着,彼此互相隐瞒着各自的苦恼和恐惧,尤其他们的那位秘书长贝伦神父,他是一名随军神父,当时正是"举国公民的大救星"跟前的心腹红人。神父是一个膀大腰圆的人,满脸恶相,扁平的头顶生着一块隆起的秃顶,面色肮脏而蜡黄,脑满肠肥,中尉制服的前襟上滴满了油渍,左胸前用白棉线绣着一个小十字。他有一只硕大的鼻子和一片下翻的嘴唇。莫尼格汉姆医生仍然记得他的长相。虽然他拼尽全力想要忘掉这一切，但总还是会想起他。古兹曼本托把贝伦神父特别安插在那个委员会中，是为了以他富于启迪的热情来协助他们的工作。至于贝伦神父的热情，或是他那张脸，或是他在说着那句话时单调无情的嗓音，"这下你肯招了吧"，则是莫尼格汉姆医生无论如何也忘不掉的。

这段记忆并没有叫他不寒而栗，但却把他变成了如今他在那些体面人眼中的模样，一个对于公共行为准则满不在乎的人，一个介乎于聪明的流浪汉与声名狼藉的医生之间的人物。但是，并不是所有体面人都有那种必要的敏锐而细腻的感情，去体谅桑·托梅银矿的医务官莫尼格汉姆医生头脑里的那些痛苦与历历在目的景象，在他想起来贝伦神父——那个随军神父，曾经是某个军事委员会的秘书长——的时候。经历过这许多年之后，每当莫尼格汉姆医生在桑·托梅山谷里，在那座医务所一端他自己的房间里，想起贝伦神父的时候，仍然记忆犹新。他会在夜晚想起他，有时候是在梦里。而每当这样的夜晚，医生就会点着一根蜡烛熬到天亮，在他的两个房间的纵深方向上来回走动着，两眼向下盯着自己的赤脚，双臂紧紧抱住身体的两肋。他会梦见贝伦神父坐在一条黑色长桌子的末端，桌子后面还有一排露着头、肩与肩章的军队成员，轻咬着一支鹅毛笔的羽毛，以疲倦而不耐烦的轻蔑聆讯着某个犯人的申诉，那人指天画地地来证明自己的清白，直到他大喝一声："说些卑鄙的废话浪费时间又有何用？让我把他带出去一会儿。"接着，由两个士兵在旁边挟着那个犯人，贝伦神父就随着铁镣的叮咣声出去了。这种插曲曾多日、多次发生在多个犯人身上。当犯人再进来的时候，贝伦神父便会宣布，犯人已经准备好全招了。他带着那种沉闷的、餍足的表情向前趴在桌子上，那种表情常可以在一个饕餮之人大嚼过后的眼睛中看到。

神父刑讯的天分只恨缺乏宗教裁判所那类经典的刑具，但却并没有因此受限多少。遍观世界的历史，对于如何将精神与肉体的痛苦施加在自己的同类创造物身上，人类从未有过手足无措的时刻。这种天分随着他们不断增长的感情的复杂程度，随着他们在技艺装置上的早期改良而与生俱来。不过，可以十分肯定地讲，原始人并不会费心劳神地去发明刑具。他是懒于思考而心思简单的。他出于必需而不必出于怀恨，便可以拿一把石斧猛凿他邻居的脑壳。他再愚蠢不过的头脑，也会发明出一句怨毒的狠话，或是为那无辜的人打上一个诽谤的烙印。一条绳子与一根擦枪的通条；几杆火枪加上一根够长的牛皮绳子；甚至仅仅是一根简单、够沉、够硬的木棒槌，冲着人类的手指或身体的关节捶下来，也足以产生与最为精巧的刑具相当的痛苦。医生曾是一个十分固执的犯人，作为这种"坏脾气"——正如贝伦神父对它的称呼——的正常苦果，对他的弹压也是十分毁灭而彻底的。他之所以只能一瘸一拐地跛行，他双肩的扭曲，脸颊的疤痕之所以那样明显，这就是原因。他的交代，终于从他口中说出来的时候，也是那样彻底。某些夜晚的某些时刻，他在地板上走动时，会带着屈辱与愤怒，咬牙切齿地怀疑起自己的想象力怎会如此丰富，在当它受到那样一种痛苦的刺激而一切真理、荣誉、自尊乃至生死本身的问题都因此而显得微不足道的时刻。

而且，他忘不掉贝伦神父和他那句语气单调的话："这下你肯招了吧？"它可以透过那神志昏迷、言语不清而不堪忍受的痛苦，以可怕的絮叨和明确的含义直抵他的内心。他忘不掉。不过，这还并不是最坏的。在之后的许多年间，莫尼格汉姆医生一直觉得，要是在街头遇见贝伦神父，他肯定会被吓得缩成一团。不过，如今已经不需要担心这种可能性了。贝伦神父已经死了，但是，莫尼格汉姆医生还是心存那种不快的忌惮，令他不敢去看任何人的面孔。

某种程度上来说，莫尼格汉姆医生已经成了一个鬼魂的奴隶。显然，他无法带着这种对于贝伦神父的知觉回到欧洲老家去。在被迫向那个军事委员会招供时，莫尼格汉姆医生从未想过要活命。他但求一死。他一连数个钟头，半裸着坐在自己那间牢房的湿漉漉的地面上，一动不动，以至于那与他为伴的蜘蛛在他蓬乱的头发上结了网，他用一种急切的推论安慰着自己内心的痛苦，他认为，自己已经交代了够多的罪行可以判一个死刑——这想法把他越带越远，让他不断活下来编了更多故事。

然而，就像是某种经过改良的酷刑一样，莫尼格汉姆医生被关了几个月，在他那间坟墓般的牢房的黑暗中慢慢地衰朽着。毫无疑问，仅仅是这样便有望一点儿一点儿地要了他的命，而不必再借助于任何行刑。但是，莫尼格汉姆医生有一副铁打的体格。古兹曼·本托死了，没有哪个谋反者拿刀捅进他的肚子，只是死于一场中风，而莫尼格汉姆医生便因此被突然释放了。他的锁镣在一支蜡烛的光亮下被打开，然而在经历过数月的黑暗之后，那烛光却大大刺痛了他的眼睛，令他不得不拿双手捂着脸。他被人扶起来。他的心脏因为恐惧这样的解脱，而剧烈地跳动。他试着走路，两只脚却异常轻飘，让他觉得晕眩，他摔倒了。有人往他手里塞了两根棍子，然后，他便被推出了走廊。当时正是黄昏；环绕着院落的那些军官宿舍的窗口，已经亮起了蜡烛；然而，天空中绚烂无比的余晖，却令他感到一片茫然。一件薄披风搭在他赤条条、瘦骨嶙峋的肩上；库管的破布条都盖不过他的膝头；生长了十八个月的头发沿着他尖削的颧骨两侧垂下来，结成灰色的条缕。他拖着身子走过哨所的门口，一名斜靠在外面的士兵出于莫名其妙的冲动，怪笑着冲上前来，在他的头顶上扣了一顶破旧的草帽。而莫尼格汉姆医生打了一个趔趄，继续走着。他先向前探出一根棍子，然后挪动一只废脚，之后再挪动另一根棍子；他的另外一只脚，只能在地面上极其吃力地向前跟进一丁点儿距离，像是太沉而拖不动它；而那件悬空的披风的衣角下面，他的两条腿并不比手里的棍子更粗。他佝偻的身躯、残废的四肢、消瘦的头颅，颤抖不已，那顶圆锥形的、破破烂烂的墨西哥草帽，以其阔大平坦的帽檐耷拉在他的肩头。

　　莫尼格汉姆医生正是以这样一副尊容，走上前去领受了他的自由。也正是这副尊容，让他以一种不可融合的姿态被捆绑在科斯塔瓦那的土地上，像是经历了一个可怕的归化过程，把他深深地牵扯进它的国民生活，比任何分量的成功或荣誉所能做的都要深刻。这除掉了他身上的那些欧洲习气，因为，莫尼格汉姆医生已经就他的屈辱为自己立定了一个理想的观念。这种观念对于一位军官或绅士来说，是尤其适合而正当的。莫尼格汉姆医生在来到科斯塔瓦那之前，曾是皇家步兵团的一名外科医生。尽管他的观念并没有把任何生理的事实或理性的论据考虑在内，但是，它却毫不因此显得愚蠢。它是简单的。一种基本依赖于苛刻排斥的行为准则，必然是简单的。在莫尼格汉姆医生的观点中，他觉得自己理所当然要做的事情，便是苛刻。这是一种理想的观点，在太多情形下，它是对于一种正确的感情的富于想象力的夸大。在它影响深刻而固执不变的力量中，它也是合乎于某种异常忠实的本性的。

莫尼格汉姆医生的本性中，存有极大的忠诚。他已经把它押注在古尔德夫人的头脑上。他觉得她值得自己付出一切。他在心底里对于桑·托梅银矿的繁荣怀有一种愤怒的不安，因为它的发展正在掠夺着她内心的平静。科斯塔瓦那绝不是一个为这种女人准备的地方。查尔斯·古尔德怎么能想得出，要带她来这里！这简直太过分了。医生以他冷漠淡然而置身事外的保守——他觉得，这是他悲惨的过去所施加给他的——关注着事态发展的进程。

然而，他对古尔德夫人的忠诚，是免不了要考虑她的丈夫的安危的。在这危急的时刻，医生之所以勉强自己留在城中，是因为他信不过查尔斯·古尔德。古尔德觉得，他已经无可救药地受到了疯狂的革命的影响。这也便是为什么当天早上他会在古尔德公馆的大客厅中痛苦地跛行着，用一种悲痛恼怒的腔调大呼着："德考迪，德考迪！"

面对这突如其来的弥天大祸，古尔德夫人的脸色凝重起来，亮晶晶的眼睛直瞪着前方出神。她一只手的指尖搭在旁边的一张小桌子上，整条手臂连着肩膀都在颤抖。迟迟才照到苏拉科城上的太阳，高挂在顶着积雪的炫目的伊格罗塔峰背后的天空中，使出它一切的力气，散发出精美的、平滑的、珍珠灰色的光芒，将这座清早时分的城镇浸没在其中，化成团团鲜明的黑影与片片灼热、耀眼的眩光。透过公馆的窗口，投下三块狭长的条形阳光。与此同时，街道对面的阿维拉诺斯家的房子的前面，沉浸在它自身的阴影中，透过汹涌的光亮看上去是那么阴郁。

一个声音在门口叫道："德考迪怎么啦？"

是查尔斯·古尔德。他们都没有听见他走过长廊。他的目光掠过自己的太太，完全落在医生身上。

"你为我带来了一些消息，是吗，医生？"

莫尼格汉姆医生立即将事情和盘托出，讲了个粗要。他讲完之后的一段时间内，桑·托梅银矿的总经理一直都在盯着他，一言不发。古尔德夫人深陷在一张低矮的椅子里，两只手搁在嘴唇上。一阵沉默降临在这三个一动不动的人儿中间。然后，查尔斯·古尔德开口道——

"你一定是想要吃些早餐了。"

他站在一旁，好让自己的太太先走。她抬手抓住丈夫的手掌，在走出去时按了一下，一边拿手帕揩着眼睛。见到丈夫，又令她想起了安东尼娅的处境，而一想到那位可怜的姑娘，她就控制不住自己的眼泪。当她洗过脸，跟那两个男人在餐厅中汇合一处的时候，查尔斯·古尔德正隔着餐桌对医生讲道——

"不，这似乎没有任何可怀疑的余地。"

医生也表示同意。

"不，我也不知道该怎样去质疑那个倒霉的赫希的故事。那真的是太真实了。"

她在餐桌上落寞地坐下来，看看这个，又看看那个。那两个男人虽然没有完全把头偏开，却都在极力回避着她的眼神。医生甚至装出饥肠辘辘的模样；他抓起刀叉，狼吞虎咽地吃起来，那大嚼的样子像是舞台上的表演者。查尔斯·古尔德并没有作出这种假模假式；他扬起两道平直的眉毛，又用手捻着唇髭的两端——那唇髭是如此之长，以至于他的两手离开脸部老远。

"我并不意外。"他咕哝道，松开他的唇髭，把一只胳膊甩在身后的椅背上。他显得一脸平静，但那副无动于衷的表情，却泄露了他紧张挣扎的内心。他感觉到,这场事故已经把他的行动方针所牵涉的一切后果,不论是有意的还是无心的,都带到了一个一触即发的关头。眼下,他那种沉默的保守,那种他一贯用来在背后保卫着自己的尊严的不可捉摸的神气,一定要有一个结束了。它是那种徒有其表的,与他的智慧、他的正直及他的正义感相龃龉的文明体系,所强加在他身上的程度最为轻微的不光彩的伪装。他与他的父亲一样。他们都没有讽刺的眼光。他不会为这世上大行其道的荒谬而感到戏谑。他觉得,那个可怜的德考迪的死,从他这里,从他那不可揣摩的身份背景中,抽掉了一股力量。它公然地损害到了他,尽管他想要放弃这游戏——但那是不可能的。物质利益要求他以自己的冷漠作为牺牲——也许还要献上他本人的安全。他盘算着,德考迪那分而治之的计划并没有随着损失掉的银子一同沉入海底。

唯一尚未被改变的,只有他在霍尔罗伊德先生心目中的地位。那位银铁生意的巨头已经带着一股子热情,介入了科斯塔瓦那的事务。科斯塔瓦那在他的个人存在中,已经变得不可或缺起来;他已经从桑·托梅银矿里找到了一种想象中的满足感,就像其他人的心灵从戏剧、艺术,或是某项危险而奇妙的运动中取乐一样。这是那位大人物受某种道德目的辖制、别出心裁的一种挥霍,手笔大到足以取悦他的虚荣。即便在自己的不务正业中,他也是以效力世界的进步为务的。查尔斯·古尔德十分有把握地觉得,自己能够得到他不偏不倚的理解,并且以他们共同的热情带着宽容来评判自己。眼下,没有什么东西会让他的大人物觉得意外或是吃惊。而且,查尔斯·古尔德想象着,自己正要向旧金山写去一封信,这样说:"……带领这一运动的那人是死是逃,下落不明;本省的民事机构目前已告终结;

苏拉科的布兰科一派业已不可原谅地土崩瓦解，其情形之典型盖为本国所特有。不过，巴里奥斯在凯塔尚未损失一兵一卒，仍然可供调遣。我被迫公然采纳了一项本省革命的计划，要将我们那取决于苏拉科的繁荣与安定的巨大物质利益，安放在一种永远稳妥的位置上，它是唯一之法……"如此便清楚了。他依稀看到了信上那些字眼儿，就好像它们是用火写在他正茫然凝视着的墙壁上。

古尔德夫人带着恐惧，观察着他的茫然。对她来说，这一种居家而可怕的现象令整座房子黯淡而清冷，如一团雨云经过太阳那样。查尔斯·古尔德的阵阵茫然，勾勒出志在纠缠于某一固执的念头所表现出来的那种全幅的专注。一个纠缠于固执念头的人是近于癫狂的。即便这种念头出于正义，他也是危险的；他会不会无情地把天捅破，砸在一个所爱之人的头上？古尔德夫人的眼睛观察着丈夫的侧脸，又噙满了眼泪。而且，她似乎又看到了那不幸的安东尼娅的绝望。

"要是在我们刚刚订婚那会儿，查理淹死了，我会怎么办？"她万分惊恐地在头脑中大喊着。她的心肠化成冰雪，她的脸颊滚烫起来，像是被火葬时那柴堆的火焰炙烤着，烧掉了她所有尘世的感情。泪水夺眶而出。

"安东尼娅会自杀的！"她哭喊道。

这一声哭喊落在房间的沉默中，出奇地几乎没有什么效果。只有正在揉搓着一片面包、朝一边歪着脑袋的医生，抬起头来轻轻地皱了一下眉，几根从他粗糙的眉毛中探出来的长毛抖动了一下。莫尼格汉姆医生十分确定地觉得，德考迪对于任何女人的情感来说，都是一个完全不值得托付的对象。然后，他又低下了头，嘴唇弯曲着，心头充满对于古尔德夫人温柔的钦慕。

"她挂念着那位姑娘。"他对自己说,"她挂念着维奥拉家的孩子们,她挂念着我,挂念着伤员,挂念着矿工。她总是挂念着每一个贫穷与不幸的人!然而,要是在这地狱一般的、害得阿维拉诺斯家那些糊涂蛋淹死在里面的混战中,查尔斯落到最糟糕的田地,她该怎么办?似乎没人会挂念着她。"

查尔斯·古尔德继续盯着墙壁,巧妙地盘算着。

"我要向霍尔罗伊德写信说,桑·托梅银矿有足够之大,可以接过缔造一个新生国家的任务。这会令他高兴,让他同意冒险。"

不过,巴里奥斯真的可供调遣吗?或许吧。但他是联络不到的。要向凯塔派一条船去,已经不再可能了,因为索迪略已经占领了港口,而且手上还有一艘汽轮。眼下,全省所有的民主派和每个草原乡镇,都处在骚乱动荡的局面中,他要上哪儿去找这样一个人,带着消息从陆路上成功地溜到凯塔去,骑马也至少需要十天;一个既有勇气又有决心的人,他要避过逮捕或谋杀,要是被捕就忠诚地吞下那份文件,上哪儿找?码头工长要是还在,会是一个这样的人选。但是,码头工长已经不在了。

查尔斯·古尔德把眼睛从墙壁上挪开,轻声说道:"那个赫希!真是个不可思议的东西!竟然抓住锚索活了下来,不是吗?我都没想到他居然还在苏拉科。我以为他早在一个礼拜之前,就从陆上回苏拉科去了。他曾来过这儿,跟我谈了一些他的牛皮生意和别的事情。我清楚地让他知道,什么都做不了。"

"他因为害怕埃尔南德斯正在附近而不敢动身。"医生说。

"而且,要是没有他,我们也许对发生的事情一无所知。"查尔斯·古尔德惊奇地说。

古尔德夫人叫起来——

"一定别让安东尼娅知道！不能告诉她！现在不能。"

"没有人会去送这信儿。"医生道。

"没有人愿意。而且，这里的人对埃尔南德斯怕得要死，就当他是个魔鬼一样。"他转过脸来，对着查尔斯·古尔德，"这事很难办，因为你如果跟那些难民商量这事，你会找不到一个送信的。埃尔南德斯还在几百英里外的时候，苏拉科的这些老百姓就常常被那些故事吓得发抖，说他把自己的犯人活活烤死。"

"是的。"查尔斯·古尔德咕哝道，"米切尔船长的工长，是城里唯一一个亲眼见过埃尔南德斯的人。科尔贝朗神父曾雇佣过他。是他最先打开了联络。真可惜——"

他的声音被教堂大钟的嗡响声盖住了。大钟不连贯地敲了三下，钟声一声接着一声，如炸裂般传来，在低沉而缓和的震荡中消散。随后，城里每一座教堂、修道院及小礼拜堂塔楼上的所有钟声，甚至连那些早已关闭多年的钟，都一齐轰隆隆地响了起来。在这阵怒潮般的金属的轰鸣中，有一股寓示着冲突与暴力景象的力量，令古尔德夫人的脸顿时变得煞白。正在餐桌旁听差的巴西里奥吓得缩成一团，牙齿打着寒战，紧抓着餐边柜。你根本听不见自己在说什么。

"关上那些窗户！"查尔斯·古尔德对他怒冲冲地喊道。其他所有仆役，也被他们当作大屠杀的信号的钟声吓坏了，冲上楼梯，摔成一起，里面有男有女，都是叫不上名字、往往不露面却生活在这座院落底层四面的一帮人。女人们尖叫着"发发慈悲"，冲进房间，靠着墙壁跪倒在地上，开始心惊胆战地在身上画着十字。那些惊慌的男人们的脑袋，立即拥在门口处——是马夫和园丁们，还有一些以这户乐善好施的人家的面包屑为生的、说不上是做什么的帮佣，查尔斯·古尔德一下子见到了自己的全部家眷仆从，甚至连门房都进来了。那是一个半瘫的老人，花白的、长长的发绺垂在肩上：他是查尔斯·古尔德以其虔诚的家训所接纳的一位传家宝。他还能记得亨利·古尔德，那位英国人兼第二代的科斯塔瓦那人，做过苏拉科省的政首；他曾获许在监狱里照料他的主人，并且，在那个悲惨的早上，曾一路跟踪着行刑队；他躲在沿着方济各修道院的墙根生长起来的柏树后面偷看着，吓得眼珠子都要掉出来了——唐·恩里克扬起双手，迎面仆倒在尘土中。在其他仆役的末尾，查尔斯·古尔德特别留意到这位曾经作为目击证人的那位长者的硕大的头颅。不过，他还意外地看见了一两个枯瘦的老太婆，她们在这座屋檐下的存在是他所不知情的。她们一定是他的某些下人的母亲，甚至是祖母或婆母，还有一些孩子，都几乎光着身子，哭喊着，攀着他们的大人的腿。此前，他从未在这座院落里见过孩子。甚至侍女莱奥娜达也慌里慌张地，带着她作为一个得宠女仆的、骄横地撅着嘴的脸色，牵着维奥拉家两个女孩儿的手，从人堆里挤进来。餐桌与边柜上的餐具叮当乱响，整座房子似乎都在那震耳欲聋的声浪中摇晃着。

第五章

到了夜间，延颈以待的百姓们已经知道，城里钟声齐鸣是为了迎接佩德里托·蒙特罗，他在林康过了一夜，当时正在进城。率先通过陆地一侧的城门进来的，是一队各种服色、肤色、形色而衣衫褴褛的武装暴民，他们自称为苏拉科国民卫队，听命于加马乔先生。他们从街道中央涌过，好像一股被水流推动的垃圾，混为一片草帽、披风与枪杆，一面巨大的绿色与黄色的旗帜在他们中间拍打着，伴着热烈的鼓声行进在一团乌烟瘴气中。看客们蜷缩在那些房子的墙根下，高呼着："万岁！"这帮乌合之众后面是一队骑兵，是佩德里托·蒙特罗的"队伍"。他被富恩特与加马乔两位先生左右簇拥着，骑行在他的草原部下前头，这些人完成了在一场暴风雪中翻越伊格罗塔峰荒野地带的壮举。他们四人一排，连辔并行，骑在被充公得来的草原马上，穿着五花八门的衣物，那是他们在快马加鞭地骑过本省北部的路途中，匆匆忙忙从路边店铺中洗劫来的；因为佩德里托·蒙特罗十分急于占领苏拉科。他们松垮垮地系在光溜溜的喉咙上的帕子，扎眼而簇新，他们所有棉衬衣右边的袖筒都被割掉了，为了扔起矛枪来更加方便。那些干瘦的胡须灰白的老家伙们，骑行在黧黑消瘦的年轻人旁边，显示出他们戎马生活的艰辛，帽檐周围盘绕着一条条生牛肉干，光裸的脚后跟上绑着偌大的铁马刺。那些在翻过大山时丢了矛枪的，就拿草原放牛郎的刺棒来充数：那是一种细长的棕榈杆子，足有十呎长，装有铁尖的一端胡乱镶着好些叮当作响的铁环。他们都佩着刀子和左轮手枪。所有这些被晒得黧黑的面孔上，都带着一种野蛮而无畏的神情；他们拿焦枯的眼珠跋扈地向下扫视着人群，又或者，傲慢地向上翻着眼白，彼此指点着某个出现在窗口的女人的标致头脸。他们骑入市政广场，望见太阳地里那座白花花的国王石马像，带着一成不变的致意的姿态，宏伟而岿然地矗立在汹涌的人潮之上，一阵惊奇的低语声在他们的行伍中间传开。"那戴大帽子的是个什么圣人？"他们彼此问道。

　　他们是那支草原骑兵的极好的样本，佩德里托·蒙特罗正是靠着他们，大大辅佐了他那兄长将军的胜利生涯。这个在海滨城镇长大的人，短短时间便在共和国的平原居民中获得了相当的影响力，这只能归因于某种卓有收效的狡诈背叛的天赋，它在那些好勇斗狠、与生番几无二致的人看来，一定是完美的智慧与优点。所有民族的流行传说都表明，欺骗与奸诈，再加以体力的殊胜，会被原始人类当作——甚至比勇气更多——英雄的美德。胜过你的对手，是人生的头等大事。勇气是自不必言的。但运用智力才会令人称奇并赢得尊重。谋略倘若没有失败，便是光荣的；对于某个不加提防的敌人的轻巧屠戮，并不会激起人们的任何反感，而只会让他们欣喜、骄傲与羡慕。与当代他们的后裔相比，那些原始人的问题也许不在于更加不忠不信，而在于他们面对目标更加坦直，更加露骨地将成功当作唯一的道德标准。

因为我们被改变过了。智谋的运用极少唤起惊奇与尊重。然而，那些加入内乱冲突的蒙昧而野蛮的平原人，却十分乐得追随一个时常把敌人五花大绑地——似乎就是这样——交在他们手中的头领。佩德里托·蒙特罗有一种擅长以安全感来麻痹对手的天分。而正因为人们学起智慧来慢得要命，又总是惯于相信一些讨好他们那隐隐然的希望的承诺，所以，佩德里托·蒙特罗才一次又一次地成功了。不管只是一名侍者也好，还是科斯塔瓦那驻巴黎公使馆的一个低等官员也好，总之，当他听说自己的兄长从边境防区司令的位子上发迹之后，便立即匆匆窜回国内。他在首府靠着自己能言善辩的天分，骗过了里比厄拉主义运动的头领们，甚至连桑·托梅银矿那位目光敏锐的代理人，也没有能够把他看个透彻。他立即获得了一种超乎他的兄长之上的影响力。他们两人的长相十分相似，都是秃头，只有一簇卷发环绕在耳朵上面，显示着某种黑人血统的存在。只是佩德里托的个头比将军更小，整个人显得更加精致一点，带着沐猴而冠的蠢劲儿，去模仿着一切文雅与品位的外在迹象，带着鹦鹉学舌的天赋学人说话。这两兄弟都靠着一位伟大的欧洲旅行家的施舍受过一些基本的教育，他们的父亲曾在这位旅行家在本国腹地的旅程中做过他的贴身仆从。在那位将军的生涯中，他曾靠着它从行伍中脱颖而出。至于他的小弟佩德里托，则生性懒惰散漫，曾经从一座海滨城镇流落到另一座海滨城镇，厮混在账房中，投身于陌生人做门客，过着一种清闲而声名狼藉的生活。他的阅读能力并没有带给他任何东西，除了满脑子荒唐的幻想。他的行动大多取决于一些不切实际的动机，在那一个理性的常人看来是难以理解的。

因而起初，古尔德特许矿区在圣马塔的那位代理人，曾经相信他具有一些明智的观点，甚至对那位将军永不满足的虚荣还有一些制约的力量。他始终不曾想到，这个佩德里托——这位餐馆男侍或下等抄写员，曾经寄宿在科斯塔瓦那公使馆用以遮蔽其外交尊严的各色巴黎大饭店的阁楼中，还曾经生吞硬嚼地读过一些用法语写的通俗历史作品，例如，伊伯特·德·圣·阿曼达有关第二帝国的那些书。不过，佩德里托被那种华丽朝堂的显赫打动了，他在那儿为自己幻想出一个位置，就像德·莫赫尼公爵那样，将一切纵情声色与国柄政事揽于一身，在每一方面都享受着至高无上的权力。没人能猜透这样一种心思。然而，它却是蒙特罗主义革命的一个直接诱因。而一旦考虑到这些革命的根本原因始终没有什么不同，一样都是植根于并不成熟的政治民智，植根于上等阶层的麻木不仁与下层百姓的智力昏聩，这种心思便也不那么令人费解了。

佩德里托·蒙特罗眼看着自兄长的迁升为他那狂野至极的想象打开了一条康庄大道。这也便是蒙特罗主义不可收拾地蔓延开来的原因。那位将军本人原本是可以被拉拢收买的，用一些好话安抚下来，派一个到欧洲去的外交闲差。从始至终，都是他的兄弟在挑唆着他。他一心要成为南美洲最出色的政治家。他并不羡慕那种至高无上的权力。事实上，他对那种事情的辛苦与危险是投鼠忌器的。而且首要的是，受教于他的欧游阅历，佩德里托·蒙特罗打算为自己捞上大笔横财。带着这一目的，他在那场胜仗的第二天，便从自己的兄长那儿得到了进军的许可，翻过大山，占领了苏拉科。苏拉科是一片繁荣的未来之地，是物质文明的首选之地，是共和国中唯一能够吸引那些欧洲资本家的省份。佩德里托·蒙特罗决心效法德·莫赫尼公爵，打算在这份繁荣里分上一杯羹。这便是他原本的打算。如今，他的兄长已经是一国之主，无论是做总统、独裁者，甚至还是皇帝——为什么不做一个皇帝呢？他打算在每一个企业——铁路、矿山、糖厂、棉纺厂、土地公司，各种行当的每个业体——之中都讨上一份干股，作为自己对他们的保护费。及早赶往目的地的心愿，是此番得到庆祝的骑行的真正原因，他带着大约两百个骑兵翻越过大山，而起初，这一功绩的危险是他急功近利的焦躁所始料未及的。赢下那一连串胜利之后，在他看来，一个蒙特罗随便到了哪里都可以指点江山。这种幻想令他失之草率，对此他也正有所察觉。他在骑行于自己的骑兵阵前时，心头懊恼于他们的人数之少。倒是百姓们的热情给他吃了一颗定心丸。他们高呼着："蒙特罗万岁！佩德里托万岁！"为了让他们更加热烈，也出于他对假模假式的本性喜好，他把缰绳挂在马颈上，用一种近于夸张的亲昵而坦诚的动作，把两只手挽在富恩特与加马乔两位先生的胳膊下面。就用这种姿势，由一个本城的小厮为他牵着马缰，他招摇过市地穿过市政广场，骑到了总督府门前。在那样一阵激荡着空气并且淹没了一切教堂洪钟的欢呼中，它破旧黯淡的墙壁似乎在摇颤着。

佩德里托·蒙特罗，那位将军的兄弟，下马走进一片山呼高喊、挥汗如雨的热烈人群中，而那些衣衫褴褛的国民卫队正凶巴巴地把他们向后驱去。他向上登了几步，回头俯视着那一大群对着他大喊大叫的人，还有对面那些留着斑斑弹痕的房屋墙壁，后者正轻掩在一团尘土飞扬的眩光中。那用斗大的黑色大写字母拼成的"未来报馆"，交错在破损的窗口间，穿过偌大的空地，直瞪着他；他为这一复仇的时刻感到畅快，因为他十分确信自己已经把德考迪攥在了手里。他左手边的加马乔,块头极大而热得要命,正擦着他那毛茸茸、汗涔涔的脸,在愚蠢快活的笑容中露出一排焦黄的尖牙。他右边的富恩特先生又瘦又小,正绷着嘴唇观看着。人们一个个瞠目结舌地盯着这里,陷入热切的安静,像是已经预料到这位游击队头领,这个举国闻名的佩德里托,马上就要布施一些实实在在的好处给他们。他开始布施的,是一段讲演。他高呼着那个词儿扯了一个开头:"公民们!"甚至连市政广场中央的那些人都听见了。此后,大部分的公民们就只能如痴如醉地欣赏着那位演说家的动作了,欣赏他踮起的脚尖,欣赏他紧握着拳头扬在头顶的手臂,欣赏他那只摊平了按在心脏上的手掌,欣赏他眼珠翻滚时露出的银色眼白,欣赏他挥臂、戟指与拥抱的手势,欣赏他一只手亲昵地搭在加马乔肩上的模样,欣赏他煞有介事地朝身穿短小黑色外套的富恩特先生招手示意,称他为拥护者、政治家与真正的人民之友。那些最靠近这位演说家的人所突然迸发出来的"万岁",杂乱无章地朝着人群边界扩散开去,就像火焰蹿行在枯草上,直到空旷的街道上才停下来。而在它们的间隙中,拥挤的市政广场上便酝酿着一种沉重的寂静,那位演说家的嘴巴就在这一气氛中不停开闭着,一会儿说"人民的福祉",一会儿说"国家的儿子",一会儿说"整个世界",这些词汇甚至以一种微弱清亮的声响,传到了被挤得水泄不通的大教堂台阶那儿,细得简直像是蚊子哼哼。但是,那位演说家在拍打着自己的胸脯;他夹在自己的两位支持者中间,显得神气活现。这就是他的高论中最卖力的地方。然后,那两个相对较小的身影从公众的注视中消失了,剩下块头硕大的加马乔一个人留在那里,走上前,把帽子高高地举在头顶上。然后,他骄傲地把帽子盖回去,大喊出来:"公民们!"一阵沉闷的喧叫回应着这位加马乔先生，这位前草原上的小贩、国民卫队的指挥官。

在楼上，佩德里托·蒙特罗挨个察看总督府被捣毁的房间，四处走动着，气急败坏地不停嚷着——

"真是蠢行！真是破坏！"

富恩特先生跟在身后，放下他沉默寡言的性格，低声道——

"这都是加马乔和他的国民卫队的杰作。"然后，他便把脑袋偏在左肩上，两片嘴唇紧紧地绷在一起，以至于每边的嘴角会出现一个小洞。他已经将本城政首的任命函收入囊中，迫不及待要履新了。

在那间长长的会客厅里，所有高大的镜子都被石头砸得斑斑点点，窗帘被扯下来，高处演讲台上方的篷盖也被撕成了碎片。他们无所事事地站在那个凄惨暗淡的房间内，透过百叶窗，传来人群中广阔深沉的低语声，以及加马乔那空洞的讲话声。

"畜生！"唐·佩德里托·蒙特罗阁下咬牙切齿地咒骂道，"我们要尽快想办法把他和他的国民卫队送去对付埃尔南德斯。"

那位新政首只是把脑袋向旁边偏了一下，喷出一口雪茄的烟雾，以此作为信号，对这个把加马乔和他那帮棘手的乌合之众从城里支开的法子表示赞成。

佩德里托·蒙特罗一脸厌恶地看着那光秃秃的地板，看着散落在房间四周的那些笨重的镀金相框的带子，被扯碎砍烂的画布残片露出来，像一些脏兮兮的抹布那样飘拂着。

"我们不是野蛮人。"他说。

这就是那位广得人心的佩德里托阁下，那位擅长伏击艺术的游击队头领所说的话。在他的自家兄长的授命与自己的要求下，前来按照民主的原则接管苏拉科的组织。前一夜,在同那些出城前往林康与他会合的友军们的磋谈会上,他曾向富恩特先生吐露过自己的意图——

"我们要组织一场公选,来坦坦荡荡地决定,是否把这个我们所热爱的国家的命运,交托给我那位英明神武的英雄兄长——那位所向披靡的将军。一场全民投票。你明白吗?"

而富恩特先生把脑袋轻轻向左偏了一下,鼓着皮实的脸颊,从他噘着的嘴唇间喷出一股淡蓝色的烟雾。他已经明白了。

那位阁下对这种破坏感到怒不可遏。在总督府那些庄重堂皇的房间里,没有剩下任何椅子、桌子、沙发、托架或是小桌。尽管气得浑身打战,那位阁下却没有猛烈地发泄出来,是那种远道而来、孤立无援的情绪在克制着他。他那英勇的兄长距离这儿十分遥远。与此同时,他又该怎样安顿自己的午休呢?在经历过一整年艰苦的营帐生活后,他原本指望在总督府找一块舒服、奢华的地方,用以犒劳此前向着苏拉科英勇突进的途中所遭受的艰辛与困乏,这个省份的富裕与影响可是共和国领土中的其他任何地方所不能相比的。他要一点点儿地找加马乔算账。而加马乔先生的演讲仍在进行,令众人的耳朵甘之如饴,顶着市政广场上的热气与烈日,就像一个低贱的魔鬼对着白热的熔炉发出粗野的嚎叫。他一刻不停地拿光裸的前臂揩着汗如泉涌的脸;他已经甩掉外套,并且把衬衣的袖管挽过手肘;但是,他那顶硕大的、插着白色鸡毛的帽子,却始终戴在头上。他天真地爱惜着这个国民卫队指挥官的军衔标志。赞同而沉重的低语应和着他的阵阵声音。他的观点是,应当立即对法国、英国、德国和美国宣战,他们打着引进铁路、矿山企业、殖民区及诸如此类的浅显幌子,只是为了从穷苦的人民手上夺走他们的土地,而且在这帮哥特人兼傀儡的协助下,那些贵族们要把他们变成劳苦悲惨的奴隶。那些叫花子们挥动着脏兮兮的白披风的衣角,大叫着表示同意。"只有蒙特罗将军,"加马乔信心满怀地吼叫道,"才能担当这一份爱国重任。"对此,他们也高呼同意。

  上午正在过去;人群已经呈现出崩解的迹象,泛起了涌动与漩涡。有些人正在寻找着墙下的影子和林荫道的树荫。骑马者打马穿过人群;一簇簇水平戴在头顶、抵挡着烈日直晒的宽檐帽,眼下正漂到了街道中,在那里,那些小酒馆敞开的店门伴着叮咚响亮的吉他声,透出一股令人神往的幽暗。那些国民卫队正盘算着各自的午憩,而他们那位指挥官加马乔的长篇大论,也终于讲完了。稍后,到了下午略微凉爽的时刻,蒙特罗驻扎在林荫道上的骑兵先遣队未经过磋商,直接便向他们发动了全速冲击,用长长的矛枪撑着他们的飞逃的背影,一直追到那些街道尽头。苏拉科国民卫队的那些人对这一举动大感意外。不过,他们并没有觉得愤怒。从没有任何科斯塔瓦那人可以试着对一支军队的怪异举动发出质疑。那就是事物原本秩序的一部分。他们认为,那一定是某种管理措施,毫无疑问。他们无能为力的智力不会去计较背后的动机,而他们那位首领兼演说家加马乔,国民卫队的指挥官,正喝得烂醉且昏睡在自家房子的怀抱中。他的两只光脚板在阴影中冷冰冰地向上翻着,那样子活像在挺尸。他雄辩的嘴巴大张着。他最小的女儿一只手挠着自己的脑袋,另一只手在他晒伤脱皮的脸上挥动着一根绿色的树枝。

第六章

  西沉的太阳已经把城中那些房屋的影子从西边挪到了东边。它们被投在整片辽阔的草原上，它的那些大庄园的白墙，矗立在统御着这片遥远绿野的山包上；它的那些干草顶的牧舍，沿着溪畔蹲伏在起落的地势中；丛丛树木如同一座座颜色深暗的岛屿，漂浮在清新碧绿的草海上，而陡峭险峻的科迪勒拉山脉，宏伟而静止地浮现在一片低矮丛林的巨浪之上，宛如某片巨大陆地的光裸海岸。夕阳的光线远远地打在伊格罗塔峰的雪坡上，带给它一种青春的玫瑰色的气息，而远处那些犬牙交错的山峰却仍是黑的，像是在那热烈的光辉中被煅烧着。起伏的丛林表面，像是被镀上了一层淡淡的金粉。而离开那里，在林康之外，从城里望去被两座长着树木的山坡掩映住的桑·托梅山谷中，那些岩石在平坦的绝壁上擎起自己的一座山头，此时正呈现出某种棕色与黄色的温暖色调，掺杂着通红的铁锈色的矿纹，以及扎根于石缝的灌木丛的团团墨绿。从平原望去，矿区那些标志性的棚户与房屋显得又黑又小，高高在上，好像一些簇拥在悬崖岩架上的鸟巢。那些曲曲折折的小路，就像在一座乱石堡垒的墙壁上，划下条条淡淡的痕迹。两名负责日间值守的银矿警卫，正端着卡宾枪，瞪着警觉的眼睛，在溪流内侧靠近小桥的树荫中巡行走动着，而唐·佩佩正沿着小径，从上方的台地朝他们走下来，那样子并不比一只大甲虫更大。

　　唐·佩佩带着那种漫无目的、昆虫一般的模样，来来回回地爬行在岩石表面，不过，他的身影的确是在不断下降的，临近谷底时，他最终沉没在那些仓库、熔炉与工坊的屋顶背后。有一会儿，那一对警卫来回逡巡在小桥前面，他们拦住了一个手上拿着一只白色大信封的骑马人。然后，唐·佩佩从那些房屋中间出现在矿村的街道上，距离那座边境上的小桥不过扔块石头远近，他大步流星地走上前去，肥大的黑色裤管掖在靴子里，身穿一件白色的亚麻布夹克，身侧佩着马刀，皮带上别着左轮手枪。在这种乱纷纷的时候，没有什么可以从银矿总管先生这里乘虚而入，就像他说的那样。

　　随着一名警卫轻轻点头，那人——一个从城里来的信使——下了马，并牵着马缰过了桥。

　　唐·佩佩从他的另一只手中接过信来，接连拍打着自己的左身和臀部，摸索着他的眼镜盒。待他把这个沉重的、镶银的物件在鼻梁上架稳，小心地在耳朵后面调整妥当之后，他打开那个信封，把它举在距离眼睛前方大约一呎开外。他掏出的那页纸仅有三行文字。他盯着它们看了好一会儿。他那苍灰色的唇髭上下颤动着，那从他眼角辐散开去的皱纹攒在一起。他沉着地点了点头。"好。"他说，"没有答复。"

　　接着，他用自己那种安静、和气的方式，与来人谨慎地交谈起来，后者也显得十分乐于跟他攀谈，像是近来有什么运气的事情降临在他身上。他曾远远地望见，索迪略的步兵沿着港口的海岸，在海关公所两边安营扎寨下来。他们没有破坏那些建筑。铁路方面的外国佬也在他们的场院中杜门不出。他们不再急着去射杀穷人。他诅咒着那些外国佬。然后，他又报告了蒙特罗的进城及城中的传闻。眼下，那些穷人们就要富裕起来了。这很好。更多的事情他也不知道了，他露出谄媚讨好的笑容，悄悄地说自己又饿又渴。老少校指点他去找第一个矿村的村长。那人骑马走开了，而唐·佩佩迈着缓慢的大步，走向一座木头建造的小钟楼，他越过树篱朝一片小花园望去，见到罗曼神父正坐在一架挂在他圣所前两棵橘树之间的白色吊床上。

一棵巨大的罗望子树以其墨绿的枝叶，整个地荫蔽着那座洁白的木屋。一位长头发、大眼睛、手脚小巧的印第安少女，搬出来一张木椅子，而另一个乖戾又机警的瘦弱老妇人，则始终从阳台那边盯着她。唐·佩佩在椅子里坐下来，点着了一根雪茄。神父从他蜷起的掌心中，大大地吸了一气鼻烟。他那张磨蚀而深陷的红棕色脸庞上，刻着支离破碎的皱纹，一双鲜活而坦率的眼睛，像两颗黑色的钻石那样闪闪发亮。

唐·佩佩用温和而幽默的语气告诉罗曼神父，佩德里托假借富恩特先生之手写信前来问他，他要什么条件，才能把银矿以良好运转的秩序，交到一个依据法律成立的、由爱国公民组成的、由一小队兵力陪护着的委员会手上。神父两眼望着天空。然而，唐·佩佩继续道："那个送信来的伙计还说，唐·卡洛斯·古尔德仍然活着，并且目前还没有受到打扰。"

听说总经理先生安然无事，罗曼神父说了几句谢天谢地的话。

那座小钟楼传来清亮如银的钟声，已经过了晚祷的时辰。封锁住山谷入口的那一带丛林矗立着，就像一面屏障，拦在西沉的太阳与矿村的街道之间。而这道岩石嶙峋的山谷另一端，坐落在玄武岩与花岗岩石壁之间的，是一座被丛林覆盖的高山，在桑·托梅的居民们看来，它的整个山架都被遮住了，拔地而起，直至山顶都是葱茏油亮的。它上方那深蓝广阔的天空中，漂浮着三朵玫瑰色的云团。人们三五成群地坐在用枝条编成的小屋之间的街道上。夜班的工头们已经聚集在村长家门前，准备带领他们的人前去上工，他们蹲在地上，头顶着皮革的无沿矿帽围成一圈，正弯着古铜色的脊梁，轮流喝着一瓢巴拉圭茶。从城里来的伙计把马拴在门前的一根木杆子上，跟他们讲着苏拉科城里的消息，与之同时，那只黑漆漆的盛着茶汤的水瓢仍在从一人手中传到另一人手中。至于那位庄重的村长本人，则穿着一条白色的兜裆布与一件印花棉布的带袖长袍，袍子的前襟在他矮胖的身躯上大敞着，给人的感觉像是穿了一件俗丽的浴袍。他站在一旁，后脑勺上扣着一顶粗糙的海狸帽，手上抓着一根末端镶有一个银球的长手杖。这些象征着他威严的行头，是银矿的管理机构授予他的，后者是一切荣耀、繁荣与平静的源泉。他曾是最早进入山谷的移民之一；他的儿子和女婿们都在山里工作，看上去，这座大山正在把它的财宝沿着上方台地的矿石滑槽倾吐下来，当作幸福、安全与公义的馈赠带给那些劳动者。他以一种好奇又冷漠的态度，听着那些消息，就好像与之相关的是另外一个世界，而不是他自己的这个。它们对他来说，也的确如此。在短短数年中，这些苦恼的、半野蛮的印第安人便已经生出那种对于某一强大组织的归属感。他们对银矿引以为傲，并且依赖于此。它深得他们的信任与拥护。他们赋予它一种庇护弱小、无所不能的美德，就好像它是他们亲手塑造的一个偶像，这是出于他们的无知，而且从另一方面来讲，这跟其他人类把顶礼膜拜的信任寄托在自己的手造之物上相比，也并没有什么明显的分别。这位村长从来没有想过，银矿会失去它的庇护与力量。只有那些城里人和草原牧民，才会觉得政治是好东西。他蜡黄、浑圆的脸盘上，生着阔大的鼻孔，带着一副无动于衷的表情，就像一轮凶狠的满月。他听着那个伙计的兴奋的、傲慢的讲述，丝毫没有担忧，没有惊奇，没有任何活跃的情感。

罗曼神父将自己稳住，垂头丧气地坐在那里，他的脚刚刚可以够到地面，他的手抓着吊床的边缘。他像他的教众一样无知，但信心却比他们小得多，他问少校，接下来会发生什么。

唐·佩佩在椅子上挺直身子，把两只手平静地交叠在刀柄上，那把军刀在他两股之间垂直竖立着，他回答说，他也不知道。他们能够抵御任何一支可能被派来侵占银矿的兵力。而另一方面，鉴于这是一条荒凉干旱的山谷，一旦从草原来的定期给养被切断，三座矿村的人口便只有挨饿投降。唐·佩佩气定神闲地同罗曼神父阐释着这些不可预料的状况，而后者作为一名随军多年的老人，也是能够理解一位军人的这种推论的。他们简捷而坦率地交谈着。罗曼神父想到他的教众将要被解散或是奴役，不禁黯然神伤。他对他们的命运并不抱有幻想，这倒不是出于他的洞察力，而是出于他对政治暴行的长期体验，在他看来，它在一个国家的生活中是足以致命而在所难免的。一般公共体系的作为在他眼里是看得再清楚不过的，那不过就是一系列降临在私人个体头上，并且透过仇恨、报复、愚蠢与贪婪，煞有逻辑地冤冤相报、一波未平而一波又起的灾难，就好像它们是某种神圣天谴的一部分。罗曼神父的敏锐得益于一种未受过教育的智力。然而，他那亲历过各种屠杀、掳掠与暴力的场面而依然保持着柔软的心肠，随着他与那些受害者的联系越密切，就对这些灾难痛恨得越深。他对于山谷中的那些印第安人怀有慈父嘲弄儿子般的感情，这是他所引以自娱的。在过去五年或更久的时间内，他一直在以尊严与圣膏，为桑·托梅银矿的工人们主持婚礼、洗礼、葬礼，听他们告解并为他们赦罪。他相信这类服侍工作的神圣性，而在这样一种灵性感知中，他也的确把他们当成了自己的羊群。他们对他神职的尊荣来说是宝贵的。古尔德夫人对于这些人的热心关注，提升了他们在神父心目中的重要性，因为那实际上也提升了他自身的重要性。当他同她谈论起矿村里那些数不清的玛利亚们和布里希达们时，他感受到了自身人性的舒张。罗曼神父对于宗教狂热的无能为力，几乎到了该受指责的程度。那位英国太太显然算是一个异教徒。但在同时，他又把她看得好像神奇的天使一般。而每当意识到自己这些感情的混乱状态时，例如，在夹着自己的日课摘要、徘徊于阔大的罗望子树荫下时，他便会停下来，用鼻子以一记强烈的猛抽吸入一份大剂量的鼻烟，然后深沉地摇摇自己的脑袋。一想到眼下就要发生在那位杰出的太太身上的事情，他便渐渐地变得沮丧起来。他以一种焦虑的低声把它说了出来。就连唐·佩佩也有一片刻，失去了他平静的分寸。他愣愣地向前俯着身子。

"听着，神父。苏拉科城里的那些盗贼猕猴们想要试探我对于自己荣誉的出价，恰恰说明，唐·卡洛斯先生和古尔德公馆的所有人都还是安全的。至于我的荣誉，它也是安全的，每个男人、女人和孩子都知道。但是，那些靠着偷袭占领了城镇的黑人自由主义者们，却不知道这一点。那好。就让他们坐下来等吧。他们在等待的时候，是不能去作恶的。"

因而,他又重新找回了自己的镇静。他轻而易举地就把它找了回来,因为不管发生什么,他那作为一位老帕兹军官的荣誉一定都是安全的。他曾向查尔斯·古尔德保证,一旦有某支武装力量靠近这里,他会负隅顽抗守住山谷,为后者赢下足够长的时间,好让他用一大批价格不菲的炸药,来系统地摧毁银矿的整个矿场、建筑与工坊;用废墟堰塞主巷道,斩断那些小路,炸掉水利大坝,把举世闻名的古尔德特许矿区轰得粉身碎骨,一命归天,高高地飞出那样一个瞠目结舌的世界。银矿已经死死抓住了查尔斯·古尔德,就像过去曾死死抓住他的父亲一样。然而,这种极端的解决措施在唐·佩佩看来,却是世间最自然不过的事情。他的方法中有审判的意味。一切都已经万无一失地准备好了。唐·佩佩两手平静地交叠在他的刀柄上,对着神父点了点头。出于激动,罗曼神父把鼻烟成把地扬在自己脸上,他的面门沾满烟草,圆睁着眼睛,从吊床上站起来四下走动,不住啧啧惊叹。

唐·佩佩抚弄着自己灰白而下垂的唇髭,那唇髭的末端远远地悬在他修剪干净的下颌轮廓之外,语气间充满了对于自身声望的显然的自豪。

"因此,神父,我不知道会发生什么。不过我知道,只要我在这里,唐·卡洛斯就能够跟那个猕猴佩德里托·蒙特罗谈判,用以万无一失的把握摧毁银矿作为威胁,好让他得到严肃的对待。因为人们都知道我。"

他开始有点紧张地转动着唇间的雪茄,继续道——

"不过,那是谈判——谈判对政客们是有用的。我是一名军人。

我不知道会发生什么。但是，我知道该干什么——我们应该带着枪、斧头和绑在棍子上的匕首,向城镇开进——上帝呀。那才是应该做的。只是——"

他交叠的双手在刀柄上颤抖着。雪茄在他的唇角转动得更快了。

"除了我还能有谁带领他们？不幸的是——注意——我已经拿自己的名誉向唐·卡洛斯担保，绝不会让银矿落在那些盗贼手里。交战中——你知道这一点，神父——战斗的结果是不确定的，而我能把谁留在这儿，来完成一旦战败本该由我来做的事情？炸药是现成的。但是，它需要一个有崇高的声誉、有智慧、有判断、有勇气的人，来执行已经准备停当的破坏。一个我可以押上自己的荣誉去相信他、就像我相信自己那样的人。比如说，另外一位老帕兹军官。或者——或者——也许一位老帕兹牧师也可以。"

他站起来，身形修长、清癯、挺拔而硬朗，生着英勇尚武的唇髭与棱角分明的五官，从这张脸上深陷的眼窝中投来的目光，似乎要把神父紧紧钉住，后者一动不动地站在那里，手上倒拿着一只空空如也的木质鼻烟盒，一言不发地回瞪着这位银矿总管。

第七章

大约就在这时候,在苏拉科城里的总督府中,查尔斯·古尔德正在向佩德里托·蒙特罗——他派人把他请来这里——保证,他绝不会交出银矿,让一个把它从自己手里夺走的政府从中获利。古尔德特许矿区绝对不能被收回。他的父亲不想要它。儿子却绝不肯交出它。他绝不会活着把它交出去。而要是他死了,又上哪里去找那样一种能力,让这样一个企业从毁灭的灰烬与废墟中,以它全副的活力与富足重新复活过来?这个国家没有这种能力。海外那些有技术和资本的国家,谁又肯屈尊俯就来触碰这样一个不祥的死尸?查尔斯·古尔德漠然地说了这些,多年来,这种语气一直都在帮他掩藏着自己的愤怒与轻蔑。他因此受到煎熬。他憎恶这些自己不得不说的话。它太过于像是装腔作势。在他心里,那种苛求于实际的天性,同他对于自身权利所采取的近乎神秘的观点,是彼此有深刻龃龉的。古尔德特许矿区是那抽象的正义的象征。就让天塌下来吧。不过,既然桑·托梅银矿已经具备举世闻名的声望,他的威胁便有了足够的力量与效果,去触及佩德里托·蒙特罗那学疏才浅的智力,因为那不过是一只拿无用的历史掌故包裹起来的绣花枕头。古尔德特许矿区是本国财政的一项重要产业，而且它还是许多官员中饱私囊的财源。这已成为惯例。无人不知。据说如此。言之凿凿。每一任内政部长都会从桑·托梅银矿支取一份薪水。自然不过。而佩德里托打算出任内政部长，兼他兄长的政府顾问委员会主席。莫赫尼公爵在法兰西第二帝国时期，也曾垄断过这一类高位，并且从中渔利不小。

人们为那位阁下搞来一张桌子、一把椅子和一架木床，作为进入苏拉科城的劳顿与排场之后的完全必要之举，他短短地午睡了一会儿，接着便开始开动起行政机器，忙着安排约见、发号施令与签署公告。会客厅里只有他和查尔斯·古尔德，那位阁下以他那众所周知的技巧极力掩饰着自己的懊恼与慌乱。起初，他先是以傲慢的语气说起充公，但是，总经理先生的脸上并没有表现出任何应有的感觉与变化，这也最终使得他那喧宾夺主的声势恰恰起到了相反的效果。查尔斯·古尔德曾一再重复着："如果政府愿意，它当然可以触发桑·托梅银矿的毁灭；但离开我，它什么都不能做。"这是一种耸人听闻的宣示，他算计得恰到好处，足以捏住一个满脑子都在想着战利品的政客的七寸。而且，查尔斯·古尔德还讲到，桑·托梅银矿的毁灭会牵连到其他事业的荒废，欧洲资本的撤退，以及那笔外国贷款——这是最有可能的——最后一笔余款的停发。那个铁石心肠的魔头一般的男人讲了这些——这是那位阁下的智力水平所能够理解的，他那种冷血无情的态度简直令人发抖。

在巴黎那些大饭店的阁楼顶，趴在肮脏凌乱的床褥上，玩忽自己作为仆役或其他差事的职责，反而读着一些用语轻佻、稗谈秽闻的野史，如此一种长期的阅读经历，已经影响到了佩德里托·蒙特罗的心态。要是让他见到自己置身于古老总督府的富丽堂皇之中，见到那些华丽的窗帘，见到那些靠着墙一字摆开的镶金家具；要是让他站在一座脚下铺着尊贵红毯的高台上，他也许会被那种飞黄腾达的感觉所激动，变得十分危险难缠。但是，在这座被洗劫一空、破坏无余的宅邸中，在这间房子中央胡乱堆砌着三件普普通通的家什的空旷公寓中，佩德里托的想象力却被一种不安与叵测的感觉压抑住了。这种感觉，以及查尔斯·古尔德那种到目前为止从未叫一声"阁下"的坚决态度，让他在自己眼中觉得矮了半截。他以一种见过世面的开明人士的口吻，请求查尔斯·古尔德从他的头脑中去掉一切惊慌的缘由。眼下，他正在——他提醒他——与自己那位主宰这个国家的兄长对话，他的身上负有一份重建的使命。他那位深孚众望、一国之主的兄长，他重复道。对于一个明智且爱国的英雄来说，没有比这种毁灭的主意更加愚不可及的念头。"我恳请你，唐·卡洛斯，不要向自己反对民主的偏见妥协。"他在一阵高高在上、滔滔不绝的长篇大论中，如此呼吁。

在乍看之下，佩德里托·蒙特罗会让人惊奇于他那一片开阔的、光秃秃的脑门，那介乎于两丛煤黑色而毫无光泽的卷发之间的一块油亮亮的蜡黄色区域，还有他那张嘴巴的迷人的形状，以及那出人意料的、颇有教养的嗓音。不过，他的眼睛却显得过分发亮，简直像是刚刚在他那个鹰钩鼻子两边漆上去的，在充分睁开时，目光跟圆溜溜、直呆呆的鸟眼一样。不过眼下，他把它们快活地眯缝起来，把他的方下巴向上翘着，用一种闭着牙关、鼻孔轻哼的声音讲话，在他的想象中，那才是一位大领主该有的派头。

他就用这副神气突然宣称，民主的最高表现形式是恺撒主义：建立在直接公选上的帝国统治。恺撒主义是保守的。它是强大的。它承认了民主的正当需求,包括勋章、头衔与荣誉。它们会如甘霖一样降临在那些配得上的人身上。恺撒主义是和平的。它是进步的。它能够保障一个国家的繁荣。佩德里托·蒙特罗忘乎所以起来。看看第二帝国为法兰西所作的贡献。它是一个乐于尊重像唐·卡洛斯这类人物的政权。而第二帝国之所以垮掉,是因为它的元首没有蒙特罗将军那样的军事天赋,后者正是靠着它才攀上了名誉和荣耀的顶峰。佩德里托猛然扬起他的手,辅佐着他对于顶峰、对于名誉的想法的阐述,"我们要多谈一谈。我们要充分地理解彼此,唐·卡洛斯!"他用一种老伙计的口气叫喊着。共和主义已经完成了它的工作。帝制民主才是未来的政权形式。游击队头领佩德里托说着,把两手摊开,令人信服地压低了他的嗓音。一个被他的公民同胞们拣选出来并被冠以"苏拉科之王"尊贵绰号的人,不可能不会得到一个帝制民主政权的完全承认,承认他为一位伟大的实业领袖,以及承认他为一位重要的顾问人士,而后一种通俗的称呼,很快便会被一种更为固定的头衔所取代。"嗯,唐·卡洛斯?不!你说什么?苏拉科伯爵——嗯?——或是侯爵……"

他住了嘴。广场上的空气十分凉爽,一支巡逻队正在骑马兜着圈子,却没有穿进那些回荡着叫喊声、吉他声的街巷,那些声音是从小酒馆敞开的门口传出来的。他们得到命令,不得打扰人民的娱乐。而越过那些房顶,在大教堂塔楼的笔直的轮廓之外,便是伊格罗塔峰白雪皑皑的曲线,从总督府的窗口望去,它遮住了很大一部分蔚蓝色的天穹。过了一会儿,佩德里托·蒙特罗把一只手别进他外套的胸襟下,缓慢而尊贵地弯了一下头颈。会谈结束了。

查尔斯·古尔德在向外走去时，用手擦了一下额头，像是要驱散这样一场梦魇的迷雾，梦境中的光怪陆离、胡言乱语，给人留下一种难以捉摸的身陷险境、心智沦丧的感觉。在那座古老的宫殿的走廊中和楼梯上，蒙特罗的士兵四处趿屣地晃荡着，抽着烟，不肯为任何人让路；整个建筑中回荡着他们的军刀与马刺的叮当声。有三拨穿着朴素黑衣的平民正等待在主廊中，他们显得局促又无奈，微微蜷缩着身子，彼此保持着距离，像是在执行某种他们极力想要避人耳目的公务。这些都是等待着接见的代表团。其中一个是省议会的，他们一致的表情中显示出更多的焦躁与不安，其中赫然高出一头的，便有唐·朱赛特·洛佩兹的那张大脸，又软又白，生着突出的眼睑，环绕在令人捉摸不透、像是一团密云般的肃穆中。这位省议会的议长，正勇敢地前来拯救那议会制度——按着英国的模式——的最后一点子遗，他的眼睛避开了桑·托梅银矿的总经理，生怕后者的威严和谴责对自己那挽救议会的信心产生影响。

这种悲痛而苛刻的谴责并没有影响到查尔斯·古尔德，不过，他能感觉到，其他人直视在他身上的目光中是没有这份谴责的，他们只是想从他的脸上读出自己的命运。他们所有人，都曾在古尔德公馆的大客厅中高谈阔论，放声疾呼，或是慷慨陈词。这些人陷入道德沦丧的网罗却又出奇地无力自救，他对他们感到同情，却无从作出任何表示。况且他自己也与他们一样，同遭厄运而大为所苦。他穿过市政广场而没有受到袭扰。金合欢俱乐部中挤满了一些喜气洋洋、衣衫褴褛的人儿。他们肮脏的头面映现在每个窗口，从那后面，传来醉醺醺的叫喊声、跺脚声，还有砰然的竖琴声。下面的人行道上散落着碎酒瓶。查尔斯·古尔德看到医生仍然留在他的家中。

莫尼格汉姆医生啪的一声关上了百叶窗，走开了，之前他一直在从那儿观察着街上。

"啊！你可算回来了！"他松了一口气说，"我一直对古尔德夫人讲，你会十分安全，不过，我却一点儿也没有料定，那个家伙会放你回来。"

"我也没料到。"查尔斯·古尔德坦言道，把帽子搁在桌上。

"你不得不采取行动了。"

查尔斯·古尔德的沉默，像是等于承认那是唯一的可行之计。这已经是查尔斯·古尔德所习惯的、用来表达他的意图的最直白的方式了。

"我希望你没有警告蒙特罗你打算做的事情。"医生焦虑地说。

"我曾试着让他明白，银矿与我的人身安全是共存亡的。"查尔斯·古尔德继续道，目光从医生身上偏开，定睛在墙壁上的那幅水彩画上。

"他相信你吗？"医生急切地问。

"天知道！"查尔斯·古尔德说。"我为了我的太太，才说了那么多话。他得到了足够多的情报。他知道我把唐·佩佩放在那儿。肯定是富恩特告诉他的。他们知道，那位老少校完全可以胜任，他会毫不犹豫、毫不后悔地炸掉桑·托梅银矿。要不是这样，我觉得，我不会像一个自由人一样走出督政府。他会炸掉一切，出于忠诚也出于仇恨——仇恨那些自由主义者，正如他们自称的那样。自由主义者！谁都知道，这类字眼在这个国家有着噩梦一般的含义。自由、民主、爱国主义、政府——所有这些都有一种荒唐与谋杀的气息。没有吗，医生？……只有我自己才能号令唐·佩佩。要是他们打算——

打算抛开我硬来,那什么都拦不住他。"

"他们会极力收买他。"医生若有所思地提示道。

"这很有可能。"查尔斯·古尔德用极低的声音说道,像是在自言自语,仍然盯着墙上那幅桑·托梅山谷的速写画。"是的,我希望他们试一下那样做。"查尔斯·古尔德第一次盯着医生。"那样便会给我留下时间。"他补充道。

"确实如此。"莫尼格汉姆医生说着,按捺住自己的激动。"尤其要是唐·佩佩能圆滑行事的话。他为什么不给他们一点儿成功的希望?嗯?否则的话,你就不会得到太多时间。难道不能教他——"

查尔斯·古尔德镇定地看着医生,摇摇头,但医生却有些带着火气地继续道——

"是的,进入交出银矿的谈判。这是一个妙招。你会作出自己成熟的计划。当然,我不问那是什么。我不想知道。你要告诉我,我也会拒绝听。我是不适合保守秘密的。"

"尽胡说!"查尔斯·古尔德不快地咕哝道。

医生对于自己生命中那段久已远去的遭遇的耿耿于怀,让查尔斯·古尔德觉得不喜欢。有太多记忆震撼着他。那就像是一种病态。他再次摇摇头。他拒绝损害唐·佩佩那光明磊落的行径,而不管那究竟出于试探还是策略。这样的指令要么口头传达,要么纸面送到。但无论用哪种办法,都有被截获的危险。没有办法能够保证一个信使抵达银矿。而且,也没有人可以派去。查尔斯·古尔德的话憋在舌尖上,想要说,只有已故的码头工长才可以胜任这差事,才有一些成功的机会和灵活应变的把握。但他没有说出口。他向医生指出,那会是一个糟糕的策略。只要唐·佩佩让他们觉得,他是可以被收买拉拢的,那么,总经理本人及他的朋友们的人身安全便会受到威胁。因为,那样便失去了保持温和的理由。唐·佩佩的刚直不阿是基本而关键的一点。医生垂下脑袋,用这种方式承认的确如此。

他无法否认,这种推论是足够合理的。唐·佩佩的无用之处就在于他那清白无辜的人格。而至于他本人的无用之处,他痛苦地沉思到,也在于自己的人格。他向查尔斯·古尔德宣称,他有办法可以让索迪略把持住自己的兵力,不与蒙特罗会合,至少临时如此。

"要是你所有的银子还在这里",医生说,"或者即便是让人知道它在矿上,你就能够收买索迪略,让他抛下他新近加入的蒙特罗主义。你就能够引诱他,或者坐着他的汽轮离开,甚至让他跟你一伙。"

"后一种肯定不通。"查尔斯·古尔德坚定地断言道。"到后来,你能拿那样一个人怎么办——告诉我,医生?银子已经运走了,我很庆幸是这样。要是它留在这儿,会是一个直接而强烈的诱惑。围绕这显眼的战利品的抢夺,会最终落得一个灾难性的后果。而我也不得不去守卫它。我很庆幸,我们已经运走了它——即便它丢了。要是留在这儿,它会是一个危险、一个诅咒。"

"也许他是对的。"一个钟头之后,医生在走廊中遇见古尔德夫人,匆匆地对她说。"事情已经做了,那批财宝的影子也许会跟实物一样好用。且让我极尽自己的恶名所能,全力为您效劳。我现在就要告辞,前去同索迪略玩一玩背信弃义的把戏,把他拦在城外。"

她动情地伸出自己的双手。"莫尼格汉姆医生,你要去冒一个大险。"她低语道,把噙满泪水的眼睛从他的脸上挪开,朝她丈夫的房门短短瞥了一眼。她按着他的双手,而医生就像脚下生根地定在那里,俯视着她,拼命把自己的嘴角弯成一个微笑。

"哦，我知道，你会记住我的。"他最后说道，接着便一瘸一拐地跑下楼梯，穿过庭院，跑出了那座房子。他用他那灵活的跛足迈着大步走在街上，腋下夹着一只手术箱。人家都知道他是一个疯子。没有人来纠缠他。从临海的城门下，越过那片尘土飞扬、干旱荒芜、点缀着低矮灌木丛的平原，隔着一英里开外，他便望见了那座巨大而丑陋的海关大楼，还有另外两三座建筑，这便构成了那时候的苏拉科港口。向着南边远处，有片片棕榈树林生长在海湾边缘。在渐渐转作深蓝色的东方的天空下，科迪勒拉山脉遥远的群峰失去了它们清晰的轮廓，变得不可辨认。医生疾走着。一片朦胧的黑影似乎正从天穹中降落在他的身上。太阳已经落下去了。有一段时间，伊格罗塔峰的积雪映着西天的晚霞，持续散发着红亮的光芒。医生径直朝海关公所走去，显得那样孤独，像一只高大的鸟儿拖着一只受伤的翅膀，走在幽暗的灌木丛中间。

港口清澈的水面中倒映着紫色、金色与绯红的霞光。从海岸的内部望去，可以赫然望见一条狭长如舌、笔直如墙的陆地，锁住了海岸的一弯，那上面有一座城堡的废墟野草丛生，如同浑圆的绿色坟丘。而再向外望去，普拉西多湾以更加辽阔的幅员、更加阴郁的华彩，倒映着五光十色的云霞。充塞在海湾顶上的大团灰色、黑色的云翳，交叠缭绕在一起，罅隙中映出长长的红光，宛若一件飘拂的、溅着血迹的斗篷。伊莎贝尔诸岛的三座岛屿黯淡下来，轮廓分明地映现在一片巨大的、莫辨海天的宁静中，呈作紫黑色，像是悬浮在空中。微弱的涟沦像是在轻摇着那些细小的红色火花，将它们推送在沙滩上。沿着天际线，那玻璃一般的水面发出热烈的红光，如同水火交融在这片辽阔的海洋的眠床上。

终于，这场燃烧着海与天——在火光相接的世界边缘静卧相拥、沉沉入睡——的大火，熄灭了。那些水面上红色的火花，连同披盖在普拉西多湾阴郁头顶的那件斗篷上的血污，一齐消逝了；一阵微风倏然而来，猛烈地婆娑摇曳着那座荒废古堡上的灌木丛植株，又倏然而去。诺斯特罗莫打沉睡了十四个钟头的一觉中醒来，从他藏匿的深草间爬起来，站直了身子。他站在没膝深的、窸窣起伏的绿色草叶中，神情茫然得好像一个刚刚出世的人。他是那样俊美、强健而灵活，他向后甩甩脑袋，打开双臂，他欠伸着自己的身体，缓慢地扭动腰肢，悠然地打着呵欠，露出一口白牙，那一瞬间，他就像一只华美、无知的野兽从罪恶中醒来，那样自然，那样自由。接着，在他拧起的眉头下面猝然定睛、空无一物的眼神中，呈现出那人的样子。

第八章

　　游上岸后，诺斯特罗莫便浑身湿淋淋地，爬上了那座古堡的方形主院。在那儿的一片残垣断壁、腐椽烂瓦间，他睡过了一整天。他睡在大山的阴影中，睡在正午的骄阳下，睡在一块草木葱茏的土地的平静和孤独中，就在那座几近于封闭的椭圆形港口和那片半圆形的海湾之间。他像个死人一样躺着。一只南美秃鹫①像个微小的黑点出现在蓝色的天空，它盘旋着俯冲下来，就一只体型如此巨大的鸟儿来说，它在飞行中的隐蔽性实在令人吃惊。它那珍珠白色的躯干及尖端为黑色的两翼的阴影，悄无声息地投在野草上，并不比它降落在一座垃圾堆成的小丘上发出更多动静。距离那儿不到三码，那个人正像死尸一样躺在地上。它伸着光裸的脖颈，探着光秃的脑袋，焕发出令人恶心的斑斓的光泽，带着一种贪婪急躁的神气，向那具一动不动、俯首可及的俯卧的尸体走去。接着，它把脑袋深深地缩

---

① 南美秃鹫，又称安第斯神鹫，体重可达十千克，翼展超过三米，是世界上最大的飞禽。

回自己柔软的羽翼中，决心稍事等待。诺斯特罗莫醒来时，眼睛所看见的第一样东西，便是这位寻找着死亡与腐朽迹象的耐心的守望者。那个人站起身来，那只秃鹫便鼓动着翅膀，向斜地里大步跳开了。它大失所望又不甘不愿地逗留了一会儿，然后飞起来，静悄悄地盘旋着，钩喙与利爪都阴险地向下探着。

它消失了好久之后，码头工长还在抬眼望着天际，咕哝道："我还没有死呢。"

诺斯特罗莫要花一点儿工夫，来重新找回他对这个世界的把握。在过去超过十二个钟头的深度昏眠中，它已经完全从他的知觉中溜开了。那就好像是经历的链条中断开了一环；他不得不在时间与空间中找回自己，来回顾一下自己归来的时辰与地点。这感觉实在新奇。他是一个那种颇具效率的水手，他们通常睡得很死，然后再带着整副井井有条的工作头脑醒来。码头工长在船上曾是一把好手。他曾是一位出色的前桅掌帆和一流的水手长。这类本事，除了让人对自身的价值夸大自负，获得上级的信任之外，并不能为他从海洋生活的环境中捞到什么奖赏。他走下那条热那亚船时，它的船长曾被气得走来走去，带着悲伤与恼火撕扯着自己苍灰的头发。他对之毫不掩饰，作为一个意大利人，他并不以宣泄真正的情感为耻。他用语言宣泄着对于自身损失的懊恼，夹杂着对于忘恩负义的诅咒，当着码头上那些人的面，当着正在卸船的那些驳船夫的面，甚至在海汽航大楼中，当着米切尔船长的面，后者对他虽然抱有某种角度的同情，但最终却认定他是一个可怕而可笑的麻烦，最后一次见到他离去的背影，让米切尔船长倍感欣慰。

在那条船开走之前，诺斯特罗莫曾在某个小酒馆的密室中严严实实地躲了三天,他听说了那些悲叹、恐吓与诅咒,却显得无动于衷。而且,听到这些让他觉得满意。这是理所当然的。他是一个极有价值的人。他还能指望什么比这更好的认可?他的虚荣表现出不满且天真的贪婪,然而,他的想法却是有限的。此后,他在岸上所找到的工作的成功,在人格色彩的方向上扩大了他的想法。这位水手在自身的范畴内,过着一种公众的生活。那成为他的一种必需,变成了他鼻孔中的喘息。那么,谁又能说这不是天赋异禀?那是天生的,因为它的基础正是他身上的某种东西——他那自负的虚荣,对此,只有德考迪一个人因为想到他会有政治上的堪用之处,才好不容易发现了这一点。每个人肯定都有某种喜怒哀乐的感觉,可以让他发现自我。对于诺斯特罗莫来说,它就是那种毫不矫饰的虚荣。要是没有它,他便会一事无成。正是它,激发出了他的鲁莽、他的勤奋和他的机敏,还有那种对于那些在他工作中帮了他大忙的本地人的轻蔑,那就好像是一种天生的指挥才干。它使得他看上去不可腐蚀而刚猛暴躁。它也让他觉得快活。他像一个超然物外的水手那样保持着廉洁,但这跟那种由于对于明天全然无知且满不在乎,故而缺乏见财起意、唯利是图的本能的情形相比,并无多大不同。他对自己也很满意。它不像某些北半球人种的那种冷漠、残酷而理想化的自负,它是崇尚物质而富于想象的。它是一种不求实际而热切的感情,它是他个人品格的形成、个体感知——那是一种天真的感知——的生发的一个写照。它是巨大的。滋长着它的,是米切尔船长对他的领班那荒唐的引以为傲,是凑成了他的干练才能的各种用场,是沉默的老维奥拉那赞赏的咕哝与颔首,在后者高贵的情怀看来,任何形式的忠诚都是值得大大期许的。

苏拉科的码头工长一直生活在堂皇与张扬中，直到那一刻，他接下了那条满载着宝贝银锭的驳船。

他在苏拉科完成的最后一个举动，完全符合他的虚荣，也如此合乎他的天性。在那座古老的拱门下，他把自己的最后一块硬币，给了一个苦苦寻找着她的儿子、悲伤而疲乏地哀号着的老太太。尽管这事是在朦胧夜色中做的，并且无人旁证，但它仍有那种堂皇与张扬的特征，与他向来的名声严丝合缝。然而，此番他从除了那只窥伺着的秃鹫一无所有的孤独中、在那座古堡的废墟之间醒来，却没有了这种特征。他最先感到困惑的便是这个——那是不对劲儿的。它就像是事物的末了。那种活着所必需的东西被莫名其妙地隐藏起来，也不知道会被隐藏多久，这个问题在他恢复知觉的那一刻便在困扰着他，让此前多年间已经过去的一切看上去是那样空虚与愚蠢，像是一场谄媚的梦境忽然临到了尽头。

他爬上那座堡垒塌落的坡面，拨开灌木丛，向港口望去。他看见有两条船抛锚在那片倒映着最后一点儿天光的水面上，而索迪略的汽轮正停泊在栈桥边。越过海关公所粉白而狭长的前侧，背后那座城镇看上去就像是平原上一座枝繁叶茂的果园，前面有一道大门，穹顶、塔楼与凸窗从树木间冒出来，一切都是昏暗的，像是已经投靠了黑夜。它已经不再为自己敞开着，他再也不能骑马穿过那些街道，让无论贵贱的每个人都能认出自己，就像从前的每个傍晚，他走在去墨西哥多明戈客栈玩蒙塔牌的路上的情形；他再也不能风光体面地坐在那里，听着曲子，看着舞蹈，想到这些，他觉得那座城镇好像从未存在过一样。

他注视了许久，然后撒手任拨开的灌木丛弹回来，接着向城堡的另一侧穿去，俯视着那片辽阔而空旷的巨大海湾。伊莎贝尔诸岛衬着西边那道长长的、正在变窄的红光，凝重地突显出来，那光亮低低地映在它们乌黑的轮廓中间，工长想起了独身一人在那里守着财宝的德考迪。那个人是唯一一个关心他有没有落在蒙特罗分子手里的人，工长痛苦地想道。而他也不过只是在为自己担心。至于其他人，他们全不知道，也不关心。他曾听乔吉奥·维奥拉说过一句十分正确的话。国王、大臣、贵族及普通的富人，把人民豢养在贫困和奴役中，就像养打猎的狗子一样，让他们去为自己打仗效力。

天空中的黑暗已经降临在地平线上，环绕着整片海湾、岛屿，以及安东尼娅那位在大伊莎贝尔岛上守着财宝的爱人。码头工长转过身去，背对着这些看不见却正存在着的东西，他坐下来，用两只拳头托着自己的脸。即便在多明戈客栈——码头工兄弟会彻夜赌钱、唱歌、跳舞的地方——那低矮的、烟雾缭绕的房间中，一轮一轮地玩着手气烂到家的蒙塔牌，输到一文不名的时候；即便在众人面前，对着某个头戴金梳子的姑娘或是别的女郎——他不在乎那是谁——大发慷慨、落得荷包空空的时候，他都没有丝毫窘困的耻辱。他仍然富有荣誉和声望。但是，既然他再也不能招摇于城镇的街道上，再也不能游荡于人们的尊敬中，这位水手便觉得，自己真的是穷困潦倒了。

他觉得口中干燥。它从来没有这样干燥过，那是由酣睡和极度焦虑的思考造成的。或许也可以说，诺斯特罗莫怀着对于奖赏的饥饿，狠狠咬了一口那生命的果实，却品尝到了尘土和灰烬的滋味。他没有从自己的两只拳头间抬头，便使劲朝面前啐了一口，"呸"，接着便咕哝了一句对一切有钱人的自私的诅咒。

在这座依傍在大山脚下、亮起的群星勾勒出群峰轮廓的港口中；在这片静卧在其孤独中、光滑的、半是荒凉的、黑漆漆的水面——比起产业，它熙熙攘攘的繁荣未来，注定要更多依靠那些无论抱着善心还是歹意而一律目光短浅的人们的恐惧、必需和罪行来实现——上，那两条孤独的外国船按着规矩升起了锚灯。不过，诺斯特罗莫并没有再朝港口多看一眼。他只要知道有两条船就够了。哪条都不能当作避难所。他游不到那里。其中有一条意大利三桅帆船，从普吉特湾为铁路运来了一船枕木。他认识那上面的人；作为港口一切工作的领班，他曾有办法指使它的船长做一点小事儿，诸如帮他装满水舱之类。那位古铜色面庞、生着黑色络腮胡、相貌堂堂的船长，有着令人印象深刻的不卑不亢的庄重，曾不止一次地请他到客舱里面喝上一杯意大利苦艾酒。跑沿海线路生意的船家们都知道，用一些小小的礼数来犒劳一下苏拉科的码头工长，会是一种很上算的手段，而且他也把那当作是他应得的。因为，说实话，他被米切尔船长引为心腹，就像有些人说得那样，整座港口都在他的囊中。而且，他也是一个出色的伙计，十分正直，人人称许。

既然已经失去了他在苏拉科的一切——这便是他在醒来时所想到的，那么，索性离开这个国家的念头就浮现在诺斯特罗莫的脑海中。那条船上的人会为他提供隐蔽之所，搭他一程，最终把他放在意大利。在这个念头中，就像另一段重新开启的梦境，他依稀看到了那些陡峭的、没有潮汐涨退的海岸，看到了那些高地上黑色的松树，还有下方低处临着一片蓝色大海的白色房子。他看到一座大港口的码头，看见沿海的三桅帆船张着它们的三角大帆，像是些一动不动的翅膀，悄无声息地滑进长长地探在外面、由方形的混凝土块堆砌成的防波堤的末端所形成的夹角之间。它将那些船儿簇拥在一座小山的秀美的怀抱中，山坡遍布华屋美宅。他回想起这些风景，心下仍然不无某种赤子的感情，虽然从孩提时候，他便已经习惯于在那样一条三桅帆船上，被他的叔叔——一个脖子短粗、刮着光脸的热那亚人——以一种蓄意和怀疑的态度对待，被毒打，还被骗去了自己作为一个孤儿的遗产。但好在上天仁慈，过去恶的种种在记忆中总会归于淡然。在那种孤独、被弃与受挫的感觉下，重新回到这些事物中间的想法似乎是可以忍受的。但是，什么？回去？就这样打着赤脚，光着脑袋，穿着一件格子衬衣和一条棉布长裤，身无长物地回去？

盛名之下的工长双肘支在膝盖上，两只拳头抵着每一侧的脸颊，他自嘲地笑起来，带着厌恶，笔直向面前的黑夜啐了一口。一种偏向主观的天性，在受困于个人迷茫的整体幻灭感时，无论如何极力对照它所奉行的热情，都会产生一种与死亡本身相去不远的痛苦。而毫无疑问——在由于虚荣的塌落而形成的深渊上，没有任何智力存在或道德张力，可以令他将自己的个性不受损害地保持下去；因为即便连它也都是感性而生动的，无法脱离外在的表现而存在。他与南半球人种的其他许多人一样，在他们身上，简单设想的复杂性是比现实更加明显的。他是简单的。他就像个孩子一样，随时会变成信念、迷信或欲望的猎物。

如同对这个国家有着非同寻常的经历的人一样，他能够理解自身境遇的实际情况。他对此看得很清楚。他就像是从长时间的宿醉中醒来。他的忠诚被人利用了。他曾经劝说码头工群体站在布兰科派的一边，一同对付其他人民；他曾经与唐·何塞密谈；他曾经被科尔贝朗神父雇佣，同埃尔南德斯谈判；人们都知道，唐·马丁·德考迪曾经把他当作密友，以此他可以自由出入未来报馆。所有这一切，都曾经以那种一贯的方式来取悦着他。对于他们的政治，他在意过什么？什么都没有。而到了最后——诺斯特罗莫去这里，诺斯特罗莫去那里——诺斯特罗莫到了哪里？诺斯特罗莫可以做这个，做那个——整日干活，彻夜骑马——看吧！他发现自己成了一名里比厄拉派要犯，像加马乔那些人会对他采取任何形式的报复，毕竟，如今掌管着城镇的是蒙特罗派。欧洲人士投降了；那些绅士们也投降了。唐·马丁的确曾说过，那只是临时的——他要去带巴里奥斯前来解围。但现在，他们在哪儿？唐·马丁——他那连讽带刺的说话方式总是让工长觉得隐隐恼火——不是正被困在大伊莎贝尔岛上吗？人人都投降了。甚至唐·卡洛斯也投降了。那批被匆匆运出到海上的财宝，还能有什么别的意味？码头工长被怨恨冲昏了头脑，懊恼得几乎发狂，眼见他的世界中，都是一些没有信义与肝胆的小人。他被出卖了！

海上无边无际的阴影绵延在他身后，那些稍矮的群峰的高大轮廓矗立在他的面前，簇拥在伊格罗塔峰洁白的、迷雾般的光华周围，诺斯特罗莫由沉默与岿然中，再次发出一阵大笑。他一跃而起，一动不动地站在原地。他必须要走。但往哪里去？

"没错。他们豢养着我们，激励着我们，好像我们生来就是一些为他们打仗、狩猎的狗。老爹说得对。"他慢吞吞、酸溜溜地说道。他记得，老乔吉奥从嘴里取出烟斗，回过头来扔下这句话，咖啡室里坐满了火车头司机和铁路工场的装配工。这幅想象令他拿定了犹豫不决的主意。如果可能，他要尽力找到老乔吉奥。天知道他怎么样了！他走了两步，然后又停下来，摇了摇头。那些矮小的灌木丛在他的左右前后，从夜色中发出神秘的窸窣声。

"特丽萨也是对的。"他用一种满怀敬畏的低沉语气补充道。他不知道,她是带着对自己的气愤死了,还是仍然活着。像是在回答着他的想法,一只硕大的猫头鹰拍打着柔软的翅膀,从斜地里飞过,用那令人毛骨悚然的声音,半是懊恼半是希望地大叫着:"罢了!罢了!——完了!完了!"——在世俗的观念中,那正是宣布凶信与死亡的声音,它像一只偌大的黑球隐隐飘拂在他的去路上。那构成他的力量的一切现实皆已崩溃,他被这种迷信震慑住,微微地打起寒战。那么,特丽萨太太一定是死了。不可能有别的意味。那只恶鸟的叫声,是他醒来后听到的第一个声音,对于这个被出卖的人来说,还真是一声恰如其分的问候。那股被他的冒犯的、看不见的力量,正高声咒骂着他,因为他拒绝了为一位快要咽气的女人去请神父。她死了。他以一种可敬的、人道的自责,把一切过失揽在自己身上。她一直都是一位讲话在理的女人。而假使他要前去征询老乔吉奥智慧的建议的话,后者也一定正为此痛苦得不知所措。这个打击,会让那位空想的老人傻上好一阵子的。

至于米切尔船长,诺斯特罗莫以一个受他信任的下属的看法觉得,他不过是一个有些教养,也许适合在办公室里签签文件、发号施令的人,至于在其他任何方面,则完全没有用处,而且有些像是个傻瓜。几乎每一天,为了把他摆弄于指掌之间,那位老海员的大吹大擂和暴戾自负已经让他心生厌恶。起初,那会带给他一种内心的满足。但是对于一种自信的人格来说,靠着胜券在握、千篇一律的努力去不断地克服一些琐碎的困难,会渐渐变成一种乏味的工作。他对于他的上司那一惊一乍的性情不以为然。那个老英国人没有什么判断力,他自言自语道。根本不用指望他在得知了事态的真相之后,还能够守口如瓶。他会讲一些不切实际的话。诺斯特罗莫担心见到他，就像一个人担心让自己惹上没完没了的麻烦一样。他会出卖那批财宝。而诺斯特罗莫已经打定主意，绝不让那批财宝的秘密泄露出去。

那个字眼儿已经牢牢拴在他一筹莫展的头脑中。他的想象力已经抓住"出卖"一词简单明了的含义，来阐释自己所顿悟到的茫然情绪，那个问题在无意间已经超出他的存在，而又未把他的人格计算在内。一个遭受出卖的人，也是一个被毁灭的人。特丽萨太太——上帝安息她的灵魂！——一直都是对的。他从没有被当回事儿。毁灭！她一袭白衣、弓着身子坐在床上，那垂下的乌黑的头发，那宽阔的额头，那向自己抬起的受苦的面庞，那责骂中的怒气，眼下正以天谴与逝者的威仪，让他觉得这一切是那样庄严。那只恶鸟在他头顶发出凄惨的尖叫，绝不是无缘无故的。她死了——但愿上帝安息她的灵魂！

尽管有着众人那种反对教士的自由思想，头脑中所浮现的那句教语也不过出于肤浅的习惯，但他的虔诚却是根深蒂固的。世人的头脑是没有能力去做怀疑主义的想法的；这些无能为力的人，只有把他们无可救药的力量交托给骗子们的诡计，以及为至高天命的假象所蛊惑的领袖们那麻木不仁的热情。她死了。但上帝会不会愿意接纳她的灵魂呢？她没有告解，也没有得到赦罪，便死掉了，只因为他不肯为她再花一些时间。他对于神父的不屑没有改变。但毕竟，没有办法证明他们所声称的那些事情不是真的。权力、惩罚与宽恕，这都是一些简单而可信的概念。俊美的码头工长被剥去了某些基本的事实，比如女人的爱慕和男人的谄媚，比如他生活中那令人称道的公众影响，正赤条条地等候着去领受，那带着渎神的天谴降落在他肩上的罪担。

他敞着头,身穿一件单衫和一条长裤,感受到脚掌下细沙的热量正在散去。那一弯长长的、窄窄的海滨正前方远处泛着微光,划出这座港口的荒凉一面的界线。在那些阴郁的棕榈树丛和那片静卧在右边的、死寂的海水之间,他像是一条逃跑的影子,沿着海岸溜去。他在寂静与孤独中不顾一切地向前冲着,像是抛开了一切提防与谨慎的顾忌。不过他也知道,在大海的这一侧是不会遇上什么危险的。这儿唯一的居民,是一个独身、沉默、冷淡的印第安人,他看管着那些棕榈园子,有时候会背着一筐椰子到城里去卖。他住在一座四下敞开的棚子里,身边没有一个女人,只有一堆用干木棍生着的、不灭的烟火氤氲在门前,下面海滩上还有一条旧独木船。很容易就能避过他。

那间茅舍周围的狗叫声,最先让他放慢了自己的速度。他竟然忘了那些狗。他猛地转了一个弯,冲进棕榈林中,就像钻进了一间巨大厅堂的林立廊柱之中,它那密实的昏暗,似乎正在头顶高处微弱地低语着、娑响着。他穿林而过,钻进一道山谷,又爬上了一条没有树木和灌木丛的陡峭山梁。

从那里,他就着敞亮而朦胧的星光,望见城镇与港口之间的那片平原。上方的丛林中,某种夜游的鸟儿发出奇怪的铎铎的声音。在棕榈园下方的海滩上,那印第安人的狗仍在狂吠着。他不知道是什么令它们大动火气,从所立的高处俯视下去,他惊奇地发现下面的土地上似乎有什么东西在莫名其妙地移动,就好像那片平原裂出一些椭圆形的碎片,在缓然行进。那些黑暗的、移动的斑块,时隐时现,却始终在变换着位置离开港口而去,像是带着某种命令和意图。

他恍然大悟。那是一队夜间行军的步兵，正朝着高处山脚下崎岖的乡野开进。但天色太黑，他无法就自己的任何怀疑与推测看个究竟。

平原中恢复了夜色沉沉的平静。他从那条山梁上下来，发现自己置身于港口与城镇之间那片开阔的孤寂之地中。它的视野在朦胧的视觉效果中，显得无限开阔，这让他觉得更加孤独。没有人在等待着他，没有人在想着他，没有人会料到或期盼着他归来。"被出卖了！被出卖了！"他对自己咕哝道。没有人在乎。这一刻，他本该已经被淹死了。没有人会在乎——也许除了，那两个孩子，他自忖道。但是，她们正跟那位英国太太在一起，也完全不会想到自己。

他盘算不定地径直朝维奥拉旅舍走去。为什么呢？他去那里能得到什么？他的生活似乎已在所有细节上宣告落空，甚至连特丽萨那嘲讽的数落都没有了。他能够痛苦地感觉到自己的不甘。她那句为他所预言下的、如今他已亲眼看到报应的懊悔，会不会是她咽下的最后一口气？

这样想着，他便偏开了原本笔直的路线，不知不觉地朝着左边，朝着码头和港口走去，那是他日常工作的场所。随即，海关公所那栋狭长的建筑，就像一座工场的大墙一样出现在他眼前。没有一个人盘问他的靠近，他的好奇心被刺激着，他小心翼翼地朝着两扇出乎意料的、亮着灯的窗口前走去。

它们蛊惑着他，就像有某个守望者正在那里孤独地等候着他，那两扇窗口从那整座偌大的、被抛弃的建筑中闪着隐隐的微光，照在港口之上。薄雾中可以闻到浓烈的木柴烟气，在他抬眼去望天空的星光时，隐约地遮拦着他的视线。他在沉寂中向前走去，枯草中无数尖厉的蝉鸣声，几乎令他紧张的双耳彻底失聪。他慢慢地一步一步挪动着,来到那座阴沉沉的、烟气刺鼻的大厅。

一个靠着楼梯生起来的火堆已经燃烧殆尽,几乎只剩下一摊灰烬。那些坚硬的木料没有被引燃;只有底部的几层楼梯在闷烧着,以蠕动的、通红的火星,显示出它们被烧焦的边沿。在楼梯地上,他看见一道光从一扇打开的门里映出来。它投射在宽敞的地面上,一切都掩在缓然缭绕的烟雾中。他登上楼梯,然后放慢了脚步,因为他在暗地里看到有一条人影投在墙壁上。那是一条某个纹丝不动地站着的、身材不成形状的人的影子,他正耸着肩膀、垂着脑袋,站在自己的视线之外。工长想起来他身上完全没有武器,便溜到旁边,在一个黑暗的角落里直挺挺地站着,两眼紧盯着那扇门。

这整座未完工的建筑像是一个被废弃的兵营,高耸的屋顶下没有天花板的遮拦,弥漫的烟雾被阵阵微弱的气流捉弄着,来回飘荡在一干高大的房间和畜栏般的走廊中。忽然,随着一声巨响,一扇摇晃的百叶窗狠狠地摔在墙面上,像被一只不耐烦的手推了出去。不知从哪里飘出一页文件,在地上窸窣作响。那个人的影子,不管是谁,始终没有出现在门口的光亮中。有两次,工长从他所在的角落向前走了几步,探出头去,想要看他究竟在那里干些什么,竟然那样安静。不过,他每次看到的,都是那个扭曲着的肩头宽阔、头颅低垂的身影。他显然什么都没有做,也没有挪脚,也许正陷入沉思——又或者,也许在读着一份文件。而且,没有一丝动静从那间屋子里传出来。

工长又溜回去。他在纳闷那是谁——某个蒙特罗分子吗?不过,他害怕让自己暴露出来。他觉得,除非在多日之后,否则让人发现他在海滩上露面,势必会危及那批财宝。他的整个灵魂都被自己的秘密支配着，看起来，那是苏拉科的任何人都不可能猜不中的。再过上几个礼拜，情形将会不同。谁能说得上来，他不是从共和国疆域外的某个港口打陆路上回来的呢？那批宝藏的存在，以一种特别的焦虑困扰着他的思路，那情形就好像他的生命已经牢牢拴在了上面。这使得他在那道亮着灯、谜一般的门外畏首畏尾了一阵子。让魔鬼抓走那家伙！他根本不想见到他。不管相不相识，他都会从那人的脸上了解到什么。他等在那里浪费自己的时间，真是个蠢货。

进入那栋建筑不到五分钟之后，工长开始离去。他十分顺当地下了楼梯，在地面的一团亮光中扭头向上面望去，又悄悄地穿过大厅跑去。然而，就在他刚刚来到大门外、一门心思想忘掉楼上那人的时候，同某个他没有听见脚步、急匆匆赶来的人撞了一个满怀。他们彼此都发出一声压抑的惊叫，各自向后跳了一步，站住了，在黑影中互相端详着。诺斯特罗莫没有吱声。另一个人先开了口，用惊诧的、死板板的语气问道——

"你是谁？"

诺斯特罗莫似乎已经辨认出莫尼格汉姆医生。这下完全肯定了。他犹豫了一刹那。头脑出浮现出一个主意，索性一声不吭，撒腿便跑。没用！一股说不出的厌恶令他随后报了一个名号，他觉得，那会把他的沉默拖得更久一点儿。于是，他压低嗓门答道——

"一个码头工。"

他迎着另一个人走上去。莫尼格汉姆医生被吓了一跳。他扬起手臂，惊声大叫，这离奇的遭遇让他不知所以。诺斯特罗莫气冲冲地警告他，要他放低自己的声音。这栋海关大楼并非像看上去那样冷清。在上面亮灯的房间里还有人。

在一件既成事实的事件中,没有什么特征是比惊奇消退得更快的。惊奇能够引发恐惧与欲望,又在恐惧和欲望中,人的头脑会自然地从事情惊奇的一面偏转开去。于是,面对这个在两分钟之前自己还以为他早已淹死在海湾里面的人,医生以一种再自然不过的口气问道——

"你在楼上看见了什么人?是吗?"

"没有,我没有看见他。"

"那么你怎么知道?"

"我正跑着躲开他的影子,便撞见了你。"

"他的影子?"

"是的,他的影子,在那个亮灯的房间里。"诺斯特罗莫轻蔑地答道。他抱着胳膊,向后靠在那座巨大的建筑的墙根上,低垂着脑袋,轻咬着嘴唇,并不去看医生。"这下",他自忖道,"他该追问我那批财宝的事情了。"

然而,医生的思绪正被一件不像诺斯特罗莫的重现那样神奇,但就其本身来说却远不如此事明朗的大事所占据着。为什么索迪略要这样仓皇而秘密地带着他的整队部下开拔了呢?这一举动意味着什么?然而,医生一心以为楼上的那人是一名军官,失望的上校留下他来与自己接头。

"我觉得他是在等我。"他说。

"可能。"

"我得去见他。不要走,工长。"

"走,去哪?"诺斯特罗莫咕哝道。

医生已经离他而去。他仍然靠墙站着,凝视着港口漆黑的水面;凄厉的蝉声震耳欲聋。一股挥之不去的迷茫涌入他的思绪,让他失去所有决断的力量。

"工长！工长！"医生的声音在楼上急切地喊道。

他阴郁的冷漠像一汪凝滞着沥青的海水，漂浮着他那被人出卖和万念俱灰的感觉。不过，他还是从墙根下出来，向上望去，医生正从一扇亮灯的窗口探出身来。

"上来，看看索迪略做的好事。你根本不用怕上面的这个人。"

他轻轻地苦笑了一声。怕谁？苏拉科的码头工长要怕谁！他气愤不过，居然有人敢跟他说这话。他气愤不过，自己居然因为那批该死的财宝落得无物防身、东躲西藏，而对于把它拴在自己脖子上的那些人来说，那点儿东西是多么微不足道。对于诺斯特罗莫来说，医生就代表着那些人……而他居然都没有问起它。对于他这辈子最拼命的一桩差事，他居然不闻不问。

诺斯特罗莫如此心想着，再次穿过洞穴般的大厅，那里面的烟雾已经稀薄了许多，他走上楼梯，这会儿他脚下没有那么烫了，他朝顶上的那一隙光亮走去，医生在里面出现了片刻，显得焦躁难耐。

"上来！上来！"

跨过门口的一瞬间，工长被吓了一大跳。那人还是没有动弹。他看见他的影子仍然映在那儿。他抬起脚，带着一探究竟的念头迈了进去。

那很简单。一刹那，衬着两只两支蜡烛明暗飘忽的光亮，透过那片薄薄的、幽蓝的、呛得他大睁着眼睛的烟雾，他看见了那人正背朝门口站着——如之前猜想的一样，把一副巨大的、扭曲的身影投在那堵墙上。紧接着电光石火间，他那强直的、颓废的姿势便映入眼帘——两肩向前突着，脑袋低垂在胸膛上。然后，他又看出来，那人的两臂被反剪在背后，扭曲得厉害，以至于双手捏成拳头拧在一起，被拉得比肩胛还高。从那被绑起来的手腕向上看，他猛地一眼便望见了一条皮绳子，向上搭在一根沉重的横梁上，又向下拴在一支楔入墙中的钉子上。那两条直蹬蹬的腿，那一双垂下来的、软绵绵的脚，光裸的脚趾离开地面大约有六呎高，这惨不忍睹的一幕说明，这个人在昏死过去之前一直在受着吊刑。他的第一反应，便是冲上前去想要一下砍断那条皮绳。他摸索着自己的刀子。他没有刀子——连刀子都没有。他抖抖索索地站着，而医生正坐在桌沿上，若有所思地瞧着这幅残忍而可悲的景象，他拿手托着下巴，不动声色地咕哝道——

"拷打——然后穿胸射杀——正在变凉。"

这信息让工长冷静下来。一支蜡烛在插座中忽闪着熄灭了，"谁干的？"他问道。

"索迪略，我敢说。还能有谁？拷打——当然。但为什么要开枪？"医生定睛看着诺斯特罗莫，后者微微耸了一下肩膀。"还要注意，突然开枪，出于冲动。很明显。我真想知道他的秘密。"

诺斯特罗莫已经走到跟前，微微俯身察看着。"我好像在哪里见过这张脸。"他低声道，"他是谁？"

医生再次抬眼看着他。"我也许曾羡慕过他的死法。你觉得怎样，工长，嗯？"

但诺斯特罗莫似乎没听见这些话。他抓起剩下的那支烛火，把它凑在那颗低垂的头颅下。医生愣神坐着，迷茫地凝视着。紧接着，那架沉重的铁烛台像是被从诺斯特罗莫的手中砸落，咣当一声掉在地上。

"喂！"医生叫喊着，被吓了一跳，向上望去。他听见，工长打了一个趔趄磕在桌子上，大口喘着气。他看见，烛火熄灭的一瞬间，死寂幽暗的窗口出现了星光。

"当然，当然。"医生用英语自己嘀咕道，"够吓出他的魂儿来的。"

诺斯特洛莫的一颗心像是蹦到了嗓子眼。他摇着头。赫希！那人是赫希！他的手紧紧抠在桌沿上。

"但他曾经藏在那条驳船里。"他近乎喊道，他的声音放低了，"在那条驳船里，而且——而且——"

"而且索迪略捞起了他。"医生说。"他把你吓了一跳，你更把我吓了一跳。我想知道的是，他究竟发了什么慈悲，才开枪打死了他。"

"那么，索迪略知道——"诺斯特罗莫嗫嚅着。

"所有事情！"医生打断他。

听得见，工长正拿他的拳头捶着桌子。"所有事情？你说什么，你在哪儿知道这些的？所有事情？知道所有事情？这不可能！所有事情！"

"当然！你说不可能是什么意思？我告诉你，昨天晚上，我曾听过对这个赫希的审讯，就在这间屋子里。他知道你的名字，德考迪的名字，还有所有装运那批银子的事情……那条驳船被撞成了两截。他在索迪略面前吓破了胆，跪地求饶，却只记得这么多。你还指望他记得什么？他连自己是谁都不知道了。他们发现他抓附在他们的船锚上。他一定是在驳船沉进海底的那一刻，才抓住了它。"

"沉进海底？"诺斯特罗莫慢吞吞地重复道。"索迪略相信了？好！"

医生有些不太耐烦，他想不到还能相信别的什么。是的，索迪略相信那条驳船已经沉了，而码头工长和马丁·德考迪，或许还有一两个别的政治逃亡者,也一齐淹死了。

"我老实告诉你,医生先生",诺斯特罗莫趁机说道,"索迪略并不知道所有事情。"

"嗯?那是什么意思?"

"他不知道,我没死。"

"我们也不知道。"

"而你们全不在乎——码头上你们那些绅士没有一个——把一个像你们自己一样有血有肉的活人,打发到那样一趟注定没有好下场的差事里面去。"

"你忘了,工长,我没有在码头上。而且,我也觉得那趟差事不怎样。那么,你不必数落我。我要告诉一些事情,汉子,十万火急,让我们没时间去考虑死人。死神就站在我们每个人背后。你去了?"

"我去过,确实!"诺斯特罗莫开口道,"那么,为了什么——告诉我?"

"啊!那是你自己的事。"医生粗鲁地说道,"别问我。"

他们往来的低语在黑暗中停住了。他们坐在桌沿上,各自把脸微微偏开,彼此能感觉到肩膀挨在一块儿,他们的眼睛依然径直停留在那条绷直的身形上,它已经近乎消失于这间屋子的幽深部分中,那突兀的脑袋与肩膀狰狞地显示着,像是正专心听着他们讲的每个字。

"很好!"诺斯特罗莫终于低声道。"就是这样。特丽萨说得对。这是我自己的事。"

"特丽萨死了。"医生漫不经心地说,而他的头脑正在整理着一条新的思路,那是受一个叫作诺斯特罗莫归来的转机启发而产生的。"她死了,可怜的女人。"

"没有神父?"工长焦急地询问。

"多此一问!昨天晚上,谁能去给她找一位神父?"

"愿上帝保佑她的灵魂!"诺斯特罗莫脱口道,语气间那种沮丧而绝望的情绪还没有来得及让莫尼格汉姆医生感到惊奇,他便岔回了之前的话题,用一种阴险的口吻,继续讲道:"是的,医生先生。就像你说的,这是我自己的事。一桩十分要命的差事。"

"在世间的这个地方,没有第二个人可以像你那样,能够活着游回来。"医生钦佩地说。

之后,这两人又沉默了。他们都在沉思着,本性的差异使得两人的思路在他们彼此撞见之后,便已经相去渐远。医生凭着他对古尔德一家的忠诚铤而走险,正心怀感激地惊叹着那机缘巧合的安排,它把那个男人带了回来,带回到这个可以让他在拯救桑·托梅银矿的任务中派上最大用场的地方。医生是忠于那座银矿的。银矿以一位娇小妇人的形象,映现在他年已半百的老人眼中,她衣衫飘飘而裙裾长长,容貌迷人而金发如云,一举一动,一笑一颦,无不流露着她玲珑可贵、璀璨芬芳的内心。随着围绕桑·托梅银矿的形势岌岌可危,这一幻象在他心目中也变得有力、恒久而无比重要。它终于占据了他!这一占据,由某种无关乎希望和回报奖罚的超然精神所激励,正使得莫尼格汉姆医生去思考、去实施着一些对于他本人和别人都极其危险的个人行动,他所有的顾虑,都打消在一种自豪的感情中,他觉得,自己的舍身是唯一可以阻隔在那个令人钦慕的女人和一场可怕的灾难之间的东西。

正是这种如痴如醉的感情,使得他一方面对德考迪的命运无动于衷,另一方面却保持着完全清醒的头脑,对德考迪的政治观点赞赏有加。那是一个好主意——而巴里奥斯是唯一可以实现它的工具。医生的心灵,受那样一场道德羞辱的摧残与打击,变得无比敏感而难以调和。诺斯特罗莫的归来实在是万幸。他并没有拿他像凡人一样看待,把他当作一个刚刚从死神的爪牙下逃脱的同类。对他来说,工长是唯一可以派去凯塔的信使。唯一人选。医生那对于人类的愤世嫉俗——基于个人失败的痛苦——的怀疑,也并没有使得他对于后者共同的弱点胜过多少。他被压制在一种既已形成的恶名的诅咒下。而诺斯特罗莫大受米切尔船长吹捧,活在盛名与广誉之中,诺斯特罗莫的忠诚作为一种事实,令医生从未对之有过怀疑。如今更不可能去怀疑,那就是他的救命稻草。莫尼格汉姆医生也是一个凡人。他接受人们对于工长的不可腐蚀的评判,因为从来没有一句话或一个事实,可以反驳这种不可撼动的观点。看上去,这就好像是那个人身上的一种官能,就像他的络腮胡或他的牙齿,根本容不得他去多想。问题只是,他会不会愿意为这冒险而拼命的差事走一遭。医生足以明察秋毫,他已经了解了那个人的某些首要而独特的性情。毫无疑问,他正在为那批银子的损失而懊恼。

"很有必要,要对他道出自己的全副机密。"对于那个他所要与之打交道的人的本性,他如此洞察敏锐地寻思道。

在诺斯特罗莫一边,他沉默的思绪中,充满了犹疑、愤怒与怀疑的黑暗,然而,他却第一个开了口。

"游上岸来没什么了不起。"他说,"了不起的是在那之前——和在那之后的事情——"

他没大讲清楚自己要说的,突然停了片刻,好像他的思路撞到了一堵结结实实的墙上。医生的头脑正以马基雅维利般的敏捷,继续着它自己的谋划。他以尽自己所能的同情说道——

"真不幸，工长。但没有人会想指责你。实在不幸。一开始，那批财宝就不应该运出矿山。但是，都是德考迪——不过，他已经死了。没有必要谈论他。"

"没必要"，诺斯特罗莫趁着医生停顿下来，附和道，"没有必要谈论死人。但我还没有死。"

"你活得很好。只有跟你胆量相当的人才能让自己活下来。"

医生说这话是真心的。他对自己所珍视的那个人的胆量尊敬有加，同时，也带着人情中所共有的那种失落，因为他本人的男子汉气魄并未能够架住那一场特别的考验。在那段最暗淡的岁月中，他曾不得不一个人面对着种种人身危险，因此，他完全清楚他各自遭遇中共同的危险成分：那种压倒性的、麻木不仁的、有关人类渺小的感觉，它真的可以打败一个靠本性的力量苦苦支撑的人，在他独身一人、举目无伴的时候。他为工长在自己头脑中勾勒出来的那幅景象，简直令他钦服至极，在一连数个钟头的紧张与焦虑之后，突然坠入那样一座海水与黑暗的深渊，摸不着土地，看不见天空，而且不能仅仅靠着不屈不挠的头脑去应对，还要想方设法地成功。那人固然是一个无可匹敌的泅水高手，这是大家都知道的，但在医生的判断中，那种情形对于胆魄的考验才是更大的。这让他感到欣慰；从这里面他见到了一个好兆头，关乎接下来那个九死一生的任务的成功，他打算对工长委以重任，将他重新派上神奇的用场。

"那一定黑得吓人！"

"海湾里最黑的黑暗。"工长简短地附和道。在那些已经降临在他身上的事情中，似乎有一丝隐隐然的兴趣令他缓和下来，用一种感慨又简短的漠然语气，寥寥讲述了几句。在那期间，他是健谈的。他期望将那种兴趣持续下去，不管被接受还是被拒绝，都会帮他修复自己的人格——在那趟拼命的差事中，那是他所唯一失去的东西。然而，医生专注于自己那桩拼命的冒险，正发疯一般地想着主意。他发出一声懊悔的惊叫。

"我真希望你能大喊大叫，点上一盏灯。"

这句出乎意料的话，以其冷酷无情的恶意令工长大感错愕。那就等于说，"我真希望你表现得像一个懦夫；我真希望被人割开喉咙，了却痛苦。"当然，他只当这话是对自己讲的，却不知，它只是就那批银子而言，并且出于有意地保留而言辞简单了一些。他又惊又愤而哑口无言，接着，医生继续讲下去，而诺斯特罗莫却充耳不闻，激动的热血正猛烈地冲击着他的耳膜。

"我相信，索迪略得到那批银子，会立刻调转船头，驶去海外的某个小港口。就经济上来说，它固然是损失掉了，但也比沉在海里要强得多。比这个更上算的，是把它留在近前的某个地方，拿出一部分来收买索迪略。不过，我怀疑唐·卡洛斯会不会打定主意这样做。他不适合待在科斯塔瓦那，事实如此，工长。"

在听到唐·卡洛斯的名字时，工长已经控制住了耳朵中那一阵疾风暴雨般的愤怒。他从里面跳出来，就像变了一个人一样——变成了出言谨慎、轻柔平静的人。

"要是我交出那批财宝，唐·卡洛斯会不会满意？"

"要是他们现在都这样想，我倒不会觉得意外。"医生冷冷地说道。"他们从来没问过我。德考迪有他自己的主意。这下，他们的眼睛该睁开了，我想。要是让我拿主意，如果那批银子眼下能够奇迹般地出现在岸上,我会把它送给索迪略。而且照现在的情况来看,他们也都会同意我。"

"奇迹般地出现。"工长慢吞吞地沉吟道,然后提高了声调,"那个,先生,那可是任何圣徒都办不到的神迹。"

"我相信你,工长。"医生干巴巴地说道。

他继续讲述着自己关于索迪略所能对局势所造成的危险影响的观点。而工长恍如梦游一般听着,却觉得自己与这一切漠不相干,就像那个直挺挺挂在横梁下的模模糊糊、一动不动的死人一样,它也在作出一副倾听的样子,却被无视,被遗忘,像是一具被忽略的可怕的标本。

"那么,他们是冒失糊涂,才来找上我吗?"他突然打断了他。"难道我以前替他们办的那些不算轻快的事情还不够吗,老天?难道那些绅士们就没想过要考虑一下,有个人要拿他自己的性命和灵魂去冒险?或者,也许,当我们没有灵魂——像狗一样?"

"还有德考迪,跟他的计划。"医生再次提醒他道。

"是的!还有旧金山的那个阔佬,跟那批财宝也有关系——我还能知道什么?不知道!我已经听说了太多事情。在我看来,有钱人就可以随意妄为。"

"我理解,工长。"医生开口道。

"什么工长?"诺斯特罗莫用一种蛮横而平静的语气道,"工长消失了,毁灭了。没有工长了。哦,不!你再也找不到什么工长了。"

"嗨,别孩子气!"医生劝勉道;诺斯特罗莫随即冷静下来。

"我刚才的确像个孩子。"他咕哝道。

他的目光再次落到那个被杀死的、可怕地僵直悬着的人身上,它一声不吭且一动不动，显得如此专注，他用温和的、好奇的语气问道——

"索迪略为什么要对这可怜的混蛋处以吊刑？你知道吗？没有什么拷打能比他自己的恐惧更残酷。杀死他，我倒是能理解。看他受苦真让人受不了。但是，他为什么要这样折磨他？他讲不出更多了。"

"是的，他讲不出更多了。哪个正常人都能看得出来。他已经把所有东西都告诉他了。但是，让我来告诉你为什么，工长。索迪略不愿相信他听到的。并非所有都信。"

"他不相信什么？我想不出来。"

"我想得出来，因为我见过那个人。他不相信那批财宝已经丢失了。"

"什么？"工长叫道，心里咯噔了一下。

"那吓到你了——嗯？"

"那我是不是该理解为，先生，"诺斯特罗莫故作从容、别有心思地继续道，"那个索迪略认为财宝被用某些办法给救下来了？"

"不！不！那不可能。"医生蛮有把握称；而诺斯特罗莫在黑暗里咕噜了一声。"那不可能。他认为，驳船沉下去的时候，银子已经不在上面了。他相信那整个就是一出戏，用障眼法把它运到海上，就是为了欺骗加马乔和他的国民卫队，以及佩德里托·蒙特罗和我们的新政首富恩特先生，还有他本人。只不过，他说，他不会蠢成那样。"

"但他真是毫无头脑。他是这个罪恶的国家里面自称为上校的最大的蠢货。"诺斯特罗莫咆哮道。

"他并非比任何理智之人更不理智。"医生说道。"因为热切地想要得到它，他已经让自己确信，那批财宝是能够找到的。而且，他也怕他的军官们起来反对他，前去投靠佩德里托，对于后者，他既无勇气去交战，也没有胆量去勾结。你明白吗，工长？只要那批价值巨大的战利品还有出现的希望，他就不用担心众叛亲离。我已经把这当成了自己的差事，让他始终抱有希望。"

"你已经……"码头工长慎重地沉吟道。"好吧，那很妙。那么，你打算把这希望瞒多久？"

"尽可能地久。"

"什么意思？"

"我可以实话告诉你。就像我活得一样久。"医生用固执的语气回应道。然后，他用寥寥数语，交代了自己被捕和获释的经过情形。"遇见你时，我正赶回来找那个愚蠢的恶棍。"

诺斯特罗莫全身关注地听着。"你已经下定了决心，自求速死。"他从牙缝中咕哝道。

"也许吧，我了不起的工长。"医生暴躁地说道，"你不是唯一一个从这张脸上见到一副难看的死相的人。"

"没错。"诺斯特罗莫嘟囔着，声音足可以被人听见，"这儿或许甚至有不止两个傻瓜。谁知道呢？"

"而这是我自己的事。"医生冷冷道。

"把那批该死的银子带出海是我的事。"诺斯特罗莫还嘴道，"我明白。好吧。我们各人都有自己的理由。不过，在我动身前，你是最后一个同我讲话的人，你像对一个傻瓜那样跟我说话。"

对于医生以冷嘲热讽调侃自己的伟大名声，诺斯特罗莫感到极大的厌恶。此前，德考迪那略带嘲讽的认同也曾令他不快。但是一个像德考迪那样的人还算讨人喜欢，而医生却什么都不是。他还记得,他当初不过是一个身无分文的流浪汉,灰溜溜地走在苏拉科街头,没有一个朋友或相识,直到后来唐·卡洛斯·古尔德把他招入银矿工作。

"也许你很明智。"他若有所思地继续道,眼睛盯着房间的黑暗,其中弥散着那个有关被拷打、被杀害的赫希的可怕谜团。"但是,我已经不再是当初动身时的那个傻瓜了。从那之后,我学到一件事情,你是一个危险的人物。"

莫尼格汉姆医生大吃一惊,只能叫道——"你说什么?"

"要是他能开口,他也会这样说。"诺斯特罗莫继续道,头部朦胧的轮廓映着窗口的星光点了一下。

"我不明白你的话。"莫尼格汉姆医生幽幽地说。

"不明白?或许,要是你不向索迪略证实他的疯狂,他也不会这样急着吊死可怜的赫希。"

医生被这话惊住了。不过,他的忠诚已经倾尽了所有感情,令他心如铁石,完全顾不上懊悔和惋惜。然而,为了宽慰自己,他还是觉得有必要说大声而轻蔑地说上几句,来为自己辩驳。

"呸!你竟敢跟我说这话,好像你也变成了索迪略一样。我承认,我的确没有为赫希考虑。就算我考虑了,也不会有用。谁都知道,自从这倒霉蛋抓住那只锚爪,他便已经难逃一死了。难逃一死,就这样说吧!就像我自己,也难逃一死——极有可能。"

莫尼格汉姆医生对诺斯特罗莫如此说道,这话合乎情理,足以打动后者的良心。医生不是一个冷酷麻木的人。不过,他揽在自己身上的那桩任务的必要性及重要性,令所有区区人道主义的考量都已变得不足为虑。他以一种狂热的精神,进行着这个任务。他并不喜欢这样。为之他要撒谎,要欺骗,要违背最基本的人性,要做自己憎恶的事情。这一切,在他的教养、直觉及习惯来说,都是可憎的。这类叛徒的勾当同他的本性是格格不入的,于他的感情是狰狞可怖的。他是抱着一种舍弃清白的精神,选择这样的牺牲的。他曾满心苦涩地对自己说:"我是唯一适合做这肮脏工作的人。"他相信这一点。他的心思并不复杂。尽管没有视死如归的英雄主义的念头,但他所投身的那桩九死一生的任务,却在他单纯的心地中产生了一种自任而自慰的感情。在这种精神状态里面,赫希的命运本身,不过只是泛滥而普遍的暴行的一部分。他将它实实在在地看作一段插曲。那意味着什么?预示着索迪略的妄想发生了某种危险的变化吗?医生想不通,为什么要这样杀死那个人。

"是的。但为什么要开枪?"他自言自语道。

诺斯特罗莫也沉默着。

第九章

　　整个上午，索迪略都在同自己的内心作着斗争，被疑虑和希望搞得心烦意乱，又被宣告佩德里托·蒙特罗到来的钟声搅得惊魂不定；出于心智的贫乏与情绪的狂热，他是不能胜过这种挣扎的。失望、贪婪与恼怒在上校心中激起的骚动，超出城内钟声的喧闹。他盘算的事情，一样也没有实现。无论苏拉科还是矿上的银子，他都没有捞到。他没有建立可以加官的赫赫战功，也没有掳到可以携逃的巨额赃物。而佩德里托·蒙特罗，不管是敌是友，都让他怕得要死。那钟声令他发起疯来。

　　起初，他感到自己可能会立即遭到攻击，便让自己的队伍在海滩上严阵以待。他在房间的两头来回走动着，不时停下来咬着右手的指尖，两眼通红地盯着地板；然后，忽然凶巴巴地环视一圈，继续跋扈而冷漠地踱起步来。他的帽子、马鞭、佩刀和左轮手枪，都摆在桌上。他的僚属们聚在窗口，争相用他的野战望远镜瞭望着城门，那是他去年从安扎尼那儿用一笔长期欠款赊来的。望远镜传来递去，始终有焦虑的声音盘问着每个使用者。

"什么都没有；什么都看不见！"瞭望者不耐烦地答道。

什么都没有。自从维奥拉旅舍附近的灌木丛中的探子奉命撤回主力部队中之后，城镇与港口水面之间那片尘土飞扬、干旱荒凉的平地中，就没有出现过一个活动的人影。不过，午后稍晚的时候，打城里出来了一个放胆的骑马人。那是富恩特先生的一位信使。他独身一人，因此被允许近前。他在大门前下马，用快活而无礼的语气问候了那些一声不吭的旁观者，并请求立即被带去面见"骁勇"的上校。

履任政首的富恩特先生，已经就争取对港口与矿山的控制开始施展他的手腕。他派来与索迪略谈判的曾是一个公证人，革命到来时，他正因为伪造文书的罪名，被病歪歪地羁押在公共监狱中。暴民们把他连同其他"布兰科暴政的受害者们"释放出来，他便迫不及待地开始为新政府效力了。

他决心使出浑身解数，要用自己的热情和口才，把索迪略独身一人诱骗入城，前去同佩德里托·索迪略会谈。而上校却根本无心此事。仅仅是一想到要把自己送入那个大名鼎鼎的佩德里托手中，便已经令他连连觉得不适。毫无疑问——那样做就是疯了。而要把自己暴露在公然的敌意中，也是疯了。那样一来，要想系统地搜寻那批财宝，搜寻那些他觉得似乎近在眼前、几乎可以闻得见的银子，便不可能了。但是，它在哪儿？在哪儿？天哪！在哪儿呢？哦！为什么放医生走掉？他真是太蠢了。不过，也不是！那是唯一正确的法子，他心惊肉跳地考虑着，来人正在楼下和气地同那些军官们搭话。按着那个无赖医生的本意，他一定会带着有利的消息回来的。但要是有什么把医生拦在里面呢？比如，一道出城的禁令！肯定会有巡逻队!

上校两手抠着脑袋,晕头转向地回过身去。一道怯懦的灵光乍现,令他心头浮起一条权宜之计,那是欧洲的政治家们在希望推延某个棘手的谈判时,所素来惯用的伎俩。他不顾脚上穿着靴子,蹬着马刺,一下子钻进了吊床中。他那俊俏的面孔,因为心事重重的压力而旋即转作蜡黄。他那漂亮的鼻梁变得更加尖削,粗大的鼻孔可怜巴巴地收缩起来。一双含情脉脉的俊目,顿时像是死了、烂了一样;那两只顾盼的杏眼,因为熬过太多险恶无眠的时刻,而不相称地充满了血丝。他用一种半死不活、气若游丝的声音,对富恩特先生那位一脸惊讶的来使讲话。那声音从一件偌大的斗篷下传出来,听起来虚弱得令人心疼,而那斗篷裹着他整个健美的身形,一直向上拉到乌黑而笔直的、耷拉着的唇髭下面,显出心力交瘁的模样。是热病,是热病——"骁勇"的上校害了一场严重的热病。随着浑身阵阵发作的颤抖,那张脸上现出一阵剧烈的哆嗦,还有强忍着疼痛的咯咯的牙颤声,都以其真切令那位信使深信不疑,阵阵寒战。上校解释到,他不能思考,不能倾听,不能讲话。他作出垂死挣扎的样子,上气不接下气地说,自己现在这副样子,不适合前去遵行他的阁下的命令,或是给出恰当的复命。但是明天!明天!啊!明天!请他的阁下一定放心。英勇的艾斯莫拉达军团已经控制了港口,控制了——他合上眼睛,在那位来使的打探的目光下,像个半已错乱的病人一样摇晃着疼痛的脑袋,那人为了听清他哼哼唧唧、断断续续的声音,不得不凑到他的吊床跟前来。同时,索迪略上校又说,他相信他仁慈的阁下一定会允许医生——那位英国医生,带着他那装满外国灵丹妙药的药箱出城,前来为他看病。他急切地央求眼前的这位绅士阁下,拜托他在路过古尔德公馆时进去看一下,通知那位英国医生,他有可能正在那儿,告诉他索迪略上校正并因为热病倒在海关公所中,急需要他来救命。十万火急。刻不容缓。千恩万谢。他有气无力地合上眼,再也没有睁开,一动不动、又聋又哑、了无知觉地躺着,像是被那突如其来的疾病折磨得昏厥过去,被它征服了,打垮了,毁灭了。

然而,一等那个人在身后关上楼梯平台的门,上校便推开那堆羊绒的覆盖物,一跃而起。他的马刺勾住了那团斗篷,险些害得他一头栽在地上,一直踉跄到房间中央才站稳了身子。他躲在半掩的百叶窗后面,留心听着下面的动静。

那信使已经上了马,转向盘踞在大门处的那帮面色阴沉的军官,煞有介事地摘下了帽子。

"绅士们,"他高声叫道,"请准许我劝告你们,好生照顾好你们的上校。很荣幸且高兴见到各位,你们这班汉子在这等暴露的环境中,展现出身为军人的忍耐美德,这儿只有炎炎烈日,也没有什么水,而一座满是美酒佳人的城镇,正随时恭候着你们这些勇敢的人儿。绅士们,我万分荣幸地向你们致敬。今晚的苏拉科城里,将会载歌载舞。再会!"

他勒住马缰,偏着脑袋,看见那位又高又瘦的老少校从台阶上走出来,他穿着一件直挺挺的垂至脚踝的外套,那模样就好像一面军旗卷在旗杆上。

那位聪明睿智的老战士,先是自命不凡地宣扬了一番"满世界都是叛徒"的论调,接着又露骨地为索迪略唱起了一支颂歌。他慢条斯理、装腔作势地,把天底下的一切美德都归在他身上,并借用一句流行于西部省——尤其是艾斯莫拉达附近——的下等阶层中的口头语作了概括。"还是,"他用陡然升高的语调总结道,"一个长着许多牙齿的汉子。是的,先生。至于我们,"他语出惊人地继续道,"阁下您所见到的,是共和国最出色的一队军官,是一班勇气与胆识无与匹敌的汉子,'长着许多牙齿的汉子'。"

"什么?他们所有人?"富恩特先生那位声名狼藉的信使带着一丝嘲弄的微笑,问道。

"所有人。是的,先生。"少校郑重其事而蛮有把握地肯定道。"都是长着许多牙齿的人。"

对方调转马头,朝着那黑洞洞的谷仓似的高大门口。他踩在马镫上站起身来,伸出一条手臂。他本是一个促狭戏谑的无赖,像所有中部省份的人一样,对于这些西部人天生怀着莫大的嘲笑与捉弄。这些艾斯莫拉达的蠢货,尤其令他捧腹噱鼻。他板着面孔,开始为佩德里托·蒙特罗鼓吹起来。他挥动着手臂,像是要把他引见给他们。看到所有面孔都顿住了,所有目光都盯在自己的嘴唇上,他便大放厥词地讲道:"一位慷慨的、勇敢的、渊博的——"说到这里,他心潮澎湃地摘下了帽子——"政治家,一位所向披靡的游击队头领——"接着,他意外地降低了声音,瓮声瓮气地说——"还是一位牙医。"

说罢,他漂亮地驱赶马儿离开了;那直挺挺叉着的两腿,那吊儿郎当的派头,那硬邦邦板着的脊背,还有那一动不动的方肩膀上歪戴着的宽边帽,都透着一股子没边没沿、威风八面的傲慢。

索迪略在楼上的百叶窗后,良久都没有动弹。那家伙的肆无忌惮令他胆战心惊。他的军官们正在下面说些什么?他们什么都没说。鸦雀无声。他哆嗦起来。他从未料到,自己的征讨会落入这种境地。

他曾预见自己大获全胜，不容置疑，得偿所愿，成为士兵心目中的偶像，带着暗自的满足，春风得意地掂量着任他选择的权力与财富。啊！多么不同。他心烦意乱，焦躁难安，仰天长叹，怒火和恐惧如冰炭煎熬着他的心肠，他感觉到一股深不可测的恐惧，如同海水从四面八方漫过他的头顶。那个无赖医生一定要带出情报来。毫无疑问。那消息对他毫无用处——对他一个人来说。他掌握着它什么都做不了。可恶。医生再也不会出来了。也许，他已经被捕了，跟唐·卡洛斯关在一起。他丧心病狂地大笑起来："哈！哈！哈！哈！那样，得到情报的就是佩德里托·蒙特罗了。哈！哈！哈！哈！——而那批银子。哈！"

他正笑着，忽然一动不动地住了声，像是变成了石头。他也有一个犯人。一个肯定了解真相的犯人。必须撬开他的嘴巴。而索迪略尽管一直没有忘掉赫希，但想到要对他动用极刑，却感到一阵莫名其妙的厌恶。

他觉得厌恶——那是那股从四面八方向他涌来的恐惧的一部分。他还厌恶地记起，那个皮革商的眼睛，他那蜷曲的模样，他那出声的抽泣和告饶。这厌恶不是出于怜悯，甚至连紧张、敏感都不算。实际上，他从没有相信过他的话——他无法相信；那些胡话，任谁都无法相信——尽管如此，他道出的那些令人绝望的实情却令他大为不快。它们让他觉得厌恶。而且，他还怀疑，那人也许已经被吓疯了。一个疯子能够指望上什么。呸！假装。那只是假装的。他知道该怎样对付那一套。

他作出一副穷凶极恶的模样。他那漂亮的眼睛微微地乜斜着；他拍着手掌；一个打着赤脚的勤务兵悄无声息地出现了；那是一个下士，大腿上挂着刺刀,手里提着棒子。

上校下达了命令,不一会儿,可怜的赫希便被几个士兵推进门来,看见他面带凶光、眉头紧锁地坐在一张阔大的椅子中,头戴帽子,两膝分开,叉着双手,一副傲慢、威风、蛮横、跋扈、狰狞、恐怖的模样。

此前,赫希曾被反剪着双手,野蛮地捆在一间小屋子里面。过去的许多个钟头,他似乎被人遗忘了,奄奄一息地躺在地上。从那间充满绝望与恐惧的幽室中,他被连踢带打、一动不动、浑浑噩噩地拎了出来。他脑袋耷拉在胸前,双手反绑在身后,摇摇晃晃地站在索迪略跟前近处,听过那些恐吓与警告,接着又对问题做了照旧的回答,始终没有抬眼看他。当他被一把戳在颌颈之间的刀尖逼迫着抬起头时,那眼神像是呆子一样,豆大的汗珠,沿着苍白的脸上的土灰、瘀青和伤痕纷纷滚落。然后,汗水便突然停住了。

索迪略一言不发地盯着他。"还要固执下去吗,你这无赖?"他问道。一条绳子的一端拴着赫希的手腕,另一端已经搭过了一道横梁,被拉在三个等候听命的士兵手上。他没有回答。他那厚重的下唇仍然愚蠢地垂着。索迪略做了一个手势。他被双脚离地吊了起来,一声绝望而痛苦的惨叫从房间中传出来,充斥着那座巨大的建筑的走廊,飘荡在外面的空气中,令整个海滨营地的所有士兵都抬头向窗口望去,让大厅中的一些军官们兴致勃勃、两眼放光地谈论起来;另一些军官,则绷紧嘴唇、面色阴沉地盯着地面。

索迪略已经带着那些士兵,离开了房间。楼梯平台上的警卫举手敬礼。赫希被独自丢在那扇半掩的百叶窗后面,继续叫喊着,与此同时,港口里的海水映着阳光,在房间墙壁的高处投出跳跃不定的光晕。他叫喊着,高吊着眉毛,大张着嘴巴——大到不可思议,黑洞洞、深幽幽地,遍布着牙齿——甚是滑稽。

那个无风的午后,在安静而滚烫的空气中,他让自己痛苦的声波一直传到了海汽航公司的办公室。米切尔船长正在露台上察探情况,隐隐而真切地听见了那叫声,直到他面无血色地避入房间,那微弱而恐怖的声音依然回荡在耳中。整个下午,他有好几次这样被迫离开露台。

索迪略面带愠色,心神不宁,慌里慌张地四处走动着,在这响彻整座空荡荡的大楼的尖叫声里,同他的僚属们商量着事情,下达着颠倒的命令。有时候,会有一阵子漫长而可怕的沉默。有几次,他走进那间刑讯室——他的佩刀、马鞭和左轮手枪,都放在那儿的桌子上——用故作镇定的语气问:"这下你要说真话了吗?不?我可以等。"不过,他已经等不下去了。正是这样。随着他每次进出把门砰地甩上,楼梯平台上的警卫举手敬礼,却只换来一个阴森森的、怨毒的、飘忽的一瞥,实地上,那里面空无一物,只是反映出其中的灵魂——一个阴沉怨恨、畏葸贪婪、怒不可遏的灵魂。

太阳落下去后,他再次走进来。一名士兵端进来两根点燃的蜡烛,然后溜出去,悄无声息地掩上了门。

"说,你这犹太杂碎。那些银子!银子,我说!在哪儿?你们那帮外国流氓把它藏在哪儿?说实话要不——"

一阵轻微的颤抖从残破的四肢传过紧绷的绳索,然而,赫希先生——那位从艾斯莫拉达来的雄心勃勃的生意人——的躯体,却直挺而沉默地悬挂在沉重的横梁下,狰狞恐怖地面对着上校。西厄拉的积雪令夜间的空气变得清凉,由窗口涌入,慢慢在闷热房间中清新舒适地散布开来。

"说——盗贼——无赖——流氓——要不——"

索迪略抓起马鞭，站着扬起了胳膊。为了让那张紧闭的、歪斜的嘴巴吐出一个字，一个小小的字，他情愿跪倒在地，匍匐在那颗静静地低垂着的脏兮兮、乱蓬蓬的脑袋前，俯伏在那双昏沉而尚有知觉的眼珠的直勾勾的眼神下。上校咬牙切齿地抽打下去。绳索随之悠荡着，像是晃动起来的长长的钟摆。然而，赫希先生——那位沿海有名的皮革商——的躯体却没有任何摇动。随着扭曲的上肢一阵极力的抽搐，它向上蹿跃了几吋，像钓线末端的鱼儿一样蜷缩着。赫希先生的脑袋向上仰着，露出紧绷的喉咙；下巴颤抖着。有一阵子，宽阔、阴暗的房间中响彻着他咯咯的牙战声，两支蜡烛紧挨着，以其火焰发出一团光亮。就在索迪略扬着手臂，等待开口的时候，他猛然露出森森的牙齿，扭曲的肩头竭力向前探着，朝他脸上狠狠地啐了一口。

扬起的鞭子落下去，上校低沉地叫了一声，慌忙向后跳去，像是被一股致命的毒汁溅到了。就像已经盘算好的一样，他抓起自己的左轮手枪，连开了两枪。枪的声响和冲击，顿时令他由怒不可遏的境地，陷入六神无主的慌乱。他目瞪口呆地站着。天啊，他都做了什么！他被自己的冲动之举惊呆了，那张原本指望得到许多情报的嘴唇，眼下被永远地封上了。他能说什么？他该怎样解释？他涌起夺路而逃的念头，不管逃到哪里；他的怯懦，甚至令他想要畏缩而荒唐地躲到桌子底下去。太迟了；他的僚属们蜂拥而入，刀剑铿鸣，惊声叫嚷。但他们没有立即把刀尖戳入他的胸口，他那无耻造作的性格随即便恢复了镇定。他振作起来，拿军装的袖口擦了一把脸。

他慢腾腾、恶狠狠地四处环顾着，喧闹随着他的目光落下去；那位已故商人赫希先生的尸体，悄无声息地晃荡了片刻，转了半圈，随后在一片惊恐的低语和不安的窸窣声中停住了。

　　有人出声讲道："看呐，这人再也不会开口了。"后排的脸孔中，另一个胆怯而急迫的声音叫道——

　　"为什么要杀死他，上校？"

　　"因为他已经全部招了。"索迪略横下心来，坚决地答道。他觉得自己陷入了绝境。他厚颜无耻地以自己的名声担保，一定会成功。他的听者觉得他完全有能力。他们选择相信他谄媚的谎话。没有比出于贪心的轻信更加仓促而盲目的，它在无所不至的范围内，衡量着人类道德的卑劣与智力的贫乏。啊！他已经全部招了，这狡猾的犹太人，这个骗子。很好！这下他便没有用处了。那个年长的上尉突然发出一阵蠢笑——他生着硕大的头颅，两只眼睛又圆又小，胖得出奇的脸颊从不动弹一下。老少校像个身材高大、衣衫褴褛的稻草人，绕着已故的赫希先生的尸体转圈，一面以难以形容的自命不凡的语气嘟囔着，如此甚好，就不必再提防这个叛徒的出卖了。另外一些人瞪大眼睛，来回挪动着脚步，彼此简短地耳语几句。

　　索迪略挂好佩刀，直截而蛮横地下达命令，加紧撤离，那是当日下午便已经决定下来的。他阔大的宽边帽刚好压在眉毛上，给人一种深刻、阴险的印象，他在前面走出门口，头脑中一片混乱，竟至于完全忘了要为可能回来的莫尼格汉姆医生做些部署。他们随着他次第走出去，有一两个匆匆回头看着已故的赫希先生，那位艾斯莫拉达的商人，被晃悠悠、静悄悄地留在那里，伴着两支燃烧的蜡烛。空荡荡的房间里，那壮硕的脑袋与肩颈的影子投在墙上，带着栩栩如生的模样。

队伍在下面悄无声息地集结起来，没有敲鼓也没有吹号，便按着连队依次开拔了。由稻草人老少校殿后指挥。但他留在后面奉命烧掉海关大楼——命令是"烧掉挂着那奸诈的犹太人的死尸的地方"——的小队在仓促之间，没能把楼梯完全点着。已故的赫希先生的尸体，孤零零地留在那座空旷巨大、尚未完工的建筑里，里面诡异地回荡着门扇与门闩的砰响与咯吱声、碎纸片的窸窣声，以及阵阵穿堂风在高大的屋顶下所发出的幽咽的叹息声。那两支燃烧在已故的直挺挺、毫无气息、一动不动的赫希先生身前的烛火，远远地在陆地与水面之上抛出一点微光，像是茫茫夜色中的一个讯号。他的模样还令诺斯特罗莫吓了一跳，并且凄惨的死状让莫尼格汉姆医生大惑不解。

"但为什么要开枪呢？"医生再次出声自问道。这回，轮到诺斯特罗莫对他报以一声干笑了。

"你似乎对一件十分自然的事情想多了，医生先生。我会纳闷为什么吗？很有可能不用多久，我们所有人都要被一个个枪毙，不是被索迪略，就是被佩德里托，或是富恩特，或是加马乔。而且，我们或许甚至也会被吊起来，或者更惨——谁知道呢？——就因为你装进索迪略脑袋里的那些关于银子的漂亮谎话。"

"它本来就已经在他的脑袋里了。"医生反驳道，"我只是——"
"是的。而你把它牢牢钉在了那里，因此那恶棍自己——"
"那正是我要做到的。"医生接茬道。
"那正是你要做的。好吧。就像我说的。你是一个危险的家伙。"
他们那没有升高却愈发吵闹的语声，突然停顿下来。已故的赫希先生直挺挺、阴森森地映着外面的星光,像是等候在一旁,在那永恒的寂静中用心倾听着。

不过,莫尼格汉姆医生并没有心思同诺斯特罗莫争吵。在这事关苏拉科命运的千钧一发的时刻,他最终认定,这个人却确实是必不可少的,比米切尔船长——他那自诩识人的伯乐——所迷信的还要必不可少;远远超过德考迪所为他发明的戏称:"我顶顶出色的朋友,无可匹敌的码头工长。"这家伙是无可匹敌的。他不是"千里挑一"。他是独一无二。医生认输了。这位热那亚水手天赋中的某种东西,足以主宰大事与众生的命运,包括查尔斯·古尔德的身家,以及一位令人钦慕的女士的性命。想到最后一点,医生在开口前振了振喉咙。

他用一种迥乎之前的语气对工长指出,首先一点,工长本人没有多大风险。既然人人都认为他已经死了。这是一个巨大的便利。他只要在维奥拉旅舍里躲过人们的耳目,他们都知道,只有加里波第的老党徒一个人留在那里——伴着他死去的太太。仆人们全都跑掉了。没有人会想到去那儿搜寻他,或者在这个问题上,也没有人知道该上哪里找他。

"要是不碰见你的话。"诺斯特罗莫恨恨地说,"那倒是真的。"

医生沉默了片刻。"你是想说,你觉得我会出卖你吗?"他怪声怪气地问道。"为什么?我为什么要那样做?"

"我怎么知道?为什么不呢?没准儿为了能再拖上一天。那样,索迪略还要花上一天的时间把我吊死,在用一颗子弹打穿我的心脏之前,也许还会试试别的花样——就像对待这可怜的倒霉蛋一样。为什么不呢?"

医生艰难地吞了一下口水。一瞬间,他的喉咙变得干燥起来。

那并非由于愤懑。医生已经悲哀到相信,自己失去了愤懑的权利,对任何人——任何事。那只是出于担心。难道这家伙偶然听说了自己的事情?要是这样,他在那个计划里面便毫无用处了。因为那个涂抹不去的、使他适合于肮脏差事的污点,将令这个必不可少的人脱离他的支配。一股恶心的感觉向他涌来。他宁愿付出一切代价去了解这一点,但却不敢澄清事实。他在自卑中所滋养起来的那种献身的热情,已经令他的心肠在悲伤与嘲讽中变得刚硬。

"为什么不,是吗?"他冷嘲热讽地说。"那么,你现在杀了我最保险。我会自卫。不过你也很清楚,我从不带武器出门。"

"上帝啊!"工长激动地说。"你们这些上等人都是一个样。统统都是危险的,都会出卖那些给你们当狗的穷人。"

"你不理解。"医生慢条斯理地开口道。

"我理解你们所有人!"工长暴跳着喊道,在医生眼中,他的身影看上去和已故的一动不动的赫希先生一样朦胧。"一个混迹在你们中间的穷人一定要当心自己。我是说,你们不在乎那些为你们效力的人。看看我吧!这么多年后,一眨眼,在这里,我发现自己就像一条在墙外大叫的杂种狗一样——连一个狗窝或一块磨牙的干巴骨头都没有。该死的!"不过,他随后换了一种嘲讽公正的语气。"当然,"他继续平静地说,"我不认为你会着急把我出交给索迪略,比如说。不会这样。因为我毫无用处。一眨眼——"他把胳膊甩下来,"对任何人都毫无用处了。"他重复道。

医生松了一口气。"听着,工长,"他一边说着,一边近乎亲切地向诺斯特罗莫的肩膀伸出手去。"我要告诉你一件十分简单的事情。你是安全的,因为你有用处。我不会因为任何可能的原因而出卖你,因为我需要你。"

诺斯特罗莫在黑暗中咬着嘴唇。他已经听够了这样的话。他知道那意味着什么。他再也不吃这一套了。但又转念道，他不得不为自己打算。而且，他还想到，与他的同伴不欢而别会是一件不妙的事情。这位医生的医术虽然高明，但在苏拉科满城人的口风中，却是个声名狼藉的无赖。这种风评是牢牢地建立在他个人古怪的样貌，以及那粗鲁嘲讽的举止之上的——这些都是看得见、想得到、不容辩驳，成为医生所背负的恶名的证据。而诺斯特罗莫也是众人中的一个。于是，他只是不以为然地咕哝了一声。

"说实话，你，是唯一的人选。"医生继续道，"你有能力把这座城镇和……每个人，从那些人毁灭的劫掠中拯救出来——"

"不，先生，"诺斯特罗莫沉着脸说道，"我没有能力把那些财宝再弄回来，好让你交给索迪略，或佩德里托，或加马乔。我知道什么呢？"

"没有人指望不可能的事情。"医生答道。

"这可是你亲口说的——没有人。"诺斯特罗莫用沮丧、威胁的语气低声道。

但医生正满怀希望，没有留意那暧昧的字眼和威胁的口吻。他们的眼睛已经适应了黑暗，已故的赫希先生看起来变得更加清晰，也似乎离他们更近了一些。医生压低声音，透露着他的密谋，像是生怕被偷听去。

他将自己的全幅机要，对那个必不可少的人和盘托出。其中所隐含的恭维奉承与所暗示的巨大风险，在工长听来是再熟悉不过的。他的头脑挣扎于犹豫与牢骚之间，痛苦地接受下来。他十分清楚，医生正急于将桑·托梅银矿从毁灭中拯救出来。没有它,他将什么都不是。它对他是有好处的。就像它对德考迪先生、对布兰科党派、对拉拢他的码头工入伙的欧洲人统统都有好处一样。但他的心思被德考迪拴住了。德考迪怎样了呢?

诺斯特罗莫过久的沉默,令医生觉得不安。他格外多余地指出,尽管眼下他是安全的,却无法永远躲藏着度日。他必须在两条路中间做出选择,要么接受使命,冒着一切危险与艰难去找巴里奥斯,要么,就名誉扫地、一文不名地偷偷从苏拉科溜走。

"正眼下,没有任何朋友可以报答你或是保护你,工长。就连唐·卡洛斯本人也办不到。"

"我情愿不要你们的报答或是你们的保护。我只希望自己可以相信你的勇气和你的智谋。就像你说的那样,当我带着巴里奥斯成功归来的时候,或许会发现你们已经全完了。眼下,一把刀子正架在你们的喉咙上。"

这一回,轮到医生陷入了沉默,他正在猜想着一些可怕的意外。

"好吧,就让我们也相信你的勇气和智谋。至于你,也有一把刀子架在喉咙上。"

"啊!为这个,我要感谢谁呢?你们的政治和你们的矿山——你们的银子和你们的宪章——你们的唐·卡洛斯和你们的唐·何塞,你们的这个和你们的那个——对我有什么用——"

"我不清楚。"医生恼火地脱口道,"一些无辜的人儿正身处险境中,他们的一根小拇指,都比你我,或是所有的里比厄拉分子加起来更宝贵。我不清楚。在你允许德考迪带着你趟进这汪浑水前,你就该问问自己。你本应该像个汉子一样,想想这事;但要是当时你没有去想,那么,现在就该努力像个汉子一样去做了。难不成你觉得,德考迪十分关心你的遭遇吗?"

"并不比接下来你对我关心得更多。"另一个咕哝道。

"是的,我对你我接下来的遭遇一样不关心。"

"那么,这一切都因为你是一个不怕死的里比厄拉分子吗?"诺斯特罗莫以怀疑的语气问道。

"一切都因为我是这样一个不怕死的里比厄拉分子",莫尼格汉姆医生坚定地重复道。

诺斯特罗莫再次出神地盯着已故的赫希先生的尸体,沉默起来,心想着从方方面面来看,这位医生都是一个危险的人物。要相信他是不可能的。

"你是以唐·卡洛斯的名义来谈这事儿的吗?"他最后问。

"是的。我是",医生毫不犹豫地出声道。"眼下,他必须站出来了。必须如此",他补充道,声音低得连诺斯特罗莫都没有听清。

"你说什么,先生?"

医生缓过神来。"我是说,你必须要忠实于自己,工长。眼下,愚蠢是比失败更可怕的事情。"

"忠实于自己。"诺斯特罗莫叨念着。"要是我告诉你,我要带着你的主意去找那混蛋,你怎么知道我不是在忠实于自己?"

"我不知道。也许你会。"医生答道,用粗鲁的口吻掩饰着心头的震惊和语气的支吾。"我只知道,你最好离开这儿。索迪略的人也许会来这里找我。"

他从桌子上溜下来,支起耳朵探听着。工长也站起身。

"要是我前往凯塔,这期间你要干什么?"他问。

"你一走,我就去见索迪略——就按我刚才想到的法子去办。"

"的确是一个好法子——要是那个总工程师肯办的话。提醒他,先生,我可是曾经照料过那个为铁路掏钱的英国阔佬,而且,就在那帮从南方来的强盗打算捣毁他运送薪水的列车时,还救过他们的好几条人命。是我豁上性命,假装加入他们的计划,才戳穿了这事。就跟你现在对付索迪略的法子一样。"

"是的,是的,当然。不过,我还有更好的理由讲给他听,"医生匆匆说道。"交给我吧。"

"啊,是的!果然。我不值一提。"

"完全不是。你事关一切。"

他们一起向门口走了几步。在他们身后,已故的赫希先生仍然像个被忽略的人那样,一动不动。

"那很好办。我知道该跟那个工程师说什么。"医生低沉地继续道。"我的困难,是对付索迪略。"

说着,医生像是被那困难震慑住了,在门口停了片刻。他早已准备好献上自己的生命。他把这个关头当作一个恰当的时机。不过,他并不想太早地送命。为了扮成出卖唐·卡洛斯机密的叛徒,他最终不得不指认一个那批财宝所藏的地点。那便是他的骗局以及他的生命的终点,他将被恼怒的上校攥在手中。他打算让自己拖延到最后一刻;而此前,他一直在苦苦思索着想要捏造出一个藏宝的地点,在看上去合情合理的同时,还要难以探及。

他把自己的难题告诉了诺斯特罗莫,最后说——

"你明白吗,工长?到了不得不给出一些情报的时候,我打算指认大伊莎贝尔岛。那是我能想到的最好的地方。会不会有问题?"

诺斯特罗莫低沉地惊叫了一声。医生愕然等待着他的回答，经过片刻意味深长的沉默，只听见后者粗声粗气、结结巴巴地说了一句，"实在是蠢，"接着便倒吸一口凉气，停住了。

"我并不觉得蠢。"

"啊！你不觉得愚蠢，"诺斯特罗莫尖刻地开口道，一边说着，语气变得嘲讽起来。"只要有三个人花上半个钟头，便可以察遍那座岛屿，发现没有任何地方的土地被翻动过。难道你会相信，那样一批财宝可以被不漏痕迹地掩埋起来吗——嗯！医生先生？为什么！那样一来，不出半天，索迪略就会割开你的喉咙。伊莎贝尔岛！多么愚蠢！多么可怜的谎话！啊！你们这些人都一样，你们这些聪明的上等人。你们所擅长的，不过是为了一些连自己都没把握的目标，把老百姓出卖进要命的勾当里去。要是成了，你们就捞到了便宜。要是不成，那也没有关系。他不过是条狗。啊！圣母呀，我情愿——"他捏起拳头在头顶挥舞着。

起初，医生被这轻蔑的、气咻咻的攻讦震慑住了。

"好吧！以你的表现，在我看来，老百姓中并非人人都是傻子"，他悻悻地说。"不行，不过接着说。你这么聪明。你有一个更好的地方吗？"

正如骤然激动起来时一样，诺斯特罗莫迅速地冷静下去。

"对这事，我还是足够聪明的"，他近乎漠然而平静地说。"你需要告诉他一个藏宝的地方，广阔到要花上好几天去搜寻——那样一个地方，一大批宝贝银锭埋下去，可以在表面上不留任何痕迹。"

"而且还要近在眼前。"医生插话道。

"正是如此，先生！告诉他，银子被沉下海了。"

"这倒免去了扯谎",医生轻蔑地说。"他不会相信的。"

"你就告诉他沉在哪里,好让他有指望够得着,这样,他就会十分相信你了。告诉他,它早就被沉了在港口中,为的是日后派潜水员重新捞上来。告诉他,你探听到我从唐·卡洛斯·古尔德那里接了一单差事,把那些箱子秘密地沉在了栈桥末端和海湾入口中间的某个地方。那儿的水不太深。他没有潜水员,但是有一条大船,还有小艇、绳子、铁链和水手——虽说是些草包。就让他去找那些银子。让他带着他的那帮傻瓜去横捞竖捞、左捞右捞,让他坐着,瞧着,一直两颗眼珠子都瞪出来。"

"的确,这主意实在妙。"医生自言自语道。

"是的。你就这样跟他说,就不信他不相信!他要上火发疯地忙活上好些天——而且,还会相信是真的。那样,他也没有心思琢磨别的。他绝不会收手,直到被撑走——啊呀,他甚至也许会忘了杀你。他要不吃不睡。他——"

"就这样!就这样!"医生兴奋地低声念叨着。"工长,我开始觉得,你是你那行当里面的一个天才。"

诺斯特罗莫停住;随后换了一种阴郁的语气,像是忘了医生的存在,再次开口自言自语起来。

"财宝里面有种东西,会攫住一个人的头脑。他会祈祷,他会咒骂,却仍然执迷不悟;他会诅咒自己听说它的那个日子,他会不知不觉地搭进去性命,却仍然相信自己离它只有一步之遥。他一合上眼睛,就会看见它;临到死,都不会忘掉它——甚至就连——医生,你可听说过阿苏厄拉半岛上可怜的外国佬,死都死不掉的那两个?哈!哈!跟我一样的水手。要是让一件财宝攫住头脑,你就没跑了。"

"你可真是个鬼精的汉子,工长。这事极有道理。"

诺斯特罗莫按了一下医生的胳膊。

"那会比一个人在大海上受渴、在闹市中挨饿还要可怕。你知道那会怎样吗?他要遭受比他所施加给这个吓破了胆的倒霉蛋更大的折磨,那人不会扯谎。一点都不会!一点都不会!不像我。要是我,就会不费力气地扯一个大谎,要了索迪略的命。"

他狂笑着,转身走进门朝已故的赫希先生的尸体走去,在那间半是朦胧透亮的屋子里,它夹在两扇高高的、映着漫天星光的平行四边形窗口中间,像是一条黑黢黢的、长长的污迹。

"你这懦夫!"他喊道。"就由我——诺斯特罗莫——给你报仇吧。让开,医生!站到一旁去——要不,以一个连忏悔都没有就死掉了的女人的名义发誓,我会用两手掐死你。"

他蹿跃着下楼,进了一片黑暗、烟雾弥漫的大厅。莫尼格汉姆医生惊奇地咕哝了一声,也跌跌撞撞地追了进去。他在烧焦的楼梯底端栽了一个跟头,面朝前扑在地上,那一跤的力道要是换了别人,不像他这样专注在一桩爱情与献身的使命上,肯定会被吓一跳的。他顿时爬起来,震荡、晕眩,在黑暗中惊奇地觉得,自己的脑袋像是被地球砸了一下子。但是,这却并不足以止住莫尼格汉姆医生的身体,它被一种舍生取义的欣喜所支配着;那是一种头脑清醒的狂喜,绝不浪费机遇所为它预备的任何有利条件。他不顾一切、一瘸一拐地向前冲去,在驾着两只跛脚、极力保持着身体平衡的动作中,他的两条手臂挥舞得像风车一般。他的帽子掉了;他那敞着怀的华达呢外套,也被抛在了身后。他绝不肯让那个必不可少的人跑出自己的视线。然而,从海关大楼出来,过了很长一段时间,跑了很远一段路程，他才拼力从后面死死抓住了他的胳膊，上气不接下气地喘着。

"停下！你疯了吗？"

此前，诺斯特罗莫已经在慢腾腾地走着，他耷拉着脑袋，好像因为犹豫不决的苦恼而放慢了脚步。

"你要干什么？啊！我忘了，你要我做一些事情。向来如此。诺斯特罗莫向来如此。"

"你说要掐死我，是什么意思？"医生急喘道。

"什么意思？我的意思是，一定是魔王本人把你从那座胆小鬼和大话精的城里打发出来，在我一辈子的所有夜晚里面，偏偏挑了今晚让我撞见你。"

星空下面沉暗的地平线上，突兀地浮现出意大利团结旅舍的轮廓，黑黢黢、矮墩墩的。诺斯特罗莫一下子停住了脚步。

"神父们说他是一个撒旦，是不是？"他咬牙切齿地补充道。

"我的好伙计，你在胡说八道。魔鬼跟这事完全没有关系。跟那座城镇也没有关系，随便你爱叫它什么。不过，唐·卡洛斯·古尔德既不是一个胆小鬼，也不是大话精。你不这样认为吗？"他等待着。"嗯？"

"我能见到唐·卡洛斯吗？"

"老天呀！不行！为什么？为什么？"医生激动地叫嚷起来。"我跟你说，那样就等于疯了。不论如何，我绝不让你进城。"

"我一定去。"

"你一定不能去！"医生气急败坏地说着，几乎像疯了一样，唯恐那个人会因为某个愚蠢的念头而白白葬送了他的大用。"我跟你说，你绝不该进城。我宁愿——"

他不知道该说些什么，只觉得精疲力竭、有心无力，拉扯着诺斯特罗莫的衣袖，勉强支立着，任由他拉着自己飞跑。

"我被出卖了！"工长自个嘟囔着；那最后一个字眼被医生听见了，他拼力冷静地讲了一句。

"那正是你会遭遇的。你会被出卖。"

想到那个人如此出名，根本免不了要被认出来，他便感到一阵作呕的恐惧。毫无疑问，总经理先生的宅院已经被探子团团围住了。甚至，公馆里的仆役也是靠不住的。"想想吧，工长，"他语重心长地说……"你为什么发笑？"

"我笑，是因为我想到，要是有人不同意我在城里露面，比如说——你明白，医生先生——要是有人把我出卖给佩德里托，甚至我也不是没有能力跟他交上朋友。这是真的。你觉得怎样？"

"你真是一个计谋多端的人，工长"，莫尼格汉姆医生沮丧地说。"我承认这点。不过，城里正四处散布着你的传言；那几个没有跟铁路上的人躲在一起的码头工，整天一直在市政广场上喊着'蒙特罗万岁'。"

"我可怜的码头工！"诺斯特罗莫自言自语道。"被出卖了！被出卖了！"

"我可知道，你在码头上，在你那帮可怜的码头工中间，挥舞起棍子来可毫不手软"，医生冷冷地说道，那语气表明他的气息正平复下来。"别犯错。里比厄拉阁下的获救令佩德里托暴跳如雷，而且，没能枪毙德考迪也让他不痛快。城里已经在传言，说那批财宝被偷偷运走了。这事也让他不快；不过，让我告诉你，就算那些银子全在你手上，也换不回你的命。"

诺斯特罗莫猛然转身，抓着医生的肩头，把脸凑到他的面前。

"该死的！你追着我，一直在念叨那批财宝。你会咒死我的。在我带着它出海之前，你是最后一个紧盯着我的人。而西多尼，那个火车司机，说你有一只邪恶的眼睛。"

"他应该清楚。去年我救了他的一条断腿"，医生坚定地说。他的肩头感受到那两只手掌的力气，它们在一班平头百姓中间素有美名，据说可以扯断大绳、掰弯马掌。"而至于你，我会给你提供最好的法子，拯救你的性命——放开我——并且赢回你伟大的声望。你曾拿那批倒霉的银子吹嘘，说要让码头工长的美名，从美洲的这头传到那头。但是，我要给你一个更好的机会——放开我，汉子！"

诺斯特罗莫突然松开手，而医生又担心这必不可少的人儿会再次跑掉。不过，他没有。他慢慢地走着。医生一瘸一拐地跟在旁边，走到距离维奥拉旅舍不过一箭之地的时候，诺斯特罗莫又停住了。

在冷清的夜色中，维奥拉旅舍似乎改变了它原本的模样；他曾经的家园，似乎正在以一种无望而凶险的神秘气氛在排斥着他。医生说——

"你在这里会很安全。进去吧，工长。"

"我怎么能进去？"诺斯特罗莫用低沉、胆怯的声音自问道。"她已经不能收回她说的话，而我也不能撤回我做的事。"

"我跟你说，那没什么关系。维奥拉自己一个人在里面。我出城的时候曾进去看过。在你离开，前去开创自己传遍草原的美名之前，待在这幢房子里面是相当安全的。眼下，我要去跟总工程师安排你上路的事情，我会在天亮还早之前，带着消息来这里找你。"

莫尼格汉姆医生顾不上，又或是害怕去揣摩诺斯特罗莫那沉默中的意味,轻轻拍了拍他的肩膀,接着利落、瘸拐地走开,沿着铁路的方向跛行了三四步,便完全消失了。诺斯特罗莫站在两根供人拴马的木桩中间,没有挪步,仿佛也被牢牢地钉在了地上。过了半个钟头,铁路场院里的狗子突然大叫起来,他闻声抬头望去,狂躁而沉闷的叫声像是从平原的地底下传来。那长着鬼眼的瘸子医生倒是走得不慢。

诺斯特罗莫一步步挨近意大利团结旅舍,他从未见过它如此黯淡,如此寂静。门口黑洞洞地敞开在苍白的墙壁中,就像一个昼夜前他离开时那样,那时候,他还没有什么可对世界隐藏的秘密。他犹豫不决地停在门前,像一个逃亡者,像一个被出卖的人。贫穷,悲惨,饥荒!他曾在哪儿听见过这些词?一个将要咽气的女人的愤怒,预兆着他愚蠢的下场。看上去,它很快就会变成真的。正如她说的,那些叫花子们会嘲笑他。是的,要是让他们知道,码头工长居然要听命于那个疯子医生——他们会记得不几年前,他还在像他们一样,从市政广场的小摊上花一个铜板买煮熟的食物来吃——他们一定会发笑的。

就在此时,他脑中闪过了去找米切尔船长的念头。他朝着码头的方向瞥了一眼,望见了海汽航公司大楼上一点小小的光亮。想到亮着灯的窗口他便失去了兴致。之前那两扇亮着灯的窗口,把他骗进空荡荡的海关大楼,却落入了医生的魔爪。不!今天晚上他再也不会靠近任何亮着灯的窗口了。米切尔船长在那里。能告诉他什么?医生会从他那里套出所有话,就当他是个孩子一样。

他站在门槛上低声叫着:"乔吉奥!"没有人回答。他走进去。"嘿!老爹!你在吗?"……在严严实实的黑暗中,他的头脑中充斥着一种幻觉，觉得那一团漆黑的厨房就像普拉西多湾一样广阔，而地面就像一条下沉的驳船一样前倾着。"嘿！老爹！"他哆哆嗦嗦地叫着，在原地摸索着。他伸手想要让自己站稳，却落在桌子上。他向前走了一步，挪动着手掌，摸到了指尖下的一盒火柴。他觉得，自己像是听见了一声平静的叹息。他屏住呼吸听了片刻；然后用颤抖的双手，好不容易擦着了一根火柴。

那支小小的木杆在他指尖发出一点极其微茫的火光，他把它举到自己眼前。凝神的一瞥落在背靠乌黑的壁炉坐着的老乔吉奥身上，映着他面如雄狮的花白头颅——他正向前倾着身子坐在一把椅子上，一动不动地瞪着眼睛，四周与头顶都围绕在阴影中，两腿叠着，手掌托着脸颊，一只空烟斗叼在嘴角中。他转过脸来，看上去，他似乎已经这样坐了几个钟头。恰在此时，火柴熄灭了，而他的模样随即消失，被淹没在阴影中，像是这幢孤独的房子的墙壁与屋顶一般，一下子在可怕的沉默中倒塌在他花白的头颅上。

诺斯特罗莫听见他激动起来，木然地说着——

"那也许是个幻觉。"

"不"，他轻声道。"不是幻觉，老人家。"

一个发自胸腔的强壮的声音，在黑暗中高声问道——

"我听见的是你吗，乔凡恩·巴蒂斯塔？"

"是的老爹。安静。别吵。"

在被索迪略释放后，乔吉奥·维奥拉在那位好心的总工程师的护送下，才重新走进家门，此前被从这里带走的时候，他的太太刚刚咽气。一切还是原来的样子。楼上的灯光一直亮着。他几乎脱口叫出她的名字；而想到自己的任何叫喊，再也换不来她的一声回答，他像是一把尖刀戳中了胸膛，悲痛地大叹一声，重重地跌坐在椅子里。

当夜他再也没有出声。黑夜转作灰白，参差不齐的西厄拉峰浮现在毫无颜色、澄澈透明的拂晓中，显得那样惨淡而晦暗，像是从纸片上剪下来的。

乔吉奥·维奥拉——这位水手、受压迫之人的战士、国王的死敌，以及承蒙古尔德夫人恩惠，苏拉科港口的旅舍老板，他那热情而刻苦的灵魂沉浸在往事余绪中，坠入了敞开的孤寂的深渊。他想起自己求爱时的情形，那是在两次战役的间隙，橄榄采摘季中短短的一个礼拜。除了深沉、悲痛的居丧之感，没有什么可与当时那种严肃的热情相比。他发现，自己对于那个女人如今已经沉默下来的声音是那样依赖。令他怀念的，是她的声音。近些年来，他总是心不在焉而忙于琐事，沉浸于内心的思索，很少去端详他的太太。而想到女儿们，也不过是个令人担心的问题，不能给他安慰。她的声音，令他怀念。他想起了另外一个孩子——那个死在海上的小男孩。啊！那本来该是一个可以依靠的男人。而且，唉！甚至连吉安·巴蒂斯塔——他的太太在溘然长眠前曾焦急地对他提起他和琳达的事情，并在咽气前大叫着要他来救救孩子——甚至连他也死了。

而老人俯着身子，手托着脑袋，一动不动，孤苦伶仃地坐了一整天。他始终没有听见城里沸沸扬扬的钟声。当它停下来之后，厨房角落中的陶制过滤器继续传来轻快悦耳的水滴声，落入下面宽阔的敞口罐中。

将近日落时，他站起来，慢腾腾地走上那道狭窄的楼梯。他的身子占满了它，摩挲着他的肩膀，那声音像是有一只耗子在墙壁的泥灰后面跑动。他停留在上面的时候，整座房子像是坟墓般寂静。然后，带着同样的摩擦声,他走下楼来。他不得不扶着桌椅,才重新回到位子上。他从高高的壁炉架上抓下自己的烟斗——却没有费力去够烟叶——把它塞进嘴角,便以同样的凝视的姿势坐下来。当日——这是佩德里托进入苏拉科的日子,是赫希先生的临终之日,是德考迪孤零零地留在大伊莎贝尔岛上的第一天——的太阳,从意大利团结旅舍的上空经过,向西边坠下去。过滤器叮咚的水滴声已经停住,楼上的灯火也已经燃尽,夜晚以其看上去无可逃避的黑暗和沉默,包围着乔吉奥·维奥拉和他死去的太太,直到码头工长从死亡中归来,嗤的一声点燃一根火柴,才将它们驱散。

"是的老爹。是我。等等。"

诺斯特罗莫小心翼翼地顶住门,关上百叶窗,从一个架子上摸到一根蜡烛,点着了。

老维奥拉已经起身。他随着诺斯特罗莫弄出的声响,朝黑暗中望去。烛光映出他的身影,不靠任何扶持地站着,好像那个忠诚、勇敢、不可腐蚀的人儿,那个如果他的儿子活下来一定会与之相仿的人儿的出现,便足以支撑他衰退的气力。

他伸手握住那只烟锅边缘已经烧焦的石楠木烟斗,对着灯光沉重地拧起浓密的眉毛。

"你回来了",他颤巍巍的语气中带着威严。"啊!很好!我——"

他停住了。诺斯特罗莫向后靠在桌子上,两手叠在胸前,对着他轻轻地点了下头。

"你以为我淹死了!没有!那些有钱人,那些贵族,那些只会说大话出卖老百姓的上等人,他们这条最出色的走狗,还没有死呢。"

加里波第的老党徒一动不动,好像沉浸在那熟悉的嗓音中。他的脑袋微微动了一下,像是在颔首表示同意。然而,诺斯特罗莫十分清楚,老人对这些话完全不懂。没有人会明白;他不能向任何人倾吐有关德考迪和他自己的命运,泄露有关银子的秘密。那医生是老百姓的敌人——是撒旦……

老乔吉奥壮硕的身子从头到脚摇颤着,努力克制着自己再看见那个人时的情绪,他曾亲密地分享着他的家庭生活,就像他是这个家中一个已经成年的儿子。

"她相信你会回来的",他郑重地说。

诺斯特罗莫抬起头。

"她是个聪明的女人。我怎么能回不来呢——?"

他心里想道:"既然,她已经为我预言下了贫穷、悲惨与饥荒的收场。"特丽萨的这些气话,在当时的情形说出来,就像一个受阻而不得与上帝和解的灵魂所发出的哭喊,唤起了一种有关个人运气的朦胧迷信,甚至连那些铤而走险之人中最伟大的天才,也难免不受影响。那些字眼以一种强大的魔咒的力量,控制着诺斯特罗莫的心思。她放在他身上的那些话,是多么恶毒的诅咒!他早早便成了孤儿,也不记得还管别的女人叫过母亲。从今而后,他所做的事情没有一样不会失败。那咒语已经生效。眼下,连死亡本身都躲开了他……他粗鲁地说。

"来,老爹!给我弄些吃的。我饿啦!上帝呀!这空肚皮都快让我昏过去了。"

他的下巴重新耷拉下来,垂在裸露的胸口,两只手臂交叠抱在下面,打着赤脚,从阴郁的眉头下紧盯着老维奥拉翻箱倒柜的一举一动,那样子令他看上去,好像真的落入了诅咒的圈套——工长变成了一个堕落的、险恶的家伙。

老维奥拉从一个阴暗的角落走出来,一声不吭,把手里捧着的东西一股脑儿地搁在桌上。那是几片干面包和半个生洋葱。

工长狼吞虎咽地吃起来,无情而贪婪地扑在这叫花子的食物上,一片片地抓过来。那位加里波第的党徒走开,蹲在另一个角落,从一个扣着柳条筐的坛子里斟满一陶杯红酒。像平日在咖啡室伺候客人时那样,他熟练地把烟斗塞进齿缝间,腾出手来。

工长贪婪地喝着。他古铜色的脸颊放出微微的红光。维奥拉来到他面前,将硕大而花白的头颅转向楼梯,从嘴里取出空烟斗,慢吞吞地说道——

"就是下面在这儿放的那一枪,要了她的命,那一枪就像打中了她痛苦的心脏,枪响之后,她叫着你的名字,让你来救救孩子们。叫着你的名字,吉安·巴蒂斯塔。"

工长抬头望去。

"她这样说,老板?救救孩子们!她们正跟那个英国太太,那位有钱的女施主在一起。喂?人民的老伙计。你的女施主……"

"我老了",维奥拉低声道。"加里波第负伤躺在牢里的时候,有位英国女士曾被允许给他一张床。那可是最伟大的人。一个属于人民的人,也是——一个水手。或许,我也可以接受另一个女施主给我的容身之所。是的……我老了。我可以接受她。有时候,生命太长了。"

"也许用不了几天,她连自己的容身之所都丢了,除非我……你怎么说?我该不该去留住她的容身之所?我该不该去拼命——救下她和所有布兰科派的命?"

"你该这样做",老维奥拉用强有力的声音回答。"你该这样做,就像,要是我的儿子还……"

"你的儿子,老爹!……就没有一个人比得上你的儿子。哈,我必须拼命……不过,要是连这个也只是那咒语的一部分,骗我上当,怎么办……既然她叫着我的名字,让我去救救——然后呢——?"

"她没说。"那位加里波第的英勇的追随者,一想到永恒的寂静与沉默已经降临在那个平躺在床上、覆盖着被单的人儿身上,便别过脸去,抬手抚着深深的眉头。"没等我抓住她的手,她就死了。"他悲戚地哽咽道。

工长睁大眼睛,瞪着那昏暗的楼梯的入口处,眼前浮现出大伊莎贝尔岛的形状,就像一条遇难的怪船,上面载着无尽的财宝和一个人孤独的生命。他不可能做任何事情。既然没有人可以信任,他只得守口如瓶。那批财宝会丢掉,或许——除非德考迪……想到这里,他突然打住了。他认为,自己一点儿也不能去揣度德考迪可能会做什么。

老维奥拉愣着神。而一动不动的工长,也垂下纤长的、柔软的睫毛,那使得他蛮横的、生着黑色腮须的面庞的上半部分,看上去具有一丝女人的天真。沉默持续了好久。

"上帝安息她的灵魂!"他阴郁地咕哝道。

第十章

次日早上一切平静，除了北面洛斯·哈托斯的方向传来微弱的枪声。米切尔船长从他的阳台上，焦虑地倾听着。"作为港口中唯一一位领事代理，在我当时微妙的处境中，所有事情，先生，所有事情都有正当的理由令人焦虑"，接下来数年，关于那些"历史性事件"，在他为到访苏拉科的陌生贵客所做的、多少已成俗套的讲述中，这话是必不可少的。而接下来他便会提起，在他的处境中，"处于那些事件的机要核心处，夹在那个像海盗一般的混账索迪略的胡作非为，以及那位唐·佩德里托·蒙特罗阁下所建立的略微正规一些但凶残程度不相上下的暴政之间"，要想保持尊严与旗帜鲜明的中立，是何等困难。米切尔船长不是危言耸听的人。不过，他坚持认为那是一个值得纪念的日子。那天，将近破晓时，他看见了——"我的那个可怜的伙计——诺斯特罗莫。那个被我发掘赏识的水手，或许我可以说，是我提拔起来的，先生。就是著名的凯塔之行的那个汉子，先生。一个历史性事件，先生！"

米切尔船长被海汽航公司尊为老牌且忠诚的雇员，他被任命为极大扩张的船运事业的首领，得以轻松体面地继续发挥他的所长。公司扩大了规制，有了成群的雇员，在城里有了一座办公室，旧的办公室仍然在港口中，分出许多部门——乘客部、货船部、驳船部，诸如此类，这一切，使得他在新生的苏拉科——西部共和国的首府——最后几年的生活极尽优裕。他善良和气的天性以及彬彬有礼的举止，讨得当地人的喜欢，他自命不凡而且单纯，多年来被称作"我国的友人"，他自认为是城中的一位显要人物。他起得很早，趁着伊格罗塔峰巨大的阴影仍然落在那些五颜六色、层层叠叠的水果或鲜花摊子上时，到市场里转上一圈，他随意关注着时事，在那些人家中受到热情的欢迎，在林荫道上得到女士们的问候，他出入于所有的俱乐部，古尔德公馆里也有他的一席之地，他像个舒适而正经的花花公子，过着那种养尊处优的老单身汉的生活。不过，赶上有邮轮进来的日子，他便一早下到港口的办公室，乘上他自己的小艇，由一队机灵的、身穿蓝白制服的船员划动着，随时准备赶着邮轮刚在港口的尽头中露出头来，便疾冲上去。

他会用自己的船带着某些特殊的客人，把他们带进港口的办公室，并且趁他签署一些文件的时候，请他们坐上片刻。而米切尔船长自己也在办公桌前坐下来，滔滔不绝、热情有加地讲着——

"要是您想在一天里看遍所有东西，时间根本不够。我们一会儿就动身。我们会在金合欢俱乐部吃午餐——虽然我也是盎格鲁－美利坚的成员——他们是矿山工程师和商人，您不知道吗——还是花花公子的成员，一个新俱乐部——有英国人、法国人、意大利人，各国人——他们多是一些活泼的年轻人，想对一个老住户略表尊敬，先生。不过，我们要在金合欢吃午餐。西部共和国的总统本人也是它的成员，先生。那院子里有座精致的老主教像，鼻子断了一块。我认为是件出色的雕塑品。卡瓦列雷·巴罗切蒂——你知道巴罗切蒂，那位著名的意大利雕塑家——在这里工作了两年——对我们的老主教评价甚高……好啦！这下我可以全力为您效劳了。"

他对自己的经历感到骄傲，对于一切历史性人物、事件与建筑的价值感触至深，他用一成不变的语气，停停走走、洋洋洒洒地讲着，轻轻挥动着短而粗壮的手臂，绝不让任何东西从被他逮住的贵客"眼前溜走"。

"如您所见，很多建筑正在盖着。独立前，这儿是一片长着枯草的平原，尘土飞扬，有一条牛车小径通往我们的码头。此外什么都没有。这是面朝港口的城门。很别致，不是吗？从前，城镇到这里就停止了。我们现在进去的，是宪章街。看那些古老的西班牙宅邸。气派十足。嗯？我想它们仍然跟总督时代一样，除了人行道。那现在已经铺上了木板。那是苏拉科国民银行，大门每边都有一个哨亭。阿维拉诺斯公馆在这边，所有底层的窗子都关着，里面住着一位奇女子——阿维拉诺斯小姐——那美丽的安东尼娅。一个人物，先生！一位名垂青史的女性！对面是——古尔德公馆。宏伟的门廊。是的，早年古尔德特许矿区的古尔德家，如今已经举世闻名。我在桑·托梅联合矿业中，持有十七股千元股。我一辈子所有可怜的积蓄，先生，当我退休在家后，它足够我舒服到老了。您知道，我是低价买进的。唐·卡洛斯，是我了不起的朋友。十七股——也算是留给后人的一笔小钱。我有个侄女——嫁了一位牧师——顶可靠的男人，在苏赛克斯的一个小教区任职；他们生起孩子来没完没了。我自己从未结婚。一个水手要保持自我克制。就是站在这道门廊下，我跟一些年轻的工程师一起,随时准备着保卫那座房子,我们在那儿受过热情、殷勤的招待,也就是在这里,我亲眼看着佩德里托的草原民兵,朝着刚刚占据了港口一侧城门的巴里奥斯的队伍,发起第一次也是最后一次冲击。他们完全招架不住可怜的德考迪带来的那些新式枪支。那火力真是凶残。不一会儿,街面上便被大片死掉的人马堵住了。他们再也没有发起抵抗。"

米切尔船长会对他多少出于自愿的听者这样讲上一整天——

"市政广场。我称它为辉煌宏伟的。面积是特拉法加广场的两倍。"

在耀眼的阳光中,从广场的正中心,他指着那些建筑——

"总督府,如今是总统府——市政厅,下议院的所在。您看见广场那边的新房子没有?安扎尼公司,一家巨大的百货商店,就像我们国内的那些联合公司一样。老安扎尼被国民卫队杀死在他的保险柜前。甚至因为这桩罪行,负责指挥国民卫队的头领加马乔,一个野蛮而残忍的畜生,被巴里奥斯组织的军事法庭判处施以公众的绞刑。安扎尼的侄子们,把他的生意做成了一家公司。广场的那边,曾经全部被烧光了;过去是有廊柱的。那是一场可怕的大火,在火光中,我亲眼看着战斗临到尾声,那些草原民兵飞逃而去,国民卫队扔下武器,而桑·托梅的矿工,清一色从西厄拉山来的印第安人,随着锣鼓号角的声音,挥着绿色的旗子,如洪水一般涌来,一大群热情高涨的人儿,穿戴着白色的斗篷和绿色的帽子,有步行的,有骑骡子的,有骑驴的。那些矿工,先生,朝城镇开来,唐·佩佩骑着黑马在队前领头,他们的妻子骑着驴子跟在队后,为他们呐喊助威,先生,还敲着铃鼓。我记得有个女人,肩膀上还蹲着一只绿鹦哥,那鸟儿镇定得像石头一样。这幅场景,先生,永远不会再见到了。正是他们，救出了自己的总经理先生；要等巴里奥斯，虽然他下令立即连夜发起进攻，却也太迟了。要是唐·卡洛斯被佩德里托·蒙特罗拉出去毙掉——就像多年前他的伯父那样——那么，就像巴里奥斯后来讲的那样，'苏拉科就没有什么可值得为之一战了。'苏拉科没有了特许矿区，什么都不是；当时整座山上都布好了成吨的炸药，埋下了引信，而一位老神父——罗曼神父——正守在那儿，准备一听到失败的消息，便将桑·托梅银矿炸毁。唐·卡洛斯已经打定主意，不把它留在身后，他也安排下正确的人来负责此事。"

米切尔船长在市政广场中央如此讲着，他将一支绿色里衬的白伞举在头顶；不过，当来到大教堂里，来到在那昏暗的光线中，凉爽的空气里漂浮着淡淡的焚香的气味，不时有一位女眷跪在地上，身穿黑衣或是白衣，脸上蒙着面纱，他便会放低声音，变得肃穆而深刻起来，

"这儿，"他会指着昏暗的侧廊墙上一个壁龛说，"您见到的是唐·何塞·阿维诺斯的半身像，'爱国者及政治家'就像那铭文上写着的，'历任英国及西班牙朝堂公使，等等，等等，卒于洛斯·哈托斯丛林，在新纪元至黎明降临之际，与其人所毕生为之奋斗的公理与正义事业乃成永诀。'一件漂亮的肖像。帕罗切蒂的作品，照着一些老相片和古尔德夫人画的一幅铅笔素描刻的。我与这位杰出的老派西裔美洲人十分相熟，一位真正的绅士，深受每个认识他的人的爱戴。墙上那件古色古香的大理石浮雕，刻着一位坐着的女子，戴着面纱，两手轻轻抱在膝头，是为了纪念那位不幸的年轻绅士，他是在那个要命的夜晚，与诺斯特罗莫一同出海的，先生。瞧，'纪念马丁·德考迪，他的未婚妻安东尼娅·阿维拉诺斯题。'坦诚，简单，

又高贵。您见到的就是那位女士，先生，同她本人一模一样。一位杰出的女性。那些曾以为她会灰心失望的人，完全错了，先生。许多人家背后指责她，不戴着面纱。他们希望她那样做。不过，唐娜·安东尼娅可不会被他们送去做修女。科尔贝朗主教，她的舅舅，跟她一起住在城中科尔贝朗家的宅邸里。他属于那种激进的神父，就老教堂的田产与道院跟政府纠缠个没完。我相信，罗马方面对他评价很高。眼下，让我们穿过市政广场，到金合欢俱乐部去用上一些午餐。"

一走出大教堂，来到外面尊贵的台阶顶上，他的调门立刻大吹大擂地抬了起来，重新挥舞起手臂。

"未来报，在那儿的二楼上，就在那些法兰西式大玻璃橱窗的上面；我们最大的日报。是保守派的，或者，我应该说，是议会派的。我们这儿有议会党，它的党首唐·朱赛特·洛佩兹，也是实际上的国家元首；一个十分有远见卓识的人，我认为。一流的智者，先生。而反对派的民主党，主要依赖于——我遗憾地说——那些社会主义的意大利人，他们有自己的秘密组织，克莫拉，以及诸如此类。这儿有很多意大利人，沿铁轨居住在铁路的土地上，多是一些被解雇的挖土工、机械工之流。草原上还有整座的意大利人村庄。本地人也正在被以这样的方式带进那儿……美国酒吧？是的。而在那儿，您可以看见另一间。纽约人经常光顾那个——到金合欢了。我们进去时，留意一下右侧楼梯脚下的那座主教像。"

午餐那铺张而悠闲的一套，在走廊里的一张小桌子上开始又结束，米切尔船长不时点头、鞠躬，或是起身同他们寒暄片刻，有穿黑衣服的各类官员、穿夹克的商人、穿制服的军官，也有草原来的中年绅士——有些脸色蜡黄、身材矮小而表情紧张，有些身材肥胖、面相沉静而皮肤黝黑,还有一些上层的欧洲人或北美人,他们的面孔夹在大多数人深色或黑色的皮肤中,看上去白得有些扎眼。

米切尔船长会向后仰在椅子里,带着心满意足的神气环顾着,隔着桌子递过来一只装满粗雪茄的盒子。

"搭着你的咖啡,来一根烟草。本地烟叶。你在金合欢喝到的黑咖啡,先生,在世上任何地方都找不到。我们的咖啡豆来自山脚一个有名的种植园,它的主人每年会给会员同仁送来三麻袋,作为礼物,纪念那些绅士们从这扇窗口发起的、抵抗加马乔国民卫队的战斗。他当时也在城里,参加了战斗,先生,并且一直打到最后。那是驮在三匹骡子背上送来的——而不是以普通的方式,用铁路:不用担心!——由骑马的雇工一直护送进院子,并且由他的产业总管掌管着,那人穿着靴子与马刺,走上楼梯,把它郑重其事地交给我们的委员会,并且说,'为了纪念那些在五月三日倒下的人。'我们就叫它'五月三日'咖啡,尝一尝。"

米切尔船长带着一种像是在教堂里准备好听一场布道的神情,将小小的杯子举到唇边。在烟气氤氲、闲暇宁静的气氛中,那一杯琼浆被啜饮见底。

"看那个正在出去的黑衣人",他匆匆向前俯身,开口道。"这就是大名鼎鼎的埃尔南德斯,战争部长。《泰晤士报》的特别通讯记者,就是在一系列引人注目的通信中将西部共和国称作'世界宝库'的那位,曾就他和他所组织的武装发表过一整篇文章——誉满四方的草原卡宾枪手。"

米切尔船长的客人好奇地瞪着眼睛,会见到一个身穿黑色燕尾服外套的人影庄重地走过去,他长长的、沉静的脸庞上,眼睑低垂着,眉头显出平直的皱纹,圆脑门上生着灰白的头发,顶部有些稀疏,仔细地向四下里梳着,末端打着卷儿垂在肩颈上。这个人,那么,就是那位欧洲人所津津乐道的、大名鼎鼎的匪首了。他戴上一只边缘平坦宽阔的高顶宽檐帽;右手腕子上缠着一圈木头念珠。接着,米切尔船长会继续道——

"逃避佩德里托暴行的苏拉科难民的保护者。作为与巴里奥斯并肩战斗的骑兵将军,他在多诺罗的战斗中立下了赫赫战功,在那里杀死了富恩特先生,消灭了最后一撮蒙特罗分子余孽。他是科尔贝朗主教的朋友兼谦卑的仆人。每天听三次弥撒。我敢跟您打赌,在回家午睡的路上,他会进教堂祷告上一两回。"

他默默地抽上几口雪茄;然后用他自认为最庄重的语气宣称道——

"西班牙种族,先生,在每种层次的生活中都产生了许多杰出的人物……这会儿,我建议我们到弹子房里去,那儿凉爽,适合静谈。直到五点以前,那儿从不会有什么人。我会讲一些令您大吃一惊的独立革命的插曲。当严酷的热气消去后,我们再到林荫道上转转。"

这些节目一刻不停地继续着,如同自然界的律法一般。伴随着林荫道之旅的,是缓慢的脚步与庄严的谈话。

"苏拉科的伟大世界都在这里了,先生。"米切尔船长以没完没了的礼节,不停地左右鞠躬;接着又兴致勃勃地讲起来,"唐娜·艾米莉亚,古尔德夫人的马车。看。一向都是白骡子。那日光之下从未有过的最善良、最慷慨的女士。一个至高无上的地位,先生。一个至高无上的地位。苏拉科的第一夫人——远在总统夫人之上。而她是配得上它的。"他摘下帽子;接着,他故意变了腔调,作为补充,马马虎虎地讲起她旁边那个黑衣人，戴着高高的白领，生着一张疤痕累累、面相凶恶的脸，他就是莫尼格汉姆医生，国家医院的总监，桑·托梅联合矿业的总医务官。"那户人家的一个密友。始终都在那里。毫无疑问。古尔德夫妇提拔了他。一个十分聪明的人，堪称完美，但我从来不喜欢他。没有人喜欢他。我还能想起来，他穿着一件格子衬衣，趿着本地人的拖鞋，胳膊底下夹着一只西瓜——那是他一天的食物——满大街走的模样。如今成了一个大人物，先生，却和从前一样无赖。然而……毫无疑问，他在那个关头相当完美地扮演了自己的角色。他把我们所有人，从要命的索迪略的噩梦中救出来，要是换了另外一个稍微讲究点儿的人，没准儿就失败了——"

他抬起手臂。

"从前立在那儿的基座上的石马像已经被搬走了。它已经过时了"，米切尔船长含糊地谈论道。"有人说，要把它换成一根纪念独立的大理石柱，四角是和平天使，顶上是青铜的正义之神，拿着一杆天平，全都镀成金的。卡瓦列雷·帕罗切蒂被请来做设计，在市政大厅里，您可以见到那图案被镶在玻璃框子里。环绕着它的基座，会刻上一些名字。很好！他们最好把诺斯特罗莫的名字排在最前面。他为独立所做的贡献，不亚于任何人，而且"，米切尔船长补充道，"从中得到的比许多人都要少——在它成功之后。"他突然在树底的一条石凳上坐下来，并且客气地在身旁留出一块位置。"他从苏拉科为巴里奥斯送去了那些信，传令那位将军临时撤离凯塔，从海上赶来这里帮助我们。幸运的是，那些运兵船还停在港口中。先生，我甚至都不知道我的码头工长还活着。我压根儿没想到。是莫尼格汉姆医生在海关大楼里碰见他的，实在是偶然，卑鄙的索迪略刚刚从那里撤开一两个钟头。他们始终没有告诉我，始终没有给一个暗示，什么都没有——就像信不过我一样。一切由莫尼格汉姆一手安排。他去了铁路场院，并且赢得总工程师的信任，后者更多是为了古尔德夫妇的缘故，才同意让一辆机车沿着铁路线冲出去，载着诺斯特罗莫跑了一百八十里。那是把他送出去的唯一方法。在铁路尽头的建设营地中，他得到了一匹马、一些武器和若干衣服，接着便孤身一人，打马登上了那段不可思议的路程——六天中骑了四百里，穿越一片动荡不安的国土，最终成功突破了蒙特罗分子包围在凯塔外围的防线。那段骑行的历史，先生，可以写成一本最激动人心的书。他把我们所有人的性命，都揣在自己的口袋中。忠诚、勇敢、尽责与谋略，都不足以办到。当然，他是完全无所畏惧而不可腐蚀的。他就是那样的人，先生。五月五日，我被困在我们公司港口的办公室中，实际上已经沦为囚犯，忽然听到四分之一英里外，铁路场院中响起一辆机车的汽笛声。我简直不敢相信自己的耳朵。我一骨碌爬起来跑去阳台，看见一辆火车头顶着大团蒸汽驶出了场院大门，像是疯了一样尖啸着，包裹在一片白烟中，然后，开到与老维奥拉的旅店平齐的时候，便放慢速度近乎停下来了。我看见，先生，一个人——我分不出来那是谁——从意大利团结旅舍中冲出来，爬进了驾驶室，紧接着，先生，那辆火车头好像巴不得立刻离开那座房子，眨眼间便消失了。快得就像您吹灭一根蜡烛，先生！那在驾驶室里一定有个一流的司机，先生，我敢说。他们在林康和另外一个地方，遭到国民卫队的猛烈射击。万幸铁路没有被切断。四个钟头内，他们便抵达了建设营地。诺斯特罗莫出发了……余下的事情，您都知道了。您只需要四处看看。在这条林荫道上，还有人能乘着他们的马车来往，或者甚至还有人能活到今天,全是因为在多年之前,我把一名从船上跑掉的意大利水手提拔为我们码头上的一位工长,而仅仅凭着他脸上的那股劲儿。这就是事实。您忘不了这事儿,先生。五月十七日,就在我看见从维奥拉旅舍出来的那人登上那辆火车头,并且纳闷那究竟是怎么一回事的十二天之后,巴里奥斯的运兵船便开进了这座港口,而'世界宝库'——正如《泰晤士报》的那位在他的书里对苏拉科的称呼——被完好无损地拯救出来,为着文明的缘故——为着一个伟大的未来,先生。佩德里托既要在西部同埃尔南德斯交战,还要应付正在向着内陆一侧城门开进的桑·托梅矿工,根本无力抵抗他们的登陆。整整一个礼拜,他一直送信要索迪略同他会合。要是索迪略那样做了,恐怕早就大开杀戒,那些有地位的男女不会留一个活口。但是,莫尼格汉姆医生插了进去。索迪略对一切事情置若罔闻,整天待在他那条汽轮的甲板上,盯着他们打捞那些银子,他相信,那银子一定是沉在港口的海底了。他们说,最后三天,他已经疯了,因为什么都没有捞到而失望得胡言乱语、大吼大叫,在甲板上上蹿下跳,对着那些打捞的小船高声咒骂,命令他们收网,接着又突然跺着脚大喊,'它还在那儿!我看见它了!我摸得到它。'"

就在他准备把莫尼格汉姆医生——他一直把他带在船上——绞死在船尾吊杆梢上的时候,巴里奥斯的第一条运兵船——那是我们自家的一条船——迎面开进来,直插到近旁,连一个招呼也没打,便用轻武器开了火。那是一场彻彻底底的奇袭,先生。起先,他们慌乱得都不知道要躲到下面去。那些人就像九柱戏的木瓶一样,东倒西歪。莫尼格汉姆简直是一个奇迹,他正站在后舱板上,脖子已经挂上了绳子,却没有被子弹打成筛子。在那之后他告诉我,他当时已经豁出命去,一直扯着肺脏拼尽全力喊着:'升白旗!升白旗!'突然,艾斯莫拉达军中一位站在近旁的老少校拔出佩刀,大喝一声:'受死吧,做假证的叛徒!'便把索迪略戳了一个透心凉,接着,他自己也被穿过那死尸的子弹射倒了。"

米切尔船长停顿了一下。

"天哪,先生!我可以给您讲上几个钟头。不过,我们该动身到林康去了。我不能让您路过苏拉科,却没有看一眼桑·托梅银矿的灯火,在漆黑的草原上,那整片山就像一座灯火通明的宫殿。那是一条流行的观光线路……不过,让我告诉您一点小小的趣事,先生;只是为了让您增进了解。两个礼拜之后,当被任命为大元帅的巴里奥斯前去追捕逃往南方的佩德里托时,当以唐·朱赛特·洛佩兹为首的临时政府已经发布了新的宪章时,当我们的唐·卡洛斯·古尔德打点行装出使旧金山和华盛顿——美利坚合众国,先生,是第一个承认西部共和国的大国——两个礼拜之后,我是说,当我们惊魂甫定地感觉到,我们的脑袋还好好地长在肩膀上的时候,要是我可以这样形容自己的话,一个大人物,一个外国人,一个我们航线的大货主,因为公事前来见我,而且,他说,说的第一件事情:'我说,米切尔船长,那个家伙——指诺斯特罗莫——还是你码头上的工长吗?''有什么问题?'我说。'因为,如果他还是的话,那我就不介意了;我用你们的船只运进运出大量货物;但是,我已经有好几天看到他在码头上闲晃,就在刚才,他还死皮赖脸地拦住我,问我要一根雪茄。好吧,你知道,我的雪茄很特别,我可没有那么容易搞到。''我希望你担待一点',我十分柔和地说。'为什么,是的。不过这很讨厌。那个家伙总是在要烟抽。'先生,我把眼睛转过去,接着问道,'曾经,你是不是市政厅里那些犯人中的一个?''你很清楚,我曾是的,而且还带着链子',他说。'并且还缴了一万五千块钱的罚金?'他的脸红了,先生,因为害怕说出接下来的事情,他们前去逮捕他的时候,他被吓得晕了过去,而接下来,他在富恩特面前所表现出来的那套谄媚,又让拽着他的头发把他拖到那儿的警察发笑。'是的',他有点害臊地说。'为什么说这个?''哦,没什么。你那时候倒是破费得起',我说,'只要能活命……不过,我能帮你什么忙呢?'他甚至始终没有理解。他理解不了。世态炎凉,先生。"

他略带着僵硬地站起身,去往林康的路上,这位麻木不仁的向导吐出一句富有哲理的话,当时他正目不转睛地盯着桑·托梅的灯火,那看上去像是悬空在天地之间的黑夜里。

"一股伟大的力量,这个,不管好歹,先生!一股伟大的力量。"

晚餐要在花花公子俱乐部吃,那儿烹饪精良,并且会在旅行者的心目中留下一个印象,在苏拉科有许多快活、能干的年轻人,他们的薪水多得可以随意花销,而且他们中间还有几个,多半是盎格鲁-撒克逊人,精于一门利用好心的请客者——如人们所说——"平步青云"的艺术。

乘上一辆双轮马车——米切尔船长称之为轻便马车——便开始了返回港口的旅程,一路驱驰,叮当作响,一个显然是那不勒斯人的车夫,不断抽打着前面那匹飞奔而去、瘦骨嶙峋的骡子。海汽航公司的办公室灯火通明,正因为那条汽轮,这么晚了依然开着,游历至此已经临近尾声。临近尾声——并非已经结束。

"十点钟。要是照那样,您的船只至少要到十二点半才能备好离开。进来,喝一杯苏打白兰地,再来一根雪茄。"

进入主管的私人房间,那位来自"刻瑞斯"号、"朱诺"号或"帕拉斯①"号的特殊乘客已经头昏脑涨,他像是暴饮暴食一样,吞下了那么多场景、声音、姓名、事实和一知半解的复杂信息,临了还要像个困倦的孩子一样,再听上一个神话故事;他会听见那个熟悉而令人惊奇的声音,仿佛来自另外一个世界,用得意扬扬的语气告诉他,"正是在这座港口里",科斯塔瓦那－苏拉科战争,是如何被一场国际海军示威终结掉的。他会听到,美利坚合众国的巡洋舰"波瓦坦"号,是如何第一个向西部共和国的国旗——一面白色的旗帜,中央有一圈绿色的桂冠,环绕着一朵黄色的金合欢花儿——致意的。他会听到,那位蒙特罗将军,在自封为科斯塔瓦那皇帝不到一个月后,是如何——在一场庄严而公开的授勋颁章仪式上——被一名年轻的炮兵军官开枪打死的,那人是他当时的情妇的兄弟。

"那个臭名昭著的佩德里托,逃出了这个国家,"那声音说。又继续道:"我们有条船的船长近来告诉我,他见到了那个游击队头领佩德里托,趿着一双紫色的拖鞋,戴着一顶金色流苏的天鹅绒抽烟帽,正在某个南方的港口开着一间娼寮。"

"天杀的佩德里托!那混蛋究竟是谁?"那位尊贵的过客会不禁纳闷起来,挣扎在清醒与瞌睡的边缘,茫然地睁大眼睛,嘴唇间浮起一个浅浅而亲切的微笑,唇间嚼着的雪茄,已经是这令人难忘的日子中的第十八根或第二十根了。

"他像个游荡的鬼魂一样,在这间屋子里,从我面前冒出来,先生。"——米切尔船长怀着真心的温情和一股难掩的骄傲,讲起他的

---

① 即希腊身神话中的智慧女神雅典娜。

诺斯特罗莫。"您可以想象，先生，这把我怎么着了。当然，他是跟巴里奥斯一起，从海上绕道回来的。在我定下神来可以听他讲话之后，他告诉我的第一件事情，是他捡到了那条驳船的小艇，当时它正漂浮在海湾里！他似乎为这件事情格外高兴。而这也的确是一件凑巧的事情，您想一下，那批银子已经沉没了十六天。当时我便看出来，他变了一个人。他盯着那堵墙，先生，就像那上面有个蜘蛛或什么在乱爬一样。那批银子的损失，占据了他的心思。他问我的第一件事情，是唐娜·安东尼娅是不是已经听说了德考迪的死讯。他的声音在颤抖。我只好告诉他，实际上，唐娜·安东尼娅还没有回到城里。可怜的姑娘！然而，当我准备好了一千个问题，正要问他的时候，他却突然说了一句'原谅我，先生'，接着整个人从办公室消失了。一连三天，我都没有再见到他。您知道，我忙得要命。看上去，他在城里城外四处乱转，而且有两个晚上，他都是跑去铁路工人的棚子里睡觉。他似乎对正在发生的事情漠不关心。我在码头上问他，'你打算什么时候回来管事，诺斯特罗莫？眼下，码头工们可有很多活儿要干。'

"'先生'，他看着我，用慢吞吞的、疑惑的语气说，'要是我说，我现在太累还不适合工作，你会不会感到意外。我现在能做什么工作？在丢了一条驳船之后，我还有什么脸面见我的码头工？'

"我请求他，不要再就那批银子的事情多想，而他笑了。那一笑真让我心痛，先生。'那不是错误，'我跟他说。'那是命数。没有办法的事情。''是的，是的！'他说，接着掉头走开了。我想，最好是让他自己待上一阵子，把这事忘掉。先生，他的确花了好几年，才把它忘掉。他跟唐·卡洛斯见面的时候，我也在场。我不能不说，那个古尔德实在是个冷漠的人。他已经习惯了把自己的感情捂得严严实实,他一直在跟盗贼与无赖打交道,这么多年,他和他的太太始终生活在家破人亡的危险中,那已经成了他的第二天性。他们盯着彼此的脸,对视了很长一段时间。唐·卡洛用他那种沉静而保守的语气问道,能为他做些什么。

"'我的名字已经从苏拉科的这头传到了那头',他跟另一个人一样沉静地说。'您还能为我做什么呢?'那次见面就这样过去了。然而,不久之后,市面上有一条十分精良的双桅纵帆船出售,我跟古尔德夫人合计了一下,便由她买下来,送给了他。他接受了,不过却在接下来的三年里,把船价全部还了回来。这条沿海的生意十分兴隆,先生。而且,那人除了没有救下那批银子,他做什么事情都会成功。可怜的唐娜·安东尼娅,刚刚从洛斯·哈托斯丛林的可怕经历中恢复过来,也跟他见了一面。她想听一些关于德考迪的事情:在那个要命的晚上,他们说了什么,做了什么,直到最后都在想些什么。古尔德夫人告诉我,他的举止十分平静而极尽同情。只是当他告诉她,德考迪曾经说他的计划会取得光荣的成功时,阿维拉诺斯小姐顿时潸然泪下……毫无疑问,先生,正是那样。它成功了。"

游历终于要结束了。那位特殊的乘客呵欠连天地想念着他快活的床铺,都忘了问一下自己,"德考迪的计划到底是什么?"米切尔船长还在说着,"很遗憾,我们这么快就要分别。您悟性十足的兴趣令我度过了愉快的一日。我要送您到甲板上去。您已经浮光掠影地看过了'世界宝库'。这名字真是好极了。接着,艇长的声音在门外响起,宣告小艇已经备好,游历也随即结束了。"

的确,诺斯特罗莫找到了那条驳船的小艇,那是他在大伊莎贝尔岛上留给德考迪的,它远远地漂了出来,空荡荡地漂在海湾里。当时,他正在巴里奥斯第一条运兵船的舰桥上,距离苏拉科还有一个钟头的航程。巴里奥斯向来喜爱胆略又赏识勇气,因而对工长表现出极大的好感。在绕过海岸线的整个航行期间,那位将军都把诺斯特罗莫留在他身边,频频用那种冷不丁、笑哈哈的方式跟他讲话,那是他偏爱某人的一种标记。

站在视野开阔的船头,诺斯特罗莫最先看见了那个微小的、若隐若现的黑点,它孤零零地连同正前方那三座岛屿的轮廓,一同浮现在那片平坦坦、明晃晃、空荡荡的海湾上;一条离开陆地如此之远的小艇,也许会有什么值得探究的意味。在巴里奥斯的点头同意之下,那条运兵船从航线上偏开了一些,向小艇靠过去,直到确定那上面并没有驾驭的人。那不过只是一条普通的小艇,带着桨,从岸上漂过来。但是,连日来一直被德考迪纠缠着的诺斯特罗莫,却早已兴奋地辨认出来,这就是那条驳船的小艇。

要想停船捞起这样一件东西,是完全没有可能的。每一分钟的时间,都事关一整座城的人命和未来。将军在旗舰的甲板上,它掉头回到自己的航线。在它后面,运兵船的舰队零星散布在大约一英里的海面上,好像临到了航行竞赛的最后关头,紧紧跟来,把西边的天空染得黑压压一片,浓烟滚滚。

"我的将军,"诺斯特罗莫从一帮军官身后,高声而平静地说,"我想去救下那条小艇。上帝啊,我认得它。它属于我们公司。"

"可是,上帝啊,"巴里奥斯大笑着,用一个吵闹、快活的声音说,"你属于我。我正准备当我们再次见到马的时候,直接提拔你当一名骑兵上尉呢。"

"我能游得比我骑马跑得还要远,我的将军,"诺斯特罗莫目光坚定地说,然后推开人群,来到船舷边上,"让我——"

"让你?好一个狂妄自大的家伙,"将军快活地戏谑道,甚至没有正眼看他。"让他去!哈!哈!哈!他是想让我承认,没有他我们就拿不下苏拉科!哈!哈!哈!你是想游到它那儿去,我的孩子?"

一阵巨大的叫嚷声从船头传至船尾,打断了他的哄笑。诺斯特罗莫已经跳出船舷;他黑色的脑袋已经从那艘船的远处冒了上来。将军不禁大吃一惊,满脸沮丧地咕哝道,"天哪!我真是个罪人!"不过,他只是焦急地瞥了一眼便知道,诺斯特罗莫正游得十分轻快,他随即发出惊雷般的呼声,"不!不!我们绝不会停下来去捞这个冒失鬼。让他淹死吧——那个疯子工长。"

除了一支主力军外,没有什么能够阻止诺斯特罗莫跳出船外。那条空荡荡的小艇神秘地出现在他面前,仿佛被一个看不见的幽灵划动着,带着某些预兆、某些警示的魔力,像是在以一种惊悚而玄妙的方式,回应着那关于一笔横财和一个人命运的苦苦思索。就算死神正埋伏在那半英里远的海水中,他也还是会跳下去。水面光滑如池塘,而不知为什么,普拉西多湾中从未听说过有鲨鱼,尽管在蓬塔马拉另一侧的海岸线上,它们总是泛滥成群。

工长抓住船尾,大口急喘着。他在划水时,有种难受、眩晕的感觉。他不得不在水中脱掉了靴子和外套。他攀着船尾停了一会儿,让自己喘上气来。远处,那些运兵船——眼下已经聚成了一簇——继续径直朝苏拉科开去,依然保持着那种友好竞争的气氛,像是一场海上运动,像是一场航行比赛;它们的烟囱所拉出的浓烟攒聚在一起,像是一道稀薄的、散发着硫黄气味的雾堤,横挂在他的头顶。正是他的胆量、他的勇气和他的行动，促成了这些船只在海上开动起来，匆忙赶去拯救那些布兰科派——那些老百姓们的监工——的性命与财产；赶去拯救桑·托梅银矿；赶去拯救孩子们。

他敏捷而娴熟地爬上船尾。真是那条小艇。毫无疑问；无论怎样，确定无疑。它就是三号驳船的那条小艇——那条他在大伊莎贝尔岛上留给马丁·德考迪的小艇，为了在从岸上无计可施的时候，好让他有个自救的法子。而眼下，它这样空空荡荡、莫名其妙地冒了出来，前来这儿迎接他。德考迪怎样了？工长仔细地检查了一番。他在搜寻着某些刮痕，某些记号，某些痕迹。他只在与横木平行的舷缘上找到一块褐色的污迹。他把脸趴在上面，用手指使劲蹭着它。之后，他心灰意冷地在船尾的舱板中坐下来，膝盖并在一起，两腿斜伸着。

他从头到脚水淋淋的，头发和唇髭都耷拉着，滴着水，两眼茫然无神地盯着舱底的木板，苏拉科码头工长的这副模样，活像一具淹死的尸体，从水底冒上来，爬进这样一条小艇，消磨着日落前的时光。他那单骑闯关的兴奋劲儿，他那救民水火的兴奋劲儿，他那功成名就的兴奋劲儿，他那得胜归来的兴奋劲儿，他一切围绕着那些相关念头——关于那笔巨大的财富以及另一个唯一知道其下落的人的念头——的兴奋劲儿，已经统统离他而去。直到刚才最后一刻，他还一直在盘算着，该如何才能尽快而不被察觉地到大伊莎贝尔岛上去一趟。由于保密的念头与那批财宝关联得如此紧密，即便对于巴里奥斯本人，他也绝口未提德考迪和岛上那些银子的存在。然而，由他带给将军的信，却把那条驳船的损失交代了一个大概，因为它与苏拉科的局势是有牵连的。在这种情形下，那位独眼打虎英雄从远处便察觉到战事的紧要，因而也没有浪费时间对送信者盘问更多。

事实上，巴里奥斯透过同诺斯特罗莫的谈话已经认定，唐·马丁·德考迪与桑·托梅的银锭是一起落水的，而诺斯特罗莫在某种说不清的愤恨与怀疑的成分的影响下，既然没有被直截问到，便也始终保持着缄默。让唐·马丁·德考迪开口道出一切——他在心里叮嘱自己。

而如今，一个登上大伊莎贝尔岛的工具，正赶上这再好不过的时机，出现在他的前路中，他的兴奋劲儿却离他而去，就好像灵魂离开肉体飞升而去，留下后者停滞在一片它所不再认识的大地上。诺斯特罗莫像是不了解这片海湾一样。他瞪着呆滞、空洞的眼珠，很长一段时间，那上面的眼睑都不眨动一下。接着，他没有挪动手脚，没有活动肌肉，没有眨动眼皮，一个表情，一个活生生的表情便慢慢地呈现在他静止的官能间，深深的思虑爬进了他空洞的眼神——仿佛有一个游荡的灵魂，一个冥思的灵魂，在它的去路中找到了一个无主的肉体，便偷偷地溜了进去，将它据为己有。

工长皱起眉头；而在那片浩瀚无际的平静中，在大海、岛屿、海岸、天空中的云影、水面上的波光的平静中，那道眉头的一皱却如同一个力拔千钧的姿势，有着无比重要的意味。很长时间都没有别的蠢动，接着，工长摇了摇他的脑袋，并且再度让自己陷入一切有形事物的普遍静止中。他突然抓起桨，只划了一下便将小艇调转方向，直冲着大伊莎贝尔岛。不过，在开始拉桨之前，他再次俯身察看着舷缘上那块褐色的污迹。

"我认得这东西"，他自言自语道，脑袋灵光闪动了一下。"那是血。"

他的桨划得悠长、有力而稳定。他不时回头望着大伊莎贝尔岛，它那低矮的岛崖，在他焦急的目光中如同一副难以捉摸的面孔。最后，船头终于触到了海滩。他没有一点点去拖，而是把小艇抛上那片小小的海滩。他立刻转身背对着夕阳,甩开大步,冲入那道溪涧,他的每一脚,都伴着四溅的水花,伴着向前飞溅的溪水,像是在用他的脚掌踢踹着那条溪流清浅的、喃喃的灵魂。他需要抓紧这黄昏中的每一刻。

在那棵倾斜的树下,一摊泥土、野草和残损的灌木丛十分自然地从上面塌落下来,盖在那个洞穴上。正如他叮嘱的一样,德考迪已经用那把铁锹,并且费了一些脑筋,把那些银子仔细地掩藏了起来。然而,当诺斯特罗莫看见那把铁锹居然被明目张胆地丢在那里——要么是粗心大意,要么就乱中出错——将整个事情暴露无遗的时候,他那半个微笑的赞许随即变成了嘴角扭曲的嘲讽。啊!这些个发明法律、创造政府、为人民制造苦役的上等人,都是一样的愚蠢。

工长拣起那把铁锹,就在手掌摸到锹把的一刹那,他突然涌起一股冲动,忍不住想要看一眼那些装着财宝的马皮箱子。他只挖了几下,便露出了几只箱子的边角;接着,他清理掉更多泥土,却察觉其中一只皮箱被用小刀划开了。

这发现令他闷叫一声,随即跪在地上,带着无端恐惧的表情朝一边回头看了一眼,然后是另一边。那硬邦邦的皮革已经合上了,他犹豫了一下,把手探进那道长长的口子,摸索着里面的银锭。它们还在。一,二,三。是的,少了四块。它们被拿走了。四块银锭。但是谁呢?德考迪吗?没有旁人。可为什么?有什么目的?是什么该死的念头?让他去解释。用一条小艇带走了四块银锭,而且——血!

迎着空旷开阔的海湾,那一轮清晰、明亮、无瑕的夕阳,以一种庄重而平静的、自我牺牲的、圆满得远非一切凡人的眼睛所能看见的神秘,带着一种至高无上的、沉默与和平的威严,向海水中坠去。少了四块银锭!——还有血!

工长慢慢站起来。

"他也许只是划破了手",他自言自语道。"可,然后呢——"

他坐在松软的泥土上,像是已经被那些财宝给拴住了,细长的双腿盘绕在两臂中间,显出一副无可救药的顺从的模样,活像一个奉命守财的奴隶。他一度机警地抬起头来;那激烈的步枪交火声已经传入了他的耳朵,嗒嗒嗒嗒,就像干豆子倾泻在鼓面上。听了一阵子之后,他半是出声地说——

"他再也不会回来解释了。"

说完,他又垂下了头。

"不可能!"他丧气地咕哝道。

射击声消失了。苏拉科城中一副火光冲天的景象,红通通地浮现在海岸线上,映在海湾岬角处的云团上,似乎正要以它绯红而凶险的倒影,前去触碰伊莎贝尔三岛的轮廓。他虽然抬起过头,却始终没有看见它。

"可,然后,我就不得而知了",他字字清楚地说着,又沉默出神了几个钟头。

他不得而知,没有人能够知道。可想而知,德考迪的结局对于除诺斯特罗莫之外的任何人而言,都绝不会成为一个值得揣测的话题。就算知道了事实的真相,也总会有一些问题,为什么?然而,关于他因驳船沉没而死的说法,却没有动机上的不确定性。那位奉行独立的年轻使徒,在为他的理想而奋斗的过程中,死于一场令人惋惜的事故。然而,真相却是他死于孤独,它是这世界上只有少数人才了解的大敌,也只有我们中间最单纯的人才能抵挡得住它。那位巴黎林荫大道出身的、才华横溢的科斯塔瓦那公民,死于孤独,以及对于自己和他人的信心的缺乏。

出于某些远非人类所能理解的合理而正当的理由,海湾中的海鸟向来对伊莎贝尔诸岛敬而远之。阿苏厄拉乱石嶙峋的海岬才是它们的栖息地,它们狂野、聒噪的叫声回荡在那儿崎岖的地势与沟壑之间,像是在为传说中的财宝而无休无止地争吵着。

在大伊莎贝尔岛上的第一天的末了,一棵树的荫凉下,德考迪在他所栖身的粗粝的草丛间翻了一个身,自言自语道——

"一整天我连一只鸟儿都没有见到。"

而且,一整天他也没有听见一个声音,除了刚才的喃喃自语。那一天是完全寂静的——他平生第一次体会到。他连眼睛都没有合一下。就算一连几个日夜都在战斗、谋划、讲话;就算前一晚在海湾上出生入死、筋疲力尽,他也还是不能把眼睛闭上片刻。从日出到日落,他一直都躺在地上,有时仰着,有时趴着。

他欠伸了一下,拖着缓慢的脚步向下走进那道溪涧,去往银子旁过夜。要是诺斯特罗莫回来——他随时都有可能回来——那会是他最先去察看的地方;当然,夜晚还是接头交流的恰好时机。他麻木不仁地想到,自己被留在这座岛上之后还没有吃过任何东西。

他睁着眼睛过了一夜,天色破晓时,带着同样麻木不仁的感觉吃了一点东西。这位才华横溢的"德考迪家的儿子",这位娇生惯养的富家宠儿,这位安东尼娅的爱人、苏拉科的记者,并不习惯于一个人待着,与自己搏斗。仅是同外部存在条件相隔绝的孤独,便迅速演化为他的一种心理状态,在那里面,他假模假式的讽刺和怀疑主义是不能相容的。它占据着他的头脑，将他的思想驱逐入毫无信心可言的境地。在苦等了三天想要见到某个人类的面孔之后，德考迪发现，自己正在经历着一场对于自身个体的怀疑。它已经交融在云朵与海水的世界中，已经同自然的力量与自然的形态混为一谈。只有靠着自身活动，我们才能留住自己作为独立存在的感觉，用以对抗事物整个的秩序，否则，我们不过就是其中一个无助的部分。德考迪对于他过去与将来的行动丧失了一切现实中的信心。到第五天上，无边无际的忧郁显然已经控制了他。他决心不让自己绝望地屈从于苏拉科城里的那些人，那些萦绕不去的、虚幻而可怕的、如同吵闹污秽的鬼魂一般的人。他觉得自己正虚弱地挣扎在他们的乌烟瘴气中，而高大、可爱的安东尼娅如同一座寓言中的雕像，正在以讽刺的冷眼旁观着他的虚弱。

没有一个活动的生灵，没有一片遥远的帆影，出现在他视野之内；而似乎为了逃避这份孤独，他任自己沉浸在忧郁之中。他恍恍惚惚地想着自己误入歧途、屈从冲动的生平，对之的记忆在他的嘴巴中留下一股苦涩的味道，这是他成年以来的第一个道德感。不过与此同时，他却没有觉得懊悔。他要为什么后悔？他已经认定智慧为唯一的美德，并且已经将热情树立为责任。而无论他的智慧还是热情，都已经在那无法挣破的巨大孤独中，在那毫无指望的等待中，被轻而易举地吞噬殆尽了。失眠已经夺去了他意志中所有的活力，在过去七天里，他甚至睡了不到七个钟头。他的悲哀，是一颗怀疑的心灵的悲哀。他所看见的世界，不过是一连串不可理解的画面。诺斯特罗莫死了。所有事情都已经可耻地失败了。他再也不敢去想安东尼娅。她也没有活下来。不过，就算她活下来了，他也无法面对她。

一切努力看上去都毫无意义。

第十天，在经历过一个甚至连一点睡意都没有——他忽然觉得，安东尼娅根本不可能爱过一个像自己这般虚无缥缈的人——的夜晚之后，他觉得那孤独宛如一个巨大的空间，而海湾的寂静就好像一条紧绷的、纤细的绳索，他两手抓着悬在上面，不觉得恐惧，不觉得惊奇，没有任何知觉情绪。将近傍晚的时候，凉爽的空气让他相对放松了一些，他开始巴望着那条绳索绷断。他想象着它的绷断，声音如枪响——一声刺耳、响亮的爆裂。那便是他的终结。他欣然考虑着这件事情的可能性，因为他害怕那些无眠的夜晚，在那期间，始终无法打破的寂静以一条绳索的形状，让他觉得自己正双手抓着吊在上面，被一些毫无意义的词句摇晃着，那些词句总是一样，并且完全不可理喻，关于诺斯特罗莫、安东尼娅、巴里奥斯以及种种公告，混成一通冷嘲热讽、毫无意义的胡言乱语。在那个白天中，他能够看见那寂静，就像一条静止的绳索，已经被抻到了绷断的一刻，而他的生命，他那徒劳的生命，仍像个重物一样挂在上面。

"我想知道，在掉下去以前，我是否会听见它绷断。"他自问道。

太阳距离地平线还剩两个钟头的高度时，他爬起来，枯槁、肮脏、面色苍白，用通红的眼圈看着它。他的双腿听从使唤却缓慢，像是灌满了铅，但并不颤抖；受这种身体状况的影响，他的动作反而表现出一种毫不犹豫、从容不迫的体面。他的动作，好像在进行着某种仪式。他向下走进溪涧；所有那些银子的魔力，以其潜在的能力，成为他本身之外唯一幸存下来的东西。他捡起绑着左轮手枪的皮带——被一直搁在那儿——把它扎在腰间。那条寂静的绳索，绝不能在这座岛屿上绷断。它必须让自己落下去，并且下沉入海，他想到。而下沉!他正盯着覆盖着那批财宝的松散泥土。入海!他的样子像一个梦游者。他慢慢地跪在地上,以勤奋的耐心不停地用手指扒着,直到有一只箱子露出来。他完全没有停顿,就像在做着一件做过许多遍的事情,他划开了它,取出四块银锭并装进了衣袋。他把那只露出来的箱子重新盖好,一步步地走出溪涧。灌木丛在他身后倏地合上了。

在孤独中度过的第三天里,他便已经把那条小艇拖到了水边,想要划到某个地方去,不过那念头随后被打消了,一半是因为残存的希望隐隐地告诉他,诺斯特罗莫会回来,另一半是因为相信一切努力都毫无用处。眼下,他只需要轻轻一推,它便浮起来了。从第一天之后,他每天都会吃一点东西,因而肌肉中还剩下一点力气。他慢慢地抓起桨,从大伊莎贝尔岛的岛崖那儿划开,那片岛崖映着阳光,温暖地伫立在他身后,仿佛带着生命的热度,从头到脚沉浸在一片强烈的光线中,沉浸在一片希望与欢乐的光辉里。他径直朝那坠落的夕阳拉着桨。海湾昏暗下来,他停止划动,把桨收了进来。它们落下去时所发出空洞的哗啦声,是他平生听见的最大的声音。那是一种启示。它似乎正从远处召唤他回去。事实上,他的头脑中闪过一个念头,"也许今晚我会睡着。"但是,他并不相信。他不相信任何东西;他仍然坐在小艇的横木上。

黎明从高山背后升起,将一点微光映入他睁着的眼睛。一阵明亮的曙光过后,太阳辉煌绚烂地出现在群峰之上。环绕着小艇,那片偌大的海湾上泛起粼粼的波光。而在这壮丽而残忍的孤独中,那种寂静又出现在他面前,紧紧地绷着,像一条黑色的、纤细的绳索。

他的双眼盯着它,丝毫没有犹豫,从横木坐到小艇的舷缘上。

他双眼死死盯住它，他的手在腰间摸索着，解开皮套的扣盖，拔出左轮手枪，对准胸口扣动扳机，并且以抽搐的力量，把那件仍然冒着烟的武器抛入空中。他的双眼仍在盯着它，他向前倒去，胸膛挂在舷缘上，而右手的手指勾在横木底下。他的双眼——

"结束了"，他哽咽道，鲜血顿时涌出。他最后一个念头是："不知道，工长是怎样死的。"那僵硬的手指松开了，这位安东尼娅·阿维拉诺斯的爱人从船舷上翻落，在普拉西多湾的孤独中，他还是没有听见那寂静的绳索出声绷断，而它波光粼粼的水面，也并未因他的尸体坠入而受到打扰。

那一个受智力冒失的惩罚而万念俱灰的牺牲者，才华横溢的唐·马丁·德考迪，被桑·托梅的银块坠着，消失得无影无踪，被吞噬进万事万物无边无际的冷漠之中。他那佝偻、无眠的身影从桑·托梅的银子旁离去了；那些或善或恶的、徘徊在世间每一处隐藏的宝藏附近的精灵们，或许还一度以为，这地方已经被所有人忘记了。然而，几天之后，这儿又出现了另一个身影，迈着大步从下坠的夕阳中走来，在这条狭窄、黑暗的溪涧中一动不动、彻夜无眠地坐着，跟之前不眠不休地坐在这里的另一个人，几乎是同样的姿势、同样的地点，只是那一个已经在日落时分安静地乘上小艇，永远地离开了。而那些或善或恶的、徘徊在这一处被禁绝的宝藏周围的精灵们十分清楚，桑·托梅的银子如今抓住了一个忠实的、终生的奴隶了。

这一个受鲁莽行动的报应而名利皆空的牺牲者，俊美出色的码头工长，以一个被猎获的流亡者的疲倦姿势，不眠不休地坐了一整夜，忍受着德考迪受过的折磨，那是他这一辈子最要命的差事中的同伴。他想知道，德考迪是怎样死的。不过，他知道自己所扮演的角色。起先是一个女人,后来是一个男人,都因为这该死的银子的缘故,被他抛弃在最后的绝境中。为它付出的代价,是一个灵魂的沦丧,与一个生命的消亡。那种空白、寂静的敬畏,随即被一阵无限的骄傲取代。这世界上没有一个人付得起这样的代价,除了吉安·巴蒂斯塔·菲旦扎,码头工长,不可腐蚀而忠诚可靠的诺斯特罗莫。

他已经打定主意,从现在起,绝不容许任何东西从他这里夺去这桩生意。无论什么。德考迪已经死了。但要怎么办?对于他的死,他毫不怀疑。但那四块银锭?……为什么?难道他打算再来拿一些——下一回?

那批财宝正在发挥着它潜在的力量。它迷惑着那个已经为它付出了代价的人的清醒的头脑。他能够肯定,德考迪已经死了。那座岛屿上似乎响彻着这样的低语。死了!完了!他发现自己正在倾听着灌木丛的婆娑声,倾听着脚步在溪床中溅起的水花声。死了!那个大话精,唐娜·安东尼娅的情郎。

"哈!"他把脑袋支在膝盖上,自言自语道,头顶青灰色的曙光笼罩在被解放的苏拉科和如灰烬一般阴晦沉暗的海湾之上。"他将向她飞去。向她飞去!"

而那四块银锭!难道他是出于报复才拿走它们,为了抛下一个符咒,就跟那个愤怒的女人曾预言下自己的懊悔与失败,却又给他留下了拯救孩子们的任务一样?好吧,他已经救下了那些孩子,他已经挫败了贫穷和饥荒的咒语。他靠着一己之力做成了——或者也许还有魔鬼的帮忙。谁在乎?他做成了,虽然被出卖过,他还靠着同一壮举挽救了桑·托梅银矿,它在他看来是可憎而巨大的,依仗着它巨额的财富而在那些勇敢的、勤劳的、忠诚的穷人之上,在战争与和平之上,在城里的、海上的、草原中的劳动者之上作威作福。

太阳照亮了科迪勒拉群峰背后的天空。工长向下盯着塌落下来的松散的泥土、石头以及残损的灌木丛,遮掩着那些银子的埋藏之所,他看了好一会儿。

"我必须十分缓慢地富裕起来",他沉吟道。

第十一章

苏拉科靠着它土地中隐藏的财宝——那上面徘徊着焦急的或善或恶的精灵,被人们以劳碌的双手撕开——超乎诺斯特罗莫的谨慎,迅速地富裕起来。像是二度的青春,像是重新的生命,它充满了希望、不安与辛劳,向一个兴奋的世界的四方慷慨地散播着它的财富。物质利益迅疾带来了物质变化。而另一些更为微妙的变化,也不露痕迹地影响着工人们的头脑和心灵。米切尔船长已经告老还乡,靠着他投进桑·托梅银矿中的积蓄生活;而莫尼格汉姆医生也更衰老了一些,带着他那铁灰色的脑袋和一成不变的表情,从他心底的那个秘密中——有如一笔非法的产业——支取着自己的热爱,靠这份取之不尽的财宝过活着。

这位国家医院——其费用由古尔德特许矿区承担——的总监、市政厅的官方卫生顾问、桑·托梅联合矿业——其领域包括金、银、铜、铅、钴,沿着科迪勒拉山脉的山麓绵延数里——的总医务官,在古尔德夫妇造访欧洲与美利坚合众国期间,饱尝贫穷、悲惨与饥饿的折磨。作为那户人家的密友、患难的至交,以及一个无亲无伴、不置产业的单身汉，他被邀请到古尔德的家中小住。在他们外出的十八个月期间，那些熟悉的房间每看上一眼，都会令他想起那位他为之付出了所有忠诚的女子，令他觉得难以忍受。随着邮轮"赫尔墨斯"号——海汽航公司那豪华船队中最新增加的一员——抵达的日子临近，医生一瘸一拐、东奔西走的脚步显得更加轻快，出于古怪敏感的脾气，对那些简单温顺的人儿说起话来也更加尖刻。

他匆匆忙忙、烦烦躁躁、热热闹闹地收拾好自己朴素的行李，并且兴高采烈、陶醉痴迷地看着它被搬着，经过古尔德公馆的老门房被送出去；然后，等到时间临近，他一个人坐进那辆白骡子拉着的大马车，略微偏着身子，那张拉长的脸因为在竭力控制着自己而显得有些过分恶毒，左手中抓着一副新手套，向港口赶去。

当他看见甲板上的古尔德夫妇时，他的心在身体里膨胀得如此厉害，以至于他不得不将问候简化为一句随便的咕哝。在回城的路上，三个人都沉默着。来到庭院中，医生才用正常了一些的口气说——

"我要向你们告辞了。我会明天再来，不知可否？"

"来用午餐，亲爱的莫尼格汉姆医生，来得早点儿。"古尔德夫人穿着旅行装并且遮着面纱，在楼梯脚下转过身来看着他说；楼梯顶上那身穿蓝色袍子的圣母像，连同她怀抱中的圣婴，似乎正满脸温柔怜惜地欢迎着她。

"不要指望我会在家。"查尔斯·古尔德提醒他，"我要一早到矿上去。"

午餐后，唐娜·艾米莉亚和医生先生缓步穿过庭院的内门。古尔德公馆的大花园，被一圈高墙和邻舍屋顶的红瓦坡檐包围着，呈现在他们面前，树下有着大片的荫凉，还有阳光照耀下的平整的草地。

整个被三排年深日久的橘树环绕着。一些打着赤脚、肤色棕褐的园丁，穿着雪白的衬衣和肥大的棉布裤子，分布在田地里，或是蹲在花圃中，或是走在树木间，或是正拖着细长的橡皮水管穿过碎石小径；一股股喷射的水流以优雅的曲线交织在一起，在阳光下闪闪发亮，带着轻微的沙沙声淋在灌木丛上，如同钻石的甘霖降在草地上。

唐娜·艾米莉亚提着透明的纱裙，走在莫尼格汉姆医生身旁，后者穿着一件略长的黑色外套，整洁的衬衫硬胸上还打着一只朴素的黑色领结。在一片阴凉的树丛下，摆着一些小桌和柳条编的简易椅子，古尔德夫人在一个低矮、宽敞的位子上坐下来。

"先不要走。"她对莫尼格医生说，他简直舍不得从这里离开。他的下巴缩在衣领的尖角中，他用眼偷偷而贪婪地看着她，幸好，那双眼睛浑圆而冷漠，像是蒙着云翳的大理石，不会暴露他内心的感情。他为时间留在那个女人脸上的痕迹感到怜惜，这位"不知疲倦的女士"，脆弱与倦怠的模样已经爬上了她的眉眼与鬓角，几乎令他感伤得黯然落泪。"先不要走。整个今天都是我自己的"，古尔德夫人轻声挽留道。"我们还没有正式回来。没有人会来。要到明天，古尔德公馆的窗子才会亮起来，开门纳客。"

医生在一把椅子上坐下来。

"办一场招待会？"他试探着问道。

"对那些愿意来的朋友们聊表心意。"

"要到明天？"

"是的。查尔斯在矿上待了一天会很累，我也累了——回到这所心爱的房子，让他跟我单独待一个晚上，是一件不错的事情。这所房子目睹了我的一生。"

"啊,是的!"医生突然急叫道,"自打婚宴之后,女人们就在数算着日子。难道您从前就没有过一点像样的生活?"

"有过。不过,那有什么可值得回忆的呢?那时无忧无虑。"

古尔德夫人叹了一口气。接着,就像两个久别的朋友在重逢之后谈起他们生命中患难与共的时期一样,他们开始说起了苏拉科革命。古尔德夫人觉得奇怪,那些曾经亲历过它的人们,似乎已经忘了它的记忆和它的教训。

"不过,"医生插话道,"我们这些在其中发挥过自己作用的人,已经得到了回报。唐·佩佩,虽然已经年老赋闲,却仍然能够翻身上马;巴里奥斯在波尔松·德·多诺罗那边他的驻地上,像个快活的天神一样,把自己喝得半死。而英勇的罗曼神父——我想象得出来,要是这老神父一定要炸掉桑·托梅银矿的时候,也会不慌不忙,每轰响一下,便要虔诚地赞美一句上帝,一边炸着,还要大把地闻着鼻烟——这位英勇的罗曼神父说,只要他还活着,霍尔罗伊德的教团就休想祸害他的教众。"

古尔德夫人听他提起桑·托梅银矿那场曾经眼看一触即发的大毁灭,不禁微微打了个寒战。

"啊,但你呢,老朋友?"

"我干了我适合的事情。"

"你面对了这一切中最残酷的危险。比死亡更残酷的。"

"不,古尔德太太!不过就是死亡——吊死。而且,我得到的奖赏比想要得更多。"

见到古尔德夫人的目光正盯着他,他低下了眼睛。

"我有了自己的事业——您瞧,"国家医院的总监说着,轻轻拎起他那考究的黑外套的翻领。与从前的粗心大意、不修边幅相比，医生的自尊在个人外表上是显而易见的，而内心的标记上，则是那些关于贝伦神父的噩梦已经离他远去了。他对衣服的款式与颜色有着严格的限制，又永远追求着簇新整洁的原则，这样的变化让莫尼格汉姆医生的仪表看上去，兼有着职业与节庆的风格；与此同时，他颠跛的脚步以及脸上始终不变的凶相，又与之形成了一种令人惊奇的、不相协调的对比效果。

"是的，"他继续道。"我们都得到了自己的回报——总工程师，米切尔船长——"

"我们见到了他，"古尔德夫人用她迷人的声音，打断了他。"那可怜的老人专程从乡下赶到伦敦，到我们下榻的酒店来看望我们。他过得十分体面，不过，我觉得他在怀念苏拉科。他东拉西扯、有气无力讲着那些'历史性事件'，说得我都要哭了。"

"嗯，"医生咕哝着；"老了，我想。甚至连诺斯特罗莫也在变老——虽然他还是没变。而说到那个家伙，我想告诉您一些事情——"

一时间，房子里面充满了低语和骚动。有两个园丁正忙着侍弄花园拱门旁边的玫瑰树，忽然跪在地上，垂下头去，安东尼娅·阿维拉诺斯出现了，跟她的舅舅并排着走过来。

科尔贝朗神父，那位曾经深入印第安蛮族的宣教士，革命的密谋者，大盗埃尔南德斯的朋友与保护人，在受宣教总会之邀、短暂地出访过罗马之后，被授予了主教红帽；眼下，他正向前倾着干瘦的身躯，将两只有力的大手背在身后，迈着缓慢的大步走来。这位苏拉科大主教依然保留着那种狂热、阴郁的神气；那副匪帮牧师的模样。据说，他这回被意外地提拔、穿上紫衣，是为了抵挡霍尔罗伊德宣教基金会对苏拉科发起的新教入侵。安东尼娅美丽的面容似乎已经模糊,她的身材略微丰满了一些,正迈着她轻快的步子高大、恬静地走来,她从远处对着古尔德夫人莞尔一笑。她带着自己的舅舅前来看望亲爱的艾米莉亚,没有客套,只是趁午睡前过门小叙。

所有人重新坐下来,莫尼格汉姆医生打心底里越来越不喜欢每个人都那样亲密地靠近古尔德夫人,他故意坐开了一些,假装正在出神地沉思着一些事情。安东尼娅高声地讲了一句,令他抬起头来。

"我们怎能抛下在区区几年前还是我们国人、现在依然是我们的同胞的那些人,任他们在压迫之下呻吟?"阿维拉诺斯小姐讲道,"我们怎么能对我们的兄弟所遭受的残酷不公的对待装聋作哑,麻木不仁?"

"把科斯塔瓦那剩下的部分也并入苏拉科的秩序和繁荣中来,"医生凶巴巴地说道,"除此以外别无他法。"

"我确信,医生先生,"安东尼娅怀着不屈不挠的决心,真诚、沉静地说,"可怜的马丁的初衷也是如此。"

"是的,不过,物质利益可不会让你用仅仅一个同情和正义的主意威胁到它们的发展。"医生粗鲁地自言自语道,"而且,那样或许也会更好。"

大主教挺直了他瘦骨嶙峋的身板。

"我们曾经为它们卖命;我们成就了它们,这些个外国人的物质利益,"那最后一位科尔贝朗用低沉的、指责的语气说。

"而要是没有它们,你什么都不是,"医生从远处大叫道。"它们不会让你这样干的。"

"让它们当心,免得人民因为得不到他们想要的,揭竿而起,要求拿回属于他们的那一份财富和权力,"那位广受欢迎的苏拉科大主教意味深长、不无恐吓地宣称。

随后是一阵沉默,主教阁下皱起眉头盯着地面,而安东尼娅则优雅、刻板地坐在椅子中,以她坚信的力量平静地喘息着。谈话随即转向社交内容,讲起古尔德夫妇的欧洲之行。大主教在逗留于罗马期间,曾一直害着神经痛。气候的缘故——空气太坏。

那一对舅父甥女离去时,仆人们再次跪在地上,而那位曾经侍奉过亨利·古尔德、如今几乎瞎了瘫了的老门房,爬上前来亲吻着主教阁下伸出去的手,莫尼格汉姆医生看着他们的背影,说了一句——

"无可救药!"

古尔德夫人抬眼看了一下,把两只白皙的手掌疲惫地垂在膝上,那上面戴着好几个戒指,散发着金子和宝石的光彩。

"串通一气。是的!"医生说道,"每次革命过后,这最后一个阿维拉诺斯和最后一个科尔贝朗,都要跟从圣·马塔涌来这里的流亡者串通一气。市政广场角落里的那间隆布罗索咖啡馆,挤满了这些人;隔着大街,你都可以听见他们在里面叽叽喳喳,像鹦鹉笼子一样。他们正串通着入侵科斯塔瓦那。你可知道,他们要上那里寻求力量,找到需要的武力?在这些外来人和本地人的秘密社团中间,诺斯特罗莫——我应该叫他菲旦扎船长——算是一个大人物。谁给了他那样的地位?谁能说得上?天赋吗?他是个天才。他在民众中间,比过去还要伟大了。就好像他有些秘密的力量;有些神秘的办法来保持他的影响。他经常跟大主教会谈,就像过去您跟我曾记得的那样。巴里奥斯没有用处。不过就军事头领来说,他们有虔诚的埃尔南德斯。他们也许会喊着为人民争取财富的新口号,把整个国家煽动起来。"

"难道就永无和平吗?难道就永无安定吗?"古尔德夫人低声道。"我还以为——"

"没有!"医生打断了她,"在物质利益的发展里面,没有和平与安定。它们有它们的律法和正义。不过,那都是建立在一己私利的基础上的,并不人道;它没有正直和清廉,没有存续的根基,也没有那种只有在道德原则中才能找到的力量。古尔德太太,到时候,古尔德特许矿区所代表的一切,都将像早年间的野蛮、残忍和暴政一样,成为压在人民身上的重担。"

"你怎么能这样说,莫尼格汉姆医生?"她叫道,仿佛那些话刺痛了她灵魂中最敏感的地方。

"我说的都是真话,"医生固执地坚持着,"它将同样令人不堪忍受,将挑起仇恨、流血和报复,因为人心已经变了。难道您觉得,那些矿工还会向着城镇开进,赶来营救他们的总经理先生吗?您觉得还会吗?"

她拿两只绞在一起的手背抵住自己的眼睛,绝望地喃喃道——

"那么,这就是我们努力换来的一切?"

医生低下了头。他能够理解她接下来沉默的思绪。难道,这就是她的生活被剥夺了一切日常情感——那正是她的柔情所需要的,就像人类的身体需要用以呼吸的空气一样——的亲密欢愉之后,所换来的一切?而医生也对查尔斯·古尔德的麻木无知感到愤愤不平,匆忙岔开了话题。

"我想跟你说的,是有关诺斯特罗莫的事情。啊!那个家伙倒是有一些存续的根基和力量。没有什么能够终结他。不过,不管那些。

发生了一些解释不通的事情——或者说,是太简单而无法解释。您知道,琳达是大伊莎贝尔岛上实际的灯塔看守人。那位加里波第的老党徒如今也太老了。他只够在家里擦擦灯、烧烧饭;但是,他再也爬不上去那些楼梯了。黑眼睛的琳达白天睡觉,晚上看灯。不过也不是睡一整天。她会在下午将近五点钟起来,就是我们的诺斯特罗莫——只要他的双桅纵帆船留在港口里——驾着一条小艇,前去殷勤探访的时候。"

"他们还没有结婚吗?"古尔德古人问道。"就我所知,在琳达还是一个孩子的时候,她们的母亲就希望如此。独立革命期间,在我带着那两个女孩的大约一年中,那个了不起的琳达常常直截了当地宣布,她要做吉安·巴蒂斯塔的妻子。"

"他们还没有结婚,"医生草草地说。"我也曾照料过她们一些。"

"谢谢你,亲爱的莫尼格汉姆医生,"古尔德夫人说;在那棵大树的荫凉下,她绽放出一个青春迷人、温柔狡黠的微笑,露出小小的平整的牙齿。"别人都不知道,你实际上有多么善良。你不肯让他们知道,就像故意要惹我生气一样,我可是在很早之前,就已经对你的好心肠坚信不疑了。"

医生噘起上唇,像是要咬住它,他在椅子里僵硬地鞠了一躬。这个男人完全沉浸于他迟来的爱情中,那并不像是灿烂非常的梦幻,而犹如一场照亮心扉、至高无价的灾难,看着那个女人——他已经有将近十八个月没有见到她了——令他生出爱慕之意,忍不住要去亲吻她的裙裾。而这份僭越的感情本身,却自然地转化为一种再冷淡不过的语气。

"我担心自己要被这过分的感激宠坏了。不过,那家人让我觉得有趣。我有好几次到大伊莎贝尔岛上去看望老乔吉奥。"

他没有告诉古尔德夫人，在她离开期间，他在那儿找到了一种慰藉，在老乔吉奥对那位英国太太——他的女施主——的朴素的钦佩之情之中，找到了一份心意相通的感觉；黑眼睛的琳达生就一副伶牙俐齿，滔滔不绝、热心诚挚地讲述着"我们的唐娜·艾米莉亚——那个天使"；雪白颈子、金黄头发的吉赛尔满心仰慕地向上抬起双眼，然后以斜地里半是狡黠、半是坦诚的一瞥滑向他，让医生忍不住在心里惊叫道，"倘若我不是这副模样，又老又丑，我简直会觉得这狡猾的丫头是在朝我抛媚眼里。也许她就是。我敢说，她对谁都会抛媚眼。"莫尼格汉姆医生并没有对古尔德夫人——这一家人的监护人——说这个，而是把话题转向了他所称的"我们伟大的诺斯特罗莫"。

"我想要告诉您的是：我们伟大的诺斯特罗莫，似乎有几年没有太去关心那位老人和孩子们了。不过，这也是真的，他一年中至少有十个月在沿海跑船。他正在发财，就像他有次对米切尔船长讲的。他似乎正做得异常顺利。意想不到地顺利。他是一个蛮有办法的人，对自己也满有信心，随时准备着尝试任何机会和冒险。我记得有一回，在米切尔船长的办公室里，他带着那副无论到哪儿都是一样的冷静、严肃的表情走进来。他此前一直在加利福尼亚湾里忙着生意，他说——那眼神就像是越过我们，径直地盯着墙壁——这趟回来，十分高兴看到大伊莎贝尔的岛崖上正在建造一座灯塔。十分高兴，他重复着。米切尔船长解释说，那正是海汽航公司采纳了他本人的建议才建造的，为了方便过往的邮轮。菲旦扎船长难得好意地说，那实在是个出色的主意。我记得，他向上捻着自己的唇髭，将房间的飞檐环视了一圈，然后建议应该让老乔吉奥当灯塔看守。"

"我听说过这事。当时还咨询过我,"古尔德夫人说道。"我还在想,把那些姑娘关在那岛上像坐牢一样,是不是妥当。"

"这建议倒是正合那位加里波第的老党徒的脾气。至于琳达,只要是诺斯特罗莫的建议,无论把她放在哪儿都是可爱而愉快的。她可以像在任何地方一样,在那儿等候着她的吉安·巴蒂斯塔的光临。我认为,她始终一心一意地爱着那位严肃的、不可腐蚀的工长。此外,无论是那位父亲还是她的姐姐,都巴不得让吉赛尔摆脱某个叫拉米雷斯的人的纠缠。"

"啊!"古尔德夫人饶有兴致地说。"拉米雷斯?那人怎样?"

"不过是城里的一个小厮。他的父亲曾是个码头工。从还是个瘦孩子的时候,就穿得破破烂烂的在码头到处跑,直到诺斯特罗莫收了他,在他那儿做事。长大一点之后,他把他安排进了一条驳船,并很快让他做了那条三号驳船的管事——就是带着银子出海的那条,古尔德太太。诺斯特罗莫选了那条驳船来跑那趟差事,是因为它是公司船队里面最快最牢的船儿。在那个出名的夜晚,年轻的拉米雷斯是那五个得到信任、把那批财宝从海关公所搬到船上的码头工之一。由于他的驳船已经沉了,诺斯特罗莫在从公司离职的时候,就向米切尔船长推荐他做了自己的继任者。他已经把他训练得对于那套工作十分熟稔,因此,拉米雷斯先生便从一个饥肠辘辘的小乞儿,变成了一个男子汉和苏拉科的码头工长。"

"多亏诺斯特罗莫,"古尔德夫人热心地附和着。

"多亏诺斯特罗莫,"莫尼格汉姆医生重复道。"要我说,那个家伙的本事想起来就令人害怕。我们可怜的老米切尔船长,对于任命某个训练有素之人来接替工作当然是高兴不过了,他省去了他的麻烦，这并不令人惊奇。奇妙的是，苏拉科的码头工们接受拉米雷斯做他们的工长，仅仅因为那是诺斯特罗莫的心意。当然，他并不是第二个诺斯特罗莫，就像他天真地以为的那样；不过，那位子也足够他炫耀了。他居然仗着这个，打起了吉赛尔·维奥拉的主意，你知道，她可是本城公认的美人胚子。不过，那位加里波第的老党徒却对他恨之入骨。我不知道为什么。也许是因为，他不是一个完美的模子，像他的吉安·巴蒂斯塔那样，是'人民'的勇敢、忠诚与荣誉的化身。维奥拉先生有些瞧不上苏拉科本地人。他们俩，那老斯巴达人，还有那高个子、白脸蛋并且生着红嘴唇、乌眼睛的琳达，对于金发的那一个看管得十分严格。拉米雷斯被警告了。他们告诉我，有一回，维奥拉老爹曾拿着枪吓唬过他。"

"但吉赛尔自己怎样想？"古尔德夫人问。

"她有点儿轻佻，我觉得，"医生说。"我觉得，她不在乎怎样。不过，她喜欢男人的关注。拉米雷斯并不是唯一一个，我跟您说，古尔德太太。至少还有一个工程师，铁路上的雇员，也被拿枪吓唬过。老维奥拉不允许任何人糟践他的名誉。自从他的太太死后，他就变得不安和多疑起来。他很乐得把他的小女儿带出城外。但是，您猜怎样，古尔德太太？拉米雷斯，那个害着相思病的忠实的情郎，被禁止登上那座岛。很好。他遵守着那个禁令，但他的眼睛却自然常常朝大伊莎贝尔岛那儿张望。他似乎养成了习惯，望着灯塔直到深夜。在这痴情的守望期间，他发现诺斯特罗莫，也就是那个菲旦扎，在探望维奥拉一家之后总是回来得很晚。有时甚至到半夜。"

医生停顿下来，有所意味地看着古尔德夫人。

"是的。不过我不明白，"她困惑地看着他，说道。

"这就是事情奇怪的地方",莫尼格汉姆医生继续道。"维奥拉,他的那座岛子的国王,从不允许来访者在天黑后留在岛上。甚至菲旦扎船长都必须在日落后离开,也就是琳达到塔上看灯的时候。而诺斯特罗莫也听话地走了。这很清楚。不过,那之后发生了什么?从六点半到半夜,他在海湾里干些什么?曾不止一次,他被看见在那么晚的时候,悄无声息地划着小艇进港。拉米雷斯妒忌得要命。他不敢靠近老维奥拉;却斗着胆子,在一个礼拜天的早上,拿这件事儿把琳达羞辱了一顿,就在她到大陆上来听弥撒并且为她母亲扫墓的时候。那场面发生在码头上,事实上,我亲眼见到了。那是在清晨。他一定是故意在那儿等着她的。而凑巧,我正被港口里德国炮艇上的医生叫去参加一场紧急会诊。她把恼怒、轻蔑和斥骂一股脑儿倾泻在拉米雷斯身上,他像是傻了一般。那是个奇怪的一幕,古尔德夫人:长长的栈桥末端,只有这个系着猩红色腰带的、胡言乱语的码头工和那个一身黑衣的姑娘;而礼拜天的清晨,笼罩在高山阴影中的港口也是一片安静;只有一两条挪动于抛锚的大船之间的独木舟,和那条前来接我的德国炮艇的小艇。我能肯定,她一定是震惊了;我能肯定,那是她不知道的事情。她从离我不到一步远的地方走过去了。我留意到了她发怒的眼睛。我喊了声,"琳达!"她竟没有听见我。她竟没有看见我。我看了一眼她的脸。又怒又悲,很是可怕。

古尔德夫人坐起来,睁大了眼睛。

"你是什么意思,莫尼格汉姆医生?难道你是要说,你怀疑那个小妹?"

"谁知道呢!谁能说得上来,"医生说着,像个土生土长的科斯塔瓦那人一样耸着肩膀。"拉米雷斯在码头上朝我走来。他摇摇晃晃地——看上去像是疯了。他两只手抓着脑袋。他不得不跟某个人说说——非说不可。当然，尽管他的眼神像是疯了，他还是认出我来。这儿的人们都熟悉我。我已经在他们中间生活了那么久，却只落得一个鬼眼医生的名声，治得好一切肉体的疾病，而看人家一眼就会给他们带来厄运。他朝我走来。他努力冷静下来。他费了好大劲才让我明白，他只是想让我防备诺斯特罗莫。似乎，菲旦扎船长在某个秘密会议上曾将我宣布为一切穷人——一切人民——的死敌。这是很有可能的。他那决不善罢甘休的恨恶令我觉得荣幸。伟大的菲旦扎也许只要说一个字，便足够让某个傻瓜的刀子戳进我的脊梁。我主持的卫生委员会不得民众的欢心。"防着他，医生先生。干掉他，医生先生，"拉米雷斯气咻咻地冲着我的脸说。接着他大喊起来，'那个人，'气急败坏地嚷着，'在那两个姑娘身上都施了魔咒。'至于他自己，他已经说了太多。他眼下一定要跑掉——跑到某个地方躲起来。他温柔地呼唤着那个女孩，又叫着她的名字，骂了一些不堪再提的话。他觉得，要是他能够用什么办法让她爱上自己，他就会带着她逃出那座小岛。逃走——逃进丛林。可那样不对……他的双手在头顶上挥舞着，大步跑开了。接着，我留意到一个正在码头上垂钓的黑人老渔夫，此前一直坐在一摞箱子后面。他立刻收起钓线，溜走了。不过，他一定是听见了什么并且讲了出去，因为某个铁路方面的朋友，我猜测，警告那位加里波第的老党徒要提防着拉米雷斯。不管怎样，那位老爹已经得到了警告。而拉米雷斯也从城里消失了。"

"我觉得我对那些姑娘有些责任，"古尔德夫人不安地说。"诺斯特罗莫眼下待在苏拉科城里吗？"

"他在，从上个礼拜天待到现在。"

"应该跟他谈谈——立刻。"

"谁敢跟他讲话呢？就连那个爱得发疯的拉米雷斯，都在他的影子面前望风而逃了。"

"我能。我会，"古尔德夫人说。"像诺斯特罗莫这样的人，只要一句话就够了。"

医生酸溜溜地笑了。

"他必须结束这种——我不知道——要把那个孩子带往何处的情形，"古尔德夫人接着说。

"他很得女人注意，"医生阴郁地咕哝道。

"他会明白的，我肯定。他必须马上跟琳达结婚，结束掉这一切，"这位苏拉科的第一夫人以无比的决心宣称道。

巴西里奥从花园的门洞走出来，他发福了，而且衣着整饬，一张上了些年纪的脸刮得干干净净，眼角显出一些皱纹，乌黑、粗硬地头发光滑地向下抹着。他在一株观赏灌木丛后面小心地停住，把扛在肩膀身上的一个小孩子耐心地放下来——那是他与莱奥娜达最小的孩子。如今，那个噘着嘴的、被关怀的贴身侍女和古尔德公馆的仆役总管已经结婚多年了。

他在地上蹲了一会儿，满眼怜爱地看着他的娇儿，那孩子也以认真沉静的眼神回望着他。然后，他沿着小径庄严而恭敬地走过来。

"什么事，巴西里奥？"古尔德夫人问道。

"矿上的办公室来了一通电话。主人说他今晚要睡在山上。"

莫尼格汉姆医生站起来，看着别处。古尔德公馆可爱的花园里，那些最大的树木的荫凉下，降下一阵良久而深刻的沉默。

"很好，巴西里奥，"古尔德夫人说。她看着他沿小径上走远，向斜地里一株开着花的灌木丛背后走去，重新露面时，肩膀上坐着那个孩子。他拿捏着步子，穿过花园与庭院之间的那道门洞，小心翼翼地扛着他轻快的担子。

医生背对古尔德夫人，正凝视着远处阳光中的一片花圃。人们都觉得他尖酸刻薄。而他真正的本性，则存在于他丰富的感情与内向的性格。他缺乏世人那种圆滑的、可以姑息容忍自己与他人的麻木不仁；那种姑息容忍距离真正的同情与人性的怜悯，像地极一样遥远。他那嘲讽的性情和挖苦的言辞，正是拜这类麻木不仁的缺乏所赐。

在那阵深刻的沉默着，莫尼格汉姆医生怒目相向地盯着那片耀眼的花圃，把心底的诅咒一股脑地发泄在查尔斯·古尔德头上。在他身后，古尔德夫人的身形一动不动，为她优雅的坐姿增添了几分艺术的魅力，有如一幅静态、永恒的画像。医生突然转过身来，告辞了。

古尔德夫人向后倚靠在那一圈大树的荫凉中。她向后倚靠着，闭起眼睛，一双玉手慵懒地搭在椅子的扶手上。浓密枝叶下的暗光映出她脸上那青春的娇艳；将她衣裙透明的轻纱和洁白的花边照得发亮。她的整个人是那样小巧玲珑，在枝叶交错的沉暗的树荫中，仿佛在散发着一种属于她自己的光辉，她就像一位善良的仙子，因常年行善的功业而劳累不堪，又为疑心自己的辛劳罔有成效、自己的魔法无能为力而黯然伤神。

若是有人问起，丈夫去了矿上，她这样一个人待在那样一幢面朝街道而门户紧闭、有如空宅一般的房子里面，一个人待在那样一座公馆的花园里面，究竟在想些什么，以她的坦诚恐怕也不得不回避这个问题。我们日常的工作要对得起逝去者的荣耀，也要配得上后来人的福祉。她这样想着，避着眼睛叹息了一声——一动未动。古尔德夫人的面孔僵硬地定住了片刻，像是在迎受着——毫不畏缩地——一股漫过她头顶而来的落寞。她想到，永远也不会有人带着关切地问起，她在想些什么。没有人。没有人，但或许刚才走掉的那个男人会。不；没有一个人，可以令她在完美理想的信任中，真诚无忌地吐露自己的答案。

那个字眼"无可救药"——莫尼格汉姆医生方才的断言——飘进她静止、悲伤的脑海。总经理先生对那座了不起的银矿的献身是无可救药的！他那为物质利益而死心塌地的、倾注着自己对秩序与正义的必胜信念的效力，是无可救药的。可怜的孩子！他两鬓的白发历历在她眼前。他是完美的——完美。她还能指望些什么呢？那是一种巨大而持久的成功；而爱不过是片刻的忘情、霎时的陶醉，令人怀着一丝悲哀想起它的欢愉，如同所经历的一场沉痛。成功之举的必要条件里有种自然的东西，是裹挟着道德堕落的观点的。她看见桑·托梅矿山高高地盘踞在整片陆地的草原之上，令人畏惧、仇恨，富甲一方，比一切暴政更加无情，比最坏的政府更加冷酷而专横，随时准备在它伟大的扩张中碾碎无数人命。他没有看见这一点。他看不见。那不是他的过错。他是完美的，完美；但她永远也不会让他完全属于自己。永远不会；甚至连让他在这座她如此深爱的西班牙式宅邸里、全心全意地属于自己一个钟头都做不到！无可救药，那最后一位科尔贝朗，最后一位阿维拉诺斯，医生已经说过了；但是，她清楚地看见，桑·托梅银矿正在消耗着、燃烧着科斯塔瓦那古尔德家的最后一支血脉的生命；像当年控制着那位父亲的可悲的弱点一样，如今支配着他的儿子那旺盛的精神。一种可怕的成功，对这最后一个古尔德来说。最后一个!她已经期望了很久很久,或许——但没有!也不会再有了。无边无际的孤独,对于她自己余生的恐惧,降落在这位苏拉科的第一夫人身上。在一个预言般的幻象中,她看见自己正独身一人,存活在她年轻时对于生活、对于爱情、对于工作的理想的破灭境地中——孤零零地活在这"世界宝库"中。她双眼紧闭的面孔显出深沉、迷惘、受难的表情,如同身在痛苦的梦境。仿佛一位不幸的沉睡者,无辜地躺卧在一场残忍梦魇的折磨中,发出朦胧的呓语,她毫无意义地喃念着那个字眼——

"物质利益。"

第十二章

诺斯特罗莫十分缓慢地富裕了起来。这是他的谨慎所达到的效果。他甚至能够在前途未卜的时候按捺住自己。要想带着充分的自觉成为一批财宝的奴隶,这可是绝无仅有、费心劳神的事情。不过,这很大部分上也是因为它的难度,要想把这样一批财宝转化为便利的形态是不容易的。仅仅是零零碎碎、一点一点地把它从那座岛上搬走,就是一件困难重重、难掩耳目的事情。他只有在沿海航行的间隙中——那是他发财致富的幌子——秘密地造访大伊莎贝尔岛。他那条双桅纵帆船上的船员也是需要担心的,对于担惊受怕的船长来说,他们就像是一些探子。他不敢在港口停留太久。他的帆船一旦卸完货物,他便要急匆匆地去赶下一趟航程,因为他担心就算耽搁上一天也会启人疑窦。有时候,在一个礼拜的停留期间,他只能设法去看一回他的财宝。只有这些。拿走两三块银锭。像他的恐惧一样,他的谨慎也在折磨着他。这种偷偷摸摸的事情令他觉得羞耻。而最让他受不了的是,自己的心思都被拴在那批财宝上面,像被拴在一个恐怖而痛苦的幻影上。他无瑕的声誉以前所未有的清晰摆在眼前，像是一个生死的问题。

一种侵犯，一种罪行，一旦侵入了某个人的存在，就会像一颗恶瘤一样蚕食着它，就会像一种热瘟一样消耗着它。诺斯特罗莫失去了他的平静；他所有品格的一切天赋都被毁掉了。他自己也觉察到了这一点，常常在诅咒着那些桑·托梅的银子。他的勇气，他的俊美，他的余暇，他的工作，一切悉如从前，只是这一切都已经蒙羞。不过，那批财宝是真实的。他以一股更加固执、更加疯狂的劲头，紧紧地抓攫住它。但他恨恶触摸着那些银锭的感觉。有时候，他把两三块银锭——那是某个夜晚去大伊莎贝尔岛的秘密探险的成果——在自己的船舱里藏好，会死死盯着自己的手指，像是惊奇于它们居然没有在自己的皮肤上留下污迹。

他已经找到了门路，把银块安顿在某些遥远的港口。那种越远越好的必要性，使得他的沿海航行踪迹漫长，也使得他去探望维奥拉一家的时机变得寥寥可数、间隔许久。他注定要从那户人家讨一个妻子。他对乔吉奥本人也讲过一回。不过，那位加里波第的党徒将抓着一只冒着烟的黑色石楠木根烟斗的手严肃地一挥，这事就被搁在一边了。

时间渐久，诺斯特罗莫才发现自己更偏爱小的那个。他们的天性中有一些深刻的相似之处，这对于彼此完全的信任与理解是必不可少的，而无关于性情上的外在差异所可能造成的他们自身魅力的比照。他的妻子必须了解他的秘密，否则生活在一起便是不可能的。他被吉赛尔那坦率的凝视、粉白的颈子给迷住了，她是那样柔顺而沉默，安静的慵懒下藏着对刺激的喜爱；而琳达，生着一副紧张而热情的粉白面孔，充满活力，火辣健谈，而有些阴沉、刻薄，跟那位严厉的共和党人像是一个模子里刻出来的,真是他的女儿,却生着一副特丽萨的嗓门,令他打心底里信不过。而且,那可怜的姑娘不能隐藏自己对吉安·巴蒂斯塔的爱慕。他看得出来,那会是猛烈、苛刻、猜忌而执拗的——就跟她的灵魂一样。再看吉赛尔,她白皙而温和的美貌,她本乎天性、有望顺服的安静外表,她懵懂暧昧的少女的魅力,无不挑逗着他的激情,缓释着他对于未来的担忧。

他不在苏拉科的时间往往很长。从最长的一趟航程归来时,他远远地辨认出有一些装着石料的驳船,正泊在大伊莎贝尔的岛崖下;上面还有一些起重机和脚手架;工人们的身影四处移动着,一座小灯塔已经从岛崖边上拔地而起。

看见这大出所料而令人惊悚的一幕,他觉得自己已经一败涂地。眼下,有什么法子能够令自己免于败露?没有!这一转折吓得他目瞪口呆,这里会亮起一盏光芒万丈的灯火照见他一生的行状,照见人们眼中所钦佩的它的实质,它的价值,它的真相,照见那唯一隐秘的污点。所有一切除了那个;那是在众人的理解之外的,那是一种介于他与那股听得见并令那些诅咒的恶毒字眼生效的力量之间的东西。那是黑暗。并非人人都有这样的黑暗。而且,他们要在那儿点上一盏灯。一盏灯。他看见它正照着自己的羞愧、贫穷和耻辱。肯定有人会……也许已经有人……

无可匹敌的诺斯特罗莫,工长,受人敬畏的菲旦扎船长,秘密社团不容置疑的号令者,一名像老乔吉奥般的共和党人,一位衷心的革命者——虽然做派不同,竟然被逼到了差点儿从自己的双桅纵帆船上跳下去的份上。他心乱如麻,脸上也露出寻死的模样。但是,他却从来没有失去冷静的头脑。想到那样也逃脱不掉,他便打住了。

他想象到，就算自己死了，羞愧和耻辱还会继续。更或者，也许说，他无法想象自己死掉。他被自己的存在感牢牢地抓住，那是一种遥遥无期、充满变数的东西，以至于他根本不能理会什么叫终结。地球是永远都在的。

而且，他有勇气。那是一种败坏的勇气，不过就他的目标来说，却跟好的勇气一样有用。他驶近大伊莎贝尔的岛崖，从甲板上朝那条溪涧的垭口一目了然地瞧了一眼，纠缠纷乱的灌木丛依然并未受到打扰。他驶到足够近处，朝那些挂在一台大型起重机的吊杆末端、从岛崖的峭壁上遮着眼睛望过来的工人们喊话。他了解到，他们没有人有任何机会接近那些银子所藏的溪涧；更不必说到里面去了。进了港口，他打听到他们没有一个留在岛上睡觉。那些劳工队每个傍晚都要回到港口，坐在那些空空的驳船里整齐地唱着歌，被海港的一条拖船拽回来。目前来说，他还没有什么危险。

但以后呢？他自问道。接下来，会有一个看守住进那栋正在建着的小木屋中，它位于那座低矮的灯塔背后约莫一百五十码外，距离那道黑暗、荫凉而草木葱茏的溪涧，那道藏着那个关乎他的安全、他的影响、他的形象、他对于未来的力量、他对于厄运的抗争、他无论贫富都有可能遭受的背叛的秘密的溪涧，不过大概四百码远——然后呢？他永远也挣脱不掉那批财宝。他有着非比常人的胆魄，他已经把那些银子融进了自己的生命血脉。而那种提心吊胆、如痴如狂、俯首听命的感觉，那种化身为奴隶的感觉——是如此无药可救而影响深刻，以至于他在自己的思索中，常常以传说中阿苏厄拉半岛上的那些外国佬自比，被拴在自己所占据的不义之财上，求生不得而求死不能——沉重地压迫着独立自由的菲旦扎船长，一条沿海双桅纵帆船的船主兼船家,他俊俏的容貌——还有在买卖中出奇的好运气——已经在一片广阔大陆的整条西海岸上遍为人知。

他蓄起浓密的腮须,表情严肃,步履较从前少了一些轻柔,矫健、匀称而有力的肢体,被包裹在一身俗里俗气的棕色花呢套装里,那是伦敦贫民区里的犹太人做的,从安扎尼公司的服装店里买的;这样的菲旦扎船长,被人们看见走在苏拉科的街头去洽谈他的生意,如往常一样,联系货运。并且,如往常一样,他允许外面传出话去,说他在自己的货物上大赚了一笔。那是一批咸鱼,而正赶上大斋期将近。人们看见他坐在有轨电车里,来回往返于城内和港口之间;他在一两个咖啡馆里,用他蛮有分寸、不紧不慢的腔调跟别人说话。对那著名的凯塔之行一无所知的那代人,还没有出生哩。

诺斯特罗莫,那位过去被叫错了名字的码头工长,已经为自己在他正确无误的本名下开创了另外一番公众形象,不过,受一些新条件的改造,这一形象并不再像从前那样生动鲜明,而且也难保不会在苏拉科扩大的规模与分化的人口中落伍,不会在西部共和国扩张的资本中掉队。

在苏拉科火车站那高大的玻璃、钢铁穹顶下,这位形象不再生动鲜明但总归有些神秘的菲旦扎船长,很快被人辨认出来。他坐上一趟本地列车,去了林康,去那里探望那个在古尔德公馆的庭院中死于枪伤——死在新纪元的黎明,像唐·何塞·阿维拉诺斯一样——的码头工的遗孀。他答应在那间小屋子里面坐下来,喝上一杯清凉的柠檬水,而那个女人就站在旁边滔滔不绝地说着,他一个字也没有听进去。如往常一样,他留了些钱给她。那些孤儿都已经长大,并且受过极好的教育,称他伯伯,嚷闹着要求他祝福。他也为他们祝福了；他在门口中停了片刻，看着桑·托梅山那平坦的断面，稍稍蹙起眉头。他那古铜色的眼眉这种微微地一皱，会令他平日刻板冷漠的表情现出一种明显的严厉意味，这在他参加的共济会的聚会——不过他在开餐前走掉了——上被人注意到了。他带着它，到了一些优秀同志的会议上，一些意大利人和西部国人为欢迎他而济济一堂，主持会议的是一个穷困潦倒、病怏怏、有点驼背的小个子摄影师，他苍白的脸孔面无血色，高尚的心灵却猩红如血，因为那浸染着他对于一切资本主义与南北半球所有压迫者的巴不得食肉饮血的仇恨。英勇的乔吉奥·维奥拉，那位老革命家，会完全听不懂他的开场演讲；而菲旦扎船长，对于某些贫穷的同志如往常一样出手阔绰，却从不做什么演讲。他皱起眉头听着，心不在焉，接着便独来独往地走掉了，一言不发，像个心事重重的人一样。

第二天清晨，看见那些石匠们动身去往大伊莎贝尔岛的时候，他的眉头皱得更深了，驳船上装着方形的石料，足够为那座矮墩墩的灯塔再垒上一圈。那就是那项工作的进度。每天一圈。

菲旦扎船长苦苦思考着。陌生人出现在那座岛上，会完全切断他同自己的财宝的联系。而在那之前，就已经十分困难且危险了。他又怕又怒。他带着主人的决心和奴隶的狡猾，来考虑着这件事情。然后，他去了海边。

他是一个有智谋的人；而如往常一样，他在这样一个紧急关头想出来的权宜之计，足可以令形势发生彻底的扭转。他有那种转危为安的天分，这无可匹敌的诺斯特罗莫，这"千里挑一的家伙"。把乔吉奥安顿在大伊莎贝尔岛上，就不需要再遮遮掩掩了。他可以光明正大地去那儿，在白天，去看他的女儿们——他女儿们中的一个——

并且跟那位加里波第的老党徒说着话,一直待到天色大晚。然后在黑夜里……一夜一夜地……现在他有些胆子更快点儿富裕起来了。他渴望着抓住、拥抱、浸没在、臣服于对这批财宝无可置疑的占有中,它的专横曾重重地压迫着他的心灵,他的行动,他的睡眠。

他去见了他的朋友米切尔船长——如莫尼格汉姆医向古尔德夫人报告的那样,这件事情就成了。当这件事情被提出来同那位加里波第的党徒商量时,像是微微沉思了一下,一丝暗淡的、苍老已极的微笑,悄悄浮现在这国王与大臣的老仇家那花白茂密的唇髭下。他的女儿们是他操心的对象。尤其是小的那个。琳达,生着她母亲的嗓门,已经接替了她母亲的位置。她那语调深沉、荡气回肠的——"嗯,爸爸?"若不是字眼上的差别,似乎正是可怜的特丽萨老板娘那热情洋溢、义正词严的那句——"嗯,乔吉奥?"——的回声。他坚定地觉得,城里并不是他的女儿们待的地方。那个昏了头脑但心地不坏的拉米雷斯,最令他厌恶,好像他身上汇集着这个国家——它的人民都是盲目、卑贱的奴隶——的一切罪恶。

菲旦扎船长刚从下一趟航程归来,便发现维奥拉一家已经住进了那座看守灯塔的小屋。他对乔吉奥脾性的了解,并没有令他失望。那位加里波第的党徒拒绝接受任何同伴,只带着他的女儿们。而米切尔船长急于讨好他可怜的诺斯特罗莫,怀着只有真正的喜爱才能产生的快活灵感,正式将琳达·维奥拉任命为伊莎贝尔灯塔的副看守。

"那座灯塔是私人财产,"他常常解释道。"他属于我们公司。我有权力任命任何我喜欢的人,那只能是维奥拉家的人。那大概是诺斯特罗莫——要知道,那人价值与他等重的金子——所唯一拜托我为他做的事情。"

他的双桅纵帆船在新的海关公所对面抛了锚，那座大楼的模样像是一座希腊神庙的赝品，平顶而带有一条柱廊，菲旦扎船长划着他的小艇出了港口，在长日将尽的天光中，在所有人等的眼目前，怀着一种已经主宰了命运的心情，公然堂皇地朝大伊莎贝尔岛驶去。现在，他要去向他讨一个女儿了。他一边划船，一边想念着吉赛尔。也许，琳达爱他，但那位老人会很高兴留下长女，因为她既是他的女儿，又像他的妻子。

他并没有划向当初与德考迪一同登陆、后来第一次造访那批财宝时又独自上去过的那片狭窄的浅滩。他去了另一头的沙滩，从那儿走上了那座楔形小岛的平整而缓和的坡地。乔吉奥·维奥拉从老远就望见了他，坐在小屋前墙下的一条长凳上，伴着大声地招呼，轻轻地摇着胳膊。他走上来。两个女孩没有露面。

"这儿很好。"老人用他那严峻的、遥远的语气说。

诺斯特罗莫点点头；接着，沉默了片刻后——

"你可曾看见我的双桅纵帆船在两个钟头前经过？你知道我为什么，这样说吧，连我的锚还没有牢牢地咬住苏拉科港的地面，就急着赶来这里？"

"你像个儿子一样受欢迎。"老人安静地宣称，凝视着海上远处。

"啊！你的儿子。我知道。我正是你的儿子该有的模样。很好，老爹。很好的欢迎。听着，我来是要向您讨——"

一种突然的恐惧降临在无所畏惧、不可腐蚀的诺斯特罗莫身上。他不敢说讲出心底里的那个名字。这轻微的停顿，为那句话改换的结尾赋予了一份明显的分量和严肃。

"讨我的妻子！"……他的心正跳得厉害。"是时候了，你——"

那位加里波第的党徒伸出一条手臂抓住了他。"这由你来定夺。"

他慢慢地站起身。他的胡须自从特丽萨死后就没有修剪过,浓密而雪白,遮着他强壮的胸膛。他转头向着门口,用他有力的声音喊出——

"琳达。"

她的回应尖厉而模糊地从屋里传出来;诺斯特罗莫也惊骇地站起来,瞠目结舌,盯着门口。他害怕了。他不担心被自己所爱的姑娘拒绝——没有任何一个他想要的女人会拒绝他——然而,那批财宝的亮闪闪的鬼影腾起在他面前,以无可回绝的架势,默然要求着他的效忠。他害怕了,因为他将不死不活地,像那些阿苏厄拉半岛上的外国佬那样,把身体和灵魂都交给他斗胆所得的不义之财。他害怕自己被禁止上岛。他害怕了,说不出话来。

见到那两个男人并肩站着等着自己,琳达在门口中停住了。没有什么能够改变她脸上那热情激动的、死一般的苍白;但是,她黑色的双眼似乎捕捉并汇聚了低矮的夕阳那所有的光辉,在黑色的深处现出一颗耀眼的火花,随即被缓慢落下的沉重眼睑遮住了。

"看呐,你的丈夫,你的主人,你的恩公。"老维奥拉的声音回荡着,那声势似乎能填满整片海湾。

她走上前来,她的双眼近乎闭着,就像一位梦游者走向一个幸福的梦境。

诺斯特罗莫做出了一份非同常人的努力。"时候到了,琳达,我们两个订婚了",他用他那平缓的、淡然的、冷漠的腔调,镇定地说道。

她将手放入他伸出的手掌,低垂着她那乌黑的、闪着古铜色光泽的头,她父亲的手在上面停留了一会儿。

"那么,逝者的心愿也满足了。"

这话从乔吉奥·维奥拉口中说出来,他就自己的亡妻继续讲了一会儿;而另外两人并肩坐着,始终没有互相看上一眼。然后,老人停下了;而琳达一动不动地坐着,开始说话了。

"自打我感觉到自己生活在这个世上,我便已经在为你活着了,吉安·巴蒂斯塔。这是你知道的。你知道的……巴蒂斯蒂诺。"

她叫着那个名字,用的恰恰是她母亲的腔调。一种墓穴般的幽暗笼罩着诺斯特罗莫的心。

"是的。我知道,"他说。

那位英勇的加里波第的党徒坐在同一条长凳上,弓着苍老的头颅,他那老迈的灵魂孤独地寄居在它的记忆中,那些温柔的与猛烈的,那些可怕的与凄凉的——全然孤独于这遍满人烟的大地。

而琳达,他那最得喜爱的女儿,正在说着,"自从我可以记事,我便是你的了。只要想到你,世界在我眼中就变成了空的。你在这里的时候,我看不见任何人。我是你的。永不改变。世界属于你,而你让我生活在里面。"……她放低了她那低沉的、震颤的声音,转为一种更低的絮语,找了一些别的事情来说——折磨着她身边的那个男人。她的低语热烈而流利地进行着。她似乎没有看见她的妹妹,她出来了,手上拿着一块正在绣着的圣坛布,沉默、青涩而明丽地从他们前面走过,带着敏捷的一瞥和淡淡的微笑,在诺斯特罗莫另一侧稍微偏开的地方坐下来。

那个傍晚是安静的。夕阳几乎已经沉到一片紫色汪洋的边缘;而那座白色的灯塔,在堆满海湾尽头的云团的映衬下显为铅灰色,擎着那盏红亮的灯火,宛如被天空的火焰点燃的一堆灰烬。吉赛尔不时慵懒而娴静地举起那块圣坛布,掩住她紧张不安、幼豹一般的连连呵欠。

琳达忽然冲到她妹妹跟前,捧着她的脑袋,对着她的脸蛋亲了又亲。诺斯特罗莫的头脑晕眩起来。她扔下妹妹走开了。妹妹被那猛烈的爱抚弄得惊慌失措,将两只手搁在膝盖中间。那个财宝的奴隶觉得自己要开枪杀了那个女人。老乔吉奥抬起他雄狮般的头颅。

"你要去哪儿,琳达?"

"去看灯,我的爸爸。"

"是的,是的——去当你的差事。"

他也站起来,看着长女的背影;然后,用音调喜庆如消失在岁月长夜中某种心绪的回声一般的语气说——

"我要去煮些吃的。啊哈!儿子!老头子还知道从哪里能找到一瓶酒。"

他转身对着吉赛尔,换了一种严峻而柔和的声音。

"至于你,小丫头,不要向那些神父和奴隶们的上帝祈祷,要向那些个孤儿、受压迫之人、穷人和小孩子的上帝祈祷,求他赐给你一个像这位一样的人,做你的丈夫。"

他的手搭在诺斯特罗莫肩头沉重地停了一会儿;然后走进屋去。桑·托梅的银子那无可救药的奴隶,觉得那些话就像是嫉妒的毒牙深深地咬进了他的心。他被这怪诞的经历吓坏了,惊恐于它的力量,它身体方面的亲密关系。一个丈夫!一个她的丈夫!而自然,吉赛尔到时候也会有一个丈夫。他从未想过这一点。在发觉她的美貌将属于另外一个人后,他觉得自己可能会杀了老乔吉奥的这个女儿。他阴晴不定地咕哝道——

"他们说你爱拉米雷斯。"

她并未看他,只是摇摇头。她那金色的秀发来回荡漾着铜色的光泽。她平坦的额头透着温柔、纯洁的光彩,如同夕阳的霞光里一颗无价的珍珠,在一片绚烂的宁静中,辉映着星空的幽暗、大海的紫色与天穹的猩红。

"不,"她慢慢地说。"我从没有爱过他。我觉得我从没有……他爱我——也许吧。"

那缓缓的、魅惑的声音消失了,她抬起眼睛,仍然空空地凝视着,像是漠不关心而一无所思。

"拉米雷斯跟你说过他爱你?"诺斯特罗莫按着性子问道。

"啊!有一回——一个傍晚……"

"那个混蛋……哈!"

他像是被牛虻叮了一口,跳起来,面对她的沉默怒冲冲地站着。

"上帝饶恕我!你也饶恕我,吉安·巴蒂斯塔!我多么可怜!"她用天真的声音感慨着自己的不幸。"我告诉了琳达,而她骂了我——她骂了我。难道我要又聋又哑又瞎地活在这个世上?她又告诉了父亲,他拿下他的枪,擦着它。可怜的拉米雷斯!然后是你来了,她又告诉了你。"

他看着她。他的眼睛盯在她粉颈的凹处,那儿焕发出一股青春处子的无可相比的魅力,微微悸动着,是那样精致、鲜活。这是他过去认识的那个孩子吗?可能吗?他这才发现,最近几年,他实在很少——几乎没有——见过她。她像是一个闻所未闻之物,突然来到这世上。她让他猝不及防。她是一个危险。一个可怕的危险。从前那种让他面对平生的冒险从未失败过的强烈决心,以其本能的心境为他狂热的激情注入了一股沉稳的力量。她继续说着,那声音令他想到流水的歌声、银铃的叮咚——

"你们三个,你也在里面,把我带到这里,带进这一座天空与海水的监牢。别的什么都没有。天空与海水。哦,圣母呀!我的头发要在这个乏味的小岛上变得灰白。我恨你,吉安·巴蒂斯塔!"

他大笑起来。她的声音如亲吻般围绕着他。她自顾自怜地讲着,整个人不知不觉中散发出一股无法言说的魅惑,如同一朵花儿在向夜晚的清凉中吐露着它的幽香。没有人爱慕琳达,这难道是她的过错?甚至在她们还小的时候,跟着母亲去望弥撒,她便记得人家从不留意大胆的琳达,却总是来吓唬羞怯的自己。她觉得,那是因为她的头发像金子一样。

他开口道——

"你的头发像是金子,你的眼睛像是紫罗兰,你的嘴唇像是玫瑰;你圆润的胳膊,你粉白的颈子。"……

她依然安静地保持着慵懒的姿势,不过脸却红到了发根。她并未因此而沾沾自喜。她对于自身美貌的了解,并不比一朵花儿更多。不过,她很高兴。也许,一朵花儿也喜欢听到对她的恭维。他的目光向下瞄去,热切地补充道——

"你娇小的双脚!"

她向后倚靠在小屋粗糙的石墙上,似乎有些倦怠地沉浸在那阵脸颊绯红的暖意中。只有低垂的美目,瞧着自己娇小的双脚。

"而那么,你终于要娶我们的琳达了。她真可怕。啊!现在她该懂事一些了,既然你已经告诉她你爱她。她不会再那样凶巴巴的了。"

"这丫头!"诺斯特罗莫说,"我什么都没跟她说。"

"那就快点说。明天再来。来告诉她,那样的话,我就能够免得被她骂了,而——或许——谁知道……"

"你就可以听你的拉米雷斯摆布了,嗯?是吗?你……"

"上帝饶恕!你是多么粗鲁,乔瓦尼",她一动不动地说。"拉米雷斯是谁……拉米雷斯……他是谁?"她恍惚地念叨着,阴云密布的海湾上一片昏沉朦胧,一道红霞低挂在西天,仿佛一根灼热通红的铁条横亘在一个阴暗如墓穴的世界的入口处,里面藏着俊美的码头工长为自己占据的爱情与财富。

"听着,吉赛尔,"他用一种谨慎的语气说道,"我不会对你的姐姐家说一个爱字。你想知道为什么吗?"

"唉!我也许理解不了,乔瓦尼。父亲说你跟别的男人不一样;没有人能够完全理解你;那些有钱人也会觉得惊奇……哦!天上的圣徒呀!我累了。"

她举起那件绣品掩住自己的下半张面孔,然后任它掉落在膝头。向着陆地一面的灯光被遮住了,但从漆黑的圆柱形灯塔斜向远处,他们能够看见那盏灯所发出的长长的光束,那是琳达点起来的,一直向外照入地平线上那正在消退的紫色与红色的余晖。

吉赛尔·维奥拉把头靠在房子的墙壁上,双眼半闭着,一双小脚穿着白色的长袜与黑色的便鞋,交叠在一起,像是在平静而认命地将在自己托付给聚拢的夜色。她浑身散发出来的娇媚,她慵懒的姿势所隐含的暧昧,表露在普拉西多湾的这个夜晚中,好像一股清新醉人的芳香飘溢在幽暗中,弥散在空气里。那位不可腐蚀的诺斯特罗莫沉浸在她周身的魅力中,胸膛剧烈地起伏不已。离开港口前,为了拉起桨来更加方便——上岛要划好远——他脱下了从商店买来的那套菲旦扎船长的行头。他站在她面前,穿着那身红腰带、格子衫的装束,像从前出现在公司码头上那样——一个弃船上岸的地中海水手,前来科斯塔瓦那撞一撞他的运气。紫红色的暮光包围着他——紧密、柔和而深沉,就像在不到五十码外的某个地点,它也曾夜复一夜地聚拢在唐·马丁·德考迪那全然怀疑、自我毁灭的激情周围一样,那激情最终在孤独中燃烧净尽了。

"你最好听着,"他终于开口道,完美地克制着自己,"我不会对你的姐姐,对那个今晚跟我订了婚的人,说一个爱字,因为我爱的是你。是你!"……

暮色中,他看见温柔、娇艳的微笑本能地浮现在她为爱情与亲吻而生的朱唇上,僵化成为苍白、憔悴、恐惧的线条。他再也控制不住自己。她缩身躲避着他的靠近,却迎着他伸出双臂,那慵懒的欲拒还迎的矜持显得放荡又庄重。他双手捧着她的头,亲吻如雨点落在那仰起的、在紫色的薄暮中如白缎子一般光洁的前额上。他蛮横又轻柔地,慢慢完成了他的占有。他感觉到,她在哭泣。然后,无可匹敌的工长,那粗心的爱人,变得温柔、细心起来,像一个女人抚慰着一个难过的孩子。他怜惜地呼唤着她。他坐在她身边,将她金色的脑袋抱在怀里。把她叫作他的星星,他的小花。

天色已经暗下来。从看守灯塔的那间小屋的起居室里,传来"滋滋"的声音,飘来某种精致可口的煎炸食物的香气,而乔吉奥,那"不朽的千人团"中的一员,正埋着他那英勇的、雄狮一般的头颅,在灶火上忙碌着。

对于这件如洪水般来临的暧昧狼藉的事情,在吉赛尔女性的头脑中,尚且存着一点理智的微光。他则沉陷于他们静静相拥的世界里。

她对着他的耳朵,低语道——

"上帝饶恕我!我该怎么办——在这儿——眼下——在这我痛恨的天空与海水之间?琳达,琳达——我看见她了!"……她挣脱了他的手臂,那双手臂在听见那个名字的时候,突然松弛了下来。不过,并没有人靠近他们黑绰绰的、纠缠而挣扎着映在白墙上的身影。"琳达!可怜的琳达!我在发抖!我会在我可怜的姐姐琳达面前被吓死,她今天跟乔瓦尼——我的爱人——订了婚。乔瓦尼,你一定疯了!我不了解你!你跟别的男人不一样!我不会把你交出去——绝不——除了上帝!可你为什么要做这种盲目、疯狂、残忍、吓人的事情?"

她被松开,低垂着头,两只手也垂下来。那块圣坛布像是被大风刮开了,落在他们的远处,在乌黑的地面上透着白光。

"因为害怕失去我对你的指望,"诺斯特罗莫说。

"你知道我的心是你的!你什么都知道!它生来就是你的!可是,有什么能把我们俩隔开呢?有什么?告诉我?"她追问道,显得蛮有把握而并不急躁。

"你死掉的母亲,"他缓然道。

"啊!……可怜的母亲!她总是……她现在是天上的圣徒了,但我也不能把你交给她。不,乔瓦尼。只交给上帝。你疯了——但事已至此。哦!你做了什么?乔瓦尼,我的爱人,我的生命,我的主子,不要把我丢在这云雾的坟窟里。你现在不能丢下我!你一定要带我走——马上——就现在——坐着那条小艇。乔瓦尼,今晚就把我带走,因为我害怕琳达的眼睛,在我再次看见她之前。"

她紧紧地依偎着他。那桑·托梅的银子的奴隶感觉他的手脚像是捆上了沉重的铁链，感觉像是有一只冰冷的手封住了他的嘴唇。他挣扎着去抵抗这道魔咒。

"我做不到，"他说。"还不行。有个东西隔在我们两个和自由的世界中间。"

她以狡黠而天真的魅惑的本能，将自己的身子向他靠得更紧。

"你胡说，乔吉奥——我的爱人！"她动人地悄声道。"能有什么东西？带我走——用你这双手抱着我——去唐娜·艾米莉亚那儿——离开这儿。我并不重。"

她似乎在期待着，他能立刻把自己抱在臂弯中。她已经不觉得有什么是不可能的。在这个奇妙的夜晚，任何事情都会发生。由于他一动没动，她几乎大叫起来——

"我跟你说，我害怕琳达！"而他还是没动。她安静下来，算计着。"能有什么东西？"她乖巧讨好地问道。

他感觉到她在自己的怀抱中温暖地喘息着，活生生地颤抖着。他怀着对于自身力量狂喜的自知，和对于自身头脑胜利的喜悦，向着他的自由发起了拼命一搏。

"一批财宝，"他说。一切安静了。她不明白。"一批财宝。一大笔银子的财宝，要用来买一个纯金的王冠，戴在你的额头。"

"一批财宝？"她重复着，那微弱的声音像是从一个梦境的深处传来。"你在说什么？"

她轻轻地挣脱自己。他站起来，俯视着她，看着她的面孔，她的金发，她的嘴唇，她两颊的酒窝——她浑身的魅力在这海湾的夜色里，像在正午的烈日中看得一样清楚。她那冷漠而娇媚的声音，因为又爱又怕的激动和按捺不住的好奇而颤抖不已。

"一大笔银子的财宝！"她喃喃地说。然后急促地追问起来，"那是什么？在哪儿？你怎样得到的，乔瓦尼？"

他与那个束缚着他的魔咒搏斗着。如同发出英勇的一击，他脱口道——

"像盗贼一样得来的。"

普拉西多湾上最稠密的黑暗仿佛塌落在她的头上。他现在看不见她了。她消失在一阵长长的、暗如深渊的沉默中，直到良久之后，她的声音才随着一团淡淡的微光浮上来，那是她的脸庞。

"我爱你！我爱你！"

这些话带给他一种难得的自由的感觉；它们抛下了一个比那个财宝的诅咒更为强大的一个魔咒；它们将他对于那件死物的疲惫的臣服，变成了一种对于自身能力欣喜若狂的信心。他会把她供养在——他说——一座像唐娜·艾米莉亚家那样高大的华屋中。有钱人靠着从人民那里偷来的财富生活，而他对于那些有钱人一无所取——除了一点由于他们的愚蠢与背叛而造成的、对他们来说已经并非损失的东西。因为，他曾被出卖过——他说——被欺骗过，试探过。她相信他……他留下这批财宝，是为了报复；不过，眼下他并不在乎它。他只在乎她。他要把她的美貌安顿在一座矗立于长满橄榄树的山巅之上的宫殿里——位于白山碧海之上。他要把她放在那里，像一件珠宝盛在玉匣中。他要为她置地——属于她自己的盛产美酒与谷物的肥田——好让她娇小的玉足在上面落脚。他怀抱着它们……他已经为它付出了一个女人的灵魂和一个男人的生命作为代价……码头工长全然陶醉于自己的慷慨之中。在海湾那严严实实的——正如人们所说——连上帝的能力与魔鬼的手段都无可奈何的黑暗之中，他把那批自己所掌握的财宝骄傲地扔在她的脚下。不过,她必须容他先富裕起来——他提醒她。

她像是在梦里一样听着。她的手指绞着自己的头发。他摇摇晃晃地从跪着的两膝上站起来,显得虚弱、空洞,像是丢掉了自己的灵魂。

"那就快点,"她说。"快点,乔瓦尼,我的爱人,我的主子,因为我不会把你交给任何人,除了上帝。而我害怕琳达。"

他猜到她在颤抖,他发誓要尽力而为。他对她的爱情满有信心。她答应会勇敢一些,为了让自己一直被他爱着——直到远远地逃走,住进那样一座矗立在白山碧海之上的宫殿里。然后,她怀着胆怯、试探的喜悦,小声问道——

"它在哪儿?哪儿?告诉我,乔瓦尼。"

他张开口却没有出声——一脸惊愕。

"别问这个!别问这个!"他惊呼道,被那个令他对那么多人守口如瓶的秘密的魔咒吓坏了,如今,它仍在以不减的魔力封着自己的嘴唇。即便对她也不行。即便对她也不行。那太危险了。"我不许你问这个,"他对她吼着,小心地抹去自己语气中的愤怒。

他没有重获自己的自由。那笔不义之财的鬼影腾身而起,站在她那像银子一样光洁的身躯旁边,冷酷而神秘地将一根指头搁在它苍白的嘴唇上。他的心死掉了,他看见自己正爬行在那道溪涧中,鼻孔里充斥着泥土和败叶的气息,朝着某个令他胸口发闷的地方爬进去,又背着银子爬出来,支起耳朵听着任何动静。今天晚上就要做——这偷摸的奴隶的勾当!

他弯下腰去,亲吻着她的衣褶,悄声吩咐——

"告诉他我走了,"他接着突然从她面前走掉了,悄无声息,在漆黑的夜色中甚至没有发出一点足音。

她木然地坐着,脑袋慵懒地靠在墙壁上,那双穿着白色长袜与黑色便鞋的小脚交叠在一起。老乔吉奥走出来,似乎没有想到要觉得惊奇,只是看见她隐约有点儿被吓坏了。因为她眼下确实充满了莫名其妙的恐惧——惧怕除了她的乔瓦尼和他的财宝之外的任何事情,还有任何人。不过,那是不可思议的。

那位英勇的加里波第的党徒以豁达的宽容接受了诺斯特罗莫的不辞而别。他记得自己的某些感情,是以一个男子汉的理解力去推敲这件事情的真相的。

"好吧。让他走吧。哈!哈!任是多漂亮的女人,求爱都有点儿让人羞辱。自由,自由。有好多种!他已经说出了那个伟大的字眼,我的儿子,吉安·巴蒂斯塔,不是个懦夫。"他似乎在开导那一动不动、吓呆了的吉赛尔……"男人不应该当个懦夫,"他在门外断然补充道。她的安静与沉默似乎令他不悦。"别让自己妒忌你姐姐的好运,"他用自己低沉的声音十分严肃地劝诫她。

这会儿,他又来到门口招呼他的小女儿。天色已晚。他叫着她的名字喊了三次,她才抬起头来。她被留在这里,成了一个无助的、担惊受怕的人儿。她像是一个睡得昏昏沉沉的人一样,走进自己与琳达共用的卧房。那模样是如此显眼,甚至连老乔吉奥也从《圣经》上连架着眼镜的老眼,在她掩上房门的时候,摇了摇头。

她什么都没看便径直地穿过房间,并立即在那扇敞开的窗子前坐下来。琳达怀着她内心洋溢的幸福从灯塔上溜下来,发现她正背对一支点燃的蜡烛坐在那儿,面朝着黑漆漆的夜晚,那里面充满阵风的叹息与远处细雨的声音——那海湾的真正的夜晚,阴暗得连上帝的眼睛都看不透,连魔鬼的手段都没处使。门开了,她都没有回头。

在她那一动不动的身姿中,有某种东西是琳达在她天堂至福的深处所能察觉到的。那个大姐气冲冲地猜想到:那孩子一定是在想着那个混蛋拉米雷斯。琳达渴望交谈。她用那蛮横的声音叫着,"吉赛尔!"而她没有回答,只是微微动了一下。

那位将要生活在一座宫殿里、走在自己的田产上的姑娘,几乎要被吓死了。就算给她世界上的任何东西,她都不愿转头面对着自己的姐姐。她的心狂跳不止。她匆忙柔声道——

"不要跟我讲话。我在祈祷。"

失望的琳达静静地走了出去;而吉赛尔仍然在将信将疑中坐着,木然地瞪着眼睛,耐着性子,像是在等待着对这不可思议的一切的一个确据。那阴云密布的绝望的黑暗,似乎也像是梦境中的一个部分。她在等待着。

她的等待并非徒劳。那个心灵已死的男人从溪涧中爬出来,背着银子,他看见了那扇亮着灯的窗子,忍不住从海滩上折回脚步。

在黑漆漆的、掩住了临海一侧的高大山坡的夜色中,仿佛借着某个奇迹的超凡力量,她看见了那个桑·托梅的银子的奴隶。她欣然接受了他的返回,好像世界在那个夜晚已经没有可以令她惊奇的事情了。

她急迫地站起身来,在房内的灯光落在那个正在靠近的男人脸上之前,隔着很远便开口说话了。

"你回来要带我走。太好啦!张开你的双臂,乔瓦尼,我的爱人。我这就来。"

他谨慎的脚步停住了,两只眼睛闪着狂野的光,用粗鲁的声音说道——

"还不行。我必须慢慢地富裕起来……"他的语气中有一些威胁的意味。"不要忘了,你的爱人是个贼。"

"是的!是的!"她小声匆忙叫道。"靠近一点儿!听着!不要丢下我!不要,永远不要!……我会耐心的!……"

她的身子从低矮的窗台上,温婉体贴地探向那不义之财的奴隶。房内的灯光熄灭了,在海湾的黑夜中,俊美的工长背着银子,搂住她粉白的颈子,就像将要溺死之人抓着一根稻草。

第十三章

在古尔德夫人正要——用莫尼格汉姆医生的话说——"办一场招待会"的那天,菲旦扎船长从他停泊在苏拉科港口中的双桅纵帆船上下来,驾轻就熟地坐上他的小艇,抓起了船桨。他比平时动身得晚了一些。在他登上大伊莎贝尔的沙滩、迈着稳健的步子爬上小岛的坡地之前,那个下午一切顺利。

他从远处看见,吉赛尔正坐在一把斜靠在房尾的椅子上,就在姑娘们的闺房的窗口下。她手上拿着她的绣品,几乎凑在眼前。这恬静的少女的模样,激怒了他心中那股挣扎不停、冲突不已的情绪。他生起气来。他觉得,她应该从老远处便能够听见他身上郎当的镣铐声——他那银子的镣铐。而当天在陆上海边的时候,他曾遇见过医生,医生的那只鬼眼曾狠狠地盯着他。

她抬起的双眼,令他平复下来。那双美目以其花儿一般清新的笑靥,径直落入他的心房。然后,她皱起了眉头。那提醒他要当心。他站在一段距离开外,用高声、漠然的腔调问道——

"日安,吉赛尔。琳达起来了没有?"

"起了。她正跟父亲在大房间里。"

他走上前,透过窗户向卧房内望去,防备琳达因什么事情返回房间被她瞧见,嗫嚅着嘴唇,说——

"你爱我吗?"

"胜过自己的性命。"

她继续埋头在她的绣品上,全神贯注地盯着自己的活计,接着说,"否则我便活不下去。活不下去,乔瓦尼。因为这样的生活简直像是死了。哦,乔瓦尼,你不带我走,我会死的。"

他漫不经心地笑了。"天黑后,我会回到窗子下。"他说。

"不行,不要,乔瓦尼。今晚不行。琳达和父亲今天一起商量了好久。"

"商量什么?"

"拉米雷斯,我猜,我听到了。我不知道。我担心。我一直在担心。每天就像死过一千回。你的爱情对我来说,就像你的财宝对你一样。它就在这儿,我却不能全然得到它。"

他十分平静地看着她。她真漂亮。他的欲望在心底里滋长。如今他有两位主人了。不过,她没有那种持久的感情。她的话固然痴心真挚,在夜里却睡得安宁。她总是在见到他的时候热情高涨。只有一种日渐增长的沉默,显示出她内心的变化。她害怕背叛她自己。她害怕痛苦,害怕肉体的伤害,害怕尖刻的话语,害怕面对愤怒,也害怕目睹痛苦。因为她轻柔、稚嫩的心灵在冲动之中,有一种异教徒的真诚。她低声道——

"放弃宫殿吧,乔瓦尼,还有山上的葡萄园子,我们的爱情要被它活活饿死了。"

她停住了，只见琳达默默地站在房角那儿。

诺斯特罗莫转向他的未婚妻，问候了一句，看着她低垂的眼睛、陷落的脸颊，以及她脸上害病与苦恼的模样。

"你生病了吗？"他问道，试着在语气间加入了一点儿关切。

她的黑眼睛直瞪着他。"我瘦了吗？"她问。

"是的——也许——有点儿。"

"也老了吗？"

"天天都会变老——我们都一样。"

"我担心，不等我的手指戴上戒指，我的头发就灰白了。"她慢吞吞地说着，眼睛死死地盯在他身上。

她等待着他会说什么，一边放下自己挽起的衣袖。

"别担心这些。"他心不在焉地说。

她像是得到了最终的回答，转身走开，忙碌着家务。在诺斯特罗莫跟她的父亲攀谈起来的时候。年纪似乎没有损坏他的智慧，它们似乎只是隐退到了他内心的某个深处。他的回答来得又慢又迟，带着某种令人敬畏的庄重的效果。不过那天，他显得格外活跃，应答得快些；老狮子身上似乎有了更多活力。他担心自己的声誉受损。他相信西多尼有关拉米雷斯会对他的小女儿意图不轨的警告。他不信任她。她有些轻佻。这些心事，他对他的"我的儿子吉安·巴蒂斯塔"只字未提。这有些老年人的虚荣的意味。他想要表明，在凭一己之力捍卫家门声誉的任务上，他还是足以中用的。

诺斯特罗莫早早告辞而去。当他的身影消失在海滩方向时，琳达迈过门槛，带着一个憔悴的微笑，在父亲身旁坐下。

自从那个礼拜天，痴心而绝望的拉米雷斯在码头上等到她之后，她便对一切事情心知肚明了。那个男人醋意大发的胡言乱语并没有道出真相。它们只是不偏不倚地,将一颗钉子扎进了她的心脏,在她与未婚夫的交流中,那种不实而受骗的感觉,取代了之前的欣喜与安全。她破口大骂着拉米雷斯,从那儿走了过去。但是,那个礼拜天,她却躺在特丽萨的墓碑——上面刻着碑文,是由火车头司机和铁路工场的修理工们捐赠的,为了向那位意大利团结的英雄致敬——上,难过而羞耻得要死。老维奥拉没有能够按着他的愿望,把太太安葬在大海里。于是,琳达在那墓碑上痛哭着。

那无端的羞辱令她五内俱焚。如果他只是要捣碎她的心——那么也好。一切都可以任凭吉安·巴蒂斯塔胡来。不过,为什么还要践踏那些碎片,为什么还要羞辱她的精神。啊!他不能捣碎它。她擦干自己的眼泪。而吉赛尔!吉赛尔!这个小东西,自从刚学会走路,便牵着自己的裙角求她保护。真是奸诈!不过,也许她也是身不由己。遇上这样一个男人,那可怜的蠢丫头便管不住自己了。

琳达深得维奥拉坚韧的性格遗传。她坚决只字不提。但是,她又像个女人那样,忍耐之中包含着自己的激情。吉赛尔出于胆怯且小心的简短回答,以其近乎蔑视的草率,令她忍不住大为恼火。有一天,她扑到她那正慵懒地躺在一把椅子中的小妹身上,在苏拉科最粉白的脖根上留下了一排牙印。她几乎被吓晕了,却只是懒懒地说了句:"圣母呀!你是打算要吃了我吗,琳达?"这突发的情况就轻描淡写地过去了。"她什么都不知道。她不可能知道什么。"吉赛尔心想着。"也许那不是真的。那不可能是真的。"琳达努力劝说自己。

然而,在碰到那个六神无主的拉米雷斯之后、第一次再见菲旦扎船长的时候,她对自身不幸的确定感又涌上心头。她从门口看着他走向自己的小艇，忍着心痛自忖道："他们今晚会见面吗？"她打定主意，不离开那灯塔片刻。在他消失后，她走出来坐在父亲身边。

加里波第的神情庄重的党徒觉得——用他自己的话来说——自己"还是一个年轻人"。近来，他用这样或那样的办法打听到了许多有关拉米雷斯的说法；他对于那个男人——那家伙显然不像他的儿子该有的样子——的鄙夷与讨厌，令他坐立难安。他最近睡得极少；有好几夜都在看书——或者说只是坐着，鼻子上架着古尔德夫人送他的银框眼镜，坐在那本打开的《圣经》前，他总是打起精神端着他的那杆老枪在岛上四处巡行，守卫着自己的声誉。

琳达将她消瘦的、褐色的手掌搭在他膝上，努力地安抚他的焦虑。拉米雷斯并不在苏拉科。没人知道他去了哪儿。他逃走了。那些事情，他只是说说罢了。

"不，"老人打断她的话，"可我的儿子吉安·巴蒂斯塔告诉我——他很肯定——那胆小的奴才正在跟萨皮加的一帮无赖喝酒、赌钱，就在这海湾的北面。他会从那个流里流气的黑人镇子上纠集一些最混账的流氓，来帮他搞到那个小丫头……不过我还没老呢。没门！"

她认真反驳着任何一种阴谋的可能。最后，老人沉默了，咬着他花白的唇髭。女人们有些顽固的想法，是不得不迁就一下的——他可怜的妻子就是这样，而琳达又像她的母亲。一个男人似乎不太该去争论。"但愿，但愿。"他咕哝道。

她的心里却无法平静。她爱着诺斯特罗莫。她调转目光，带着些微母性的温柔，还有那种对于一个无力还击的情敌的醋意，看着正坐在稍远处的吉赛尔。然后，她起身向她走去。

"听着——你。"她粗暴地说。

那双像是紫罗兰又像是露珠儿的眼睛,向上投来令人无法抵抗的率真的目光,惹得她又怒又怜。她有一双漂亮的眼睛——这丫头——这白皮囊、黑心肠的坏东西。她不知道自己是要大喊大叫着把它们剜出来作为报复,还是要以怜悯和爱惜的亲吻,掩盖住那里面神秘而无耻的单纯。而突然,它们变得空洞起来,茫然地盯着她,吉赛尔心中一切的情绪都从那里面消失了,除了一点恐惧还埋藏得不够深。

琳达说:"拉米雷斯在城里吹牛,要把你从岛上带走。"

"真是荒唐!"另一个答道。而且出于长久的压抑,她任性地补充道:"那个人才不是他呢。"颤抖的语气中带着玩笑与放肆。

"不是?"琳达咬牙切齿地说道。"不是他吗?那好,那么,小心点儿;因为父亲一直拿着一杆上了膛的枪,夜晚在岛上四处乱走。"

"那对他不好!你一定要告诉他不要那样,琳达。他不会听我说的。"

"我什么都不会说——再也不说——对任何人。"琳达激动地嚷道。

不能再拖了,吉赛尔心想,乔瓦尼必须快点儿带她走——就在他下次来的时候。即便是为了那么多银子,她也不愿再忍受那些惊吓了。跟她的姐姐说话,让她觉得难受。不过,父亲的警惕并没有让她觉得不安。她请求过诺斯特罗莫,今夜不要再到窗前来。他已经答应这一回会离开。而她不知道,猜不出也想不到,他还有什么别的理由再次上岛。

琳达径直去了灯塔。已经是上灯的时候。她锁上那道小门,怀着对于那位俊美的码头工长的爱情,就像背负着一副越来越重的、耻辱的枷锁一样,脚步沉重地沿着楼梯盘旋而上。不,她抛不下它;不,就让老天来处理他俩吧。她围着那盏沉浸在暮光与月华中的灯走动着,小心翼翼地点亮了它。然后,她的两条手臂垂落在身侧。

"但愿我们的母亲照顾你。"她自言自语道,"我的亲姐妹——那个丫头!"

那整套反射装置,以其亮铜的配件与棱镜的吊环,发出耀眼夺目的光亮,好像一座由钻石堆砌——而并非包含着一盏灯——的穹隆圣殿,高悬在大海之上。而琳达,那灯塔的看守,穿着一袭黑衣,带着苍白的面孔,坐在一把木椅子里低垂着头,独自沉浸在她的妒火中,那远远地超过世间的一切耻辱与痛苦。一阵奇怪的、良久的痛苦,就像有人拽着她青铜色的黑发,狠狠地往四下里拖着她,令她两手捂着自己的双鬓。他们会见面的。他们会见面的。而且,她也知道会在哪里。那扇窗下。愤怒的汗水从她的颈子上滚落下来。远处海面上的月光好像一块巨大的银子,封锁在普拉西多湾的入口处——海浪侵蚀的夹岸中阴云密布、寂静无声的黑暗深渊。

琳达突然站起来,将一根手指搁在自己的嘴唇上。他既不爱自己,也不爱她的妹妹。整件事情是毫无意义的,除了让她害怕,并且又给她一点儿希望。他为什么不带她走?有什么在拦着他?他让人捉摸不透。他们在等什么?他们两人撒谎做戏有什么目的?肯定不是为了他们的爱情。没有那回事。为自己重新赢回他的希望,令她打破了当夜绝不离开灯塔的决心。她必须跟她的父亲谈谈,他是明智的,会理解这些。她沿着那盘旋的楼梯跑下去。她刚打开底层的塔门,便听见了大伊莎贝尔岛上的第一声枪响。

她猛然一震,仿佛那子弹打穿了她的胸脯。她没有停顿,继续跑着。小屋黑着灯。她在门外大叫着:"吉赛尔!吉赛尔!"然后她转到房角处,从敞开的窗口中喊着妹妹的名字,始终没有得到回应。不过,正当她心乱如麻地围着房子乱跑的时候,吉赛尔从门里冲出来,一声不吭地从她身边跑了过去,披散着头发,眼睛直勾勾地瞪着前方。她像是脚不沾地地跑过那片草地,消失了。

琳达慢慢地走着,两只手伸在身前。岛上一切安静了;她不知道自己要到哪儿去。那棵马丁·德考迪曾在下面度过他一生最后的时日、将生命看作一连串毫无意义的景象的大树,在草地上抛下一团巨大的阴影。她突然看见了他的父亲,一个人静静地站在月光里。

那位加里波第的党徒——高大、挺直,带着他雪白的须发——拄着一杆猎枪,一动不动地岿然静立着。她轻轻把手搭在他的胳膊上。他没有动弹。

"你做了什么?"她用寻常的语气问道。

"我射中了拉米雷斯——那个混蛋!"他答道,眼睛直盯着那阴影中最暗的地方。"他像个盗贼一样来了,又像个盗贼一样倒下去。要保护好那个孩子。"

他不肯向前挪动一吋,不想上前一步。他坚定而岿然地站在那儿,就像一座守卫着家门声誉的老人的雕像。琳达把她颤抖的手从他的手臂——坚硬而牢固得像是一条石头手臂——上拿开,一言未发,向前走入那团阴影的黑暗之中。她看见一个不成形状的东西在地上动弹了一下,停住了片刻。一个绝望的、哽咽着眼泪的低语,在她紧张的听觉中变得越来越高声。

"我恳求过你,今晚不要来。哦,我的乔瓦尼!而你答应了。哦!为什么——你为什么要来,乔瓦尼?"

那是她妹妹的声音。从啜泣中传来。而那位足智多谋的码头工长,那名桑·托梅的银子的主人兼奴隶,那个偷偷溜过这片空地要去那道溪涧中再多拿一些银子而毫无防备地被加里波第的老党徒逮个正着的人,用他冷淡而镇静、听上去虚弱惊人的声音,从地上说——

"我觉得自己活不过今晚,要是不能再见你一面——我的星星,我的小花。"

美妙的招待会结束了,最后的客人们已经散去,而总经理先生也已经去了他自己的房间,这时候,莫尼格汉姆医生——当日晚间一直等着他而他却没有露面——赶来了,他在冷清的宪章街的电灯下沿着铺着木板的步道一路驱车前来,看见公馆的大门依然开着。

他一瘸一拐地走进去,拖着僵硬的腿走上楼梯,看见那身材肥胖的、油头粉面的巴西里奥,正要关掉客厅里的灯。发福的管家被这深夜迟来的闯入者惊得目瞪口呆。

"不要关灯。"医生吩咐道,"我要见夫人。"

"夫人在总经理先生的书房。"巴西里奥用油腔滑调的声音答道。"总经理先生要在一个钟头后动身去山上。好像,那些工人们在找麻烦,要去震慑一下。真是些没羞没臊、不可理喻、毫无体面的人。而且好逸恶劳,先生。好逸恶劳。"

"你自己才是好逸恶劳、愚蠢无用而恬不知耻呢。"医生用他那套令自己广受爱戴、惹人发怒的口才说道。"不要关灯。"

巴西里奥识趣地退下去了。莫尼格汉姆医生在那间灯火辉煌的客厅里等候着,不一会儿,他听见房子远端的一扇门关上了。马刺的叮当声渐渐远去。总经理先生动身上山了。

伴着她那长长的裙裾的有规律的窸窣声,浑身闪耀着宝石的光彩与绸缎的色泽,那位"苏拉科第一夫人"——正如米切尔船长常形容的那样——沿着明亮的长廊走来,她那精致的头颅被像是浓密的金发压得低垂着,其中的银丝已经不见了,她显得比一切富裕的美梦更加富丽,也许,在这个世界上,从没有一个人像她那样被人尊重着、爱戴着、景仰着、夸赞着,也没有一个人像她那样孤独着。

医生的那句"古尔德太太!等一下",令她吓了一跳,停在客厅灯火通明、空空荡荡的客厅门口。出于一种相似的情绪与情景,见到医生独自一人站在那些成套的家具中间,她想起了心神不宁的记忆中的那次跟马丁·德考迪的意外见面;沉默中,她似乎觉得自己就要听见那人的声音,听那个多年前悲惨横死的人儿开口说:"安东尼娅把她的扇子落在这儿了。"不过,传来的却是医生的声音,由于激动而略微有些改变。她留意到了他发光的眼睛。

"古尔德太太,有人想要见您。您知道发生了什么吗?您还记得,我昨天跟您讲过诺斯特罗莫的事情。好吧,似乎有一条货船,一条装着甲板的小船,上面有四个黑人,打萨皮加过来,从大伊莎贝尔岛近处经过,被岛崖上一个女人的声音——事实上,那是琳达的——招呼过去,央求他们——那是个月夜——转到海滩上去,把一个受伤的人送进城里。当然,那船家——我也是全听他说的——立刻那样做了。他告诉我,当他们转到大伊莎贝尔岛低矮的那边时,只见琳达·维奥拉正在那儿等着他们。他们跟着她;她把他们带到离那座小屋不远的一棵树下。在那儿,他们发现诺斯特罗莫躺在地上,脑袋枕着那个小女儿的大腿,而维奥拉正站在一段距离之外,挂着他的枪。他们在琳达的指挥下,抬出屋里的一张桌子,卸掉桌腿当作担架。他们就在这儿,古尔德太太。我是说诺斯特罗莫和——和吉赛尔。那些黑人把他抬进了港口附近的急救医院。他差人去叫我。不过,他想见的不是我——而是您,古尔德太太!是您!"

"我?"古尔德夫人嘀咕着,微微后退了一下。

"是的,您!"医生脱口道。"他请求我——他的敌人,他觉得——把您立刻带到他那儿去。他似乎有些话要单独同你讲。"

"不可能!"古尔德夫人自言自语道。

"他那样跟我说:'告诉她,我曾做过一些事情,保住了她头上的屋顶。'……古尔德太太。"医生激动不已地继续道,"您还记得那些银子吗?那条驳船里的银子——全部丢了的!"

古尔德夫人记得。但她没有说过,她恨恶别人再提起那些银子。她是一个坦诚的人,她怀着过度的惊恐想起,自己最早也是最后一次对丈夫有所隐瞒,就是为了那批银子的事情。那一回,她被自己的恐惧吓昏了头脑,而她从未原谅过自己。当时,要是让她的丈夫知道德考迪带来的消息,那些银子便绝对不会被送下山去,而它也便不会鬼使神差而险些成了莫尼格汉姆医生送命的原因。如今,这些事情又可怕地涌上她的心头。

"它真丢了吗,但是?"医生问道。"从那之后,我一直觉得我们的诺斯特罗莫有些神秘。我相信,他现在想,赶在咽气之前——"

"咽气之前。"古尔德夫人重复道。

"是的。是的……他也许是想告诉你有关那些银子的事情——"

"哦,不!不!"古尔德夫人低声叫道。"它不是已经丢了,结束了吗?难道没了它,这世上的财宝还不够把每个人都祸害够吗?"

医生安静下来,陷入一阵顺从而沮丧的沉默。最后,他慢慢地试探着开口道——

"维奥拉家的那个女孩儿也在,吉赛尔。我们该拿她怎么办?看上去,她的父亲和姐姐已经——"

古尔德夫人承认,她觉得有义务为那两个姑娘尽自己最大的努力。

"我有一辆轻便马车。"医生说,"要是您不介意坐进去的话——"

他毫不耐烦地等待着,直到古尔德夫人重新出来,在衣服外面披上了一件灰色的、深帽兜的斗篷。

就这样,那个女人带着她晚妆的衣容,身披斗篷、头戴兜帽,怀着无限的忍耐与怜悯站在了那张床前,而那俊美的码头工长正伸着四肢、一动不动地躺在上面。洁白的被单与枕头,将他那张古铜色的脸孔衬托得更加阴暗而有力,还有那双黝黑、强壮的大手,它们曾经如此善于使舵、执辔或是扣动扳机,如今却空空而茫然地摊开在一条白色的被单上。

"她是无辜的。"工长用深沉、平缓的声音说道,好像生怕哪个字说得大声一些,便会扯断了他的精神仍然连在肉体上的那一丝纤弱的联系。"她是无辜的。只怪我。但没关系。对于这些问题,我不需要向任何活着的男人或女人交代。"

他停顿了一下。古尔德夫人的面孔,在兜帽的阴影中显得十分苍白,带着抑制不住的、神色凄凉的悲伤俯近他。吉赛尔·维奥拉跪在床尾,她的金发闪耀着铜色的光泽,松散披拂在工长脚上,她低声的啜泣在静默的房间中几乎弱不可闻。

"哈!老乔吉奥——那家门声誉的守护者!真想不到,他的脚步那样轻,瞄得那样准,一下子就打中了我。连我自己都不可能干得更漂亮。不过,这倒是省下了一笔火药钱。那声誉是安全的……夫人,她愿意跟着诺斯特罗莫,那个贼,到天涯海角……我已经说出了那个字。魔咒破了!"

那姑娘发出一阵低声的哀泣,令他垂眼望去。

"我看不见她……没关系。"他继续道,声音里依然带着一些从前那种了不起的、漫不经心的语气,"一个吻便够了,要是没时间多亲几下。一颗轻快的心灵,夫人!明亮又温暖,好像阳光——一会儿阴云笼罩,一会儿开朗放晴。在那儿,他们会把它碾碎的。夫人,请以您的慈爱——它就像正在跟您说话的这个人的勇气和胆量一样,从这片陆地这头传到那头——看顾着她。到了时候,她便会平复下来。甚至拉米雷斯也不是一个坏家伙。我不生气。不!不是拉米雷斯打败了苏拉科的码头工长。"他停顿了一下,使出一股力气,用更高的声音,有些狂乱地宣布——

"出卖我,把我害死的是——出卖我的是——"

不过,他没有说出来是谁或什么出卖了他,正在害死他。

"她不会背叛我。"他再次开口道,眼睛大睁着。"她是忠贞的。我们将远走高飞——很快。我本可以为了她,从那些倒霉的财宝上脱身的。为了那个孩子,我宁愿整箱整箱地丢下它——满满的。而德考迪拿走了四块。四块银锭。为什么?混账!为了出卖我?丢了那四块银锭,我还怎能把那批财宝还回去?他们会说,是我偷了它们。医生会那样说的。唉!它还在抓着我!"

古尔德夫人弯下腰去,被那声音吸引着——因为恐惧而浑身冰冷。

"那晚上唐·马丁怎样了,诺斯特罗莫?"

"谁知道?我只想知道自己会怎样。如今我知道了,死亡会悄然不觉地临到我。他走了!他出卖了我。而你们以为,是我杀了他!你们都一样,你们这些上等人。是那些银子杀了我。它抓住了我。

它还在抓着我。没人知道它在哪儿。不过,您是唐·卡洛斯的太太,他把它交在我手中并且说:'把它拴在你的性命上。'而当我回来的时候,你们都认为它丢了,我听见了什么?它是无足重轻的。随它去吧。起来,诺斯特罗莫,忠诚的家伙,骑马快跑去拯救我们,别管死活!"

"诺斯特罗莫!"古尔德夫人把身子俯得极低,低声耳语道,"想到那些银子,我也打心底里痛恨它。"

"了不起!——你们中还有一个人,能够痛恨那些你们最清楚是如何从穷人手上抢来的财富。如同老乔吉奥所说,世界是靠穷人养活的。您一直对穷人们很好。不过,财富里有种被诅咒的东西。夫人,我是不是应该告诉您,那批财宝在哪儿?只告诉您一个……光灿灿的!不可腐蚀的!"

他的声音与眼神中残存着一种痛苦不甘的意味,那对一个富于同情直觉的女人来说,是明显不过的。她把目光从这个将死之人的悲惨顺从的模样上挪开,惊恐不安,不想听见更多关于银子的事情。

"不,诺斯特罗莫。"她说。"现在,没有人在惦记它了。就让它永远消失了吧。"

听了这些,诺斯特罗莫闭起眼睛,不再说话,也不再动弹。从病房门外,莫尼格汉姆医生朝两个女人走来,他显得兴奋至极,两只眼睛急得放光。

"这下,古尔德太太,"他出于自己的急躁近乎粗鲁地说,"告诉我,我猜对了吗?有一个秘密。您已经听到了关于它的话,没有吗?他告诉您——"

"他什么都没跟我说。"古尔德夫人坚决道。

对于诺斯特罗莫那股临时的敌意所产生的光亮,从莫尼格汉姆医生眼中渐渐消失了。他谦卑地向后退去。他不相信古尔德夫人。但她的话就是律法。他将她的否定,理解为一种不可解释的天命,肯定了诺斯特罗莫的天赋胜出在他自己的天赋之上。甚至在那位他怀着隐秘的献身精神所深爱着的女人面前,他也被俊美的码头工长——那个平生以全然的忠诚、正直与勇气而自许的男人——打败了。

"请立刻差人去带我的马车来。"古尔德夫人从她斗篷的兜帽中说道。然后,她转脸朝向吉赛尔·维奥拉:"离我近一点儿,孩子;近一点儿。我们会在这儿等着。"

吉赛尔·维奥拉像个孩子似的,伤心欲绝,她的面孔掩在垂落的头发中,朝她这边爬过来。古尔德夫人将手从她的胳膊下面伸过去,搂着老维奥拉——那无可诟病的共和党人,那毫无瑕疵的英雄——的不肖女儿。慢慢地,缓缓地,那姑娘——那个愿意跟着一个贼亡命天涯的姑娘——的脑袋好像一朵枯萎的花儿耷拉下来,倚靠在唐娜·艾米莉亚——苏拉科的第一夫人,桑·托梅银矿总经理先生的太太——肩上。而古尔德夫人感受着她那压抑的抽泣,紧张又激动,说出了平生第一句也是唯一一句嘲讽的刻薄话。甚至跟莫尼格汉姆医生不相上下。

"不要难过了,孩子。他很快便会为了他的财宝,把你忘掉。"

"夫人,他爱我。他爱我。"吉赛尔绝望地低声道。"他爱我,没有一个人像我这样被人爱过。"

"我也被人爱过。"古尔德夫人严厉地说。

吉赛尔抽搐着贴紧她。"哦,夫人,可是你会受人景仰地活下去,直到生命的终了。"她哽咽着说道。

古尔德夫人没有打破沉默,直到马车来了。她把那个半已昏迷的女孩搀扶进去。医生把车门关上后,她倾身向着他。

"你无能为力了吗?"她低声问。

"没有办法,古尔德太太。而且,他不允许我们碰他。那倒没什么。我只看了一眼……没用了。"

不过,他答应当晚去见老维奥拉和另外一位姑娘。他可以让警用小艇把他送去岛上。他停留在街道中,看着那马车在白骡子后面缓慢地滚滚驶远。

关于某场事故——发生在菲旦扎船长身上的一场事故——的消息,在有着连排的路灯和高耸的起重机黑影的新码头上不胫而走。一群夜间的漫游者——穷人中的赤贫者——在急救医院的门口游荡着,在空街道的月光中窃窃私语着。

没有其他人跟伤者待在一起,除了那个面色苍白的摄影师,那个小个子的、虚弱的、嗜血的资本主义的痛恨者,他坐在一把靠近床头的高凳子上,蜷着膝盖,用手托着下颔。他是被一位在码头上工作到很晚的同志叫来的,而那人又是从某条货船上的一个黑人那儿听说的,说菲旦扎船长受了致命的伤,被带到岸上来了。

"你有什么嘱咐,同志?"他焦急地问。"不要忘了,我们的工作需要钱。对付有钱人,就要用他们自己的武器。"

诺斯特罗莫没有作答。另一个人没有坚持,只是继续蜷坐在凳子上,蓬着脑袋,须发茂盛,活像一只驼背的猴子。接着,在一阵漫长的沉默之后——

"菲旦扎同志,"他严肃地开口道,"你拒绝了那个医生一切的救护。难道他真的是人民的一个危险的敌人?"

在那个灯光昏暗的房间里,诺斯特罗莫在枕头上慢慢地转过头,睁开了眼睛，径直朝那个高踞在他床边的怪模怪样的人影投去神秘、嘲讽的一瞥。然后，他的脑袋又转了回去，他的眼睑垂下来，除了阵阵短暂的战栗表明他正在经历着最为残酷的煎熬，码头工长一动不动地躺了一个钟头，没有说一个字，没有呻吟一声，便咽气了。

莫尼格汉姆医生乘着警船往岛上去了，一路中看着海湾上明晃晃的月光，望着大伊莎贝尔岛高大黑暗的轮廓，从那儿阴云密布的夜空下远远地发出一道光柱。

"慢慢划。"他说着，心想会在那儿见到什么。他试着去想象琳达和她父亲的情形，心底里感到一种奇怪的、为难的情绪。"慢慢划。"他重复道。

* * * * *

从朝着那个盗窃他的声誉的贼开枪之后，乔吉奥·维奥拉便没有从原地挪开过。他站在那儿，他的老枪支在地上，他的手抓着枪口附近的枪管。在那条把诺斯特罗莫永远带走了的货船离开海岸之后，琳达走上来，站在他面前。他似乎没有意识到她的出现，不过，当她终于失去了勉强克制的冷静，大喊着——

"你知道你杀死的是谁吗？"他回答——

"拉米雷斯那无赖。"

面色苍白、目光狂乱的琳达盯着她的父亲，对着那张脸大笑起来。过了一会儿，他也随她笑起来，那声音微弱而深沉，如遥远的回音呼应着她的笑声。然后，她停住了，老人像是被吓了一跳，说道——

"他用我的儿子吉安·巴蒂斯塔的声音叫起来。"

那杆枪从他张开的手掌中落下去,而那条手臂却依旧伸着,仿佛仍然支撑在上面。琳达狠狠地抓住它。

"你已经老糊涂了。进屋去吧。"

他任凭她领着自己。在门槛上,他重重地绊了一跤,几乎带着她的女儿一起磕倒在地上。他的激动,他在过去几日里的活力,就像一盏将残的灯火最后所发出的熊熊光焰。他抓住了自己那把椅子的椅背。

"用我的儿子吉安·巴蒂斯塔的声音。"他用语气严肃地重复着,"我听见——拉米雷斯——那无赖——"

琳达扶他坐进椅子中,然后弯下腰去,对着他的耳朵喊道——

"你杀死了吉安·巴蒂斯塔。"

老人茂密的唇髭下浮起一个微笑。女人们总有些奇怪的念头。

"那孩子在哪儿?"他问道,惊奇于空气中彻骨的寒冷及灯光不同于往日的暗昧,在那盏灯下,他常对着面前打开的《圣经》坐到深夜。

琳达犹豫了片刻,然后挪开了眼睛。

"她睡了。"她说道。"我们明天再谈她。"

她不忍心再看他一眼。他让她的心里填满恐惧,还有一种近乎不可承受的痛惜的感觉。她目睹了他身上的一切变故。他永远不会明白自己做了什么。甚至对她来说,整件事情都是不可思议的。他艰难地说——

"把那书给我。"

琳达把那本合着的、带着磨损的皮子封面的经卷搁在桌上,那本《圣经》是一个英国人在巴勒莫送给他的。

"要保护好那个孩子。"他用一种奇怪而悲痛的声音说道。

琳达在他的椅子后面绞着两只手掌,无声地痛哭着。突然,她向门口走去。他听见了她的动静。

"你要去哪儿?"他问。

"去灯塔。"她答道,转身狠狠地盯着他。

"灯塔!是的——职责。"

他在全然的安静中挺直了身子,顶着花白的头发,仪容如雄狮一般,显得那样英勇,他摸索着自己红色衬衣的口袋,去找唐娜·艾米莉亚送他的那副眼镜。他把它戴上。木然地过了许久之后,他打开那本书,透过玻璃镜片从高处看着那些双栏小字。随着眉头微微皱起,一种严厉的、坚毅的表情呈现在他的面目中,像是在对付着某种阴郁的念头或是不快的感觉。不过,他的眼睛一直没有从书上挪开,他的身子向前摇晃着,轻轻地,慢慢地,直到他雪白的头颅趴在那打开的书页上。一座木钟在粉白的墙壁上咔嗒咔嗒地、有条不紊地走着,历尽沧桑、不可腐蚀的加里波第的党徒独自趴在那儿,身子慢慢凉下来,如同一棵老橡树,被一阵背信弃义的狂风连根拔起。

大伊莎贝尔岛上的灯光宁静地照射着,下面就是在那些桑·托梅银矿所丢失的财宝。在一片没有星光、泛着幽蓝色的夜空中,那座灯塔朝着远方的地平线发出一道黄色的光亮。琳达蜷伏在外面的围廊中,脑袋趴在栏杆上,映着明亮的窗口像是一个黑点一般。月亮正在西面的海岸上沉落下去,辉煌清亮地望着她。

下面,那座岛崖脚下,一条路过的小船停住有规律的桨声,莫尼格汉姆医生站在船尾的横木上。

"琳达!"他叫道,向后仰起脑袋,"琳达!"琳达站了起来。

她听出了那声音。

"他死了吗?"她俯身问道。

"是的,我可怜的姑娘。我这就过来。"医生从下面答道。"划上岸去。"他对桨手们说。

琳达那漆黑的身影离开栏杆,直立起来,映着灯塔的光亮把她的两条手臂高举在头顶,像是要纵身跳下来。

"爱你的人是我。"她喃喃道,那张脸在月光中如大理石一样凝重而苍白,"是我!只有我!她会忘掉你,忘掉你因为她漂亮的脸蛋悲惨地被杀。我不明白。我不明白。但我绝不会忘掉你。永远都不!"

她默默地、静静地站着,像是在鼓起她全身的力量,将自己所有的忠贞、痛苦、迷惑与绝望,统统投入一声呐喊中。

"永远都不!吉安·巴蒂斯塔!"

莫尼格汉姆医生正乘着警船绕来,听见那名字从头上飘过。这是诺斯特罗莫的又一个胜利,也是最伟大、最令人嫉恨、最凶险的一个。在那样一声真诚的、发于爱情与悲痛的呐喊——它如洪钟一般,从蓬塔马拉传到阿苏厄拉,传到远处明亮的地平线上,那儿悬着一团偌大的白云,宛如一块亮闪闪的、坚固的银子——中,俊美的码头工长的灵魂占据了这片幽暗的海湾,其中藏着他所得的财宝与爱情。

《诺斯特罗莫》大事年表

1884年　老古尔德谢世；查尔斯·古尔德与艾米莉亚夫妇动身前往苏拉科，途中经旧金山拜访霍尔罗伊德。

1885年　桑·托梅银矿在霍尔罗伊德来访后重新开张。

1888年　霍尔罗伊德与古尔德赞助当年的革命，意图建立一个自由主义政府（但蒙特罗将军支持了保守的布兰科派）。

　　　　同年5月：里比厄拉成为"独裁总统"。

　　　　同年11月：国家中央铁路在苏拉科动工。

1890年－总记　独立战争：科斯塔瓦那的西部省独立为苏拉科国。

1890年－详记　4月21日：里比厄拉在索科罗战役中被蒙特罗将军打败，仓皇出逃，并被佩德里托·蒙特罗追捕。

　　　　4月27日、28日：诺斯特罗莫代表布兰科派前去同埃尔南德斯谈判；巴里奥斯将军和他的部队登船前往凯塔；埃尔南德斯出援；德考迪获知里比厄拉战败。

　　　　4月29日：银锭运至苏拉科城中。

　　　　5月1日：爆发骚动；埃尔南德斯的援助被接受。

5月2日晨：诺斯特罗莫同德考迪晤谈，承诺码头工会施援。

同日上午至中午：苏拉科全体官员于海汽航公司办公室中避难；里比厄拉被诺斯特罗莫从暴民中救下，并乘船出逃；德考迪协助保卫金合欢俱乐部；苏拉科全体官员乘"密涅瓦"号出逃；诺斯特罗莫与码头工阻击了暴民；诺斯特罗莫到了维奥拉旅舍；埃尔南德斯率部骑行至洛斯·哈托斯保护难民。

午后至黄昏：'向晚时分'，加马乔与富恩特笼络起蒙特罗分子暴民；巴里奥斯抵达凯塔，与此同时，索迪略叛变并准备经海路向苏拉科进发；洛佩兹与临时会议决定向蒙特罗投降；德考迪和盘托出他的计划，转移银锭，召回巴里奥斯，并提出苏拉科要脱离科斯塔瓦那；佩德里托抵达铁路远端尽头，科尔贝朗动身前去会合埃尔南德斯，后者已被任命为将军。

5月3日凌晨：诺斯特罗莫将德考迪带至维奥拉旅舍，并在特丽萨·维奥拉的央求下骑马进城去找医生。

同日上午：佩德里托从铁路远端尽头动身进城；索迪略将军在艾斯莫拉达占领了一条船。

同日黄昏：苏拉科难民逃往洛斯·哈托斯；德考迪向他的妹妹写信；德考迪与诺斯特罗莫乘着那条驳船穿过普拉西多湾，途中与索迪略的大船相撞；索迪略向苏拉科港开去，不久便赶在午夜前入港。

5月4日凌晨：诺斯特罗莫与德考迪将银子埋在大伊莎贝尔岛上；破晓时分，诺斯特罗莫泅水上岸。

同日上午：索迪略在逮捕了米切尔与莫尼格汉姆之后，先释放了后者；佩德里托率部进城；唐·朱赛特请求古尔德——此前他曾护送阿维拉诺斯一家至洛斯·哈托斯——迎接佩德里托进城；佩德里托在市政广场发表演说。

同日黄昏：佩佩在矿上收到佩德里托的要求，决定向苏拉科进军，古尔德拒绝了佩德里托；索迪略杀死了赫希；诺斯特罗莫睡醒了，在海关公所撞见莫尼格汉姆，后者劝他单骑前往凯塔去找巴里奥斯。

5月5日：诺斯特罗莫登程，开启前往凯塔的史诗之旅，并于5月12日抵达。

5月16日：德考迪于薄暮时分举枪自尽。

5月17日：诺斯特罗莫在大伊莎贝尔岛上过了一夜；巴里奥斯登陆，杀死索迪略并救下莫尼格汉姆；佩佩率领矿工由陆地一面的城门攻入苏拉科，并救下古尔德；巴里奥斯占领海关公所，同时，埃尔南德斯由西部挺进而来。

6月1日：唐·朱赛特·洛佩兹提议成立新议会；巴里奥斯向南追击佩德里托；古尔德计划出访旧金山与华盛顿特区。

|1891年5月|科斯塔瓦那－苏拉科战争结束；美国"保厄坦"号巡洋舰开进苏拉科港，向苏拉科国旗致敬；蒙特罗"皇帝"

遇刺；西部共和国正式宣告成立。
1897年　米切尔的访客前来苏拉科观光。
1898年　大伊莎贝尔岛上建起灯塔。
1899年　乔吉奥·维奥拉被任命为灯塔看守；米切尔船长告老还乡，回到英国。
1900年　局势因阶级冲突而开始动荡，科尔贝朗、埃尔南德斯与安东尼娅·阿维拉诺斯计划发动一场吞并科斯塔瓦那的战役；古尔德夫妇从欧洲返回；维奥拉射杀诺斯特罗莫，他本人也随即溘然长逝。

版权专有　侵权必究

图书在版编目（CIP）数据

诺斯特罗莫／（英）约瑟夫·康拉德著；马东峰译．—北京：北京理工大学出版社，2018.11
（康拉德海洋小说）
ISBN 978-7-5682-6411-2

Ⅰ．①诺… Ⅱ．①约… ②马… Ⅲ．①长篇小说－英国－现代 Ⅳ．① I561.45

中国版本图书馆 CIP 数据核字（2018）第 227329 号

出版发行	北京理工大学出版社有限责任公司
社　　址	北京市海淀区中关村南大街 5 号
邮　　编	100081
电　　话	（010）68914775（总编室）
	（010）82562903（教材售后服务热线）
	（010）68948351（其他图书服务热线）
网　　址	http://www.bitpress.com.cn
经　　销	全国各地新华书店
印　　刷	北京通州皇家印刷厂
开　　本	850 毫米 ×1168 毫米　1/32
印　　张	17.25
字　　数	360 千字
版　　次	2018 年 11 月第 1 版　2018 年 11 月第 1 次印刷
定　　价	58.00 元

责任编辑／朱　喜
文案编辑／朱　喜
责任校对／朱　喜
责任印制／李志强

图书出现印装质量问题，请拨打售后服务热线，本社负责调换